강석경

숲속의 방

Published by MINUMSA

A Room in the Woods
Copyright © 1986 by Kang Sok-Kyong
All rights reserved.
Printed in Seoul, Korea.

For information address Minumsa Publishing Co.
506 Shinsa-dong, Gangnam-gu, 135-887.
www.minumsa.com

Third Edition, 2005

ISBN 89-374-2014-7(04810)

오늘의 작가총서 14

강석경

숲속의 방

민음사

차례

지푸라기 · 7

물속의 방 · 37

숲속의 방 · 61

밤과 요람 · 186

낮과 꿈 · 246

거미의 집 · 275

폐구(閉口) · 323

한밤의 나팔수 · 374

근(根) · 392

작품 해설 회색지대의 진실 / 이남호 · 412

작가 연보 · 432

지푸라기

　이날 갑자기 동구 선생의 집에 간 것은 순진히 날씨 탓이었다. 황량한 아파트 단지에도 구석구석 풀잎이 솟아나고 맑은 대기 속에 햇빛은 수면제처럼 풀어져 내려 벚꽃 핀 작은 보도는 몽환적으로까지 보였다.
　방구석에 박혀 책을 읽기에는 너무 마력적인 날씨였다. 이런 날 인생은 온통 문밖에서 일어나고 있는 듯 생각된다. 몇백 년 전의 시공을 드나들며 사흘 내리 책만 읽었으나 이날은 활자가 죽은 벌레 같았고 보다 생생한 꿈을 만나고 싶었다.
　어떤 산 인생을 만나러 가볼까. 친구며 주변 사람들을 하나하나 떠올리는데 불현듯 동구 선생이 생각났다. 나는 옳지, 하고 즉시 마음을 정했다. 선생이 지난겨울 인도 여행에서 돌아온 것을 신문에서 보았다. 봄보다 화려한 선생의 그림을 보며 타지마할이 있는 신비한 이국 얘기도 들으리라.
　동구 선생은 칠순의 나이에 단청만으로 그림을 그린다. 해방 전

이십여 년간 일본에서 화가 생활을 한 데다가 정교한 세필에 장식성이 두드러져서 일본화풍의 화가로 점이 찍혔으나 문인화에서 아직 벗어나지 못하는 진부한 동양화가들 속에서 새로운 민화를 펼치며 독자적인 길을 걷고 있다. 새로운 민화란 한국 건축 속의 창살이나 담장, 나전칠기의 문양 등 전통미를 소재로 택하되 평면에서 재구성, 현대적으로 조형을 시도한 것인데 그 의욕만큼 선생의 그림은 훌륭하지만 사실 내게 닿아오진 않았다. 토함산 해돋이, 이조 여인 등 부분부분은 극사실이면서 전체적으론 기괴할 정도로 환상적인데 선생의 그림 속엔 내가 살고 있는 시간과의 충돌이 없다. 세상에서 한발 비켜선 관조주의라 할까.

그러나 자기 변신의 몸부림이며, 대가로 안주할 수도 있는 그 나이에 젊은 내가 질릴 정도로 왕성한 작업을 하는 것은 아무튼 대단한 일이었다. 이날 문득 동구 선생을 만날 생각을 한 것은 때도 없이 피는 미친 개나리의 생명력을 새 공기처럼 접하고 자극받고 싶었기 때문이다. 근래의 내 그림은 보는 사람이 살맛 안 난다고 투덜거릴 정도로 황폐해져 가고 있었다.

나는 즉시 선생에게 전화했다. 아들네와 함께 살지만 여느 때처럼 선생이 전화를 받았다.

"선생님 저 기주예요."

나는 선생의 목소리를 듣자마자 소리치듯 말했고 상대편에서도 "아, 박선생." 하고 반갑게 맞받았다.

"오늘 참 좋은 날이네. 무슨 바람이 불어서 전화를 다 해?"

"봄바람이 불잖아요. 오늘 수유리에 가고 싶어요. 방해가 안 된다면 선생님께 들렀으면 하는데요."

"미인이 오신다는데 방해라니. 빨리 오세요. 요즘 수유리 좋습니다."

선생의 말투가 예나 같아서 후후 웃음이 나왔다. 나는 전혀 미인이 아니지만 선생은 모든 여자를 미인이라고 불렀다.

점심시간이 지나서 가겠노라 하고 전화를 끊자 막상 수유리까지 갈 일이 막막했다. 내가 사는 천호동에서 버스로 간다면 두 시간 거리다. 차를 타면 유독 기름 냄새에 예민해져 두통이 생기고 밖에만 나갔다 오면 녹초가 되는 요즘의 내 건강을 생각하니 즉각 수유리행을 취소하고 싶기까지 했다.

가고 싶은 마음과 그렇지 않은 마음이 엇갈렸으나 나는 가기로 다시 작정했다. 건강 생각을 했지만 죽을병에 걸린 것도 아닌 다음에야 그건 핑계였다. 사실 선생을 만나고자 할 땐 이런 갈등이 늘 일어난다.

비 오는 날, 초록색 산을 그린 엽서를 보낸다든가, "무당하고 한번 살아봤으면 좋겠어, 신비스럽잖아." 장난스레 말한다든가 한국화단에서 일본풍 화가란 오명을 쓰고도 "난 이 나라에 아무 혜택도 받은 것이 없어요. 단지 혜택이 있다면 이 땅에 태어났다는 것이 혜택이지." 할 때의 선생이 좋았다.

반면 흘러간 낭만 시대의 사랑을 회고 조로 되풀이 예찬한다든가 남녀 문제를 성(性)에만 결부시켜 말할 땐 거부감을 느꼈다.

예를 들어 세 번째 결혼한 어느 화가 얘기가 나오면 "사람은 그지없이 좋은데 남자로서 결함이 있나 봐. 그러니 여자가 도망가지."라고 단정할 때가 그랬다. 성에 만족하지 못한다는 이유만으로 모든 여자가 이혼할까?

삼십 년 전 사건으로 여고 교사와 여고생의 동반 자살, 일본의 조각가이며 시인인 다까무라 고오따로와 그의 미친 아내 지에꼬와의 사랑 이야기는 몇 번이나 들었는지, 아내가 미쳐서 죽을 때까지 헌신적인 사랑을 했으며 시집을 바쳤다는 조각가 이야기는 아름다운 것이지만 그런 말끝에 비약되는 결론은 나를 따분하게 만들었다.
 세상에서 남녀의 사랑보다 값진 것이 없다. '인(仁)'이 무엇인가? 음양 두 사람이 모인 것이 '인(仁)'인데 화합의 최초의 원인이다. 비둘기는 왜 평화의 상징인가? 산비둘기는 정액을 온 숲에 흘리며 다닐 정도로 성욕이 세고 번식력이 강하다. 인과 평화는 결국 남녀의 사랑에서 출발한다는 것.
 동구 선생이 말하는 사랑이란 노골적으로 섹스 그 자체였다. 선생은 여자의 순수를 찬미하는 페미니스트였으나 그래도 여자가 행복한 건 남자 품속이라는 말을 잊지 않았다.
 인생을 터득했을 나이에 나온 말이지만 내게 그 말은 물 위에 뜬 기름같이 스며들지 않았다. 내 생각은 '사랑 이전에 자아가 있다.'였다. 사랑──성이 인생의 최고 가치라지만 그것은 순수한 만큼 너무나 단순하다.
 그렇다고 내가 사랑을 성과 정신, 이원론으로 나눈다든가 청교도적인 자로 재는 것은 아니다.
 오히려 나는 그 반대다. 일본에 다녀온 한 친구에게서 일본에선 남자가 여성 대용 성 기구를 전당포에 맡기면 그 다급한 사정을 알아 빌려달라는 대로 돈을 내준다는 말을 듣고 감탄했다. 서른 몇 해를 보낼 동안 나름대로 인생을 겪은 만큼 사랑의 기쁨을, 쾌락을 모를 리 없다. 단지 그 자체만으로 만족하고 안주할 수 없다고 생각할 뿐이다.
 나로서는 열렬한 사랑에 빠졌다 하더라도 정신을 충전시키는 내 작업이 없다면 무언가 미진해서 방황할 것 같다. 밥을 먹어도 배 속이 허전하게 느껴질 때처럼, 사랑은 의식의 위까지는 채워주지 못한다. 동구 선생 말대로 남자의 사랑만으로 절대 행복할 자신이 없다. 인생이 그렇게 단순할 수 있을까?

그리고 사랑이란 무어냐. 무엇보다 그것은 창조적 관계여야 한다는 게 내 생각이다. 사랑으로 서로의 인식을 넓히고 깨어가야 한다. 그러한 자극 없이 성적인 만족만을 주는 남자가 있다면 그 순간은 즐길지 모르나 나는 이내 혐오감에 빠질 것이다. 이광수의 여주인공식 사랑도 힘들거니와 채털리 부인이 될 수도 없다. 이 현대만큼 내 사랑의 형태도 복잡한 것이다.

동구 선생과 연관된 이런저런 생각으로 시간을 끌다가 옷장을 열면서 나는 문득 윤선과 동행할 생각을 해냈다. 선생 집에 함께 가자고 하면 윤선도 좋아하지 않을까.

커튼을 내린 어두운 방에서 책에 줄만 긋고 있을 윤선이다. 소설가 지망생이면서 방송 스크립터 일을 불규칙적으로 떠맡고 있는데 어제도 윤선은 이 분밖에 안 걸리는 앞동의 내 집에 와서 좋은 날씨를 아까워했다.

나는 옷을 갈아입고 곧장 윤선이 사는 뒷동으로 갔다. 집으로 가지 않고 윤선의 방 창이 나 있는 뒷뜰로 가서 "윤선 씨." 불렀다. 창은 열려 있었으나 커튼은 언제나처럼 드리웠다. 맨 아래 창에서 윤선의 얼굴이 이내 나타났다.

"아, 기주 씨."

"내가 아는 화가 선생님이 수유리에 사는데 놀러 가요. 산도 보고."

내가 불쑥 나타나 말했으나 윤선은 기다렸다는 듯 그래요, 하곤 창에서 사라졌다. 어지간히 몸이 뒤틀리나 보다. 그녀가 편애하는 이상(李箱)처럼 '무인지경에서 그만이 하다가 그만두는 아름다운 복잡한 기술'을 부리는 소설 습작으로 세월을 잡지만 커튼 사이로도 봄바람이 밀려가 윤선의 가슴을 흩뜨린 것이 틀림없다.

윤선은 길이가 좀 짧은 디스코풍 청바지에 허리가 역시 길지 않은 회색 티셔츠를 입고 발목에 끈을 두르는 흰 구두를 신고 나왔다. 진지한 표정에는 어울리지 않는 복장이었고 나는 퉁명스레 말했다.

"유행하는 옷도 다 입어요?"

"아, 이거."

윤선은 제 바지를 내려다보며 "애들이 사 온 거예요." 했다. "가르치던 애들?" 내가 묻자 예, 하고 고개만 끄덕였다.

여중 교사 시절의 제자들을 말하는 것 같은데 학교를 그만둔 지 삼 년이 지난 지금까지 왕래가 있는 줄은 몰랐다. 하긴 그간 서로 연락이 끊어져 있었고 지난가을 우리 가족이 천호동 아파트 단지로 이사 오고 나서 우연히 버스 정류장에서 다시 만났다.

"애들이 벌써 대학생이에요. 하긴 내가 육 년간 선생 노릇을 했으니."

"이젠 정말 맞먹겠는데? 옷을 빌려 입고 가던 애들이 옷을 사 오고."

윤선이 피식 웃었다. 윤선의 자취방에 와서 허락도 없이 옷과 구두를 바꿔 입고 나간 한 아이가 불량배들과 혼숙하다 적발된 사건을 내가 떠올렸기 때문이다. 그 일로 윤선은 사표까지 쓰게 됐지만 학생들로서는 큰 손실이었을 것이다. 윤선은 '가르치는 것도 예술이다.' 라고 말할 정도로 타고난 교사였다. 아이들을 혈육처럼 생각했는데 문제아들에겐 제 방을 흡연실로 공개하고 늘 상담을 받았으며 일기장까지 서로 주고받았다.

"정말 세월 빠르다. 내가 선배 화실에서 그림 가르칠 때 윤선 씨가 지나가다 우연히 들렀죠? 그림 배우겠다고, 그때 처음 만났으니 벌써 칠 년이 됐어."

"그동안 기주 씨는 화실 차리고 전시회를 두 번 했고 나는 진을 뺄 대로 다 빼곤 학교에서 몰려나고. 대학원은 어떻게 졸업했지만 강사 자리 하나 못 맡고 지금은 엉뚱한 일을 하네요."

"하기 싫은 일인가요?"

"일 자체는 재미있어요. 사람들 틈에 있는 것이 버거워서 그렇지. 우리 부의 국장님이 영국서 일 년 있다 왔는데 기획안을 들고 가면 웨이트, 하고 자기 일을 계속해요."

"기다리라고?"

"나중에야 기다리란 뜻이란 걸 알았어요. 처음엔 무게란 뜻의 웨이트로 알아들었어요. 그래서 웨이트, 할 때마다 정말 어떤 무게가 어깨를 누르는 것 같아 꼼짝도 못 하겠데요."

"그거 뭔가 되겠는데? 두 가지 뜻의 웨이트, 현실의 압박감인 무게와 이데아인 기다림. 그걸 대립시키면 소설이 되겠네요. 우리 삶의 갈등 구조가 바로 그거잖아요."

소설책 읽는 것이 유일한 취미여서 문학 애호가로 자처하고 있지만 내가 주제넘게 말했는지 윤선은 잠자코 있었다. 학교를 그만둔 후 신춘문예에 두 번 응모했으나 예선까지 올라가고 말았다. '실험 정신은 높이 사나 지나치게 사변적이고 난해하다.'라는 것이 심사 평이었는데 나는 윤선의 소설을 본 적이 없지만 웅어리진 관념의 단어를 가쁜 호흡으로 써 갈긴 그녀의 편지로 미루어보아도 어떤 소설을 쓰는지 짐작이 간다. 나는 생각난 김에 한마디 했다.

"윤선 씨는 글을 너무 어렵게 쓰지 않아요? 단어 선택부터가 그래요. 너무 관념적이야."

"난 이야기 위주의 소설은 흥미 없어요. 줄거리도 없고 의미도 없는 소설을 쓰고 싶어요. 그러면서 아름답고."

"줄거리 중심의 소설이야 종래의 구상화처럼 진작부터 진부해졌지만 실험소설도 한계가 있지 않을까. 나도 한때는 온갖 시도를 해 봤지만 실험을 백 년간 하겠어요? 지금은 어차피 산문 시대니까 산

문정신이 투철해야 한다고 봐요. 그림에서도 마찬가지예요."

"나보고 관념적이라지만 그게 내겐 현실이에요. 단지 그 관념을 재조립 못하고 그대로 내쏟아서 그렇지."

차에 오르자 윤선은 얘기를 돌려 동구 선생에 대해 물었다. 동구 선생의 그림을 전혀 본 기억이 없다는데 내가 선생을 알게 된 것도 미대 시절이다. 나는 부전공으로 동양화를 택해 선생의 수업을 받았는데 내가 우이동에 살 때 선생의 집에 가끔씩 놀러 간 것이 인연을 이어주었다.

"칠십이 넘는 노장인데 고기로 치자면 날고기 같은 단청으로만 그려요. 보면 느끼겠지만 그림에 요기가 있어요. 묘해. 연옥 같기도 하고."

"그 나이에 그런 그림을 그리다니. 보진 않았지만. 신들린 사람 같아요. 탐미주의잔가요?"

"주의 같은 건 잘 모르겠고 아무튼 탐은 있어요. 여자를 보고 욕심이 없으면 그림도 못 그리게 될 것 같다고 하니까."

"그 나이에 참. 하긴 괴테와 가와바타도 만년에 소녀를 사랑했다잖아요. 그런 사랑이 예술가의 시심을 충전시키나 봐요."

"그런데 관념적으로 사랑이라면 아름다운데 칠팔십 노인의 성적 충동이라고만 생각해 봐요. 내가 그 나이의 남자가 안 돼봐서 모르겠지만 상상으론 싫어요. 난 그런 나이라면 본능적 욕구에서 벗어나 대상을 꽃을 바라보듯 하고 편지를 쓰거나 혼자 눈물을 흘리고 싶어요."

"작년에 우리 아파트 안에서 오십이 넘은 치과 의사가 국민학교 아이 겁간해서 애가 임신한 사건이 있었대요. 나이 든다고 다 성인군자가 되는 건 아닌가 봐요. 그건 나이보다 타고난 성품, 기질과 더 연관 있을 거예요. 피카소가 짝사랑 때문에 눈물 흘린다고 생각해 봐요. 얼마나 안 어울리나."

"하긴 문제는 나이가 아니라 그 사람 자체가 아름다운가 아름답지 않은가 그거겠지. 그 나이에도 아름다운 남성이 있다면 나도 유혹해 보고 싶을지 모르지."

버스를 두 번 갈아타고 사일구 묘소가 있는 큰길로 들어서자 나는 즉흥적으로 내렸다. 종점까지 가야 하지만 산동네의 봄 공기를 흠씬 들이마시기 위해 세 정류장 먼저 내렸다.

신작로에 서자 우람한 산이 품에 안기듯 다가왔다. 수유리에서도 산이 정면으로 보이는 확 트인 이 길을 나는 가장 좋아했다. 비 오는 날엔 이끼 빛 산이 거대한 성령처럼 마을을 지키고 눈 오는 겨울엔 백의의 제왕으로 너른 가슴을 펼치고 문명을 굽어본다.

버드나무에도 연두가 무르익었다. 버들의 긴 머리채 사이로 햇빛도 휘감길 듯 투명하게 떨고 개울 건넛집 담 위엔 보랏빛 라일락이 숄처럼 걸쳐 있다. 긴 겨울을 죽은 듯이 견디고 봄에 찬연히 꽃을 바치는 나무들, 사람들 발길에 채이면서도 길섶 어디든 제 목숨을 피우는 이름 없는 풀포기들, 그 자연의 생명력이 메마른 가슴에 물보라를 일으키는 듯했다.

개울가로 흰나비 한 마리가 날아간다. 올봄 들어 처음 보는 나비여서 나는 웃음 지으며 자리에 멈춰 섰다. 지난해만 해도 흰나비를 보고 마음이 좋지 않았는데 이젠 담담하다. 시간이 모든 것을 해결한다는 상투적인 문구도 있지만 그 죽음에 대한 기억도 시간 따라 스러지나 보다.

그러고 보니 막내 동생 영주가 죽은 지 벌써 오 년째다. 영주의 뼛가루를 산에 뿌리고 나서는데 흰나비 한 마리가 날아와서 그것을 보고 눈물을 쏟은 기억은 지금도 생생하다. 영주의 넋이 나비가 된 것 같았다. 손에 쥐면 바스라질 듯한 얇은 날개. 영주는 그처럼 여린 혼이었는지 모른다.

　어려서부터 내 손을 잡고 피아노를 치러 다녔던 영주는 재주가 많고 영민해서 내가 가장 사랑했던 아이지만 집이 파산한 뒤 어두운 셋방에서 네 자매가 몸을 비비고 자면서부터 우리 거리는 멀어졌다.

　그때 나는 간신히 학교를 졸업하고 남의 화실에서 그림을 가르치고 있었고 영주는 이따금 술 냄새를 풍기며 들어오는 조숙한 재수생이었다. 한밤에 가슴이 답답해서 문득 눈을 뜨면 부엌으로 통하는 문지방에 걸터앉아 한숨 쉬듯 담배 연기를 내뿜고 있는 영주를 몇 번인가 보곤 했다. 그뿐 아니라 영주는 곧잘 흐드득 울었다. 어둠 속에서 어린 영주가 숨죽이고 우는 소리를 들으면 온몸이 나락으로 떨어지는 듯했다.

　나는 그런 영주를 외면했을 뿐만 아니라 몹시 미워했다. 그것은 내 청춘의 모습이었다. 피는 뜨거운데 아무것도 잡을 것이 없어서 머리 부딪히며 헤맸던 내 어두운 날의 기억이었다. 자기 파괴의 죄.

　그 아이는 대학 이 학년 때 사 층 강의실 밖으로 몸을 던졌다. 영어 회화반에 들었으며 공책 한 권 가득 시를 써놓았던 영주였지만 뜨거운 가슴을 감당치 못해 허우적거리는 외로운 혼에게 그것들은 모두 지푸라기에 지나지 않았던가.

　영주 모습을 떠올리자 송곳이 복병처럼 나타나 내 가슴을 후벼 파는 듯하다. 데모가 연일 터졌고 그 시기에 과격한 학생들은 영주의 죽음을 정치적으로 돌려 시위하려 했다. 교수들은 문제 가정의 문제아로 일축했고 신문기자는 서울대학을 못 간 일류 여고 출신의 비관 자살이라고 보도함으로써 죽은 아이를 다시 바보로 만들었으며 이 기사를 보고 학도호국단에선 학교의 불명예라고 어머니에게 전화를 걸었다.

나는 그해 늦봄 어느 날 내 화구를 모두 불쏘시개로 태워버렸다. 내 적의를 담기엔 화면은 너무 힘이 없었다. 나는 몇 날 며칠 어두운 화실에서 목이 붓도록 담배를 피우며 발밑으로 기어 다니는 바퀴벌레만 지켜보았다. 그땐 바퀴벌레가 그렇게 사랑스러울 수 없었다.

종점 뒤로 흐르는 개울을 건너자 산길 어귀에 있는 선생의 집이 나타났다. 선생이 손수 새긴 문패를 보고 초인종을 누르자 이내 문이 열리고 "어서 오세요." 안에서 낯익은 목소리가 들려왔다.

대문으로 들어서니 마루에서 나와 뜰 앞에 서 있는 선생의 모습이 눈에 들어왔다. 나갈 때나 집에서나 늘 헐렁한 바지 차림인데 윤선은 그 왜소한 모습이 뜻밖이었는지 찬찬히 선생을 뜯어보다 인사했다.

"어서 와요. 기주 씨가 오려고 치자 꽃이 폈나 보다."

현관 옆에 빨간 꽃이 한무리로 피어 있었다. 개나리같이 긴 줄기마다 꽃이 피었는데 모양은 매화 비슷한 홑꽃이었다. 포도주 빛깔에 가까운 빨간색이 하도 고와서 나는 손끝으로 그것을 어루만졌다. 선생은 "빛깔이 그럴 수 없이 곱지? 이따 갈 때 꺾어드리지." 했다. 나는 꽃줄기를 내려놓으며 "꽃은 그냥 바라보는 게 좋아요." 고개를 내저였다.

가구 하나 없는 선생의 방에 들어서자 나는 자기 방에나 온 듯 안도의 숨을 쉬었다. 벽엔 인도풍의 직조 가방과 선생의 검은 베레모가 걸려 있고 밑에 낱개로 뜯은 민화 달력 열두 개가 붙여져 있을 뿐 스님 방처럼 아무런 장식이 없었다.

불상이 스케치된 화선지를 맨 위로 해서 몇 장이 포개져 문 입구쪽에 놓여 있고 물감 접시들이 그 옆으로 몰려 있는 걸 보면 작업을 하다 치워놓은 모양이었다. 그런 것이 귀찮아서 손님은 거의 마루의 소파에서 맞는데 우리는 특별 대우를 받는 셈이었다.

엉거주춤 서 있는 윤선을 소개하고 자리에 앉자 선생은 방문을 열고 "작설차 좀 내다오." 큰 소리로 말했다. 활짝 열어젖힌 창으론 곧게 뻗은 맨가지 끝마다 손가락 같은 잎을 피운 후박나무가 보였고 흐드러진 앵두꽃도 눈에 들어왔다.
　선생이 "따뜻한 데로 내려오세요." 하며 방바닥을 손으로 짚는데 그 옆에 엎어놓은 책이 눈에 띄었다. 일본 책 『설국』이었다. 그렇지 않아도 오면서 가와바타 말이 나온 터라 윤선에게 책을 가리켰고 윤선도 웃었다. 선생은 책을 우리 앞에 펼쳐 보였다.
　"난 이 책을 늘 머리맡에 두고 있어요. 자기 전이나 그림 그리다가도 잠깐 누워선 아무 데나 펼쳐 봐요. 이걸 읽으면 구원을 받는 것 같아."
　내가 부드러운 낯으로 웃자 선생은 동의를 구하듯 말했다.
　"고마꼬 참 아름답지? 여자는 어찌 그리 순수할꼬."
　"그래서 슬퍼요."
　"내가 소설가라면 고마꼬 같은 인물보다 여자 시마무라를 그려보고 싶어."
　윤선의 말을 내가 잇자 선생이 빙긋 웃었다.
　"기주 씨는 하도 강해서…… 그래도 결혼은 해야지."
　엉뚱하게 결혼 말이 나왔으나 나는 잠자코 있었다. 나도 내 인생을 마음대로 하지 못하므로 그런 말이 나올 때면 할 말이 없다.
　"행복한 게 싫지?"
　선생은 나를 빤히 보며 물었고 나는 웃음을 터뜨렸다. 이번엔 윤선이 불쑥 끼어들었다.
　"이상주의자여서 그런 거 아닌가?"
　나는 거창한 표현을 좋아하지 않으므로 반문했다.
　"오히려 이상이 없어서 결혼 못하는 게 아닌가?"

며느리가 그사이 찻그릇을 갖다 놓았다. 선생은 말을 중단하고 각 잔에 두 번씩 차를 따랐다.

"작년 가을인가? 기주 씨가 이 차 좋아한다고 내가 많이 구해 놨는데 오지도 않아."

선생은 표정 없이 말했으나 윤선이 소리 내어 웃었다. 아닌 게 아니라 지난 초가을 과꽃이 필 때 이 집에 오고 처음이다. 그때 잔에 과꽃 이파리를 띄워 술을 마셨는데 술을 즐기지 않는 나는 한 잔만 비우고 작설차만 줄곧 마셨다. 그날 술이 불콰해진 선생이 "지금 가을꽃이 한창 필 텐데 기주 씨와 여행이나 갔으면 좋겠다." 유혹인지 독백인지 모를 소리를 했던 것을 떠올리며 나는 인도 여행으로 얘기를 돌렸다.

"인도는 겨울 다녀오셨죠. 한 달간요? 인도 얘기를 듣고 싶어요."

"인도, 참 거대한 정신이야."

선생은 인도 말이 나오자 특별한 표시라도 해야 한다는 듯 눈을 잠시 내리감았다.

"지구 위의 모든 것이 끝나도 인도는 끝나지 않아요. 인도에는 영원이 있어요. 인도 사람들은 아무것도 두려워 않고 안심하고 삽니다. 태어나는 것은 죽기 위해서고 내세에 다시 태어난다고 믿고 있어요. 나는 신도 운명도 믿지 않는 사람이지만 인간이 재로 끝난다는 것은 믿기지 않아. 인도에 갔다 와서 내세가 있다고 믿고 싶어졌어. 기주 씨도 후회 없이 죽으려면 인도에 꼭 가보세요."

"기주 씨가 선생님 그림이 연옥 같대요."

나는 윤선의 말을 받아 "응, 내세 같구." 했다. 선생의 환상적인 원색 세계는 그런 것을 연상시켰는데 선생은 삶의 욕구 그 연장으로 내세를 말하고 있는 듯했다. 죽어서 그런 내세에 간다면 누군들 죽음을 두려워하랴. 인도에 가면 변할지 모르겠지만 나는 내세 같은 건 믿지 않았다.

선생은 인도 말 끝에 요즘 인도 그림을 많이 그리노라 했다.

"보고 싶은데요." 선생은 내가 말하자마자 일어나 화선지가 개켜진 쪽으로 갔다.

눈부신 흰색 그림이 이내 우리 앞에 펼쳐졌다. 아래 화면엔 여인이 누워 있고 윗면엔 성자의 탄생을 예고하듯 화려한 장식을 등에 깐 코끼리가 그려져 있었다. 마야 부인의 태몽 장면이었다.

뒤의 그림은 힌두의 신이라고 화제(畵題)를 일러주었다. 여신과 교합한 채 서 있는 남신의 그림이었다. "여기는 신들도 인간적이지?" 하며 다음 그림을 펼치는데 삼백 호는 됨 직한 큰 그림이었다.

"인도를 그리되 한국과 연관 지으려고 혜초를 그렸어요. 다 완성되면 그림 속에 혜초 시도 쓰려고 해."

왼편에 정좌한 혜초가 그려져 있고 그 윗면에 코끼리와 고려 불상 또 오른편에 법륜이 구성돼 있었다. 선생은 법륜 한가운데를 손으로 가리키며 힌두교의 남신 시바신의 양근이라 일러주었다. 양근을 중심으로 문양처럼 몇 개의 법륜이 둘러져 있고 법륜 속엔 또 여러 가지 성희가 묘사돼 있었다.

혜초 스님과 힌두 신의 양근이 함께 그려진 그림을 보노라니 전에 본 그림이 떠올랐다. 육감적인 곡선의 여체를 앞에 두고 눈을 내리뜬 채 웃고 있는 부처의 그림이었다. 평론가는 노익장의 경지라고 서문을 썼지만 그것은 선생의 한결같은 철학이었다.

"구도가 완벽해요." 나는 감상을 말했으나 선생은 예의 그 철학을 잊지 않고 피력했다.

"우리 선조들은 성에 대해 시끄럽게 말이 많았지만 인도 사람들은 이것을 생존 원리로 생각했어. 지혜로운 문화지."

우리는 세 시가 채 못 되어 동구 선생의 집에서 나왔다. 선생이 술을 마시자 했다. "점심을 대접하고 싶었는데 하셨다니." 하며 "친구는 술을 얼마나 하세요." 윤선에게 물었다.

"전엔 한자리에서 소주 몇 병을 비웠어요. 좋은 술친구가 될 거예요."

"지금은 잘 못 마셔요. 통 안 마셨더니."

내 말에 윤선이 머리를 내저었으나 선생은 흡족하다는 표정을 지었다.

"술을 싫어하지만 않으면 술친구가 될 수 있어요. 기주 씨는 술을 싫어해."

처음 왔던 대로 개울을 건너 버스 종점 밑으로 내려가자 석조장 옆에 계곡주점이란 간판이 아치처럼 걸려 있었다. 쥐똥나무로 울타리를 둘렀고 그 위로 연록의 참나무 잎이 무성히 드리운 걸 보면 숲의 일부를 주점으로 쓰는 듯했다. "이, 여기." 니는 혼잣말처럼 헸으나 세 사람 다 약속이나 한 듯 계곡주점 입구로 들어섰다.

입구 왼편에 있는 목련나무가 먼저 눈에 들어왔다. 목련은 시들어 누런 잎이 땅에 쌓여 있고 두 송이만 남아 가지엔 잎이 돋아 있었다.

숲 속의 주점엔 세 개의 탁자가 놓여 있었다. 주인 여자가 빈대떡을 부치는 입구 옆의 탁자는 비어 있고 안쪽의 탁자엔 두 남녀가 자리 잡고 있었다. 우리는 가운데 자리에 앉았다.

선생은 맥주 세 병과 빈대떡을 시켰다. 나는 나뭇잎 사이로 하늘을 올려다보는 윤선에게 담배를 내밀었다. 선생이 켜준 불을 민망해하며 당기곤 윤선은 혼잣말로 감동을 표시했다.

"아, 여기 좋네. 여행 온 것 같애."

"옛날에 버스가 다니지 않을 땐 더 좋았어요. 밤에 포장 안 된 큰길로 걸어가면 돌부리에 차이기도 하고 정말 시골 같았어요. 개울

물 소리를 들으며 하늘을 보면 별이 총총하고. 나는 산골에서 태어났으면 좋았을 텐데."

"기주 씨는 도시 사람인데 자연을 그렇게 좋아해요. 나는 바닷가에서 얼마 떨어지지 않은 읍에서 살았지만 자연에 대해 별 감흥이 없는데 산은 산이고 물은 그냥 물이에요."

"자연이 아름답잖아? 신비스럽고. 새는 어디로 자꾸 날아갈까. 꽃이 피면 벌이 찾아드는 것도, 나비들이 희롱하며 날아다니는 것도 신비하고 아름다워. 난 기독교도는 아니지만 창세기를 가끔 생각해 봐요. 아담과 이브처럼 살면 전쟁이 왜 일어나. 우리는 지금 본능과 너무 멀어져 있어. 쓸데없이 복잡하기만 하고."

선생의 말을 윤선이 받았다.

"우리가 본능이란 말을 많이 쓰지만 어느 학자의 보고에 의하면 본능이란 건 사실 없다고 해요. 본능 중에 가장 신비에 속하는 것이 동물의 새끼 보호 본능인데 원숭이가 새끼를 낳자마자 서로 분리시켜 키웠더니 나중에 함께 키워도 자기 새끼를 쳐다보지도 않더래요. 또 오리 새끼가 알에서 깰 때 어미는 떼고 풍선을 띄워놓았더니 그놈이 커가면서 풍선만 따라다니더라는 거예요. 에덴의 아담과 이브도 본능 이전의 상태가 아닐까요?"

"새끼와 어미를 실험할 수 있을진 몰라도 남자 여자는 실험 못할 거야. 그러다 서로 눈 맞아버릴 텐데? 그리고 본능이 없으면 어떻게 지구가 존재해. 사람 사는 게 다 자연의 이치대롭니다. 그러니 기주 씨도 결혼해야 해. 결혼해서 행복을 찾아야 해."

"선생님, 행복하면 얼마나 행복하겠어요. 또 불행하면 얼마나 불행하겠어요."

선생이 결혼 말을 두 번째 했으므로 나는 정색을 했다. 선생은 딴전을 부리듯 주점 입구 쪽을 바라보며 혼잣말을 했다.

"세상을 깔봐서 그래."

동구 선생이 윤선에게 두 잔째 맥주를 따라주는데 안쪽에 앉아 있던 남자가 우리 자리로 다가왔다. 마흔이 채 못 돼 보이는 마르고 젊은 남자였고 인상이 나쁘지 않았다. 남자는 "잠깐 말씀드려도 될는지 모르겠습니다만." 하고 우리를 둘러봤다. "네, 하세요." 연장자인 선생이 선뜻 들어주겠다는 표시를 하자 "사실 저희 부부가 날이 좋아서 이곳까지 나왔습니다."라며 운을 뗐다. 집안에 문제가 있어서 산보를 하면서 얘기를 나누었는데 도무지 결론을 못 내리고 있노라고 핵심부터 말했다.

"옆에서 보니까 선생님과 제자분들이 함께 오신 것 같은데 좋은 말씀들을 나누시더군요. 그래서 저희들이 선생님들께 얘기를 드리고 의견을 들었으면 싶어서요. 너무 번거롭게 하는 건 아닌지 죄송합니다."

뜻밖의 제의였으나 호기심이 당겼다. 무슨 답답한 일이기에 생판 모르는 옆자리 사람의 말까지 들어보겠다는 것일까. 서로 단절된 도시 생활에서 흔치 않은 일이었다. 선생은 대뜸 "그러세요." 응하고 "이분들 훌륭한 분들이라고. 그럴 자격이 있는 사람들입니다." 사족까지 붙였다.

남자는 진심으로 고마워하며 여자가 앉아 있는 자리로 갔다. 남자가 우리에게로 오면서부터 줄곧 우리 자리를 지켜보던 여자는 나와 눈이 마주치자 눈인사를 했다. 머리에 금빛 망사 수건을 쓰고 가슴이 좀 드러나는 줄무늬 티셔츠에 까만 와이셔츠를 걸쳐 입고 있었다. 흰 얼굴에 윤곽이 또렷하고 골격이 튼튼해 보였으며 옷 탓인지 화려한 인상이었다. 그래서 가정주부라기보다 정숙한 다방 여주인 같았다.

여자는 남자와 함께 남은 맥주 두 병을 들고 우리 자리로 왔다.

지푸라기 23

남자는 맞은편에 앉아 "집사람입니다." 하고 여자를 인사시켰다. 선생은 우리를 젊지만 대단한 사람이라고 치켜세우며 소개했다.

"그런 분들처럼 보였어요."

남자는 이날의 합석을 좋은 인연으로 생각해 달라면서 선생 앞에 놓인 빈 잔에 맥주를 따랐다. 선생은 잔을 단숨에 비우고 여자에게 내밀었다. 여자는 받아 쥔 잔을 공손하게 선생 앞으로 되밀며 양해를 구했다.

"술을 잘 마시면 저도 좋을 텐데 술을 못합니다. 제가 선생님께 드리겠습니다."

술잔이 오가고 분위기가 자연스러워지자 남자는 그들이 결혼한 지 십 년째 되는 부부라고 말문을 꺼냈다. 그간 이런저런 일도 많았지만 그들은 여태 큰소리로 싸워본 적 없는 금슬 좋은 부부라는 것부터 강조했다. 이어 박 정권 때 지방에서 꽤 높은 공직에 있었으나 모함으로 밀려났다는 부친 얘기를 꺼냈다.

"저희 아버님은 남에게 싫은 소리 한마디 못하고 마음은 그럴 수 없이 착한 분인데 울분과 좌절감이 컸던지 폭음으로 몇 해를 보냈습니다. 그 결과 관직에서 물러난 지 오 년째 되던 해 식도암 진단을 받게 됐습니다. 암 중에서도 악성인데 목구멍으로 무얼 삼키질 못하니 위에 연결된 호스로 영양분을 공급해야 했어요. 이부자리 가는 것부터 그 모든 수발을 집사람이 다 했지만 무엇보다 사람이 형태를 잃어가면서 죽는 것을 지켜본다는 일은 큰 고통이었을 겁니다."

서두를 보아하니 범속한 고생담이 이어질 듯했다. 남자는 맥주를 한 모금 마시고 부친이 돌아가신 뒤의 얘기를 계속했다. 가세가 크게 기울자 호구지책으로 여기저기서 빚을 내어 다방을 시작했는데 배운 경험도 없었으나 일 년은 그럭저럭 괜찮았어요, 하며 다음 사건을 예고했다.

칠 년 전 대구에서 일어난 총기 난동 사건을 기억하느냐, 물으면서 남자는 사건 경위를 간략하게 들려주었다. 군복무 중인 군인이 변심한 애인과 마지막으로 만나기로 약속하고 탈영한 사건인데 총을 소지하고 탈영병이 찾아온 곳이 바로 그들 부부가 운영한 다방이었다. 그 탈영병은 남자의 동생과 같은 내무반에 근무했고 전에 그 다방에 놀러 온 적이 있었다.

다방 이름이 '제비'라는 말을 듣자 그제야 사건이 어렴풋이 떠올랐다. 다방에 함께 나간 여자의 오빠와 종업원 한 명이 즉사하고 몇 시간 인질로 잡고 있던 여자를 끌고 창으로 뛰어내리려 했던 탈영병은 결국 잡혔다. 여자는 그 뒤 정신병원에 들어갔다는 기사를 본 기억도 나는데 제비 다방 주인과 마주 앉아 있고 보니 신문에 보도되는 사건이 멀리서 일어나는 일들만은 아니구나, 생각되었다.

그 일로 다방은 쑥밭이 되었고 다행히 집사람은 다치시 않았지만 충격이 몹시 컸다. 어머니는 두 달 뒤 고혈압으로 쓰러지셨다고 남자는 그 뒷얘기를 침착하게 했다.

"이런 우여곡절이야 사람 사는 데엔 크게 작게 있게 마련이지만 저희는 서울로 올라와 다시 시작했습니다. 다행히 저는 이재(理財)에 밝은 편이라 친구 사업을 도와 일으켰습니다. 생활은 그런대로 꾸려나갔고 부부 사이는 변함없었습니다. 집사람 역시 저를 위해 모든 것을 잘 견디어주었습니다."

"네, 사실 그랬습니다."

성실하게 자신들의 인생을 얘기하는 남자 옆에서 여자는 조용히 고개를 끄덕였다. 감동을 줄 정도로 진지한 모습들이었고 우리는 남자의 미처 끝나지 않은 얘기에 계속 귀를 기울였다.

"저는 삼 형제 중 맏이입니다. 부모님이 돌아가신 뒤 동생들을 데리고 살았습니다. 그동안 동생 둘을 결혼시키고 이젠 좀 홀가분해졌지요. 형 구실도 할 만큼 다했고 뜰 한 모퉁이에 토란을 심을 수 있을 정도로 생활에도 여유가 생겼어요.

집사람은 집사람대로 새로운 일을 찾고 싶었는지 어느 날, 신앙을 갖고 싶다고 해요. 그동안 하루하루 허덕이며 살았으니 이젠 정신적인 믿음을 찾고 싶다고요. 원래 조용한 것을 좋아하는 사람인데 사실 그동안 쉴 틈도 없이 집안일에 매달려 왔지요. 저는 늘 바깥일을 하고 제 생활에 충족해서 신앙을 별로 필요로 하지 않았습니다만 집사람에겐 하고 싶은 대로 하라고 했습니다. 집사람은 집회에도 나가고 책도 열심히 보았지만 우리 생활엔 변동이 없었습니다. 전에 심했던 두통이 없어졌다고 해서 저는 오히려 집사람의 신앙생활을 좋아했습니다. 그런데 보름 전입니다. 집사람이 갑자기 일 년만 집을 떠나고 싶다는 말을 꺼냈습니다. 신앙생활을 더 돈독히 하겠다고요. 너무나 뜻밖의 말이었습니다. 납득할 수가 없었습니다. 아무리 신앙이 중요하다지만 어떻게 그걸 허락하겠습니까. 일 년이 안 되면 반 년이라도 좋다지만 저는 절대 보낼 수 없다고 했습니다. 제가 무리한 겁니까? 집사람은 그날부터 계속 저를 설득시키려 하고 있어요."

긴 말은 아니었으나 사정은 대강 짐작되었다. 남자는 목이 타는지 남은 맥주를 단숨에 마셨고 선생은 남자의 빈 잔에 맥주를 채우며 빙긋 웃었다.

"참 좋은 분들이네. 사랑하면 됐지. 그것처럼 좋은 일이 있나."

"정말 좋은 분들이네요."

선생에 이어 나는 그들에 대한 호감부터 표시했다. "그래요." 윤선도 거들자 남자는 "선생님들이 그렇게 말씀해 주시니 고맙습니다." 가식 없이 말했다.

여자는 그 옆에서 고개를 숙여 보였다. 우리의 호의에 힘을 얻은 듯 여태 남편을 하늘같이 의지해 왔고 사랑했고 지금도 변함없다고 전제한 뒤 이번엔 자기 입장을 또박또박 얘기해 나갔다.

"아까 제 남편도 말했지만 저는 시동생 둘을 결혼시켰습니다. 일일이 말할 수 없습니다만 부모 못지않았다고 자부합니다. 내 구두 한 켤레 못 사 신어도 시동생 용돈은 잊지 않고 주었습니다. 집까지 잡히면서 사업 자금도 대주었습니다. 실패하고 다시 손을 내밀었을 때도 싫은 내색 않고 발바닥이 아프도록 돈을 돌리러 나다녔습니다. 한창 가난할 때 결합해서 저희 부부는 결혼식도 못했지만 시동생 결혼 땐 혼숫감을 장만해 떳떳이 예식장에서 여러 사람들의 축복을 받도록 했습니다. 저희들로서는 정말 한껏 다한 셈이죠. 그러나 시동생들은 그걸 너무나 당연하게 여겼습니다. 형님은 식을 올리지 않았으니 형님 먼저 올리십시오, 말 한마디 하지 않았습니다. 둘째 시동생이 결혼한 날 밤 지는 이금니를 물고 울었습니다. 그럴 수가 있을까요. 저도 사람입니다. 늦게나마 면사포를 써보고 싶은, 저도 여자입니다."

여자의 큰 눈에 눈물이 돌았다. 사정을 보니 동거부터 한 부부인 듯한데 면사포를 쓰고 싶다는 소박한 원을 이해할 수는 있었다. 남자는 물끄러미 여자를 보다가, 집사람이 고생한 건 정말 미안하게 생각하고 있다, 자기 사람에게 잘해 주고 싶지 않은 남자가 어디 있겠느냐며 자기대로 힘들었다는 표정으로 나직이 한숨을 쉬었다. 그리고 잠시 후 여태 하지 않았던 얘기를 꺼냈다.

우리는 아직 아이가 없다, 부모 입장에선 장손을 몹시 기다리게 되고 내게 독촉도 했지만 나는 그 점에 대해 한 번도 집사람에게 압박감을 준 적이 없다, 노력해도 낳을 수가 없다면 그건 팔자가 아니겠냐, 그것 때문에 고민도 했지만 헤어진다는 건 상상도 하지 않았다고 머리까지 흔들었다. 그만큼 부인을 이해했고 신앙도 가지도

지푸라기 **27**

록 했고 자신이 할 수 있는 한 포용했다는 것이 결론이었다.

남자가 여자의 약점이나 다름없는 아이 문제까지 비추었으나 여자는 그것을 수긍해서인지 무심히 흘려서인지 그 말에 개의치 않고 떠나야겠다는 말을 되풀이했다.

"이 사람은 제가 다시 돌아오지 않는다고 생각하지만 저는 꼭 돌아옵니다. 제 행동은 어떤 믿음에서 나온 것이기 때문에 거짓이 없습니다."

"부인은 지치신 것 같아요. 잠시 집을 떠나 있겠다는 말은 같은 여자 입장에서 이해할 수 있어요."

여태 두 사람의 얘기만 듣고 있었던 나는 한마디라도 해야 할 것 같아서 입을 뗐다. 아무리 사랑하는 사이라도 혼자 보내고 싶은 시간이 있다, 사랑도 휴식이 필요하지 않겠느냐고. 또 보낼 수 없다는 말도 이해 안 되는 건 아니다, 가정의 질서가 깨어지는 데에 대한 두려움에서도 부인을 보내기가 쉽지 않을 것이라고.

아무튼 나는 조심스레 결론을 보류했으나 선생은 주문을 외듯 또다시 "사는 게 다 똑같아. 사랑하면 행복한 거지." 말했다. 이런 자리에서 사랑 지상주의는 문제 밖의 것인데 그럴 때의 선생은 어쩔 수 없이 노인이라는 생각이 들었다.

여태 부부의 얘기를 심각한 표정으로 듣고 있던 윤선이 그제야 나섰다.

"보내줄 수도 있어요. 이분은 휴식이 필요한 거예요. 충분히 쉬고 나면 다시 돌아올 거예요. 떨어져 있는 동안 서로의 존재를 확인할 수 있고 그러면 보다 절실하고 아름다운 관계가 될 거예요."

"글쎄요."

남자는 회의적으로 중얼거렸다. 윤선은 돌아올 거라고 말했지만 그 점은 쉽게 단언할 성질이 아닌 것 같았다. 여자는 동지를 만난

양 윤선에게 미소를 띠어 보이곤 색다른 실화를 들려주었다.

삼 년 전 한동네에 사는 무당과 마주친 얘기였다. 머리를 거의 중처럼 짧게 잘랐고 두 눈이 호랑이처럼 번쩍거렸다고 무당의 특이한 외모부터 먼저 설명해서 우리의 호기심을 돋우었다.

"아주 영험하다는 말을 들었습니다만 그 눈을 보고 나도 모르게 신수를 봐달라고 했습니다. 마음이 답답했던 때였어요. 그런데 그 무당이 나를 한참 바라보더니 당신 눈이 무서워 못 쳐다보겠다, 하는 겁니다. 긴말도 않고 큰일을 할 사람이 왜 그러고 있느냐, 해요. 그게 무슨 뜻인지는 확실히 몰랐지만 무언가 쿵 하고 가슴에 부딪혀왔습니다. 그 뒤 저는 신앙을 갖게 됐습니다. 눈을 뜬 거죠. 이제 저는 제 일을 하고 싶습니다. 사람에게는 다 때가 있잖습니까. 제가 잠시 떠나겠다는 것은 남편에게 불만이 있어서가 아닙니다. 바람이 난 것도 아니고 신앙인으로서 참된 생활을 하기 위해섭니다. 그 원이 풀리면 일 년 뒤 틀림없이 남편 곁으로 돌아올 겁니다."

나는 한 잔도 못 비운 맥주를 찔끔 마셨다. 무당 얘기는 여태 귀 기울였던 얘기들마저 비현실적으로 만들 만치 엉뚱하고 황당한 것이었다. 여자는 무당 얘기를 하면서 눈을 부릅떴으나 그것은 순진한 눈이었지 결코 무섭진 않았다. 나는 "부인의 신앙은 어떤 건데요." 하고 아까부터 궁금했던 것을 물어보았다.

"네, 미륵 신앙입니다."

미륵, 미륵이란 말을 듣자 순간 귓불이 내 팔뚝만 한 거대한 은진 미륵이 떠올랐다. 석가 입멸 후 오십구억 칠천만 년 뒤 이 사바세계에 출현한다던가? 오천 년 역사 속에 핏줄처럼 이어져온 어머니 같은 이름이지만 여자의 입에서 미륵이란 말이 나온 것은 뜻밖이었다.

"무얼 믿든 믿는 것은 좋습니다. 집회에도 나가게 하고 저는 아무것도 간섭하지 않겠습니다. 그러나 가정을 가진 사람이 집을 완전히 떠나서 신앙생활을 한다는 건 납득이 안 갑니다. 다시 돌아온 다지만 사람 일은 믿을 수가 없어요."

"왜 나를 못 믿으세요. 여태 한번이라도 당신 뜻에 어긋난 행동을 한 적이 있었나요."

여자가 안타깝다는 듯 고개를 내젓자 남자는 팔을 탁자에 고인 채 눈을 잠시 감았다.

"당신을 못 믿겠다는 게 아니라 일을 못 믿겠다는 거야. 나 자신부터 못 믿어요. 기다릴 자신이 없어요."

"그러면 나를 아주 보내주세요. 당신이 자신이 없다면 헤어져도 좋습니다. 나를 보내만 준다면 당신이 어떻게 하더라도 결코 후회하지 않을 겁니다."

맥주를 세 잔째 비우고 약간 상기된 윤선은 눈을 치뜨고 여자를 바라보았다.

"그러니까 자신은 큰일을 할 사람이라는 거죠? 그동안 시동생 뒷바라지나 했지만 이제는 자기 잠재력, 능력을 한껏 발휘하겠다, 이거죠? 작은 인연에 매여서는 방해가 되니까 잠시라도 집을 떠나겠다는 거죠? 남을 돕기도 하면서 자기 성취를 하겠다는?"

"그렇죠."

윤선의 말은 거창했다. 여자도 윤선의 말이 제 생각을 앞지른 것을 느꼈는지 얼떨떨한 표정으로 대답했다.

"그런데 가신다는 곳은 어딘데요. 물어도 좋은지 모르겠지만."

"십선도를 닦아야 합니다. 우리 인간은 너무 타락해서 십악업만 지었어요. 그것을 닦아야 세상이 구원받습니다."

나는 구체적인 장소를 물었으나 여자는 교리를 말했다. 십선도란 것은 십계명 같은 것이려니 짐작되는데 생활 속에서도 교리를 지킬 수 있잖아요, 말하려다가 그만두었다. 이따금씩 인생에서 도망치듯 절간으로 들어가곤 하는 내가 그런 말을 할 수는 없었다. 또 여자의 결심은 이미 굳은 듯 보였다. 하늘처럼 의지했다는 남편에게서마저 떠나려 하지 않는가.

우리들이 계속 탁구공을 튀기듯 말을 주고받는 동안 선생은 술만 마셨다. 이따금 양미간을 모은 채 눈을 감고 있는 걸 보면 오가는 말들이 골치 아프게 여겨진 것이 틀림없다. 선생은 빈 맥주병을 눈으로 헤어보곤 끝낼 채비를 했다.

"자, 남은 술 마시고 일어서자. 좋은 분들이야. 이런 봄날 부부가 산보 나와서 대화를 나누고 아름답잖아."

"선생님, 고맙습니다. 바쁘실 텐데 저희 얘기를 다 들어주서서 참고가 많이 됐습니다."

부부가 다 수긍할 만한 결론은 끝내 나오지 않았고 남자도 계속 얘기할 수는 없다고 생각했는지 일어설 기미를 보였다. 남자가 시계를 들여다보자 여자도 일어섰다. 나는 그들에게 미안한 생각이 들어 "두 분 다 진실한 분이라는 건 알겠어요." 하고 말끝을 흐렸다.

그들 두 사람 다 이해할 것 같았으나 무엇을 어떻게 말해야 할지 막막했다. 내가 남자라면 나 역시 여자를 보내려 하지 않을 것이다. 남자는 여자가 이렇게 되기까지의 원인을 잘 모르는 듯했으나 나는 여자 가슴에 뚫린 구멍이 무엇인지 알 것 같았다.

부부가 먼저 가겠노라고 고개 숙여 인사하자 선생도 일어나 "그러세요. 두 분 행복하세요. 오늘 좋은 날입니다." 깍듯이 인사말을 했다. 선생은 행복의 전령처럼 마지막까지 행복이라는 말만 되풀이했다. 여자가 떠나는 것이 살 길이라고 굳게 믿고 있는 윤선은 끝내 남자가 수긍하지 못하는 것이 안타까운지 "부인 자리에 서보셔야 심정을 알 거예요." 의리 있게 한마디 던졌다. 여자는 윤선의 손을 마주 잡았다.

지푸라기 31

"정말 고맙습니다. 만나서 반가워요."

깊은 감사의 뜻이 여자의 큰 눈에 넘치고 있었다. 여자는 주점 입구의 목련나무 밑에 서서 나와 선생에게 눈인사를 했다.

그들이 등을 돌리려는데 나는 저, 하고 여자를 불러 세웠다. 얘기를 나누다 말았지만 정작 중요한 것을 빠뜨렸다는 생각이 들었다.

"신앙에 대해 좀 더 얘기했더라면 좋았을 텐데. 그걸 알고 싶은데요."

여자는 최면이라도 걸 듯 나를 정시했다.

"미륵님이 언젠가 오신다는 거죠. 곧 세상에 오실 겁니다." 여자의 얼굴이 빛난다고 생각하는 순간 누렇게 시든 목련 이파리가 허공으로 떨어졌다. 나는 멍하니 여자를 바라보았고 잠시 후 부부는 시야에서 사라졌다.

안주로 시킨 빈대떡이 거의 손대지 않은 채 남아서 선생은 주인 여자에게 그것을 데워달라고 내주었다. 또 맥주 두 병을 더 시켰으나 나는 만류하지 않았다.

겨우 두 잔을 비우고선 나는 나른한 기분으로 잠자코 앉아 있었다. 목련나무 밑에 서 있던 여자의 모습이 자꾸 눈앞에 떠올랐다. 나는 생각에 잠겨 있었고 윤선은 윤선대로 말없이 담배만 피웠다.

술이 나오자 선생은 그것을 나와 윤선의 잔에 가득 따랐다. 선생은 내가 채운 술잔을 들고 목련나무에 남은 한 송이 꽃을 물끄러미 바라보았다. 목련이 추억을 불러일으켰는지 자신의 청년 시절에 휴양차 옥천사에 묵었을 때의 얘기를 했다.

"달밤에 귀신처럼 피어 있는 자목련을 보고 홀린 듯 화구를 들고 나가 그림을 그렸어. 계곡에 붓대를 씻으면서 달이 넘어갈 때까지 몰아 경지에서 화폭만 들여다봤지." 하고 꿈꾸듯 허공을 바라보았다.

나는 이제 그런 감흥만으로 그림을 그릴 수 없을 것 같다고 말했다. "자연은 자연이고 회화는 회화니까." 이어 선생님도 산수화를 보면 돌아선다고 했지만 사실 이 시대에 산수화를 그리는 것은 가짜 행위라고 못 박았다. 사람이 자연의 일부이나, 자연을 역행해서 살고 있는 현대 사람들이 진정한 산수화를 그릴 수 없다고.

그림에 관한 말을 하고 나자 내 황폐한 화면이 떠올라 마음이 무거워졌다. 나는 자화상을 일 년이 돼가도록 아직 완성치 못하고 있다. 삼백 호의 화면엔 손수건만 한 창을 등지고 내가 앉아 있다. 인물 주위엔 온통 형태를 알 수 없는 사물들이 회청색, 암황색으로 짓뭉개져 있다. 말하자면 산업 쓰레기 속에 내가 묻혀 있다. 얼굴도 거의 형체를 알아볼 수 없이 문질러져 있고 꿈틀거리는 의식인 양 손만 움직인다. 손이란 표정이 풍부한 인체 부분이어서 나는 한 달이나 손에 매달렸는데 손만 살아 있는 미완성 자화상은 외면하고 싶을 정도로 섬뜩한 것이었다. 하긴 이 시대에 산수를 짓는 행위가 가짜인 만큼 내 화면이 자연을 배반하는 언어로 짓이겨졌다 하더라도 이상할 것이 없다. 나는 선생에게 모처럼 내 그림에 대한 고민을 말했다.

"요즘 제 그림이 너무 두터워져요. 아파트니 사람들 표정이니 세상이 너무 매끄러워서요. 매끄러운 게 싫어서 마티에르가 심해요. 그게 내가 할 수 있는 최선의 표현이지만 또 예술의 한계로 느껴져요."

"세상과 화해하지 못해서가 아닌가?"

윤선의 말에 나는 날카롭게 대꾸했다.

"아까 그 여자처럼 미륵 출현을 기다리며 가짜 화해를 하나요? 선생님처럼 내세를 그릴 수도 없어요. 예술은 내 뿌리를 찾으려는 노력이기도 한데 예술이 구원이 될 수 있을까란 물음이 절실할 때, 그토록 절망적일 땐 예술도 지푸라기같이 여겨져요. 그만큼 인생이 준열하달까. 그런 인생을 성찰해야 하기 때문에 예술로선 가짜 화해를 할 수 없어요. 아까 그 여자는 가짜 미친 상태에 있어요. 여자는 제 나름대로 희생하며 살았으나 뒤늦게 제 삶에 허망함을 느낀 거예요. 난 여자들에게서 그런 유형을 많이 봤지만 그 여자는 뻥 뚫린 구멍을 메우기 위해 지푸라기를 잡듯 미륵을 찾은 거예요."

"난 그런 것까진 못 느꼈는데. 여자도 자기 삶을 자유롭게 선택해야 한다는 생각으로 아까 그 부인을 이해했거든요."

윤선은 오랜만에 열변을 토한 나를 유심히 바라보았고 나는 선생에게 화살을 돌렸다.

"아까 그 부부는 아주 평범한 사람들이에요. 그들을 기준으로 봐도 남녀의 사랑 혹은 성이 절대가 될 수는 없잖아요. 그게 아니라면 그 여자는 성에 만족을 못해서 종교에 미친 걸까요."

선생은 베레모를 벗어 숱 없는 머리카락을 다듬었다.

"다른 사람 얘기는 잘 모르겠어. 다만 나는 버러지같이 살다 가고 싶어요. 큰소리 치지 않고 참으로 사랑하면서. 그림은 안 그리면 못 살 것 같으니까 그렇지만 사랑 말고는 없어."

추가시킨 맥주 두 병을 다 비우고 밖으로 나서자 명주실같이 눈부신 한낮의 햇살은 어느새 오렌지 빛 여운을 띠고 있었다. 석수장이의 비석 깎는 소리가 햇살과 함께 땅속으로 스러지는 것 같았고 산에는 깊은 그늘이 드리워 보랏빛 음영을 띠고 있었다.

주점에서 석수장 쪽으로 걸음을 옮기려는데 보도에 쭈그리고 앉아 있는 여자가 눈에 들어왔다. 마흔이 채 안 된, 연갈색 셔츠를 입은 여잔데 땅바닥을 손으로 문지르고 있었고 나는 그 옆에 다가가서 여자가 하는 짓을 가만 지켜보았다.

처음엔 무엇을 찾는 줄로 생각했으나 여자는 손가락으로 흙먼지를 한쪽으로 밀어가고 있었다. 꽤 오래 그 일을 한 듯 주위엔 군데

군데 흙먼지며 나무 부스러기들이 작은 더미를 이루고 있었다. 뿐 아니라 내 발 앞엔 쓰레기를 모은 비닐봉지까지 놓여 있었다.

여자는 내가 옆에서 지켜보는 것도 의식지 않을 정도로 그 일에 몰두해 있었다. 티끌을 모아놓고도 행여나 그것이 흘려졌을까 봐 금방 손으로 훔친 땅을 또다시 훑곤 했다. 길지 않은 머리를 고무줄로 껑충 묶고 맨허리를 드러낸 채 쭈그리고 앉아 있는데 성실한 아이 같은 그 표정을 보면 세상의 티끌이란 티끌은 다 모을 것 같았다.

선생은 종점 쪽으로 몇 걸음 떼고 있었으나 나는 건너편 정류소에서 차를 타겠노라 소리쳐 말하고 길을 건너갔다. 내가 계속 뒤돌아보자 윤선도 뒤돌아보며 "미친 여잔가 봐요." 하고 고개를 갸웃했다. 나는 문득 세상이 더러워서 저런가? 생각했으나 윤선은 "결벽증이 심했나 봐요." 하고 추측했다.

정류소는 종점을 바로 지척에 둔 거리였다. 정류장에 서서 무심히 길 건너편 쪽을 보는데 주점 앞 보도에 쭈그리고 앉아 있던 여자가 두리번거리며 길을 건너고 있었다. 여자는 옥수수 무늬의 왜바지를 입고 있었다. 바지가 깃발처럼 펄렁거려 껑충한 옥수수가 걸어오는 것 같았다. 여자는 비닐봉지를 들고 태무심한 표정으로 길을 건너 우리가 서 있는 정류소 쪽으로 걸어 내려왔다.

정류소의 푯대 옆에 은행나무 가로수가 있어서 나는 한 손으로 나무를 잡았다. 이제 잎이 막 돋아나 짙푸르지 않은 연록의 나무가 소년같이 풋풋했다.

마름모꼴 은행 잎을 올려다보다 고개를 돌리는데 옥수수 같은 여자가 내게서 시선을 떼지 않은 채 다가오고 있었다. 윤선은 한 발짝 비켜서며 여자가 지나가도록 했고 나는 호기심과 두려움이 반반 섞인 마음으로 어정쩡하게 서 있었다. 여자는 내 코앞에 바짝 다가와선 "나무에 손을 대지 마." 잠꼬대하듯 말했다. 나는 여자가 미쳤다는 사실도 잊고 "왜요?" 물었다.
"나무에 손때가 앉아서 나무가 안 자라. 사람들이 자꾸 손을 대면 숨구멍이 막혀서 안 자란단 말야."
나는 나무에서 슬그머니 손을 떼고 막 잡고 있던 부분을 들여다보았다. 정말 그 언저리엔 거뭇한 손때가 묻어 있었다. 정류소 앞의 가로수여서 사람들이 손을 많이 댄 듯했다. 여자는 안주머니에서 작은 휴지 뭉치를 꺼내 나무에 문질렀다. 그 휴지도 길에서 주운 것인지 깨끗하진 않았지만 나무를 닦은 부분이 거뭇해졌다.
여자는 만족한 표정으로 휴지를 다시 안주머니에 집어넣고 내 옆으로 스쳐 갔다. 아무 일도 없었던 듯 태연하게 정류소 아래로 걸어갔다. "이상한 사람이네." 윤선은 여자의 뒷모습을 바라보며 머리를 갸웃했고 선생은 "재미스럽잖아. 훌륭한 분이야." 농담이면서 진담 같은 말을 했다.
무심결에 나는 나무에 또 손을 대려다 급히 손을 내렸다. 그리고 매끄럽지 않으나 고른 나무 표피를 보며 덧칠만 된 내 화면을 떠올렸다. 그 행위보다는, 메시지도 없지만 아름다운 소설을 쓰고 싶다는 윤선의 관념적 미학보다는, 또 사랑과 예술로 자기 구원을 하고 그 행복한 삶의 연장으로 내세를 그리는 선생의 관조주의보다는 미친 여자의 티끌 지우기가 한발 더 앞선 행위가 아닌가 생각하며 버스 한 대를 그냥 보냈다.

물속의 방

　엘리베이터에서 내리지미지 희수는 문 앞으로 다가가 손잡이를 홱 잡아당긴다. 얼굴은 더위로 빨갛게 달았고 급한 마음에 열쇠 꽂을 생각도 못했지만 문은 아무 저항 없이 열린다. 문을 잠그지 않았던가? 무작정 한 발을 들여놓은 후에야 희수는 고개를 갸웃한다. 잠깐 나갈 땐 문을 잘 잠그지 않거니와 물건 값도 두 번 치르는 등 워낙 정신을 빠뜨리고 다니는 희수여서 이날도 문을 열어둔 채 나온지 모른다. 분명히 잠갔다는 생각도 들지만 희수는 자신할 수가 없다. 마루에 올라서자 그동안 피아노를 치러 간 정미가 집에 온 건 아닐까, 하는 생각이 들었다. 언젠가 희수가 나간 사이에 일찍 집에 왔던 정미가 두 시간이나 어린이 놀이터에서 헤맨 적이 있었는데 그 뒤 희수는 딸아이에게도 따로 집 열쇠를 만들어주었다. 정미야, 종일아……. 공연히 누군가 집에 있을 것 같아서 아이들 이름을 차례로 불러본다.
　정미 방은 비어 있다. 침대 위엔 기린이며 토끼, 거북 등 봉제완구가 마구 쌓여 있고 방바닥엔 잘게 오린 색종이들이 신부가 지나간 듯 흩어져 있다. 어제 프리즘 숙제를 한다고 세모 통 유리를 만들더니 저렇게 온 방 안에 색종이를 어지럽혀 놓았다.

희수는 발끝으로 그것들을 한번 밀어보곤 내버려둔다. 지지난달, 아이가 열 개도 넘는 종이인형에 옷을 입혀 방에 늘어놓은 것을 치운 후 희수는 여태껏 이 방을 청소해 보지 못했다. 눈마다 별이 그려진 종이인형들을 한데 모아 책상 위에 올려놓았더니 정미가 대들 듯 항의했던 것이다.

인형도 제가 살 자리가 있단 말이에요. 시체같이 저렇게 포개 놓으면 숨 막혀서 죽잖아.

벽에 그려진 인디언 가족이 눈에 들어온다.

언젠가 텔레비전에서 인디언 기록영화를 본 후 머리에 띠를 두른 인디언 가족을 한 벽면 가득 크레용으로 그려놓았다. 이 집에 이사 오고 얼마 되지 않아서인데 처음 가져보는 제 방에 대한 권리나 표시하듯 했다.

커튼이 내려진 정미 방을 나서며 종일이 방도 열어보려다 그만둔다. 종일은 오늘 아침부터 수영장에 갔다. 태권도도 배우고 동네 아이들과 야구를 하느라 해가 져야 집에 들어온다. 희수는 제 손에 여태 비닐봉지가 들려 있는 것을 보고 주방으로 간다.

주방과 한 공간으로 트인 거실에 들어서자 희수는 우뚝 멈춰 서서 눈을 찌푸린다. 서향인 거실 창으로 햇빛이 쏟아지고 인형극 무대 같은 수십 개의 창이 박힌 아파트 한 동이 눈에 들어온다.

희수는 슈퍼마켓 봉지를 팽개치고 벽면에 붙어 있는 스펀지 의자에 주저앉는다. 어쩐 일인가. 앞동이 시야를 가려 기분에 따라 커튼을 잘 내리고 있지만 햇빛이 쏟아지는 이 시각이면 어김없이 커튼을 쳐놓는다. 희수가 장 보러 가기 전에도 물론 커튼이 내려져 있었다. 그런데 몇십 분 사이에 온 거실이 햇빛 속에서 벌거벗고 있다니, 순간 앞가슴 사이로 벌레가 기어가는 듯해서 움찔했으나 땀이었다.

맞은편에 따로 놓여 있는 스펀지 의자 두 개가 먼저 눈에 들어온다. 옛날에 희수가 쓰던 것을 결혼 때 가져왔는데 겉에 녹색 코르덴을 씌워 멀쩡해 보이지만 속 스펀지는 종일의 왕자 검에 찔려 상처투성이다. 사실 손님이 와도 제대로 앉을 곳이 없어서 의자 대용으로 창 옆에 방석 다섯 개를 쌓아 놓았다.

희수가 앉은 의자에서 팔만 뻗으면 닿을 거리에 묶은 월간 여성지 몇 권이 쌓여 있다. 단지 안에 여성지를 빌려주는 이동차가 다니는데 우연히 그걸 보고 한꺼번에 몇 권을 빌려왔다. 그날 희수는 옛날 옷들을 꺼내선 고쳐 입는답시고 모두 뜯었다. 그렇게 한 보따리를 어질러놓고 나니 난감해져서 그걸 잊기리도 하듯 해가 질 때까지 쓰레기 같은 여성지만 들춰 보았다.

한 벽면에 붙어 있는 장식장엔 텔레비전과 비디오, 앰프와 스피커가 장치돼 있고 레코드가 빼곡히 꽂혀 있다. 집에 가구는 거의 없으나 이런 전자제품은 남편의 직업상 필수품이어서 최상품으로 갖추었다. 장식장 가운데 공간엔 말린 장미가 꽂힌 도자기와, 병 모양의 입상 테라코타 한 점이 놓여 있는데 이런 것들은 싫든 좋든 중산층의 그럴듯한 취미를 보여주고 있다.

맞은편 벽엔 묵화 한 점이 걸려 있다. 몇 개의 산봉우리와 마을이 그려진 동양화인데, 비 온 뒤 장다리꽃이 피고 고요한 가운데 그 향기가 바람에 날리니 보던 책을 덮는다는 한시가 여백에 적혀 있다. 안개가 피어오르는 듯한 산마을 분위기와 속기 없는 날카로운 글씨가 잘 조화되었거니와 까만 마트를 넣은 서양화식 액자가 세련되어서 지난해 어느 전시회에서 산 것이었다.

그런데 햇빛이 액자에 비치니 여태 보던 것과는 달리 산이 벌거숭이처럼 드러났다. 불그레한 묽은 색이 번져 있는 산 밑 부분이 햇빛에 반사되자 헌데 난 까까머리같이 보인다. 산봉우리에 마을이 있는 것도 부자연스럽다. 또 마을 너머 산 빛깔이 묽은 하늘빛으로 칠해져서 앞산과 동떨어져 보인다.

그림에서 허점을 잡아내며 희수는 좀 당황했다. 희수 같은 주부가 삼십만 원의 목돈을 아낌없이 그림 값으로 쓴 것은 미술을 원래 좋아해서이기도 하지만 무엇보다 그 풍경이 희수의 유년을 떠올리게 했기 때문이다. 어릴 때 몸이 약했던 희수는 학교 들어가기 전까지 가족과 떨어져 할머니 할아버지와 그런 산마을에서 살았다.

세 끼 밥 짓는 빛바랜 의무, 현실적 책임이 입을 벌리고 있는 일상에서 그것은 희수에게 그리움을 불러일으키는 추억의 거울 역할을 했다. 그러나 이제 그것은 잘못된 그림에 불과할 뿐이다.

희수는 못 볼 것이나 본 듯 벌거숭이로 드러난 산을 외면한다. 그리고 그 원흉인 햇빛을 막아보려고 일어서다가 커튼이 없어진 것을 그제야 깨닫는다. 커튼이 없어지다니, 희수는 너무 놀라서 입만 벌리고 있다가 잠시 뒤에야 찬찬히 추리하기 시작한다.

아무리 생각해도 희수가 문을 잠갔는지 어쨌는지 그건 확신할 수가 없다. 어쨌든 누가 들어온 것은 기정사실인데 도둑이라고 하더라도 커튼을 가져간다는 건 우습다. 거실엔 값비싼 비디오도 앰프도 있다. 하다못해 벽시계도 커튼보다는 값지다. 그런 것을 놔두고 커튼을 가져간 도둑이라면 틀림없이 정신병자지.

혹시 도둑이 물건을 싸가려고 커튼을 뜯어낸 것은 아닐까. 그러다 인기척을 듣고 도망갔을지도 모른다. 그렇다면 커튼을 팽개쳤을 텐데 적어도 거실에선 그것이 보이지 않는다.

희수는 수위실에 전화를 해볼까 하다가 먼저 방부터 봐야겠다는 생각을 한다. 커튼이 없어진 것 외에는 거실에 달리 이상이 없다는 점이 더욱 이상하다. 희수는 방으로 걸음을 옮겨 방문을 활짝 열어젖히고 팔짱을 낀 채 문 앞에 선다.

방을 한눈에 휘둘러보았으나 눈에 띄게 달라진 데는 없다. 장롱과 침대, 미국 잡지와 일본 잡지, 세계문학 전집과 희수 대학 시절 책들이 빼곡히 쌓인 흑갈색 책꽂이, 침대 위쪽에 붙어 있는 살렘 광고 판넬——담배를 피우며 갈대숲 사이로 걸어가는 연인들도 눈에 익숙한 그대로다. 또 한쪽 벽면에 걸린 스무 개도 넘는 신문, 잡지 광고 액자와 그 액자들을 위해 벽에 부착한 일곱 개의 조명등도.

이제 희수는 장롱 앞으로 다가가 옷장 속의 서랍을 열어본다. 하트형 장식이 세 개 달린 금목걸이, 쓰브 다이아가 네 개씩 박힌 쌍가락지, 주택부금통장과 저금통장이 있다. 금 일곱 돈의 목걸이는 어머니가 희수 결혼할 때 비상용으로 넣어준 것이고 쓰브 다이아 반지는 남편 상규가 넉넉지 못한 형편에서도 남자 과시로 해준 결혼반지인데 신혼여행에서 돌아온 뒤로 거의 서랍 속에 넣어두었다.

약간의 비상금이 남아 있을 저금통장은 볼 것도 없어서 희수는 서랍과 장롱 문을 탕 닫는다. 장신구를 즐길 줄 몰라서 반지 외엔 보석도 없고 귀중품도 없다. 아니 이 방의 귀중품은 무엇보다 광고 액자다.

    창백한 당신에게 (남자가 여자를 바라보며 약을 들고 있다.)
    빈혈약 세바틴
    남성의 멋 남성의 권위 실버텍스
    자연보호 캠페인 ② 산에서 우리는 거북이 병뿐 아니라 맥주병까지 줍습니다. 거북이양조주식회사 직원 일동

화장품, 치약, 과자, 없는 게 없어서 백화점 같다. 치약 하나도 견주어보고 사게 만드는 광고들을 보면 시간이 조각조각 나뉜 것 같은 생각이 든다. 또 소비를 자극함으로써 할 일이 너무 많은 것 같은 착각을 하게 만든다. 매일 광고백화점에서 살아선지 이따금씩 가슴이 옥죄는 듯한 신경 증세를 일으키곤 하는데 이날은 방이 아주 낯설게 보인다.

만약 도둑이 이 방에 들어왔다면 위가 나쁜 사람이 많은 음식이 한꺼번에 오른 식탁을 대하듯 껄끄러운 표정을 짓지 않았을까.

희수가 잠시 주제──누가 커튼을, 왜 떼어 갔는가?──를 잊고 새삼스럽게 광고 액자들을 바라보는데 전화가 울린다. 희수는 방에서 받으려다 거실로 나가 전화를 받는다. 여보세요, 말하자마자 "당신 어디 갔었어. 집을 비워두고." 남편의 목소리가 울린다.

"시장 갔어."

"장 보려면 문을 잠그고 가야지. 그러다 뭘 도둑맞으면 어떡하려고 그래."

그걸 어떻게 알지? 희수는 속으로 놀라고 남편의 활기찬 목소리는 연이어 울린다.

"집에 뭐 이상한 점 없어? 전화해도 안 되기에 곧장 집으로 달려갔더니 어부인께서는 외출하셨더군."

"그럼 커튼은 당신이? 뭣 하러."

"아까 주방 기구 잡지 광고사진 찍는데 세트 장치 다 해놓고 나니 뒷면 처리가 안 돼 있잖아. 급해지니까 우리 집 커튼이 생각나서 뛰어갔지."

"아이참."

희수는 어이가 없어서 더 이상 말도 하지 않는다. 글자 몇 자라도 적어두었더라면 이렇게 놀라진 않았을 텐데. "집에 뭐 없어진 거 없어?" 남편은 재차 묻고 희수는 맞은편 아파트 옥상에 일렬로 놓인, 거대한 비둘기 같은 풍향기를 바라보며 강조한다.

"커튼이 없어졌어. 덕분에 살찐 비둘기 쳐다보면서 땀 흘려."

"땀은 내가 더 흘리지. 안 그래요, 부인."

"그건 그렇지만, 물론."

희수는 시큰둥하게, 그러나 인정한다는 투로 대꾸한다.

"집엔 이상이 없나 보지? 사실은 내가 문을 잠그고 나오지 않았어. 너무 급해서 말야. 당신은 문을 잠갔는지 어쨌는지 그런 기억도 없어? 무슨 정신이 그래."

"그럼 문도 당신이?"

큰일이군, 하고 남편이 억양 없이 말한다. 그랬구나. 희수는 문을 잠갔고 남편은 제 열쇠로 아파트에 들어왔다. 남편과 통화할 때도 그런 추리는 전혀 하지 못했다. 사무실인지 옆에서 말하는 소리가 들리고 이어 몇 사람의 웃음소리가 울린다.

"옆에서 마누라 잘 감시하래. 당신, 전에 세탁기 광고할 때 여자가 나가는 장면 그리랬잖아. 그것 때문에 말하는 거야."

희수도 슬며시 웃는다. 몇 달 전 남편이 '세탁기가 주부의 일손을 덜어준다.'라는 광고 문구를 놓고 어떤 장면을 그려야 효과가 있겠느냐고 희수에게 물어본 적이 있다. 희수는 몇십 분 궁리 끝에 "여자가 외출한다."라고 말했다. 남편은 그때 뜻밖이라는 듯 "나는 뜨개질하는 걸 연상했는데?" 했다.

"그건 그렇구, 나 오늘부터 여관 작업이야. 뭐 하나 급한 게 발등에 떨어졌어. 밤낮 청바지만 입고 밤샘이나 해야 하니 나이 사십에 이게 뭐야."

"청바지는 당신이 좋아서 입는걸……."

"좋아해서 입나? 편해서 입지. 나 개츠비 되는 게 소원인 거 몰라?"

남편이 전에 없이 수선스럽다는 생각이 들어 희수는 의아했다.
"오늘 회사에서 뭐 좋은 일 있나 봐."
"오늘이 희다 치약 창립 사 주년인데 거기서 생각지도 않게 회식비를 보내왔어. 작년에 갑자기 광고를 끊어서 끙끙 앓았더니 알고 보니 물건이 잘 팔려서 광고 끊었대. 그걸 일 년 만에 말하니 지독들 하지."
정말 이렇게 긴 통화는 처음이다. 결혼한 지 십 년이 넘도록 통화할 때마다 중국집에 주문하듯 자기 용건만 말하고 전화를 끊었다. 동회에 가서 무슨 서류 떼달라, 집에 있는 일본 잡지 갖다 달라, 오늘 갑자기 여관 작업에 들어간다는 둥.
전화도 전화지만 출장이나 해외에 갈 때 보면 남편이 가정을 위해 사는지 직장을 위해 사는지 알 수가 없다. 출장은 꼭 주말을 끼워 금요일에 가고 외국에 나갈 때도 여름휴가 같은 때에 맞추어 간다.
그러다가 일 년에 한두 번쯤 사랑 과시를 하듯 선물을 한 아름 안겨주는 걸 보면 자기의 무심함을 미안해하는지 모른다. 몇 년 전 겨울엔 명동의 최고급 양장점에 데리고 가서 보너스보다 더 비싼 옷 두 벌을 골라주었다. 차이나 칼라에 가슴께엔 접시꽃이 수놓여 있고 허리 아래론 기계 주름이 펼쳐지는 흰 실크 드레스와 칼라에 회색 털이 달린 십구 세기풍의 긴 녹색 외투라 비싸기도 하겠지만 주저하는 희수에게 남편은 이런 때가 다시없다며 서슴없이 돈을 치렀다.
영화에서나 보던 것 같은 흰 실크 드레스는 그해 광고인들의 크리스마스 파티 때 딱 한 번 입었다. 옷이 날개여서 흰 실크 옷은 희수를 돋보이게 했다. 그날 희수는 뭇사람들의 시선을 받았고 남편은 "미인 부인을 숨겨두셨군." 소리에 몹시 즐거워했다.
집단속을 잘하라는 당부까지 받고 전화를 끊는데 막 벨소리가 울린다. 누구냐 묻지도 않고 문을 여니 앞동에 사는 대학 동창인 순옥과 통장이 서 있다. "어떻게 함께?" 희수가 두 사람을 번갈아 보자 순옥은 "응, 오다가 만났어." 하곤 통장에게 볼일 보라는 듯 안으로 들어선다. 향수 냄새가 끼친다. 집에서도 늘 화장하고 향수를 뿌리는 순옥이다. 통장은 웃지도 않고 금테 안경을 추켜올린다.

"아니 이 집엔 왜 베란다에 덩굴을 안 달죠? 오늘 오후에 국제 경제인 총회 손님들이 이 앞을 지나가니까 밖을 꾸며야 된다고 했잖아요. 십칠 동에서 이 집만 안 사 달았어."

어젠 반장이 와서 잔소리하더니 오늘은 통장을 보냈다. 외국 손님에게 좋은 인상을 준다고 생화도 아닌 플라스틱 덩굴을 베란다에 늘어뜨려 놓으라니, 그렇지 않아도 살벌한 아파트를 더욱 조악하게 보이게 했다.

"나 그런 것 못해요." 희수는 표정 없이 말한다.

"아니 겨우 천오백 원인데 그걸 왜 못해."

"그런 돈 없어요."

"누군 하고 싶어서 하나. 국가 차원에서 하라는 거니까 하지."

"그렇게 차원 높은 거 나 못해요. 그냥 가세요."

오십 줄에 든 나이지만 남에게 대놓고 반말을 하다니. 불쾌감을 누르고 희수가 딱딱하게 대꾸하자 통장은 사납게 얼굴을 일그러뜨린다.

"아니, 대한민국에서 당신 혼자 살아? 젊은 여자가 되지 않게 깐깐해. 나중에 일 있을 때 책임져요. 저렇게 협동심이 없으니 뭐가 안 돼."

통장이 세차게 문을 닫고 돌아가자 희수는 "지겨워." 하고 내뱉으며 거실로 들어선다.

"너 보기보다 세구나. 난 투덜거리면서도 그 유치한 나뭇잎을 주렁주렁 매달아 놨는데." 희수는 순옥과 마주 보고 벽에 기대앉으며

"밖에서 오는 길이야?" 건성으로 묻는다. 심심하면 놀러와선 희수가 피곤할 정도로 잡다한 일을 미주알고주알 털어놓는 순옥이라 반가워할 것도 없다.

"응, 시댁에 갔었어. 우리 시어머니 바람나서 시아버지 땅까지 날렸다는 거 말했지? 시아버지가 훈장질을 했던 샌님이라 여태 그런 것도 모르고 있었는데 이젠 좀 눈치 챘나 봐. 시어머니가 남자한테 집에 있는 돈 다 갖다 주고 빚까지 얻어 준 모양인데 지금은 그 이잣돈 대느라 쩔쩔매거든. 시어머니보다 열 살 아래라는 그 사기꾼은 도망쳤어. 육십 먹은 할망구가 아직까지 암내를 내니 그거야말로 망령이지 뭐야."

"그 나이에 그럴 정열이 있으니 부럽다."

그 말은 진심인데 순옥은 작은 눈을 보이지 않을 정도로 가늘게 뜬다.

"패가망신하면서까지 정열을 부려야겠어? 뒤에 고통받을 생각을 하면 정열로 인한 활기, 쾌락 따위는 도깨비불 같은 거야."

"그럼 넌 인생에서 무엇이 영원하다고 생각해? 소시민적으로 말해 봐."

희수는 아까 사 온 햇포도를 생각하고 주방으로 간다. 포도를 씻어 씨를 뱉어낼 접시까지 포개 왔는데 접시엔 물이 흥건히 괴어 있다.

"글쎄. 난 결혼한 여자니까 그 테두리 안에서 영원한 것을 가지려고 노력해."

순옥은 잠시 사이를 두었다가 콧등에 주름을 모으며 웃는다. 이어 어젯밤 술 냄새를 풍기며 늦게 돌아온 남편과의 정사 얘기를 했다.

"그리고 이내 코를 골며 자는데 나는 영 잠이 안 와. 그래 심심해져서 고추를 만지작거렸지. 애들도 크면 내 손에서 빠져나가려 하고 남편의 그게 우리들의 영원한 장난감 아니겠어. 그런데 이 남자

숨소리가 차츰 고루어지더니 갑자기 벌떡 일어나 나를 벽 쪽으로 밀어 던지는 거야. 도대체 이 한밤에 그걸 만져서 어쩌겠다는 거야, 소리치면서. 어찌나 세게 밀었는지 아직도 혹이 있어."

"졸려서 귀찮았던 거지 뭐."

순옥은 손가락을 머리카락 속으로 넣어 문지르고 희수는 얘기들은 값으로 한마디 해주고 접시에 괸 물을 손가락 끝에 적신다. 우리들의 영원한 장난감이라고? 그럴까. 그건 그들의 장난감이 아닐까.

남편이 자장면을 주문하듯 집에 전화해도 문득 그리워질 때가 있다. 그런 날은 그가 좋아하는 게를 사다 지지고 온종일 애타게 기다리지만 남편은 피곤에 절어 들어와 이내 코를 골며 자거나 옆에 없었다.

그러다가 무방비 상태에서 이따금 소나기처럼 퍼붓는 정사. 한 날 선에노 남편은 여관 작업을 하고 아침에 옷을 갈아입으러 와선 밥상을 물리고 강간하듯 희수를 덮쳤다. 물론 희수가 뜻밖의 희열을 느낄 때도 있지만.

물에 적신 다섯 손가락을 허공으로 튕기면서 희수는 물방울을 여기저기 흩뜨린다. 손끝에 무지개라도 펼칠 듯. 아니 믿음을 잃은 신부가 성수를 뿌리듯 힘없이 튕긴다. 접시 물에 손을 적셔 그 동작을 의미 없이 되풀이하는 희수는 넋 나간 사람 같고 그런 희수를 물끄러미 지켜보던 순옥이 불쑥 "너의 이레이머 씨도 여전하니?" 묻는다. 접시 물이 거의 없어져서 희수는 허공에 물을 뿌리는 손동작을 멈추고 포도 알을 한 알 입에 넣는다.

"아이 셔. 포도 먹어봐."

"우리 애 아빠 주위에 광고 감독이 한 사람 있는데 얼마 전 이혼했댄다. 「크레이머 대 크레이머」 영화랑 똑같애. 남편이 일에만 미쳐 집안을 안 돌보니까 여자가 바람났대."

물속의 방 47

"그럴 수 있겠지."

희수가 포도 껍질을 앞니로 자근자근 씹어 뱉어내는 것을 보고 순옥도 한 알 따서 먹는다. "그럼 너도," 포도가 신지 순옥도 말하다 말고 눈을 질끈 감는다. "그럴 수 있니? 결혼한 여자가 말야."

포도를 또 한 알 따며 희수는 양미간을 세운다. 순옥은 툭하면 '결혼한 여자'를 내세운다. 그 말은 '나는 요조숙녀예요.'라고 강조하는 것처럼 들린다. 나아가 밤엔 요부의 역할을 하면서 아내로서 정숙한 자기야말로 이상적인 여자임을 말하고 싶은 것이 아닌지.

"주부이기 전에 여자, 여자이기 전에 인간으로서 갈등하고 방황할 수 있는 거야. 그리고 말이야, 부정을 다 쾌락이라고 생각하지만 그것은 자기주장의 한 방법일 수도 있어."

"자기주장을 할 방법이 없어서 부정을 한단 말이야? 주간지 기사라면 읽을까 누가 그걸 믿겠니."

이어 순옥은 또 그들 부부 얘기를 했다. 한땐 순옥도 마음속의 얘기를 하고 싶어 번번이 별렀는데 늦게 돌아온 남편에게 그럴 뜻을 비치면 남편은 호탕하게 넘겨버리고 만다는 것이다.

"얘기는 무슨 얘기야, 우리 무드나 내자구, 하면서 빨간 등을 켜는 거야. 그래서 난 몇 번이나 기회를 놓친 셈이지만 남편 말도 맞는 것 같애. 얘기를 해봤자지. 생각하자면 한이 있겠니. 그런데 넌 한번씩 날 놀라게 하더라. 넌 자기주장의 방편으로 부정을 할 수 있단 말이야?"

순옥이 역습하듯 묻자 희수는 글쎄, 하고 주춤한다. 희수는 객관적인 생각을 말한 것인데, 그런 경우를 제 자신과 연관시켜 보지 않았노라 한다면 비겁한 것 같았다. 아니, 그런 생각을 해본 것도 같다. 희수도 남편을 사랑하고 그가 희수를 사랑하는 것도 알지만 채워지지 않은 어떤 공간이 있어 이따금 회오리바람이 불곤 했다. 그

때마다 희수는 제 울타리를 부수고 싶은 충동을 느꼈다. 그러나 자기주장의 방편으로 부정을 할 만큼 뚜렷한 자기주장을 가지고 있는가? 희수는 그것조차 분명히 알지 못했다.

"자기주장이 무엇인지, 과연 그것이 있는지 없는지부터 모르겠네. 아무튼 여자의 부정을 무조건 매도하진 않겠어."

"이레이머 씨 조심하셔야겠어."

순옥은 짓궂은 웃음을 지으며 고개를 가로젓는다. 이레이머란 소리가 이날은 유난히 귀에 거슬린다. 순옥은 전에「크레이머 대 크레이머」영화를 본 뒤부터 이 씨인 희수 남편을 꼭 그렇게 불렀다. 마치 희수 부부가 그렇게 되기를 원하듯.

왜 그런 생각이 들었는지 희수 자신도 꼬집어 말할 수 없지만 희수의 느낌이 맞는 것이라면 순옥은 왜 그럴까. 해답은 하나다. 순옥 자신이야말로 파탄의 욕구를 갖고 있는 것이 아닌지. 남편에게 하려 했던 마음속 얘기도 저 혼자 삭이고 순옥은 계집애들처럼 자잘한 일상의 얘기만 뇌까렸는데 그것은 듣기에도 따분하기 짝이 없는 것이었다.

"어머, 이게 뭐야. 벌레가 나무를 파먹었나 봐."

순옥이 제 옆에 놓인 돗자리 직조기를 들여다보고 있다. 남편 상규가 두 달 전 광고 촬영에 쓴다고 갖다 놓은 것인데 바닥에 놓아두고 청소할 때 외엔 거들떠보지도 않았다.

순옥이 손가락으로 가리키는 곳을 보니 바닥엔 원기소 가루 같은 것이 작은 무더기를 이루고 있다. 순옥은 그것을 손으로 흩뜨리다가 직조기를 다시 들여다본다.

"벌레가 여기저기 구멍을 파놨어. 습기가 차서 벌레가 생긴 건가." 하며 그것을 베란다로 들고 간다. 몽둥이보다 길고 넓은 나무를 바닥에 탁탁 치곤 "햇빛에 한두 번 말리면 될 건데." 혼잣말을 한다. 희수의 무신경을 지적하는 소리지만 희수는 아무렇지도 않다.

"나무 벌레니까 나무를 파먹겠지, 그냥 내버려둬."

열대의 습지에서 허우적이듯 잠에서 깨자 닭 울음소리가 들려온다. 반사적으로 눈을 뜨고 책장 앞에 놓여 있는 야광 시계를 보니 연두색 시침이 네 시를 가리키고 있다.

뒤이어 맑은 목탁 소리가 들려온다. 부근의 절에서 울리는 예불이다. 닭과 승려는 사명처럼 시작을 알리는데 희수는 밑도 끝도 없는 어둠 속에 망연히 누워 있다.

창을 열어놓았으나 바람이 불지 않는다. 낮의 열기는 한결 가셨지만 목덜미는 여전히 끈끈하고 타월 자락도 몸에 달라붙는 듯해서 걷어낸다. 앞동에서 몇 개의 창에 불이 무늬처럼 켜 있고 차 소리도 간간이 들리지만 모든 것이 저와는 아득히 떨어져 있는 듯한 고립감을 느낀다.

지금 희수는 방이라 부를 수 없는 어떤 공간에 떠 있는 것 같다. 섬이라고 해도 좋다. 아니 늪이다. 무덤이다. 남편이 없을 땐 광고 액자가 한 벽면을 채운 이 방은 무덤처럼 무겁고 갑갑하다.

남편의 부재가 심리적 압박감을 준다는 뜻은 아니다. 오히려 남편이 없음으로써 방의 참모습을 마주 본달까. 그 어둠의 허공을 희수는 귀신처럼 떠돌면서 적요함을 넌더리 내기도 하고 누리기도 하면서, 단상들을 곱씹어보는 것이다.

개츠비. 아까 낮에 남편이 한 말이 머리에 남았는지 '개츠비'가 자꾸 떠오른다. 지난해까지만 해도 개츠비로 분한 레드포드의 판넬이 방에 걸려 있었으나 서른두 평짜리 아파트로 옮기면서 없애버렸다. 이상하게도 그것은 큰 공간에서 빛을 잃었다. 남편은 그걸 아는지 모르는지 한마디도 하지 않았는데 오늘 불쑥 "나 개츠비 되고 싶어 하잖아." 했다. 그럼 그는 여태 개츠비의 꿈을 잊지 않고 있었단 말인가.

이거 당신네들 예술인가 뭔가 한다는 장난 아냐? 우리 회사엔 이 백여 명의 밥줄이 달려 있어. 당신 연필 한 자루나 팔아보고 이런 장난하는 거야?
성질이 불같은 사장의 직사포. 신경증 시대에 소화제로 기업을 키운 사람인데 그의 소화제는 안하무인의 직사포다. 비서인 희수나 주위 사람들은 숱하게 당했지만 이발소에서 갓 나온 듯 머리를 짧게 깎은 남자는 한 대 얻어맞은 것처럼 얼이 빠져 서 있다. 그러나 다시 큰 눈을 번뜩이며 넥타이를 느슨하게 늦춘다. 그 표정만으로도 충격이 컸다는 것을 알 수 있다.
뒤끝은 없는 사람이지만 사장은 한번씩 미친개처럼 거품을 뿜는다. 희수는 이것을 알려주기 위해 그에게 시선을 보냈고 남자와 눈이 마주치자 누이 같은 웃음을 보냈다.

——집념이 대단하시군요. 이 년 뒤 다시 나타나 이 회사의 광고를 맡았으니.
——오기죠. 먹고살기 더럽다 싶어서 그 뒤 빵 장사를 시작했어요. 경험도 없이 케이크를 마구 찍어내니 망하지 안 망해? 고기는 물을 떠나 못 산다고 다시 광고로 돌아왔는데 앞날의 운수를 떼보듯 약장사 사장한테 먼저 달려든 겁니다.
——광고의 묘미를 알 것도 같은데 그 직업에 상당히 매료된 것 같아요.
이때 그는 『파브르 곤충기』에서 본 진노래기벌에 대해 말해 준다. 진노래기벌은 먹이인 비단벌레를 잡을 때 독침을 쏜다. 이때 비단벌레는 마취시킨 것처럼 움직이지만 않을 뿐, 살아 있는 것 같다. 진노래기벌 새끼들이 살아 있는 것만 먹기 때문에 이런 방법으로 먹이를 잡아둔다는 것이다.

―파브르는 여기서 독약의 힘이 얼마나 강한가를 알아보기보다도 비단벌레가 상처받은 자리가 어느 기관인가를 알아내고자 했어요. 벌은 비단벌레의 급소를 찔렀을 거라고. 이건 바로 광고예요. 무슨 상품으로 찌르느냐가 아니라 소비자의 가려운 데를 알아 그곳을 찔러야 하는 거죠. '구취를 없애주는 향내 치약' 이런 식으로.

미다스 왕의 손에 닿는 것은 모두 황금이 되듯 그의 손에 닿는 것은 모두 광고가 된다. 그는 벌써부터 철저한 광고인이 되어 있었고 희수는 아우의 성공을 지켜본 것처럼 흐뭇했다. 그러나 정작 희수를 사로잡은 것은 그 반대의 것이었다.

―청바지만 입고 뛰어다니는 나를 광고에 미쳤다고 하지만 내가 정말 해보고 싶은 게 있어요. 개츠비처럼 흰 연미복 입어보는 거. 크림 빛 도는 흰 연미복에 흰 실크 넥타이 매고 백구두 신고, 옛 애인을 만나기 위해 파티를 연다, 젠장 그렇게 위대하진 못해도 언젠가 꼭 한 번은 그런 연미복을 입어볼 거야.

고요한 공간을 가르고 차 소리가 가까이서 울린다. 희수네 아파트 앞으로 차가 들어왔는지 차 문 닫는 소리와 구두 소리까지 들린다. 또박또박 울리는 구두 굽 소리가 여자의 것이 분명하다. 여자는 어디서 밤을 새고 새벽에 들어오는 것일까. 직업여성이든지 발랄한 젊은 여성일 거다. 적어도 주부는 아니다.

통금 해제를 공표할 때 역사적 사건이나 되듯 온 신문이 들떠 보도했지만 가만 생각해 보면 그건 희수 같은 주부와는 무관한 일이다. 자정 이후에도 차 소리가 들려오고 남편이 두세 시에도 집에 들어오는 것으로 통금 해제를 실감할 뿐 닭장 같은 아파트 안을 맴돌며 사는 희수가 밤늦게 다닐 일은 없는 것이다.

그렇더라도 크리스마스나 망년회 때 친구와 짝을 지어서라도 공연히 밤거리를 배회했던 처녀 시절을 떠올리곤 문득 한밤에 나가보고 싶은 충동을 느낀 적도 있다. 남편이 한 시가 되도록 돌아오지 않고 잠도 오지 않았던 어느 날은 문을 잠그지 않은 채 밖으로 나섰다. 목적지가 있을 리 없으나 지갑까지 손에 들었다.

그러나 막상은 두려움 때문에 택시도 못 타고 아파트 단지 안만 맴돌았다. 한밤에 얼굴에 표정이라곤 없는 노인이 스피츠를 끌고 가로등 밑으로 걸어오는 것을 보고 뒷걸음치듯 집으로 돌아왔다. 자신도 의식하지 못했지만 희수는 어느새 온실에 길들여져 있었다.

아픈 정미를 안고 한밤에 남편을 찾아 나선 일이 문득 떠오른다. 정미가 세 살 때였으니 오 년 전이다. 그때도 이런 무더운 여름이었는데 종일은 지방에 있는 외갓집에 가고 남편은 여관 작업에 들이가서 집엔 정미와 둘밖에 없었다.

하루는 정미가 밤늦게 깨어 몹시 찡찡거렸다. 몸엔 열이 나는데 물만 찾고 나중엔 온몸을 부들 떨며 울어댔다. 갓난아이 때부터 병치레가 잦았지만 통금이 가까워오는 시간에 아이 몸이 불덩이같이 달아오르자 눈앞이 아득했다.

어찌나 정신이 없었던지 희수는 반바지 차림 그대로 아이를 업고 나섰다. 통금 삼십 분 전이라 차도 거의 보이지 않았다. 희수 앞에 차 하나가 굴러왔으나 "아무 병원이나 데려다 주세요." 하자 그냥 가버렸다. 엄마가 허둥대니 아이는 희수 팔을 아플 정도로 움켜잡곤 울어대고 희수 등은 땀과 아이의 눈물로 범벅이 되었다.

발을 동동 구르다가 겨우 택시 하나를 잡아타자 희수는 남편이 진을 치고 있는 충무로의 호텔로 가자고 했다. 혼자선 아무것도 할 수가 없었다. 정미는 제 아버지 곁에 가자 거짓말같이 열이 내렸고 오늘 엄마와 놀이터에 가서 그네를 탔다는 말도 했다. 애정 결핍증의 아이처럼 기분이 좋아진 정미가 쌕쌕 숨소리를 내며 다시 잠들자 희수는 제가 너무 법석을 떤 것 같은 생각도 들었다.

그래도 남편이 정각 네 시에 희수 모녀를 깨워 집으로 보낸 일은 지금 생각해도 야속하다. 아이가 잠들자마자 탁자 앞에 가서 일을 시작했던 남편은 통금이 해제되자마자 큰 의무나 치른 듯 희수를 깨워 "이젠 가야지." 했다. 일을 할 땐 클레오파트라도 눈 밖에 난다지만 그때 남편의 표정은 비정할 만큼 인간적 감정이 배제된 그런 것이었다. 그래서 그는 도(道)자이너라 불리나?

택시 안에서 잠자는 정미를 안고 가로등만 빛나는 밤거리를 바라보는데 시야가 자꾸만 흐려졌다. 노여움이라 할 만한 것이 가슴속에서 치밀었고 그것을 가누기 힘들어 눈물만 흘렀다.

가로등 옆에서 비켜선 건물들이 얼핏 발육이 정지된 기형의 어떤 것으로 느껴졌다. 어둠과 정적 속에 웅크리고 있는 도시 전체가 괴물스럽고 꿈이 없고 우울한 풍경화로 비치면서 희수까지 같이 휩쓸리는 것 같아 깜짝 놀라 눈물을 훔치기도 했다.

갑자기 몸이 후끈 달아오른 듯했으나 바람이 물결처럼 얼굴 위로 스쳐 간다. 희수는 바람을 잡기라도 하려는 듯 손을 허공으로 뻗친다. 그러나 바람은 흔적도 없고 희수는 힘없이 팔을 내려뜨린다.

죽은 듯이 누워 있으려니 시계 소리가 규칙적으로 들려온다. 그 소리에만 귀를 모으고 있으니 시간도 무엇에 쫓기듯 달려간다.

양미간을 세운 채 숨을 죽이고 있다가 희수는 갑자기 자리에서 일어난다. 창은 짙은 남빛 파스텔로 칠해 놓은 듯하다. 어둠이 그 단단한 껍질을 벗고 막 속살을 보이려 하고 있다. 더 이상 잠을 잘 수 없을 것 같았고 갑갑한 공간에서 벗어나고 싶다는 생각이 강하게 일어 옷을 갈아입는다. 바람을 쐬고 싶다. 어둠이 채 물러가기 전에, 사람들이 깨기 전에 산책을 하고 싶었다.

희수는 복도로 나가 정미 방문 앞에 선다. 잠시 귀를 기울이다가 방문을 열자 때마침 바람이 불어 얼굴로 신선하게 끼쳐온다. 열린 창으로 어둑한 뒷동 아파트 건물이 보인다. 정미는 별을 본다고 잠자리에 들면 창을 열어둔다. 엄마가 하는 것을 보고 그러는지 다른 아파트가 마주 보이는 창에는 좀처럼 커튼을 거두지 않는다.

더운 날인데도 정미는 여느 때처럼 거북이를 안고 잔다. 학교에 들어간 지난해에 제 아빠가 사 준 헝겊 완구인데 갓난아이 돌보듯 학교에서 돌아오면 그것부터 만져본다. 거북이도 거북이지만 일단 제 손에 들어온 완구나 종이인형같이 제 손으로 만든 것에 대한 애착이 유별나다. 그런 것은 정미가 하나의 독립된 영혼임을 느끼게 한다.

불을 켜지 않았으니, 정미 옆에 잠시 앉아 있으니 대아처럼 웅크리고 자는 모습이 선연히 눈에 들어온다. 그 자세로 거북이까지 끌어안고 있는 것이 안쓰러워서 희수는 정미 이마를 손으로 쓰다듬는다. 보드라운 피부가 땀으로 끈끈하다. 더운데 웅크리고 잘 게 뭐람. 그러고 보니 언젠가도 그런 자세로 자고 있는 것을 본 듯했다.

인기척을 느꼈는지 정미가 끙끙거리는 소리를 낸다. 희수는 정미 귀 가까이 소곤댄다.

"정미야 똑바로 자. 덥지 않니."

엄마가 제 다리를 펴려 하자 아이는 완강하게 움츠린다. 희수는 의아해서 동작을 멈춘다.

"왜 그러지?"

"키 크는 게 싫어. 어른이 되기 싫어."

잠이 덜 깬 목소리이나 어조는 또렷하다. 희수는 뜻밖의 말에 눈을 치뜬다. 아이가 어떻게 저런 말을 하는 것일까. 순간 아이를 충분히 사랑해 주지 못했다는 자책감이 스쳐간다. 정미는 방학 날 미술 점수가 '미'인 성적표를 받아왔다. 다른 것은 다 수였지만 미술 점수에 수긍이 안 가는지 눈물을 글썽였다.

순옥의 말에 의하면 그것은 희수 탓이었다. 희수는 부모들의 수업 참관 날 딱 한 번 학교에 갔고 봉투는 한 번도 건네본 적이 없었다.

어둠 속에 묻혀 있던 인디언이 어슴푸레 윤곽을 드러내고 있다. 벽에 그려진 인디언 가족 네 사람 다 눈이 유난히 길고 뾰족한 얼굴을 가졌다. 정미 저를 닮았다. 정미는 잠에 빠지려고 애쓰는 듯 입까지 오므리고 있다. 희수는 갑자기 무슨 말이든 하고 싶다는 생각이 들어 "정미야, 정미야." 흔든다.

음, 하고 잠꼬대같이 대답했으나 짜증은 섞이지 않았다. 희수는 마음 놓고 "엄마가 정미 아기 때 얘기 하나 해줄까." 속삭인다. 응 응. 정미는 잠결에도 호기심이 당기는지 선뜻 답한다. 희수는 정미 머리칼을 쓸어 넘기며 연극배우처럼 독백한다.

"넌 전혀 기억이 안 날 거야. 네가 두 살 때였으니까. 그때 아빠 회사에서 진주 관광 포스터를 찍는데 적당한 사람이 없어서 엄마와 아빠가 모델이 돼야 했단다. 그때 네가 아파서 난 잠시도 집을 떠나기 싫었지만 할 수 없는 일이었어. 외할머니께 너를 맡기고 그날 새벽 집을 나서는데 너는 귀신같이 알아채고 막 울기 시작하는 거야. 그래 온종일 네 울음소리가 귀에 울리는 듯해서 엄만 사진도 제대로 못 찍었어. 암튼 어찌나 혼이 났는지 나중에 그 포스터까지 없애버렸단다. 그래서 넌 그걸 보지도 못했지."

정미는 웅, 하고 듣고 있다는 시늉을 하고 희수는 그 포스터를 추억으로 남겨둘걸, 돌이켜 생각한다. 그날 희수는 불안감 속에서 한나절을 보내고 네 시경 집으로 전화했다. 서울 전화가 나오자 아이 울음소리부터 울렸다. 가슴이 철렁했다. 아이가 온종일 우유도 먹지 않고 울기만 한다는 어머니의 말을 듣자 희수는 당장 올라가겠 노라며 전화를 끊었다.

"그날 밤차를 탈 예정이어서 아빠는 말렸지만 난 그 길로 김해 비행장까지 택시를 타고 달렸다. 운전수가 화를 낼 정도로 독촉했지만 비행장에 도착하자마자 막 비행기가 떠나지 않겠니. 엄마는 그 길로 다시 택시를 잡아타고 서울까지 왔지 뭐야. 기찻삯의 열 배가 되는 택시비를 내고 통금 전에 막 도착했는데 아빠는 그날 새벽에 오셨어. 내 젖을 먹고 넌 그때 곤히 자고 있었는데 그걸 보고 아빠는 나더러 정신없는 사람이야, 하잖아. 난 정말 혼이 나간 사람 같았어. 난 그때 네가 죽으면 어떡하나, 생각했을 정도로 놀랐어."

으──응.

딸애는 얼굴을 베개에 반쯤 파묻고 입속말을 한다. 희수 말이 끝났디는 걸 알아서인지 잠으로 빠져 드는 듯하다. "난 말이야, 널……." 희수가 다시 말을 시작해도 반응이 없다. 희수는 정미의 뺨에 입을 맞추려다 남이 뽀뽀해 주면 뺨을 닦아버리는 정미의 어릴 때 버릇을 떠올렸다. 이젠 엄마의 입맞춤도 싫어할지 몰라 희수는 떠나려는 연인처럼 딸아이의 입술에 가만 입 맞추고 자리에서 일어난다.

하늘은 어느새 어둠이 벗겨져 밝은 잉크 빛으로 물들어 있다. 질주하는 차 소리가 들려왔으나 인형극 소극장 단지 같은 아파트는 아직 미명 속에 잠들어 있다. 보도로 드문드문 사람들이 다니고 희끗한 장발의 노인이 짧은 바지를 입고 달리고 있다. 희수는 경의를 표하듯 멈춰 서 있다가 노인이 지나가자 보도를 가로질러 간다. 보도를 곧장 내려가면 정문이 나오지만 아파트 단지 경계선인 둔덕으로 내려선다. 그쪽으로 가면 주택가로 가는 길이 있다.

둔덕을 내려서니 정구장이 한눈에 보인다. 한 중년 남자와 젊은 사내가 각기 벽에다 정구 연습을 하고 있다. 저들은 이 새벽부터 무슨 힘이 저렇게 뻗치는 것일까.

전에 살던 아파트에선 창으로 한눈에 보이는 곳에 정구장이 있었다. 사람들은 아침저녁 없이 땀을 흘리며 정구를 쳤고 흰 공은 단조롭게 그물 위로 오갔다. 정구장을 내려다볼 때마다 희수는 그들이 동물같이 느껴졌다. 그래 정구장이 붐비는 주말엔 의식적으로 창밖을 보지 않거나 아예 커튼을 내렸다. 그런 희수에게 남편은 당신이 바로 퇴폐야, 했다.

정구장을 지나 잡초가 무성한 공터를 끼고 비탈진 골목을 오르자 주택가가 나타난다. 포장된 길이 꽤 넓은, 한산한 옛날 동네인데 플라타너스 가로수도 몇 그루 있다.

드문드문 자리 잡은 구멍가게들은 다투어 문을 열고 두부 장수가 오토바이를 타고 가게마다 두부를 갖다 준다. 저만큼 앞에 신문 배달 소년이 뛰어가고 청소부가 청소차를 무거운 듯 끌며 오고 있다. 그 옆으로 스쳐 가자 시큼하고 퀴퀴한 냄새가 풍긴다.

몇 발짝 옮기는데 땅에 무엇이 떨어지는 소리가 들린다. 뒤돌아보니 누런 합판지가 떨어져 있다. 청소부는 어느새 수레를 세우고 그것을 주워 쓰레기 더미 위에 올려놓는다. 수고하시네요, 하려다 희수는 그만둔다. 청소부가 생존을 위해 냄새나는 쓰레기를 치우는 새벽에 희수는 새털 베개를 베고 누워 늙은 여왕처럼 기억의 필름을 돌렸다. 나는 퇴폐야, 청소차는 다시 질질 굴러 가고 희수도 돌아선다.

계속 오르막길을 가는데 기역 자로 꺾이면서 쌀가게와 채소 가게가 나타났다. 쌀가게 앞의 개집에서 개는 목만 댕강 길바닥에 내놓고 자고 있고 채소 가게 아줌마는 고무호스로 길에 물을 뿌리고 있다.

그 물줄기가 닿지 않는 왼쪽 길로 한 노파가 걸어오고 있다. 하늘색 잎 무늬 원피스를 입었는데 몸은 쌀자루 같고 희끗한 숱 많은 머리는 말 꼬리처럼 한 갈래로 묶여 있다.

노파는 한 손을 들고 혼잣말을 하며 걸어오고 있다. "나라가 말이야." 희수가 노파 옆으로 지나가며 분명하게 들은 단어는 '나라'뿐이다. 노파는 새벽부터 나라 걱정을 하며 미쳐 있다. 난리에 아들이라도 잃은 것일까. 희수는 벌같이 웅웅거리며 걸어가는 노파를 지켜보다 채소 가게 아줌마와 눈이 마주쳤다.

"저 노인네, 보통 땐 멀쩡하다가 심심하면 한번씩 저래."

채소 가게 주인은 그런 노파의 모습을 익히 보아온 듯 한마디 던진다. 심심하면…… 그렇지, 심심해서야. 심심해서 새벽부터 뛰고 미치는 거야. 순옥은 이 새벽에도 그녀의 영원한 장난감을 확인하기 위해 남편의 성기를 만질 것이고 이레이머는 언제나처럼 다섯 시 반에 로봇처럼 일어나 조간신문의 광고란부터 훑어볼 것이다. 그것도 어느 날 문득 권태로워지면 흰 연미복을 입은 개츠비를 생각하겠지.

보다 적극적으로 극단적으로 말하면, 하고 희수는 생각한다. 사랑도 기다림도 애국도 권태 때문이야.

원피스를 입은 노파가 지나간 철대문 집 담장 위에 보랏빛 나팔꽃이 한 아름 피어 있다. 아기같이 건강한 꽃인데 왠지 창백해 보인다. 고개를 돌리려 하자 나팔꽃 속에 꼬리를 감추고 철책 앞에 웅크리고 있는 갈색 고양이가 눈에 들어온다. 고양이는 악의는 없으나 게으르고 오만한 자세로 길을 내려다보고 있다. 오늘도 무슨 일이 벌어지나 지켜보겠다는 듯.

날이 완전히 밝았다. 해가 벌써 열기를 뿜는지 등허리께가 더워지고 있다. 주택가가 끝나고 아카시아 숲이 있는 돌산 어귀로 들어서자 매미가 극성맞게 울어대기 시작한다. 소나무며 회양목, 작약이 심어진 화단을 스쳐 가는데 백장미 한 그루가 눈에 띈다. 아침 햇살 속에 귀인처럼 피어 있는 장미에 마음이 끌리어 희수는 걸음을 멈춘다. 얼굴을 대기도 전에 그윽한 향기가 벌써 코끝에 맴돈다. 장미 앞으로 몸을 숙이려는데 순간 겹꽃잎 속에 검은 물체가 붙어 있는 것이 보였다. 흠칫 고개를 들고 자세히 보니 풍뎅이였다. 아침부터 꽃 속에 웬 풍뎅이람. 희수가 언짢아서 그것을 끄집어내자 풍뎅이가 갉아 먹은 누런 꽃자리가 한눈에 들어왔다.

숲속의 방

1

어제도 동생은 집에 들어오지 않았다. 이틀 연이어 무단 외박을 한 셈이다. 얼마 전까지만 해도 이럴 경우엔 친구를 시켜 전화를 걸고, 어머니는 친구 집 전화번호를 묻는 것으로 허락을 표시했는데 그 아이는 휴학을 공표한 뒤론 제멋대로 외박할 뿐 아니라 아버지에게 손찌검을 당해도 침묵으로 일관하는 등 계속 우리를 놀라게 했다.

소양의 입에서 휴학했노라는 말이 처음 나왔을 때 정말이지 우리는 충격을 받았다. 한 달 전 일이 생생하게 떠오른다. 소양이 이 학기 등록금을 내러 간 날이었다. 그날 아침부터 등허리가 후끈거릴 정도로 무더웠는데 소양은 밤 열한 시 가까이 되어서야 집에 돌아왔다.

아래층에선 모두 잠들었는지 초인종이 세 번 울려도 기척이 없었다. 그 시각엔 대개 늦게까지 공부하는 정우가 문을 열어주지만 막내도 잠을 자는 것 같았다.

나는 혀를 차며 아래층으로 내려가 문 열기도 전에 소양에게 짜증을 냈다. 내 기분이 그닥 좋지 않은 상태였다. 퇴근 후 약혼자와 약간의 말다툼을 한 데다가 집에 오니 할머니와 어머니가 콩장 반찬 하나를 놓고 목소리를 높이고 있었다. 할머니는 콩장뿐 아니라 이 집 반찬이 대체적으로 달다, 늙은 사람이 이렇게 음식을 달게 먹어서는 당뇨병에 걸리기 십상이라고 자신의 건강을 생각해 주지 않는다는 요지로 투정을 부렸고, 어머니는 어머니대로 할머니가 건강에 대해 신경과민이다, 그런 잔신경만 않으면 백 살까지도 너끈히 사실 거라고 맞받았다.

할 말이 없어진 할머니는 그 자리에 소양을 들먹이며 계집아이가 연락도 없이 늘 늦게 싸다닌다, 제대로 된 집안에선 그럴 수 없다며 어머니를 측면공격했다.

이건 할머니의 억지였지만 아무튼 소양이 때문에 말다툼이 더 심해졌고 이런 유치한 정경을 자주 보아왔으면서도 나는 체하여 잠을 쉬 이루지 못하고 있었다.

내가 소리치듯 늦은 귀가를 나무라는데 밖에선 아무 대꾸가 없었다. 나는 의아해서 누구세요? 물었다. 그제야 소양은 나야, 하고 가라앉은 목소리로 답했다.

무심히 문을 열었으나 코에 흰 반창고를 붙이고 서 있는 소양을 보고선 주춤했다. 소양은 내게 아랑곳 않고 현관으로 들어가 곧장 이 층 제 방으로 갔다. 나는 뜰로 난 안방 창을 흘끗 보았다. 창엔 불이 꺼져 있었다. 나는 소리 죽이고 현관으로 들어서서 이 층으로 올라갔다.

내가 소양의 방에 들어섰을 때 소양은 치마를 훌렁 벗어 던지고 티셔츠와 팬티 바람으로 방을 서성거리고 있었다. 큰 키는 아니었으나 어릴 때부터 무용으로 단련된 몸매라 단단하고 긴 다리가 새 같았다. 나는 대뜸 코가 왜 그래? 물었고 소양은 태연하게 그러나 우울한 눈으로 나를 보았다.

"응, 얻어맞았어."

휘파람이라도 부는 듯한 가벼운 대꾸였다. 나는 잠시 어리둥절했다. 요즘 젊은 애들의 기발한 유행어인가. 그게 아니라면 사내애도 아닌 계집아이가 치고받고 싸웠단 말인가. 가까이 보니 한쪽 콧구멍엔 솜이 박혀 있었다.

네가 깡패냐, 코까지 얻어터지고 그게 무슨 꼴이냐고 나는 핀잔을 주었다.

"쓰리꾼한테 얻어맞았어. 내 등록금 훔쳐 가는 걸 붙잡았거든, 그랬더니 이새 내 코를 치잖아. 길에서 코피를 막 쏟았어."

소양은 티셔츠까지 벗어 내 옆으로 휙 던졌다. 시큰한 땀 냄새가 풍겼다. 코에 반창고를 붙이고 속옷만 걸치고 있는 소양의 모습이 한 대 얻어맞은 권투 선수의 정부 같았다.

정말이야? 나는 믿을 수 없어서 다시 물었다. 소양은 통자루 같은 지지미 잠옷 속으로 목을 디밀며, 보고도 그래, 퉁명스럽게 대꾸했다.

"그래서 등록금은 찾았어? 도대체 언제 그런 일이 있었어. 그러면 먼저 집으로 연락해야 되잖아, 그 꼴로 밤늦게까지 쏘다니다니."

소양은 내 말이 끝나기가 무섭게 휙 돌아서선 언니, 많이 다쳤냐고 먼저 물어봐 줄 수 없어? 나 아프게 안 보여? 대들듯 말했다. 신경질적이라기보다 독이 오른 표정이었고 입술까지 셰퍼드처럼 날카롭게 세웠다.

나는 멈칫하다가 목소리를 낮추었다. 학교는 갔어? 소양은 짧고 숱 많은 머리칼에 빗을 박고 속옷을 챙겨들며 한마디 했다.

"나 휴학했어. 엄마한테 내일 말할 거야."

나는 멍해질 정도로 놀랐지만 욕실로 나서는 소양을 바라보기만 했다. 소양의 말엔 나와 더 이상 할 말이 없다는 뜻도 내포돼 있었고 도전적이기까지 한 그 어투가 나를 위축시켰다. 그러고 보니 소양과 얼굴을 맞댄 것도 오랜만이었다.

다음 날 아침을 먹을 때 소양은 주방에 내려오지 않았다. 나는 어머니에게 미리 귀띔하려다가 어젯밤 소양이 한 말이 사실인지 또 내가 잘못 들은 건 아닌지 확신도 서지 않아서 퇴근 뒤로 미루었다.

그날 내내 소양의 일 때문에 꺼림칙했는데 오후 세 시경 어머니에게서 전화가 걸려왔다. 어머니는 대뜸 오늘도 최 서방과 만나고 늦게 들어올 거냐고 물었다. 최 서방이란 같은 은행에 근무하는 내 약혼자를 가리키는 말이다. 결혼을 앞둔 데다가 며칠 뒤면 내가 은행을 그만두게 되어서 우리는 퇴근 뒤 거의 매일 만나고 있었다.

왜 그러세요, 내가 묻자 어머니는 아이참, 한숨도 아닌 묘한 소리를 냈다. 나는 그것이 소양이 때문이려니 짐작했으나 퇴근하는 대로 곧 갈게 엄마, 하고 모처럼 친근감 가는 반말을 했다. 아버지가 있어도 중요한 문제는 늘 나와 상의했던 것이 떠올라 기분이 좋았고 또 얼마 뒤면 집을 떠난다는 것이 감상을 주었다.

내 생각대로 어머니는 소양이 얘기를 했다.

"딸 셋 둔 것이 알맞다 했더니 그중 하나가 시집가고 나면 집이 텅 빌 것 같다. 요새 내가 그렇게 허전해 있는데 소양인 왜 속을 썩이니."

"휴학했대요, 소양이?"

내가 대뜸 묻자 너한테 얘기하디? 어머니는 뜻밖이라는 표정을 지었다. 나는 어제 소양이가 코에 반창고를 붙이고 들어온 거며 소양에게 들은 말을 했다. 그리고 등록금은 잃어버렸대요? 하고 역시 가장 궁금한 것을 물었다. 어머니는 혀를 찼다.
"등록금 잃어버려서 휴학한 게 아니냐, 물으니까 그건 아니란다."
"그럼 왜 휴학했대요?"
"나도 이해 못 하겠어."
어머니는 전제한 다음 밑도 끝도 없이 "사루비아 때문이래." 했다.
사루비아 때문이라니, 무슨 말이냐고 설명을 재촉하자 소양의 말을 그대로 옮기겠노라 했다.
소양이 휴학할 생각을 한 것은 갑작스런, 즉 충동적인 것인 듯했다. 소양은 분명 등록금을 낼 생각으로 학교에 갔다. 덧없이 한 학기를 보냈으며 지겨운 학기가 또 시작됐다는 생각을 했지만 그것이 유별난 감정을 불러일으킨 정도는 아니었다.
등록금을 내러 많은 아이들이 몰려가고 있었다. 소양은 떼밀리듯 그들 속에 섞였다. 교문에서 학관으로 걸어 들어가자 사루비아 화단이 눈에 들어왔다.
붉은빛이 쏟아져 들어왔다고 표현할 만큼 강렬했나 보다. 사루비아는 늦여름의 태양 아래 선혈을 뚝뚝 흘리고 있었고 소양은 강물처럼 밀려오는 붉은 꽃 무리에 익사할 것만 같았다.
"그래서 휴학했단다. 그게 이유야."
나는 입을 벌린 채 어머니를 바라보았다. 사루비아에 얽힌 어떤 사건을 상상하고 있었는데 늦여름 태양 아래 붉게 타오르는 사루비아 화단 한 장면이 전부라니. 또 선혈을 뚝뚝 흘리고 따위의 표현은 내 감정에 도저히 받아들여지지 않았다.
소양이 그렇게 이상한 아이였던가? 어머니의 말을 듣고 내 머리에 먼저 떠오른 생각은 그것이었다. 나는 양미간을 세우고 고개를 갸웃하다가 요새 애들은 참! 하고 혀를 찼다. 뿐 아니라 걔 어떻게 된 거 아녜요? 목소리를 높였다.

혹시 소양이 등록금을 쓴 것이 아닐까 하는 생각이 순간 떠올랐다. 나도 은행에 있어서 잘 알지만 한번 돈에 손대기 시작하면 끝이 없다. 어느 여직원은 돈다발에서 천 원짜리 오천 원짜리 한 장씩 빼 내 쓰기 시작하다가 고객의 통장 돈을 빼돌리게까지 됐다. 시곗바늘처럼 정확해야 할 은행원도 그런 사고를 저지르곤 하는데 그까짓 손에 든 등록금 쓰기야 식은 죽 먹기일 테지.

이어 돈의 용도에 관해 추측해 보았다. 평상시 돈을 잘 쓰고 멋을 부리는 편이지만 등록금을 털어 사치품을 산다거나 유흥비로 쓸 만큼 허황된 아이는 결코 아니었다. 그렇다면 등록금은 누구를 위해 쓴 것이 아닐까.

내 빈곤한 상상력은 여기까지 달음질쳐 와 그 대상이 남자로 낙착되었고 남자는 요즘 신문에 종종 나오는 반정부 운동으로 수배된 대학생이 아닐까 싶었다.

어머니는 어머니대로 추리한 모양이었다. 나보다는 더 건전한 방향으로 생각해서 소양이 혹시 데모로 잘린 건 아닌가 했다.

"소양이 말이, 그런 뚜렷한 명분이 있으면 자기도 행복하겠단다. 아무리 이해하려 해도 이해가 안 되는구나. 아니 우리들이 이해해 보려고 노력하는 자체가 소양이 이해받기 어려운 아이라는 증거가 아니겠어."

나는 잠시 후에야 그 뜻을 헤아리고 어머니를 흘긋 보았다. 국민학생이 책을 읽는 것 같은 또박또박한 말투에는 자신의 명석함을 돋보이게 하려는 허영이 깃들여 있었다. 어머니답지 않은 인정머리 없는 분석과 여유에 나는 속으로 혀를 찼다.

나는 우선 소양을 설득해 휴학을 취소시키도록 하자고 의견을 말했다. 스페인 소도 아닌데 빨간 사루비아를 보고 충동을 받다니. 비논리적인 것을 혐오하다시피 하는 나는 단호하게 말했다.

도대체 뚜렷한 이유도 없이 왜 휴학을 한단 말인가. 취직을 하든가, 결혼을 하든가, 하루라도 빨리 대학을 나와야 될 일이었다.

일단 제출된 휴학계는 다시 되돌리거나 바꿀 수 없다는 어머니의 말은 나를 김빠지게 했다. 어머니는 이미 체념한 듯 학생들이 휴학하는 정도의 일이라면 집에 확인을 해야 되지 않느냐, 학생들 멋대로 놔두는 게 대학이냐 하면서 애꿎게 대학을 탓했다.

나는 그제야 학교에 전화해 봤느냐, 물었다. 어머니는 소양이 휴학 안 한 걸 했다고 그러겠냐, 해놓고 안 했다고 하는 수는 있어도, 라고 딱딱하게 말하고선, 내가 학교로 전화하면 어머니가 딸 휴학한 것도 모르세요? 물을 것이 아니냐, 본심을 털어놓았다.

답답하기 짝이 없있다. 어머니는 자기 생각만 해요. 이 말이 목구멍까지 올라왔으나 빨리 손을 써서 소양의 휴학을 백지화시키는 길이 있는지 알아보아야 한다고 강조했다.

"부모 형제가 왜 필요하고 가정이 왜 필요하겠어요. 아이가 방황할 때, 헛발 디딜 때 손잡아주는 거라구요."

나는 어머니와 상의한 끝에 소양의 학교로 전화하기로 했다. 불문과 교수와 만나서 휴학계를 되물릴 방법을 강구하기로 했다. 소양을 설득시키는 건 다음 문제였다.

천성적으로 낯가림이 심한 어머니는 학교로 전화하는 것을 몹시 부담스러워했으므로 그 일은 내가 맡아야 했다. 나는 다음 날 점심 시간에 소양의 학교로 전화했다.

불문괍니다. 여자의 목소리가 울리자 나는 과장님이 계신가 물었다. 교수님 이름을 모르니 그렇게 찾을 수밖에. 상대방은 과장님이 안 계시노라, 누구시냐 되물었고 나는 할 수 없이 이 학년생 이 소양의 언니라고 밝혔다.
 이소양, 이소양? 여자는 두어 번 되풀이하다가 아 휴학생요, 했다. 나는 휴학생이란 말이 낯설어서 소양인 어제 휴학계를 냈다는데…… 머뭇거렸다.
 이어 소양이 부모의 허락도 받지 않고 요즘 젊은 애들의 소위 그 자주성으로 어제 갑자기 휴학을 했다는데 그걸 백지화시킬 수 없을까 상의하려 한다고 용건을 말했다.
 상대편 쪽에선 아무 소리도 들리지 않았다. 나는 여보세요, 불렀고 그제야 상대편은 네네, 듣고 있다는 표시를 했다.
 "저, 이소양 학생 언니시라구요……."
 여자는 머뭇거리며 물어보더니 말투를 바꾸어 소양이 어제 휴학계를 냈대요? 봄 학기에 학교 다니다가 휴학했어요, 재빠르게 말했다.
 이번엔 내 쪽에서 침묵했다. 말문이 막혔던 거다. 도대체 무슨 소리야. 혹시 이 여자가 소양을 다른 학생으로 착각하고 있는 건 아닌가. 나는 소양이 봄에 휴학했다구요, 이소양 맞아요? 확인하려 했으나 조교는 이소양이란 이름은 전체 학생 중 한 명밖에 없다, 머리를 커트한 학생 아니냐, 짐짓 짜증까지 섞인 투로 말했다.
 눈앞에 쇠뭉치가 떨어지는 듯했고 나는 눈을 질끈 감았다. 할 말을 잃었으나 무언가 말을 이어야 할 것 같아서 휴학은 어디서 확인할 수 있느냐, 겨우 한마디 했다.
 "학생처로 확인해 보세요."
 "저, 학교에서 무슨 사고를 낸 건 아니죠, 데모를 했다든가."
 "그런 일이 있었다면 집에서 모를 리가 있겠어요."
 조교가 조금만 친절했더라면 소양의 일을 의논했을 거다. 찾아가서 교수님도 뵙겠노라고, 아니 나는 면목이 없어서 그냥 전화를 끊었다. 아이가 휴학한 지 반 년이 되는데 가족이 모르고 있다니.

아마 어머니가 전화했더라면 소양이 봄에 이미 휴학했다는 사실보다 조교에게 창피했다는 것 때문에 괴로워했으리라.
 이왕 일이 벌어졌으므로 나는 학생처에 전화해서 휴학을 확인했다. 조교 말대로 불문과에서 한 명밖에 없는 이소양은 지난 봄 학기에 휴학을 했다. 날짜까지 캐묻자 더 이상 친절을 베풀 수 없다는 듯 학교에 와서 직접 알아보세요, 하곤 전화를 끊었다.
 소양이 생각으로 머릿속이 산만했으므로 그날 오후 업무는 엉망이었다. 돈을 두 번 세고도 맞는지 자신이 없었고 지금 전표의 삼십만 원 액수가 삼백만 원으로 헛보였다.
 무엇보다 내게 갈등을 일으킨 것은 그 아이의 깜찍함이었다. 등록금을 쓰리 맞았다는 거며 사루비아 얘기며 모두 거짓말이 아닌가. 또 소양은 그동안 식구들을 감쪽같이 속였다. 나는 직장에 다녀서 몰랐다 치고 집에 있는 어머니까지 모르다니. 소양의 연기가 그만큼 훌륭했다는 결론이 나온다.
 소양이 밤늦게 책가방을 메고 들어온 것을 나도 몇 번 본 기억이 있다. 지난 오월에는 계속 밤늦게 들어와서 나는 마루에서 부딪친 소양에게 너무 늦게 다니지 말라고 웃음 없는 얼굴로 말했다.
 소양은 요즘 시험이야, 도서관에서 오는 거야, 하곤 피곤한 듯 눈을 비볐다. 소양이 방으로 들어가다 떨어뜨린 책도 기억하는데 카뮈의 원서였다. 그때 나는 소양이 대견해서 다음 월급날 용돈을 주리라 생각했다. 여고 때까지 늘 우등을 한 의대생 혜양이나 소양과 달리 나는 공부에 취미가 없었고 이 점을 일찍 간파한 어머니 덕분에 피아노를 전공하게 됐지만 학문에 대한 존경심은 남몰래 지니고 있었다.
 소양의 휴학이 내게 안겨준 고민은 그 사실을 어떻게 어머니에게 알리느냐는 거였다. 자존심 강한 어머니는 무엇보다 딸이 자신을 속였다는 것에 배반감을 느낄 것이다. 그런 감정이 소양을 이해하고 설득시키려 하기보다 더욱 빗나가게 하지 않을는지.

중학교 때 내가 말없이 피아노를 그만두려 하자 보름이나 나를 외면했던 어머니였다. 나는 견디다 못해 울음을 터뜨리고 잘못했다고 빌었다. 그때 나도 같이 맞섰더라면 그 냉전은 얼마나 오래 끌었을까. 그 일을 생각하자 어머니에 대한 원망이 새삼 솟구쳤다.

어머니에게 얘기하지 말고 소양을 설득시켜 등록하게 만드는 것이 좋지 않을까 하는 생각도 들었다. 등록금은 내가 어머니에게 말해서 타 주겠다, 그게 내키지 않으면(우리 집 여자들은 남에게 아쉬운 소리 하는 것을 병적으로 싫어했다.) 내가 꾸어 주겠다, 네가 학교만 다닌다면 은행 돈을 훔쳐서라도 주겠다고.

이렇게 생각하고 나자 내가 그동안 소양의 존재를 잊을 정도로 무심했다는 것을 깨달았다. 그 애가 우리를 속인 것을 모를 정도로 우리는 소양에게 관심을 갖지 않았다. 사랑하지 않은 것은 아니지만 소양에게 미안한 생각이 들었다.

그날 퇴근 후 최 대리와 차 한 잔만 마시고 집에 일이 있다며 빨리 돌아왔다. 아버지도 벌써 들어와 신문을 보고 있었다. 나는 내 방에 들어가기 전 소양의 방 앞으로 살금 걸어가 귀를 기울였다. 층계 앞에 있는 할머니 방에선 불빛이 새어 나왔으나 이 층은 조용했고 소양의 방에서는 아무 소리도 들리지 않았다.

살그머니 손잡이를 돌렸다. 문이 잠겼는지 돌아가지 않았다. 안에서 자고 있는지도 모른다고 생각하며 방문을 두드렸으나 여전히 기척이 없었다. 나간 모양이었다.

소양이 나갈 때 방문을 잠근다는 것을 나는 그날 처음 알게 됐다. 그것은 나를 약간 놀라게 했는데 우리 집 사 남매 중 방문을 잠그고 다니는 아이는 없었다. 언제부터 그런 습관을 가졌는지 모르지만 지난해만 해도 나는 일요일 같은 때 소양의 빈방을 몇 번 이용했다. 햇빛이 들지 않는 북향이어서 낮잠 자기가 좋았다.
 그날 저녁 식사는 일부러 혼자 했다. 저녁을 먹으라고 불렀을 때 목욕을 하고 내려가겠노라 했다. 소양이 얘기를 어떻게 꺼내야 할지 생각하지도 않았지만 할머니와 정우까지 있는 자리에서 콩 먹듯 말할 수는 없었다. 다혈질의 아버지는 순가락부터 내던질지 모른다.
 내가 젖은 머리로 아래층에 내려갔을 때 아버지와 정우는 거실에서 텔레비전을 보고 어머니는 막 설거지를 끝내고 있었다. 나는 주방으로 들어서면서 문을 닫았다. 바닥에 놓인 열무 단을 식탁에 올려놓고 다듬으려던 어머니는 더운데 왜, 하고 문을 힐끗 보았다. 나는 의자에 앉으며 소양이 아직 안 들어왔어요? 말을 꺼냈다.
 "낮에 집에 있더니만 내가 시장 갔다 오니까 나가고 없더라. 집에 아무도 없었는데 문도 안 잠그고."
 나는 미역 냉국을 순가락으로 휘젓다가 소양이 휴학 벌써부터 했어요, 단숨에 말했다. 벌써부터가 뭐야. 어머니는 설명을 들으려고 나를 잠자코 바라보았다. 말뜻을 못 알아들은 것이 당연하다. 나는 태연히 밥을 먹으면서 학교서 확인한 사실을 들려주었다.
 어머니는 식탁 위에 열무를 쌓아놓은 채 입을 다물지 못하고 내 얘기를 들었다. 나를 바라보는 눈빛도 이상했다. 거짓말을 하는 것이 아닌가 탐색하는 듯했다. 나는 조교와 통화하면서 가족의 한 사람으로서 부끄러웠다는 말까지 하고 이젠 소양에게 확인하는 일만이 남았다고 결론지었다.
 어머니는 내 앞에 놓인 보리차를 꿀꺽 마시고 잔을 내려놓다가 남은 물을 쏟았다. 애들이 많으니까 별 애를 다 보는구나, 하며 아무렇지도 않은 듯 물을 닦았지만 목소리가 떨리고 있었다. 충격을 받은 것이 틀림없었다.

어머니에게 진정할 시간을 주느라고 나는 아버지가 소양이 휴학 건을 알고 있는지 물었다. 어머니는 가만 고개를 내저었다. 내가 학교로 알아보면 자세한 얘기를 듣고 말하려 했다면서 네 아버지가 사루비아 어쩌고 하면 알아들으시겠니, 말끝을 흐렸다.
"엄마, 오늘 소양이 붙들고 얘기 좀 해보지 그랬어요. 소양이가 사루비아 때문에 휴학했다는 말을 이해한 거예요? 납득이 가냐구요. 납득을 하나마나 그것도 거짓말이잖아요."
내 목소리가 높아졌는지 어머니는 문 쪽을 흘끗 보았다. 그러곤 열무 하나를 뽑더니 잔뿌리를 칼로 자르며 그러려고 했는데 두렵더구나, 나직이 말했다.
뭐가요. 나는 되물으며 재촉하듯 어머니를 지켜보았다. 어머니는 공연히 열무 다듬는 시늉을 하다가 숨이 찬지 큰 숨을 내쉬었다.
"소양이와 마주 앉아 얘기할 자신이 없어. 코가 시퍼렇게 멍든 채로 내 앞에서 사루비아 얘기를 할 때의 모습이라니. 나를 똑바로 쳐다보면서 소양이가 백 번 얘기해도 엄마는 모르실 거예요, 할 땐 저 애가 정말 내 배 속에서 나온 앤가 싶어 멍하니 쳐다봤다."
그러면서 나는 보지도 못한 둘째 외삼촌 얘기까지 해주었는데, 해방 뒤 좌우익이 갈라져 날뛸 때 외삼촌이 갑자기 공산당에 입당해 식구들을 동무라고 불렀을 때도 그렇게 섬뜩하진 않았다고 덧붙였다. 그 비유는 약간 과장된 것으로 느껴졌지만 어머니가 소양에게 받은 충격은 그만큼 컸던 것 같았다.
"그럼 엄만 계속 소양일 방관할 작정이세요?"
내가 다그치듯 말하자 소양이 봄부터 휴학을 했었다구? 왜 나를 속였을까, 가슴이 떨려, 하고 한 손으로 가슴을 눌렀다.
어제만 해도 여유를 갖고 있던 어머니가 안절부절못하는 것을 보자 소양이 일이 보다 큰 사건으로 실감되었다. 먹구름이 갑자기 집안에 드리워진 듯했고 내 결혼을 두 달 앞둔 때임을 생각하자 불안하기까지 했다.
"엄마, 어쩌다 이런 일이 생겼을까?"
나는 불쑥 말하고 어머니를 물끄러미 바라보았다.
"내가 그렇게 잘못한 것 같지도 않은데……."
어머니는 도톰한 아랫입술을 깨물곤 열무 줄기를 똑똑 분질렀다. 전에 없던 심약한 모습이어선지 눈 밑의 잔주름도 깊어 보였다. 나는 오랜만에 어머니에게 친근함을 느꼈다. 내가 떠나기 전까지라도 어머니의 힘이 되고 싶었고 이 집안의 맏딸로서 의무랄까, 사명감 같은 것을 가지고 싶었다. 소양의 문제는 내게 주어진 마지막 과제처럼 여겨졌다.

그날 밤 소양은 집에 들어오지 않았다. 나는 두 시까지 뜬눈으로 기다리며 소양에 대한 생각을 여러 가지 했다. 무엇보다 서로 단절된 원인을 추적해 보았는데 개인주의 생활 방식에 문제가 있음을 깨달았다.

우리는 머리가 커지면서 서로 간섭 않고 자기 할 일만 해왔다. 이런 개인주의 생활을 가능케 한 것은 각자의 방이 있기 때문이었다. 나는 어려서부터 내 방을 가지고 있었지만 중학교 때까지 함께 방을 썼던 혜양과 소양도 오 년 전 지금의 삼층집에 이사 오면서 각기 제 방을 차지하게 되었다.

혜양도 그랬지만 그때 소양이 좋아하던 모습이 눈에 선하다. 소양은 먼저 제가 좋아하는 비틀스 판넬을 방에 걸고 어머니를 졸라서 응접실에 있던 낡은 전축을 제 방으로 옮겼다. 소양이 방에선 매일 팝송이 울려 나왔고 소양은 사흘이 멀다 하고 꽃과 양초를 사 들고 왔다. 용돈의 대부분이 그것들을 사는 데에 쓰인 듯 반년도 못 가서 소양의 방엔 말린 꽃들과 가지각색의 양초들로 채워졌다. 여고생 때면 한창 그럴 나이지만 소양의 유미적 취미는 기갈난 사람의 그것처럼 한정을 몰랐다.

한번은 밤에 내가 좋아하는 음유시인 레너드 코헨의 노래가 들려와서 소양의 방에 들어간 적이 있다. 방엔 십여 개의 촛불이 작은 혼들처럼 피어 있고 천장엔 말린 꽃 그림자가 성에처럼 깔려 있었다.

굴 같은 방으로 한 발 걸어 들어가자 벽 가까이서 촛불을 등지고 누워 있는 소양의 모습이 눈에 들어왔다. 머리맡엔 박쥐 같은 것이 웅크리고 있었는데 자세히 보니 그것은 까만 우산이었다. 방 안에서 까만 우산을 쓰고 누워 있는 모습은 괴이하기까지 했으나 촛불 때문인지 신비하게도 보였다.

까만 우산 천에 불빛이 부딪혀 흩어졌고 소양은 눈을 감은 채 꼼짝 않고 있었다. 그때까지 내가 방에 들어온 것도 모를 정도로 자기 세계에 빠져 있었다. 그래, 지금에야 이 표현이 떠오르지만 그것이 소양의 세계였다. 주문처럼 타오르는 양초들, 제 스스로 당겨놓은 불을 못 견뎌서 소양은 또 그 빛들을 까만 우산으로 차단하고 있었다.

다시 생각하니 전율이 올 정도로 그날 밤의 인상이 강하다. 나는 소양이 모르게 방을 빠져나왔다. 소양은 다른 세계에 사는 것 같았고 나는 그것을 세대차라고 단정 지음으로써 편하게 소양의 공간을 인정했다.

그 후론 소양을 특별히 눈여겨본 적이 없는 듯하다. 내가 소양에게 신경 쓰지 않은 것은 촛불을 켜놓고 우산을 쓰든 말든 소양은 여전히 우등생이었기 때문이다. 한마디로 나는 소양을 믿었고 속으로 어머니 이상 기대했다.

재주가 많은 소양을 예전에 나는 정말 귀여워했다. 피아노를 내 어깨너머로 배워 혼자 칠 정도로 감각이 뛰어난 아인데 어릴 때 무용을 잘해서 무용소 선생은 다른 아이들의 질투를 묵살하고 소양을 늘 앞에 세워 시켰다. 유연한 몸짓이며 아이답지 않게 감정이 우러나는 춤을 보는 것이 즐거워서 나는 시간만 나면 소양의 무용소에 따라가 토슈즈를 신겨주곤 했다.

중학교에 들어가면서 소양은 체육 선생의 눈에 띄어 피겨 스케이팅을 시작했다. 그때 나는 한창 바쁜 대학 신입생이었으나 롱스케이트를 타러 소양이 연습하는 동대문 스케이트장에 가끔씩 갔다. 두 팔을 펼치고 빙판에 원을 그리며 도는 모습도 새처럼 날렵했는데 우리 집 딸 중에선 인물이 빠지는 편이지만 춤출 때의 소양은 나를 매혹할 만치 아름다웠다.

우리가 멀어진 것은 확실히 삼층집에 이사 오고부터다. 소양도 제 방을 가지게 됐지만 나는 그즈음 내 인생에서 가장 큰 고통을 겪고 있었다. 심한 우울증에 빠져 근 일 년 동안 식구들과도 말다운 말을 나누지 못했다. 졸업 뒤엔 엉뚱하게 은행에 취직해서 사회에 적응하기 바빴다.

여고 때까지만 하더라도 내 방을 기웃거리며 브람스나 바흐의 레코드를 곧잘 빌려 가던 소양이 뜻밖에 대학 입시에 떨어지면서 걸음이 뜸해졌다. 내가 한때 그랬듯이 식구들과 말하는 것조차 귀찮아하고 일요일에도 제 방에만 틀어박혀 있었다. 이따금 밤늦게 술 냄새를 풍기고 들어오기도 했지만 재수생의 좌절감이려니 생각하고 아무도 소양을 나무라지 않았다. 다행히도 소양은 다음 해 원하는 대학에 들어갔고 발랄한 옷차림과 여러 서클에 가입하는 등으로 제 생활을 찾은 듯했다.

서로가 그토록 단절된 것은 나와 소양이 사이에 낀 혜양이 공붓벌레라는 사실과도 무관하지 않다. 혜양은 밥 먹을 때도 김이 서려 있는 밥뚜껑에다 영어 단어부터 쓰는 아이였다. 대학에 들어가기 전엔 물이 쏟아진 식탁이나 성에 낀 버스 유리창이나 가리지 않고

숲속의 방 75

영어 단어를 복습했다. 밥 먹기 전에 할머니가 기도하라고 설교하면 나는 무신론자라고 영어로 말하면서 단어까지 외었다. 할머니를 비롯해 영어를 모르는 식구들은 매사에 이런 혜양에게 질려서 아예 말을 시키지 않았다.

영어 때문에 혜양은 학교에서도 근신 조치를 받을 뻔한 적이 있다. 기독교 계통의 여학교에 다녔던 혜양은 매일 새벽에 집에서 나갔다. 선교사 집 앞에서 선교사를 기다려 학교에 가는 동안 함께 영어를 하기 위해서였다.

비가 오나 눈이 오나 하루도 거르지 않고 이 일이 이어지자 학교에 이상한 소문이 퍼졌다. 선교사와 연애한다는 소문이었다.

이것이 학교 당국의 귀에도 들어갔다. 어머니까지 학교에 불려가게 되었는데 그 얼마 뒤 선생은 아이들에게 소문의 진상을 밝혔다. 혜양이 연애한 것은 선교사가 아니라 영어였다고.

아무튼 잠도 책상에 엎드려 잘 정도로 지독하게 공부하는 아이였다. 내가 독촉하는데도 화장실 변기 위에 앉아 식도에서 대장까지 음식이 소화되는 과정을 화학기호까지 덧붙여 읊어서 내 분통을 터뜨린 적도 있다.

이런 혜양으로부터 벗어났으니 소양이 굶주린 듯 양초와 꽃을 사들이고 음악에 몰두하는 것도 무리가 아니었다. 내가 알기로는 한때 소양은 생물학자가 될 꿈을 갖고 있었다. 멘델의 유전법칙에 몹시 흥미를 느껴 좋은 인자를 개발하는 유전공학자가 되겠다고 했다.

예술가의 재질을 갖고 있으면서 학구적인 꿈을 갖게 된 것은 혜양에게 받은 영향이 아닌가 싶은데 둘 사이는 무척 좋았지만 각기 방을 따로 쓰고 혜양이 대학에 들어가면서 서로 멀어진 듯했다.

우리 집의 개인주의는 어머니로부터 비롯된 면이 없지 않다. 어머니는 일류 여고 출신임을 긍지로 삼고 있는 자존심 강한 여자다.

공부도 잘했지만 깨끼 바느질 솜씨가 뛰어나서 중매가 밀려들었다고 한다. 광산으로 벼락부자가 된 아버지 집에서 가난하지만 머리와 미모와 솜씨를 갖춘 어머니에게 혹했다는 것은 있을 수 있는 일이다.

공부하기를 죽기보다 싫어해서 고보도 끝내지 못하고 할아버지 사업을 도왔다는 아버지는 지적인 어머니를 몹시 자랑스러워하고 떠받들며 살아왔는데 딸 셋에게 양띠 어머니에게서 태어난 표적으로 양 자를 넣어 이름 지어준 걸 보아도 잘 알 수 있다.

어머니는 지금도 웬만한 옷은 재봉틀을 돌려 만든다. 패션쇼를 해도 될 정도로 아버지의 가운도 많이 만들었고 우리들도 어릴 땐 전부 어머니가 만든 옷을 입고 다녔다. 딸기 모양의 빨간 주머니가 달린 옷이나 수녀복처럼 크고 둥근 깃이 달린 외투는 지금도 기억나는데 당시로선 파격적인 것이어서 내 옷은 늘 아이들의 시선을 받았다.

세 딸 중 유일하게 어머니 재주를 물려받아서 나도 간단한 옷은 눈짐작으로 만들고 스웨터도 떠 입지만 어머니 솜씨에는 결코 미칠 수 없었다.

어머니는 자신이 완벽한 만큼 웬만한 건 눈에 차질 않아서 딸들에게도 여간해선 잘했다는 소리를 하지 않았다. 그 점이 여느 엄마 같지 않아서 우리들의 불만을 샀다. 덕분에 남의 칭찬을 바란다거나 자기도취에 빠지는 일은 없게 됐지만 우리들은 어머니의 잔정을 받아보지 못한 셈이다.

맏딸인 나는 커가면서 또 한 가지 못마땅한 점을 발견하게 됐는데 어머니가 나를 같은 여자로서 대한다는 점이었다. 그것 때문에 기분이 묘할 때가 한두 번이 아니었다.

아래층 안방엔 욕실이 딸려 있다. 안방에서 얘기하다 나는 오줌이 마려워 그 욕실에 들어가려 했다. 어머니는 빨래가 있는데……말끝을 흐리면서 밖에도 화장실이 있잖아, 쌀쌀하게 덧붙였다. 물론 그것은 부부가 사용하는 욕실이지만 어머니는 마치 남이나 보는 것처럼 싫은 기색을 했다.

그 뒤 나는 안방에 들어가는 것부터 삼갔지만 어쩌다 들어가게 되면 욕실을 흘끗 보며 어머니와 아버지가 벌거벗은 장면을 떠올렸고 잘난 체해야 동물인 걸, 복수하듯 중얼거렸다. 아무튼 이 일은 두고두고 나를 기분 나쁘게 만들었다.

이뿐 아니다. 어머니에겐 또 우습기 짝이 없는 면이 있는데 몹시 수줍어한다는 것이다. 졸업반 축제 때 나는 음대생 미전에 글씨를 출품했다. 당연히 어머니를 초대했고 어머니는 그날 입을 옷까지 생각하며 아이처럼 달떴다.

그러나 어머니는 정작 전시회엔 나타나지 않았다. 학부형들이 방명록에 붓글씨를 쓴다는 말을 듣고서다.

소양의 문제를 해결하려는 데에서도 어머니의 태도는 못마땅할 정도로 소극적이었다. 다음 날 오전 내가 집으로 전화할 때도 어머니는 푸념만 했다. 소양이 이날 아침에야 친구를 시켜 집에 전화했지만 헛일이라는 것, 어젯밤 아버지께 소양이 얘기를 했으니 오늘은 집안이 시끄러우리라는 것이었다.

봄부터 휴학한 것두요? 나는 조심스레 물었으나 어머니는 물론이야, 담담하게 답했다. 소양과 한 번이라도 진지하게 얘기를 나눈 다음 아버지에게 알리는 것이 좋을 텐데. 일이 드디어 터지는가 싶었지만 나로서도 별수 없었다.

그날은 퇴사를 하루 앞둔 날이어서 다른 부서의 여은행원들과 저녁을 함께 하기로 되어 있었다. 소양이 일로 마음이 급했으나 다시 함께 저녁 시간을 가질 기회가 없을 것 같아서 취소하진 않았다.

그 대신 집에 일이 생겼다고 양해를 구하고 저녁을 먹은 돌솥밥 식당에서 커피까지 마시고 그것으로 끝냈다.

내가 집에 들어갔을 땐 아홉 시가 채 못 된 시각이었다. 누구세요. 인터폰으로 어머니의 목소리가 울리기에 나는 대뜸, 미양이에요, 소양인 들어왔어요? 물었다. 어머니는 대답 대신 기다려라, 하고 끊었다.

대문은 어머니가 직접 나와 열어주었다. 나는 문밖에서 어머니가 현관으로 나서는 기척을 들으며 벌써 집에 일이 벌어졌음을 알아챘다. 아니나 다를까 어머니는 문을 열고 침통한 얼굴로 말했다.

"조용히 들어가 봐라, 아버지가 소양이 야단치시는 모양이다. 밥도 아직 안 먹었다던데."

현관 앞에서 희미하게 들리던 소리가 안으로 들어서자 또렷하게 울려왔다. 소양인 아버지 맞은편 소파에 앉아 있었다. 허리를 곧추세우고 엉덩이를 반만 걸쳐 앉다시피 한 아버지의 자세가 불안정한 데 비해 푹신한 레자 소파에 파묻혀 있는 소양의 자세는 고양이처럼 편안해 보였다.

"부모를 속인다는 건 용납할 수 없다. 요즘 젊은 애들이 어른 말 안 듣고 제멋대로인 건 알지만 넌 우릴 속이기까지 했잖아. 부모를 바보 만들어도 분수가 있지, 대학서 배운 게 그따위냐."

아버지는 말하다 말고 나를 흘긋 보았으나 소양은 눈길을 탁자에 둔 채 잠자코 있기만 했다. 꼼짝하지 않는다는 것 외엔 표정이 태무심해서 야단맞고 있다는 느낌이 들지 않았다.

다녀왔습니다, 인사하고 나는 이 층에 올라가 재빨리 옷을 갈아입고 내려왔다. 저녁은 먹었지만 조금이라도 숟가락을 뜰 생각이었다. 주방에선 아버지와 소양의 말을 들을 수 있을 테니까.

"말을 해야 네 속을 알 게 아니냐. 뭐가 불만이고 뭐가 문제냐.

너무 호강해서 문제냐."

아버지는 계속 다그치고 있었고 내가 옆으로 지나가도 소양은 여전히 본 체하지 않았다. 소파에 몸을 푹 파묻고 한 손으로 머리를 괴고 있었다.

"소양이 아직 밥 안 먹었어요?"

식탁에 두 사람의 수저가 놓여 있어 물으니 어머니는 고개만 끄덕이며 내 앞에 국그릇을 놓았다.

"딸한테 감쪽같이 속은 것이 창피했는지 네 엄마도 처음엔 나한테 거짓말을 했다. 네가 지난봄에 휴학한 걸 진작 알았지만 내가 납득 못할까 봐 망설이기만 하다가 이제야 말한다고. 그게 말이나 돼? 벌써 몇 달이 지나서 말한다는 게. 내가 자꾸 다그쳐 물으니 할 수 없으니 말했지, 나는 영 모르고 넘어갈 뻔했네. 기가 차서."

아버지의 혀 차는 소리를 들으며 나는 물을 한 잔 마셨다. 그리고 내가 소양이 학교에 연락해서 휴학 건을 알게 된 것을 소양이 알고 있는지 어머니에게 따지듯 물었다. 나는 소양이 아직은 그것을 모르기를 바랐다. 평상시엔 관심도 갖지 않았으면서 경고장 같은 휴학 건을 내놓으니 허둥지둥 뒤를 추적했다는 것도 민망했고 무엇보다 나는 그 일에 대해 소양과 단둘이 얘기하고 싶었다.

"그걸 숨길 게 뭐 있어. 언니가 동생 일에 관심 갖는 게 당연하지."

관심이라는 말에 벌레가 얼굴에 기어오르는 듯했다. 당기지 않는 국을 떠먹는 시늉을 하는데 아버지 말소리가 다시 울렸다.

"도대체 그게 무슨 짓이냐. 무슨 실수를 해서 등록금을 썼다고 치자. 물론 처음엔 야단을 쳤겠지만 우리가 그 정도 돈으로 널 휴학하게 만들겠어? 또 무슨 큰 죄를 지었기에 봄에 휴학한 걸 여태 숨겼어. 사내애 뒷바라지했어, 불장난하다 일이 생겼어?"

무식스럽기까지 한 아버지 말에 눈살이 절로 찌푸려졌다. 소양의 비음이 연이어 들려왔다.
 "이해 못할 테니까 얘기 않겠어요. 지금 하신 말들이 그걸 입증해요. 이번 등록금을 써버린 건 사실이지만 처음엔 복교해 볼까 하는 마음으로 받았어요."
 "이해 못할 테니까? 좀 가르쳐놓으니 부모한테 저따위 말대답이나 하고."
 그건 아버지가 우리를 비난할 때 쓰는 상투어였다. 혜양의 표현으로 무학자의 열등감이었다.
 이어 아버지는 사람 생각이라는 게 다 부처님 손바닥에 손오공이지 너는 산꼭대기에 올라앉았느냐, 살았으면 얼마나 살았어, 못된 것, 하며 그르렁거렸다. 아버지 말투가 자꾸 거칠어져서 가슴을 졸이고 있는데 소양도 계속 맞서 대꾸했다.
 "내가 잘나서 아버지가 이해 못하신다는 게 아니에요. 나 자신부터 내가 왜 그래야 했는가를 구체적으로 설명할 수 없어요. 가짜로 살았다는 생각이 들고 학교도 껍데기 같고…… 암튼 학교는 못 다니겠어요."
 "그런 식으로 말하면 어떤 부몬들 이해하겠냐. 온 식구를 다 속인 건 용서받을 수 없는 짓이야. 난 심장이 떨리는 것 같아 잠도 못 잤다."
 어머니는 어느새 차를 끓여 거실로 나갔다. 늘 그렇듯이 아버지의 권위를 세우느라 잠자코 있다가 중요한 대목에서 나서는 것이다. 어머니는 소양이 앞엔 찬 인삼차를 놓고 아버지 옆에 나란히 앉았다.
 "어쨌든 이번 학기엔 등록해. 오늘 학교에 알아보니까 이차 등록기간이 남아 있다더라."
 그건 내가 모르는 일이었다. 나는 해결책이라도 발견한 듯 자리

숲속의 방 **81**

에서 일어나 등록 아직 끝난 거 아니래요? 되물었다. 그러면서 확인하러 거실로 나서는데 소양은 양 눈썹을 모으며 그럴 생각이 없다고 잘라 말했다.

그날 일은 여기까지만 말하자. 그 뒤 장면은 과히 유쾌하지 않다. 소양을 어르지 못한 아버지는 모처럼 세워보려 했던 가부장의 위엄이 묵살당했다고 생각했음인지 순종할 기색이 없는 소양에게 정신 나간 것이라고 혐오스런 표정으로 내뱉었다.

이어 요새 것들은 너무 배불러서 문제를 일으킨다. 자기 세대는 전쟁 때 전우의 시체를 넘으면서 살아남았다. 전쟁 뒤엔 식구들 양식을 구하느라 배낭을 짊어지고 강원도 산골을 헤매 다녔고 나일론 양말 공장에서 시작하여 스웨터 수출 공장을 운영하고 있는 이날까지 하루도 발 뻗고 자본 일이 없다는 등 생존 경력을 읊었다. 그리고 공연히 무슨 사상이나 있는 척하며 데모나 하고 제멋대로인 젊은 것들의 뻔뻔한 상판대기가 보기 싫으니 빨리 꺼지라고 소리쳤다.

그날 소양을 이 층으로 올려 보낸 것은 나였다. 아버지에게 욕을 들으면서도 소양은 푹신한 소파에 파묻혀 꼼짝할 생각을 하지 않았다. 따분해 보이는 표정은 일어서는 것조차 귀찮은 듯했다.

자식들의 정신세계는 들여다볼 생각도 않고 물질적인 것으로 모든 것을 판단하려는 아버지도 싫었지만 성의 없이 앉아 있는 소양에게도 화가 났다.

나는 소양의 손목을 잡아끌었다. 소양은 용수철이 튀듯 가볍게 이끌려 일어서서 여태 들은 아버지 말에 대한 의무라도 하듯 아버지 도움을 받지 않고 살아갈 생각도 하고 있다, 한마디 했다. 홧김에 텔레비전을 크게 틀어놓아서 아버지는 그 소리를 듣지 못했고 그것은 다행이었다. 대부분의 가장들이 그런지도 모르지만 아버지는 한 가족의 생계를 이끌어가고 있다는 것에 대해 자부심이 강했다.

소양이 이 층으로 올라가자 나는 주방으로 가서 국을 데웠다. 쟁반에 밥을 차리고 보리차까지 놓아 소양의 방으로 들고 갔다. 층계에서부터 음악 소리가 희미하게 들렸다. 소양이 즐겨 듣는 코헨의 노래,「빨치산」이었다. 배음으로 울리는 여자들의 합창이 어둑한 이 층에 깔렸고 그것은 슬픔의 그림자처럼 가슴에 무겁게 드리웠다.

소양의 방문을 가볍게 두드리며 손잡이를 돌렸으나 열리지 않았다. 소양아, 문 좀 열어봐. 나는 쟁반을 든 채 큰 소리로 불렀다. 한동안 대답이 없었고 나는 다시 문을 두드렸다.

잠시 후 문이 열렸다. 배음으로 깔린 여자들의 합창이 문밖으로 쏟아지면서 이마를 찌푸린 소양이 어둠 속에서 나타났다. 불을 끈 방 안엔 전축에서 새어 나오는 파란 불빛만 가물거렸다. 언니 왜? 소양은 무뚝뚝하게 말하곤 내 손에 들린 쟁반을 흘긋 보았다.

그때 소양이 눈썹을 곤추세운 것은 뜻밖이라는 뜻일까. 그리고 보면 근래에 소양에게 커피 한 잔 타다 준 일이 없었다. 나는 겸연쩍어 엄마가 차려 가래서, 하곤 떠안기듯 쟁반을 내밀었다.

2

내가 소양을 적극적으로 추적한 것은 은행을 그만두고서다. 은행을 영구 직장으로 생각해 보지 않았으니만큼 결혼을 앞두고 당연히 사직했다. 용돈은 집에서 타 쓰면서 오 년짜리 재형저축과 정기적금을 부었고 퇴직금까지 합쳐 구백만 원을 억지로 모았다. 거기다 장래의 남편까지 만났으니 은행에 더 이상 미련이 없었다.

섬유업을 크게 하는 이모부에게 부탁해서 거래 은행에 특채로 들어갔던 것이 오 년 전이었다.

재산세만도 일 년에 이천만 원씩 내는 교수 고객을 단골로 둘 만큼 연륜도 쌓았지만 처음엔 큰 돈뭉치를 보면 숨이 막히고 은행 셔터를 내리고 그날 시제를 맞출 땐 무슨 실수를 했을까 싶어 눈썹까지 곤두섰다.

만 원 안팎의 돈은 숱하게 차질이 생겼다. 이런 돈은 못 찾을 것이 뻔하므로 계정 처리를 하지 않고 내 돈을 밀어 넣었다. 어느 날엔 삼십육만 원의 차이가 나기도 했다. 사만 원을 사십만 원으로 착각하고 돈을 내주었던 게 분명했다.

이런 나를 보고 차라리 은행에 다니지 않는 게 이익일 것이라고 말한 동료도 있었지만 규칙적인 생활을 하는 직장이란 그때 내게 절실한 것이었다. 대졸 은행원이 편한 대우를 받는다고 생각하는 여고 출신 텔러와의 갈등도 심했지만 나는 끈기 있게 버티어나갔다.

어디서나 마찬가지겠지만 은행 역시 하나의 작은 사회여서 나는 이곳에서도 불신을 배웠다. 어떤 실직자인 듯한 남자가 구십만 원을 입금시켜놓고 다음 날 예금을 맡긴 부인과 함께 와서 백만 원을 넣었다고 우기는가 하면, 방금 입금한 돈을 함께 온 사람이 다시 찾아가는 네다바이 사건도 종종 있었다.

이런 일로 늘 긴장해 있지만 외부에서뿐 아니라 은행 안에서도 서로 피해를 줄 수 있어서 동료와도 거리를 두고 친해야 했다. 손님에게 돈을 받고 옆 사람의 도장을 찍을 수도 있었다. 애인의 사업을 돕느라 한 여은행원이 실제 그런 일을 저지른 적이 있었다. 나도 피해자의 한 사람이었지만 아무튼 잠시 자리를 비워도 도장은 꼭 갖고 다녀야 했다.

음악과 전혀 다른 세계를 원해서 은행을 택했지만 이러한 긴장은 어느 땐 나를 멍하게 만들기도 했다. 약혼자인 최 대리를 만나지 않았더라면 나는 백치 상태의 주기적인 조울증에 걸렸거나 은행을 훨씬 빨리 그만두었을 거다.

최 대리는 처음에 전혀 내 눈에 띄지 않았던 사람이다. 사회의 초년생인 내게 대리라는 직함부터 거리감을 주었고 무의식적인 기피였겠지만 또 당시 나는 남자에게 무관심했다.

은행원들의 사내 연애가 대개 그렇게 이루어지듯이 최 대리가 내 관심을 끌기 시작한 것은 내가 곤경에 처했을 때 알게 모르게 정신적인 힘이 되어주면서다. 입금전표와 지급전표에 의한 시제가 맞지 않아 쩔쩔매면 그때마다 돈 액수에 따라 상황을 판단해 내가 적절히 처리하도록 조언했고 계산을 끝낼 때까지 자리를 지켰다.

한 달 만에 돌아오는 월말 잔액 대조 때는 우리 계원들과 함께 야식을 들며 밤을 새기도 했다. 그러다 보니 자연히 가까워지게 됐는데 내가 삼십육만 원의 차액을 물고 울화를 삼키던 어느 날은 위로한다는 명목으로 술을 샀다.

그날 나는 평상시 정신을 빠뜨리고 일하는 내 자신이 싫고 자존심이 상해서 그의 위로가 달갑지 않았다. 나는 선수 치듯 이번의 차액도 계정 처리하지 않고 내 돈을 넣겠다, 사만 원 대신 사십만 원을 양심 없이 가져간 사람이 반납할 리 없으니 깨끗이 책임지겠노라 했다.

최 대리는 반대하진 않았다. 단지 액수가 너무 많으니 상사로서 함께 책임지고 싶다는 뜻을 비추었다. 나는 상사가 아니라 아버지라도 그런 책임을 전가할 수는 없다고 거절했다.

그때 최 대리는 갑자기 오빠 같은 표정을 지으며, 가만 보면 미스 리는 오기로 은행 다니는 것 같구먼, 피아노 치던 손으로 왜 하필 돈 셀 생각을 했어요, 기악부원으로 들어오라는 것도 싫다고 했다면서요, 물었다.

그것은 사실이었다. 은행마다 행사 때 피아노를 치는 음대 출신

기악부원을 한 명씩 뽑지만 나는 고졸 대우를 각오하면서까지 특채로 들어갔다.

내가 그날, 원하는 만큼의 돈을 모을 때까지는 은행에 다니겠다, 사람 마음은 알 수 없으므로 결혼한 남자가 행여 싹수없는 짓을 하면 당당히 혼자 독립할 기반을 갖기 위해서라고 속마음을 털어놓은 걸 보면 최 대리를 꽤 믿고 있었던 것 같다. 최 대리는 더 이상 묻지 않고 그런 식의 적자를 낸다면 정년퇴직 때나 결혼해야 하는 거 아니요, 하며 억지로 웃음을 참았다.

나도 웃지 않을 수 없었고 집에 바래다주겠다는 그의 제안을 순순히 받아들였다. 그것이 우리의 첫 데이트였다.

결혼을 두 달 앞두고 사직서를 낼 즈음 소양의 휴학 건이 알려졌으므로 뜻밖의 걱정이 생긴 셈이지만 한편으론 소양에게 더 많은 시간을 할애할 수 있도록 기회가 적절히 주어진 듯했다.

나는 처음부터 섣불리 설득할 생각은 하지 않았다. 그동안 우리는 각기 제 울타리 속에서 살았다. 소양은 소양대로 제 성을 굳건히 쌓고 있어서 쉽사리 문을 열 것 같지 않았다.

나는 우선 명주부터 만나기로 했다. 명주는 소양과 여고 단짝으로 함께 재수를 한 친구다. 과는 달리 지망했으나 같은 학교에 들어갈 정도로 가까웠는데 지난해까지만 해도 종종 집에 놀러 왔다. 명주라면 소양의 휴학을 벌써부터 알고 있었을 거다. 내 경우도 그랬지만 젊은 아이들이란 부모나 가족보다 친구끼리 더 잘 통한다고 생각하는 법이다.

우리 집 전화 명단에 있는 명주 전화번호는 옛날 것이었다. 전화 받는 사람이 전화번호가 바뀐 지 일 년이 다 되어간다는 걸 보면 명주네는 벌써 이사를 간 듯했다.

불과 두 달 전에도 소양은 명주 집에서 자겠다고 어머니에게 허락을 받아 외박을 했다. 물론 소양을 믿고 확인 전화를 해보지 않았겠지만 어머니는 보기 좋게 속은 셈이다. 몰래 휴학했을 때부터 그런 셈이지만.

은행에 출근하지 않은 첫날, 나는 이불 속에서 꿈지럭대며 한가함을 맛보려 했으나 이내 자리를 박차고 일어났다. 명주를 만날 생각이었다. 소양에게 명주 전화번호를 묻는다는 건 형사가 용의자에게 추적을 예고하는 꼴이어서 나는 무작정 학교에 가기로 했다. 혹시 명주를 못 만나더라도 소양의 학교에 일단 가보면 무언가 얻을 것이 있을 듯했다.

기척 없는 소양의 방을 흘긋 보곤 아래층으로 내려가자 주방에서 할머니와 혜양이 밥을 먹고 있었다. 할머니는 연보라색 블라우스를 입고 머리에 금빛 망사 수건을 두르고 있었다. 아침부터 마사지를 했는지 옆에 앉자 상큼한 오이 냄새가 끼쳐왔다.

혜양과는 사흘 전 함께 아침을 먹었으나 오랜만에 보는 듯했다. 오늘 학교 늦게 가? 내가 말을 걸자 혜양은 신문에서 그제야 눈을 뗐다.

"언니, 이제 은행 안 나간다며? 결혼하고도 다니지그래. 자기 일 없으면 지겹잖아."

"나도 그건 반대다. 최 대리가 그렇게 원하더라도 다른 지점으로 옮긴다든지 하지, 젊어서부터 퍼지고 앉으면 못쓴다. 남자가 밥 먹여주면 편할 것 같지만 여자도 자기 경제권이 있어야 큰소리쳐."

그건 할머니 자신의 얘기였다. 할아버지가 남긴 말죽거리 땅값이 치솟아 그곳에 빌딩을 짓고 세를 받아들이는 할머니였다.

"남자밥 그냥 안 얻어먹으려고 여태 직장 다닌 거 몰라요? 그 점에선 염려 놓으시라구요. 피아노를 치더라도 내 밥벌이는 할 테니까."

결혼을 밥과 연결시키는 것이 못마땅해서 퉁명스레 대꾸하고 나는 소양이 아직 내려오지 않았느냐 물었다. 혜양은 대뜸 갠 요새 너무 우리를 놀라게 해, 하곤 이마를 찌푸렸다.

"어쩜 그렇게 깜찍한 짓을 할 수가 있느냐, 다그쳐 물었더니 휴학이 그만큼 절실했다, 언니 같은 공붓벌레는 이해 못할 거야. 딱 한마디 하잖아. 대화도 거부야. 요새 애들은 위아래도 없고 자기만 옳아."

"소양인 요새 사탄에 씌었어. 마귀 시험에 들었어요. 안수기도 받으러 잘 아는 목사님께 가자고 했더니 벼락같이 화를 내더라."

그 말을 듣자 나는 어이가 없었다. 주님의 은총을 받은 할머니가 직접 안수해 주지 그래요, 빈정거리곤 혜양에게 이번 일요일에 시간이 되면 소양일 데리고 나가서 함께 점심을 먹는 것이 어떻겠느냐 뜻을 물어보았다. 혜양은 시큰둥한 반응을 보였다.

"난 걔가 이해 안 돼. 너무 깜찍해서 끔찍해. 나하고 얘기도 안 하려 들면서 툭하면 내 구두 꺼내 신고 가서 흙먼지를 씌워 내팽개쳐 놓는단 말이야."

혜양의 신발이 우리집 신발장을 채울 정도로 많긴 하지만 그건 처음 듣는 얘기였다. 혜양의 구두는 열 켤레가 넘고, 운동화도 대여섯 개나 되는데 그것은 혜양의 유일한 사치였다. 나는 혜양을 슬쩍 흘겨보았다.

"넌 신발이 많잖아."

"소양인 지 신발이 없대?"

"그래도 친하다고 네가 만만한가 봐. 소양이가 내 구두 신은 적은 한 번도 없어."

나는 다독이듯 말했으나 혜양은 끝까지 투정을 부렸다.

"친할수록 예의를 지켜줬으면 좋겠단 말이야."

그날 아침, 나는 어머니와도 소양이 문제를 놓고 의견을 나누었다. 어머니는 소양이 원치 않더라도 등록을 하자는 생각이었고 나는 소양의 의견을 존중하자는 쪽이었다. 저 혼자 휴학 결단을 내린 아이가 집에서 억지로 등록을 해준다고 학교에 다닐 것 같지 않았다.

그러려면 우선 소양일 설득해야죠, 하다가 나는 어머니를 설득하기 시작했다. 당분간은 제가 원하는 대로 내버려두자, 이십 세의 감수성은 칼끝 같은데 모든 것이 버거운 듯하다, 그럴 땐 차라리 쉬면서 자기 정리를 하도록 지켜봐 주어야 한다고.

철없는 짓이니까 등록은 꼭 해야 한다고 주장했던 어머니도 내가 소양이 나이의 신경증에 대해 말하자 생각을 바꾸는 눈치였다. 나는 그 나이 때의 나를 생각했지만「이유 없는 반항」의 제임스 딘을 무척 좋아했던 어머니여서 말이 통하지 않는 바는 아니었다.

나는 그날 오전 서둘리 소양의 학교로 갔다. 교문으로 들어서자 숲 속에 솟아 있는 고풍스런 석조 건물이 한눈에 들어왔다. 그것은 바깥세상 것과는 다른 신성한 위용을 보여서 성역과도 같았고 몇 년 만에 대학 교정을 걸어가노라니 야릇한 감회가 살아났다.

명주가 다니는 사학과 사무실엔 열한 시가 넘어 도착했다. 수업 시간표부터 알아보니 마침 열한 시에 사학과의 전공 수업이 있어서 끝날 때까지 기다리기로 했다.

마이크 소리가 울리는 어둑한 강의실 복도를 빠져나와 밖으로 나서자 사루비아 화단이 눈부시게 다가섰다. 갑자기 쏟아지는 햇빛과 함께 그것은 핏물처럼 시야에 번졌고 나는 거의 현기증을 느꼈다.

건물 어귀인 화단 원편에 벤치가 놓여 있는 것이 눈에 띄었다. 플라타너스 아래로 걸어가니 각종 포스터와 공문들이 빈틈없이 붙어 있는 두 개의 게시판이 보였다.

날조된 가치관, 집단의 횡포, 양심에의 경종, 아서 밀러의 「시련」
예매 중
기술 자립인가 기술 종속인가 주제논문 발표
××대학교 대동제 개교 30주년
민주 민중 민족 해방을 위한 통일굿
학도여! 첫새벽이 열리는 소리가 들리지 않는가.
경고! 떼지 마시오. 우리의 광장을 침입하는 자 철저히 감시합시다.

굵은 고딕체의 글씨들이 다투어 눈에 들어왔다. 자유의 회오리 바람이 잠들지 않는 대학 광장은 신성했지만 그것은 왠지 선혈 같아서 전율과 연민을 동시에 느끼게 했다. 신문 지상엔 일 단짜리 학원 기사가 시대의 밑반찬처럼 연일 오르내리고 오늘도 누군가가 희생양으로 구속되고 제적될지 모른다. 그들의 광장은 잠시 주어진 유예된 특권의 땅이었다. 세상 밖으로 한 발짝만 나오면 젊음의 숨을 꺾을 방패가 복병처럼 숨어 기다리고 있을 테니까.

벤치에 앉아 있노라니 어디선가 기타 소리가 들려왔다. 스페인풍의 무곡 같았으나 감정이 깃들여 있지 않아 권태롭게 들렸다.

숲에서 남녀 학생들의 잔잔한 웃음소리가 들려왔고 내 앞으로 껑충한 통바지에 뾰족구두를 신은 한 여학생이 귀고리를 흔들며 바삐 걸어갔다. 어깨에 닿을 정도의 긴 금속 줄에 삼각형까지 달린 귀고리가 우스꽝스러웠지만 그것도 젊음의 모습인지 모른다.

기타 소리를 들으며 망연히 앉아 있으려니 풍경을 관조하고 있는 자신이 문득 늙은이 같은 생각이 들었다. 결혼을 앞두고 있어서일까. 아니 청춘을 상해받지 않았더라면 나는 영원히 그것을 누리고 싶어 했을 것이다. 그리워할 것이며 투명한 초록색 공 같은 청춘을 추억 속에서 한없이 부풀렸을 거다.

강의가 끝날 즈음부터 강의실 밖에서 기다렸던 나는 명주를 어렵지 않게 만날 수 있었다. 명주는 처음에 어리둥절해했지만 내가 일부러 찾아온 것을 알자 그래요? 하고 혼자 짐작하는 듯했다. 점심시간이었으므로 나는 명주를 데리고 교정을 빠져나왔다.

경양식 집에 자리 잡자 명주가 먼저 소양이 안부를 물었다. 소양이를 만난 지 얼마나 돼? 그간 명주 전화번호가 바뀐 것을 상기하며 나는 그것부터 되물었다.

"학기말 시험 전이니까 두어 달 돼요."

"아, 그때 소양이가 니네 집에 갔지. 전화했잖아."

소양의 말이 거짓말이 아니었다는 안도감으로 나는 알은체를 했다. 명주는 네, 하곤 네 시에 갔어요. 통금 해제 기다렸다는 듯이, 라고 덧붙였다.

"통금? 요즘 통금이 어디 있어."

"어떤 행동을 할 때 가장 극적이고 효과적인 타임이 있잖아요. 그날 우리는 밤새워 이야기했지만 의견이 자꾸 빗나갔어요. 네 시 종이 치자 소양인 더 이상 있을 필요가 없다는 듯이 발딱 일어났어요. 나 간다, 하곤 뒤도 돌아보지 않고 나가요. 걔, 심통이잖아요."

맹랑한 아이들이라고 생각하는데 명주는 떨떠름하게 웃었다. 내 기억으론 그날 소양인 내가 출근할 때까지도 집에 들어오지 않았다. 캄캄한 새벽 거리로 나가서 소양인 어디로 갔을까.

나는 그날 둘이 무슨 얘기를 했는지 듣고 싶었다.

"우리들의 진실에 관한 얘기죠, 뭐."

명주는 이렇게 운을 떼곤 요즘 자기는 사회의 불평등에 관심이 많다고 서두를 꺼냈다. 우리 같은 과도적 산업사회의 구조상으로는 권력이나 경제에서 한 집단의 승리는 다른 집단을 희생시켜 얻어진 것이고 그래서 모든 사회계층 체계는 그 원칙에 대한 저항을 자아

내며 그 자체가 억압의 씨앗을 낳는다. 사회에서 불리한 위치를 가진 사람들이 그들 스스로에게 보다 나은 소득을 약속해 주는 규범 체계를 세우려고 노력하는 것은 당연하다. 이런 말끝에 명주는 학생운동으로 대화를 끌고 갔다. 대학생이란 어쨌든 선택받은 환경의 사람들인데 그러니만큼 사회 진보를 위해 앞장서야 한다. 기성인들은 안락한 자기 울타리를 지키기 위한 소시민으로 타락해서 현실에 순응하고 타협하므로 자신들이야말로 순수하게 싸울 수 있노라 했다.

"그것도 엘리트 의식 아냐?"

나의 반문에 명주는 전위 의식이죠, 수정했다. 자기들이 알고 있는 구조적 모순을 억압받는 계층에게 일깨워 주는 중간 역할을 할 뿐 노동운동의 주체자는 어디까지나 노동자들이라는 것도 알고 있노라 힘주어 말했다.

명주는 이어, 알고 있는 이론이나 관념을 경험으로 다시 터득하기 위해 자기를 포함한 대학생들이 공장에 직접 들어가 일하면서 현장을 체험한다. 명주 자신은 방학 동안 보세공장의 시다로 들어가서 월급 팔만 원을 받고 칼라 다림질이며 시접 접기 등을 했다. 공장에 들어가서도 일을 못하면 동료들에게도 말발이 안 서기 때문에 지금은 개인 하청 업자에게 미싱을 배우러 다니노라 했다.

나는 접시를 다 비웠으나 명주는 불평등에 관해 열변을 토하느라 밥을 거의 먹지 못했다. 시골 처녀처럼 긴 머리를 하나로 묶고 다니던 재수생 때의 명주를 떠올리며, 나는 점심부터 빨리 들라고 권했다. 명주는, 사실 이런 데 들어와서 부르주아처럼 칼질하는 것도 우습죠 뭐, 하곤 끊어졌던 소양이 얘기를 또 계속했다.

"나는 주로 이런 얘기를 했죠. 그랬더니 소양이가 그것이 그토록 너에게 절실하냐, 겉멋 든 엘리트 의식이다. 자기 자신도 잘 모르면서 어떻게 남을 깨우치고 민중운동을 한다고 나서느냐 해요. 또 운동하는 건 좋은데 다른 고통, 갈등도 포용하고 인정해야 한다, 너희들만 의식 있는 인간이고 진실하다고 생각하는 건 오만이고 너희들이 대항하려는 체제만큼 비인간적이라고 공박했어요."

그 정도로 그날의 상황을 알 듯했다. 데모하다 잘려서 휴학한 건 아니냐 물었던 어머니에게 그런 뚜렷한 명분이 있으면 행복하겠다고 답했다는 소양이다. 나는 순간 소양의 휴학보다 명주의 변모에 더 호기심을 느꼈다. 일 년 사이에 이토록 변한 너와 마주 앉아 있으니 격세지감을 느낀다고 늙은이처럼 말하려다 자기 가치관이 그토록 빨리 확립됐다면 넌 행운아구나, 했다. 명주는 남은 고기를 썰다 말고 정색을 했다.

"복권같이 굴러 떨어진 행운이 아니라 내가 절실히 찾았기 때문에 길이 나타난 거예요."

그러면서 한순간 침묵을 지키더니, 재수생 때 좌절감, 소외감이 커서 피 흘리는 방황을 많이 했고, 그런 과정을 극복하여 대학에 들어오니까 자의식 같은 문제에서 떠나 큰 사회현상에 눈뜨게 됐다고 나름대로 조리 있게 말했다.

나는 대견하다는 표정을 지으며 그제야 소양이 휴학한 거 알지? 말을 꺼냈다.

"그럼요. 나한테 휴학하겠다고 얘기하고 바로 그다음 날 휴학계 냈다던데요."

"그때가 언제야?"

"목련이 질 때니까 사월 중순이네, 그날 꽃샘추위로 바람이 몹시 불었는데 이틀간 연이어 데모를 한 뒤라 어수선했어요. 소양인 추운지 파리한 얼굴로 목련나무 아래 앉아 나를 기다리고 있었어요. 조그만 아이가──물론 꽃송이보다야 크지만 그날따라 작아 보였어요──크고 누렇게 시든 목련꽃 아래 앉아 있는 걸 보니까 왠지 측은한 생각이 들었어요. 바로 그날이에요. 휴학하겠다는 얘기를 한 게."
 소양이 명주에게 한 얘기도 우리에게 했던 것과 다를 바 없었다. 자기가 가짜로 살고 있는 것 같다고. 학교도 껍데기고 자기도 껍데기라는 것. 또 아무것도 잡을 것이 없다고 했다.
 그 말은 여전히 추상적으로 들려서 선명하게 닿아오지 않았다. 나는 고개를 갸웃하다가 무엇을 잡으려고? 물었다.
 "진실 같은 거겠죠."
 그 말에 나도 모르게 헛웃음이 나왔다. 명주는 처음에도 우리들의 진실 운운했다. 그것이 저희들끼리 공통분모 격인 낱말인지는 모르지만 진실이라니, 얼마나 애매모호한 관념어인가. 진실을 잡겠다는 것은 공기를 잡겠다는 말과 같지 않은가.
 나는 가만 한숨을 내쉬었다. 명주 앞에 놓인 접시도 비어 있어서 종업원을 불러 커피를 시켰다. 종업원은 무슨 커피를 시키겠느냐 되물으면서 비엔나, 모카 등의 이름을 댔다. 커피 전문점인 모양이었다.
 나는 비엔나를 주문했다. 명주는 이름도 사치스럽게, 하더니 모카를 시켰다. 그런 명주를 물끄러미 바라보노라니 문득 소양이 왜 캄캄한 새벽에 명주 집에서 나섰는지 알 것 같은 생각이 들었다.
 크림이 얹힌 비엔나커피가 앞에 놓이자 나는 크림을 삼키며 그 뒤론 소양이 못 봤지? 확인했다. 명주는 덤덤하게 네, 대답했으나 잠시 후 망설이듯 뜻밖의 말을 했다.
 "아까도 말했지만 난 이번 여름방학 때 공단에서 일했어요. 그날 소양에게 그 계획을 말했더니 그앤 시큰둥하게 웃으면서 자기는 술집에 나갈 생각이라고 했어요."
 뭐라고? 나는 커피 잔에 얼굴을 박고 있다가 고개를 쳐들었다.

호스티스를 하겠대요. 명주는 되풀이하고 눈을 식탁에 떨구었다.
"아마 걘 했을 거예요. 재수할 때도 한 달간 분식집 종업원 노릇을 한 적이 있어요."
나는 서글픈 표정을 했고 명주는 잠시 생각에 잠겨 있다가 방황이겠죠, 나도 심하게 겪었지만, 하고 말끝을 흐렸다.
그날 내가 받은 충격은 컸다. 분식집 종업원. 그것까지도 좋지만 호스티스인 소양을 상상할 수 없었다. 그것도 방황이라고 할 텐가? 부잣집 딸의 객기가 아니냐고 빈정댔으나 그렇게 말할 수 없을 만큼 절실한 무엇이 있는 것 같았다고 명주는 덧붙였다. 그 말은 걱정을 덜어주기는커녕 나를 더욱 혼란에 빠뜨렸다.
그날 불문과에 들러볼까, 하는 생각도 막연히 했지만 그만두었다.
"교수들요? 평생이 보장된 직업인일 뿐이에요. 소양이 이름이나 기억할까."
명주의 냉소는 극단적이었지만 나도 사실 학교로 찾아가는 것이 선뜻 내키지 않았다. 내 음대 시절을 생각해도 존경했던 교수는 한둘이고 인간적인 교류를 가진 교수도 뚜렷이 기억에 남지 않았다.
명주는 무작정 교수를 만나느니 소양과 친했던 과친구를 만나보는 것이 훨씬 도움이 될 거라고 했다. 그것은 적절한 조언이었다. 나는 명주 전화번호와 들은 기억이 있는 신경옥이란 이름을 수첩에 적고 학교엔 들어가지 않았다. 나와 교문 앞에서 헤어지면서 명주는 마지막 카드를 던지듯 한마디 더 했다.
"소양이를 이해해 보도록 하세요. 소양인 집을 좋아하지 않지만 식구들이 따뜻하게 관심을 가져준다면 외로운 일기는 쓰지 않을 거예요."
외로운 일기? 더 말할 틈도 없이 명주는 단발머리를 젖히며 내게서 등을 돌렸다.

내가 집에 들어왔을 때 소양은 벌써 나가고 없었다. 방문도 잠겨 있었다. 할머니도 외출했는지 이 층은 고요했고 초가을 햇살만 소리 없이 끓어오르고 있었다.

소양의 방문 도어를 몇 번 돌리다가 나는 아래층으로 내려갔다. 어머니가 부엌에서 밑반찬을 만들고 있었지만 나는 아무 말 않고 거실의 서랍들을 뒤적거렸다.

열쇠 뭉치는 보이지 않았다. 무얼 찾는데? 어머니가 물어서 할 수 없이 나는 방 열쇠들을 찾는다고 말하고 소양이 방에서 레코드 하나 꺼내려구요, 지레 밝혔다.

쓰지 않아 부분적으로 녹이 슨 방 열쇠 뭉치는 부엌 싱크대 서랍에 있었다. 방마다 두 개씩의 여벌 열쇠가 있지만 소양의 방 열쇠는 없었다.

"걔가 둘 다 가져갔나? 그렇진 않을 텐데."

어머니는 고개를 갸웃했으나 나는 그럴 것이라고 단정했다. 두 개의 열쇠를 가지고 있을 만큼 소양은 비밀이 많은 것이다.

나는 어머니에게 말도 않고 동네 시장에 나가 열쇠장이를 데리고 왔다. 방문은 어렵지 않게 열렸으나 열쇠까지 만들려면 도어를 뜯어야 했다. 나는 그것을 부탁하고 재빨리 방에 들어가 책상 서랍부터 뒤졌다. 다행히 서랍은 잠겨 있지 않았지만 일기장은 보이지 않았다. 메모지 뭉치, 옛날 수첩, 사진, 엽서들이 뒤죽박죽 섞여 있었는데 가요집도 끼어 있었다.

열쇠장이가 두 시간 뒤 다시 오겠다며 뜯은 도어를 가지고 돌아간 뒤 나는 일기장을 발견했다. 그것은 책꽂이에 꽂힌 대학노트들 속에 끼어 있었다. 주황, 녹색, 파랑, 갈색 노트들은 모두 크기가 같은 것이어서 나는 그 속에 일기장이 있으리라는 생각을 하지 못했다.

소양은 그중에서도 가장 수수한 갈색 노트에 일기를 썼다. 그것도 앞의 몇 장은 윤리학 필기가 돼 있어서 뒤까지 들춰 보지 않았다면 제자리에 도로 꽂아놓았을 거다.

첫 장에 6월 2일로 날짜가 적혀 있었지만 읽어보면 일기를 전부터 써왔음을 알 수 있다.

옛날 일기를 다 태워버렸다. 나는 완전범죄 완전 연기를 좋아하며 문서상으로 유치해지는 것을 두려워하기 때문에.

그러나 고전적인 정신으로 다시 일기를 쓰기로 하자. 소아병적인 자기 발견 같은 건 집어치우고 내 영혼의 사냥터가 되도록 스쳐가는 진실에 과녁을 맞출 것.

오늘도 머리가 터질 듯해서 열두 시가 채 못 되어 불을 끄고 누웠으나 잠마취가 되지 않는다. 한참 있다가 베개 밑에 손을 넣어 하모니카를 꺼내 불어본다. 옛날에 영어로 가사를 지어서 부르던 노래 한 소절이 생각난다. 캐슬(castle) 어쩌구 하는 노래. 성 안에 사는 소녀의 노래였다.

이제 나는 성이다. 나와 객체와의 단절감 때문에. 한땐 타인에게 결코 이해받을 수 없다는 것 때문에 고통스러웠지만 이젠 제법 세련된 주석을 붙일 수 있다. 나는 common people이 아니기 때문이라고. 나와 타인들을 다르게 하는 건 나에게 나라고 불리는 이유뿐일까.

6월 4일

희중은 만날 때부터 내내 양미간을 세운 채 전혀 웃지 않았다. 비정한 그런 표정이 싫어서 혼자 떠들다가 희중의 손등을 문지르며 문제점이 뭐야? 물었다.

─너랑 관계없는 일이야. 내 문제야. 네가 여자라서 말 안 해.

무엇보다도 유치해서 흐흥 웃음이 나왔다. 내가 웃는 의미를 재빨리 알아차리고 보호색을 피우는 희중.

—넌 날 잘 몰라. 난 무서운 사람이야. 여자는 사랑을 하면 봉사가 되잖아.

—네 아프고 쓰린 데를 현미경처럼 들여다보고 싶어. 그게 사랑이야.

그렇게 말하는 순간 희중의 입술 위에 있는 흉터가 눈에 거슬려 부질없는 말장난에 외로웠다.

6월 9일

할머니 생신 일을 도우러 왔던 사십 대 여자들이 내 마음을 무겁게 하여 아침을 먹다 말고 나와버렸다. 박복해 보이는 얼굴에 표정도 비굴하다. 빈대떡을 부치면서 "우리 애들 아빠가 평양 사람이어서 나도 빈대떡 하나는 잘 얻어먹었는데……."

지금은 남의 집에서 빈대떡이나 굽고 있지만 예전엔 행복했다는 것을 과시. 밥상에 앉아서는 조그만 목소리로 "수저가 없……." 했다.

오후에 할머니는 찾아온 교회 친구들에게 "나도 연못 없는 집에 살아봤으면 좋겠어. 고기 모이 주기가 여간 귀찮아야지." 했다.

퇴물 유한계급. 자기도취로 생의 고독에서 도피하려 한다. 그 나이에 코르셋은 무어며 분홍색 레이스 양산은 뭐냐. 하긴 진실에 직면해도 그 나이에 자살은 못하겠지.

첫 장을 단숨에 읽고 나는 흥미와 긴장을 느꼈다. 일기를 계속 본다면 소양에 대해 무언가 잡힐 듯했다. 일기는 노트의 절반가량 씌어 있었고 열쇠집에서 올 때까지 나는 그것을 꼼꼼하게 훑어보았다.

일기를 읽은 것은 큰 수확이었다. 소양의 다양한 면을 관찰하게 됐고 희중이란 남자 친구를 비롯해 그 아이가 주변 사람과 가족들을 어떻게 보고 있는지 알게 됐다. 집에 대한 묘사는 두어 군데 더 나오는데 표현이 신랄했다.

'산천이 의구하듯 아니 갈수록 생생해지는 우리 집의 속물 끼.' '내 방의 땅 이외에는 복도 마루도 맨발로 밟고 싶지 않아.' 라는 구절도 있고 인간은 어차피 동물이라지만 어머니와 아버지는 동물적인 결합이라고 쓴 것도 있었다. 언젠가 아버지가 데모하는 것들은 모조리 사형시켜야 한다고 극언한 적이 있었던 것 같은데 그런 아버지 옆에서 태연하게 당근즙을 따르고 있는 어머니에게도 소양은 반감을 보였다.

보세 스웨터 수출 부진이 원인이겠지만 그래도 어머니는 눈살 한 번 찌푸리지 않고 당근즙을 갈아 줄 텐데. 언젠가 집에 놀러 온 경옥이 니네 엄마 아버지는 아주 사이가 좋구나, 하면서도 우리와의 괴리감을 느낀 듯 집이 너무 큰가? 돌려서 말했다. 키 큰 맹자님이 나타나서 나를 이 울타리 밖으로 선뜻 올려 안아 갔으면.

이어 소양은 줄을 바꾸어 요즘 대학생들의 의식화된 눈으로 아버지 스웨터 공장에 대한 단상을 적곤 자기 갈등을 보였다.

하긴 내가 그동안 물질적 불편 없이 살 수 있었던 것은 아버지 덕이고 명주식의 시선으로 보자면 근로자의 피와 땀 덕분이다. 그건 사실일 거다. 아메리카의 부가 흑인 착취에서부터 얻어진 것처럼 번영 뒤에는 희생자가 반드시 있다.
그러나 내가 유도상사 덕분에 쁘띠 부르주아처럼 살고 있으면서 유도상사 기숙사를 점검할 수는 없다. 그 문제는 덮어두고 싶다. 내 생각만으로도 너무 버거워.

소양이 그토록 집을 싫어한다는 것은 내게 충격이었다. 할아버지가 젊은 기생에게서 낳아 온 막내아들 혁이가 우리 집의 반지하방에서 살고 있다는 것, 내게 삼촌이 되겠지만 소양이보다 나이가 어린 재수생 혁이의 방에선 괴성 같은 드럼 소리가 울리고 몸에선 늘 쿰쿰한 냄새가 나서 우리가 좋아하지 않는다는 것 외엔 특별히 문제점이 없다고 생각해 왔다. 즉 그 아이의 존재가 우리 집의 그늘이라는 것 외엔.

어머니와 아버지의 돈독한 사이를 나 역시 성적인 것으로 느껴 왔지만 소양이 동물적인 결합이라고 단정하는 데는 질리지 않을 수가 없었다.

명주가 말한 '외로운 일기'는 내게 놀람의 일기였다. 그 속에는 '로빙'이란 술집에 나간 두 번의 기록도 끼어 있어서 명주의 말이 사실이었음을 확인할 수 있었다.

로빙(路氷)이란 상호가 소양의 눈을 끌었나 보다. 주인 마담이 몸에 열이 많은 사람이어서 작명소에서 얼음 빙 자를 넣어 지어준 이름이라고 써놓고,

　　나야말로 열이 많은 사람이다. 언제나 피가 더워. 그것도 머리에만 피가 몰려서 터질 듯 고통스럽다. 얼음 빙 자를 넣어 머리의 피가 식는다면 내 이름에 빙 자를 넣어도 좋다. 얼음 양?

그날이 소양이 로빙에 나간 첫날이었다. 손님이 없어서 자리에 들어가지도 못한 모양인데 소양은 술집 관례대로 치른 이상한 의식에 대해 상세히 적어놓았다.

　　열 시가 지나자 한 아가씨가 내게 아무것도 묻지 말고 시키는 대

로 따라 하라며 여자들이 몰려 있는 곳으로 데려갔다. 한 여자가 소금을 손에 놓고 먼저 집어 먹자 둘러선 여자들이 모두 차례대로 집어 먹는다. 그 이상한 의식에 나도 끼었다.

바로 뒤에 말을 들으니 업소에 처음 나오는 여자가 있으면 그날은 약속이나 한 듯 손님이 없단다. 그래서 소금을 먹는 것이라고. 생선처럼 썩지 말라고 소금을 먹는 것일까.

다음 날엔 '우울해서 술만 잔뜩 마셨다.' 라고 휘갈겨 쓰고 사흘 건너뛰어 쓴 일기엔 책에서 읽은 듯한 매춘에 관한 구절도 적혀 있었다.

인간의 천성에 나타나는 것이기 때문에 또 탄생의 장난에 의해서 매춘에 빠져 들지 않을 수 없는 변태자가 있으므로 매춘은 근절될 수 없다지만, 그것은 자연에 의해 부여된 제도인 것만은 아니고 사회적 제도다. 전쟁이나 경제공황 등에 의해 촉진되며 여자는 그 희생자가 된다.

아무튼 성을 도구로 여자가 물질화, 비인격화된다는 건 너무 끔찍하다. 비루하게 생긴 한 녀석이 팁을 준답시고 가슴에 손을 넣어서 그 자리서 빼내 찢어버렸다.

명주 말같이 부잣집 딸의 객기는 결코 아니었지만 나는 방종하기 위해 호스티스가 되려 한 것도 아니다. 쇠사슬같이 무거운 청춘을 탕진하기 위해, 그냥 바닥으로 내려갈 대로 내려가 보라고. 무엇보다 나는 내 속의 헛된 계급——부르주아적 속성을 부수고 싶었을 뿐.

여기까지 보았을 때 나는 일기를 덮어버리고 싶었다. 왜 소양이 이토록 어처구니없는 짓을 하는지 이해하지 못하면서 그런 사실을 알게 된 것이 내겐 오히려 곤혹스러웠다. 일기를 참고하여 소양에게 접근하려는 것이 목적이었으나 이제는 우리 사이에 건널 수 없는 깊은 강이 가로질러 있는 듯했다. 소양은 급류에 휩쓸려 저만치 흘러가고 나는 강 앞에 서서 발만 구를 뿐 바라볼 수밖에 없는 기분이었다.

소양의 방에서 두어 시간을 보냈나 보다. 소양의 책상 속에 있는 담배를 한 개비 꺼내 피우며 생각에 잠겨 있는데 열쇠집에서 열쇠를 만들어가지고 왔다. 다시 도어를 달 동안 나는 일기를 제자리에 꽂아놓고 창을 열어 환기시킨 뒤 내가 들어온 흔적을 없앴다. 열쇠는 내 손에 쥐어졌으므로 앞으론 얼마든지 소양의 방에 들어갈 수 있었다.

은행을 그만두었지만 생각만큼 한가하지 않았다. 그동안 통 손 대지 않았던 피아노를 매일 연습했고 은행 여직원들에게 일주일에 한 번씩 가르쳤던 가야금도 전처럼 계속했다. 피아노에 다시 손댄 것은 결혼 뒤부터 동네 아이들을 가르칠 생각에서인데 사실은 대학원 진학을 고려하고 있었다. 피아노에 대한 의욕도 일어나고 배울 것도 많지만 이런 실력 사회에서 증을 하나 더 따놓는다면 언젠가 도움이 될 것 같았다.

그 밖에도 혼수 장만을 위해 시간 나는 대로 어머니와 장을 보러 다녔다. 최 대리도 이틀에 한 번은 만났다. 이런 가운데서도 소양의 일은 머리에서 떠나지 않았는데 그즈음 운 좋게도 경옥의 전화를 받고 일을 추진시킬 수 있었다.

경옥의 전화는 내가 받았고 그때 마침 소양이 없었다. 그렇지 않아도 소양에게 신경을 곤두세우고 있을 때여서 나는 누구냐, 물었고 경옥이란 이름을 듣곤 반가워하기까지 했다.

나는 경옥에게 소양의 큰언니라고 밝히고 진작 만나고 싶어 했다, 시간을 내줄 수 있는지 서슴없이 물었다. 그러세요. 경옥은 내 용건에 대해 별다른 생각을 하는 것 같지 않았다. 대뜸 승낙하면서 자기가 시간제로 일하는 학교 부근의 찻집으로 왔으면 좋겠다고 장소부터 얘기했다.

경옥이 일한다는 찻집 '목마'에 들어선 때는 여섯 시가 채 못 되어서였다. 일곱 시까지 일한다고 해서 일부러 그 시간을 택했다. 얘기가 길어지면 함께 나와서 저녁을 먹을 생각이었다.

목마는 대학가의 업소답게 편안하면서도 체크무늬 식탁보 등으로 산뜻한 분위기를 내는 찻집이었다. 서른 평 됨직한 실내는 꽤 넓었으나 빈자리는 세 군데밖에 없었다. 나는 주방이 마주 보이는 자리에 앉아 종업원들을 살폈다. 초록색 앞치마를 두른 종업원들은 모두 여대생인 듯 인상이 깔끔했다.

수분을 받으러 온 종업원에게 나는 맥주를 한 병 시키고 신경옥을 불러달라고 부탁했다. 짧은 머리의 종업원은 친절하게 웃곤 주방 안으로 들어가 브룩 실밥 면회야, 내게 들릴 정도로 소리쳤다.

주방 안쪽에서 토스트를 만들던 긴 머리의 종업원이 고개를 돌렸다. 뾰족한 턱과 계집아이다운 화사한 얼굴이 브룩 쉴즈와 어딘지 비슷했다. 경옥은 눈썹을 모으고 내 쪽을 한참 보고서야 알은체를 했다.

나와 흔쾌히 약속했으나 경옥은 일이 끝날 시간이 되어서야 내 자리에 앉았다. 그사이 새로운 손님들도 손에 꼽을 정도였지만 경옥은 달걀을 굽고 커피를 끓이며 계속 주방에 머물러 있었다. 그동안 나는 다른 종업원들이 한가하게 그릇을 닦고 있는 것을 지켜보기도 하고 벽에 늘어져 있는 말린 꽈리 숫자를 세어보기도 했다. 내 자리서 마주 보이는 구석 자리엔 젊은 쌍이 나란히 앉아 있었는데 파마머리의 남자는 여자 어깨 위에 한 팔을 두르고 입술을 연신 여자의 뺨에 갖다 댔다.
보기 민망해서 내가 애써 고개를 돌리고 있을 때 경옥이 내 자리로 왔다. 언니 미안해요. 경옥은 애교스럽게 콧등을 찡그렸으나 나는 근 한 시간이나 기다린 터여서 지쳐 있었다. 젊은 애들 속에 끼여 있으려니 쑥스럽다며, 껴안고 있다시피 한 젊은 쌍을 눈으로 가리켰다.
"정말 세대 차이네. 저걸 나쁘게 생각하시면 안 돼요. 둘이 사랑하는데 왜 남을 의식해야 해요."
경옥은 오히려 내가 이상하다는 듯 눈을 깜박였고 나는 세대 차이에 은근히 놀라면서 그제야 용건을 꺼냈다.
"바쁜 때에 내가 와서 어쩌지."
나를 피하는 게 아닐까, 생각되기도 해서 나는 미안하다는 표정을 지었다. 이내 경옥은 잠깐 얘기하죠 뭐, 하곤 일곱 시 반에 약속이 있노라 서두르듯 시계를 보았다. 나는 김이 빠졌지만 짧은 시간이나마 놓칠 수는 없었다.
내가 소양이 말을 꺼내자 경옥은 예상했다는 듯 덤덤히 대답했다. 소양이 휴학할 때 처음부터 알고 있었느냐는 내 물음에 물론이라고 대꾸하고 휴학계를 내러 갈 때 동행했다는 말까지 덧붙였다.
왜 소양이 휴학을 해야 했는지, 그 마음을 헤아릴 수 있느냐는 물음엔 적응을 못해서 그런 것 아녜요? 하고 반문했다.
"내 경우는 애들이 데모하든 말든 관계치 않아요. 소양인 처음엔 함께 데모하다가 나중엔 빠졌는데 데모할 때도 갈등했고 빠질 땐 빠져서 괴로워했어요."
"데모가 그렇게 중요했을까. 투사도 못 되면서."
"매사가 그렇단 얘기예요."
"소외감 때문일까."

소외감이라는 말을 불쑥 내뱉고 나니 가슴에 그늘이 스치는 듯했다. 교정에서 통기타를 치며 웃어대는 아이들을 바라보며 느낀 고립감, 그것에 대한 생생한 기억을 나도 갖고 있었다. 내가 남다르다고 느낄 때의 아픔을.

나는 경옥과 소양이 얼마나 자주 만나는지 알고 싶어 했다. 경옥은 방학 때만 해도 소양이 이틀에 한 번 정도 목마를 왔으나 요즘은 발걸음이 뜸해 못 본 지 보름이 넘는다고 일러주었다.

"걔, 요새 재미있나 보죠."

나는 잠자코 있다가 희중이란 남자 친구 이름을 아느냐, 떠보았다. 소양의 사생활이었으나 언니로서 그만한 정보는 알아도 될 듯했다.

"희중이 얘기를 해요?"

경옥은 뜻밖이란 표정을 지었지만 소양이 희중을 처음 만난 장소가 '썸싱'이란 작은 경양식 집이고 그때 경옥도 함께 있었노라, 묻지도 않은 것까지 들려주었다.

"걔들 둘이는 꽤 오래가네."

"그때가 언제야."

"휴학한 바로 뒤니까 지난봄요."

나는 어이가 없어서 웃었다. 이제 가을이었다. 경옥은 그런 데서 만나서 지금까지 가면 오래가는 셈이죠, 하고 오히려 신기해하는 눈치였다. 나는 당연히 희중에 관해 듣고 싶어 했으나 경옥은 화학과 3학년생이라고만 일러주었다.

썸싱 장소를 묻다가 소양이 종로 2가에 자주 나간다는 것을 알게 되었다. 경옥의 말에 의하면 소양이도 여느 젊은 아이들처럼 재수할 때부터 종로통이었고, 자리마다 인터폰이 있어서 졸팅 하는 재미로 젊은 애들이 많이 가는 썸싱에서 희중을 만나게 되었다.

졸팅이니, 하는 은어가 흥미 있었지만 경옥이 시계를 들여다보아서 더 이상 시간을 연장할 수 없었다. 나는 자리에서 일어서며 소양에게 내가 찾아왔다는 말은 하지 말아달라고 당부했다.
"소양이가 요새 방황하는 것 같아서 도와주고 싶어서 그래."
앞치마에서 손거울을 꺼내 들여다보던 경옥이 한마디 거들었다.
"방황은 청춘의 특권 아네요?"
나는 곧장 집으로 가지 않고 최 대리에게 전화했다. 경옥을 만나고 일단 은행에 연락하기로 돼 있었다. 내가 볼일이 끝났노라 보고하자 우리가 늘 만나는 양지다방에 이십 분 뒤 나가겠노라 했다. 나 일부러 저녁 안 먹었어, 최 대리의 어눌한 말투가 울려오자 곤두선 신경이 누그러지는 듯했다. 그를 빨리 보고 싶었다.
나는 신촌에서 택시를 잡아타고 광화문으로 갔다. 명주를 만났을 때 투사적인 명주의 변모에 놀랐지만, 경쾌하나 이기적인 듯한 경옥을 만나게 되자 소양의 외로움이 피부로 느껴졌다. 일기에도 '머리는 명주, 재형에게 두면서 발은 경옥, 희중 쪽에 두려 하고 있다. 이성을 존중하되 감각이 편해서인가.' 씌어 있지만 마음엔 아무도 두지 못한 듯했다.
'이런 나의 다양성을 전엔 인간의 폭이라 자부했지만 이젠 이것이 나를 비틀거리게 한다.'
확신하건대 희중이란 남자 친구도 속마음을 나누는 상대는 아니었다. 썸싱에서 만나? 나는 속으로 씁쓸히 웃곤 스무 살이란 소양의 나이에 연민을 느꼈다. 방황은 청춘의 특권이 아니라 형벌인 것이다.

3

 스무 살 때의 나를 생각해 본다. 그때 나는 미개지였다. 어머니는 내게 수놓은 블라우스나 중국식 옷을 만들어 입히고 윤나는 머리를 땋아 성처녀처럼 꾸미길 좋아했지만 나는 몇 개비의 담배를 몰래 피우면 이내 체리 한 알 꺼내 먹고 순백한 얼굴로 휘파람을 부는 종마 같은 처녀였다.
 문화적인 것에 열등감이 있는 아버지는 명문 여대 음악도인 나를 어머니 다음가는 동산으로 대우했지만 나는 그 기대를 과히 저버리지 않았다. 수학처럼 딱딱하지만 터득하면 음(音)과 대화하는 듯한 바흐의 묘미를 어릴 때도 어렴풋이 알아서 피아노 선생으로부터 머리가 좋다는 말을 들었는데, 피아노 연습 후엔 아메바처럼 누워 있어야 할 정도로 학생 때도 열심히 했으므로 해마다 음대 내의 오디션에 뽑혀 신인 음악회에 나갔다. '정확하고 강인한 터치'가 무기인 나는 은근한 서정성만 보강하면 나무랄 데 없다는 평을 들은 유망주였다.
 그러나 피아니스트로 성공하리라는 야심은 크게 갖고 있지 않았다. 상식적인 면이 있는 나는 그보다 대학을 졸업하고 유월의 장미 같은 신부가 되는 구체적인 꿈을 꾸었다. 그것이 여자의 길이 아닌가. 목욕탕의 몸 닦아주는 여자도 나를 소녀 취급하여 남과 조금 다르게, 부드럽게 다루지만 여태 순결하게 키워온 젊음과 아름다움은 결코 나만을 위한 것이 아니었다.
 나는 피아노와 귤빛 스탠드가 있는 방에서 유리 구두 한 짝 같은 꿈을 간직하며 그 꿈을 완전하게 맞추어줄 왕자를 기다렸다.
 그동안 누구에게서도 내가 기다리는 왕자의 모습을 볼 수 없었지만 그 남자에겐 처음부터 기대조차 하지 않았다. 아예 의식 밖에 있었다. 동양화를 그리는 친구의 소개로 찾은 서예실에서 그를 처음 보았을 때도 나는 물건을 대하듯 무관심했다.

그가 서예실에서 누구와 말하는 것을 보지 못했으므로 나도 그에 대해 아는 바가 전혀 없다. 일정한 시간 없이 서예실에 오는 걸 보면 직장인 같지는 않았고, 방학 때였으나 대학생 같지도 않았다. 번듯한 외모에도 불구하고 힘없이 늘어진 머리카락과 안경 속의 표정 없는 눈이 젊음을 상실하고 있었다.

그가 내 눈에 뜨인 것은 그 못난 글씨 때문이었다. 서예실에 나간 지 보름쯤 된 내가 늘 글씨를 쓰는 창가 자리에 빨간 공책 한 권이 놓여 있었다.

대학노트 절반 정도의 크기였는데 그것을 치우려다가 나는 무심히 펼쳐 보았다. 한눈으로 훑기만 했지만 작고 고르지 못한 글씨가 조잡하기 짝이 없었다. 악필이 아니라 추필이었다.

나는 서예실에서 일하는 야간 여중생에게 누구 것이냐고 물었다. 그 아이의 글씨라면 놀라지도 않겠지만 내용으로 보아 어른이 쓴 것이었다. 여중생은 내 옆에 와서 공책을 들여다보곤 미국 가시는 분 거예요, 했다. 쓰인 내용이 반공에 관한 것인데 소양 교육을 받은 모양이었다.

그때 입구의 문이 열리면서 안경을 쓴 젊은 남자가 들어섰다. 호랑이 제 말 하면 오네요. 여중생이 깔깔 웃어대자 남자는 멀뚱히 우리를 바라보았다. 나는 그를 의식지 않고 이건 저능아 글씨라고 정직한 아이처럼 말했다.

아주 가까운 거리는 아니었으나 순간 그의 안경알 속에서 눈이 희번덕였던 것을 나는 선명히 기억한다. 실수했다는 생각보다 먼저 그 반응에 놀라 움쩍도 않고 서 있는데 남자가 갑자기 표정을 바꾸어 히죽 웃었다.

"글씨를 못 쓰니까 서예실에 나오죠."

그 뒤 남자는 내가 있는 창가 자리에서 멀리 떨어진 입구 쪽에서 글씨를 쓰는 등 나를 의식했지만 천성적으로 무심한 면이 있는 나는 얼마 뒤엔 더 이상 그에게 신경 쓰지 않았다. 연말이 되면서 남자도 서예실에 잘 나타나지 않아서 중국집에선 자장면 외상값을 세 번이나 받으러 왔다.

배달원의 말에 의하면 남자는 자장면을 먹고도 수표만 냈다는데, 크리스마스 전날 세 번째로 서예실에 들러 역시 헛걸음을 치게 되자 배달원은 몹시 투덜댔다. 나는 외상값을 물어보았다. 자장면 몇 그릇 값이어서 그것을 대신 주었다. 연말인 데다가 서예실로 외상값을 받으러 외부 사람이 드나드는 것이 보기 좋지 않았다.

그가 집으로 전화한 것은 뜻밖이었다. 크리스마스부터 사흘간 서예실에 나가지 않았는데 사흘째 되는 날 전화를 받았다. 남자는 대뜸 제 외상값 갚으셨다죠, 미안합니다, 했다. 딴 인사말부터 해도 될 터인데 미련하다면 미련하고 순진하기도 했다.

남자는 이어 돈을 갚을 일도 있고 좀 만났으면 하는데 모레 저녁을 사겠노라 했다. 나는 내일부터 서예실에 나가니 굳이 그럴 필요가 없다고 잘라서 말했다.

"아니요. 잘하면 정월에 미국으로 떠날 것 같고 서예실도 그만 나오게 될 듯해서요."

남자는 주저하면서 꼭 저녁을 사고 싶다고 덧붙였다. 곧 떠난다는 말에 마음이 움직여서 나는 한결 누그러진 목소리도 승낙했다.

나는 그날 정도에 넘치게 술을 많이 마셨다. 떠들썩한 연말 분위기가 나를 울적하게 했고 집을 나설 때부터 어머니와 말다툼을 해서 기분이 좋지 않았다.

어머니는 아버지와 사업 거래가 있는 무역 회사 사장 아들과 선을 보라고 했다. 미국서 박사과정을 밟고 있는 경영학도인데 방학 동안 신붓감을 고르러 잠깐 나왔다는 것이다.

나는 한마디로 거절했다. 연인 없는 겨울방학이 쓸쓸하긴 했지만 막연하나마 기다림이 있기에 그것도 나쁘지 않았다. 졸업 때까지 저울질하는 것 같은 선을 보고 싶지 않았다.

어머니는 나를 자꾸 설득하려 했고 나는 귀찮아서 이제 내 일은 내가 알아서 하겠다고 소리치고 나왔다. 그것도 마음에 걸렸다. 여고 때부터 나는 학교서 늦으면 꼭 집으로 전화하도록 길들여졌다. 대학생이 되어서도 밤 열 시까지는 반드시 집에 들어와야 했다. 혜양과 소양에겐 그다지 엄격하지 않은 걸 보면 내가 맏딸이어서 과보호를 한 듯하지만 그 과보호가 신물 나기 시작했다.

내 기억으로 그날 나는 와인 한 병을 거의 다 비웠다. 그는 맥주를 두 병인가 마시고 와인엔 입을 대지 않았다. 그가 약속 장소로 정한 호텔의 특별 식당에선 음대 출신 가수의 신곡 발표회를 겸한 불우 이웃 돕기 자선쇼가 열렸다. 샹들리에가 눈부시게 빛나고 빈자리가 없이 손님이 많았지만 호화로운 분위기가 나를 숨 막히게 했다.

그는 내가 자리에 앉자마자 빨간 포장지로 싼 물건을 내밀었다. 내가 주춤하자 겨우 스타킹이에요, 더 좋은 걸 하고 싶었지만 안 받으실 것 같아서, 하곤 기어 들어가는 소리로 말했다.

내키지 않았지만 남자가 무안하지 않도록 나는 그것을 펴보았다. 꽃무늬가 있는 스타킹 일곱 켤레였다. 고맙다는 표시라고 남자는 계속 멋쩍은 표정을 지었고 나는 누나처럼 고개를 끄덕였다.

내가 그날 어떻게 낯선 곳으로 끌려갔는지 말하려니 가슴에 동공이 뚫리는 듯하다. 스타킹 일곱 켤레가 내 긴장을 풀어놓아 나는 가수의 노래가 끝날 때까지 술을 마시며 자리에 앉아 있었다. 열한 시 가까이 되어서 일어섰지만 그날은 집에 전화할 생각도 하지 않았다. 차를 가지고 나온 남자가 집까지 바래다주겠다고 했을 때도 고맙다 인사말까지 했다. 호텔에서 사람들이 쏟아져 나왔으므로 차를 잡을 수도 없었다.

이 모든 것은 계획적인 것이었다. 차는 내가 일러준 대로 불광동 쪽으로 달렸으나 동네를 스쳐 지나갔다. 잠시 뒤에야 상황을 알았지만 남자는 끝까지 입을 다물고 운전만 했다. 통금을 앞둔 시간이라 차들이 빠른 속도로 스쳐 갔고 나는 유리를 치며 소리쳤으나 아무도 주의해 보지 않았다.

교외로 달리다가 숲 속의 외딴집으로 들어섰을 때 나는 거의 포기했다. 경적이 울리자 관리인인 듯한 늙은 남자가 나와 대문을 열어주었다. 그는 끄덕이며 인사하고 이내 안으로 들어갔다. 범죄 영화의 한 장면 같았다. 대문에서 과수나무가 늘어선 별장 앞까지도 차로 들어갔으나 소리쳐야 아무도 들을 수 없었다.

남자가 차에서 내리려는 순간 나는 다시 뛰쳐나가려 했지만 이내 손목을 붙들렸다. 창으로 불이 훤하게 켜져 있었다. 텅 빈 거실을 지나 이 층 복도 맨 끝에 있는 방으로 들어서자 남자는 문부터 잠갔다. 나를 안쪽으로 밀 듯하여 의자에 앉으라고 말하곤 표정 없는 눈으로 바라보았다.

여기가 어디야, 도대체 왜 이런 짓을 하는 거야. 나는 소리치며 방을 휘둘러보았다. 호랑이 무늬의 침대 덮개, 요란한 로코코풍 소파, 거기다 백동 장식 옷장까지 있는 방은 벼락부자의 취향을 여실히 보여주고 있었다. 침대 앞엔 마란츠 오디오와 수십 송이의 장미가 꽂힌 백자까지 놓여 있었지만 나는 경멸하듯 그 모든 것들을 둘러보고 창가로 다가갔다.

"넌 도망갈 수 없어. 그런 생각은 포기하는 게 좋아."

나는 커튼을 젖혔다. 창은 잠겨 있었고 어두운 창밖에도 쇠창살이 쳐져 있었다. 유리에 손을 대니 감촉은 차가웠으나 창엔 수증기가 끼어 있었다. 진작 난방을 해놓은 것이 틀림없었다.
나는 남자를 쏘아보았다. 포기하고 나자 오히려 담대해졌다.
"내게 손을 대면 유리로 찌르겠어."
남자가 입술을 이죽대며 웃더니 혁대를 풀었다.
"약속해. 널 안 건드릴 거야. 네가 내게 무릎 꿇을 때까지 손끝 하나 안 댈 거야. 대신 넌 지금 내 앞에서 발가벗어야 해. 자존심이 강하니까 그것만으로도 너는 충분히 모욕을 느낄 테니까."
내가 그를 무시했다고 했다. 나는 관심도 없었다고 냉담하게 대꾸했으나 남자는 그것도 무시의 일종이라고 못 박았다. 하긴 난 저 능아 같은 인간이니까. 남자의 중얼거리는 소리를 듣자 온몸에 맥이 풀리는 듯했다. 그 하찮은 한마디가 가져온 결과가 나를 어이없게 만들었다.
남자가 겉옷부터 차례로 벗었다. 옷들이 허물처럼 벗겨지자 알몸이 이내 드러났다. 음모 사이로 검붉은 성기가 솟아 있었고 나는 공포와 함께 현기증을 느꼈다.
남자에게도 음모가 있다는 것을 그때 처음 알았다. 그것은 바로 동물이었고 미켈란젤로의 조각만 상상해 온 내게 충격을 주었다.
남자는 알몸으로 서서 내게 벗으라고 명령했다. 나는 싸늘하게 굳은 얼굴로 남자를 정시했다.
"넌 개보다 못해. 난 수캐가 암캐에게 폭력을 쓰는 것을 본 적이 없어."
나는 우리 집의 의젓한 셰퍼드를 떠올리며 말했으나 남자는 조금도 동요하지 않았다. 인간적인 것은 철저히 배제된 모습이었다. 남자가 다가오듯 한 발을 움직이는 순간 나는 외투 단추 하나를 끌렀다. 막다른 골목이었고 더 이상 공포에서 벗어날 길이 없었다. 눈썹 끝이 파르르 떨렸으나 문득 떠오르는 것이 있었다. 수의사가 쓴 동물기였는데 동물에게 인간도 동물이라는 것을 가르쳐주라는 구절이 있었다.

그렇다. 옷을 벗음으로써 저 동물에게 나도 동물이라는 것을 가르쳐주는 거다. 내 처녀지가 백치 같은 동물 앞에서 그토록 적나라하게 드러난다는 것은 무참한 일이었으나 나는 자신을 지키기 위해 용사로 돌변했다.

그는 순간 얼굴에 경련을 일으키며 넋을 잃고 나를 바라보았다. 그 얼굴에 야비함은 전혀 없었지만 바보스럽기까지 했고 나는 혐오스런 물건을 보듯 남자를 마주 바라보았다.

잠시 후 남자는 제정신으로 돌아온 듯 무표정한 얼굴로 침대 쪽으로 뒷걸음쳤다. 그리고 로봇처럼 침내에 누워 수음을 시작했다.

"전에 어떤 여자를 사랑했는데 내가 군에 간 사이에 마음이 변했어. 애걸하다시피 하며 단 한 번 만났는데 자기는 곧, 결혼할 거라는 말만 하고 나가버려. 나중에 찻값을 내려고 보니 자기 찻값만 치렀어. 돌아서면 여자가 얼마나 냉정한가를 그때 알았지. 그 뒤 나는 그 여자의 친구 셋을 차례로 유혹해 내 것으로 굴복시키고 어느 날 한자리에 모이도록 일을 꾸며선 웃으면서 얘기했지, 여자에 대한 복수를 한 거라고."

남자는 수면에 빨려 들듯 과거에 잠기고 있었다. 고통이 되살아난 듯 얼굴을 일그러뜨렸으나 이내 신음 소리를 내며 한 마리 짐승으로 헐떡였다. 성기는 악의처럼 팽창했고 남자는 과거에 시달리다 배설물을 쏟고 지쳐 쓰러졌다.

이따금씩 눈썹이 꿈틀거렸으나 발가벗은 육신은 이미 고통으로부터 달아났다. 혼이 없는 그의 얼굴을 보자 미움도 가질 수 없었다. 약한 인간이었다. 사랑을 잃으면서 자신을 잃었고 여자에 대한 배신감이 석고처럼 그를 고착시켰다. 그는 과거를 현재 속에 옮겨 놓고 현실을 도피하는 편집광이었다. 윤리며 의지며 그 모든 현실에 눈 가리고 더 이상 성장을 멈춘 정신의 기형이었다.

　그날 새벽 나는 파산자처럼 어둠 속을 헤쳐 그 악몽의 집으로부터 벗어났다. 별장은 민가에서도 떨어져 있어서 한참 숲길을 걸어서야 들판으로 나올 수 있었다.

　불빛은 보이지 않았다. 집들도 어둠에 묻혀 있었고 차가운 겨울 바람만 뺨을 베듯 스쳐갔다. 급히 빠져나오느라 목도리를 두고 왔지만 맨발이라도 뒤돌아보지 않았을 거다. 구름에 묻혀 있던 초승달이 이따금씩 얼굴을 내밀어 길을 비추어주었으나 나는 더 이상 두려움 없이 앞만 향해 나아갔다.

　외상은 없었으나 이 일은 내 인생을 뒤흔들어 놓았다. 먼저 나는 음악에 대한 정열을 잃었다. 전엔 음악이, 예술이 영혼을 구원한다고 믿었으나 음악의 한계를 깨달았다. 위대한 바흐도 당시의 나를 구원하진 못했다. 물론 그것이 바흐의 잘못은 아니지만.

　언젠가 아폴로 우주선이 달나라에 착륙했을 때 신문에 난 사진이 생각난다. 어렸을 때지만 몹시 신기했다. 그것은 무슨 에너지로 식지도 않고 이글이글 타는 것일까. 그 신비는 종교도 예술도 초월하는 실체였다. 종교도 우주에 못 미친다. 예술이 위대하다 해도 인간에 국한된 것이다.

　모든 것에 흥미를 잃고 있던 그즈음 남자 친구가 국회의원 딸과의 약혼을 알려왔다. 나는 그를 유혹하여 인천 바닷가에서 처녀를 던졌다. 축구 시합을 보면서도 프로이트 운운하는, 그 의대생은 한때 내 데이트 상대였다. 학구파이면서도 사람을 감동시킬 정도로 노래를 잘 불렀지만 집이 가난한 탓으로 부잣집 데릴사위가 되리라는 굳건한 소망을 갖고 있었으므로 나는 그를 친구로서 한계 짓고 있었다.

그 의대생은 나의 돌연한 제의에 순수하게 행복해했으나 나는 그날 새벽 호텔 화장실에서 흰 손수건에 묻은 핏자국을 무감각하게 들여다보았다. 그것은 내게 더 이상 의미가 없었고 휴지처럼 내던 짐으로써 유리 구두 한 짝 같은 꿈도 내버렸다.

전에 한 친구가 내게 불행의 치외법권 지대에 사는 사람이라고 했던 적이 있다. 만날 때마다 집까지 바래다주고 도망치듯 긴 다리로 뛰어가던 남자 친구도 있었다. 그는 내게 유리 저편에 사는 사람 같다고 말하곤 군에 입대했다.

어떤 면에선 맞는 말이었다. 나는 환경적으로 누릴 수 있는 것은 다 누린 셈이다. 지적인 어머니에 의해 건전한 중산층 집 딸로 교육 받았고 부족함도 별다른 괴로움도 없이 성장했다. 세상에 낄린 숱한 고통을 생각하면 나는 분명 혜택받은 사람이고 분배의 법칙에 따르자면 그만큼 세상에 빚진 사람이기도 했다.

내가 이런 것을 몰랐다 하더라도 나를 깨우치기 위해 그 끔찍한 일로 고통의 분배를 했다면 인생은 너무 자비롭지 못하다. 내가 빚을 갚을 수 있는 적절한 기회를 먼저 주어야 했을 것이다.

대학을 졸업하던 해 겨울에 우연히 영국 작가의 수상집을 읽고 눈물을 훔쳤던 기억이 난다. 작가는 어느 날 마을 어귀의 외진 곳에서 열 살쯤 되는 소년이 나무둥치에 기대서서 울고 있는 것을 보았다. 그 아이는 부모의 심부름으로 육 페니의 빚을 갚으러 심부름 가다가 돈을 잃어버렸던 것이다.

찬란한 봄날 아이다운 기쁨에 젖어 있어야 할 소년이 육 페니 때문에 심장이 마르도록 울고 있다니. 연민을 느낀 작가가 가난한 자기 호주머니를 털어 육 페니를 마련해 아이를 보낸다는 얘기였다.

육 페니를 잃어버리고 울고 있는 소년은 바로 나였다. 나는 갚아야 할 돈을 엉뚱한 곳에서 잃어버렸다. 신이 있다면 그 역시 가슴 아파했겠지만 힘없는 자가 인생에 맞서 할 수 있는 것은 우는 것뿐이었다.
최 대리와 약혼한 날 나는 그에게도 이 얘기를 해주었다. 당신이 바로 소년에게 육 페니를 준 사람이라고. 최 대리는 왜 그렇게 엉뚱해, 한마디 했을 뿐 더 이상 묻지도 않았다. 나는 그 점이 좋았다. 약혼식 날에도 나를 미스 리라고 부른 사람이지만.

4

은행을 그만두고서도 소양과 얘기할 기회를 좀처럼 잡을 수 없었다. 일부러 피하는 것 같기도 했지만 내가 집에 있는 날은 소양이 거의 나갔고 또 늦게 들어왔다. 얘기하기는 밤 시간이 좋으리라 생각하고 간식까지 준비해 놓고 기다린 적도 있지만 소양은 매번 아래층에서부터 야단을 맞고 올라왔으므로 제 방문을 두드리는 것조차 귀찮아했다.
그동안 나는 한 번 소양의 방에 들어가 일기를 보았다.

9월 ×일
희중을 만나기로 한 학교 앞 다방으로 가는데 숨구멍이 막힐 듯 얼굴이 따가웠다. 내 충혈된 눈을 보고 "넌 데모 안 했으니 많이 울어라." 강의 시간에도 탈출을 잘하지만 데모대에서도 잘 빠져나가 빠삐용이란 별명을 얻은 희중이.
── 그래도 최루탄은 피하고 싶지 않아. 주민들이 피해가 심하다

고 툴툴대면 한 대 쥐어박아 주고 싶어. 그게 양심일까.
　──아웃사이더의 이중구조구나.
　──야, 우리 삼 초만 웃자. 분석하기 좋아하는 너라는 애의 비애에 대해.
　오늘도 우리의 스포츠는 이십 분 만에 끝났다. 같은 장소 같은 시간으로 탁구 치듯이. 너를 생각하면 어떤 향취가 없다. 여운이 없어. 이제 알았어. 넌 수컷이야. 동물일 뿐이니까.
　그래도 그 아이가 나를 노루라고 했던 것, 단도라고 했던 것은 잊지 않을 거다.

9월 × 일
　오늘도 쑥탕에 들어가 나치 가스실 놀이를 했다. 수증기 속에서 숨을 멈추고 있다가 정말 죽을 것 같아 뛰쳐나왔다.
　대신 옆자리의 갓난아기와 눈 맞추기 놀이를 했는데 천진한 아이 눈을 들여다보노라니 공연히 눈물이 쏟아졌다. 순수한 생명체는 경건하기까지 한데.

9월 × 일
　희중을 따라 침술 강의를 들으러 갔는데 역학 선생이 음양오행으로 사주를 봐주었다. 희중은 수성 둘 금성 둘 화성이 하나인데 나는 금성이 넷 목성이 하나다. 선생이 어휴, 하고 고개를 흔들었다. 너무 강해!
　금성은 심판하고 단죄하는 성향을 가지고 있는데 칼자루를 쥐고 있어. 내가 법관이나 의사가 되면 대성할 거라나.
　희중이 밖으로 나서며, 맞아 어린애가 칼자루를 쥐고 있는 것 같아 위태롭긴 하지만, 하며 혼잣말을 했다. 어린애는 아무 의식 없이

숲속의 방　117

자기에게 상처 내지만 나는 누구보다 나 자신을 단죄하고 심판할걸.

9월 ×일
나는 어디에고 없다. 골치 아프다는 것만이 살아 있음의 증거일 뿐.

희중이란 남자 친구 이름이 두 번이나 나오는 것을 보면 가까운 사이인 것은 틀림없다. '우리의 스포츠' 같은 표현은 나를 놀라게 했는데 추측대로 그것이 섹스라면 섹스를 탁구 치듯 치르니. 쑥탕에서의 나치 가스실 놀이는 소양의 정신 건강을 염려하도록 했다.
구월 중순도 지나 추석 전날이었다. 소양은 밤 열두 시가 지나 집에 들어왔다. 내가 문을 열어주었는데 술 냄새가 확 끼쳤다. 술을 많이 마셨는지 이 층에 올라오자마자 욕실로 들어갔다. 토하는 소리가 들렸고 잠시 후 핼쑥한 얼굴로 나왔다. 나는 볼일이 있는 것처럼 밖에 서 있다가 속이 안 좋으냐고 물었다. 소양은 대답할 힘도 없는지 고개만 끄덕이곤 제 방으로 들어갔다.
그날 밤 소양은 욕실을 두 번 더 들락거렸다. 속이 좋지 않은지 아침에도 일어나지 못했다. 추석이어서 어머니는 온 식구가 함께 아침 먹기를 권했지만 소양은 자리에 누운 채 머리를 저었다.
나는 소양이 아프다고 전하고 아침을 먹은 뒤 쌀을 불려 죽을 끓였다. 죽과 전 부침과 송편 몇 조각을 담아 소양의 방으로 들고 갔다. 소양은 누워 있기가 미안한지 일어나선 고맙다고 말했다. 입에선 술 냄새가 아직도 풍겼다. 나는 이제 은행에 나가지 않으니 죽 아니라 송편도 매일 만들 수 있다고 농담했다. 오랜만에 소양과 마주 앉아 웃으려니 옛날로 돌아간 듯했다.
나는 송편 하나를 집어 먹으며 소양에게 먹으라고 권했다. 물김치까지 마시곤 요새 어딜 그렇게 다녀? 천연덕스레 물었다. 응? 소양도 무심히 대꾸했다.
"집에 있으면 갑갑해. 밖에서 나를 찾는 거야."
"자기 안에서 자기를 찾아야 하는 거 아냐?"
"꼭 공자님 말씀 같네."
 미안해, 하고 내가 웃자 소양도 따라 피식 웃었다. 나는 이번 학기 등록 안 한 것 후회하지 않느냐, 학교에 가고 싶지 않느냐, 친구들은 자주 만나느냐, 연이어 물었다. 소양은 세 번 다 별루, 하고 짤막하게 대답했다.
 말문이 막혔지만 잠시 후 나는 진솔하게 속마음을 털어놓았다. 나는 너를 이해하고 싶다, 여태 무관심했던 건 미안하게 생각한다, 결혼을 앞두어선지 식구들이 소중하게 생각되고 누구보다 네가 마음에 걸린다고.
"휴학은 왜 몰래 했을까, 그걸 비밀로 할 만큼 식구 누구와도 말이 안 통했어?"
"비밀도 아니고 굳이 설명할 필요를 느끼지 않았을 뿐이야."
 소양은 식은 죽을 떠 넣으며 덤덤히 대꾸했으나 나는 열의 없는 상대와 탁구를 치는 것 같은 느낌이 들었다. 그래도 끈기 있게 할 말을 계속했다.
"대학 들어가 보니 별것 아니지? 나도 그랬어. 더구나 너같이 재수까지 하고 대학 가면 그 노력과 기대만큼 더 공허감을 느낄 거야. 그래서 학교가 껍데기처럼 생각되고 가치관이 흔들리니까 고통스럽기까지 할 거야."
 고통? 소양이 중얼거리며 양미간을 세웠다.
"어제 친구와 함께 지하도를 가는데 라이터 장수가 학생, 하나 사요, 하고 불러. 휴학생이긴 하지만 학생이라고 불리니 이상하데. 긴 머리의 늙은 여자가 뒤에서 아가씨, 하고 부르는 소리를 들었을 때처럼. 그런데 그 라이터 장수는 지나가는 젊은 사람을 모두 학생이라고 불러. 친구 말이 학생이라고 부르면 모두 좋아한다는 거야. 사람들이 좋아하는 학생 호칭을 왜 나는 보류했을까. 그럼 나는 무엇이 되고 싶은가? 내가 무얼 원하는지 모른다는 게 고통이야."

나는 잠시 할 말을 잃었다. 무얼 원하는지 모른다고? 살아가면서 절실한 것을 발견할 수도 있지 않은가. 그것은 이루어지기만 하면 또 다른 원(願)을 갖게 되는 가변적인 것이고 절대는 아니지 않은가.

소양이 말하는 원이란 이상을 뜻하는 것인지도 모른다. 이상을, 원을 발견하지 못했다 하더라도 그것이 깨질 때의 고통에 비하면 '아직 없음'으로 해서 가지는 불안이 더 미래적이다. 왜냐하면 없음은 인간에게 새것을 창출하려는 욕구와 충동을 주기 때문이라고 언젠가 책에서 읽은 것까지 상기하며 궁색한 조언을 했다.

그사이 죽 그릇을 비운 소양은 송편을 입에 넣으며 쟁반을 땅바닥에 밀어 놓았다.

"마음에 비하면 말이란 얼마나 공허한 거야. 식욕이란 건 동물적인 거고."

"밥 먹을 때의 네가 안정돼 보이는데?"

소양이 웃는 틈을 타서 너 정말, 술집에 나간다고 했다면서? 하고 눈을 치떴다. 소양은 송편을 먹다 말고 나를 흘끗 보았다. 나는 얼마 전 우연히 명주를 만났다고 꾸며 말했다.

"내가 네 걱정을 했더니 그런 이야기도 하더라. 왜 하필이면 술집이야."

"나흘밖에 안 나갔어. 별것도 아냐."

의외로 소양은 순순히 답했다. 그것은 아닐 거라고 생각하면서도 돈이 필요했느냐, 떠보았다.

"어떤 자식이 팁을 브라자 속에 넣어 주잖아. 그래서 그 자리에서 찢어버렸어. 그게 끝이야."

소양은 더운지 흘러내린 앞머리를 손으로 넘겼다. 이마엔 아직 아이들처럼 잔털이 덮여 있었다. 그것을 보자 문득 소양이 어릴 때 일이 떠올랐다.

무용소에서 나와 함께 집에 가던 길이었다. 보도를 걸어가는데 자전거가 소양이 옆으로 미끄러져 가로수에 부딪쳐 쓰러졌다. 다치진 않았지만 소양은 길 안쪽으로 자리를 옮기며, 아이를 보호하려면 길 안쪽에 세워야 되잖아, 하고 짜증을 냈다.

"네가 그랬던 것 기억 안 나? 네 머리에 맨 노란 리본도 생각나는데."
"내가 그랬어?"

아무런 감정도 섞이지 않은 어조였다. 총명하게 눈을 반짝이던 어릴 때의 소양이 지금의 소양이라곤 나도 실감 나지 않았다. 마침 할머니가 부르는 소리가 들려서 나는 쟁빈을 들고 일어났다.

"오늘 성묘 가야지. 준비 안 할래."
"나 안 가."

소양은 더 이상 말 붙일 수도 없게 한마디로 잘랐고 나는 잠시 서 있다가 미끼를 던지듯 물었다.

"요새 돈 없지. 내가 용돈 줄까."

돈? 소양은 내 속뜻을 알고 싶다는 듯 빤히 올려다보고 고개를 끄덕였다.

"있으면 좋지 뭐."

그 주일에 소양은 두 번이나 외박을 했다. 추석 이틀 뒤엔 최 대리가 저녁 초대를 받아 집에 왔으므로 소양의 외박은 그냥 넘어갔다. 그 나흘 뒤 소양은 또 집에 들어오지 않았다. 그날 나는 어머니와 점심때 집을 나서서 가구를 보러 다녔고 저녁에 최 대리와 만나 늦게 집에 들어왔다.

할머니 말에 의하면 소양은 오후 세 시쯤 남자 친구의 전화를 받고 나갔다. 밤늦게까지 전화도 하지 않았거니와 아침까지 돌아오지 않은 것을 알자 할머니는 집안의 연장자로서 설교할 절호의 기회를 놓치지 않았다.

요즘의 젊은 애들은 계집애건 머시매건 똑같이 머리 볶고 푸대 자루 같은 바지를 입고 다니든가 툭하면 데모를 한다. 뿐 아니라 대학 부근에서 약방을 하는 교인 말에 의하면 계집애들이 담배 피우는 건 예사고 젊은 것들이 대낮부터 콘돔인지 콘도미니움인지 사러 온다더라, 하며 이보다 더한 말세는 없다고 결론을 내렸다.

소양의 외박 때문에 그렇지 않아도 신경을 곤두세우고 있었던 어머니는 콘돔 말이 나오자 숟가락을 소리 나게 놓았다. 그리고 의자에서 일어나 좀 전에 올려놓은 파전을 주걱도 없이 뒤집느라 프라이팬을 한껏 들어 올렸다. 어머니가 하지 않던 짓이어서 채 데워지지도 않은 파전은 바닥에 떨어지고 말았다. 할머니는 그것을 못 본 체하며 연극 대사 같은 한마디를 했다.

"젊음의 날개는 상하기 쉬워요. 그렇고말고."

아침 설거지를 마치고 이날도 나는 소양의 방문을 열었다. 할머니가 나올세라 소리 죽여 문을 닫고 일기장을 꺼냈다. 탐구하듯 한 영혼의 기록을 들여다보지만 셜록 홈즈 같은 재미를 느끼기도 했다. 일주일 만에 보는 것인데 그간 세 번 일기를 썼다.

9월 × 일

심방 온 교회 할머니들의 궁상맞은 찬송가 목소리를 흉내 내다가 정말로 찬송가를 부르게 됐다. 세뇌받은 소녀처럼.

마음이 당겨서 모처럼 성경을 봤는데 창세기 47장의 야곱 말이 가슴을 파고든다. 나이를 묻는 파라오에게 "이 세상을 떠돌기 벌써 백삼십 년이 됩니다."
 이 세상을 떠돌기 나는 이제 이십 년. 그러나 백삼십 년이나 된 듯 몸이 천근만근 무겁다. 유대인 전 민족이 사막에서 사십 년간 떠돌아다녔지만 그들은 신으로부터 약속받았기에 고통을 견딜 수 있는 것이다.
 나는 신의 존재를 믿지도 않지만 신이 있다 하더라도 그의 어린 양이 될 마음은 없다. 그것도 가짜 화해 같아서……

10월 ×일
 한밤중에 문득 깨면 모든 것이 그렇게 아득할 수 없다. 나 혼자 어둠 속에 내던져져 있고 아득히 먼 곳에 내가 아는 모든 사람들이 등을 돌리고 누워 있는 환영을 본다.
 오늘도 쓸데없이 종로를 헤매 다녔다. 피랑새에 앉아 담배를 피우는데 누가 내 옆을 스쳐 가다가 힐끗 보고 자꾸 돌아보았다. 나와 눈이 마주치자 낯익은 얼굴 같아서요, 했다.
 서투른 수작일 수도 있지만 그럴 때가 있다. 아니 우리들은 늘 낯익은 한 얼굴을 발견하기를 원한다. 낯선 백의 얼굴은 가면 같아서 나를 외롭게 하기에. 낯익은 한 얼굴이란 비가 올 때 한 우산을 쓸 수 있는 정도의 사람일 텐데.

10월 ×일
 사랑에 대한 정의가 많지만 '그들이 기대할 수 있는 것을 최대한으로 얻고자 하는 두 남녀 사이의 유리한 교환'이라는 정의가 무엇보다 정직해서 마음에 든다.
 희중이 내게 얻고자 하는 것은 섹스? 내가 얻고자 하는 건 킬링타임인가? '멀' 씨는 보다 포용력이 있고 지적이지만 어딘지 성불구자 같은 느낌을 주고 지루하다.
 아무도 그리운 사람이 없어…….

아침나절 웃음 없는 얼굴로 부엌을 드나들던 어머니는 오후엔 재봉틀을 돌렸다. 근래엔 쓰지 않더니 일거리를 찾아내 혼수용 방석을 만들었다.
 나는 쇼팽의 곡을 연습했으나 집중이 되지 않아 힘만 빼고 그만두었다. 할머니 친구들이 놀러 와선 찬송가를 쳐보라고 내 방을 기웃거렸고 책도 머리에 들어오지 않아 목욕하러 갔다.
 평일이어서 목욕탕은 한산했다. 다른 날처럼 달걀노른자를 두피에 바르는 등 야단을 떨지 않았으나 오랜만에 몸 닦아주는 종업원을 찾았다. 은행에 들어간 뒤로 이런 사치는 하지 않아서 목욕탕의 파란 비닐 침상에 누워보는 것도 오랜만이었다.
 여자는 내 몸에 부드럽게 비누칠을 해주고 머리를 감겨주었다. 소녀처럼 내 전체를 맡기고 침상에 누워 있으면 그사이 시간이 어떻게 지나가는지도 모르게 되고 단지 괴롭고 답답한 공간 속에 있었다는 것만 기억할 뿐이다.
 예전에 나는 이런 의식 잃기를 좋아했다. 또한 그것은 절망 놀이였다. 내 몸을 닦아주는 젊은 여자의 출렁거리는 가슴이 시야에 닿아와 뿌연 수증기 속에서 눈을 뜨면 목욕탕의 천장은 거대한 신전처럼 높아 보였다. 다시 내 몸을 내려다보면 그것은 비누 같은 육체가 아니라 납의 육체였다. 무거워서 자꾸 가라앉는 것 같은.
 투사같이 건장한 여자가 내 머리를 침상 밖으로 늘어뜨려 샴푸를 했다. 누운 채 목을 젖히니 침상 앞쪽에 있는 쑥탕 유리가 눈에 들어왔다.
 뿌연 증기 속에서 짧은 머리의 한 여자가 수건으로 입을 막고 서 있었다. 내 불편한 자세 때문인지 순간 여자가 입이 틀어막힌 채 증기 속에 갇혀 괴로워하는 것처럼 보였다.

쑥탕에서 나치 가스실 놀이를 했다는 소양을 생각했는지도 모른다. 몸에 뜨뜻한 물이 끼얹어지자 다시 가슴이 답답해졌다. 아무도 그리운 사람이 없다고 하면서 소양은 늘 사람에게서 무언가를 찾으려 한다. 명주는 그것을 진실이라고 했지만 소양이 찾는 것은 구체적인, 낯익은 한 얼굴이 아닐까. 인간에게서 받은 상처도 인간을 통해 치유되지만 소양의 방황은 내게 무모한 낭비로 보였다.

이날 저녁때까지도 소양은 돌아오지 않았다. 일곱 시엔 약속이 있어서 나갈 준비를 하는데 전화가 왔다. 만나기로 한 잡지사 여기자 친구였다. 오늘 취재가 갑자기 걸렸으니 약속을 뒤로 미루자고 했다.

이날 혜양과 아버지가 빨리 들어와서 소양을 뺀 식구 모두가 함께 저녁을 먹었다. 아버지는 식탁에 앉자마자 소양이 아직 들어오지 않은 것을 알고 화를 냈다. 완전히 고삐 풀린 망아지구나, 자식 넷 키우려니 별걸 다 보네, 하며 연신 혀를 찼다.

소양이 문제로 아침에 어머니 비위를 긁어놓았던 할머니는 어색할 정도로 침묵을 지켰다. 어머니는 공연히 가스대 앞에 서서 반찬을 뒤적거리다가 혜양에게 전화가 왔었노라 일러주었다. 남자 친구더구나. 어머니가 화제를 바꾸려고 한 얘기 같았지만 혜양은 그래요? 하곤 밥만 먹었다.

"남자 친구가 있으면 집에 데리고 와서 인사도 시켜. 인간이 됐는지 안 됐는지 너희들이 뭘 알아. 소양이 그것두 사내자식 때문에 이상해진 것 같은데 말이야."

아버지는 소양의 휴학부터 남자와 연관시켜야 직성이 풀리는 듯했다. 나는 요즘 애들이 남자 때문에 이상해질 만큼 어리석지 않다

숲속의 방 125

고 말머리를 꺼낸 뒤 소양은 아버지가 생각하는 것보다 훨씬 똑똑하고 비판적이며 그래서 오히려 문제점을 갖고 있는 아이라고 말했다.

"똑똑해서 문제야? 덜 똑똑하니 문제지. 정말 똑똑하다면 경쟁 대열에서 혼자 뒤처지는 짓은 절대 하지 않을 거다."

나는 경쟁 대열이라는 말이 귀에 거슬려서 대학이 무슨 산업 양성소냐 반박했다가 철벽같은 아버지 표정을 보고 입을 다물었다.

"대학이 경쟁 대열이지 그럼 취미 양성소야. 내가 왜 자식들을 대학 보내는데. 남들보다 더 좋은 데 시집가고 남들보다 더 좋은 직장 얻게 하려고 보내는 거지."

아버지로서 할 수 있는 말이었다.

원래 약속이 있었던 데다가 소양이까지 들어오지 않자 아무 일도 손에 잡히지 않았다. 소양이 들어오면 아마도 집이 시끄러울 것이다. 아버지는 거실에서 텔레비전을 보며 소양이 들어오기를 벼르고 있었다.

나는 오랜만에 혜양이 방에 갔다. 방에 걸린 해부도며 철제 책꽂이에 꽂힌 의학 원서들, 장식이라곤 풍경화가 있는 달력뿐인 방 모습이 전과 다를 바 없었다.

혜양은 책을 보고 있었다. 가까이 다가가 보니 『보바리 부인』이었다. 웬일이냐, 소설책을 다 읽고. 내 말에 혜양은 가을이잖아, 하며 혀를 내밀었다.

나는 혜양에게, 함께 시내에 나가 바람을 쐬고 오지 않겠느냐고 물었다. 여덟 시가 넘었는데? 혜양은 나의 갑작스런 제안에 어리둥절해했다. 나는 답답해서 그러니 택시를 타고 종로에 나가 진토닉 한 잔씩만 마시자고 재촉했다. 앞으로 이러고 싶어도 못 그래. 이 말이 간곡하게 들렸는지 혜양은 더 이상 망설이지 않고 옷을 갈아입었다.

종로에 발을 디디면서부터 나는 낯선 곳에 온 것처럼 거리를 기웃거렸다. 그 시간에 종로에 나온 것도 오랜만이었지만 독특한 옷차림의 젊은 아이들이 밀집해 있는 풍경은 나를 이방인으로 만들기에 충분했다.

그들은 시계방 앞에서, 문이 닫힌 건물 층계에 또 생맥주 집 입구에 앉아 있기도 하고, 길에 서서 핫도그를 먹기도 하고, 무리 지어 다니기도 하면서 거리 전체를 장악하고 있었다. 그것은 군중이었고 치외법권의 숲이었으며 거부였다.

큰 골목 어귀엔 전경차 두 대가 지키고 있었으나 아무도 개의치 않았다. 얼마 떨어지지 않은 곳에서 고교 동창인 듯한 한 무리가 둘러서서 고교 교가를 외쳤다.

우리는 숲을 헤쳐 가듯 젊은 무리들과 어깨를 스치며 골목을 걸어 나갔다. 통나무를 가운데 놓고 생맥주를 마시는 젊은이들의 모습이 수족관 같은 유리를 통해 보였고 전자오락실에선 기계에서 울리는 수십 종의 소리들이 뒤섞여 울렸다. 눈이 부셔 고개를 쳐드니 철망이 쳐진 야구장이 눈에 들어왔다. 짐승 우리 같은 철망 속에도 줄을 선 무리들이 팔을 한껏 휘둘러 공을 난타했다.

골목 위로 계속 들어가자 불을 밝힌 포장마차들이 밤배처럼 늘어서 있었다. 혜양은 호기심이 생기는지 포장마차에 들어가자고 했다. 나는 갈 데가 있다고 일러주고 앞으로 계속 나아갔다.

우리가 썸싱에 들어선 것은 아홉 시가 조금 넘은 시간이었다. 특이한 까만 유리 건물의 간이음식점이었다. 실내가 어둡고 자리를 구획하는 칸이 높아서 앉은 사람들의 모습이 잘 보이지 않았으나 음악 때문에 조용하지 않았다.

내가 빈자리를 찾아 앉는데 벽면에 걸린 빨간 인터폰이 한눈에 띄었다. CC번호가 박혀 있었다. 경옥이 말한 대로였다.

나는 종업원을 불러 진토닉 두 잔을 시키고 인터폰을 어떻게 쓰는지 물었다. 종업원은 수화기를 들면 곧 디제이실로 이어지고 신청곡을 부탁하거나 다른 자리와 통화해도 된다고 친절하게 일러주었다. 종업원이 가고 나자 혜양은 이런 델 어떻게 알았지? 하고 의아한 눈으로 나를 쳐다보았다.
"넌 대학생이면서 이런 데도 안 와봤어?"
우리가 함께 술을 마신 것은 근래에 거의 없던 일이었다. 약혼 전 최 대리가 소양과 혜양을 특별히 초대해 함께 저녁을 먹은 일이 있을 뿐이다. 나는 좋아하는 남자 친구가 있느냐, 고민은 없느냐, 식구들을 어떻게 생각하느냐 생각나는 대로 이것저것 물어보았다. 혜양의 대답은 간단 명확했다.
가까운 남자 친구가 있긴 하지만 홀어머니에 외아들인 독문학도이고 서로의 환경이 너무나 달라서 결혼할 마음은 없다. 그래서 데이트 비용도 혜양이 꼭 절반 부담하면서 거리를 두고 사귀는데, 의학에 도움이 되는 자연과학계의 남자와 결혼할 생각이다. 장래에 대한 계획이 뚜렷하므로 큰 고민은 없고 어머니 아버지에게도 더 큰 기대를 하지 않으므로 불만은 없노라 했다.
"넌 어쩜 그렇게 철저하냐. 인생을 업무 처리하듯 해."
나는 혜양의 얘기를 다 듣고 법대 애들은 좋은 환경에서 머리 싸매고 육법전서만 외우지만 좋은 법관이 되려면 인생의 고통을 많이 겪어봐야 한다고 생각한다, 의사 경우도 마찬가지가 아니겠느냐, 반문했다. 포도 알을 입 안으로 굴리던 혜양은 씨를 뱉고 정색을 했다.
"언니는 내가 고통을 가진 적이 없다고 생각해? 내가 보기에 언니야말로 화초같이 살아온 것 같애. 지금 결과도 그렇잖아. 한 남자의 아내만으로도 충분히 행복할 거야, 언니는."
이어 혜양은 언니에게 자기 갈등을 얘기해 봐야 공감할 수 없을 터이니 가졌던 꿈이나 얘기하겠다며 의대에 들어간 동기를 들려주었다.

혜양의 말에 의하면 그 동기는 유르스나르라는 벨기에 태생 여성 작가의 소설 『하드리아누스 황제의 회상록』을 보고서였다. 뛰어난 장군이었고 치세 동안 자유와 평화를 누리게 했던 로마 제국의 비범한 황제가 죽음을 눈앞에 두고 편지 형식으로 쓴 소설이다. 그 속에 병고에 시달리는 황제가 이올라스라는 젊은 의사에게 독약을 조제해 줄 것을 호소하는 장면이 나오는데 이올라스는 황제를 동정하면서도 히포크라테스 선서 때문에 거절한다. 황제는 거듭 애원했고 마침내 이올라스는 설복되지만 그날 밤 그는 실험실에서 시체로 발견된다. 그는 황제에게 아무것도 거절하지 않으면서 자기 선서를 충실히 지킬 수 있는 방법으로 죽음을 택했던 것이다.

혜양은 이 얘기를 마치고 언니 내가 공붓벌레니까 의대 가으려니 했지? 빤히 쳐다보았다. 혜양이 소설 속의 인물에 매료되어 의사가 될 생각을 했다는 것은 내가 전혀 모르는 부분이었다.

정말 뜻밖이었다. 혜양이 내 고통을 모르듯 나도 혜양의 꿈을 몰랐다. 그런 것들은 보이지 않는 것이어서 혼자 품고 있을 수밖에 없는지도 모른다. 나도 소양의 고통을 피부로 느끼지 못한다. 일기까지 훔쳐보며 소양을 도우려 하지만 그것은 혼자 앓고 스스로 치유할 수밖에 없지 않을까.

열 시가 넘어서자 쌍쌍이 온 손님들도 거의 나가고 자리가 많이 비었다. 여고 때부터 아버지와 반주를 했을 정도로 술을 즐기는 혜양이 세 잔째의 진토닉을 마시는데 우리 자리의 인터폰이 울렸다. 생각지도 않은 일이어서 의아해하며 수화기를 들자 남자의 목소리가 울렸다. CC냐고 번호를 확인하고, 여자 두 분이 조용히 앉아 진토닉 마시는 풍경이 보기 좋다고 운을 뗐다.

"얘기 좀 해도 되죠?"

소양도 이런 전화를 받았으려니 생각하자 좋은 기회가 온 듯했다. 그렇지 않아도 호기심에서 실내 전화를 쓰고 싶어 했던 차였다. 내가 대학생이냐고 묻자 그쪽에서 말을 늘어놓았다.

"민주대학 다녀요. 산수 자연 반공도 배우지요. 간첩 신고하는 것도 알아요. H_2O는 물이에요. 소주 마시면서 화학 배워요. 당구 치면서 삼각함수 배우고, 고고 가서 체육해요."

수수께끼 같은 말장난이었다. 나도 나오는 대로 오늘 무엇을 했느냐, 물었다.

"세수하고 라면 먹고 돌아다니다가 썸싱 왔어요. 나와서 살거든요. 어젠 친구들하고 올나이트하구요."

"왜 그렇게 나와 있어요. 외박할 땐 집에 말해요?"

그것은 내게 정말 궁금한 일이었다.

"말해요. 거짓말해요. 친구 집에 간다고."

"종로엔 일주일에 몇 번이나 나와요?"

"일주일에 여덟 번요. 하루에 두 번도 나와요."

나는 웃음을 터뜨리며 함께 합석하자고 했다. 세련된 재치가 고교생 같지는 않고 대학생일 거라고 짐작했다. 못난 얼굴 보이기 싫다고 능청을 떨더니 잠시 후 키가 크고 매끈하게 생긴 젊은 남자가 우리 자리로 왔다. 머리도 길렀고 옷차림도 깔끔했으나 얼굴엔 아직 앳된 티가 있었다.

짐작대로 대학생이었다. 전자공학과 사 학년생이라고 자기소개를 하면서 친구 두 명과 함께 있다고 입구 쪽 자리를 돌아보았다. 나는 결혼을 앞두고 동생과 함께 바람을 쐬러 나왔다고 내 소개를 한 뒤 누나 나이여서 실망했겠지만 부담이 없다면 생맥주를 사고 싶다고 했다.

우리는 모두 함께 썸싱에서 나섰다. 어리둥절해서 내가 하는 짓을 바라보던 혜양도 같은 또래들과 술 마시는 일이 나쁘지 않다고 생각했는지 잠자코 따라나섰다.

이미 늦은 시각이라 골목엔 휴지와 쓰레기가 어지럽게 흩어져 있었다. 일행 중 가무스름한 얼굴이 다부져 보이는 남학생은 길을 가면서 연신 휴지를 발로 찼다.

왜 이렇게 쓰레기를 함부로 버릴까. 내가 혼잣말한 것을 듣고 쓰레기를 차던 남학생이 불만이 많아서 그래요, 불쑥 말했다. 불만이 있다고 쓰레기를 던져? 그는 이번엔 빈 소주병을 발로 찼다.

"자제 능력이 없어서 그래요. 젊으니까요."

우리는 부근에 있는 생맥주 집에 자리 잡았다. 나만 오백 씨씨를 시키고 모두에게 천 씨씨 생맥주를 돌렸다. 처음 나와 통화했던 전자공학과 학생이 안주 봉지를 뜯으며 친구를 소개했다. 먼저 쓰레기를 차던 남학생을 가리켰다.

"불만의 창구 25시예요. 경영학을 전공하는데 공부하랴, 데모하랴, 여자 만나랴, 홀어머니께 효도하느라 외박하고도 새벽에 집에 들어가랴, 스물네 시간으로 모자라서 25시예요."

내 맞은편에 앉은 눈이 큰 남학생은 땡부장이었다. 교수님이 시답잖은 강의를 수업 시간이 지나도록 하면 땡 쳤는데요, 알리는 역할을 하노라 설명했다. 땡부장이 전자공학과 학생을 턱으로 가리켰다.

"별명의 꽃은 역시 하르노지. 쟤 성이 하 씬데 포르노를 하두 밝혀서 하르노예요."

혜양은 킥 웃으며 의대 본과 사 학년이라고 두 학년이나 올려 제소개를 했다. 나는 곧 그들의 대학 생활에 대해 화제를 돌렸다. 25시가 먼저 열띤 어조로 말했다.

"대학 들어가기 전엔 대학이 별세계인 줄 알았어요. 순수 그 자체인 줄 알았다구요. 내가 삼 년간 다니면서 깨달은 건 그게 말짱 거짓이라는 거예요. 성실만으로는 되지 않아요. 죽도록 공부해도 커닝한 애가 A 받아요. 또 힘이 있어야 해요. 분교 반대 데모를 하는데 학교에선 체육과 선배들을 시켜 학생들을 무자비하게 진압했어요. 상아탑이라는 대학에서도 힘이 없으면 살아남지 못해요."

25시는 이어 요즘 베스트셀러인 어느 책 주인공도 당수에 온갖 기술을 갖고 있다, 권력과 돈과 명예가 있어야 자기를 발휘할 수 있다, 세상이 그러니 그런 식으로밖에 살 수 없다, 나는 그중 돈을 택했는데 돈으로 권력을 쥔 뒤 모든 사람들을 잘살도록 해주겠노라 단언했다.

"대학에 왜 오느냐? 먹고살기 위해서죠. 진리 탐구, 학문 탐구는 말짱 거짓말이에요."

25시는 입술을 이죽대면서 극단적으로 내뱉었다. 모든 것에 무관심한 공붓벌레이지만 혜양도 수긍되는 바가 있는지 귀를 기울였다. 소양의 휴학에도 그러한 실망, 울분이 작용했을까. 아무것도 잡을 것이 없다고 했던 소양이었다.

"종로에 왜 젊은 애들이 많은지 아세요. 배출구가 필요하니까요. 여긴 기존이라는 게 없어요. 혼돈이지만 또한 숨통이에요. 젊음의 자위행위예요."

25시의 독설은 나를 매료시켰다. 나는 그들이 여자 친구는 어떻게 얼마나 깊이 사귀는지 궁금하다고 털어놓았다.

"솔직히 말하면 우리 그거 밝혀요. 여기 나오면 술도 마시지만 주로 헌팅해요. 밤늦게 다니는 여자들 뻔하잖아요."

상상하기 힘들지만 하루치기 섹스를 말하는 듯했다. 나는 그런 경우 여자에게 전혀 인간적인 감정을 못 느끼느냐, 여동생이나 누나를 생각하면 연민이 가지 않느냐, 물었다. 숙맥 같은 말이었지만 소양을 생각했던 거다.
"자기가 자기를 안 지키는데 누가 지켜줘요."
25시는 냉혹하리만큼 잘라 말했고 하르노는 내가 답답하게 여겨지는지 노골적으로 내뱉었다.
"남녀가 둘 이상 만나면 머리싸움이에요. 순수가 어디 있어요. 애인요? 그런 것 생각할 때가 아니에요. 곧 군대 가야죠."

5

소양은 그날 우리보다 조금 빨리 들어온 듯했다. 열두 시가 넘어 집에 들어갔으나 어머니는 말없이 문만 열어주고 안으로 들어갔다. 거실엔 불이 환히 커져 있었다. 아버지의 목소리가 높게 울렸고 소양은 주방 창에 기대서 있었다. 우리가 들어왔는데도 꼼짝 않고 거실 벽만 바라보았다.
"다 큰 계집애가 말도 없이 외박을 해? 네가 부모를 뭘로 아는 거야. 네 어머니는 부끄러워서 말도 안 하려 들어."
혜양은 소양을 흘끗 보고 그냥 이 층으로 올라갔으나 나는 층계 벽에 몸을 숨기고 가만 서 있었다. 아버지는 계속 어디서 외박을 했느냐, 친구 집에서 잤으면 친구 이름을 대보라고 공연한 닦달을 했다. 아버지가 되풀이하려 하자 소양이 가로막듯 내뱉었다.
"그게 뭐가 어쨌단 말이에요. 내 일은 내가 알아 하겠어요."
"알아 한다는 게 그 모양인데 부모가 그걸 보고 있으란 말이야?"
"다 큰 자식에게 부모가 할 수 있는 것도 한계가 있잖아요. 그만 자러 가겠어요."
"다 컸어? 다 커서 그 모양이야?"

숲속의 방

소양의 발소리와 아버지가 몸을 일으키는 소리가 동시에 들렸다. 내가 거실 쪽으로 고개를 내미는 순간 아버지가 소양 앞으로 다가가서 뺨을 후려쳤다. 소양은 비틀거리다가 이내 몸을 꼿꼿이 세웠다. 아버지는 흥분해서 주먹을 앞으로 내밀었으나 소양은 잽싸게 비켜서 충계로 걸어왔다. 아버지는 코를 벌름거리며 소리쳤다.

"머리에 피도 안 마른 것이 외박하고 와서 부모한테 대놓고 말대꾸야 말대꾸가."

나는 곧장 뒤따라갔으나 소양은 방문을 잠그고 문을 열지 않았다. 몇 번 두드려도 반응이 없었다. 세수를 하고 나온 혜양도 함께 소양을 불렀다. 그것이 소란스러웠는지 잠시 뒤에야 방문이 열렸다. 소양은 어느새 흰 잠옷을 입고 있었고 솔빗을 들고 머리를 빗질했다.

"무슨 일이야. 두 자매가 왜 그래."

소양은 천연덕스러울 정도로 태연했다. 위로하러 왔던 나는 되레 벙벙해서 서 있기만 했지만 혜양은 그냥 넘어가지 않았다.

"좀 조용히 살자고. 네가 내 방을 방문하는 건 언제든지 환영이야."

"가장 좋은 방법은 날 가만 내버려두는 거야."

소양은 대단히 귀찮다는 듯 착 가라앉은 소리로 맞받았고 우리는 바로 코앞에서 문이 닫히는 것을 바라보기만 했다.

선전포고나 하듯 소양은 그 일주일 뒤 또 외박을 했다. 이번엔 이틀간 집에 들어오지 않았다. 어머니는 아예 혐오스런 표정을 지었고 나는 식탁에서 아버지와 부딪치지 않도록 밥 먹는 시간을 늦추었다.

소양이 집에 들어오지 않은 첫날은 시댁에 가서 최 대리가 퇴근하고 올 때까지 시간을 보냈고 소양이 외박한 이튿날 아침에야 어머니와 단둘이서 식탁에 앉게 됐다. 어머니는 소양이 사귀는 남학생이 있는지 내게 물었다.
 나는 잠시 머뭇거렸다. 일기에서 본 대로 희중이란 남학생 얘기를 할 수도 없었다. 그것을 어머니가 이해하길 바랄 것인가. 나부터도 받아들일 수 없었다. 나는 이렇게 둘러서 말했다.
 나이가 나이니만큼 소양이도 남자 친구가 있다. 가끔 만나는 것 같지만 심각한 사이는 아닌 듯하다. 소양의 외박을 남자 친구와 연관시키기보다 요즘 젊은 애들의 생태로 보는 것이 좋을 듯하다며 디스코장과 비디오를 돌리는 심야다방엔 젊은 애들이 들끓는다고 설명했다.
 "그런 데서 왜 밤을 세운대? 피곤하지도 않남."
 "집보다 좋은가 봐요."
 "가정에 문제가 있겠지."
 어머니는 무심코 말을 해놓고 우리 집엔 문제가 없음을 확인하듯 소양인 무엇 땜에 자꾸 삐뚤어져 가는 것 같애? 물었다. 나는 어머니를 물끄러미 바라보다가 고개를 내저었다.
 "단순치 않은 애여서 모르겠어요. 그런 애를 때려서 다룰 생각하면 안 돼요."
 나는 아버지를 비난하듯 얼굴을 찌푸렸다. 성질이 급하시기도 하지만 아버지만 해도 옛날 사람 아니냐, 어머니는 아버지를 반은 두둔하면서 내 말을 수긍했다.
 "니네들 방에 가면 이따금 담배 냄새가 나서 언젠가 아버지에게 얘기했더니, 요새 애들이 다 그렇지 하면서 속이 답답하면 나보고도 피우라고 권하시더라. 그런 때 보면 신식 같은데 말이야."
 기분파인 아버지에겐 그런 멋진 면도 있었다. 나는 그 점을 인정하며 고개를 끄덕했다.
 "난 아버지 싫어하지 않아요."

나는 아침을 먹은 후 곧장 이 층으로 올라가 소양의 방문을 열었다. 담배를 많이 피웠는지 담배 냄새가 배어 있었다. 꽁초가 수북이 쌓인 재떨이를 이내 발견하고 창부터 열어젖혔다. 보료 위엔 이불도 개켜지지 않은 채 옷이 내던져져 있고 보들레르 시집과 『종의 기원』, 두 권의 책이 방바닥에 놓여 있었다. 소양의 일기는 아버지에게 뺨을 맞은 날부터 씌어 있었다.

한바탕의 소요가 지나가고 아무 일도 없었던 것처럼 고요하다. 그러나 정적 속에서도 손끝으로 날카롭게 쑤시고 들어오는 어떤 것.
이 방은 방이 아니야. 피 흘리는 작은 양을 잠재우고 놀라 뛰는 가슴을 쉬게 하고 내 푸른 단도 날까지 어루만져 주는 방이 필요해.
아니 그러한 방은 내게 영원히 존재하지 않을지 모른다. 단순한 구도로 명료하게 묘사된 듯한 고흐의 「아를의 침실」도 휴식보다 불안을 느끼게 한다. 퇴색한 듯한 거친 적갈색 마룻바닥과 하얗게 반짝이고 있을 뿐 아무것도 비치지 않는 거울. 빨간 담요…….

그날 소양의 기분이 암울했으리라는 것은 짐작할 수 있지만 방에 대한 표현은 내 마음을 아프게 했다. 이것에 비하면 그 며칠 뒤 쓴 것은 비눗방울같이 가벼웠다.

머리를 감고 그냥 젖은 머리로 누워서 아이스크림을 먹는다. 아주 본능적이고 어린애 같은 편안함이다.
아까 화장품 통에서 Vanity bag이란 단어를 발견했다. 헛되다는 뜻의 배니티란 단어가 좋다. 헛된 것 중에 가장 헛된 것, 그것은 감각이다. 아스트린젠트의 향내 같은 것. 산다는 것은 결국 이런 감각일 뿐이다.

소양은 여기서 한 줄 띄우고 만화를 본 장면을 짤막하게 써놓았다. 한밤에 라면을 끓여 먹으면서 어린이 잡지에 있는 만화를 본 모양인데 연탄 배달을 하여 병든 어머니를 부양하는 소년의 실화를 보고 눈물이 났다고 씌어 있었다.

소양의 의식은 일관성 없이 시계추처럼 극과 극을 오간다. 아이가 인생을 헤쳐나가는 모습이 눈물겨웠는지도 모르지만 흔한 내용의 만화를 보고 그 나이에 눈물 흘리다니. 나는 소양의 방에서 잠시 멍하니 앉아 있다가 곧 나와서 명주에게 전화했다. 명주는 오전에 수업이 없는지 마침 집에 있었다. 나는 대뜸 소양을 근래에 만난 적이 있느냐 물었다. 아뇨, 그때 보고 못 봤어요. 명주는 더 이상 말이 없었고 나는 한숨을 내쉬었다.

"소양이에게 무슨 일이 있어요?"

잠시 후 명주가 물어서 나는 솔직히 얘기했다. 말도 없이 이틀째 나 집에 들어오지 않았다며 너를 다시 만나고 싶다고 말했다.

명주는 이내 대답하지 않았다. 얘기라도 하면 좀 풀릴까 하구. 내가 혼잣말을 하자 두 시에 수업이 없으니 그때 만나자며 승낙을 표시했다.

명주가 일러준 대로 학교 앞 찻집 '희나리'에 들어서자 장단이 느린 서도민요가 울리고 있었다. 돌사자가 놓여 있는 입구에서 안으로 들어서자 벽 한 면에 부착돼 있는 옛날 혼례 의상이 한눈에 띄고 천장에 고정시켜 놓은 연도 장식으로선 색달랐다. 탁자로 쓰는 궤짝이며 여기저기 놓인 나비 장식 촛대, 민화 액자 등으로 찻집은 고풍스럽고 아늑했다. 자리를 잡고 식혜를 주문하는데 명주가 막 앞자리에 앉았다.

"여기 좋네. 편안하구. 그야말로 한국적이야."

내 말뜻을 알고 명주도 피식 웃었다. 이어 작년 이맘때 소양이랑

한창 여기서 만났는데 소양이 오면 판소리를 들려줬노라 했다.
소양이 판소리를 좋아했던가? 뜻밖의 말에 놀란 표정을 짓자 명주가 처음 듣는 얘기를 했다.
"지난 가을 학기에 소양이 판소리 반에 들었잖아요. 일주일에 한 번씩 강습했는데 집에선 몰랐나 보죠."
종업원이 막 식혜와 작설차를 가져왔다. 나는 식혜로 목을 축이며 소양이 방에서 판소리가 울린 적이 있었던가 생각해 보았다. 언젠가 일요일에 들은 것이 그제야 기억났다. 마루 청소를 하는데 적벽가가 들려왔고 나는 별생각 없이 소양이 방문을 열어보았다. 소양은 문 쪽으로 머리를 두고 방 안쪽에 누워 있었는데 자는 것 같았다.
소양이 어떻게 판소리를 할 생각을 했을까. 뜨거운 물로 도자기 잔을 데워 차를 따르는 명주를 보자 어릴 때 무용을 해서 국악 가락이 친근하대요, 했다. 그건 사실일 거다.
"또 소리 같은 걸 하면 속이 후련할 것 같대요."
"뭐가 그리 답답해서, 지금은 관심 없대?"
언니가 한집에 사는 동생 일을 친구에게 묻고 있다니. 명주는 차를 마시고선 헛기침을 했다.
"소양인 판소리 강습을 한 학기도 끝내지 않고 그만뒀어요. 아이들이 전통 전통 떠드는 것이 역겹더래요. 감상적이어서 싫대요. 주체 의식이 없으니까 판소리 하나 배우면서 주체 의식 운운 떠드는 거래요."
무슨 소리인지 알 것 같았다. 요즘 음대에서도 국악과의 인기가 높았다. 자기 것에 대한 자긍심이 높아진 결과인데 동일화 현상이랄까. 그 과잉열을 소양은 빈정거렸지만 저도 처음엔 동일화되기 위해 판소리를 배우려 하지 않았을까.
혼자서 소양의 심리를 추적하는데 명주가 수사관에게 협조하는 진술자처럼 생각나는 대로 연이어 말해 주었다.
 소양인 신학기에도 욕심 많게 연극반, 방송반에 가입하더니 그것도 한 학기가 끝나기 전에 그만두었다. 명주가 보건데 소양이 부원들과 충돌하기 때문인데 신입생 환영회 날도 눈 하나 깜짝 않고 담배를 피워서 사람들을 놀라게 했다는 것이다. 그 말엔 나도 놀랐다.
 명주는 또 낮부터 소양이 학교 앞 주점에서 남학생과 목소리를 높이며 싸우는 것도 봤노라 일러주었다. 여자가 대낮부터 술 마신다고 시비를 한 모양이었다.
 "그럴 때 대개는 피식 웃어버린다든가 대강 넘어가는데 소양인 못 견뎌 해요. 그런 꼴은 안 보고 자라서 여자가 어쩌구 하는 자식들을 보면 따귀를 갈기고 싶대요."
 "걔는 그럴 거야." 나는 큰 숨을 내쉬며 고개를 끄덕였다.
 명주는 잠시 후 소양인 남녀공학에 잘못 온 것 같다고 조심스럽게 말했다. 여자대학에선 자기가 주인이지만 남녀공학에선 여간 똑똑하거나 무신경하지 않으면 여학생이 주체적으로 무슨 일을 하기 힘들다는 얘기였다. 서클 회장도 거의가 남자잖아요. 명주도 인정한다는 듯 덧붙였는데 나는 소양을 생각하며 고개를 갸웃했다. 소양에게 여자대학이 맞을까.
 입시 때 어머니는 물론 아버지도 소양에게 여자대학에 들어가길 권했다. 이젠 남녀가 싸우는 시대이므로 남녀공학에 들어가면 경쟁자가 되어 미움을 받는다는 것이 아버지의 지론이었다. 그건 선견지명이었으나 소양은 제 의사를 분명히 했다. 언니가 다닌 화사한 여자대학 같은 덴 싫다고 했다. 나는 이렇게 결론짓지 않을 수 없었다.
 "여기서 못 견디면 저기서도 못 견디는 거야."
 명주를 다시 만난 것은 소양을 이해하는 데 보다 큰 도움을 주었다. 나는 소양의 학교생활은 전혀 몰랐다. 판소리를 배웠으면서 음대를 나온 내게 말도 않다니.
 이날 명주는 수업을 한 시간 빼먹으면서까지 나와 이야기를 나누었다. 나는 명주의 운동에도 관심이 많았으므로 이것저것 물었다. 명주는 사회의 주체인 생산 담당자들이 어떻게 사회로부터 소외되었는가에서부터 노동자들의 투쟁 조건으로 경제주의, 개량주의 같은 용어를 써서 설명하다가, 미양 언니가 이론적으로 받아들여도 피부로 실감하진 못할 거라며 요술쟁이가 된다면 언닌 무엇을 하겠어요? 불쑥 물었다.
 글쎄. 엉뚱한 질문이었으나 흥미 있었다. 아이 적엔 바다 위를 걷고 싶다든가 연기 같은 기체로 화해 잠자는 친구의 방 창틈으로 스며들어 놀라게 하고 싶다는 등의 소원을 가졌었다. 지금은, 지금은······.
 명주는 내 메마른 꿈을 바라보다, 난 정의를 위해 요술을 쓰겠어요, 흔쾌히 말했다. 자기의 어릴 때 꿈은 요술쟁이가 되는 것이었는데 약자를 짓밟는 나쁜 사람들을 벌주고 싶어서였다. 이건 만화 영향도 크지만 중학생 때의 제 별명이 유관순인 점을 참작하면 기질과 무관하지 않다고 자기분석을 했다.
 "정의라는 말이 잠재의식 속에 깊이 박혀 있었는지 우연히도 십년 뒤 다시 그것과 만나게 되데요. 대학에 들어올 때 세상에서 가장 아름다운 것이 무엇일까, 그것을 위해 젊음을 바치겠다고 마음먹었는데 얼마 뒤 내 속에서 발견했어요. 가장 아름다운 것은 정의라고."
 명주의 말이 틀리지 않아서 그것은 이론보다 더 선명하게 가슴에 닿아왔다. 명주에게 그런 예쁜 면이 있구나, 하고 바라보자 명주는 다시 소양에게로 얘기 방향을 돌렸다.
 "소양이가 여성운동 같은 것에 관심을 가지면 좋을 텐데. 자기가 직접 당하니까 그런 의식은 있거든요. 그런데 걘 지구력이 없어요.

환경 탓인가. 벼락부자 할머니를 우습게 여기고 부모에게 반항하며 부르주아적 이데올로기를 거부하지만 그것뿐이에요. 주어진 것을 쉽게 누렸기 때문에 어쩔 수 없이 타성에 젖은 면이 있어요."

부르주아적 이데올로기라니 처음 듣는 용어였으나 머리를 치는 것이 있었다. 일기에 적힌 대로 소양이 집을 싫어하는 것은 바로 이것 때문인가. 우리 집을 지배하고 있는 생활철학, 명주의 표현을 빌리면 그것이 부르주아적 이데올로기였다. 명주가 말을 계속 이었다.

"소양인 현실을 보지 못하는 측면이 있지만 늘 갈등해요. 표출은 없지만 변화의 의지는 가졌어요. 그러나 과연 어떤 비전을 가졌는지. 육체가 정신에 기력을 줄 수 있는 것인데도 불구하고 소양인 자기 파괴로 나가고 있어요. 대안이 없으니까요. 난 늘 그 점을 비판하죠."

"너희들은 지나치게 똑똑하구나."

나는 명주의 말을 반박할 수 없었다. 그러나 하고 싶은 말도 있었다. 물질적으로 소외된 자는 중시하면서 정신적으로 소외된 자는 외면하느냐고.

명주는 내 속을 꿰뚫어 보듯 소양인 아웃사이더예요, 목소리를 낮추어 말했다. 어떤 관계에서도 늘 거리를 두고 바라봐요, 할 땐 나도 인정했다. 희중과의 관계에서도 소양은 결코 뛰어들지 않았다. 나는 그제야 명주에게 희중이란 남자 친구를 아느냐 물었다. 그것이 내가 명주를 만난 중요한 목적이었다.

명주는 소양에게 남자 친구 얘기를 들은 적이 한 번도 없었다면서 희중이를 안다면 어쩌실려구요? 반문까지 했다.

"글쎄, 답답하니까 그러지. 경옥이는 알던데······."

"그럴 거예요. 소양인 늘 개랑 붙어 다니니까요. 내 체질엔 안 맞지만."

경멸이 담긴 어조였다. 그래, 알았어, 내가 머뭇거리며 얘기를 끝내려는데 명주가 다급히 말을 이었다.

"언니, 소양이가 탈선한 여고생도 아니고 주변 사람들 만나면 뭘 해요. 소양이와 얘기가 되면 그걸로 충분해요."

명주는 친구 때문에 이상해질 만큼 소양이 바보는 아니다, 사람 분석을 얼마나 잘하는데요, 하고 덧붙였다.

그것은 나도 수긍하는 점이었다. 당돌하긴 했지만 명주 말도 틀리진 않았다. 희중을 만난다 하더라도 무슨 말을 할 것인가.

소양이 이틀간 외박하고 집에 들어왔을 때도 아버지의 목청이 온 집안을 울렸으니 그 즈음은 소양이 때문에 늘 집안이 시끄러웠던 셈이다. 이날 아버지는 속이 끓는지 위스키를 마시며 소양을 기다렸다. 소양도 술 냄새를 풍기며 열한 시가 넘어 들어왔다. 가부장의 권위를 세우려는 아버지에게 소양은 여전히 묵비권으로 맞섰고 아버지를 더욱 화나게 만들었다.

"사람 말 못 알아들으면 짐승이지, 네까짓 것이 무슨 엘리트냐."

"엘리트는 무슨 엘리트."

소양은 자조했으나 내가 보기에도 태도는 너무 불손했다.

드디어 욕이 나오고 다혈질인 아버지가 자리를 박차며 일어나 보조 의자가 쓰러졌다. 그것이 소양의 다리에 부딪혀 소양이 풀썩 주저앉았고 보조 의자가 구르는 것을 막으려고 한 발을 뻗치려던 아버지는 얼결에 소양의 다리를 걷어찼다. 내가 막을 사이도 없었다.

고의는 아니었지만 일이 이왕 벌어진지라 아버지는 기세 좋게 소리쳤다.

"한 번만 더 그따위 짓 하면 집에 아예 들어오지 마라. 다리몽둥이 부러지기 전에."

술기운 때문인지 소양의 몸은 뜨겁고 무거웠다. 일으켜 세울 때도 내버려두라며 귀찮다는 듯 손을 내젓던 소양은 이 층에 올라가자마자 내 손을 뿌리치고 제 방에 들어갔다.

이어 음악이 울렸다. 지하 방에서 울려오는 것 같은 시끄러운 드럼 소리가 내가 차를 끓여 마실 동안 계속되더니 이번엔 모차르트의 진혼곡이 들려왔다. 레코드가 계속 돌아갔고 나도 잠을 이루지 못했다. 무엇에 혼을 빼앗겼는지 화장실에 가면서 아래층까지 내려갔다.

소양의 방문은 아침 늦도록까지 열리지 않았다. 열한 시가 넘어서 내가 방문을 두드렸을 때도 아무 기척이 없었다. 밥 먹으라고 두세 번 소리치자 잠긴 목소리로 먹지 않겠다는 답만 짤막하게 했다.

그날 열두 시경 소양을 찾는 전화가 걸려왔다. 마침 내가 받았는데 경옥의 목소리를 단번에 알아들었다. 나는 전화를 바꿔줄 생각도 않고 소양이 언니라고 밝혔다. 경옥도 알은체하며 인사해서 소양과 무슨 약속이 있느냐, 물었다.

"아뇨. 그저께 만났는걸요. 소양이가 수첩을 우리 찻집에 빠뜨리고 갔어요. 찾을 것 같아서 알려주려구요."

나는 전하겠다면서 그저께 재미있는 일 있었어? 태연히 떠보았다. 디스코 간 것 얘기해요? 경옥은 즉각 반응을 나타냈다.

"그런 것 같아서."

나는 더 이상 묻지 않고 소양이 아프다고 일러주며 전화를 끊었다.

샌드위치를 만들어 커피와 함께 들고 가서 나는 소양의 방문을 다시 두드렸다. 여전히 기척이 없었다. 나는 전화가 왔다고 말했다. 전화 안 받을 거지? 확인하려 하자 잠시 후 방문이 열렸다.

나는 쟁반을 든 채 소양을 밀다시피 하여 방으로 들어섰다. 경옥이 전화했다는 말부터 전하고 쟁반을 방바닥에 내려놓았다.

"언닌 왜 내 전속 간호원처럼 그래."

소양은 입맛 쓴 표정으로 벽에 기대앉았다. 눈은 부었으나 표정엔 날이 서 있었다. 뜻밖에도 소양은 경옥을 만난 적이 있느냐, 왜 만났느냐 따지듯 물었다.
나는 당황했으나 커피 잔을 소양 앞으로 내밀었다.
"네가 무슨 생각을 하는지 모르니까."
"경옥이가 내 생각을 알아?"
소양은 찻잔을 소리 나게 놓고 코웃음을 쳤다. 나는 비위가 거슬려서 어쨌든 너와 함께 다닌 친구니 무언가 비슷한 점이 있을 것이라고 꼬집었다. 경옥과 소양의 공통점이 있다면 감각적인 면일 것이다.
계속해서 나는 네가 요즘 너무 이상해졌다고 정색을 했다. 젊은 애들이니까 친구들과 밤새 어울리고 싶을 거다, 그럴 땐 좋은 말로 집에 연락하고 외박할 수도 있지 않느냐, 네 휴학을 알게 된 뒤부터 모두 네게 신경이 곤두서 있으니 아버지가 노여워하는 것도 이해해야 한다고 설득하려 했다.
소양은 어느새 일어서서 무엇을 찾는 것처럼 서성댔다. 내 말은 귓전으로 흘리고 있었다. 디스코장엘 갔어? 이틀씩이나? 나도 신경질적으로 불쑥 내뱉고 말았다.
방 안을 왔다 갔다 하던 소양은 내 말이 끝나기가 무섭게 어딜 갔든 그게 무슨 문제냐고 소리쳤다. 그리고 전축 위에 놓인 레코드 알맹이를 책상 위에 연거푸 내려쳤다. 까만 레코드의 파편이 순식간에 바닥으로 흩어졌고 나는 소양의 격렬한 반응에 얼이 빠져 서 있었다.
소양의 눈엔 푸른 불꽃이 튀고 있었다. 소양은 부르르 떨곤 두 손을 머리 속에 박고 훑어 내렸다. 왼손에 묶인 흰 손수건이 그제야 눈에 들어왔다. 손수건에 꽃잎 같은 검붉은 피가 배어 있었다. 나는 소양의 손을 잡으려 했으나 소양은 내게서 한 발 물러나 두 손을 재빨리 바지 주머니에 찔러 넣었다.

"손수건에 피가 묻어 있어."

나는 마치 소양이 모르고 있기나 한 듯 말했고 소양은 고집스레 입을 다물고 있었다. 왜 그런 짓을 하지. 내 목소리가 떨렸다.

"나는 섬 같애. 쓸쓸한 파도만 부딪히는 섬 같애."

소양은 쓰러지듯 보료 위에 엎드려 얼굴을 파묻은 채 중얼거렸다. 창백한 맨발과 팔을 늘어뜨린 채 엎드려 있는 모습이 버림받은 여자 같았다. 나는 너를 돕고 싶다, 말하려 했으나 입이 떨어지지 않았다. 소양의 외로움이 전류처럼 닿아와 가슴이 아파왔으나 내일 함께 시내에 나가 영화도 보고 초밥도 먹고 기분 전환하러 다니자고 어린애 달래듯 말했다. 소양이 발밑에 있는 하늘색 이불을 힘없이 밀어내는데 이불에 흩뿌려진 핏자국이 눈에 들어왔다.

소양과의 약속은 내가 어긴 셈이다. 다음 날 뜻밖에도 영숙에게서 전화가 왔다. 음대 교학과에 조교로 근무하는 영숙은 내 대학원 진학을 적극 찬성한 대학 동창인데 이날이 기악과 과장 생일이니 함께 가서 인사하자고 했다.

대학 때 직접 배운 적도 없지만 그동안 학교와 연락을 끊고 있었으므로 인사하기에는 좋은 기회였다. 내가 불청객이어서 주저하자 점심 초대를 받은 영숙은 각본까지 짜주었다.

"네가 나를 만나러 학교에 들러서 우연히 함께 오게 된 것처럼 말하면 되잖아."

나는 영숙과 열한 시 사십 분에 신촌에 있는 대학 앞 다방에서 만나기로 했다. 교수 집이 그 부근이었다.

소양에겐 교수 집에서 나와서 전화할 작정이었다. 나는 이 말을 전해 달라고 어머니에게 부탁했다. 기다리라고 전하면서 함께 점심을 먹고 얘기를 나누어보라고 권하는 것도 잊지 않았다. 소양이 아버지에게 맞을 때도 방 안에서 꼼짝하지 않았지만 어머니는 휴학 이후로 소양과 마주치기를 피해 온 터였다. 딸을 이해하려는 노력보다 자신의 지성이 딸 앞에서 하잘것없는 구세대의 상식으로 드러나지 않을까 하는 두려움이 더 컸다.

"오후에 시간 나면 소양이와 영화나 보러 가려구요."

어머니는 배추를 다듬으며 덤덤하게 듣기만 했지만 소양의 방에 올라갈 수 있는 기회가 자연스럽게 만들어진 것을 싫어하진 않았다. 나는 소양의 손목 상처에 대해선 말하지 않았다. 몹시 놀랐지만 아무에게도 말하고 싶지 않았다. 혼자 잊어버리면 아무 일 없었던 것처럼 모든 것이 스쳐 지나갈지도 모른다.

열한 시가 채 못 되어 집을 나섰으므로 약속 장소엔 빨리 도착했다. 다방은 학교 앞 버스 정류장에서 몇 걸음도 안 되는 행길에 위치했다. 학교 정문 맞은편 보도엔 방패들이 나란히 늘어서 있고 그 뒤에 복병처럼 전투경찰들이 서 있었다. 학원가에선 데모가 연일 있었으므로 그것은 낯익은 풍경이었다.

찻집에 들어가 행길로 면한 창가 자리에 앉으려는데 갑자기 소란한 소리가 들려왔다. 나는 라디오나 텔레비전 소리라고 생각하고 실내를 둘러보았으나 막 내 앞에 다가온 종업원이 엽차를 놓으며 혀를 찼다.

"또 최루탄, 지겨워."

창밖을 내다보니 어깨동무를 한 학생들의 무리가 어느새 벌 떼처럼 교문 앞에 밀려 나와 있었다. 앞에 선 학생들은 교문 밖으로 뛰어나와 돌멩이를 던지고 복면을 한 학생들은 솜방망이를 한 팔로 휘둘러 전투경찰을 향해 던지고 있었다.

물러가라, 전두환 물러가라!

누군가의 선창으로 함성이 이어 들려왔다. 그것은 성난 물결이었고 숲의 아우성이었다. 돌멩이와 화염병이 계속 날아가고 대낮의 거리 여기저기 검붉은 불꽃이 타올랐다.

물러가라, 전두환 물러가라!

최루탄이 터지면서 희뿌연 연막 속에서 물결은 흩어졌으나 성난 목소리는 화염처럼 치솟았다. 돌멩이가 찻집 앞 보도에까지 굴러 떨어졌고 게시판이 거리 한가운데로 내몰려 화형식을 당하고 있었다.

순간 피부가 조이면서 불똥이 튀는 듯 따가웠다. 나는 손수건을 꺼내 눈을 가리고 울었다. 그것은 최루탄에 의해 쏟아지는 흰 눈물만은 아니었다. 신념이라 할지라도 저들의 처절한 젊음이 가슴을 짓눌렀던 거다.

젊음들은 왜 외쳐야 하고 죄도 없이 한낮에 복면을 하고 무관심의 세계를 향해 불꽃을 던져야 하는가. 철벽같은 체제의 문을 여린 주먹 뼈가 으스러지도록 두드리는가. 청춘의 술잔에 취하지 않고 왜 스스로 피 흘리려 하는가. 소양의 손에서 흩어지던 레코드의 파편들, 이불에 흩뿌려진 피. 피가 온 시야에 번져 내가 피눈물을 쏟고 있는 것 같은 착각을 일으켰다.

교수 집에 갔던 일은 내게 도움을 주었다. 교수는 나를 알아볼 뿐 아니라 청음이 뛰어났고 졸업 연주회 때 어려운 리스트의 헝가리 광시곡을 친 것까지 기억하고 있었다. 그는 대학원 진학에 필요한 준비 사항을 구체적으로 지시해 주면서 피아니스트가 되지 않더라도 음악을 버리지 않는다는 자세가 중요하다고 나를 격려했다. 사실 나는 시간강사나 하면서 여느 속물과 다를 바 없이 적당히 대우받으며 만족할 생각이었다. 교수를 만나고 나서 그런 자신에 대해 부끄러웠지만 음악에 대한 열정이 다시 싹터 올랐다.

우리는 과장 집에서 두 시에 나왔다. 나는 영숙을 학교 앞까지 바래다주고 대학 시절에 자주 갔던 이삭다방에 들렀다. 그때 미루나무가 보이는 이 층 창가 자리를 좋아했는데 선실처럼 파랗게 칠해진 창도 그대로였다.

나는 소양을 이곳으로 불러내려 했다. 투명한 초록 공 같았던 내 이십 세와 한 인간에 의해 추악의 수렁을 본 그해 겨울 이야기도 할 수 있을 것 같았다. 나도 청춘이 고통스러웠다고. 어느 시인의 시구처럼 모욕이 준비됐을 때 인생이 시작된다고.

내가 전화했을 때 소양은 이미 나가고 없었다. 내 말을 전했는지 확인하려 하자 어머니는 답할 필요도 없다는 듯, 소양이가 요새 누구 말 듣던? 한마디만 했다. 떨떠름한 말투로 보아 소양과 얘기할 기회를 잡지 못한 듯했다. 나는 소양의 기분이 어떤 것같이 보였느냐고 물었다.

"할머니 교회 친구들이 와서 찬송가를 부르는데 옆에서 따라 부르고 아주 좋던데? 밥도 두 공기나 먹고, 다행이다 싶어 용돈도 줬다."

어머니의 말은 뜻밖이었다. 나는 의아해하며 전화를 끊었으나 순간 어머니가 속았다는 생각이 들었다. 간밤에 제 손으로 손목을 벤 아이가 찬송가를 부르고 밥을 두 공기씩 먹다니, 아니 어제 거의 굶었으니 그럴 수도 있겠지. 아니면 소양의 극단적인 감정 변화는 조울증세인가?

내가 희중과 만나기로 다시 마음먹은 것은 더 이상 방치해 둘 수 없을 정도로 소양이 위태로워 보였기 때문이다. 소양은 절벽 끝에 선 아이 같았고 지푸라기라도 잡아야 할 듯했다. 지금 소양과 가장 자주 만나는 사람이 희중이라면 그것을 줄 수 있는 사람은 희중인지도 모른다.

희중의 집 전화번호는 학교를 통해 어렵지 않게 알아낼 수 있었다. 좀 이르다 싶었으나 나는 아홉 시가 넘은 시각에 희중에게 전화했다. 어떤 반응을 나타낼까 상상하려니 선뜻 전화할 용기가 나지 않았지만 시도도 않고 포기할 수는 없었다.

전화를 받은 사람은 여자였다. 높고 낭랑한 목소리가 앳되었다. 희중을 찾자 누구냐고 물었고 나는 소양이네 집이라고 또박 말했다. 소양이요? 묻는 말투로 보아 소양이 이름을 처음 듣는 것 같았다. 곧 희중 오빠! 하고 부르는 소리가 들려왔다. 소양이 같은 여동생이 있구나, 생각하니 마음이 다소 놓였다.

희중이 전화를 받자 먼저 나는 실례하겠다고 양해를 구한 뒤 소양이 집이라고 밝혔다. 집요? 희중은 목소리를 높였고 나는 소양의 큰언니라고 알려주었다. 연이어 소양이에게 희중 씨 얘기를 들었다, 소양이와 가까운 친구 같아서 언제 한번 집에 초대해서 인사시키라는 말도 했노라 서두를 꺼낸 뒤 별일은 아니지만 소양이 문제로 조언을 좀 받았으면 해서 만나고 싶다, 군더더기 없이 용건을 말했다.

예상했던 대로 희중은 한동안 잠자코 있었다. 내가 왜 만나자고 하는지, 만날 필요가 있는 건지 궁리하는 것이 분명했다. 하긴 내가 그 입장이어도 궁금하고 의아할 것이다.

나는 희중을 안심시키느라 얼마 전 명주와 경옥이란 친구들도 만났다, 소양이가 휴학한 것도 친구들만 알고 있었으니 친구들을 만나지 않을 수 없다고 그 필요성을 강조했다. 희중은 심리적 부담을 느꼈는지 그럼 약속을 정하라고 먼저 말했다.

내가 당장 만나기를 원했으므로 희중은 열한 시로 시간을 정했다. 명주와 경옥을 만날 때완 달리 긴장이 되어서 집에서 나설 때까지 공연히 서성거렸다. 어제 밤늦게 들어온 소양은 제 방에서 기척도 내지 않았으나 나는 그것을 다행으로 여겼다.

소양의 일기로 상상해서인지 나는 희중을 첫눈에 알아보았다. 희중이 정한 광화문 제과점에 들어섰을 때 왜소한 몸집의 안경 낀 젊은이가 앉아 있었다. 나는 그가 희중이 아닐 거라 단정하고 문을 향해 자리 잡았는데 오 분 뒤 희중이 들어섰다.

팔꿈치와 어깨에 가죽을 댄 스웨터에 짙은 회색 목도리를 걸친 차림은 스케이트 타는 소년처럼 경쾌하다. 눈이 나쁜지 희중은 양미간을 모으고 실내를 휘둘러보았다. 눈매가 날카롭다, 생각하며 손을 들어 올렸고 희중은 나를 바라보다 곧장 다가왔다.

"어떻게 절 알아보시네요."

희중은 웃을 듯 말 듯한 표정으로 말하고 자리에 앉자 종업원부터 불렀다. 목이 마르다며 사이다를 주문하기에 나도 같은 것으로 시켰다. 하나는 얼음 좀 넣어서. 희중은 돌아서려는 종업원에게 반말 투로 했으나 그것이 자연스러웠다.

나는 무슨 말부터 꺼내야 할까 생각하며 엽차만 홀짝 마셨다. 이 자리가 불편한 사람은 희중일 듯하지만 희중은 내가 소양과 닮지 않았다는 둥 허튼소리 한마디 하지 않고 침묵을 지켰다. 만만치 않았다.

먼저 나는, 내가 전화해서 놀라지 않았느냐, 묻는 것으로 말문을 열었다. 대강 짐작했겠지만 소양이는 식구들과 상의도 없이 휴학했고 그 뒤로 우리들은 소양의 행동에 곤혹을 느끼고 있다. 이렇게 희중 씨까지 만나는 것은 일종의 정보 수집이라고 요약해 말했다. 목도리를 두르고 얼음을 씹던 희중은 사실 저도 소양일 잘 모르겠어요, 침통한 표정으로 대꾸했다.

사귄 기간이 길지 않죠? 내가 알은체하자 삼 년을 사귀었대도 마찬가질 거예요, 가만 머리를 내저었다.

희중은 잠시 후, 자기가 알고 있는 소양은 극단적이고 참을성이 없고 또 매사에 부정적인데 데모하는 아이들 이상으로 과격해서 늘 혼자 데모하는 것 같다고 흥미롭게 표현했다.

희중은 그 예로 소양이 길거리에서 담배 피운 얘기를 해주었다. 어느 날 다방에서 만나 담배를 피우는데 남자 종업원이 와서 담배를 끄라고 시비를 한 모양이었다. 사장이 여자가 담배 피우는 꼴은 못 본다고 그렇게 지시했다는 것이다.

"소양이는 사장을 부르라고 한참 실랑이를 하더니 지쳤는지 담배를 끄데요. 차는 돈 주고 시킨 거니까 마시고 나왔죠. 그런데 나오자마자 다방 입구 층계에 앉아 담배를 꺼내 피우는 거예요. 바로 행길에서 노파같이."

소양은 다방 앞에서 희중과 다툰 듯했다. 종업원과 더 이상 싸우지 않은 것은 동행인 네가 동조나 하듯 가만있었기 때문이다, 같이 있는 남자도 설득시키지 못했다면 어떻게 종업원을 설득하겠느냐, 이렇게 자기에게 화풀이를 했다고 전말을 보고했다.

그래서요, 나는 다음 말을 재촉했다. 희중은 내가 무얼 듣고 싶어 하는지 알고 싶다는 듯 빤히 쳐다보았다.

"난 제발 길에선 피우지 말라고 했지만 소양은 말을 듣지 않았어요. 오가는 사람들도 쳐다보고 난 소양이 고집을 꺾으려고 그냥 가버렸어요."

희중이 담배를 꺼내 피우기에 나도 한 개비 뽑았다. 오랜만에 피워서 머리가 핑그르르 도는 것 같았지만 표를 내지 않으려고 벽을 똑바로 보았다. 내가 못마땅해 한다고 생각했는지 희중은 자기 입장을 밝혔다.

소양인 마치 여권주의자처럼 행동하지만 여기는 한국이고 유교사회다, 요즘 여자들은 여성해방이니 우먼 리브니 떠들면서 남자들을 적으로 몰지만 남녀는 원초이며 모든 것의 종착점이라는 것이 희중의 지론이었다.

"이 지구는 황인종, 백인종, 흑인종이 어울려 이루는 것이 아니라 남자 여자가 이루어가는 거예요. 내가 이런 말을 하면 소양인 그런 미명 아래 여자들을 종속시키려 든다고 반박해요. 그게 자연이지 종속은 무슨 종속이에요."

희중은 또 언젠가 소양이 술을 잔뜩 마시고 종로 길바닥에 드러누운 적도 있다고 일러주었다.

"똑똑한 앤데 한번씩 걷잡을 수 없는 행동을 해요. 그것도 광기겠지만."

광기? 며칠 전 소양이 레코드를 박살 내던 것을 떠올리며 나는 무의식중에 되뇌었고 희중은 생각에 잠긴 듯 눈길을 탁자에 떨구고 있었다. 소양을 잘 파악하고 있었으나 감싸줄 만큼 성숙하진 않았다. 그 점에선 소양도 마찬가지였다.

나는 우선 소양이 여권주의자처럼 행동한다는 희중의 말을 반박했다. 지금 세계는 공업화 시대를 지나 정보화 시대에 들어서고 있다, 노래 가사처럼 세계는 하나다, 이러한 때 여자가 담배를 피우니 못 피우니 하는 건 시대착오적이다, 여자를 자주적인 인격체로 생각한다면 그런 몰상식한 말은 할 수 없다, 종업원이 소양에게 담배를 끄라고 했을 때 희중 씨가 가만있었던 것은 명백한 동조다, 나도 보수적이다, 한다면 할 말이 없지만 소양이 말이 틀리진 않았다고 내 의견을 말했다. 또 아직 여자에게 비인격적인 많은 제재를 가하는 사회에 살면서 남녀가 세계를 이룬다 운운하는 것은 사탕발림에 지나지 않는다고 꼬집었다.

나를 바라보기만 하던 희중은 별로 피우지도 않고 담배를 비벼 껐다. 물을 한 모금 마시곤, 처음 볼 땐 소양이와 다르다 싶었는데 얘기하는 게 닮았네요, 하며 비죽 웃었다.

나는 희중에 대해서도 알고 싶었으므로 형제가 몇이냐, 대학 생활에 갈등은 없느냐, 전공은 적성에 맞느냐, 무심한 듯 이것저것을 물어보았다.

희중의 집 형제는 우리 집과 반대로 아들 셋에 미대생 딸이 하나 있고 희중은 둘째였다. 학교생활에 대해선 내 필요에 의해 다니는 거니까 졸업 때까지 참는 거죠 뭐, 했다. 뚜렷한 목표가 있는 것 같아서 졸업 뒤엔 무엇을 하고 싶으냐 물었다. 희중은 대학 들어올 땐 교수가 될 생각이었으나 이젠 그럴 마음이 없고 보다 생산적으로 전공을 활용하겠노라 차분히 말했다.

"교수들 별거 아네요. 죽은 학문 가지고 말장사하는 거예요."

희중은 지난여름 대학생 연수로 외국에 나간 얘기를 꺼내면서 대만 갔을 때 사 온 향료로 인삼껌을 개발했노라, 의외의 말을 들려주었디. 모모힌 큰 기업에 가져가서 사장과 직접 민났다는데 빈응이 좋아서 곧 결정될 거라고 했다.

"뒤늦게 적성을 생각하면 뭘 해요. 노력해야죠."

현실감각이랄까, 희중에게서 그런 면을 보고 나는 속으로 놀랐다. 어딘지 비정한——그것이 매력이 되는——세련된 도련님 같았는데 자기 할 일을 다하고 있다. 야무지구나 생각하면서 소양을 떠올리니 이내 마음이 어두워졌다. 남들은 다 제 길을 찾고 닦고 있는데 소양은 언제까지 방황만 할 것인가. 명주는 제 이상을 위해 젊음을 바치지만 소양은 무엇을 위해 생피를 흘린단 말인가.

그제야 소양이 대열에서 처져 있다는 생각이 들었다. 일전에 아버지가 경쟁 대열 운운했을 때 공박했었지만 나도 어느새 기성세대가 되어가고 있었다.

희중은 한 시간가량 얘기하다가 점심을 먹자는 내 제의를 물리치고 학교로 갔다. 아침을 늦게 먹었다지만 나와 오래 앉아 있기를 피하는 듯했다.

　이날 나는 소양을 어떤 상대로 생각하느냐는 등의 불편한 질문은 하지 않았다. 소양에게 좋은 친구가 되어주라는 노파심 섞인 말도 하지 않았다. 단지 희중 씨도 여동생이 있으니 내 심정을 짐작할 거다, 반발하기 쉬우니 소양에게 나와 만난 얘기만 하지 말아 달라 당부했을 뿐이다. 희중이 처음 만난 내게 그들의 '스포츠'에 대해 얘기할 리 없으니 보다 인간적인 대화는 뒷날 할 때가 있으리라.
　어쨌든 내가 희중을 만난 것은 소양에게 해롭진 않은 듯했다. 희중은 수업을 끝내고 소양과 만나기로 했노라 스스로 보고했는데 그날 밤 소양은 집에 빨리 들어왔다.
　어머니는 이날 저녁 꽃게탕을 해놓고 사위 생각이 나는지 최 대리를 부르라고 했다. 그렇지 않아도 소양과 함께 만날 생각이었는데 집에서 막 저녁을 끝낼 때 환한 얼굴로 들어왔다.
　소양은 최 대리에게 깍듯이 인사하고 우리가 거실에서 차를 마시는 동안 어머니와 함께 저녁을 먹고 설거지까지 거들었다. 그리고 어머니와 제 몫의 차를 들고 와 최 대리와 아버지가 앉아 있는 소파에 함께 끼어 앉았다. 결혼을 일주일 앞두고 있었으니만큼 이날의 분위기는 화기애애했다.
　최 대리 자신은 경영학을 전공하여 재미없는 은행원이 됐지만 결혼하면 마누라에게 하루 삼십 분이라도 피아노를 배우고 싶고, 예전부터 공부하고자 했던 불어도 시작해 볼까 한다고 건설적인 신혼 생활을 설계했다.
　불어 말이 나오자 최 대리는 영화 한 편을 보더라도 그렇고 국제화되는 시대에 외국어 하나만 해놓으면 살아가는 데 큰 힘이 될 것이다, 전공을 잘 택했으니 공부 열심히 하라고 소양에게 당부했다.
　학교 얘기가 나오자 나는 뜨끔했다. 최 대리는 소양의 휴학을 모르고 있었다. 일부러 숨기려 한 것은 아니나 소양에 대한 내 생각부터 정리하려다가 말할 시기를 놓쳤고 또 결혼을 앞두고 가족문제를 노출시키고 싶지 않았다.

소양은 그것을 눈치 채고 재치 있게 화제를 돌렸다. 책에서 받은 영향이지만 자신은 원래 현대의 최첨단 기술인 유전공학을 하고 싶었다, 사막을 푸른 보리밭으로 만들 수 있으며 대장균으로 성장호르몬을 만들 수 있게 된다면 기적의 현실화다, 윗부분은 보리요 뿌리는 콩과인 식물을 만들어 비료 없이 자라는 보리가 개발되면 식량 위기도 지구상에서 사라진다.

자기로서는 이런 생산적인 것보다 떡갈나무에 아카시아 꽃이 피게 하여 산에 좋지 않다는 아카시아를 멸종시키되 그 등초롱 같은 꽃망울을 열리게 하고 싶다든가 한 나무에 철따라 다른 꽃이 피게 히는 등의 헛된 꿈을 갖고 있는데, 양복을 고치듯 마음 내기는 대로 생물의 유전자를 꿰어 맞추어 새로운 생물을 만든다는 것도 사실 무서운 일이다, 우수한 이성적 인간 창조의 영역을 넘어 인간 개조에까지 치달릴 것이다, 복제 쥐와 인간과 쥐의 튀기인 모자이크 동물까지도 만들어졌지만 그것은 자연에 대한 모독이다, 불손한 진보 사상, 그 과학의 오류가 눈에 보여서 자신은 인문계로 바꾸었다고 꽤 논리적으로 설명했다.

"물론 오래 살고 싶고 병도 고치고 싶겠지만 사람은 의연하게 죽을 줄도 알아야 해요. 이것을 수긍하지 않으려는 과학에서 오히려 인간의 추한 면을 봐요. 더 극단적으로 말하면 자살할 줄도 알아야 해요."

총명한 여학생처럼 눈을 빛내며 자기 생각을 말하는 소양은 전혀 다른 사람 같았다. 그저께 소양에게 발길질을 했던 아버지는 멀뚱히 소양을 바라보았고 최 대리는 낭만적인 과학도 지망생이었던 막내 처제에게 맥주잔을 건네주었다.
　소양은 또 과일을 보기 좋게 깎아 내어놓고 어머니를 흐뭇하게 했다. 깎은 사과를 붉은 껍질이 보이도록 담고 접시 한옆에 야생 국화 두 송이를 꺾어 놓았다. 소양이가 아무것도 못하는 줄 알았더니, 하고 어머니는 대견해했지만 소양은 누구 딸인데요, 라고 맞받아 어머니를 숭배하는 아버지까지 행복하게 만들었다.
　소양은 그 뒤 사흘간 집에서 꼼짝하지 않았다. 설거지를 거들기도 했지만 밥 먹을 때 외엔 제 방에 틀어박혀 책을 보거나 음악을 들었다. 여느 때보다 평온하고 정상적이었다.
　나는 밖에서 돌아오면 소양의 방문을 두드려 슈크림을 주거나, 사 온 물건들을 보여주기도 했다. 그걸 구실로 얘기할 기회를 잡으려 한 것인데 내가 옷을 사 온 날 소양은 제 방에서 잡지책을 보고 있었다. 내 방에 굴러다니던 여성지였다.
　"심심해서 이것 갖다 봐."
　소양은 책에서 눈을 떼지 않은 채 보고했다. 옆으로 다가가 들여다보니 세계의 대학이란 큰 활자가 눈에 들어왔다. 고풍스런 석조 건물을 배경으로 책을 한 아름 든 젊은이들이 걸어 나오고 길옆의 잔디엔 몇 쌍의 남녀가 사랑을 나누고 있는 풍경이 담긴 화보란이었다.
　소양에게 다시 심적 변화가 온 것일까. 나는 문득 생각난 듯 오늘 우연히 친구 동생을 길에서 만났는데 내년 졸업 뒤에 유학 간다더라, 그 애도 불문과 생이어서 네 생각을 했다고 즉흥적으로 말했다. 그렇게 말머리를 잡고 넌 가치관의 혼돈 때문에 휴학을 했지만 인생은 칼로 끊듯이 해결되는 것이 아니고 물음은 끝없이 생긴다, 또 네가 휴학을 하건 안 하건 학교며 모든 것은 변함없다, 그럭저럭 일 년을 쉬었으니 이젠 복학할 준비를 해라, 다시 다니면 학교생활이 역시 좋다는 것을 깨달을 것이고 그것이 아니면 졸업 뒤부터 정말 네가 하고 싶은 걸 하는 거다, 취직을 하든지 유학을 가든지 아니 히피가 되더라도 이런 사회에선 일단 대학 졸업은 해야 된다고 설득전을 폈다.

실컷 듣고 나서 소양은 하긴 내게도 문제가 있겠지, 자조하는 투로 중얼거렸다. 그것이 내 말에 대한 답변인가. 복학을 못 하겠다는 애긴지 휴학을 한 자신을 빈정대는 말인지 알 수 없었다.

"자기에게 문제가 있는 걸 알면 문제를 풀 소지가 충분히 있는데?"

"남들이 그렇다니까 그런가 보다 하는 거야."

책장을 넘기며 소양은 내 농담을 덤덤히 받았다. 표정이 날카롭지 않아서 마음이 놓였다.

나는 이제 나 자신의 얘기를 했다.

"피아노 친답시고 공부와 담을 쌓아선지 내가 만약 지금 대학생이 된다면 온갖 지식을 흡수하는 데에 시간을 바치겠어. 도서관에 가봐. 저 많은 책들 속에 어떤 세계가 펼쳐질까. 그것들을 다 읽기에도 우리 삶은 너무 짧아. 자기가 고통 속에 있을 땐 그것이 생의 전부 같지만 눈을 크게 뜨면 무한한 세계가 있는 거야. 무한한 진실이. 그걸 알고 싶지 않니?"

나를 빤히 쳐다보던 소양은 무릎을 세워 두 팔로 감쌌다. 그 자세로 다소곳이 앉아 있다가 무표정하게 한마디 던졌다.

"결국 그렇게 될 거야. 난 벌써 지쳤어."

나는 기쁨을 감추며 그제야 내가 사 온 옷들을 펼쳐 보였다.

값이 싼 이태원에 가서 실내화까지 사 왔는데 소양은 그중 비행사복처럼 상의와 바지가 붙은 올리브색 작업복을 무척 마음에 들어했다. 나는 그것을 선뜻 주려 했으나 크기가 맞지 않다고 소양은 사양했다.
 나는 다음 날 똑같은 것을 까만색으로 사다 주었다. 그것밖에 없어서 고를 수도 없었지만 다행히도 소양은 그 옷이 전사(戰士)복 같다고 몹시 흡족해했다.

6

 약혼 때도 실감하지 못했지만 결혼을 이틀 앞두고 함진아비가 오자 결혼이라는 것이 피부로 닿아왔다.
 이날 저녁 함진아비는 청사초롱을 앞세우고 탈을 쓰고 왔다. 한 걸음씩 뗄 때마다 돈 봉투로 실랑이를 하느라 법석을 떨었지만 대문 앞에서 이종 셋이 함진아비를 번쩍 올려 들고 집으로 들어왔다.
 현관에 놓인 떡시루 위에 함을 올려놓고 청색 홍색 천 하나를 꺼내야 할 차례가 되자 어머니는 최 대리부터 흘끗 보았다. 잡고 싶은 것 잡으세요. 최 대리는 상관없다는 듯 눈으로 재촉했다.
 어머니가 잡은 것은 붉은 천이었다. 나는 조금도 서운하지 않았다. 딸보다 아들을 좋아할 이유가 없었다. 최 대리도 온 얼굴에 웃음을 띠었다. 네 형제 중 차남인 최 대리는 약혼 뒤 내게 딸만 둘 낳으라고 했던 터였다. 함을 놓을 때도 두둑한 봉투를 받았던 함진아비는 격식대로 돈 봉투를 도로 내놓았다. 그러나 아버지는 기분 좋게 손을 내저었다. 옛날에 장모는 빨간 치마를 꺼내 놓고 곡이라도 할 듯 했지만 나는 딸을 절대 싫어하지 않는다, 염려 마시라고 술까지 권하며 오히려 위로했다면서 사위 앞에서 서운한 내색조차 하지 않았다. 호박 단추가 달린 마고자를 차려입은 아버지가 이날처럼 듬직하게 느껴진 때가 없었다.

나는 이날 함을 퍼볼 때에야 소양이 집에 없는 것을 알았다. 할머니와 두 이모, 혜양이까지 화려한 옷감들을 구경하며 즐거워했는데 제 차례가 올 것을 염두에 둔 혜양은 노골적인 관심을 보이며 마음에 드는 천 이름까지 외웠다.

소양은 내가 미장원에 간 사이에 나간 것이 틀림없다. 소란한 것이 싫었나 보다. 이모네와 최 대리 일행은 자정이 넘어 돌아가고 나는 내 방에 올라와서도 한 시가 넘도록 오도카니 앉아 있었다. 등나무 침대와 귤빛 스탠드, 금 간 유리를 가린 녹색 커튼, 바흐와 가야금이 있는 내 방이 그 어느 때보다 정겨웠다. 안락했으며 세상으로부터 최대한 나를 지켜준 쾌적한 공간이었다. 내가 가장 고통스러웠을 때도 상처를 잠재워준 어머니 같은 품이었다.

소양은 밤새 집에 들어오지 않았다. 며칠 집에 있더니 답답해서 나가 돌아다니나 보다. 이번엔 부심히 넘기려 했으나 다음 날 나는 소양의 방 앞을 그냥 지나치지 못했다.

방은 어느 때보다 깨끗이 정리되어 있었으나 일기장을 서랍 맨 아래 칸에 넣어두었다. 내가 하는 짓을 들킨 기분이 들었지만 결혼하면 더 이상 이런 기회도 없을 것이다. 날짜 기록이 없어서 지난번에 쓴 것 뒤부터 보았다.

나는 내가 무엇을 하고 싶어 하는지 모른다. 특별히 갖고 싶은 것도 없다. 헛되고 부질없는 카드, 새틴 옷깃 같은 하얀 꽃, 양초, 체크무늬 순모 목도리. 거리의 상점을 기웃거리며 갖고 싶은 것들을 의무적으로 점찍어 보지만 영혼의 빈곤을 더 느낄 뿐.

사실은 시가 쓰고 싶은데 생각이 늘 머리에 맴돌다가 흩어진다. 산만하고 지속성이 없다. 정화되어야 한다. 그래서 선(禪)을 하듯 촛불을 지켜보기도 하고 어둠 속에 묻혀 있기도 하지만 내 속에서 나를 응시하듯 또 하나의 '나'가 자꾸 반란을 일으킨다. 헛되다고, 무력하다고.

이것은 아버지에게 맞은 날 쓴 것 같았다. 힘없이 날려 썼나 하면 종이가 패도록 또박또박 쓴 것도 있어서 그날 밤 울리던 드럼 소리처럼 불안정했다.

종이가 팰 듯 힘을 주어 쓴 곳은 시에 대한 말이 나오는 구절이다. 소양이 시를 쓰고 싶어 한다는 것은 여태 몰랐지만 진작 알았더라면 어떤 방법으로든지 관심을 더 기울였을 텐데. 내가 무엇보다 보고 싶었던 것은 이틀간의 외박과 연관 있는 내용인데 다음에 쓴 일기로 그것을 짐작할 수 있었다.

아편 같은 거리, 그러나 종로도 내겐 한정된 수족관처럼 권태롭다. 아이들은 그곳에다 묵은 울분과 비린내 나는 감각의 찌꺼기를 열심히 토한다. 나는 그러는 척할 뿐이다.

어제 뜻밖에도 C를 만났다. 곱슬머리여서 못 알아봤는데 가발이었다. 그 가발을 벗겨주려고, 아니 두 상처를 합쳐보려고 함께 보냈다. 나중에야 "너, 내가 숨어 다니고 하니까 이러는 거지." 했지만 처음엔 경멸 조였다.

 C : 넌 휴학하고 뭐 해. 종로나 다니고.
 나 : 넌 데모나 하지만 내가 뭘 하겠어. (자신에 대한 비웃음.)
 C야, 나는 창녀도 마리아도 아니다. 단지 너를 품어줌으로써 너희들에게 진 빚을 조금이나마 갚고 싶었을 뿐.
 그러나 그것도 허튼 짓. 원초의 인간으로 돌아가 옷을 벗어보아도 너의 벽, 나의 벽을 확인할 뿐.

그 뒤에 칸을 떼어놓고 초록색 잉크로 쓴 일기는 절망에 가득 찬 단상으로 이어진 것이었다.

영혼의 절망을 확인해 주는 육체는 이렇게도 건너지 못할 강이야.
가장 헛되고 부질없고 썩어질 것이면서 나를 무겁게 하고 건너지 못하게 했으므로.
그것이 내게 베풀고자 하는 작은 위안을 환각을 기만을 거부한다.
오늘은 모든 게 골치 아프고 메스꺼워
초 타는 냄새가 이상하게 메스꺼워
내가 비상할 수 없는 육체를 가진 때문이야
날개는 오히려 내 육체를 내려다보지 않았을 때 있었어.

이것은 소양이 집에 있었던 나흘 동안 쓰인 일기였다. 소양의 얼굴이 지극히 평온해서 그날 손목에 상처를 낸 후 마음의 변화를 일으킨 줄 알았다.
일기를 보고 나자 가슴에 다시 먹구름이 끼는 듯했다. 어제의 외박이 심상치 않게 여겨졌고 불안했다.
우리가 저녁 식사를 끝낼 때까지도 소양은 돌아오지 않았다. 어머니는 이런 날 식구 하나라도 집에 없는 것이 언짢은 듯했지만 좋은 일을 앞두고 있었으니만치 소양이 말을 꺼내지는 않았다.
나는 여섯 시경에 목마로 전화해서 소양이 그곳에 들르지 않았는지 물어보았다. 경옥은 소양이 수첩 가지러 오긴 올 거라고 하면서 오늘 여기 온다 그랬어요? 되물었다. 어제 소양이 외박한 것을 모르고 있음이 분명했다.
어머니는 손님 치를 일이며 신혼여행 준비 등 이것저것 말했으나 내 귀에 들어오지 않았다. 나는 공연히 시계만 보다가 아홉 시에 일단 내 방에 올라가서 살그머니 집을 나섰다.
 종로는 여전히 젊은 무리들로 붐볐다. 온 거리에 진을 치고 있어서 지하도 입구를 나서면서부터 어깨를 부딪치며 걸어갔다. 거리 군데군데 늘어선 노점 앞에 둘러서서 젊은이들은 번데기와 고구마 튀김을 먹기도 하고 솜사탕 장수 앞에 선 연인 두 쌍이 흰 솜사탕과 분홍 솜사탕을 각자 들고 꼬챙이를 돌리며 핥고 있었다.
 골목으로 들어서자 나는 양편으로 늘어선 업소들을 기웃거렸다. 안이 다 들여다보이는 생맥주 집 벽면엔 잠수 기구들을 붙여 놓았다. 유리 속으로 실내를 살펴보는데 종업원이 다가와 들어가라고 권했다. 사장이 산호수중친목회 회장이니 스쿠버다이빙에 관심이 많으면 안내하겠노라 친절하게 일러주었다. 나는 웃어 보이곤 걸음을 옮겼다.
 저 잠수 기구들을 보면 소양이 좋아할 텐데. 바다를 유난히 좋아하는 아이였다. 소양이 여고생이 되던 해 여름, 식구들 모두 한적한 동해 바닷가에 간 적이 있는데 그때 소양은 바다를 보며 영원한 젊음 같다고 했다. 선장이 되어 평생 바다에서 살아도 멋있을 거야, 꿈꾸기도 하며 해양 대학에 들어가서 수중 생물을 연구해도 좋겠다는 말을 했다. 그때만 해도 소양은 하고 싶은 것이 많은 꿈 많은 소녀였다. 꿈을 지워버릴 만큼 오 년이란 세월이 길었던가.
 골목에 즐비한 업소들을 지나치며 무작정 걸어가다 보니 보신각까지 와 있었다. 보신각 철책 안의 어두운 잔디밭에 누군가 누워 있는 것이 얼핏 눈에 들어왔다. 술에 취해 쓰러져 있는 듯했다.
 몇 발 옮기자 여자 아이 둘이 철책에 기대서서 가곡을 부르고 있었다. 이런 시각에 종로 한 모퉁이에 서서 노래를 부르다니. 앳된 얼굴이 여고생 같아서 노래 잘하는데요, 하고 한마디 던졌다. 긴 머리의 여자 아이가 보조개를 지으며 웃었다.

"바람도 있고 노래를 할 수 있어서 이 거리가 좋아요. 솔직히 말해 종로 나오면 들뜨지만 기분이 우울할 땐 풀어져요. 다 젊은 층만 있으니까 위안도 되고요."

나도 돌아보며 웃음 지었다. 하긴 노래 부를 곳이 없어서 여기까지 나오는 건 아니겠지. 젊음은 젊음끼리 모여 숲을 이루는 것이다. 숲속에서 위안을 받고 혼란도 확인한다.

종로를 한 바퀴 휘돌고 나는 썸싱 앞으로 돌아왔다. 소양의 일기장에 적혀 있던 파랑새는 찾지 못했다. 파랑새나 썸싱에서 소양을 찾으리라는 기대는 전혀 하지 않았지만 어쨌든 한 발이라도 가까이 가는 기분이 들었다.

썸싱으로 들어가려는데 화려한 상앗빛 양복을 입은 젊은 남자가 눈에 들어왔다. 누구를 기다리는지 양미간을 세우고 사방을 두리번거렸다. 앞단추가 풀어진 와이셔츠 사이로 쇠코끼리 목걸이가 보였다. 나는 그것을 손으로 가리키며 앞으로 다가섰다.

"아, 누나."

"아프리카 추장같이 목걸이까지 걸고."

하르노가 먼저 아는 체를 했다. 미장원에 마사지하러? 미끈한 제 얼굴을 두들기는 시늉도 해서 나는 웃고 말았다. 누구를 기다리느냐고 별생각 없이 말했는데 25시 못 봤어요? 내게 되물었다.

"지금 큰 건수가 있어서 빨리 나가야 하는데 데이트 자금이 없어서."

하르노는 초조한 얼굴로 골목 위쪽을 바라보았다. 얼마면 되는데? 내가 친구처럼 말하자 한 오천 원, 하고 머리카락을 쓸어 올렸다.

나는 지갑에서 오천 원짜리 하나를 빼내 주었다. 하르노가 돈을 주머니에 넣고 막 나서려는데 낯익은 얼굴이 다가왔다. 25시였다.

야 잠깐, 하르노는 내게 손을 올려 든 25시를 몇 발 앞으로 데려가 무언가 잠시 설명했다. 25시가 고개를 끄덕이자 등을 밀곤 혼자 네거리 쪽으로 올라갔다.

"오늘 뭐 좋은 일 있나 보다. 다 빼입고 나왔네."

눈이 아프도록 선명한 빨간색 티셔츠를 눈으로 가리자 25시가 팔을 걷어 올렸다.

"오늘 금요일이잖아요. 일요일까지 풀로 건수 올려야죠. 하르노가 잘하면 오늘 우리 데이트 비용 벌 거예요. 여대생을 데려다 주면 십만 원 준대요."

썸싱 앞으로 디스코 바지를 입은 한 무리의 여자 아이들이 지나갔다. 25시는 그들을 한눈으로 훑곤 하르노가 사라진 네거리를 목을 빼고 지켜보았다. 나는 호기심이 생겨서 무슨 일인지 캐물었다. 25시는 스스럼없이 상황을 설명했다.

썸싱에 어떤 나이 많은 사장이 와 있는데 젊은 여대생을 소개해 주면 소개비를 내겠다고 주인에게 제의했다. 주인이 그 일을 하르노에게 부탁했고 하르노는 십만 원을 받기로 하고 여자를 찾으러 나갔노라, 표정 한번 바꾸지 않고 또박또박 얘기했다.

"그런 애들 찾으면 있어요. 서로 돈 생기고 좋잖아요."

나는 입을 다물지 못하고 멍하니 서 있었다. 나는 하르노에게 늙은 남자에게 데려갈 여자를 낚으라고 돈을 대준 셈이었다.

25시는 어느새 고구마튀김 리어카 앞으로 걸어가 그 앞에서 튀김을 먹는 한 여자에게 말을 걸었다. 정중하지 못한 반말로 한 시간 뒤 만나자고 되풀이했고 단발머리의 여자 아이는 그 뻔뻔스러움이 싫지만은 않은 듯 빤히 쳐다보면서도 피식 웃었다.

여자 아이와 내 눈이 마주쳤다. 나는 얼굴을 굳히고 고개를 가만 흔들었다. 여자 아이는 내 뜻을 눈치 채고 친구들과 다 같이 기다리겠노라 약빠르게 제안했다.

나는 일단 썸싱으로 들어갔다. 목이 말랐고 잠시 앉고 싶었다. 문을 밀고 들어서자 팝콘이 튀는 것 같은 전자음악이 머리를 어지럽게 했다. 지난번에 왔을 때보다 훨씬 소란했다.

아래층에 자리가 차서 이 층으로 올라서는데 레코드실의 초록빛 불빛이 층계에 비쳤다. 파마머리에 흰 터틀셔츠를 입은 남자가 막 층계 쪽을 향해 몸을 돌리더니 뻣뻣하게 팔을 뻗어 창가에 있는 레코드를 빼냈다. 매우 느린 기계적인 동작이 마치 로봇 같아서 나는 이층에 올라갈 때까지 눈을 떼지 않았다.

이층은 그닥 번잡하지 않았다. 높지 않은 흰 레자 의자가 놓여 있고 벽면 한쪽으로 스탠드바까지 있어서 아늑해 보였다. 분위기가 달라서인지 젊은 회사원들도 있고 스탠드바엔 이마를 올곧게 빗어 넘긴 사십 대 남자가 앉아 있었다.

나는 레코드실이 마주 보이는 자리에 앉았다. 디제이는 판을 뽑고 갈아 끼우고 전화 받는 일 등 모든 것을 로봇 동작으로 하고 있었다. 목과 몸을 따로 돌리며 구십 도 각도로 돌고, 팔을 직선으로 뻗어 판을 갈아 끼우는 단순 동작을 되풀이했다. 그 무표정은 내 감정까지 마비시켰는데 수족관 속의 로봇 같아서 기묘한 느낌을 주었다.

맥주 한 병을 시켜놓고 정신없이 그것만 바라보고 있는데 흰 옷을 입은 하르노가 이 층에 올라왔다. 하르노는 곧장 스탠드바로 걸어가 머리를 위로 빗어 넘긴 남자 앞으로 다가갔다. 나를 등지고 그 옆에 앉아 말을 주고받았고 손가락으로 바깥을 가리켰다.

중년 남자는 주머니에 손을 넣어 무언가를 뺐다. 지갑이었고 하르노에게 돈을 주려는 것이 틀림없었다.

하르노가 자리를 뜨자 남자는 남은 맥주를 마시고 일어섰다. 나도 잔을 비우고 따라 일어났다. 초록색으로 물든 레코드실의 시계가 열 시 오십 분을 가리키고 있었다. 어쩌자는 생각은 없었다. 집에 갈 시간도 되었고 정말 그런 일이 이루어지는지 눈으로 보고 싶었다.

썸싱의 까만 유리문을 열고 밖으로 나서자 하르노의 모습은 이미 보이지 않았다. 남자는 네거리 쪽으로 걸어 올라갔고 나는 그의 뒤를 따랐다. 남자는 주차장으로 가서 진줏빛 스텔라를 밖으로 운전했다.

넓은 길목으로 나서자 남자는 차 문을 열고 주위를 두리번거렸다. 주차장 맞은편 건물 입구에서 막 나온 하르노가 남자를 향해 손을 들었다. 스텔라가 그쪽으로 미끄러져 갔다.

하르노가 뒤에 선 여자를 돌아보곤 남자가 앉은 운전석 옆으로 걸어갔다. 나는 여자를 눈으로 찾았다. 여자는 두 사람이 속닥이는 동안 건물 입구에서 비켜서서 윗옷 주머니에 한 손을 찌른 채 스텔라를 쏘아보고 있었다.

순간 나는 내 눈을 의심했다. 붉은 루주를 칠하고 회색 상의를 걸친 성장한 모습이었으나 짧은 머리의 여자는 소양이 분명했다. 눈앞이 아뜩하여 걸음을 떼지 못하고 서 있는데 하르노가 다시 소양에게 다가가 함께 차 앞으로 걸어갔다.

하르노가 차 문을 열었다. 소양은 신경질적으로 머리를 한 번 젖히고 차 안으로 몸을 굽혔다. 나는 후들거리는 다리로 뛰어가 막 문을 닫으려는 하르노를 밀치고 소양의 팔을 잡아끌었다.

"너 왜 이러는 거야. 내려 서서."

소양은 몸을 옆으로 젖혀 저항하면서도 눈을 치뜬 채 나를 바라보았다. 나는 목소리까지 떨렸으나 소양은 갑작스런 나의 출현을 현실로 느끼지 못하는 듯했다. 빨리 내리라니깐 이 미친것아, 내가 옷이 미어질 정도로 팔을 잡아끌자 소양이 그제야 소리쳤다.

"내버려 둬. 빨리 가요, 차 문 닫아."

차가 움직였으나 나는 차 문을 놓지 않았다. 하르노는 내게 다가와 손을 저지하려 했지만 나는 들고 있던 손지갑으로 녀석의 얼굴을 후려쳤다. 나쁜 자식, 소리쳤고 길 가던 사람들이 차 주위로 모여들었다.

"내버려 두라니깐 바보야."

소양은 울음 섞인 소리를 지르고 차에서 구르듯 밖으로 내렸다. 그리고 나와 하르노를 밀치고 행길 쪽으로 달아났다. 몸에 갑자기 맥이 풀리는 듯했으나 차 문을 힘껏 닫고 소양을 뒤따라 뛰어갔다. 소양은 상처 입은 새처럼 여기저기 부딪치며 필사적으로 내달렸다. 찢겨진 날개같이 펄럭이던 회색 옷은 인파 속에 묻혔고 큰 골목에서 행길로 나서려다가 나는 한 남자와 부딪쳤다. 미안하다고 말할 겨를도 없이 다시 행길로 나섰으나 새는 이미 날아가 찾을 수 없었다.

나는 인파에 부딪치며 실성한 사람처럼 거리를 헤맸다. 나를 받치고 있던 버팀목이 무너진 듯 의식이 휘청거렸고 어디든 주저앉고 싶다고 생각하는데 전자오락실 앞을 지나가게 되었다. 늦은 시각이어서 오락실엔 자리가 많이 비어 있었다.

돌아온 이소룡, 동물 농장, 월남 전쟁…… 나는 화면을 둘러보다 주춤했다. 화면의 원색과 총소리와 복잡한 여러 개의 조종 단추들이 눈을 어지럽혔다. 나는 멀거니 서 있다가 초록의 밀림에서 줄타기를 하는 타잔 앞에 앉았다. 그것이 가장 단순해 보였다.

타잔을 조종하기도 쉽지 않았다. 화면을 지켜보며 타잔이 건너뛸 때마다 버튼을 눌렀으나 타잔은 번번이 줄을 놓쳐 떨어지고 말았다. 너무 집중하려고 신경 쓴 나머지 손을 너무 빨리 혹은 늦게 움직였다. 내 옆에서 동물 농장을 조종하는 젊은 아이는 평화로운 연두색 풀밭에서 번번이 동물들을 밧줄로 포획했다. 나의 타잔은 계속 숲속의 낙오병이 되었고 나는 천 원짜리로 바꾼 동전 열 개를 모두 기계에 바치고야 미련을 떨치고 일어섰다. 은행에 오 년간 근무했지만 나는 결코 컴퓨터 시대에 맞는 인간이 아니었다.

문을 닫은 업소도 많아서 골목은 아까처럼 번잡하지 않았다. 노점들은 거의 철폐했고 이 층 야구장에선 아직 불빛이 훤하게 비쳤으나 두 사람만 번갈아 공을 치고 있을 뿐이었다. 공 부딪치는 소리가 공허하게 골목에 울렸고 여기저기 성냥갑 같은 문을 밀고 나온 무리들이 서둘러 발길을 돌리고 있었다.

전자오락실 옆에 세워 있는 타이탄 트럭을 스쳐 가는데 시큼한 냄새가 났다. 차 안엔 드럼통이 몇 개 있고 청바지를 입은 젊은 남자 둘이서 통을 또 하나 트럭 위로 끌어 올리고 있었다. 문 닫을 시간에 음식점에서 꿀꿀이죽을 수거해 가는 듯했다.

젊었을 때는 사랑도 했고 연애도 했지만 이제는 살림해야지.

몇 발자국 앞에서 대여섯 명의 젊은이들이 둘러서서 한 팔을 흔들며 노래 부르고 셔터가 내려진 어둑한 건물 앞엔 두 젊은 아이가 각기 앉아 쓰레기가 널린 거리를 망연히 바라보고만 있었다. 누구를 기다리는 것 같진 않고 집에 갈 생각도 없는 듯했다. 저들도 소양이처럼 제 방을 갖지 못한 것일까.

나는 행길로 나서려다 다시 골목을 따라 올라갔다. 이제 소양을 찾기는 틀렸고 집으로 돌아갈 마음도 없었다. 충격 때문일까. 청춘의 짐을 덜기 위해 결혼을 택했지만 처녀 시절의 마지막 밤이라는 것이 이상하게 허탈감을 안겨주었다.

어둡고 한산한 빌딩 골목을 지나자 갈림길이 나왔다. 광교 쪽으로 뻗은 골목엔 디스코장의 붉은 네온이 돌아가고 있었다. 디스코장 입구엔 짧은 치마를 입은 여자 서너 명이 나방이처럼 불빛 아래 모여 있었고 어둑한 골목에서 바라보니 그 풍경이 다른 세계의 그림 같았다. 나는 그곳을 향해 걸음을 옮겼다. 음악 소리가 가까이 울려왔다.
 실내에 들어서자 귀청을 울리는 음악이 어둠 속에서 밀려왔다. 무대엔 춤추는 무리들로 가득 찼고 화장을 짙게 한 두 여자는 통로에서 춤을 추었다. 단발머리 여자는 더운지 스웨터를 엉덩이에 걸쳐 묶었다.
 안쪽에는 자리가 거의 차 있었고 열기로 숨이 막힐 지경이어서 나는 입구 쪽에 있는 소파에 앉았다. 거의가 대학생 또래의 젊은 층이었다. 그들은 묵은 찌꺼기를 덜어내려는 듯 온몸을 흔들었고, 사이키가 번쩍일 때마다 일그러지고 황홀한 표정들이 데스마스크처럼 허공에 떠올랐다. 짧은 머리에 눈이 퀭한 남자 아이는 십 대로 보였는데 분위기를 고조시키는 디제이의 반주에 함께 소리치며 지렛대 같은 몸을 떨었다.
 시끄러운 음악이 블루스 곡으로 바뀌었다. 맥주를 한 잔 비우고 안주를 집어 먹는데 보랏빛으로 물든 흰 와이셔츠 차림의 남자가 다가와 춤을 추자고 했다. 나는 누구를 기다린다고 말하며 거절했다. 목적 없이 여기에 왔지만 춤을 추고 싶은 마음은 조금도 없었다. 더구나 모르는 남자와.
 무심히 내 옆자리로 고개를 돌리는데 어려 보이는 남자 아이가 혼자 앉아 있었다. 머리는 길렀으나 해군복 같은 형의 옷을 입었고 탁자엔 사이다가 놓여 있었다. 남자 아이는 무대를 바라보다가 그것이 지루하면 사이다를 찔끔 마시고 이것을 반복했다.
 나는 호기심을 느꼈다. 둘 다 동행이 없었고, 그가 나보다 어리다는 확신이 서서 용기를 내어 그 자리로 다가갔다.
 "여기 좀 앉아도 돼?"
 내 입에서 스스럼없이 반말이 나와서 나도 놀랐다. 넋을 잃고 무대를 바라보던 남자 아이는 얼결에 고개를 끄덕였다. 나는 내 자리의 맥주를 들고 와 마주 앉았다. 맥주 줄까? 남자 아이가 나를 빤히 보면서 마지못해 고개를 끄덕였다. 나는 맥주잔을 건네주었다.
"나도 혼자 왔어. 심심해서 얘기하고 싶어. 나이 알아맞혀 볼까?"
스무 살. 내 말에 남자 아이가 고개를 저으며 스물둘이에요, 했다.
"난 스물일곱."
"스물다섯인 줄 알았는데."
남자 아이가 고개를 갸웃했다. 나는 틈을 주지 않고 언제 여기 왔어? 물었다.
"열 시 넘어서 집에서 몰래 빠져나왔어요. 엄마는 지금 내가 집에서 자고 있는 줄 알 텐데."
"왜 몰래 나왔어?"
이번에는 호락호락 대답을 하지 않고 왜 그런 걸 물어요, 반문했다. 글쎄 그냥. 나도 할 말이 없었다. 남자 아이가 다시 고슴도치처럼 경계심을 세웠다.
"나한테 원하는 게 뭐예요."
"없어. 동생 생각이 나서 얘기하고 싶은 것뿐이야."
남자 아이는 더 이상 경계하지 않고 여자를 사귀러 여기 왔다고 순진하게 털어놓았다.
소양이보다 나이는 많았으나 조숙한 소양에 비해 그는 소년 같았다. 꾸밈없이 여자 얘기를 하는 것이 흥미 있어서 너는 어떤 형을 좋아하느냐, 지적해 보라고 했다. 남자 아이는 한참 무대를 바라보다가 자주색 스웨터를 입은 여자를 손으로 가리켰다. 짧은 머리에 체구도 크지 않은 깜찍한 여자였다. 별로 움직임이 없는 춤이면서 교태가 넘쳐서 여간내기가 아닐 듯했다. 나는 고개를 설레 저었다.
"이런 데 와서 여자를 사귈 수 있을까?"
"YMCA 같은 데 가면 여자 만날 수 있죠?"

남자 아이가 생각을 바꾼 듯했다. 나는 그쪽에 여러 모임이 있고 여자 친구를 사귀어도 훨씬 바람직할 것 같다고 맞장구쳤다. 내 말에 귀를 기울이다가 남자 아이는 갑자기, 그것도 귀찮아요, 하며 머리를 흔들었다.

맥주를 겨우 한 병 비우고 우리는 한 시가 넘어 그곳에서 나섰다. 내가 시계를 보며 일어서자 남자 아이도 약속이나 한 듯 함께 따라나섰다. 디스코의 네온만 돌아갈 뿐 골목은 어두웠고 토사물 같은 쓰레기만 여기저기 쌓여 있었다.

빌딩의 숲 사이로 가을바람이 불어와 휴지 조각들이 쓸려다녔다. 그것이 발길에 닿으면 남자 아이는 공연히 툭툭 찼고 텅 빈 골목엔 두 사람의 긴 그림자만 막대기처럼 걸어갔다.

"종로엔 자주 와?"

내 목소리가 허공에 울린다고 생각하는데 깡통 굴러가는 소리가 연이어 울렸다.

"쓸쓸할 때는요. 그래도 디스코장에 자꾸 가는 건 안 좋죠?"

"안 좋다기보다……"

"보통 땐 혼자 있어요. 조용한 게 좋아요."

그는 이번엔 휴지 조각을 발로 찼다. 나는 동생이 있느냐고 물었다. 막내일 거라고 추측했는데 남동생이 하나 있었다.

"형은 군에 갔어요. 형이 가끔씩 그리워요. 그럴 땐 편지를 쓰지만 돌아오면 잘해 주고 싶어요."

나는 고개를 끄덕였다.

"결혼할 때가 되니까 나도 그래."

신호등을 건너는데 우리 앞으로 흰옷을 입은 남자가 앞질러 갔다. 좀 전에 나온 디스코장에서 본 남자였는데 직업 무용수였다. 끝내고 돌아가는지 큰 가방을 옆구리에 끼고 있었다. 남자 아이는 무용수를 알아보고 행복하시겠어요, 말을 건넸다. 왜요? 무용수는 파마머리를 손으로 젖히며 뒤돌아보았다.

"매일 춤을 추시잖아요."

우리는 목적 없이 3가 쪽으로 계속 걸어갔다. 파리한 수은등 아래 쓰레기만 널린 거리는 버림받은 처녀지 같았다. 이따금씩 차들이 질주해 갔으나 사람은 거의 보이지 않았고 어디선가 선들한 바람이 불어왔다.

"쓰레기 아저씨가 고통스럽겠네."

남자 아이는 발에 닿는 비닐끈 뭉치를 발로 차면서 혼잣말했다. 응, 너무 더러워. 내가 동의하자 고향 얘기를 했다.

"청주는 깨끗해요. 그렇지만 법이 많아서 별루예요. 양반들은 따지잖아요. 배움이 많아요. 알면 좋죠 뭐."

"뭘 하고 싶어? 하고 싶은 게 있을 게 아냐."

"아무 생각도 없어요. 돈 벌고 싶은 마음도 없어요. 나는 목적이 없어요."

남자 아이는 길을 가다 말고 벽보 앞에 멈춰 섰다. '꿀맛'이란 연극 포스터를 한참 들여다보았다.

종이 한 장이 바람에 날려 내 앞으로 굴러왔다. 카바레 선전 인쇄물이었다. 이번엔 그것을 주워 찬찬히 들여다보았다. 순수한 호기심이었다.

세운상가 아래에 포장마차 세 개가 늘어서 있었다. 저기 앉아볼까? 남자 아이는 순순히 따라와 우리는 가운데 포장마차에 자리 잡았다. 한 군데는 음식물을 거두어 철수할 차비를 하고 있었고 또 한 군데엔 술 취한 남자가 주인에게 시비를 걸고 있었다. 내용도 알 수 없는 횡설수설이었으나 욕설은 선명하게 들려왔다. 남자 아이는 앞에 놓인 소주를 홀짝 마시곤 따분한 표정을 지었다.

"난 마음이 약해서 저런 게 싫어요."
"싫지만 어디든 있는걸."
술 취한 남자를 외면하려고 고개를 숙이고 있더니 갑자기 화제를 바꾸었다.
"연애할 때 밤새 이렇게 다니고 좋았겠네요."
"난 그렇게 못했어. 안 피곤해?"
시계를 보니 두 시 반이었다. 나는 피로가 몰려올 것 같아서 더이상 술에 입을 대지 않았으나 남자 아이는 조금도 지쳐 보이지 않았다.
"사흘간 꼬박 잠을 안 자본 적도 있어요. 경험하고 싶어서요."
앞주머니에 달린 배지가 그제야 눈에 띄었다. 쿠사 배지였다. 문득 서클 가입 권고문이 게시판에 빼곡히 붙었던 대학 신입생 시절이 떠올랐고 그 신신함이 향수를 불러일으켰다. 나는 불에 막 익힌 대합을 먹기 좋도록 떼어 그 앞으로 놓았다.
"온종일 어떻게 시간을 보내, 집에서 뭘 해?"
"라디오를 잘 들어요. 텔레비는 안 봐도 라디오는 재미있어요. 목소리의 주인공을 상상하는 게 재미있어요. 또 그날 있었던 일을 며칠간 생각하기도 해요. 어떤 건 꼭 꿈 같아요. 지금같이. 오늘 좋은 추억을 남겨야지."
묘한 아이였다. 세상을 유리 저편에서 바라보며 살아가는 동화 속의 소년 같았다. 결벽한 세계에 묻혀 미지의 꿈만 꾸는 듯했고 지식이나 관념에도 오염되지 않아서 그 또래의 대학생들과도 전혀 달랐다.
우리는 새벽까지 거리를 헤맸다. 비디오를 상영하는 다방에서 중국 무술 영화도 보고 우주선 같은 디제이실이 있는 다방에서 커피를 마시고 발길 닿는 대로 쏘다녔다. 거리엔 가로등에 기대 잠자는 사람도 있었고 디스코장에서 나온 무리들은 포장마차에 앉아 순두부를 먹기도 했다. 우리는 하릴없이 다니며 이런 풍경들을 신기한 듯 관찰했다.

지하도엔 서너 무리가 진을 치고 있었는데 대학생 여섯 명이 한쪽 구석에서 포커를 치고 있었다. 나는 옆으로 스쳐 가다 왜 집에 가지 않느냐, 뒤돌아서서 물었다. 차비가 없어요. 그들 중 하나가 대답하면서 포커를 할 줄 알면 함께 하자고 오라는 손짓을 했다.

지하도를 나오니 버스가 드문드문 다니고 있었다. 거리는 아직 어두웠고 쥐가 쓰레기통에서 고개를 내밀다 하수구로 사라졌다. 버스 정류장 앞으로 걸어가는데 내 앞에서 버스가 멎었다. 버스에서 책가방을 든 여학생과 소년들이 한꺼번에 쏟아져 내렸다. 정우가 이따금씩 새벽에 독서실에 가는 것이 생각났고 그러자 갑자기 꿈에서 깬 듯했다.

거리 맞은편 등이 켜진 골목에서 청소부가 비질을 하는 것이 시야에 들어왔다. 정우는 다른 아이들처럼 새벽부터 공부하러 나선다. 그 아이도 몇 년 뒤엔 지하도에서 포커를 할지 모른다. 소양은 십 년 뒤 저 청소부처럼 자식을 위해 비질을 하지 않을까.

옆에선 라디오 소리가 들려 흘끗 보니 남자 아이가 트랜지스터를 꺼내 귀에 대고 있었다. 막 다섯 시를 알리면서 음악이 울려 나왔다.

"시작할 땐 언제나 밝은 음악이 나와요."

그의 표정도 음악처럼 밝았다. 긴장이 풀리는지 갑자기 눈꺼풀이 무거워지면서 내 포근한 잠자리가 그리웠다. 이젠 집에 돌아가야 했다. 나는 눈을 비비곤 웃음 지었다.

"여태 같이 있어 주어서 고마워."

"누나 같은 사람이 많으면 좋겠어요. 또 만날 수 있을까요."

나는 아무 말도 하지 않았다. 우리는 다시 만날 수 없으리라. 순수는 꿈으로만 간직해야 한다. 내 침묵의 뜻을 헤아렸는지 남자 아이는 라디오를 주머니에 넣었다.

마침 택시 한 대가 가까이 다가오고 있었다. 나는 그에게 손을 들어 보이고 차도로 뛰어갔다. 허전한 눈길을 등으로 느꼈으나 뒤돌아보지 않고 차에 올랐다. 차는 이내 떠났고 나는 시트에 몸을 기대곤 눈을 감았다. 꿈이 깨어진 얼굴로 어두운 새벽 거리에 서 있는 남자 아이의 모습이 선연히 떠올랐다. 그것은 다치지 않은 나의 모습이었다. 잃어버린 나의 한 부분이었다. 나는 혼잣말을 했다. 세상을 살아가는 데 있어 너의 순수는 유력한가 무력한가.

7

신랑 최베드로와 신부 이미양은 누구의 강박도 없이 완전한 자유의사로 서로 혼인하려는 것입니까?
네, 그렇습니다.
두 분은 결혼 생활을 통해서 일생 서로 사랑하며 서로 존경하겠습니까?
네, 그렇게 하겠습니다.
두 분은 하나님께서 맡겨주실 자녀들을 기꺼이 받아들이고 그리스도의 가르침과 교회의 법을 따라 그들을 올바로 교육하겠습니까?
네, 그렇게 하겠습니다.
두 분이 교회 안에서 고백한 이 합의를 주께서 친히 견고케 하시고 풍부히 강복하실 것입니다. 천주께서 맺으신 것을 사람이 풀지 못할 것입니다.

제단 위엔 여섯 개의 촛불이 타오르고 있었다. 주위로 은은한 백합 향기가 감돌고 나는 신부 앞에서 경건하게 선서했다. 아름답고 엄숙한 혼배미사였다. 나는 신자가 아니었으나 남편이 믿는 가톨릭의 법을 따라 기꺼이 성당에서 결혼식을 올렸다. 하나님이란 말은 늘 낯설지만 우주의 법칙, 질서인 어떤 절대는 믿고 있었으므로 그 절대 앞에 선서한 것이다. 순리에 따르면서, 즐거울 때나 괴로울 때나 성하거나 병들거나 일생 그를 사랑하고 신의를 지키겠다고.

우리는 신부의 축성을 받은 반지를 서로 교환했다. 정말 그것은 성스러운 약속이었다. 사랑과 고통과 고독과 책임을 함께 나눈다는 약속, 그 세월 속에서 한 가정을 창조한다는 약속.

밀떡과 포도주를 함께 들며 나는 피와 살로 그와 맺어질 것을 맹서했고 우리의 약속을 지켜본 증인인 축하객들은 박수로 축복하고 격려했다.

모든 것이 잘될 것 같았다. 사람들은 우리에게 오누이 같다고 말하며 하늘이 맺은 연분임을 암시했고 식이 끝나자 실크 넥타이와 드레스를 벗어 던진 우리는 꽃만 꽂은 채 청바지 차림으로 봉고차에 올랐다. 내가 트럭을 좋아하는 것을 기억하는 최 대리가 트럭 대신 봉고를 빌려 신부의 여행을 즐겁게 해주려 했다.

우리는 동해안 쪽으로 달렸다. 초보자가 서툴게 몰고 가는 승용차를 추월선이 아닌 데서 추월하기도 하고 백 킬로의 속도로 신나게 달렸으나 앞차가 경찰에 걸려서 우리 차는 운 좋게 지나갔다. 서울서 출발할 때도 신호등의 파란 불이 빨간 불로 바뀐 것을 모르고 지나가기도 했지만 이날 한 번도 교통 위반으로 걸리지 않았다.

아무런 장애 없이, 이어 청록의 투명한 바다가 시야에 펼쳐졌고 땅거미가 질 무렵에 설악산에 여장을 풀었다. 저녁을 먹은 뒤엔 나의 제안으로 왕복 한 시간 정도 걸리는 암자에까지 다녀왔다. 캄캄한 길을 전지로 비추며 갔지만 나는 몇 번이나 돌부리에 채여 넘어질 뻔했고 최 대리는 내일 아침이면 쉽게 올 수 있을 텐데, 하면서도 내 손을 잡아주었다. 장려하게 우뚝 솟은 설악의 봉우리 아래 숨듯 자리 잡고 있는 암자의 풍경은 신비한 여인네의 모습 같았다. 어둠 속에 버선코처럼 살짝 치켜진 기와 건축이며 풍경 소리가 나를 매혹했는데 젊은 스님은 하룻밤 쉬어 가도 좋다고 뜻밖의 제안을 했다.

신혼부부가 한밤에 절을 찾은 것이 대견했는지, 마침 혼자 절을 지키고 있어서 보시하려 한 것인지 알 수 없지만 우리는 숙소를 정했노라 사양했다. 나도 아쉬워했지만 머물면 숙소죠, 하곤 젊은 승은 더 이상 권하지 않았다.

우리가 짐을 푼 호텔로 돌아오며 나는 최 대리에게 불쑥 말했다. 당신은 내 집이라고, 나그네는 아무 곳에나 머물지만 나는 집으로 돌아온다고. 최 대리는 말없이 으스러져라 한 팔로 내 어깨를 감쌌다.

여행 나흘째 폭우가 쏟아진 것을 빼곤 모든 것이 순조로웠다. 우리는 처음에 빗속의 여행을 오히려 낭만적으로 생각했으나 비는 창을 가릴 정도로 심하게 쏟아졌다. 바다도 보이지 않았고 거리를 기웃거릴 수도 없었다. 점심을 차 안에서 해결하고 삼척 쪽으로 내려가다가 오후 늦게 서울로 방향을 돌렸다.

최 대리는 돌아오는 길에 휴게소에서 신문부터 샀다. 두 사람은 묵계나 맺은 듯 서울을 떠나면서 신문은 물론 라디오 뉴스 한번 듣지 않았는데 신문을 펼치니 연기가 치솟는 대학 건물 사진이 한눈에 들어왔다.

'최루탄, 물세례…… 진압 작전 90분' 이란 큰 제목 아래 '부상자 70여 명, 2명 분신자살 기도 중태' 작은 활자가 박혀 있었다. 사진엔 옥상에서 농성 중인 학생들 모습도 보였는데 '구호·점거·최루가스로 지새운 캠퍼스 3일'이란 제목으로 연합 시위 현장 일지가 실린 것으로도 큰 사건임을 알 수 있었다.
"이십이 개 대학의 이천여 명 학생이 참여했어. 우리가 떠난 사이에 서울에 큰 농성이 벌어졌구나."
최 대리가 양미간을 모으며 혼잣말을 했다. 나는 그제야 신혼의 꿈에서 깨어나 신문을 찬찬히 들여다보았다. 우리가 서울을 떠난 시각에 전국 각 대학 좌경파 학생들이 국제대학에 모여 '전국 반외세 반독재 학생투쟁연합 발대식'을 가졌다. 학생들은 친미군사독재 타도하고 민족정부 수립하자, 미제국주의 몰아내자, 언론출판결사의 자유 쟁취하자, 노동삼권 쟁취하자는 구호를 외치며 전두환과 레이건과 나카소네 허수아비 화형식을 갖고 시위에 들어갔다.
삼천여 명의 경찰들이 교내로 진입하자 경찰에 밀린 학생들은 대학 건물을 점거, 바리케이드를 치고 농성을 시작한 모양인데 다음 날 저녁부터 안전 귀가를 보장하면 농성을 풀겠다고 협상을 요구했으나 경찰은 학교 구내전화와 수돗물을 끊고 강경하게 대처했다. 학교 측도 경찰 철수를 요청했으나 관할 경찰서장은 시위 참가 학생들 가운데 중요 수배자들이 많고 구호나 주장들이 과격한 점이 많아 진압이 불가피하다고 밝혔는데 이날 아침 경찰은 헬기를 동원, 최루탄을 터뜨리고 고가 사다리도 동원하여 농성 장소인 건물로 진입했다.
굶주리고 지친 학생들은 투신 방지용 매트리스를 까는 전경 대원들을 향해 돌과 화염병을 던지며 극렬히 저항했고 경찰에 수배 중인 두 학생은 몸에 휘발유를 뿌리고 투신하여 중태에 빠졌다.
신문 기사로 사건의 앞뒤를 헤아리고 나는 가만 눈을 감았다. 시대의 극으로 달려가는 젊음들. 금요일 밤, 인파를 뚫고 종로 거리를 미친 듯 뛰어가던 소양과 구름처럼 몰려들어 구호를 외치며 허수아비 화형식을 한 운동권 아이들. 두 학생의 분신자살 기도는 나를 전율시켰고 불타는 매트리스가 물결처럼 눈앞에 일렁였다. 담배 연기를 내뱉으며 최 대리도 착잡한 표정을 지었다.
"모두가 점차 과격해지니 걱정스러워요."
"당국이 강경한 대처를 하지 않았더라면 그런 희생은 막을 수 있었을걸. 사회의 모든 현상이 국가와 연관을 갖고 있다는 것은 보편타당한 논리지만 국가가 폭력 행위를 스스로 한다면 그 사회엔 난폭한 심성이 팽배하게 돼요. 이건 어느 사회심리학자의 사회통계 분석인데 국가가 인명을 천시하면 사회 전체 분위기가 덩달아 인명을 천시하는 현상이 일어난다는 거요."
최 대리도 체제를 비판하면서 학생들의 과격 시위엔 회의를 나타냈다. 이런 상황이 오게 된 데는 물론 위정자의 책임이 크지만 아직 배우는 입장에 있는 학생들이 극단적인 이데올로기를 설정해 혁명가가 되려는 건 위험한 생각이라고 기성세대면 누구나 하는 소리를 하곤 지난해 있었던 대학생들의 미문화원 점거 사건을 꺼냈다.
그때 학생들은 사흘을 당당히 단식투쟁하다가 일부 학생들이 탈진하자 설탕과 초콜릿을 사도록 주선해 달라고 미문화원 측에 요청했는데 전쟁고아들처럼 초콜릿을 먹어야겠다니 무슨 철부지 짓이냐고 핀잔했다. 아무리 급진적인 이데올로기를 앞세워 행동해도 학생들은 그 연륜만큼 어릴 수밖에 없다는 것이 최 대리의 결론이었다. 나는 그 점을 수긍하면서도, 정의감만은 높이 사서 학생들을 옹호했다.
"일단 기성세대 잘못이에요. 현실과 타협하는 기성인들을 믿을 수 없기 때문에 저들이 맨손으로 나서는 거예요. 전부 옳다고는 할 수 없지만 학생들 아니면 누가 데모하겠어요. 젊기 때문에 과격하지만 이상을 위해 자신을 희생할 수도 있는 거예요."

"이상 때문에 분신자살까지 해야 돼요? 그것이 과연 자기완성의 끝인가?"

"그러면 우리 소시민들의 자기완성이란 건 무어죠? 부장이 되고 전무이사로 승진하는 것? 자식을 낳아 대를 잇는 것? 나같이 편하게 살아온 사람이나 체제에 길들여져 살아가는 기성인들은 학생들에게 그런 말을 할 자격이 없어요."

나도 놀랄 정도로 목소리가 높아졌고 최 대리는 더 이상 말하지 않았다. 신혼여행서 돌아오는 길이라 시국 문제로 신부와 신경을 곤두세우고 싶지 않을지도 모르지만 그 침묵은 동의이기도 했다. 내 의사를 존중하는 그의 마음을 느끼자 그가 좋은 반려자라는 것을 새삼 생각했다. 나는 운전대를 잡고 있는 최 대리의 오른손에 내 손을 얹으며 당신은 누구를 사랑할 자격이 있어요, 격려하듯 말했다.

서울엔 아홉 시가 넘어 도착했다. 집중호우였는지 집에 들어설 땐 거의 비가 그쳤다. 연락을 미리 하지 않아서 어머니는 깜짝 놀랐다. 원래 우리는 다음 날 도착하기로 되어 있었다.

아무튼 어머니는 우리를 반기며 국을 새로 끓이고 반찬 준비를 했다. 어디를 다녔는지, 아버지와 번갈아가며 얘기를 시키다가 내 피로한 낯을 보고 들어온 선물을 펴 보라고 일러주었다.

리본으로 묶인 상자들이 거실 한구석에 쌓여 있었다. 결혼식 날 사람들과 인사도 제대로 못했으므로 나는 선물을 펴 보며 그날 온 친구들을 확인했다. 국민학교 동창에서부터 은행 동료까지 꽤 많은 이름이 보였다. 근래엔 잘 만나지 못했지만 음대 동창으로 나와 가장 친한 현순은 제 손으로 뜬 피아노 덮개를 선물했다. 그 물거품 같은 흰 레이스 덮개는 나를 황홀하게 했는데 또 하나 나를 놀라게 한 선물은 소양이 준 것이었다.

소양이 내게 특별히 선물하리라곤 생각지도 않았지만 고흐 화집을 준 것도 뜻밖이었다. 대학노트의 네 배나 되는 불란서판 대형 화집이었다. 앞 장을 펼치니 빨간 매직펜으로 쓴 글씨가 선연히 들어왔다.

'언니의 안주를 기뻐하는 소양이가'

함께 들여다보던 어머니가 나무랐다.

"얘는 왜 방정맞게 빨간 글씨로 써."

화집엔 뻣뻣하게 뚝뚝 부러지는 선으로 소묘된 초기 작품에서부터 소용돌이와 같은 열에 들뜬 곡선이 화면을 지배하는 말년 작품까지 수록돼 있었다. 하나하나 분할된 붓 자국이 얼굴 주위에 방사돼 있는 자화상이나 초록색 천장에 붉은 램프 불이 매달려 있는 「밤의 카페」 등 그림들을 보는 동안 공연히 가슴이 조였다. 적갈색 마룻바닥에 노란 침대가 놓여 있는 그림 아래엔 '내 영혼의 방'이란 글씨가 흘린 듯 씌어 있었는데 소양의 낙서였다. 일기에도 적혀 있었던 「아를의 침실」이었다.

귀에 붕대를 두르고 파이프를 물고 있는 자화상이 나오자 최 대리는 아, 이 사람 자기 귀 짜른 화가 아니오, 했다. 나는 더 이상 보지 않고 화집을 덮었다.

"소양이 요즘도 나갔어요?"

대학생들의 과격 시위 기사도 보아서 물은 것인데 어머니는 최 대리가 있어서 머뭇거렸다. 이번 여행 때 그에게 소양의 얘기를 대강 했던 터여서 오늘도 나갔어요? 하고 나는 재차 물었다. 어머니도 덤덤히 말했다.

"어제 친구 집에 간다고 나가선 새벽에 들어왔어. 오늘 낮엔 무슨 생각에선지 영화를 보러 가재서 함께 보고 왔다."

나는 눈을 휘둥그레 떴다. 소양이 어머니에게 영화를 보러 가자고 했다니. 함께 본 영화는 예전에 벌써 상영했던 「해바라기」란 영화로 나도 본 것이었다. 어머니는 소양이 영화를 보면서 몹시 울었다고 최 대리를 보며 힘없이 웃었다. 울어요? 나는 큰 소리로 되물었다.

소피아 로렌이 전쟁터에서 실종된 남편 사진을 들고 소련 역 광장을 헤맬 때나 남편이 재혼하여 사는 집에 들어가 침실에 놓인 두 개의 베개를 보고 눈물을 쏟는 장면, 이태리로 다시 그녀를 찾아온 옛 남편에게 요람에 누워 있는 아이를 보여주며 이해하죠? 말하는 장면 등에서는 나도 콧등이 시큰했다. 사랑의 집념과 그것을 보상받지 못하는 삶, 혹은 운명을 보여준 영화인데 그런 애정물을 보고 소양이 몹시 울었다니 믿기지 않았다. 어머니도 같은 생각이었다.

"그렇게 울 영화도 아니던데 그러네."

내 방에 올라갔을 때 마루 불도 켜 있지 않고 이 층은 괴괴할 정도로 고요했다. 할머니가 기도원에 가서 방이 빈 데다가 다른 날 같으면 새벽 두세 시까지 불이 켜 있는 혜양이 방에도 불이 꺼져 있었다.

감기 기운이 있어서 일찍 자겠다고 올라갔다더니 소양이 자나보다. 소양의 방에서도 아무 소리 들리지 않았다.

소양이 자지 않으면 선물을 잘 받았다고 말해야지, 생각하며 욕실로 들어서는데 빨래가 눈에 들어왔다. 소양의 흰 잠옷과 속옷이었다. 백기처럼 널려 있는 선명한 흰빛이 청결해 보였고 안도감을 주었다. 나는 그것을 눈여겨보다가 소양이 깰까 봐 발소리를 죽이고 내 방으로 들어왔다.

내가 새벽잠을 깬 것은 지옥 꿈 때문이다. 동굴 속 같은 낯선 곳을 헤매 다녔다. 목욕탕 같은 곳에선 김이 오르고 이상한 사람들이 군데군데 앉아 제 상처를 어루만지고 있었다. 머리가 헐벗긴 사람 곁을 지나가다 안쓰러워서 얼굴을 들여다보려는데 그가 내 얼굴에 선인장을 집어 던졌다.

나는 자리에서 벌떡 일어나 내 얼굴을 두 손으로 감쌌다. 피가 흐른다고 생각했으나 끈적거리는 것은 없었다. 나는 그제야 꿈꾼 것을 알았지만 끔찍한 장면이 머릿속에서 이내 지워지지 않았다. 어둠 속에 누워 있는 남편 얼굴을 한참 응시하니 윤곽이 어슴푸레 보였고 나는 손을 뻗어 그의 뺨에 갖다 대었다.

그제야 안도의 숨을 쉬고 자리에서 일어났다. 창 쪽으로 다가가 커튼을 들치니 하늘에 짙은 잉크 빛이 물들어 있었다. 별이 드문드 문 빛났고 차 소리도 희미하게 들렸다.

화장실에 가려고 방을 나서는데 비릿한 내음이 끼쳐왔다. 나는 마루의 창을 흘끗 보았다. 숲의 밤공기가 밀려왔나 했으나 창은 닫 혀 있었다. 수목 내음 같았으나 어지러움을 느낄 정도로 비릿했다.

화장실에서 나서는 순간 내 머릿속으로 번개 같은 것이 스쳐갔 다. 나를 어지럽게 한 것은 피 냄새였다. 얼굴 근육이 굳는 듯했으 나 눈꺼풀이 떨렸다. 나는 소양의 방 앞으로 한 발 한 발 걸음을 옮 겼다.

소양아 소양아! 문을 두들겼으나 아무 기척이 없었다. 나는 몇 번 더 부르다가 내 방으로 가서 가방을 꺼내 왔다. 소양의 방 열쇠 는 내 아파트 열쇠와 함께 묶여 있었다. 불을 켠 마루에서 그것을 찾아 소양의 방문을 떨리는 손으로 열었다.

끼쳐오는 피비린내에 현기증을 느꼈으나 벽을 더듬어 스위치를 올렸다. 순간 방 안이 렌즈 속처럼 확대되어 눈에 들어왔고 나는 휘 청거렸다.

방바닥은 피로 온통 붉게 물들었다. 검은 옷을 입은 소양이 방바 닥에 창백한 얼굴로 누워 있었다. 얼마 전 내가 사다 준 검은 옷은 피로 온통 젖어 검붉었고 두 손은 펴져 있었다. 입도 약간 벌려 있 었으나 피로 얼룩진 장판 위에 누워 있는 소양의 그 모습은 붉은 지도 위에 잠들어 있는 혁명가 같았다.
 입을 틀어막은 채 뒷걸음질을 치는데 발에 무언가 채였다. 돌아다보니 피가 배인 노트였다. 일기장이었다. 나는 그것을 집어 들고 내 방으로 뛰어 들어갔다. 소양을 살려달라고 소리치며 남편 품에 얼굴을 묻고 울음을 터뜨렸다.

 여기는 꿈이 아니야
 날개는 없고 몸뚱이만 있는 척박한 땅이야
 새가 아니고 나비가 아니고 땅을 전신으로 문지르고 다니는 뱀이야 날개는 환각이야
 깨어지면 아프고 괴롭고 추한 몸뚱이야

 생업을 위해 싸우는 이 세계가
 진공 속의 풍경처럼 소원하다
 구호는 눈부시지만 나를 거부해
 나는 섬이야 어디와도 닿지 않는 함정 같은 섬이야

 내 눈물이 일기장에 떨어져 피 배인 종이 위에 묽게 번졌다. 어머니가 소리 죽여 우는 소리가 뒷자리에서 간간이 들려왔다. 눈동자가 움직이지 않는 것을 보고 혜양은 벌써 체념의 빛을 띠었지만 고무줄로 묶은 소양의 왼팔을 쥐고 울음 섞인 한숨을 내쉬었다.
 여태 자식 잘 키우려고 살아왔는데 이건 무슨 일이야. 처음에 소리부터 쳤던 아버지는 믿기지 않는다는 듯 뒤돌아보곤 주먹으로 눈물을 훔쳤다. 어제 빗속의 여행길을 신나게 달렸던 봉고를 운전하며 최 대리도 무겁게 침묵했고 그들 사이에 끼어 앉은 나는 가슴이 터질 듯했다.

바보같이 세상 밖에서 자신을 찾으려 하다니, 네가 적당히 타협하기만 한다면 땅에 온몸을 문지르고 다니며 피 흘리지 않아도 좋을 텐데, 청춘은 쇠사슬이 아니라 날개일 텐데, 소양은 끝내 안식의 방을 찾지 못했다. 숲에도 방이 없었다. 숲에는 혼란과 미로가 있을 뿐.

하늘엔 어느새 희프스름한 여명이 드리워 있었다. 비 그친 뒤의 맑고 차가운 새벽 공기가 가슴을 찔렀고 문 닫힌 거리도 서서히 깨어나고 있었다. 언덕길에서 보니 멀리서 붉은 창 같은 것이 나무들 사이로 솟아 화톳불처럼 가물거리고 있었다. 얼핏 도깨비불처럼 보이기도 하고 새벽의 여명 속에 힘을 잃고 스러져가는 악마의 혼 같기도 했다. 뚫어질 듯 허공을 바라보니 그것은 교회의 네온 십자가였다.

밤과 요람

드문드문 떨어지던 진눈깨비가 질척거리며 내리기 시작한다. 선희는 하늘을 올려다보며 혀를 내밀었다. 먹구름 같은 어둠 속에서 진눈깨비가 춤추며 흩날린다. 진눈깨비의 싸늘한 감촉이 콧등으로 스치자 선희는 목을 움츠렸다.

삼월인데 날씨가 초겨울처럼 쌀쌀하다. 사람들이 어깨를 움츠린 탓인지 가로등이 을씨년스러워 보인다. 털옷을 껴입은 거구의 흑인이 드럼통처럼 앞으로 다가온다.

거리는 다른 날보다 더 흥청대는 것 같다. 거리 여기저기 사람들이 무리 지어 다니고 클럽의 음악이 한길까지 울린다. 요즘 날씨가 계속 포근했던 탓으로 갑작스레 내리는 진눈깨비를 즐기는지도 모른다.

선희는 약방 앞을 지나치다 다시 되돌아갔다. 신문을 들여다보던 약방 주인이 선희가 들어서자 알은체를 했다.

"그것 줘?"

"옥순이 열 개."

시간이 아직 이른 편이다. 클럽은 미군들이 드문드문 자리를 차지하고 있을 뿐 한산했다. 여자들은 입구에서 가까운 뒷자리에 모여 앉아 이야기를 하고 있었다. 선희도 그쪽으로 다가가 빈자리에 앉았다. 럼콕을 시키고 담배를 꺼내 무는데 옆자리에 두 여자가 앉아 DDY 이야기를 하고 있었다.

디디와이란 비상훈련교육으로, 이 일로 다른 나라 주둔 미군이 가끔씩 한국에 들어왔다. 여자들은 이번에 괌 해군이 왔다고 좋아했다. "해군들은 기분파니까 한몫 잡아야지." 여자들은 이날의 수입을 미리 예상하며 들떠 있었다.

선희가 주문한 술이 나왔다. 선희는 옵타리돈 다섯 알을 빼내 입에 털어 넣었다.

일곱 시가 지나자 미군들이 한 무리씩 몰려왔다. 여자들은 데이블 사이로 걸어 다니며 미군들과 농담을 주고받기도 하고 먹이를 찾듯 연신 실내를 살폈다. 손님이 계속 밀려오고 여자들의 얼굴이 상기되기 시작했다.

입구로 한패가 떠들썩하게 들어섰다. 콧수염을 기른 한 남자가 거대한 몸집을 흔들며 괴성을 질렀다. 검은 안경에 가죽조끼를 걸친 한 미군은 뒤따라서 서부극의 무법자처럼 실내를 향해 총 쏘는 시늉을 했다.

당당당.

그 앞으로 지나가던 여자가 총소리에 쓰러졌다. 무법자는 재빨리 무릎을 꿇고 안아 일으켰다. 죽은 시늉을 하던 여자가 슬며시 두 팔을 들어 남자의 목을 껴안았다. 입구 쪽의 자리에서 휘파람이 울리고 환호성이 터졌다.

선희는 술을 비우고 자리에서 일어섰다. 구름을 탄 듯 몸이 가벼웠다. 헤드폰을 꼈을 때처럼 하드록이 머리에 울렸다. 정신없이 걸어가다 선희는 무엇엔가 걸려 넘어질 뻔했다. 테이블 밖으로 미군이 한 발을 내놓고 앉아 있었다. 발을 밟혔는지 그는 우 소리를 지르며 얼굴을 찡그렸다.
"미안."
웃는 선희를 보며 남자가 어깨를 으쓱 올렸다. 보기 싫지 않을 정도로 살이 오른 얼굴에 턱수염을 기른 해군이었다. 선희가 스쳐 가려 하자 그가 빈 의자를 가리켰다.
"앉아요."
자리엔 이미 다른 여자가 앉아 있었다. 선희가 두 사람을 번갈아 보자 해군은 괜찮다, 하고 의자를 끌어냈다. 여자도 마지못해 앉으라는 고갯짓을 했다.
여자 앞에 앉자 지분 냄새가 끼쳐왔다. 클럽에서 몇 번 본 적이 있는 여자였다. 양배추처럼 얼굴이 동그랗고 머리가 노란 것이 특징이었다. 탈색해서 흑인처럼 부풀린 머리가 가는 몸에 비해 늘 너무 커 보였다. 해군이 선희에게 무엇을 주문하겠느냐고 물었다.
"비싼 것 시켜." 옆의 여자가 선희 발을 찼다.
여자의 맥주잔이 비어 있었다. 그것을 보고 선희는 맥주를 시켰다. 여자는 할 일이 없다는 듯 손톱을 테이블에 올려놓고 매니큐어를 긁어댔다. 자주색 매니큐어가 생쥐가 갉은 것처럼 희끗희끗 손톱에서 떨어져 나갔고 해군은 야릇한 눈으로 그것을 바라보았다.
종업원이 맥주 두 병을 가져왔다. 해군이 선희의 잔에 맥주를 따랐다. 선희는 여자의 빈 잔을 손으로 가리켰다.
"머리가 긴 걸 보니까 해군 같아. 어디서 왔어?"
"괌."
"전에 한국에 와본 적이 있어?"

"한국엔 처음이지만 한국 여자들은 많이 보았지. 괌에 한국 술집이 있어. 한국 여자들은 예쁘지만 게으른 것 같았어."

"흥, 한국 애인이 당신 빨래를 안 해준 모양이지?"

여자가 불쑥 끼어들면서 천연덕스럽게 말을 이었다.

"내 친구 중 미군과 결혼해서 미국 간 애가 있어. 그런데 남자가 변심해서 혼자 괌에 가서 술집을 차렸어. 우리는 이 년째 편지했어. 난 그동안 계속 그 친구에게 피임약을 부쳐주었어. 한국 여자가 얼마나 부지런해."

선희는 키득 웃으며 어느새 비어 있는 여자의 잔에 맥주를 부어주었다. "난 하루 저녁에 맥주 서른 병을 비운 적이 있어." 여자는 뽐내듯 말했고, 선희는 거짓말 같다는 생각을 하면서도 "나이스다." 하고 외쳤다. 선희는 여자를 위해 해군에게 술을 더 마시고 싶나고 했다. 맥주 세 병이 이내 그 자리에 놓여졌다.

선희와 여자는 해군과 교대로 춤을 추고 '레드선클럽'을 나섰다. 해군이 다른 클럽에서 술을 사겠다고 해서 두 여자 다 따라 나섰다. 여자는 클럽을 옮기면서부터 마구 술을 마셨다. 혼자 떠들어댔고, 해군의 턱수염을 잡아당겼다.

해군은 어깨를 들썩이며 웃어댈 뿐 여자에게 개의치 않았다. 두 여자에게 담뱃불을 붙여주면서도 하도록에 손장단을 맞추었다. 양배추 머리의 여자에게 더 이상 흥미가 가지 않아서 선희도 홀짝 술만 마셨다. 그날 세 군데의 클럽을 다니면서 세 사람 다 각기 취하고 시간을 보냈지만 열한 시까지 어울려 있었다.

진눈깨비는 그동안 그쳐 있었다. 문을 닫은 상점도 많았고 거리 여기저기 쌍쌍이 걸어가고 있었다. 선희는 찬 공기에 숨을 깊이 들이마셨다. 몸은 여전히 구름에 뜬 듯하지만 머리가 맑아지는 기분이었다.

해군은 거리를 내다보며 휘파람을 불었다. 그러곤 두 여자에게 손 흔드는 시늉을 했다. 잘 가라는 인사였다. 해군이 두어 발짝 걸어갔을 때 여자가 뒤쫓아 가 해군의 팔을 잡았다.

"털보, 돈을 줘야 하잖아."

여자는 제 머리를 손으로 헝클며 털보를 노려보았다. 털보는 여자가 미개인이나 되듯 바라보다 그녀 앞으로 얼굴을 디밀었다.

"무슨 소리야? 나는 당신들에게 술을 사주었다. 함께 즐거운 시간을 가졌다."

여자가 얼굴을 일그러뜨리며 소리쳤다.

"우리는 비즈니스 걸이야. 너 때문에 시간을 낭비했어. 네가 물어줘야 돼."

털보는 여자를 향해 어깨를 으쓱 올렸다. 순간 여자의 손이 매처럼 털보의 콧등을 할퀴었다. 너무나 재빠른 동작이어서 털보가 피할 겨를도 없었다.

여자의 손톱이 깊이 박혔던지 털보의 콧등으로 핏자국이 번졌다. 털보는 제 콧등을 쓰다듬어 손에 묻은 피를 들여다봤다. "미쳤어." 털보는 그 손을 여자 앞으로 쳐든 채 "국스!" 음울하게 내뱉었다.

"호스딕, 좆같은 놈이다. 털보 너는."

여자가 욕을 계속 퍼부으며 돌아섰다. 선희는 여자의 등을 지켜보다 반대편으로 걸음을 옮겼다. 술을 많이 마시진 않았지만 다리 감각이 둔했다. 선희는 「로빈슨 부인」을 콧노래로 흥얼거렸다. 그때 무엇인가 선희의 어깨를 스쳤다. 뒤돌아보니 뜻밖에도 털보가 서 있었다.

"당신 뒤를 따라왔어. 가진 돈이 모두 십오 불인데 당신 집에 가고 싶다. 아까 그 여자는 자신이 먼저 내 테이블로 와서 앉았어."

"좋아, 그러나 십 불 더 내야 돼."

"난 장교가 아냐."

미친 여자처럼 털보를 따라 이 클럽 저 클럽 다녔건만 잠을 자려 하자 머릿속이 점점 또렷해진다. 약 기운 때문이다. 이따금 남자의 코 고는 소리가 들릴 뿐 시간이 정지된 것처럼 고요하다. 제 몸속에서 아메바 같은 움직임을 느끼지만 머릿속은 텅 비었다. 좀 전에 함께 일을 치렀건만 남자의 몸뚱어리도 실감이 없다.

샌디 방에서 땡땡 괘종 치는 소리가 들려온다. 이제 두 시다. 아랫집 마당에 켜진 수은등으로 창이 희끄무레하다. 언뜻 창 아래 있는 탁자가 눈에 들어왔다. 탁자엔 주전자가 놓여 있었다. 갑자기 목이 말랐다.

선희는 가만히 몸을 일으켜 창가로 걸어갔다. 찬물을 잔에 따라 숨 가쁘게 마시고 여름 천의 낡은 커튼을 젖혔다. 술병이 뒹구는 거리도 어린아이처럼 어둠 속에 누워 있다. 자부심을 지닌 백인과 그 빛의 어둠인 흑인, 거대한 체구의 아메리칸에게 달려와 사랑을 뺏는 여자들, 그들 모두가 밤의 요람에 잠들어 있다. 발 딛고 내릴 제 땅을 찾지 못하고 욕망의 허공에서 허우적거리는 색색의 인종들이. 그러고 보면 이 기지촌은 하나의 요람과도 같다. 국명 없는 또 하나의 요람 나라. 선희의 눈앞에 순간 거리 전체가 거대한 요람처럼 흔들렸다.

부대의 서치라이트 한 줄기가 땅과 하늘을 터널처럼 잇고 지나갔다. 선희는 커튼을 제자리에 당겨놓고 잠자리로 더듬어 갔다. 발에 뻣뻣한 것이 걸렸다. 그것을 치우려고 손으로 만져보니 가죽잠바였다. 잠바를 들어 방 한구석에 놓으려는데 무언가 바닥에 떨어졌다. 네모난 것이 손에 잡혔다.

선희는 침대 머리맡으로 가서 라이터를 찾았다. 남자로부터 등을 돌리고 라이터를 켜자 지갑이 눈에 들어왔다. 선희는 지갑을 들처 그 속의 돈을 다 꺼냈다. 빳빳한 십 불짜리 지폐가 나왔고, 오 불짜리도 네 장 있었다.
　선희는 돈을 방바닥에 폈다. 순간 털보가 숨을 길게 몰아쉬곤 몸을 뒤척였다. 선희는 가만 고개를 돌려 무표정하게 털보를 바라보았다. 곤히 잠이 들어서 쉬 깰 것 같진 않았다. 라이터 불빛으로 콧등의 생채기가 얼핏 드러났다.
　털보와 싸우던 여자의 얼굴이 떠올랐다. "호스딕!" 선희는 그 여자처럼 내뱉으며 십 불짜리 여섯 장을 집어 들었다. 어둠 속을 살피다 순간 베개에 눈이 갔고 선희는 베갯잇 속에 즉흥적으로 돈을 밀어 넣었다.
　각오는 했지만 선희는 아침 일곱 시부터 경찰서에 붙들려 갔다. 털보가 경찰차를 불러와서 연행되었다. "어제 난 팔십 불을 가지고 있었어. 그런데 지갑에 이십 불밖에 없어." 털보는 차가운 눈초리로 거듭 말했다. 선희가 차에 오르기 전 장 마담은 "무조건 잡아떼라." 귓속말을 했다. 선희는 그 말대로 했고 별다른 일은 없었다. 경찰서에서도 다그치지 않고 형식적인 취조만 했다. 경찰서를 나온 것은 오후 다섯 시가 넘어서다. 장 마담이 와서 경찰과 알은체하며 몇 마디 주고받았고, 선희는 순순히 풀려났다. 장 마담과 함께 경찰서를 나서는데 경찰이 말했다.
　"나라를 위해 외화를 벌어들이는 사람인데 잘 봐줘야죠."
　"정말이에요. 얘들이 큰일 하는 거예요."
　밖으로 나서니 찬바람이 뺨을 얼얼하게 했다. 그것이 오히려 상쾌했다. 열 시간이나 경찰서에 앉아 있어서 주리가 틀릴 지경이었다. 온종일 굶었으나 감각도 없다. 신호대 앞에서 장 마담이 "배 조렸겠구나." 해서 그제야 아무것도 먹지 않은 것을 알았다.
　하늘엔 어느새 어스름이 깔리고 있다. 갑자기 거리가 환해지더니 하늘은 점점 놀로 물들어갔다. 놀은 하늘 한끝에서 장밋빛으로 밀려오다 갑자기 숯불처럼 빨갛게 타올랐다. 눈이 아프도록 선명한 노을빛이 처절한 느낌을 주었다.

문득 미라가 머리에 떠오른다. 얇게 쌍꺼풀진 눈으로 가물가물 웃는 모습이 스러져가는 화롯불 같아, 그 눈을 떠올리는데 오늘이 미라 생일인 것이 퍼뜩 생각났다. 미라는 미리 장 마담집 여자들에게 아침을 함께 먹자고 했다. 선희는 시장 어귀에 있는 정육점에 들러 불고기 세 근을 샀다.

"불고기 파티 하려구요."

선희가 정육점에서 달러를 내자 장 마담이 흥, 코웃음을 했다.

"경찰서에서도 돈 만 원 날렸다. 본전도 안 남는 거 아냐?"

선희는 주머니에서 사십 불을 꺼내 보였다. 그중 십 불과 고깃집에서 내주는 거스름돈 중 오천 원을 장 마담에게 주었다.

"엄마가 잘 말해서 나왔으니까 담배 몇 갑 사드릴게."

선희가 미라 방에 들어섰을 때 막 음식상이 차려지고 있었다. 애니와 미라는 그릇을 나르고 샌디는 방바닥에 퍼질러 앉아 화투 패를 떼고 있었다. 미라가 선희를 보고 손뼉을 쳤다.

"언니 왔구나. 언니 오면 파티하려고 지금 상 차리는 거야."

"고마워, 이거 불고깃감."

"이렇게 비싼 걸? 오랜만에 포식하겠네."

애니도 따라 아유! 하다가 샌디 앞으로 다가갔다. 샌디는 수선에도 아랑곳없이 화투 두 장을 들고 중얼거렸다.

"난초에 공산이라, 오입을 하니 돈이 들어온다는 것이렷다."

"씨팔, 이놈의 화투짝은 좆같이 붙어 다니네. 상 차린 것 안 보여?"

애니가 샌디 앞에 펼쳐진 화투를 발로 헤집었다.

"끝내주는 패가 나왔는데 저년 봐라." 샌디는 애니를 흘겨보면서도 화투를 방 한구석으로 쓸어 모았다. 그리고 상 앞에 와 냉큼 앉고선 그제야 선희에게 호들갑을 떨었다.

"유, 언제 나왔어. 피라민 줄 알았더니 제법이네. 경찰서엔 장 마담이 갔지? 돈 썼다고 안 그래?"

"장 마담한테 만 원 줬어."

"그중 반은 장 마담이 먹었어. 아무튼 수고했다. 이건 출옥 환영 파티야."

샌디가 상에 놓인 샴페인 병을 올려 드는데 애니가 들창코를 쳐들고 써니를 향해 말했다.

"역시 장 마담집 여자야."

상엔 음식이 제법 푸짐하게 차려 있다. 잡채와 약과, 떡이 있고, 미역국에 햄샐러드와 샴페인이 놓여 있다. 식탁 한 옆에선 고기까지 끓고 있다. 각자 앞에 놓인 옥색 꽃무늬 접시는 처음 보는 것인데 미라는 또 빚을 지고 새 그릇을 사들인 것이 틀림없다. 두 달 전 애니 생일날에도 장 마담에게 빚을 내서 유리잔 세트를 선물한 미라다.

미라는 주인공답게 화려하게 나타났다. 검고 긴 머리에 붉은 띠를 매고 같은 색의 한복을 입었다. 번질거리는 다홍색 양단이 불빛에 타 들어갈 듯하다. 막 들어온 데이브를 옆에 앉히고 미라가 샴페인을 터뜨렸다.

병마개가 천장으로 치솟자 여자들이 환호성을 올렸다. 데이브가 술병을 받아 들고 미라 잔에 술을 부었다. 술이 넘칠 듯 잔에 가득 채워졌다. 미라가 탄성을 지르며 술잔에 입술을 적셨다. 여섯 개의 유리잔이 모두 복숭앗빛으로 물들었다. 달큰한 과일 향기가 코끝으로 끼쳐왔다.

"해피 버스데이 투 유."

"해피 버스데이 미라."

모두 노래하며 잔을 요란하게 부딪쳤다. 복숭앗빛 샴페인이 잔 속에서 출렁였다. 미라가 목소리를 한 음정 높였다.

"우리 신랑이 돈이 없어서 많이 못 차렸어. 써니 언니가 고기 사 왔으니까 그거나 많이 먹어."

"일주일 살고 사십 불 줬다고? 불알을 떼버려."

샌디가 데이브를 향해 이죽거리자 미라가 데이브의 곱슬머리를 손으로 문질렀다.

"그래도 얘 착해. 생일이라고 시계 사줬어."

"병신 시계 사줄 돈 있으면서 살림 돈은 왜 더 못 줘? 데이브 새 끼 제 실속은 다 차려."

"아이 엠 병신."

애니 말이 끝나자마자 데이브가 꺼들었다. 제가 도마 위에 오른 것을 안 모양이다. 여자들은 깔깔대며 웃었다. 동그란 얼굴에 턱이 내려앉아서 희극배우같이 보이는 데이브.

미라는 입가에 묻은 샐러드를 혓바닥으로 핥고 있었다. 보조개를 지으며 웃고 있는 미라의 얼굴 위로 상처 같은 금이 그어져 있었다. 거울 속의 미라를 보고 선희는 섬뜩했다. 그것이 거울에 간 금이라는 것은 잠시 후에야 알았다.

주린 배를 채우려 했으나 음식이 많이 먹히지 않았다. 아스크만 두 잔 거푸 마셨는데 빈속이어선지 얼굴이 달아오르는 듯했다. 벽에 과녁처럼 걸린 레코드 알맹이만 자꾸 눈에 들어왔다.

애니가 자리에서 일어나 전축 앞으로 걸어갔다. 애니는 못에 걸린 레코드 중 하나를 빼서 턴테이블에 올려놓았다. 어깨가 절로 움직이는 하드록이 쿵쿵 울리고 애니는 한 손으로 엉덩이를 치며 그 앞에서 혼자 춤을 추었다. 긴 곱슬머리가 허리까지 굽이치고 꼭 끼는 청바지를 입은 몸매가 물고기처럼 유연했다.

미라와 데이브는 앉은 채 어깨춤을 추기 시작했다. 샌디는 담배를 입에 물고 젓가락을 두들겼다. 방 안에 담배 연기가 자욱했다. 매일 맡는 냄새지만 이날따라 그것이 메스꺼웠다.

선희는 슬그머니 밖으로 나섰다. 찬 공기를 마시고 싶었다. 하늘에선 별이 드문드문 빛을 내고 바람이 시멘트 바닥 위로 쇳소리를 내며 휩쓸려 다녔다. 찬바람에 목을 움츠리며 선희는 방 뒤꼍으로 다가갔다. 무심히 뒷집 마당을 내려다보니 수은등 아래 대추나무가 있었다. 채 잎을 피우지 못한 가지가 바람에 건들거렸다.

저 나무엔 밤송이처럼 큰 열매가 맺힐지도 몰라. 아니면 이곳 여자들의 머리카락처럼 노랗게 탈색한 대추가 맺히든지. 선희가 써니로 불리듯이 이곳에선 모든 것이 변하니까.

외화를 벌어들이는 사람…… 문득 경찰서에서 들은 말이 떠올랐다. 나라를 위해? 선희는 코웃음 치곤 가만 주먹을 움켜쥐었다. 그리고 뼈만 드러난 주먹을 시멘트 난간에다 콩콩 찧었다.

방으로 걸음을 옮기려는데 다투는 소리가 희미하게 들려왔다. 선희는 귀를 기울이다 층계 앞으로 다가갔다. 장 마담의 쉰 목소리가 아래층에서 울려왔다. 선희는 자석에 끌린 듯 층계로 내려섰다.

"이봐, 네가 나한테 이럴 수가 있어? 무릎 꿇고 사정해도 시원찮을 텐데 깡패놈 데려와 방문을 부숴? 꼼짝 말고 거기 있어라. 네년을 고소하겠다."

숨도 쉬지 않고 내뱉는 장 마담의 말소리를 들으며 선희는 마지막 층계까지 내려섰다. 층계 바로 앞의 미장원 통로와 이어진 수돗가였다.

흐릿한 전깃불 아래 한 여자가 서 있었다. 여자는 짧은 머리를 흩뜨린 채 검은 파카에 손을 찌르고 있었다. 누런빛을 띤 얼굴엔 피로한 기색이 역력했지만 눈만은 영민하게 번뜩였다. 여자 앞으로 한 남자가 전축 같은 물건을 들고 나갔다. 장 마담이 허둥지둥 뒤따르자 여자가 장 마담 앞을 가로막았다.

"흥, 고소하려면 하소. 벌 능력이 있어야 벌지. 이 바닥서 이판사판 다 겪는 년이 보이는 게 있나? 내가 살아야 빚을 갚든지 말든지."

"그래, 네년이 내 돈 떼먹고 잘도 살겠다. 이마에 진짜 훈장 달고 싶어?"

"두고 보슈, 잘살면 빚만 갚을까."

푸른 반점이 드리운 장 마담의 눈은 살기마저 띠고 있었다. 여자는 눈 한번 깜박하지 않고 빈정거리며 돌아섰다. 층계 앞을 스치며 여자는 선희를 흘끗 보았다. 아까부터 저를 지켜보던 선희를 그제야 의식한 듯했다. 쏘아보는 눈이었으나 악의는 없었다. 여자가 대문으로 나가자 장 마담이 수돗가에 침을 내뱉었다.

"흥, 그 몸으로 무슨 영업을 해? 애비 없는 깜둥이 새끼 배고 와서 어디다 싸지르려고."

누구일까, 뒤돌아서면서야 선희는 여자가 누구인지를 생각해 냈다. 장 마담집 여자들이 늘 입에 올리던 기순 언니라는 혹인 색시. 미군에게 살림돈을 받고도 마음에 들지 않으면 사흘 만에 차버린다는 여자. 기순은 선희가 이 집에 온 바로 그날 이른 아침 갑자기 들이닥친 보건소 직원에게 마리화나를 들켜서 잡혀갔다. 그것이 지난 겨울 일이다. 검은 파카를 입은 여자의 모습을 떠올리자 선희는 구원병이라도 얻은 듯한 기분이 들었다.

봄의 호루라기를 불며 노랗게 흐드러진 개나리가 어느새 지고 있다. 대추나무에도 연둣빛 물이 오르고, 공터엔 잡초들이 여기저기서 고개를 디민다. 야산이 깎이고 논두렁에 포장도로가 깔리면서 기지촌이 들어선 지 이십 년이 넘었다지만 생물의 뿌리는 깊어서 어디든 틈만 있으면 풀포기가 비집고 나온다.
 공터 앞의 블록집이 병아리 색으로 단장돼 있다. 산뜻하긴 하나 경박스럽다. '방 있음'이라고 써놓았다. 저 집에도 간이 무대처럼 어수선한 방이 몇 개 들어차 있겠지. 시멘트 바닥이 그대로 드러나는 방. 이곳에 살려면 무엇보다 비닐 장판을 깔아야 한다. 정성 들여 도배된 장판방이란 이 바닥에서 찾아볼 수 없다. 상인들과 여자들이 각처에서 흘러 들어온 붐타운이므로, 지물포 가게와 이삿짐센터가 어느 곳보다 많은 것이 토박이가 없는 기지촌의 정경이다.
 선희가 이곳으로 흘러 들어온 것이 언제였던가. 이제 네 달이 돼가지만 그전 일이 아득하게 생각된다. 지난봄만 해도 모델대 위에서 자세를 취하고 있었다. 물오른 나무처럼 청순한 몸을 부끄럼 없이 내보이며 나름대로 보람을 찾았다. 황당한 생각이지만 자신이 예술가 지망생들에게 영감의 샘이 되기를 바랐다. 모딜리아니의 연인, 숱한 명화 속의 연인들처럼.
 이런 것은 선희의 비현실성을 보여주는 단면이다. 여고를 졸업하고 선희는 이삼 년간 책과 망상으로 시간을 보냈다. 동네 일대에 이천여 평의 땅을 가진 큰언니가 선희의 재정보증을 서주지 않아서 취직을 하지 않았다. 동기라곤 딸 셋뿐이어서 선희는 이 일로 충격을 받고 돈에 경멸감을 갖게 됐다.
 친척의 소개로 곧 피혁 회사에 취직했지만 네 달 만에 그만두었다. '미쓰 지'라고 불릴 때마다 까닭 모를 반발심이 생겼고 사무적인 일에 집중이 되지 않았다. 선희는 '돈만을 위해 살 수는 없다.'라는 결론을 성급하게 내렸다.
 선희가 모델을 서기로 마음먹은 것은 둘째 언니 선자가 친정으로 돌아오고서다. 공사장 감독이었던 남편이 사고로 죽고 나서 보니 호적에 선자가 올려져 있지 않았다. 시집의 몰인정에 못 견디고 친정에 온 언니는 아이를 안고 눈물을 헤프게 쏟아냈다. 그즈음 선희의 눈에 띈 것이 미술대학에서 낸 모델 모집 광고였다. 그것은 탈출구 같았다.

나신으로 모델대 위에 섰을 때 선희도 처음엔 수치감에 휩싸였다. 그것은 아무에게도 보이지 않은 성역이었다. 은밀한 꿈과 미소가 둥근 어깨에서부터 허리로 휘돌고 순수의 음표들이 숨어 있는 미지의 악기였다. 선희는 너무 성급했는지도 모른다. 낯선 세계 속에 알몸으로 마주 선 선희는 한순간 아이처럼 두려움을 느꼈다. 그 두려움을 씻어준 것은 조소실에서 들려오던 한 조각가의 나지막한 목소리였다.

나무를 자세히 관찰해 봐. 가지가 밋밋한 법이 없이 어디에선가 꼭 마디가 져 있어. 그 마디를 보면 거기서 또 다른 가지가 뻗어 있지. 운동이 있는 곳에 생명이 있어. 이것이 생명의 법칙이야. 우리의 인체도 이와 같아, 자연의 신비지.

환상의 가지를 피우는 나무가 되어 선희가 모델대 위에 선 지 두어 달이 되어서다. 선희가 수요일마다 모델을 서는 사 학년 조소실에서 이상한 일이 일어났다. 그 조소실은 이 학년 조소실과 젖빛 유리창을 사이에 두고 붙어 있었는데 선희가 모델을 서는 시간이면 누런 작업복의 그림자가 비치다 사라졌다. 그 작업복은 교수에서부터 조소실의 잔일을 맡아 하는 권 씨에 이르기까지 과직원이 입는 옷이었다.

처음엔 창에 비치는 그림자가 누구인지 아무도 짐작하지 못했다. 교수라고는 물론 생각지 않았지만 권 씨라고도 생각하지 못했다. 어깨를 힘없이 내려뜨리고 안짱걸음으로 걸어 다니는 권 씨에겐 내시라는 별명이 소리 없이 붙어 다니고 있었다. 남성적인 것이 거세된 듯 보이는 사람이었다.

창에 어른거리는 주인공은 뜻밖에도 그 권 씨임이 얼마 뒤 밝혀졌다. 실제로 그 장면을 보았다는 학생에 의해 말이 번져나갔지만 선희도 그것을 확인했다.

한 학기가 끝나고 기말고사를 치르는 여름이었다. 선희는 한산한 미대 복도에서 제 구두 소리를 들으며 걸어 다니다 조소실 맨 끝의 창고 문이 열려 있는 것을 보았다. 조교를 찾던 중이어서 선희는 별생각 없이 그곳까지 갔다. 안을 기웃하니 못 쓰는 조소대 등 폐품이 쌓여 있는 창고 한 모퉁이에 권 씨가 앉아 있었다.

권 씨 앞에는 오십 센티 정도 길이의 토르소 나뭇조각이 놓여 있었다. 강처럼 길고 유연한 허리 곡선이 나뭇결 따라 휘돌고 있었고 서의 나듬어진 상태였다. 선희와 눈이 마주치자 권 씨는 얼굴까지 붉히며 당황했다. 선희는 "대단한 솜씬데요." 하고 맑게 웃어 보였다. 권 씨가 창에 비치는 그림자인 줄을 누구보다 먼저 알고 있었지만 그 일로 권 씨를 미워하진 않았었다. 선희는 미의 분배법칙을 알고 있었다.

선희의 균형이 깨어진 것은 모델대 위에 서기 시작한 그해 겨울이다. 미대 강사의 소개로 그의 친구인 고교 미술 선생 화실에 나갔다. 그는 누드화에 몰두해 있었는데 부처 같은 웃음으로 선희를 맞았다.

작업에 들어간 지 사흘째 되던 날 미술 선생이 술을 사겠다고 했다. 술을 경이로운 것으로 생각할 때라 선희는 쾌히 응했다. 한 잔을 마시니 가슴이 뛰었고 취하는 것같이 생각됐다. 그것이 재미있어서 선희는 두서없는 말을 해댔다.

선희는 그날 밤 낯선 곳으로 이끌려 갔다. 몸이 나른하고 자꾸만 가무러졌지만 남자가 제 몸을 압박할 땐 눈을 홉뜨고 밀어냈다. 힘싸움엔 이내 지쳤고, 선희는 "난 처녀야." 애원하듯 말했다.

남자의 손이 선희의 뺨으로 날아들었다. "거짓말 집어치워!" 선희는 충격으로 인해 얼굴뿐 아니라 머리까지 얼얼해졌다. 선희는 백치처럼 멍하니 누워 남자를 받아들였다. 삼 년 전이었다.

생각에 몰두해 걸어가는데 기적 소리가 울렸다. 몇 발짝 앞에서 차단기가 내려지고 있다. 알파벳이 널려 있는 이곳에 가난하게 엎드려 있는 철길을 보노라니 기적 소리가 점점 가까워졌다. 불현듯 선희가 처음 이곳에 온 날이 떠올랐다. 그때 선희는 빨갛게 언 손으로 가방을 들고 이렇게 차단기 앞에 서 있었지. 달려가는 기차만이 현실이었다. 선희가 서 있는 곳은 과거이며 기차가 가로막은 부대 쪽 길은 미래였다. 갈보가 되려는 미래, 자신을 내동댕이치려는…….

기차가 지나가자 차단기가 다시 올려지고 선희는 강물에 밀리듯 여자들 속으로 걸어 나갔다. 애니가 철로 왼쪽에 있는 골목길을 손으로 가리켰다.

"기순 언니집, 저 골목에 있어."

철길을 끼고 걸어가다 샛골목으로 빠지니 논길 같은 길 양편으로 집들이 다닥다닥 붙어 있다. 애니는 골목 끝에 있는 이층집으로 들어갔다. 층계가 집 바깥에 있어서 아래채와 독립돼 있었다. 가파르고 좁은 층계를 거쳐 이 층에 올라서자 마루가 있는 방이 눈에 들어왔다. 문 두 개가 닫혀 있는데 그중 하나에는 자물쇠가 채워져 있었다.

"기순 언니 있어?"

애니는 대답도 기다리지 않고 마루로 올라섰다. 선희도 신발을 벗는데 "들어와." 안에서 말소리가 울렸다.

단조롭게 밝은 방이 한눈에 들어왔다. 놓인 물건이라곤 구식 전축과 상앗빛 새 옷장뿐이었다. 전축 위의 유리병엔 장미가 한 아름 꽂혀 있고 철길이 내려다보이는 창으론 햇빛이 쏟아졌다. 장식이 없어서 더 편안하게 느껴지는 방이었다.

기순은 잠옷을 입고 누워 있었다. 얼굴이 부스스했지만 앓아선지 영민한 눈이 밝게 빛났다.

"심심한데 잘 왔다. 수술한 지 일주일 되지만 아직 누워 있어야 돼."

"그래두 이건 호강이야, 장미까지 있잖아." 애니는 방을 둘러보다가 창으로 다가갔다. "철길도 보이고 신혼살림 기분 나겠네."

"애 많이 낳게 생겼어. 기차 소리에 밤잠 설치면 그 일밖에 할 게 더 있어."

"흥, 바쁘겠어. 생기자 떼자." 애니가 비실 웃으며 "살림하는 신랑이 그렇게 좋대며?" 물었다.

"나 교도소서 나올 때 영치금에서 간수 천 원 주고 나니까 천 원밖에 안 남아. 집에 와봤더니 장 마담이 내 냉장고와 새 담요까지 팔아버렸어. 전축은 숨겨놓고 빚 갚으라고 오리발 내밀데. 거기다 일곱 달이 돼서 배는 부르지, 영업할 처지도 못 되지. 화류계 친구가 범친구라 내가 없으니 밥 한 숟갈 얻어먹을 생각 못하지. 그런데 하나님은 있어. 그때 한쬬가 나타난 거야. 국화란 친구가 소개해 준 거지만 한쬬가 내 하느님이 됐어. 나를 구원해 주었으니까. 살림하기로 하고 날 병원에 데려갔어. 하혈한 것도 다 받아내. 냄새가 날 텐데 옆에 누워서도 싫은 내색도 하지 않아. 흑인들이 한국 사람같이 연민이 많긴 하지만. 어젠 내가 물었어, 당신 천사 아니냐고."

"샘은 언니가 잡혀가고 나서 같이 미국 갈 차비 마련하느라 도둑질했어. 부대 텔레비전 두 대와 타이프 일곱 대 훔쳤대. 들키는 바람에 본국으로 송환됐지만."

"갑자기 면회가 끊겨서 무슨 일이 있는 줄 알았어. 교도소 나와서 그 말 듣고 부대로 면회 갔어. 나보고 막 울어. 아이도 낳으래.

미국 가면 부르겠다고. 샘이 이젠 본국 갔으니 나도 잊혀지겠지."

"그래도 언니는 얼굴도 상하지 않았어. 몽키하우스에 갔다 온 것 치고 너무 유들거린다구."

"호, 이유가 있지. 교도소에서 사식으로 마가린을 사서 얼굴에 발랐어. 그 안에서 바를 게 있나. 깜방도 한번 있어볼 만해. 구더기 뜨는 된장국을 먹지만 거기대로 재미가 있어. 샤워는 눈 깜짝할 사이에 마쳐야 돼. 하루 삼십 분의 일광 시간이 있는데 그 시간이 얼마나 기다려지던지. 깜방에서 아니면 할 수 없는 체험이야."

다소 어색하게 앉아 있었지만 선희는 친근하게 기순을 바라보았다. 기순은 고통스러웠을 지난날 얘기를 담담하게 일축했다. 웃음까지 보였는데 그것은 여유였다. 운명과 악수하는 여유. 선희가 담배를 집어 들자 그제야 애니가 소개했다.

"참, 써니 언니가 언니 보고 싶다고 해시 힘께 온 거야. 장 마담 집에 같이 있어. 언니 잡혀간 날 왔다구."

"전에 본 적이 있어요."

선희 말에 기순이 "알아, 나두." 손가락을 까닥했다. 기순은 선희의 나이를 가늠하듯 "스물넷? 다섯?" 물었다.

"스물여섯요."

"난 서른. 우린 그런 거 안 속여. 그런데 재미는 어때? 네 달 돼가면 알 만한 건 다 알 텐데."

선희는 아무 말도 하지 못했다. 꿰뚫어 보듯 선희를 바라보던 기순이 애니에게 시선을 돌렸다.

"애니와 미라 힛빠리 때문에 장 마담집 여자들이 유명해졌지만 힛빠리는 하지 마라. 난 이 바닥에 나온 지 십 년이 넘었지만 한 번도 힛빠리를 한 적이 없어. 흑인들이 힛빠리를 싫어해. 서른이 돼 가는 여자가 배꼽 나오는 옷을 입고 클럽을 누볐지만 자존심은 지켰어."
 "씨팔, 이왕 돈 벌려고 나선 거, 아무려면 어때. 힛빠리 싫어해도 캐치하면 잘도 따라붙더라."
 애니가 시큰둥하게 내뱉자 기순이 웃었다.
 "애니 정도면 아무도 말 못하지. 자기 철학이 있으면 돼. 고등학교 이 학년 때 집을 나와 이 생활을 하게 됐지만 나도 시작부터 철저했어. 낮에는 팝송으로 영어를 공부하고 클럽에 사전을 들고 나갔어. 미군 말을 못 알아들으면 단어 찾아달라고 사전 내밀었지. 열심이었어. 잔디나 스피츠도 피워대고 약 기운에 오 층에서 뛰어내리다 엉덩이뼈를 부러뜨리기도 했고. 그동안 이판사판 다 겪었는데 뒤늦게 마리화나가 단속에 걸려서 교도소까지 갔네. 지금은 집행유예 이 년이야. 그래도 이 생활을 불행하다고 생각하지 않아. 돈만 좀 있었으면 좋겠어."
 "나도 이 생활을 한 번도 후회해 본 적이 없어. 씨팔, 짧은 한세상 이래 사나 저래 사나 내 멋이야."
 "써니는 약 같은 것 안 먹지?"
 기순이 선희에게 불쑥 물었다.
 "맨정신으로 클럽 나가기 싫을 때 가끔요."
 "철없이 휩쓸릴 나이는 지났어. 그러려고 이 바닥에 나왔다면 큰 오산이야."
 두 여자는 다섯 시가 다 되어 기순의 집에서 나왔다. 애니는 살림하는 탐슨이 돌아올 시간이라 서둘렀고 선희는 기순이 피로할 것 같아 일어섰다. 세 시간 동안 거의 혼자 얘기를 한 기순은 미안하다는 듯 선희에게 한마디 던졌다.
 "다음엔 유한테 인생 강의할 기회를 주겠어. 아마도 할 얘기가 많을걸."

선희는 대답 대신 웃음 짓고 그대로 뒤돌아섰다.

낯선 골목길로 앞장서 가던 애니가 하늘색 대문이 있는 집 앞에서 멈춰 섰다. 대문이 반쯤 열려 있어 애니는 집 안을 들여다보았다. 마당 입구에 아치가 둘러져 있었다. 안엔 목련 두 그루가 눈송이같이 피어 작은 뜰이 온통 환했다. 테라스 앞에 작은 연못도 보였다. 애니가 선희 손을 끌고 대문 안으로 성큼 들어섰다.

"이 집에 방 없어요?"

영업할 집이 아닌 것이 분명했지만 선희는 잠자코 있었다. 가게 진열장에서 마음에 드는 것을 보면 그냥 지나치지 못하는 애니였다. 집이 마음에 드는 것 같았다.

연못 앞에 젊은 여자가 갓난아기를 안고 서 있었다. 붕어 모이를 던지다 말고 여자는 애니를 훑어보았다. 양미간을 살짝 찌푸리며 여자가 이내 새침하게 말했다.

"여긴 그런 데 아네요."

여자의 경멸하는 듯한 말투가 애니의 성깔을 건드린 것이 틀림없다. "그런 데?" 애니는 거만하게 긴 머리를 뒤로 젖히며 대뜸 말을 맞받았다. 애니가 쏘아보자 여자는 아이를 추켜 안고 현관 쪽으로 돌아섰다. 더 이상 볼일 없다는 표시였다. 선희는 애니 손을 잡아끌어 대문으로 나섰다.

"방 있다고 써놓지도 않았는데 왜 들어가니? 니 잘못이야."

"씨팔 이 바닥이야 다 색시 사는 덴데 그런 것도 못 물어봐? 양색시를 똑같이 보는 그년도 미제라면 환장을 한단 말이야. 옷 벗으면 제 년이나 나나 다를 게 뭐가 있어."

"맞아 맞아. 넌 탐슨이 오기 전에 집에 가서 기다리기나 하면 돼."

선희가 애니를 다독이며 골목을 나서려는데 계집아이가 옆으로 지나갔다. 계집아이는 양팔로 새끼 강아지를 안고 있었다. 갈색 무늬의 귀여운 강아지였다. 애니는 어느새 돌아서 계집아이에게 다가갔다.

"얘, 강아지 한번 만져보자. 니네 거니?"

"아뇨. 막내 이모집 거예요. 데리고 놀다가 갖다주려구요."

강아지는 애니가 쓰다듬는 대로 온순하게 눈만 껌벅였다. 아이는 그것이 좋은지 묻지 않은 말까지 했다. 애니는 강아지를 아이에게서 빼내 제 품에 안았다. 애니도 아이처럼 즐거워했다.

"얘, 니네 이모가 나한테 강아지 안 팔까? 너 따라가서 말해 볼까."

"이모도 친구한테서 새끼 하나 얻은 거래요. 나 달래도 안 줘요."

"이모집이 어딘데?"

아이는 두 여자가 지나온 골목 쪽으로 손가락을 가리켰다.

"여기서 세 번째 집 말이야?"

애니가 눈을 치켜뜨자 아이는 고개를 끄덕였다. 애니는 강아지를 다시 쓰다듬고 아이 품에 들려 주었다. 그리고 돌아서는 아이를 향해 큰 소리로 말했다.

"난 그 강아지와 똑같은 것 살 거야. 두고 봐라."

피곤해서 클럽에 늦게 나가니 자리가 거의 차 있다. 머리를 말 꼬리처럼 올려 묶고 짧은 주름치마를 입은 샌디는 어느새 보이지 않는다. 선희와 함께 클럽에 들어섰던 샌디는 클럽에 들어서자 플로어에 나가 춤만 추었다. 좀 전에 한 미군과 마주 서서 몸을 흔들더니 함께 자리에 앉았나 보다.

선희는 줄곧 스탠드바에 앉아 있었다. 맥주를 시켜놓고 마시는 둥 마는 둥 잔만 잡고 있었고, 이따금씩 몸을 돌려 샌디가 춤추고 있는 무대 쪽을 바라보았다. 세 개비째의 담배에 불을 붙이는데 누가 선희 등을 쳤다. 종업원 제복을 입은 단발머리 여자였다. 종업원은 누가 찾는다고 가리켜주었다. 종업원이 가리키는 홀 가운데 자리에서 한 남자가 손을 올려 들고 있었다. 언뜻 보기에도 젊은 미군은 아닌 것 같았다.

선희는 별생각 없이 그의 자리로 걸어갔다. 탁자 사이사이로 빠져나가는데 한 여자가 선희 앞을 막아섰다. 여자는 턱으로 선희가 가려는 자리를 가리켰다.

"저 자리에 가는 거지?"

"왜 그래요."

"가지 마."

여자는 한쪽 어깨가 드러난 검은 옷을 입고 붉은 장미를 가슴에 꽂고 있었다. 눈엔 온통 검은 아이라인이 칠해져 있고 눈만 강조한 화장 때문에 괭이처럼 보였다. 여자는 선희를 놓치지 않고 바라보았다.

"나링 실딘 남자야. 저기 앉시 마."

선희는 여자에게서 비켜나 그 자리로 갔다. 남자가 의자를 내어 주며 물었다.

"무슨 일이야. 모나가 뭐라고 해?"

"여기 앉지 말라고."

"아무 관계도 없어. 전에 한 달 산 일은 있지만 지금은 끝났어. 당신은 그냥 앉아 있어요."

다갈색 곱슬머리의 중년 남자였다. 매부리코가 냉정해 보였고, 또 능란할 것 같은 인상을 풍겼다. 남자는 주머니에서 초콜릿을 꺼내 선희 손에 올려놓았다.

"나, 와이트야. 당신?"

"써니."

"무슨 술을 마시고 싶어?"

"마티니."

남자는 지나가는 종업원에게 술을 주문했다. 아까 선희에게 남자의 말을 전해 준 여종업원이었다. 와이트가 담배 한 개비를 선희 앞으로 내밀었다.

"아까부터 지켜봤지. 당신 뒷모습이 꼭 고갱의 그림에 나오는 여자 같았어. 긴 머리와 스탠드바 벽면 장식 때문일 거야."

스탠드바의 벽면엔 붉은 색조의 바탕에 나무들이 그려져 있었다. 남자 말대로 강렬한 원색이 고갱을 생각나게 했다. 선희는 담배를 한 손에 든 채 턱을 괴었다.

"앞모습은 어때? 뒷모습과 어떻게 틀리죠?"

"좀 전에 걸어왔을 때 젤리 피쉬 같았어. 바닷가에 떠다니는 젤리 피쉬. 뼈가 없어. 투명하고, 그리고…… 다른 생물이 모습을 감추는 밤에 실체가 더 빛나지. 물결 위에서 외롭게 반짝반짝……."

"오늘 난 시인을 만났어. 해파리란 비유는 정말 재미있어."

종업원이 주문한 마티니를 가져왔다. 투명한 유리잔을 테이블에 내려놓고 붉은 장미를 가운데 꽂았다. 헝겊꽃이었다. 선희가 그것을 집어 들자 단발머리 여자가 선희의 발을 건드렸다.

"이 남자 그만두는 게 좋아. 저 여자의 정부란 말이야."

단발머리가 가버리자 선희는 유심히 실내를 살폈다. 이내 스탠드바로 눈이 갔고, 서서 선희 쪽을 바라보는 모나를 발견했다. 모나는 입에 담배를 문 채 드러난 어깨에 한 손을 얹고 있었다. 모나의 가슴엔 장미가 꽂혀 있지 않았다. 선희는 와이트 잔에 술을 채웠다.

"모나가 당신을 아주 좋아하는군."

"나는 당신이 좋아."

선희는 아홉 시가 조금 넘어 클럽을 나섰다. 와이트에겐 아무 말도 않고 슬그머니 빠져나왔다. 모나의 질투를 부채질하면서까지 그 남자와 함께 있을 필요를 느끼지 않았다.

아까는 배가 아프더니 주린 소리가 났다. 클럽에 오기 전 우유를 마셨을 뿐 저녁을 먹지 않았다. 막 햄버거집 앞을 지나가는데 군침이 돌았다. 선희는 멈춰 서려다 그냥 스쳐 갔다. 무언가 특별한 것이 먹고 싶었다. 무엇을 먹을까 궁리하는데 골목 어귀에 피자집이 눈에 들어왔다.

선희는 그 앞으로 걸어가며 생각난 듯 바바리 속에 손을 넣었다. 손에 잡히는 돈을 모두 꺼내니 삼천오백 원이었다. 전 재산이었으나 피자를 살 수는 있었다. 선희는 망설이지 않고 피자집의 지하 층계로 내려섰다.

피자집엔 세 군데 테이블에만 손님이 앉아 있고 한가했다. 한 쌍의 남녀가 텔레비전을 보며 피자를 먹고 튀긴 닭이 놓여 있는 자리엔 두 미군 장교가 열심히 얘기하고 있었다.

신희는 구석 자리로 갔다. 맞은편에 한 미군이 앉아 있었으나 그의 얼굴은 신문으로 가려졌다. 선희는 피자를 시키고 무심히 벽을 바라보았다. 마릴린 먼로의 판넬이 걸려 있었다.

먼로는 연두색 가운을 여미며 천진하게 웃고 있다. 흐트러진 금발과 볼에 팬 보조개가 망나니 소녀같이 귀여웠다. 저 여자가 섹스의 상징으로 불리다니, 아이의 혼을 가진 여자가 아닌가. 할리우드의 향락주의에 속죄양이 된 거다. 순간 먼로의 머리 위에 가시관이 얹혀 있는 환각이 들었고 먼로의 웃음이 고통스럽게 일그러졌다.

선희는 자신도 의식하지 못한 채 얼굴을 일그러뜨렸다. 반쯤 감았던 눈을 뜨자 이번에는 광물질 같은 눈과 마주쳤다. 남자가 신문을 거두고 선희를 바라보고 있었다. 표정 없는 그 눈의 빛깔처럼 남자의 머리도 검었다. 검은 머리의 앞가르마가 한 줄기 빛처럼 선희의 눈에 꽂혔다.

피자가 나오자 선희는 그것을 한 조각 떼어놓곤 물부터 마셨다.

목이 말랐는지 잔을 비웠다. 선희는 접시를 앞으로 당겨놓고 먹기 시작했다. 허기가 져서 제대로 씹지도 않고 삼켰다.

정신없이 세 조각을 먹고서 잠시 숨을 내쉬는데 맞은편에 앉은 남자와 눈이 마주쳤다. 선희는 반사적으로 접시에 눈을 떨어뜨렸다. 피자를 집어 들어 입에 넣었으나 남자를 의식했음인지 음식 맛이 느껴지지 않았다.

집으로 돌아가는 골목길에서다. 긴 골목에서 왼편 샛골목으로 꺾어 드는데 누가 뒤에서 불렀다. 선희는 별생각 없이 뒤돌아보았다. 전등이 높이 달린 담 아래 미군이 서 있었다. 검은 머리의 앞가르마가 먼저 눈에 들어왔다. 남자는 까만 세무잠바를 입고 한 손을 바지 주머니에 찌르고 있었다.

"실례가 안 된다면 당신과 함께 가고 싶다."

"난 피곤해서 혼자 있고 싶어."

남자는 피자집에서부터 선희를 뒤따라온 것이 틀림없다. 선희는 호기심도 없지 않았으나 그냥 돌아섰다. 선희가 걸음을 떼기도 전에 남자의 목소리가 울렸다.

"사실은 나도 피곤해. 귀찮게 하지 않겠어. 그냥 당신 옆에 있고 싶어."

선희는 물끄러미 남자를 바라보다 "좋아." 하고 고개를 끄덕였다.

치우지 않고 나가서 방이 어질러져 있었다. 아무렇게나 벗어놓은 옷이 침대 위에 걸쳐져 있고 재떨이엔 꽁초가 수북했다. 꽁초 냄새를 싫어해서 재떨이는 습관적으로 비우지만 이날은 샌디가 빨리 나가자고 재촉하는 바람에 그것마저 잊었다.

선희는 방에 들어서자 재떨이부터 비웠다. 재 묻은 재떨이를 밖에 내놓고 새 재떨이 두 개를 꺼냈다. 침대 위의 옷을 옷장 속에 밀어 넣고 방바닥에 놓인 책을 탁자 위에 올려놓았다. 잠자코 앉아 있던 남자가 불쑥 말했다.

"왜 방을 치우느냐? 그대로 놔두는 것이 더 좋아."

"무슨 말이야?"

"단정한 건 재미없어."

묘한 남자야, 생각하며 선희는 술을 마시겠느냐고 물었다. 남자가 한 손을 올려 들었다.

"안 돼. 난 지금 술을 마실 수 없어. 치료를 하고 있어."

"어디가 아픈데?"

남자가 주먹을 쥐며 "비너스." 했다.

"난 여자에게 병을 옮았어. 심해. 벌써 일주일째 치료받고 있지만 앞으로 이 주일이 더 걸릴 것 같아 고통스러워."

"심하게 걸렸군. 병을 옮긴 여자를 원망하겠어."

"아니 GI가 나빠. 여자는 GI에게 옮았을 데니까. 자기에게 병이 있으면 여자와 자지 말아야 해."

남자에게서 다른 면을 발견하자 선희는 친숙하게 웃었다. 술 대신 차를 끓이겠다고 커피포트를 플러그에 꽂았다. 남자가 그제야 잠바를 벗었다.

"나는 마크 트랜서. 당신은?"

"써니."

"오우, 내 친구 한국 애인 이름도 써니다."

"나는 써니 지."

마크는 빙긋 웃다 "생일이 언제냐?" 불쑥 물었다.

"이십육 년 전 일월 십칠 일."

"나와 나이가 같군. 당신은 산양좌야."

마크는 옆에 벗어둔 잠바 안주머니에서 수첩을 꺼냈다. 그것을 펼쳐 만년필로 선을 긋기 시작했다. 선희는 마크 옆에 나란히 앉았다.

수첩엔 뿔 달린 산양이 벼랑을 기어오르는 그림이 그려졌다. 마크는 그 옆 칸에 또 한 마리의 동물을 그렸다. 새털구름 같은 곱슬한 털로 싸인 양이 풀밭에 누워 있는 그림이 이내 완성됐다. 마크는 산양과 양을 번갈아 가리키며 선희가 알아듣기 쉽도록 천천히 말했다.

"양은 들판을 다닌다. 평화롭게 풀을 뜯는다. 산양은 험한 바위를 헤매야 한다. 뿔을 바위에 갈아 적을 물리쳐야 하고, 힘들게 먹이를 찾아야 한다. 고난이 많고 외롭다." 남자는 선희를 빤히 바라보곤 덧붙여 말했다. "그러나 나는 산양보다 양이 더 불행하다고 생각한다. 배부른 양은 권태롭다."

물이 끓기 시작했다. 선희는 커피를 잔에 옮겨 담고, 담배를 꺼내 물었다. 마크가 라이터를 켜 내밀었다. 선희는 담배에 불을 붙이며 마크를 가까이 바라봤다. 반듯한 이마와 앞가르마가 견고했고, 광물질처럼 고정돼 있는 눈동자엔 여전히 표정이 없었다.

배부른 양이야, 저 남자는. 선희는 혼자 생각하며 벽에 등을 기댔다.

"물 끓는 소리가 좋아."

선희는 중얼거리듯 말하고 마크는 갑갑한지 양말을 벗었다.

"정적보다는 낫지."

모처럼 편안한 밤을 보냈다 했더니 다음 날 아침 남자는 선희의 단잠을 깨웠다. 남자는 벌써 잠바를 입고 나갈 채비를 하고 있었다.

"써니, 사실 내겐 돈이 한 푼도 없어."

선희는 눈을 감은 채 남자 쪽으로 돌아누웠다.

"어쨌든 당신은 내 집에서 잤어. 잠바를 놔두고 가. 돈을 가져와서 찾아가."

애니가 이날 아침부터 이 층에 올라와 선희는 완전히 잠을 깨고 말았다. 강아지를 얻었으니 가만 있지 못하는 것도 무리가 아니다.

애니는 그것을 보여주기 위해 누가 자든 말든 깨워야 하는 것이다. 제 기분이 좋을 땐 늘 그랬다. 애니는 갈색 얼룩무늬의 새끼 강아지를 연신 쓰다듬으며 선희에게 경과보고를 했다.

어제 탐슨이 퇴근하고 왔을 때 강아지를 사달라고 졸랐다는 것이다. 한번 점을 찍으면 빨리 끝장을 봐야 해서 탐슨을 그 집까지 데려갔다. 탐슨은 애니를 먼저 집에 보내고 삼십 분 뒤에 집에 나타났다. 주인과 흥정을 시도했는지 어쨌는지는 모르지만 강아지를 훔쳐서 잠바 속에 감춰 왔다. 이런 얘기를 다 듣고 선희는 "네가 그렇게 시켰지?" 눈을 흘겼다. 애니는 펄쩍 뛰는 시늉을 했다.

"난 꼭 그 강아지를 가지고 싶다고만 했어. 탐슨도 무엇이든 한번 점찍으면 안 놓쳐."

애니는 그 오기에 강아지를 뺏은 것도 그렇지만 탐슨이 훔쳐다 준 것이 여간 좋지 않은 듯했다. 이 집 여자들과 마주쳐도 별나게 알은체하지 않지만 사탕이나 과자를 이따금 이 층으로 올려 보내곤 하는 탐슨, 말없이 정을 보이는 흑인인데 손재주가 많아서 애니의 장식장을 짜주기도 했다. 이런 탐슨을 애니는 은근히 자랑하곤 했다. 전엔 이중 살림까지 차렸던 바람둥이가 탐슨과 살림을 살고부터 눈 한 번 돌리지 않는다. 이걸 봐도 애니가 얼마나 탐슨을 좋아하는지 알 수 있다.

강아지가 끙끙대는 소리가 아침부터 이 층에서 떠나질 않더니 오후엔 잠잠해졌다. 애니가 강아지를 자랑하러 다른 여자들 집에 간 것이 틀림없다. 건방지고 이기적인 아이지만 그럴 땐 순수해 보인다. 도둑질로 바친 남자의 사랑 표시에 그토록 행복해하다니. 쉽게 행복할 수 있는 애니는 행복하다. 그런가?

선희는 온종일 방에서 꼼짝 않고 누워 있었다. 책을 들여다보다가 생각에 쫓다가 영어 단어를 외우기도 했다. 오전부터 서머싯 몸의 영어 소설 「비」를 들고 있었는데 한나절이 지나도록 겨우 두 장을 읽었다. 여학교 때부터 영어를 좋아해서 사전을 들추며 보는 것이 싫진 않았지만 집중이 되지 않았다.

옆방에선 김추자의 노래가 울린다. 「월남에서 돌아온 김상사」에 이어 「봄비」가 들려왔다. 샌디는 이 시간이면 대개 고물 전축을 틀어댄다. 낮엔 화투 패나 떼며 신세타령을 하고 클럽에 가기 전 남는 시간엔 유행가를 듣는다. 「번지 없는 주막」이나 「목포의 눈물」이 나오면 크게 따라 부른다. 그러다 해가 지면 누구보다 먼저 세수를 하고 살짝 얽은 콧등에 정성 들여 지분을 바른다. 화장할 때 한 시간씩 거울 앞에 앉아 있는 걸 보면 선희는 주리가 틀릴 정도이다.

그러나 샌디는 얼마나 열심히 사는가.

선희가 이곳에 처음 와서 달거리를 치를 때마다, 나흘간 클럽에 나가지 않고 책을 읽으며 빈둥대는 선희를 보고 샌디는 "아직 굶어 보지 않았지?" 했다. 샌디는 영업이 되지 않아 일주일간 수제비만 끓여 먹었던 적도 있었노라고 말했다. 몇 년 전 8·18 판문점 사태 땐 전 미군 부대에 비상이 내려 색시들이 거의 굶었다는 얘기도 했다. "그런 땐 내일 애를 낳더라도 영업을 해야 한단 말이야." 샌디는 선희를 철없다는 듯 쳐다보며 이 말을 덧붙였다.

샌디 말이 틀리진 않는다. 오늘도 선희 주머니엔 오백 원밖에 없다. 그것이 선희가 가진 전부다. 이런 날은 아무래도 긴장하기 마련이지만 선희는 머리를 빗고 루주만 칠한 채 습관처럼 밖으로 나섰다.

온종일 방에만 틀어박혀 있었더니 스름스름 지는 햇살에도 눈이 어지럽다. 퇴근 시간이 지나서 미군들이 연이어 옆으로 스쳐 가고 선희 앞에는 한 여자가 미군의 손을 잡고 걸어가고 있다. 미군의 한 손엔 시장바구니가 들려 있다. 여자가 미군에게 얘기하느라 고개를 옆으로 돌리는데 선희가 아는 얼굴이었다.

미미, 여섯 살짜리 제 이복동생까지 데리고 사는 여자였다. 열여섯에 이곳에 흘러 들어와 지난해에야 겨우 정식 패스를 냈는데 여섯 살의 사내아이는 누가 누나를 찾으면 "미군 받으러 갔어." 말한단다. 미미는 아버지의 세 번째 여자 밑에서 구박받는 아이가 불쌍하다고 이곳까지 데려왔다. 훗날 그 아이는 미군을 받으며 저를 키운 누나를 이해한다고 할까?

미미와 미군이 시장 어귀로 빠지는데 선희 앞으로 낯익은 흑인이 걸어오고 있었다. 흰 치아가 순간 반짝였고, 선희도 마주 웃었다. 탐슨이었다. 애니에게 돌아가는 길일 거다. 강아지를 갖다 주어서 애니가 얼마나 좋아하는지 말해 주자. 탐슨도 좋아할 테니까.

서로 어깨를 칠 수 있을 정도로 간격이 가까워졌을 때 시장 어귀에 서 있던 두 사내아이가 탐슨을 향해 소리쳤다.

"헤이, 껌둥이, 껌, 껌 좀 줘."

열 살이 갓 넘을 듯한, 옷차림이 꾀죄죄한 아이들이었다. 아이들은 겁 없이 탐슨을 빤히 바라보았고, 탐슨은 얼굴을 굳히고 아이들을 향해 우뚝 섰다. 선희는 탐슨을 지켜보며 어쩔 줄 몰라 했다. 이곳에선 누구도 흑인을 그렇게 부르지 않는다. 흑인 색시들도 흑인을 욕할 때, 보리쌀, 먹통이라고 부르는 것이 고작이었다. 탐슨의 얼굴이 험악하게 일그러지자 아이들은 슬슬 뒷걸음질했다. 한 아이는 재빠르게 달아나고 어정쩡거리던 아이는 탐슨에게 멱살을 잡힌 채 발버둥 쳤다. 숨이 막히는지 아이는 얼굴이 검붉게 물들었다. 선희가 낮게 소리쳤다.

"탐슨, 아이를 용서해 줘. 그는 아직 어려."

손아귀에서 풀린 아이가 비틀거리며 달아나자 탐슨은 번들거리는 눈으로 선희에게 돌아섰다.

"물론 아이들은 죄가 없어. 아이들은 어른들을 따라 하는 거다."

탐슨이 뒤돌아서자 짙은 체취가 코끝을 스쳤다. 그들의 피부색처럼 체취가 짙어서 아이들이나 어른들이나 그들을 '검은 사람'이라 부른다. 요란한 옷 모양이며 화려한 색채의 기호뿐 아니라 그들의 글씨도 목소리도 백인들과 틀리다. 어딘지 신경질적인 글씨와 그림자가 달린 듯한 어두운 목소리. 문명의 제물인 검은 사람들.

아프리카의 행복한 태양족을 짐승처럼 끌어 오면서 남부 노예지지자들은 이렇게 말했다지.

흑인은 열등하며, 그들의 종속적인 지위는 숙명적이다. 우리는 노예제도를 통해 야만족을 기독교 문명으로 발전시킨다.

백인들은 행복한 야만인들을 목화밭으로 끌고 가 채찍을 휘둘렀다. 검둥이들은 건강한 육제를 바쳤고, 고향을 잃었으며, 이것은 누가 말한 대로 전혀 희망 없는 가장 지독한 제도였다.

흑인들은 피를 흘렸고, 그 피의 대가로 해방되었으며, 이제는 아메리칸이다. 그러나 여전히 흑인, 배타적인 흰색에 섞이지 못해 '블랙 이즈 뷰리풀'을 외치는 흑인. 이것이야말로 그들의 분열성이며 또한 슬픔이다. 설움이 많은 민족이어서 연민도 많은 그들.

그러나 약자를 인간답게 살아가도록 하는 것은 바로 이 연민이란 샘이 있기 때문이 아닐까. 막다른 길에 선 기순에게 손을 내민 흑인 한쪽. 이복동생을 데려온 미미…….

겨우 일곱 시인데 이날따라 클럽이 붐빈다. 빈자리를 찾으려고 안쪽으로 들어서자 통로에 서 있던 여종업원이 알은체를 했다. 단발머리 여자였다. "오늘은 꽤 사람이 많은데?"

선희 말에 단발머리는 "페이데이."라고 대뜸 궁금증을 풀어주었다.

"그래도 공군들은 돈도 잘 안 쓰고 재미가 없어. 약골이라 월급 받으면 은행부터 먼저 간다구. 정말 괜찮은 건 육군 애들이야. 개들은 월급날 왕창 쓰고 기분을 낼 줄 알아. 육군 쪽에 있다가 이리로 오니 심심해."

"심심한 건 안 좋은 건데."

선희는 여자와 농담을 하다가 빈자리를 찾아 앉았다. 맥주 한 병을 시켜 첫 잔을 막 비우는데 한 남자가 선희 옆으로 다가왔다. 갸름한 얼굴에 동그란 금테 안경을 쓴 젊은 남자였다. 깔끔한 인상이었으나 안경 때문인지 얌체같이 보였다. 남자는 선희 옆자리에 앉자 담배를 하나 달라고 했다. 선희는 갑째 담배를 내밀었다.

"고맙다."

남자는 깍듯하게 인사하곤 말을 시키기 시작했다. 호감이 가지 않았으므로 선희는 마지못해 대꾸했다. 몇 마디 오가자 남자는 "마마상 있느냐?" 물었다. 이럴 땐 어떻게 말해야 한다는 것쯤은 선희도 알고 있었다. 빚 없이 독립해 있는 여자들에겐 오히려 신세 지려는 얌체가 있기 때문이다.

"물론 마마상이 있어." 선희는 이어 "당신, 한국 나온 지 얼마나 돼?" 물었다.

"사흘째야."

"홍, 당신은 사흘 동안 너무 많은 것을 배웠어."

선희는 약속이 있다고 말하곤 더 이상 남자를 상대하지 않았다. 남자가 가버리고 나자 선희는 또 한 잔을 따라 단숨에 비웠다. 한 달에 두 번 있는 미군들의 월급날엔 거리까지 흥청대고 축제 분위기지만 선희는 오히려 이런 날이 싫었다. 명절이나 크리스마스 같은 공휴일, 또 일요일이 싫듯이.

통로를 사이에 두고 옆 테이블에 막 흑인 두 명이 앉았다. 선희는 그들을 보곤 성냥 끝을 혀끝에 살짝 대어 그것을 테이블 위에 눌러 세웠다. 성냥 네 개비를 기둥처럼 간신히 세우고 그 위에 성냥

쌓기를 시작하는데 누군가 선희 앞에 우뚝 섰다. 초록색 와이셔츠와 검은 손이 먼저 눈에 들어왔다. 선희는 눈을 치뜨고 흑인을 올려다보았다. 주먹만 한 얼굴에 유난히 퍼진 콧망울이 한눈에 들어왔다. 선희 옆자리에 앉은 흑인 중의 한 사람이었다. 남자가 성냥 하나를 집어 들었다.
"호우, 혼자 성냥 놀이를 하니까 심심하게 보여. 괜찮다면 우리 자리에 함께 앉자."
"아아니, 고맙지만 난 누구를 기다리고 있어."
선희는 당황해서 말을 더듬거렸다. 흑인은 쥐고 있던 성냥개비를 허공에 놓았고, 사각으로 세워놓은 성냥이 휘청 쓰러졌다.
"약속이 있다면 할 수 없지. 좋은 시간을 가지길."
붉은 입술을 이죽거리며 흑인이 제자리로 돌아가자 선희는 출입구 쪽을 초조하게 바라보았다. 선희는 누구를 기다린다고 말했으나 얼마 뒤면 그것이 거짓임이 드러날 것이다. 선희로서는 최선의 방법이었으나 일진이 나쁘면 흑인이 트집을 잡을지도 모른다.
전에 한번 어떤 여자가 흑인과 함께 앉기를 거절해서 클럽 문이 일주일간 닫힌 적이 있었다. 백인 색시로서는 당연한 거절이었지만 형식적으로는 인종차별의 범주에 드는 일이었다. 흑인들도 그들의 전용 클럽에 가거나 일반 클럽에서도 결코 백인 색시를 상대하려 하지 않는데 그날 여자의, 클럽의 운이 나빴던 거다.
초록색 옷을 입은 흑인은 맞은편 자리에서 줄곧 선희를 지켜보았다. 짓궂음이 지나쳐 야비한 느낌을 주었고, 선희는 화를 삭이며 입구를 계속 쏘아보았다. 벌써 이십 분이 흘렀다. 처음 선희 자리에 왔던 얌체 백인도 보이지 않는다. 백까지 세고 자리에서 일어나리라. 그때 흑인이 부른다면?
초침처럼 숫자가 머릿속으로 지나가는데 이십을 채 못 넘기고 멈추어졌다. 선희를 향해 한 남자가 다가오고 있었다. 표정 없는, 그러나 낯설지 않은 눈이. 마크? 남자가 선희 앞에 서자 선희는 먼저 "마크." 낮게 소리쳤다. "집엘 갔더니 문이 잠겨 있었어. 그래서 클럽으로 왔지."

마크는 자리에 털썩 앉으며 넥타이를 느슨하게 풀었다. 까만 양복의 정장 차림이었고 희고 견고한 얼굴이 어제완 달리 십구 세기의 사내 같았다.

"이렇게 빨리 보게 될 줄 몰랐어. 내가 당신 옷을 맡고 있지만."

"오늘이 월급날이야. 당신에게 한 달 살림돈을 주겠어. 다른 남자를 캐치하지 않기를 바라."

선희는 기쁨을 숨기지 않고 두 개비 담배에 불을 붙여 하나를 마크에게 내밀었다.

"당신과 만날 줄 알았으면 화장을 좀 하고 나올걸."

초록색 상의의 흑인은 요란하게 울리는 하드록에 손장단을 맞추고 있었다. 그의 행동이 선희의 미감(美感)에 맞지 않았지만 마크가 옴으로써 그에 대한 부담감도 덜었다. 흑인의 자의식을 건드렸다는 부담감. 당장은 외면하지만 끝내 마음 쓰게 하는 부담감, 안쓰러움 같은 것.

마크가 세븐업을 주문하느라 주위를 살피는데 하늘색 옷을 입은 한 여자가 다가오고 있었다. 종업원 제복을 입지 않았으므로 마크는 들었던 손을 내렸다. 여자가 그들 옆으로 스쳐 가려는데 초록색 상의의 흑인이 손짓을 했다.

"여기 소주와 아스크를 갖다 줘."

"난 웨이트리스가 아냐. 웨이트리스한테 시켜."

미인은 아니지만 갸름한 얼굴에 하나로 묶은 머리가 단정해 보이는 여자였다. 여자가 새침한 표정을 하자 남자는 짓궂게 웃었다.

"여기 앉아서 함께 술을 마시자."
"미안해. 나는 앉을 자리가 따로 있어."
여자는 선희도 느낄 정도의 경멸의 눈초리로 흑인을 내려다보았다. 맞은편에 앉은 흰옷의 흑인이 초록색 상의의 남자에게 못마땅한 표정을 지었다. "짐, 다른 여자도 많아."
여자는 흑인이 앉은 테이블 다음다음 자리에 가 선희와 마주 보이는 위치에 앉았다. 그쪽에는 백인 세 명과 또 한 여자가 앉아 있었다. 그들이 여자를 부른 것에 틀림없었다.
초록색 상의의 남자는 여자의 뒷모습을 지켜보았으므로 여자가 그곳에 앉는 것도 보았다. 남자의 좁은 이마에 주름이 지층처럼 물결쳤다. 종업원이 흑인의 테이블에 소주와 아스크를 놓고 곧 선희 자리로 와서 마크가 시킨 세븐업을 내려놓았다. 옆에서 샴페인을 터뜨리는 소리가 들렸다. 선희가 그들에게서 고개를 돌리고 담배를 집어 드는데 흑인 특유의 목소리가 귀에 들려왔다.
"어느 연구가에 의하면 흑인의 평균 페니스 길이가 십이 센티라는데 이건 유럽인도 같대. 그런데도 흰둥이들은 우리의 힘을 두려워하는 것 같애. 검은 섹스를 말이야. 우리의 그것이 여자를 때려눕힐 만큼 굉장한 것이라고 상상하고 있는 것 같아. 저 여자도 흑인의 검은 섹스를 두려워하고 있는 것이 틀림없어. 그러나 사실은 검은 페니스에 강간되기를 바라는 부류란 말이야."
초록색 상의의 남자는 아예 여자 쪽으로 돌아앉아 큰 소리로 떠들었다. 그들 사이의 테이블이 비어 있었으므로 여자와 함께 앉은 백인들도 고개를 돌리고 흑인을 바라보았다.
"닥쳐, 이 먹통아." 여자가 싸늘하게 내뱉는데 옆에 앉은 백인은 여유 만만하게 웃어 보였다. 잠시 사이를 두고 그 백인이 나섰다.
"미국 역사학과 교수들이 미국에서 가장 위대한 대통령을 뽑았는데 팔십 프로 이상의 득표로 링컨이 일 위였어. 그러나 나는 그렇게 생각지 않아. 링컨이 노예해방을 했다는 점에서야. 흑인 노예는 해방시키는 것이 아냐. 니거들을 잘 봐. 그들의 팔은 무릎까지 내려와. 팔이 이렇게 긴 것은 고릴라나 원숭이지 사람이 아냐."

백인은 어느새 자리에서 일어나 어깨를 늘어뜨리고 원숭이 흉내를 냈다. 그들 사이에 웃음소리가 들렸다. 선희가 굳은 얼굴로 양쪽을 바라보는데 눈앞에서 무언가 번쩍하는 것이 날아갔다. 흑인이 던진 소주병이 박살 나면서 맥주병들이 요란하게 굴러 떨어졌다. 흰옷의 흑인이 빈 테이블을 밀치고 백인 몸 위로 덮쳤고 여자들의 비명 소리가 울렸다.

마크는 선희 손을 잡고 재빨리 클럽을 나섰다. 뛰어가던 헌병과 세차게 부딪쳐서 선희는 한길까지 나와서도 얼얼했다. 마크는 한 팔로 선희의 어깨를 두르며 "미국의 추태야." 낮게 내뱉었다.

"우월감이란 건 무서운 거야. 가장 비인간적인 것 같애. 남자들의 여자에 대한 우월감, 백인들의 유색인종에 대한 우월감. 당신의 나라는 인종차별로 그 극단을 보여주고 있어. 월남 난민이 십칠 일간 바다를 헤매다 미국에 들어왔을 때도 국스는 물러가라고 외쳤지."

"개척 시의 아메리카 대륙은 그 자체로써 하나의 신화였어. 당시엔 호두를 따기 위해 몇 그루의 호두나무를 통째로 잘랐지. 나무에 오르는 노력을 하지 않아도 될 만큼 호두나무가 많았던 거야. 또 비둘기를 잡기 위해 하늘에 대포를 쏘았고 단번에 물고기를 잡기 위해 큰 그물을 끌고 호수를 돌아다녔어. 자유에 대한 갈망이 그들에게 풍부한 자원의 아메리카를 주었는지도 몰라. 그들은 항상 감사의 기도를 드렸지. 그러나 동시에 오만했어. 아메리카의 소수족이었던 인디언을 고귀한 야만인이라 부르면서 제거했어. 또 보다 큰 수확을 얻기 위해 흑인을 노예로 끌어 와 짓밟았어. 어느 역사가는 미국을 이렇게 말하지. 성공적으로 불건전하게 된 나라라고. 미국은 지금 흑인문제로 골치를 앓고 있지만 그건 미국의 업이야. 자기가 한 만큼 받는다는 법칙이지."

인과응보라는 거지. 선희는 그 말을 떠올리곤 흠칫했다.

"자기가 한 만큼 받는다는 법칙, 그건 무서운 거야, 신도 도울 수 없어."

연록이 짙어지려는지 비가 내리기 시작했다. 이틀째 내리는 비로 라일락이 지고 헤뜨러진 봄 공기가 잿빛으로 가라앉았다. 집들이 빼곡히 들어찬 골목엔 인적이 드물고, 누가 레코드를 틀었는지 들창으론 색소폰 소리가 희미하게 울렸다.

장 마담집 여자들은 이날 샌디 방에 모였다. 사팔통으로 돈내기를 하고 오전부터 화투를 쳤다.

애니는 모처럼 화투를 잡자 잡기가 썰물처럼 싸악 가시면서 눈을 빛냈다. 애니는 처음부터 돈을 따기 시작하고 미라는 갖고 있는 돈을 다 잃고 애니에게 천 원 빚졌다. 애니는 단 한 번 선희에게 사백 원을 잃었으나 그 돈을 미라에게 갚으라고 미루었다. 애니 앞에는 돈이 쌓여 있었다. 입바른 샌디는 그중 사백 원을 빼서 선희 앞에 놓았다.

"그렇게 하기 없어. 계산 똑바루 하라야."

두 시가 조금 지나서 선희는 자리에서 일어났다. 앉아 있기가 지루해서 목욕을 갈 생각이었다. 선희가 일어서자 애니는 화투를 챙기다 말고 뒤로 물러나 앉았다.

"이제 그만 해. 배도 고프고 뭣 좀 먹었음 좋겠어."

애니 앞에는 천 원짜리와 오백 원짜리가 대여섯 장 쌓여 있었다.

선희도 미라도 잃고 샌디는 본전에서 이백 원을 땄다.

"씨팔, 어제 꿈에 횡재를 했는데 개꿈이잖아. 꿈에 말이야, 천 불을 손에 쥐었어. 꿈에서도 가슴이 두근두근하데. 그 돈으로 하얀 옷장 사고 가구들을 몽땅 갈아치웠어. 나머지로 장 마담 빚도 갚고. 신나더라. 개꿈이지만 한 번 더 꿨으면 좋겠다."

샌디는 방바닥에 벌렁 드러눕고 애니는 생글거리며 돈을 세었다.

"할아버지가 내 앞에만 모였네. 삼천구백 원 땄어. 한턱 낼게. 뭐 먹고 싶어?"

"비 오니까 걸쭉한 것 먹고 싶다. 순대 찌짐 같은 거."

미라 말에 샌디가 "소주도 껴라." 하고 덧붙였다.

비가 와서 시장도 한산했다. 정육점의 붉은 형광등이 더욱 침침하게 보이고, 하늘을 가린 천막지 아래로 채소들이 그림처럼 진열돼 있었다. 무료하게 담배를 피우던 생선 가게 아줌마는 선희들이 지나가자 게 한 마리를 집어 들어 보였다.

"색시들, 싱싱한 게 먹어봐, 오늘 새벽에 잡아 온 거야. 미군 신랑도 좋아해."

"미군 신랑이 게 값 따로 안 줘요."

애니 말에 웃으며 몇 발짝 더 가자 순대 집과 튀김 집이 나왔다. 막 잠을 깬 듯 머리가 부스스한 여자들이 그 앞에 진을 치고 있었다. 그들 앞에 놓인 소주잔이 쓸쓸하면서도 정겹게 느껴졌다.

애니는 부추 지짐과 순대, 튀김을 한 아름 샀다. 앞장서서 시장을 빠져나가다 오뎅 가게 앞에 멈춰 섰다. 그 옆에 포장마차가 있었다. 애니가 포장마차 안을 기웃하고 선희에게 손짓했다. 해물 파는 집이었다.

애니는 멍게, 해삼과 소주 반 병을 시켰다. 홍합이 담긴 양동이에서 김이 오르는 것을 보고 그것을 미라와 선희에게 하나씩 집어

주었다.
해삼을 먹는데 한 흑인이 포장 속으로 얼굴을 디밀었다. 근육이 드러날 정도로 몸에 끼인 분홍색 셔츠를 입은 흑인이었다. 비를 맞았는지 흑인의 땅갈색 얼굴이 번들거렸다. 흑인은 애니 옆으로 비집고 들어섰다. 그는 해삼을 먹는 애니를 야릇한 얼굴로 바라보다 해삼을 손으로 가리켰다.
"이게 뭐냐?"
"해삼이야."
"핸섬?"
애니는 흑인을 빤히 쳐다봤다. 흑인은 포장집 주인이 멍게 똥을 씻어내는 것을 보며 얼굴을 찌푸렸다. 애니는 짓궂게 포크를 흑인에게 내밀었다.
"이거 핸섬한 거니까 먹어봐."
"이게 핸섬해? 그럼 내가 이것을 닮았어? 사람들은 내게 핸섬하다고 말해."
애니와 미라가 머리를 맞대고 웃었다. 애니는 까맣게 번들거리는 해삼을 집어 들고 그 앞으로 내밀었다.
"정말 당신과 닮았어."
흑인은 몸을 흔들며 웃었다. 그의 손엔 어느새 애니의 우산이 쥐어져 있었다. 애니는 입가에 비웃음을 흘렸다.
"저렇게 못생긴 건 난생처음 보네."
선희는 그들을 남겨두고 혼자 나섰다. 애니와 흑인이 주고받는 수작이 이내 끝날 것 같지 않았다. 시장을 빠져나와 한길로 나서려는데 한 여자가 선희의 시야로 들어왔다. 여자는 아이만 한 인형을 가슴에 안고 진창길로 치마를 끌며 가고 있었다. 머리는 비에 젖어 실타래처럼 엉켜 있었다. 입술로는 경련을 일으키듯 미소 짓고 있으나 눈엔 초점이 없었다.

선희는 여자를 직감적으로 알아보았다. 어두운 불빛 아래서 본 것과는 전혀 다른 모습이었으나 모나였다. 선희와 앉아 있는 남자에게 헝겊 장미를 보낸 모나, 골목 입구에서 보셋집의 두 여자가 예사롭게 모나를 바라보았다.

"비가 오는구나. 모나가 인형을 안고 돌아다니는 걸 보니."
"소문난 갈보였는데 갓난아기를 양자로 보낸 후 비만 오면 저러지. 여자 팔자라니……."

모나가 선희 옆으로 지나갔다. 선희와 정면으로 마주쳤으나 모나는 전혀 알아보지 못했다. 모나의 가슴에 안긴 인형만 허공으로 파란 눈을 치뜨고 있을 뿐. 선희는 돌아서서 우두커니 모나의 뒷모습을 지켜보았다.

모나는 우산도 없이 비 오는 거리를 헤매 나닌다. 난 그길 알아, 소낙비를 맞고 나면 우산이 필요 없어지지…… 더 이상 자기를 보호할 데가 없으니까. 인생의 비, 비…… 레인, 레인, 소낙비, 소낙비에 젖어본 사람만이 인생을 말할 수 있다.

혼과 육체가 분리되는 아픔은 소낙비였다. 혼의 부정, 그것은 거대한 벽이었다. 파랑새는 찢긴 날개를 접고 상처를 치유해 줄 진실을 찾아 서투른 걸음으로 방을 헤매었다.

……

백금 반지를 낀 남자가 있었지
좋아하던 여자가 이별하면서 준 반지였다
기혼자였기에 그 반지는 더욱 순수했다
죽을 때까지 끼라고 선희는 북돋았다
그 반지 얘기를 한 날
그는 길을 가다 말고 조용히 술을 한잔 마시자고 했다

그가 간 곳이 숲속의 방갈로였으나 선희는 그가 영혼의 남자임을 믿었다. 얼마나 순진한가
선희는 코를 고는 남자 옆에서 뜬눈으로 밤을 새우고 이른 새벽에 혼자 나왔다
어렴풋이 잠을 깬 남자는 눈도 제대로 뜨지 않고 벽에 걸린 제 양복을 손으로 가리켰다. "돈 좀 가져가요."
……
한때
선희가 모델을 섰던
아마추어 화가들의 모임에 나오는 사람 중
가장 행복한 순간에 죽고 싶다
는 남자가 있었다
청년 시절에 그래서 여자 옆에서 자살기도를 한 적도 있었던 남자였다
그는 일 년 만에 선희와 대면하곤
널 찾았어 여자는 그런 것 모르지
나무라듯
말했다
그날 그는
너무나
자연스럽게
너와 자고 싶어,
라고 말했다
그 후로도 만나면 그렇게 되었다
아이처럼 보챘으니까
어느 날 선희는 그의 회사로 낙엽을 동봉한 편지를 보냈다

지금은 시월이고 십일월이 곧 올 것이므로
그나마 행복하다는
그렇고 그런
내용 없는 편지였다
그 뒤 두 사람이 만났을 때
남자는 난색을 하며 말했다
비서가 편지를 뜯어봤다고
그날 그의 화제는
'여자의 값싼 감상' 이었다.

비가 더 세차게 온다. 우산을 너무 앞으로 기울이고 걸었는지 바지가 척척하다. 비에 젖었다. 따뜻한 아랫목에 앉고 싶어. 기순 언니한테 가볼까. 선희는 불현듯 기순을 떠올리고 걸음을 늦추었다. 그동안에도 문득문득 기순이 생각났다. 기순에게 가지 못했던 것은…… 기순 앞에서 인생 강의를 할 자신이 없기 때문이겠지. 생각에 몰두해 손을 놓았는지 목욕 주머니가 발 앞에 떨어졌다.

선희가 젖은 머리로 집에 들어와 방문을 여는데 샌디의 방문이 열렸다. 미라가 고개를 내밀며 밖으로 나서자 뒤이어 샌디가 얼굴을 내밀었다. 무슨 일이 있나? 선희가 방에서 옷을 벗는데 샌디가 들어왔다.

"너 아까 애니랑 같이 나갔지."

선희는 담배를 집어 들고 방바닥에 주저앉았다.

"무슨 일이야."

"애니가 아까 어떤 깜둥이를 데리고 왔잖아. 그년 일만 해치우고 빨리 보내질 않고 돈을 적게 준다고 멱살 잡고 늘어졌단 말이야. 문제는 그게 아녀. 탐슨이 오늘따라 빨리 집에 왔어."

"애니는 지금 어디 있어?"

"제 방에 갇혀 있어. 아래층에 뚝 떨어져 있으니 동정을 살필 수가 있나. 탐슨 성미에 가만 놔두지 않을 텐데."
"그래도 애니는 그동안 얌전했어. 탐슨을 좋아하니까."
그때 미라가 이마를 찌푸리며 들어왔다.
"그 앞에 있어도 아무 소리 안 들려. 얻어맞으면 애니가 소리라도 칠 텐데."
"내버려둬. 걔는 한번 당해야 돼. 탐슨이 강아지까지 훔쳐다 줬잖아. 그렇게 좋은 남자 만났는데 바람 피울 생각을 해?"
미라와 말을 주고받다 샌디는 담배를 피워 물었다. 홈통으로 물 쏟아지는 소리가 세차게 들려왔다. 샌디는 발을 뻗어 방문을 밀어찼다. 낙숫물이 슬레이트 지붕 끝에서 방문 앞으로 떨어지고 있었다.
"추적추적 내리는 것이 비가 금방 그칠 것 같지 않다."

모든 외로운 사람들을 보라
결혼식을 올렸던 교회에서
엘레노어 릭비는 쌀알을 줍는다
문 옆의 항아리 같은 표정으로
창가에서 기다리며 꿈속에 산다
그건 누구를 위해서일까
모든 외로운 사람들은 어디서 오는가
모든 외로운 사람들은 어디로 가는가
매킨지 목사는 아무도 듣지 못할
아무도 가까이 오지 않을
설교문을 쓰고 있다
……

마크가 비틀스의 레코드를 가져왔다. 선희는 마크와 나란히 벽에 등을 기대고 말없이 레코드를 들었다.

"미국의 내 방엔 아직 비틀스 사진이 걸려 있을 거야." 마크는 레코드 재킷을 들여다보며 혼잣말을 했다. "비틀스 노래엔 현대의 우수 같은 것이 있어."

……엘레노어 릭비는 그 교회에서 죽었다. 그녀의 영원한 이름과 함께 매장되었지. 장례식엔 아무도 와주지 않고……

마크는 입속으로 노래 가사를 읊었다. 마크의 검은 눈이 이날은 우울해 보였다. 선희는 마크의 흰 발등에 우울해, 라고 손가락으로 썼다. 추적거리는 빗소리가 반주곡처럼 간간이 들려왔다.

"써니, 오늘은 무얼 했어?"

"이 집 여자들과 화투를 했어. 목욕을 했고 또…… 당신을 기다렸어."

마크가 선희의 뺨을 가볍게 두드렸다.

"난 지난겨울에 한국에 나왔어. 이곳에 와서 여자와 사는 것은 처음이야."

"나도 그때 여기에 왔어."

"당신은 여기 오기 전에 어디 있었지? 말하기 싫으면 하지 않아도 좋아."

"기지촌엔 처음이야. 여기 오기 전 나는 서울 내 집에서 살았어."

"당신 얘기를 듣고 싶어. 알고 싶어."

선희는 마크를 바라보기만 했다.

"이해 못할 거야. 나도 설명할 수가 없어."

"당신은 다른 여자들과 좀 달라. 난 그걸 알아."

선희는 생각을 정리하듯 이곳에 처음 온 일을 떠올렸다.

"지난해 여름에 나는 이종을 만나러 이곳에 왔어. 그 애는 고등

학교를 졸업한 해 집을 나갔어. 영리한 친구였는데 돈밖에 모르는 엄마를 증오했어. 삼 년 동안 소식이 없었지. 그 애는 지난해 봄에야 가족 앞에 나타났어. GI와 결혼해서 겨울에 미국으로 간다는 얘기를 했어. 나는 그 애를 다시 만나게 되어 기뻤어. 우리는 어릴 때부터 친구였으니까. 내가 그 애를 만나러 처음 이곳에 왔을 땐 그저 보고 싶다는 생각뿐이었어. 그러나 두 번째 갔을 땐 다른 생각을 갖고 있었어. 마크, 이런 때를 생각해 봐. 비가 오는데 나만 우산이 없어, 비를 조금 맞을 땐 피할 곳을 찾지만 옷이 흠뻑 젖고 나면 차라리 소나기가 편하게 생각돼. 우산을 준비하지 않은 건 물론 나의 무지 탓이야."

"써니, 소나기의 의미가 뭐지."

"절망 같은 것."

선희의 입에서 무심히 '절망'이 튀어나왔고 마크는 선희를 물끄러미 바라보았다.

"그러면 사촌이 미국으로 들어갈 때 여기에 온 거야?"

"저 전축은 그 애가 준 거야. 내 방에 있는 가구 모두 다. 덕분에 나는 빚 없이 이 집에 들어왔어. 첫 달 방세까지 그 애가 내주었으니까. 물론 그 애는 내가 여기 오는 것을 원치 않았어. 여긴 기지촌이야. 그 애는 미국인과 결혼했지만 미국인을 싫어해. 내게 미국인의 자만심과 비정함을 말해 주었어. 내가 사는 현실을 견디지 못한다면 이곳도 못 견딜 거라고 했어. 나는 미국인에 대해 아무런 기대도 갖고 있지 않다고 말했지. 그건 사실이야. 난 아무에게도 기대하지 않아. 내 결정은 벌써 이루어졌고 나 자신도 어쩔 수 없었어."

나흘째 내리던 비가 그늘 오후 늦게야 그쳤다. 땅은 질척거렸으나 흐린 하늘 한 틈으로 햇살이 비쳤다. 선희가 장을 보아 집으로 들어오는데 미라가 대문 앞에 서 있었다. 미라는 잠옷을 입은 채 긴 머리를 풀어뜨리고 있었다. 늘 헤실헤실 웃음을 흘리지만 흰 잠옷을 입어서인지 몽유병 환자 같았다. 선희는 미라 앞에 멈춰 섰다.
"미라야, 왜 대문 앞에 서 있어?"
"으응, 에브리바디 캄인이야."
미라는 늘 약을 먹는다. 옵타리돈을 열 개, 스무 개씩 삼킨다. 샌디와 선희가 먹지 말라고 충고해도 중독되다시피 하여 소용이 없다. 선희는 미라 팔을 잡고 층계를 오르려다 애니 방을 흘끗 보았다.
"애니는 아직?"
"응, 조용해. 한 번 더 불러볼까?"
수돗가 앞에 있는 애니 방엔 자물쇠가 채워져 있다. 팔랑개비처럼 돌아다니는 애니여서 나갔는지도 모르지만 이틀째 얼굴을 못 보았다. 아래층에 혼자 떨어져 있어 뻔질나게 이 층으로 놀러 오는 애니인데.
미라가 애니 이름을 부르며 콩콩 문을 두드렸다. 아무 소리도 들리지 않았다. 미라는 이번엔 탐슨 이름을 불렀다. 혹시 애니가 갇혀 있는 건 아닐까? 분노로 꿈틀거리던 탐슨의 얼굴이 얼핏 떠올랐다.
미라는 더 이상 두드리기를 포기하고 불안하게 서 있는 선희에게 손을 내저었다.
"없어. 탐슨이 이따 오면 물어봐야지. 만약 안 오면 문을 부숴. 이상해."
선희가 애니 상태를 안 것은 마크가 막 들어오고 나서다. 저녁을 준비하는데 누가 문을 두드렸다. "써니 언니." 문을 여니 미라였다. "애니가 있잖아." 선희가 방에서 나서자 미라는 다급하게 말을 이었다.
"애니가 병원에 갔대. 탐슨이 업고 데려갔나 봐. 탐슨이 여태 애니를 침대에 묶어놓고 오늘 돌아와선 뜨거운 커피를 들이부었대.

거기다가."

"뭐라구?"

선희는 더 물으려다 말았다. 입을 다물지 못하고 서 있는데 미라는 샌디 방으로 들어가 버렸다. 선희는 입술을 깨물고 한동안 밖에 서 있었다. 선희가 들어서자 마크가 무슨 일이냐고 물었다. "끔찍해." 선희는 얼굴을 찌푸렸다.

"애니가 방금 병원으로 갔어. 일이 생겼어. 살림하는 흑인이 있는데 애니가 바람을 피우다가 그에게 들켰거든. 그가 애니의 몸에 뜨거운 커피를 부었어. 음부에."

선희의 목소리가 높아졌으나 마크는 가만 바라보기만 했다. 선희는 동의를 구하듯 말을 덧붙였다.

"애니는 고소할 거야. 남자들의 폭력을 그냥 받아들이면 안 돼. 사람이 할 짓이 아니야."

"써니, 내가 생각하기에 그건 폭력이 아니라 사랑의 방법이야."

"사랑의 방법? 무슨 말이야?"

선희는 화를 냈으나 마크의 입가에 웃음이 떠올랐다.

"그 흑인은 여자를 사랑할 줄 알아. 증오할 줄 알아야 사랑도 하는 거야. 나는 그가 부러운데?"

말하다 말고 마크는 주머니에서 손지갑만 한 빨간 상자를 내놓았다. 선희는 무심히 그것을 바라보았다. "당신에게 손목시계가 없잖아." 눈이 마주치자 마크는 상자를 선희 앞으로 디밀었다. 상자 속에는 시계가 들어 있었다.

시계 알엔 인조 보석이 박혀 있고 시곗줄은 몇 개의 금실이 엮어진 것처럼 섬세하게 달려 있었다. 장식적이어서 시계라기보다 팔찌 같았다.

"마크 고마워. 남자에게서 이런 선물 처음 받아봐. 기분이 아주 좋은걸."

선희는 환히 웃으며 시계를 손목에 채웠다. "아름다운 여자에게 선물을 한 남자가 없었다니 믿기지가 않는군." 마크의 말에 고개를 내젓는데 언뜻 남백 선생이 떠올랐다. 선희가 모델을 할 때 그녀를 따라다녔던 화가. 선희에게 빨간 구두를 사주었던 아버지 같은 사람이었다. 육순의 나이였으며 키가 작고 볼품이 없었으나 선희의 값어치를 알아준 예술가였다.

그가 그린 선희의 누드화는 포장된 채 아직도 선희 방 다락에 올려져 있을 것이다. 풍만한 나신이 갈대밭에 구름처럼 누워 있는 그림이었다. 호기심이 가득한 눈은 아이의 그것이었으나 젖꽃판은 팬지 꽃같이 붉었고 음부에 검은 모자가 덮여 있었다. 마치 상장(喪章)처럼.

그 노화가는 지난봄 프랑스로 떠났다. 그기 떠나기 며칠 전날 선희는 병원에서 나오며 울었다. 그는 그날 마지막 여생은 선희 옆에서 보내겠다고 다짐했다. 이국의 도시에서 빨간 차를 타고 다시 만날 것을 약속했다. 그러나 겨울이 되도록 그는 엽서 한 장도 보내지 않았다. 두려웠는지도 모른다. 선희의 미래가 그의 어깨에 얹히는 것이. 무엇보다 화가에겐 그림이 생이었다. 선희는 그간 몇 번이나 편지를 썼다가 버렸다.

마크가 저녁 식사를 끝내고 나자 선희는 약을 먹으라고 환기시켜 주었다. 마크는 십여 일째 항생제를 먹고 있었다. 처음엔 요도에서 고름이 나왔으나 이제는 그친 듯했다. 마크는 약을 먹고 나서 길쭉한 성기를 꺼내 들여다봤다.

"이따금 통증이 와, 하지만 일주일 뒤면 완쾌될 거야. 당신에게 미안해."

선희는 마크의 늘어진 성기를 바지 속에 넣어주었다. 지퍼를 올리며 마크 뺨에 입을 맞추었다.

"그래서 시계를 사 온 거야? 난 상관없어."

"시계는 훔친 거야. 물론 써니에게 줄 생각을 했어."

선희는 마크에게서 한 발 물러섰다. 농담인 줄 알았으나 마크의 표정엔 움직임이 없었다.

"난 슬래키 보이야. 원래 도벽이 있어."

"농담을 하는 거지?"

마크는 담배를 피워 물곤 침대에 걸쳐 누웠다.

"하이스쿨에 들어가던 해야. 그저 인생을 알고 싶었고, 혼자 살고 싶었어. 주유소나 창고에서 일을 하고 돈을 벌었지만 지칠 때는 도둑질을 했지. 길에 세워둔 자동차 부속품을 떼내기도 했고, 레스토랑에서 고급 식기를 훔치기도 했어. 일 년 뒤엔 다시 집에 들어갔지만 도둑질을 여전히 계속했어. 학교 다닐 때는 책만 훔쳤지."

"들킨 적은 없어?"

마크가 누운 채 어깨를 으쓱했다.

"내가 무엇을 훔치는 건 그것이 필요해서가 아냐. 들키지 않기 위해서지."

"무슨 뜻이야?"

"중요한 것은 훔칠 때의 순간이야. 스릴을 즐기는 거지. 그것이 권태에서 벗어나는 하나의 방법이야."

선희는 마크를 물끄러미 바라보다 두 손을 깍지 끼었다.

"난 도둑이 철학을 가지고 있다곤 생각지 않았어. 그런데 마크, 내 물건까지 훔치는 건 아니겠지."

"이 방에 있는 모든 걸 다 훔쳐도 단 하나 훔칠 수 없는 게 있지."

마크는 조용히 몸을 일으키곤 선희를 손가락으로 가리켰다. "당신 마음이야."

애니는 입원하고 이틀 뒤에야 의식을 회복했다. 한 달 넘게 치료해야 한다는 걸 보면 중상이었다.

선희들이 문병 갔을 때 탐슨과 기순이 와 있었다. 애니는 문병 온 여자들을 힘없이 바라보기만 했고, 옆에 서 있는 탐슨을 보고도 아무 말 하지 않았다. 탐슨은 애니 손을 잡고 눈물을 글썽거렸다. 무슨 말을 할 듯 입술을 움직였으나 제 손으로 입을 가렸다.

"야, 탐슨이 네 남편이냐 뭐냐. 그렇게 널 구속하고 싶으면 이혼하고 결혼을 해주든지. 너 치료 끝나고 나면 당장 이 자식 고소해."

샌디는 흥분해서 얼굴까지 붉어졌다. 살짝 얽은 콧등을 찡그려 마맛자국이 두드러져 보였고, 올려 묶은 머리가 흔들렸다. 미라는 옆에서 공연히 울기 시작했다. 애니는 그제야 입을 뗐다.

"난 탐슨을 고소 안 해. 아이 러브 탐슨."

탐슨은 울음을 삼키고, 애니 침대에 얼굴을 파묻었다. 선희가 조용히 자리에서 물러나자 여자들도 뒤따라 병실을 나섰다. 흥, 춘향이 났구나, 났어. 애니를 윽박지르던 샌디도 병원 밖으로 나서자 잠잠했다. 제멋대로이고 기가 센 애니가 핼쑥한 얼굴로 누워 있는 것을 보니 가여운 생각이 드나 보다. 보통 때 애니였다면 링거 병이라도 뽑아 탐슨에게 던졌을 것이다. 앞서가던 샌디가 말없이 걸어오는 기순을 향해 돌아섰다.

"언니가 애니라면 어떨 것 같아."

"글쎄, 그 입장이 돼봐야 알겠지?"

"나도 애니처럼 탐슨 같은 남자를 고소 안 할지 몰라. 탐슨은 애니를 사랑해. 폭행을 하긴 했지만 이 바닥에서 그런 남자가 아니면 누가 우릴 사랑해 주겠어. 가족들도 색시를 찾아와서 미제 깡통까지 들고 가는데."

"애니도 속은 외로워서 탐슨 같은 남자를 사랑하는 거겠지."

선희 말을 들으며 기순은 신호등 앞에 섰다.
"왜 놀러 안 와? 재미있나 보지?"
"재미있어질 때 놀러갈 거예요. 언니 앞에 있으면 내가 초라해져요."
"어려운 말이야."
파란 불이 켜져서 길을 건너려는데 미라가 선희 팔을 잡았다.
"우리 오랜만에 파라다이스 가볼까? 날이 좋으니까 집에 들어가기 싫어."
파라다이스는 기지촌에서 조금 벗어나 들판 쪽에 있는 유원지다. 기순만 돌아가고 선희들은 파라다이스로 향했다. 들판에서 인분 냄새가 뒤섞인 훈풍이 불어왔다. 막 자라기 시작한 보리가 초록의 물결로 일렁였고, 늦봄의 햇살이 따갑게 콧등으로 내리쬐었다. 길 한옆으로 노란 장다리꽃이 한 무리로 피어 있었다. 좁은 황톳길로 짧은 티셔츠를 입은 공군들이 자전거를 타고 달려갔다.
평일이어서 파라다이스는 그다지 붐비지 않았다. 탁구장과 당구장에 서너 명이 있을 뿐 다른 오락장은 거의 비어 있었다. 미라는 그네를 보자 뛰어가 올라섰고 샌디는 그 옆에 있는 사격장으로 갔다. 선희는 등 뒤로 햇살을 받으며 못가로 걸어갔다. 귀에 익은 팝송이 스피커에서 울려 나왔다.
……나의 썸머와인은 양딸기, 버찌 그리고 봄 천사의 키스가 합쳐져 만들어졌지…….
옆으로 두 명의 미군이 자전거를 타고 스쳐 갔다. 페달을 햇빛에 번쩍이며 허리를 굽히고 제비처럼 달려가는 모습이 경쾌했다. 뒤에서 여자 말소리가 들려왔다.
"앞에 간 애, 며칠 전 내가 캐치했던 애 친구야, 이쁘게 생겼지? 빨리 따라가 붙자."

"둘 다 어려 보여. 난 저렇게 젊은 애들이 좋아."

두 여자가 자전거를 타고 선희 옆으로 스쳐 갔다. 그들 둘 다 얼굴이 상기돼 있었고 반들거렸다. 한 여자는 몸에 꼭 붙는 티셔츠를 입고 있었는데 양딸기 같은 젖꼭지가 그대로 드러났다. 여자의 흰 바지 뒷주머니에는 '키스 마이 애스'라고 씌어 있었다. 내 엉덩이에 입 맞춰라. 선희는 속력을 내어 미군들을 뒤쫓아 가는 여자들을 한참 지켜보았다. 긴 머리가 허공에서 물결쳤다.

선희가 못가에 서 있으려니 샌디가 부르는 소리가 났다. 못이 마주 보이는 풀밭에 몇 개의 야외 테이블이 놓여 있고, 샌디는 그중 한 자리를 차지하고 있었다. 여태 그네를 탔는지 미라는 보트장을 스쳐 샌디 쪽으로 뛰어왔다.

샌디는 벌써 아스크와 소주를 시켜놓았다. 미라는 자리에 앉자마자 막 샌니가 따른 술부터 맛보았다. 입술에 묻은 술을 혀로 핥곤 잔에 소주를 더 부었다.

미라의 손이 코앞에서 어른거려서 선희는 무심히 그것을 봤다. 뼈만 드러난 손등엔 세 개의 흉터가 마맛자국같이 찍혀 있었다. 그것은 눈에 띌 정도로 이지러졌고 미라의 손등은 격전지처럼 황폐하게 보였다. 선희는 미라의 손등을 가만 만졌다. 미라는 스스럼없이 손을 내밀었다.

"약 먹고 한창 깡패 짓 할 때 담뱃불로 그랬어. 몇 년 전만 해도 통신 부대가 있는 오정리에서 칠공주단이라면 알아줬다구. 내가 그중의 셋째였어. 그때 늘 칼을 갖고 다녔는데."

"흥, 그 칼로 지 손목이나 그었겠지. 니가 하는 짓은 다 그래."

샌디에게 퉁맞고도 미라는 웃기만 했다. 동생같이 마음이 쓰이는 미라에게 선희가 한마디 했다.

"자기 몸은 자기가 아껴야 돼. 자기가 자기를 버리면 다른 사람도 널 버려."
"알아, 언니. 약 먹는다고 모르지 않아. 모르는 것 같아도 다 안단 말이야."
그들은 술을 비우고 자리에서 일어섰다. 보트장도 탁구장도 있었지만 더 있다 가자는 말은 아무도 하지 않았다. 애니가 병실에 누워 있는 모습을 보아선지 기분이 가라앉았다.
미라는 혼자 백 미터쯤 앞서가고 있었다. 바람을 타듯 걸음이 가벼웠고, 뱀 무늬 옷 때문에 미라의 몸이 더욱 유연해 보였다. 미라의 옷처럼 하늘거리는 나비가 미라의 머리 위로 날아갔다. 흰나비였다.
미라는 나비를 따라 한길에서 숲 오솔길로 들어섰다. 숲 입구에 큰 무덤 하나와 작은 무덤 두 개가 나란히 있었다. 어느 가난한 집 식구 무덤은 아무도 돌보지 않아 풀이 무성했고, 미라는 어느새 맨발로 풀밭에 섰다.
나비가 아기 무덤 위로 날아갔다. 미라는 나비를 따라 아기 무덤 위로 뛰어 올라갔다. 팔을 뻗고 허공을 휘저었으나 나비는 영 잡힐 것 같지 않았다. 미라는 환호성을 내며 아이같이 무덤 위에서 뛰었다. 샌디가 미라를 기다리기에 지쳐 풀밭에 주저앉았다.
"봄에 흰나비를 처음 보면 엄마가 죽는다고 하잖아. 어릴 때 흰나비를 보고 울면서 집에 뛰어가던 생각나네."
선희는 그날 오랜만에 밤외출을 했다. 부대에서 가져온 통조림으로 저녁을 먹고 나자 마크가 클럽에 가자고 제의했다.
"술을 마실 수 없잖아." 선희의 말이 끝나기도 전에 마크는 한 손을 올려 들었다.
"난 이제 술을 마셔도 돼. 오늘 검진받았어. 치료는 끝났어."
선희는 루주만 바르고 나갈 채비를 했다. 청바지를 입으려 했으나 마크가 치마 입기를 원했다. 선희는 스스럼없이 응했다. 집에서는 늘 바지만 입고 있었다. 마크는 선희의 다른 모습을 보고 싶은 것이 틀림없다.

해는 아직 기울지 않았다. 선희는 더위를 조금 느꼈다. 밤에 쌀쌀할 것을 예상하고 긴 팔 목수 원피스를 입었기 때문이다. 어깨까지 오는 머리도 거추장스러워 손수건으로 묶는데 가게 앞에 붙은 아이스크림 광고가 눈에 띄었다. 선희는 가게 앞에 서서 아이스크림을 달라고 했다. "두 개요?" 주인이 묻자 마크가 손을 내저었다.

"써니, 아이스크림 먹지 마."

"난 찬 것이 먹고 싶어."

"먹지 마."

말소리는 부드러웠지만 마크는 양미간을 세우고 있었다. 선희는 별생각 없이 주인으로부터 아이스크림을 받아 들었다. 마크가 고개를 흔들었다. "플리즈."가 새어 나왔다. 선희는 의아했지만 아이스크림을 되물릴 수도 없었다. 선희는 모른 체하고 아이스크림 껍질을 벗겨버렸다. 이어 손지갑을 열자 마크가 재빨리 돈을 냈다.

가게에서 나오자 마크는 선희의 손에 들린 아이스크림을 빼앗았다. 그것을 들고 쓰레기통에 다가가 던졌다. 먹을 마음은 벌써 가셨지만 선희는 약이 바짝 올랐다. 선희는 마크의 등 뒤로 소리쳤다.

"마크 왜 그러는 거야?"

마크가 돌아서며 잠시 침묵을 지켰다.

"써니, 당신은 지금 아름답지만 자신의 몸에 너무 무관심해. 난 당신이 살찌고 추해지기를 원치 않아."

"그래도 아이스크림을 뺏는 건 지나쳐. 난 당신 마누라가 아냐."

골목에서 한길로 막 나서려는데 두 여자가 연이어 골목으로 뛰어갔다. 한길은 다른 때보다 번잡한 것 같았고, 긴장된 공기가 감돌았다. 몇 발짝 앞에 한 남자가 보도를 바라보고 서 있었다. 선희는 그제야 오늘이 토벌날인 줄 깨달았다. 이곳에 있는 수백 명의 여자들 중 패스가 없거나 검진을 받지 않은 여자들을 추려내는 일이었다. 보건소 직원이 선희 앞으로 손을 내밀었다.

"아가씨 패스 좀 봐요."

선희는 패스를 가지고 나오지 않았다. 화가 난 선희를 뒤따라오던 마크가 옆에 다가와 섰다.

"이 여자는 나의 여보다. 지금 산보 중이어서 패스를 가지고 나오지 않았다."

"패스 없이 왜 다녀. 패스가 있으면 가져오라구. 그럼 놓아줄 테니."

젊은 남자는 일부러 심술궂게 맞섰다. 선희를 잡기로 작정을 한 듯했다. 실랑이를 하기 싫어서 선희는 마크에게 패스를 갖다달라고 부탁했다.

마이크로버스엔 십여 명의 여자들이 잡혀 와 있었다. 거의가 짙은 화장을 했고, 흐린 전등 아래 서로 얼굴을 외면하게 있었다. 뒷자리에 앉은 여자는 큰 소리로 울어댔다. 두 여자가 창으로 목을 빼고 미군과 이야기했다.

"걱정하지 마. 일주일 안으로 몽키하우스에서 나올 수 있을 거야."

그중 한 여자는 미군을 보내고 가방에서 머리빗을 꺼내 빗었다. 뒷자리에서 울음소리가 더욱 크게 들려왔다. 여자는 친구를 따라와 미군과 합석했을 뿐이라고 울먹였다. 머리를 빗던 여자가 뒤돌아보며 소리쳤다.

"듣기 싫어. 여기가 니네 안방이야?"

선희가 창밖을 보고 있을 때 한 여자가 부대 앞에서 잡혀 왔다. 여자는 약간 둔해 보이는 체격에 안경을 쓰고 있었다. 세련되지 않은 대학 신입생처럼 보여서 선희는 잘못 잡혀 왔구나, 생각했다. 여자는 선희 옆에 앉아서 보건소 직원에게 항의했다.

"부대에서 영어 회화 배우러 다니는데 패스는 무슨 패스를 내놓아요."

"병이 있는지 없는지 검진해 보면 다 아니까 가만있어."

"그럼 벌써 한 달째 사귀었는데 아무 일 없어요?"

"그럴 줄 알고 데려왔어."

어린애처럼 퉁퉁거리며 말하던 여자는 안경을 벗어 손수건으로 닦았다. 여자의 펑퍼짐한 얼굴이 비곗덩어리 같았다. 선희는 혐오감을 느끼며 그 얼굴을 외면했다. 창으로 고개를 돌리자 마크가 유리창을 손가락으로 치고 있었다.

선희가 차에서 내리자 마이크로버스가 움직이려 했다. 다른 곳으로 이동하는 모양이었다. 한 여자가 창밖으로 얼굴을 내밀고 소리쳤다.

"제니, 톡 투 미스타 유. 오케이?"

선희 바로 뒤에 서 있던 여자가 차를 향해 손짓을 했다. 부탁을 받은 제니였다. 선희는 순간 주춤했다. 여자들 입에서 거침없이 나오는 영어가 갑자기 생경하게 들렸다. 차가 선희의 시야에서 미끄러져 나갔다. 얼핏 어두운 불빛 아래 모여 있던 여자들이 나방이 떼처럼 떠올랐다.

"마크, 클럽엔 가지 않겠어. 자전거를 타고 강에 나갈까."

봄밤의 쾌적한 공기가 얼굴에 휘감겨 왔다. 민가의 불빛이 멀리서 가물거릴 뿐 사방은 어두웠다. 나무들은 어둠 속에 장승처럼 버티어 있고 좁은 길이 자전거의 불빛으로 희미하게 드러났다.

길이 고르지 않아서 몸이 가볍게 진동했다. 바람에 부푼 마크의 흰 운동복이 선희의 시야를 막았다. 선희는 발에 힘을 주고 서서히 속력을 늦추었다. 아산만의 강줄기가 아교질처럼 괴어 있었다.

강을 보면 언제나 낯익은 느낌이 든다. 어둠 속에서도 강 냄새를 맡을 수 있다. 어느 곳에서 만나든 그것은 고향처럼 아늑하다. 엄마 가슴처럼 부드러워서 산 자는 발을 씻어주고 죽은 자는 뼛가루를 받아주지……

송림 사이로 수면이 번뜩였다. 마치 한 마리의 새가 수면을 스쳐 간 듯했다. 문득 전생에 나는 새였는지 모른다는 생각이 들었다. 예전에 강물을 따라 흰 날개를 펼치고 날아다녔던 것 같았다. 떠돌이처럼 헤매는 자신이 새의 분신인 듯 느껴졌다. 옛날 옛적의 한 마리 새가 오늘은 갈보가 되어 강가를 달려간다.

강물이 이따금 출렁거릴 뿐 사방은 고요했다. 하늘엔 별이 총총해서 그 빛이 땅으로 쏟아질 듯했다. 선희는 마크와 나란히 소나무에 몸을 기댔다. 강물은 그들 발아래로 긴 허리를 누이고 있었다. 강 건넛마을에서 몇 개의 불빛이 가물거렸다. 선희는 눈을 빛내며 나직하게 말했다.

"불빛이 있어서 밤이 좋아. 어떤 고통의 집도 밤엔 아름답게 보이거든."

"그건 눈을 가리는 환상이야. 제기랄, 타임스퀘어도 할렘가도 밤엔 아름답게 보여. 허상의 아름다움이야. 아름다움이란 거리에서 오는 것이 아닐까. 저 강 건너 등불이 아름다운 것은 그 거리가 그리움을 주기 때문이야."

"그 말도 맞아, 기지촌의 야경도 아름답지. 그러나 이곳은……"

환락의 손바닥일 뿐, 오만한 아메리칸이 달러를 뿌리는 불타운이며 된장 냄새와 레이션 냄새가 뒤섞인 장터일 뿐. 선희도 그것을 잘 알고 있다. 선희는 불을 쫓는 나방이처럼 이곳에 오진 않았다. 허영도 가난 때문도 아니고 방종도 아니었다. 이곳에 온 행위에 의지가 따랐다면 그것은 아마도 자기 파괴의 의지이리라. 마크가 선희 어깨에 팔을 두른 채 눈을 가만히 들여다보았다.

"써니, 당신은 여기서 인생을 즐기지 않아. 그렇지?"

"그런지도 몰라. 시간이 헛되이 지나가는 것을 자주 느껴."

"당신은 책을 보고 멋을 부리지도 않아. 남자에게 매달릴 마음도 없어. 다른 여자들관 틀리지. 정신은 움직이나 육체는 굳어 있어. 그리고 그 정신도 그다지 건강한 것은 아니야. 자의식에 묶여 있어. 그것이 당신의 특성이며 매력이기도 해. 배부른 양보다는 고난의 산양이 매력 있듯이."

선희의 입가에 웃음이 떠오르다 사라졌다. 선희는 마크, 하고 망설이듯 말을 꺼냈다.

"내게 이 생활이 맞기도 하고 안 맞기도 해."

마크의 시선을 의식했으나 선희는 앞만 바라보았다. 잠시 후 마크가 선희의 손을 잡았다. 손바닥을 펴게 하고 마크는 손가락으로 글씨를 썼다. 입으로 알파벳을 또박또박 발음하며,

"에스…… 에이…… 아이…… 엔…… 티, 세인트군, 당신은."

선희의 시야로 순간 불빛이 흔들렸다. 강물이 바람에 일렁였는지도 모른다. 이번엔 선희가 마크를 바라보았다. 세인트…… 성녀라구? 마크의 얼굴은 조각처럼 움직임이 없었다.

"마크, 기분이 묘해. 나도 자신이 싫어. 나는 뛰어나지도 못하면서 평범하지도 못해. 순간순간은 취해 살지만 끝에 맛보는 것은 공허감뿐이야. 난 오픈게임만 수없이 치르고 나가떨어진 권투 선수와 같아. 처음엔 세상이 나를 받아주지 않았지만 이제는 내가 그 속에 끼어들 수가 없어. 난 응시자가 된 거야."

그때 하늘 한쪽에서 별똥별이 길게 꼬리를 그리며 떨어졌.

마크가 그것을 가리켰다.

"써니, 유성을 보면 소원을 말하는 거지. 당신 소원을 말해 봐."

마크가 가리킨 하늘에 별똥별은 이미 사라졌다. 모르겠어, 하고 선희는 말했다. 마크의 손이 선희의 얼굴을 스쳤다.
"당신은 이상한 여자야. 그래서 좋아. 써니, 난 흥분할 것 같애."

어디로 가는 것일까.
선희 앞에 한 남자가 걸어가고 있다. 미술대학의 교학과장⋯⋯ 또 선희 옆에 세 사람이 걸어간다. 선희가 살던 동네의 구멍가게 주인아저씨, 두 사람은 기억이 날 듯 말 듯한데 아무튼 아는 사람이다. 모두 시골길로 가는 걸 보면 소풍을 가는 거다. 날씨도 맑다.
얼마를 가다 주위를 휘둘러보니 혼자 낯선 거리에 있다. 사람들은 어디로 갔을까? 다시 앞을 바라보니 로마의 원형극장 같은 건물이 우뚝 서 있다. 선희는 자석에 끌린 듯 그 건물 안으로 들어선다. 어둡다. 천장으로 물이 새고 그것이 벽에도 번져 흐른다. 희미한 불빛을 따라 더듬거리며 터널을 빠져나오자 저만치 앞에서 전등불이 화려하게 빛나고 있다.
시장이다. 유리문을 밀고 들어서니 색색 가지의 옷감들이 각 점포마다 쌓이고 펼쳐져 있다. 전등불 아래 펼쳐진 옷감들이 눈이 아프도록 현란하다. 그 포목점들을 지나 미로를 빠져 걸어 나오자 다시 원형극장 같은 건물 밖이었다.
눈앞에 세 갈래 길이 있다. 큰 신작로가 앞으로 뻗어 있고 양편으로 골목이 있다. 선희는 신작로로 가지 않고 왼쪽 샛골목으로 건너간다. 좁고 언덕진 골목이다. 몇 걸음 걸어가 언뜻 앞을 보니 골목 한 모퉁이에 연탄이 쌓여 있고 얼굴이 시커먼 거구의 연탄장수가 선희를 쏘아보며 길을 가로막고 서 있다. 연탄집게를 손에 쥔 채.
막다른 골목이었다.
선희는 자동인형처럼 벌떡 일어났다. 땀에 젖었는지 목덜미가 끈끈했고 한참 눈을 뜨고 있으니 희끄무레한 어둠이 다가왔다. 주위를 두리번거리자 탁자 위에 놓인 주전자가 눈에 들어왔다. 목이 말랐으므로 선희는 일어나 주전자를 집어 들었다.

낡은 커튼이 드리운 창에도 엷은 잿빛이 밀려와 있다. 가만 창을 바라보노라니 땅이 젖어 드는 소리가 들리는 듯했다. 비가 오나? 몇 시나 됐을까? 시계를 보려다가 선희는 방문을 열어젖혔다.

밖으로 고개를 내미는데 층계 앞에 서 있는 사람이 눈에 들어왔다. 미라가 층계 앞에서 신발을 고쳐 신고 있었다. 미라는 어느새 곱게 화장을 하고 번들거리는 흰 비옷을 입었다. 선희는 멈칫해서 두 팔로 몸을 감았다. "미라야." 선희가 나직이 부르자, 미라는 놀란 듯 선희 방 쪽을 흘끗 보았다.

"쉿! 다 자는 줄 알았는데 언니가 깼구나."

미라는 눈웃음을 흘리며 검지를 입술에 댔다. 화장을 했지만 핼쑥하게 보였다. 약을 먹고 밤새 잠을 자지 않았나 보다. 미라는 잠옷 차림으로 서 있는 선희에게 손짓하고 층계로 내려갔다. 이 새벽에 어디로 가는 걸까, 비가 오는데 우산도 없이. 넋 빠진 사람처럼 방문 앞에 서 있던 선희는 잠시 후 급하게 신발을 신었다.

뛰듯 층계를 내려가 대문 밖으로 나서니 미라는 벌써 골목 끝으로 걸어가고 있었다. 흰옷을 입은 미라가 나비처럼 이내 눈앞에서 사라졌고, 선희는 미라가 빠져나간 골목길을 한참 동안 뚫어지게 지켜보았다. 왠지 미라가 다시는 돌아오지 않을 것만 같았다.

낮과 꿈

페치카가 타는 산장의 풍경이 개나리가 흐드러진 고궁으로 바뀌었다. 겨울이 찢겨나가고 봄 풍경이 벽 한 모퉁이에 자리 잡은 지 일주일 만에 나는 검진에 걸렸다. 그 정도는 이 바닥에서 예삿일이지만 나는 몹시 약이 올랐다.

영업 중에 병이 걸리는 수는 있지만 살림을 하면서 검진에 걸렸다는 말은 어디에서도 들어보지 못했다. 나는 오브튼과 두 달째 살림하고 있었다. 그동안에도 오브튼은 몇 번이나 바람을 피워 내 속을 썩였다. 이번에 다른 여자에게 병을 옮겨와 내게 안겨주었다.

신랑 덕분에 호강은 못할망정 병을 옮아 몽키하우스로 가야 하다니. 더구나 이 초봄에.

보건소에서 나서자 나는 곧장 소방 부대로 전화했다. 오브튼이 나오자마자 지겨운 바람둥이라고 욕부터 했다. 능청맞게도 오브튼은 "배기, 남자에겐 누구나 일시적인 바람기가 있어, 당신은 이해할 수 있잖아." 했다. 나는 코웃음을 쳤다.

"바람기란 것이 남자에게만 있다고 생각해? 여자도 같아. 그러나 내가 당신과 살면서 다른 남자에게 눈을 돌리면 당신은 이해를 잘하겠어?"

나는 곧이어 검진 결과를 알려주었다. 오브튼도 검진을 했는지 그제야 실토했다. 병을 옮긴 여자를 컨택하겠다고 시무룩한 어조로 말했다. 거듭 미안하다, 했으나 나는 끝장이다. 으름장을 놓고 전화를 끊었다.

생각할수록 부아가 치밀었다. 오브튼은 한 달 뒤면 임기를 마치고 본국으로 간다. 나와의 살림이 한국에서의 마지막이라 생각하면 충실할 수도 있으련만 거꾸로 바람이나 실컷 피우자, 식이었다. 두 달 전 처음 만났을 땐 천생배필인 것처럼 굴지 않았는가. 너를 이제야 만난 것은 신의 장난이다, 등등 떠벌리며 침대에 누운 채 스프링을 마구 굴렸다.

나는 집으로 들어가는 길에 옵타리돈 서른 알과 소주 한 병을 샀다. 소주에 옥순이 스무 알을 삼키곤 침대에서 뻗어버렸다.

내가 눈을 떴을 땐 서향 창으로 햇살이 비쳐 든 다음 날 오후였다. 투명한 링거 병이 허공에 매달려 있고 내 팔엔 바늘이 꽂혀 있었다. 오브튼의 금발이 내 눈썹 끝으로 스치자 나는 주삿바늘을 잡아 빼버렸다. 오브튼이 내 팔을 붙들고 우는소리를 냈다.

"하니, 내가 잘못했어. 다시는 바람을 피우지 않을 거야. 이젠 화를 풀어, 하니."

나는 웃음이 나오려는 것을 참았다. 두 달째 살면서 하니 소리를 듣기는 처음이었다. 엔간히 놀란 것 같았다. 이왕 놀래준 김에 혼쭐을 빼놓자는 생각이 들었다.

나는 눈을 감은 채 물을 달라고 했다. 오브튼이 물 잔을 앞으로 내밀자 나는 벌떡 자리에서 일어나 침대 서랍을 열었다. 서랍 속엔 남은 옵타리돈 열 알이 들어 있었다. 오브튼이 손을 뻗었으나 나는 그것을 재빨리 이불 밑에 밀어 넣었다.
"말리지 마. 난 맨정신으로 몽키하우스에 갈 수 없어."
나는 밤 열 시에 몽키하우스로 출발했다. 이런 기분으로 대낮에 몽키하우스로 걸어갈 수 없었다. 약 기운으로 걸음은 가벼웠다. 마치 집으로 돌아가는 휴가병처럼 콧노래까지 흥얼거렸다. 넓고 조용한 골목으로 들어서 담들을 지나가자 수용소의 이 층 건물이 나왔다. 이 층 창에 불이 켜져 있다는 것 외엔 여느 공공건물처럼 밋밋한 건물이었다.
수용소의 문은 굳게 닫혀 있었다. 시계가 열한 시 가까이 되니 잠겨 있는 것이 당연하다. 나는 먼저 소지품을 넣어 온 가방을 담 너머로 던졌다. 가방이 어둠 속에서 혹성처럼 떠오르다 사라졌다. 작은 철문에 사자 머리 장식의 손잡이가 달려 있었다. 나는 그 위에 한 발을 딛고 올라서 간신히 담 위의 철책을 잡았다. 몸도 가벼웠으므로 담 위에 올라가 뛰어내리는 건 어렵지 않았다.
잠자던 관리소 소사가 투덜거리며 현관문을 열어주었지만 그 날 소란이 그것으로 끝난 것은 아니다. 나는 국화반에 배정되었다. 국화반 여자들은 나를 에워싸고 킬킬 웃어대는데 밖에서 웅성거리는 소리가 들려왔다. "씨팔, 또 무슨 일이야?" 영자가 문을 열어젖히자 맞은편의 난초반에서 사감 격인 쥐치와 경찰 두 사람이 나오고 있었다. 세 사람은 다시 옆방의 장미반으로 들어갔고 장미반 여자들의 이름을 하나하나 부르면서 확인하고 있었다.
난초반에서 두 여자가 복도로 나오자 영자가 큰 소리로 물었다.
"씨팔, 이 밤중에 왜 그래?"
"누가 탈주했대. 방범대원이 누가 수용소 담 타 넘고 도망가는 걸 봤대."

조사 결과 아무 반에서도 탈주한 사람은 발견되지 않았다. 맨 마지막으로 인원 점검을 한 국화반에도 이상이 없었다. 이 야밤에 탈주라니. 이불 호청을 찢어 창밖에 늘어뜨리고 타잔처럼 빠져나간 여자도 있었다지만 그건 이미 전설이 되었다. 지금은 창마다 창살이 둘러져 있었다.

인원을 확인하고 나서도 경찰은 머뭇거렸다. 미련이 남은 모양이었다. 얼굴이 쥐같이 뾰족해서 쥐치란 별명이 붙은 여사감이 고개를 갸웃하다 나를 가리켰다.

"혹시 쟤가 담 타 넘고 들어온 걸 도망가는 걸로 잘못 생각하신 건 아니에요? 밤이니까 잘못 봤을 수도 있어요."

"아가씨가 담 타 넘고 왔어?"

경찰 한 사람이 어이없다는 표정을 지었다. 확신이 들었는지 쥐치가 자리를 뜨며 한마디 했다.

"맨정신으로 오기 싫으니까 약 먹고 그 짓 하지."

여자들이 다시 키득대고 토마가 쥐치 등 뒤로 소리쳤다.

"담 타 넘고 들어오는 사람이 있으니 몽키하우스도 사람 사는 데 같네."

수용소에 들어올 땐 끔찍해서 이런 굿까지 벌이지만 일단 들어오고 나면 그런대로 재미를 찾기 마련이다. 아침 일곱 시에 하루가 시작된다. 집에선 오전 내내 이불 속에서 비비적대지만 여기선 모두 일어나 대청소를 하고 식사 당번은 주방에서 식사 준비를 한다. 그것이 끝나면 떼를 지어 아래층으로 내려간다. 콩나물 정도의 식물성 반찬만 차려 있지만 여자들은 아침부터 왕성한 식욕으로 밥을 먹는다.

식사 시간이나 청소 시간, 페니실린 주사 투약 시간 외엔 거의 자유 시간이다. 묵은 주간지나 텔레비전을 보기도 하지만 우리들은 주로 화투와 잡담으로 시간을 보냈다. 그러다 보면 서로가 자연 드러나기 마련인데 국화반엔 이런 여자들이 모였다.

욕으로 시작해서 욕으로 끝나는 영자, 첫사랑 얘기가 몇 개씩 준비된 토마, 빗자루 같은 속눈썹을 늘 붙이고 다니면서 한 번도 세수하지 않는 추자, 잠시도 가만있지 못해서 방울뱀이란 별명을 가진 막내 티나, 첫 순정도 팔아야 했던 더러운 팔자지만 결혼식은 산에서 하고 싶다는 써니, 서른 살의 써니 얼굴엔 벌써 납독으로 푸른기가 돌았다.

이 방에서 제일 나이가 많은 사람은 서른넷인 순자 언니다.

길쭉한 얼굴에 처진 눈초리가 순해 보이는 여자였다. 특징 없는 외모에다 말이 없어서 순자 언니는 처음에 거의 눈에 띄지 않았다.

순자 언니는 온종일 뜨개질을 했다. 그림자처럼 벽에 기대앉아 기계처럼 재빠른 손놀림만 했다. 그런 언니의 모습은 이 방 여자들에게 낯익은 것인 듯했다. 화투를 치거나 얘기를 할 때 아무도 순자 언니를 끼워 들이려 하지 않았다. 덕분에 순자 언니의 무릎 위론 레이스가 온종일 물거품처럼 흘러내렸다.

나는 첫날엔 그것을 무심히 보아 넘겼다. 순자 언니는 이튿날도 식당에서 돌아오자마자 뜨개질을 시작했다. 나는 그제야 호기심을 느꼈다. 나는 담배에 불을 붙이고 슬그머니 옆으로 다가갔다.

순자 언니는 나를 의식하지 않았다. 눈을 내리깐 채 정확한 손놀림만 했다. 얼굴엔 아무 표정도 없었고 숱 많은 머리가 양쪽으로 쏟아내려서 시야를 거의 가릴 지경이었다. 순한 얼굴과는 어울리지 않는 드센 머리카락이었다. 나는 지렁이를 건드려보듯 한마디 던졌다.

"보기만 해도 몸살 나네. 그걸 무슨 재미로 하누."

순자 언니는 이내 반응을 나타내지 않았다. 원을 한 바퀴 다 두른 뒤에야 나를 올려다보았다. 순자 언니 얼굴에 얼핏 웃음이 떠올랐다. 나를 안다는 표시 같았다.

"뜨개질이 좋아서 하는 건 아냐. 그저 숙제하듯이 해."
"누구한테 부탁받았수?"
"그런 건 아냐. 염주알 세는 기분으로 한달까."
내가 그대로 자리를 지키고 서 있자 순자 언니가 불쑥 물었다.
"나이가 몇이야?"
"스물여섯."
"좋은 나이네. 난 그때 둘째 아이를 낳았어. 무얼 조금만 알았어도 애를 낳지 않는 건데. 지금은 어떻게 됐을지……."

여자는 손이 잠시 주춤하더니 다시 뜨개질을 시작했다. 나는 레이스를 어디다 쓸 것인지를 물었다. 레이스를 짜는 모습이 마치 쇠꼬챙이로 땅을 파는 것처럼 답답해 보였던 거다.

"이건 침대보야. 식탁보, 커튼, 방석덮개, 많이 짜놨어. 결혼하면 다 쓰이잖아."
"결혼…… 해요?"
"언젠가 하겠지."

나는 피식 웃었다. 순자 언니가 갑자기 고개를 쳐들었다. 물고기가 수면 위로 치솟는 듯한 빠른 동작이었다. 순자 언니는 정색을 하고 말했다.

"꼭 할 거야. 깜둥이 아니라 깜둥이 할아버지하고라도."

세상에서 가장 흥미있는 것은 역시 사람이 아닌가 싶다. 어떤 평범한 인간도 가까이 들여다보면 그만이 지닌 반점이 있다. 그 반점은 타고날 때부터 주어진 것이기도 하고 환경에 의해 생긴 것일 수도 있다. 이것으로 인생 혹은 운명이 이루어지는 게 아닐까.

기지촌 같은 곳에 살다 보면 별의별 사람을 다 만난다. 이것을 인생 공부라 생각해서인지 나는 다른 사람보다 유별난 일을 많이 겪었다. 덕분에 이야깃거리가 풍부하다. 거기다 입심이 좋아선지 사람이 모이는 곳에선 인기가 좋은 편이었다. 이빨 까는 일로 하루를 보내니만치 몽키하우스에서도 예외는 아니었다.

이곳에 온 지 나흘째 되는 날이다. 우리 반에서 또 한번 재미있는 이야기가 터졌다. 재미로 치자면 음담패설처럼 재미있는 것도 없는데 화투를 치다가 영자가 말문을 열었다.

"씨팔, 조막손으로 할아버지만 긁어가네. 작은 고추가 맵다더라만."

추자더러 하는 얘기였다. 추자 앞엔 벌써 천 원짜리 두 장이 모여 있었다. 추자가 작은 발을 꼼지락거리며 씩 웃었다.

"어떤 미군이 나더러 너는 전부 작다, 그래. 키도 작고 손도 작고 입도 작다고. 나도 맞장구쳤지. 맞다, 나는 전부 작다, 그런데 딱 하나 큰 게 있다, 그건 침대에 올라가 보면 안다."

토마가 빨간싸리 쭉자를 내놓으며 양미간을 찌푸렸다.

"크니 작니 하니까 똥구멍이 또 아프다. 수용소 오기 전날 미군이 잘못 걸려서 항문섹스를 했잖아. 설사만 해쌓던 수도 구멍으로 방망이가 들어갔으니 안 찢어져? 병원 가야 한다고 떼를 써서 십 불 더 받아냈어."

"호모는 그 짓만 한다는데 안 아프나? 호모들은 상상만 해도 우스워. 차라리 레즈비언이 낫지. 보기에도 그쪽이 낫잖아."

"그럴까?" 하고 나는 써니 말을 받았다.

"내가 아는 레즈비언이 있어. 같은 여자끼리도 반할 만큼 미인인데 막상 내 몸에 손이 닿으니 기분이 괴상해."

"같이 자봤단 말이야?"

토마가 화투를 든 손을 내리며 눈을 치떴다. 나는 태연히 화투를 쳤다.

"결혼 신청까지 받았어."

"여자가 여자한테?"

모두 화투를 든 손을 내렸다. 영자는 그것을 아예 내던지고 담배를 집어 들었다. 나는 비장의 카드를 꺼내듯 바바라 얘기를 꺼냈다.

내가 바바라를 만난 것은 수용소에 들어오기 일주일 전이었다. 그날 오브튼은 야근이었고 나는 모처럼 저녁 시간을 혼자서 빈둥거리며 지냈다. 여덟 시쯤 되었을까, 누가 방문을 두드렸다. 내가 나가는 클럽 주인 안 씨 마누라였다.

안 씨 마누라 옆엔 젊은 흑인 여자가 서 있었다. 안 씨 마누라는 오브튼이 야근임을 확인하고 용건을 말했다.

이 손님은 일본에서 비상훈련 교육을 받으러 한국에 온 여군인데 한국 여자를 소개받고 싶어 한다는 것이다. 한국 안내도 해주고 친할 사람을 찾는 모양이라고 했다. 내가 채 대답하기 전에 흑인 여자가 웃으며 자기소개를 했다. 그 여자가 바바라였다. 바바라의 고르게 드러나는 치아를 보다가 나도 얼결에 반갑다는 인사를 했다.

처음엔 나도 바바라의 정체를 몰랐다. 바바라는 코냑을 한 병 가져왔고 우리는 그것을 나누어 마시며 열두 시까지 얘기했다.

바바라는 내게 이것저것 물었다. 수입과 생활의 어려움에 대해 듣고자 했고 얘기를 하다 보니 내 지난날 얘기까지 나왔다. 가난과 가정불화로 집을 뛰쳐나왔던 여고 시절이며 그동안의 억척스런 삶에 대해.

바바라는 진지하게 내 이야기를 들었다. 내용에 따라 얼굴 표정도 달라졌다. 얘기 끝에 "이 생활에 만족하느냐?" 묻기도 했다. "내 직업에 충실한다." 나는 한마디로 답했다.

"바바라는 스물두 살이야. 나이는 나보다 어리지만 같은 여자 끼리니까 말이 좀 잘 통해? 서로 마음이 맞았어. 바바라 옷을 걸어주려고 옷장을 열어놓고는 치사한 남자들에 대해 한바탕 성토도 했지. 옷장을 여니까 가죽잠바와 남자 양복 두 개가 보여. 내가 살림하고 있는 남자 옷이야. 나는 지금 살림하고 있다는 소리를 안 했어. 바바라가 누구 옷이냐 물어. 나는 나오는 대로 말했지. 자고 가면서 돈을 제대로 안 주는 미군들 옷을 뺏어놓은 거라고. 사실 그런 일이 종종 있잖아. 바바라가 얇은 입술을 셰퍼드처럼 세우고 야멸치게 내뱉어. 쩨쩨한 자식들이라고. 나도 신나게 합세했지. 그런데 잠자리에 들 때야. 나는 원래 털털이지만 잠자리는 가려. 영업할 때 외엔 낯선 사람과 잠을 못 자. 늘 벗고 자는 습관이 있으니 더 그렇지. 내가 머뭇거리고 앉아 있으니 바바라가 거침없이 옷을 벗어. 살이 다 비치는 속치마만 걸쳤는데 물개처럼 미끈해. 바바라는 내게 왜 옷을 벗지 않느냐 묻더라구. 나는 습관이 그러니 신경 쓰지 말라고 했지. 누운 지 십 분쯤 됐을까. 술을 많이 마셔서 몸이 가라앉는 것 같아. 다행히 옆에 낯선 사람이 있다는 것도 의식하지 못할 정도야. 그런데 내 이불이 들쳐지는 것을 느꼈어. 잘못 들었나 귀를 기울이는데 손이 내 허리께에 슬그머니 닿아. 내가 잠자는지 알아보려고 그러는 줄 알았어. 내가 미처 대꾸하기도 전에 손이 내 옷을 살그머니 들쳐. 이상한 느낌이 들어서 나는 숨죽이고 있었지. 여자의 손이 허리에서 가슴 쪽으로 더듬어 가. 따뜻한 손인데 뱀처럼 매끄러워서 온몸이 오싹해. 나는 옆으로 홱 돌아누웠어. 그걸로 끝난 게 아냐. 오 분도 안 돼서 손이 다시 내 몸을 더듬으려 하는 거야. 성질대로라면 소리를 지르고 일어나 불을 켰을 테지만 술이 취해서 꼼짝하기도 싫었어. 나는 잠꼬대하듯 말했어. 잠을 푹 자기를 원한다고."

"여자 손이다 생각하니까 이상한 거 아냐?"

"흑인 여자라면 섹시하지 않아?"

내가 담배를 무는 사이에 추자와 써니가 연이어 물었다. "선입견 일지도 모르지. 미인이지만 유감스럽게도 전혀 안 당겨." 모두 킬킬 웃고 영자가 말을 재촉했다.

"씨팔. 못난 놈들한테 눌려 사느니 레즈비언과 살겠다. 어떻게 결혼하재?"

모두의 눈이 호기심으로 빛났다. 나는 다시 말을 이었다.

"바바라는 다음 날 다시 왔어. 간밤에 편히 잠을 못 잔 데다가 바바라가 가자마자 오브튼이 와서 쉴 틈도 없었어. 저녁을 해 먹고 오브튼을 출근시키고 나니 다시 손님이 방문을 두드린 거야. 바바라는 방에 들어오지도 않고 클럽에 가자고 제의했어. 피곤했지만 나는 아직 여자에게 호기심을 가지고 있어서 응했어. 흑인 클럽이 모여 있는 곳으로 갔어. 이 년 전만 해도 나는 흑인 클럽 골목을 누볐던 흑인 색시였잖아. 그래서 바바라를 안내하기가 쉬웠지. 클럽 블랙 잭에서 그날도 우리는 술을 꽤 마셨어. 바바라가 블루스를 추기를 원해서 함께 추기도 하고. 두 여자가 맞잡고 블루스를 추니 시선이 쏠리잖아. 강심장인 내가 창피하게 느낄 정도야. 바바라는 아랑곳하지 않아. 내 허리에 팔을 두르고 미끄러지듯 스텝을 밟는 모습은 당돌하기까지 해. 우리가 자리에 앉자마자 한 흑인이 다가와, 담배 필터를 씹으면서. 걸어오는 모양이 벌써 밥맛이야. 흑인이 깐죽거려. 시스터, 외로우면 내가 상대해 드릴까? 바바라가 한마디로 깔아뭉개더군. 내가 왜 너의 시스터냐고. 바바라는 흑인을 싫어하는 거야. 우리도 같은 한국 사람을 싫어할 때가 많잖아."

"그래서 레즈비언 된 거 아냐? 흑인 여자가 백인 남자와 결혼하기도 힘드니까."

토마가 성급하게 나서길래 내가 수정해 주었다.

"되고 싶어서 레즈비언이 되는 게 아냐. Rh-형으로 태어나듯이 레즈비언 운명으로 태어난다더라. 남성 호르몬이 과다한 건지는 모르겠지만."

"팔자가 그렇다면 이해하지만 어떻게 여자끼리 잔단 말이야."

"거기에 대해 얘기해 줄게." 나는 써니에게 기다리라는 손짓을 하고 그날 밤 일을 다시 떠올려나갔다.

"클럽에서 나올 때야. 두 흑인이 입구에 서 있다가 우리가 나오니 휘파람을 불어. 그중 한 흑인이 등 뒤로 소리쳐. 톨걸, 네 혓바닥이 얼마나 긴지 좀 보여줘. 나도 그때는 그게 무슨 말인지 몰랐지. 집에 돌아와서 바바라는 사십 불부터 내게 주었어. 자기와 함께 시간을 보냈다는 거지. 그러곤 불쑥 나는 너를 좋아한다, 결혼하자는 거야. 나도 놀랐어. 바바라가 약간 돈 줄 알았어. 어떻게 여자끼리 결혼한단 말이야. 바바라는 눈 한번 깜짝하지 않고 말해. 남자 이상으로 너를 만족시켜 줄 수 있다, 지금은 표현할 수 없지만 나는 너를 미쳐버리게 할 수 있다, 남자 따윈 필요 없어진다. 그때야 흑인 말이 떠올랐어. 바바라는 더 흥미진진한 얘기를 해. 자기의 결혼 신청을 받아들인다면 여기서 먼저 남자를 구하라는 거야. 호적상 결혼할 남자지. 미국에 들어가면 이혼하는 조건으로 천 불을 걸래. 어리석은 남자는 오히려 백인 속에 있으니 그들 속에서 찾으라고. 그 돈은 자기가 주겠대. 그뿐 아냐. 결혼할 남자를 찾을 때까지 달마다 생활비로 이백 불씩 부쳐주겠대."

영자가 "씨팔, 그건 사기다." 하고 나섰다. 막내 티나도 덩달아 "정말 그걸 누가 믿어." 입술을 삐쭉 내밀었다. 나는 대범하게 웃었다.

"바바라는 여러분의 의심까지 미리 예상하고 답변을 해놨어. 나는 결코 너를 배반하지 않는다, 같은 여자끼리니까 믿으라고."

"여자끼리니까 믿는다 치더라도 난 같이는 못 살겠다. 밉네 싫네

해도 여자는 역시 남자와 살아야 돼."

써니 말에 토마가 나섰다.

"마음이 맞으면 여자끼리 못 살란 법도 없어. 레즈비언이면 어때, 지 좋은 대로 사는 거야. 갈보면 어때, 돈 걱정만 없으면 이 바닥만 한 데도 없어. 남편이 구박을 하나, 새끼가 속을 썩이나, 누가 간섭하나."

"그건 그래."

바바라 얘기가 우리들의 삶을 긍정하는 방향으로 흘렀다. 몸 하나를 밑천으로 세상을 부딪쳐 가지만 이런 재미도 없이 어찌 살랴. 잡초는 잡초의 생명과 자유를 터득하고 있는 법이다. 우리들이 모두 한마음이 되어 담배를 나눠 피우는데 뜻밖에도 순자 언니 말소리가 울렸다.

"그럼 바바라하고 그 후로 어떻게 됐어?"

순자 언니는 레이스를 손에 쥔 채 나를 바라보고 있었다. 여태 얘기를 듣고 있었던 것이 틀림없다.

"또 다른 여자를 찾겠지. 난 레즈비언에게 흥미가 없어. 레즈비언에 관심이 있는 분은 내게 말해. 바바라는 보름 동안 한국에 있을 거니까 만나보시지."

별별 일을 다 겪은 여자들에게도 바바라 얘기는 기이했나 보다. 실제로 겪은 나도 황당하게 느꼈으니까. 그것은 얘깃거리일 뿐이다. 나는 레즈비언의 파트너가 되기를 원치 않는다. 나는 자연의 법칙대로 남자를 사랑하고 원하는 여자일 뿐이다. 나는 바바라에게도 말했다. 너를 이해는 하지만 받아들일 수는 없다고.

순자 언니가 바바라에게 흥미를 나타낸 것은 전혀 뜻밖이었다. 수용소에서 나온 첫날이다. 나는 일찌감치 화장을 하고 여섯 시에 클럽에 나갔다. 어쩌면 오브튼이 집에 올지도 몰랐다. 오브튼은 어제 집에 들렀다. 옆방의 애자 언니가 알려줬지만 나는 일부러라도 집을 비워야 했다.

행 빈 클럽에서 마티니를 마시며 앉아 있는데 "백이오?" 하는 소리가 뒤에서 들렸다. 흘긋 돌아보니 몇 발자국의 거리에서 두 여자가 나를 보고 있었다. "백이 찾어." 클럽의 수진이가 나를 가리키자 흰옷 입은 여자가 내게 다가왔다.

흰옷이 사이키 조명으로 허공에 둥둥 떠 있는 듯 보였다. 흰옷과 함께 표정 없는 얼굴이 가면처럼 다가왔다. 여자가 내 앞에 서자 나는 상체를 뒤로 젖혔다.

"귀신이 오는 것 같애, 아이구."

"집에 갔더니 클럽에 갔다더라. 클럽에 빨리 나왔네."

"닷새 갇혀 있었더니 엉덩이가 들썩거려서. 언니가 어제 나가는데 하루도 못 참겠다 싶더라구." 순자 언니가 자리에 앉았고 나는 그제야 물었다.

"웬일이야. 나를 찾아오게."

"응 나 말이야." 순자 언니는 잠시 사이를 두고 말을 이었다. "너한테 좀 물어보려고. 바바라를 어떻게 만날 수 있을까."

순자 언니 입에서 바바라의 이름이 나왔을 때 나는 그 의도를 전혀 눈치 채지 못했다. "왜요? 갑자기 바바라를 찾고." 별생각 없이 물었을 뿐이다.

"바바라에게 나를 소개해 줘. 친구될 만한 좋은 여자가 있다고 해줘."

"무슨 소리야?"

나는 의아한 낯을 했다. 순자 언니는 차분하게 그러나 결의에 찬 얼굴로 말했다.

"나를 도와줘."

"무얼?"

"난 미국엘 가야 돼. 내가 왜 뒤늦게 이 바닥에 들어왔겠어. 난 한국에서 안 살 거야. 무슨 수를 쓰든 떠나고 싶어."

"그래서 바바라와 결혼하려고?" 나는 머리를 흔들었다. "그런 일이 어디 그리 쉬운가?"

"미군이랑 진짜 결혼을 한다는 건 더 어려워. 예쁘고 젊은 애들도 많은데 나 같은 여자한테 누가 결혼하잘 거야. 거기다 철군까지 한다니 여자 수만 늘어나. 난 일단 일을 벌여놓아야 돼. 바바라를 소개만 해줘. 그다음은 다 내가 알아서 할게."

순자 언니의 손이 어느새 내 손목을 잡고 있었다. 뜨거우면서도 끈끈해서 나는 반사적으로 손을 빼내려 했다. 손목은 이내 빠지지 않았다. 나는 목소리를 낮추었다.

"레즈비언처럼 살 각오도 헌 기야?"

"흥 이 바닥까지 나와서 더 못 할 것이 뭐 있겠어. 여기 있는 것보다 낫겠지. 하루하루가 지옥 같애."

나는 더 이상 말하기를 포기했다. 순자 언니는 무엇에 씌인 사람처럼 열에 들떠 있었다. 나는 그 맹목에 질려 내 손목을 세게 잡아 뺐다.

"바바라를 소개하더라도 나는 여기 안 끼겠어. 난 뚜쟁이도 아니고 또 내가 끼어드는 건 언니를 위해서도 안 좋아. 생각해 봐, 꼭 결혼 매매를 하는 것 같잖아."

"그러면 바바라 연락처만 알려줘. 내가 해볼게."

나는 이마라도 치고 싶었다. 대신 "서두르지 마." 하고 한숨부터 쉬었다.

"내 생각엔 중간에 나설 사람은 안 씨 마누라 같애. 바바라를 내게 데려온 사람이 안 씨 마누라거든. 내가 안 씨 마누라에게 순자 언니 얘기를 할게. 자기한테 해될 것도 없으니까 들어줄 거야."

"그럼…… 지금 함께 가봐. 클럽에 아직 미군도 없잖아. 바바라가 가기 전에 연락하려면 지금도 늦을지 몰라."

쇠뿔은 단김에 빼랬다고 그 일은 즉시 이루어졌다. 안 씨 마누라에게 순자 언니를 소개하는 것도 우습지만 그것마저 모른다 할 수는 없었다. 순자 언니가 무작정 가서 말한다면 안 씨 마누라도 순자 언니를 성한 사람으로 볼 리가 없다.

일이 되려고 했는지 안 씨 마누라는 내 말을 순순히 들어주었다. 바바라가 레즈비언이란 소리를 듣고도 놀라지 않았다. 처음부터 그 사실을 알고 있었는지도 모른다.

순자 언니에 관한 얘기를 할 때도 안 씨 마누라는 별 내색하지 않았다. "남자들한테 넌더리 날 때도 됐지." 내가 농담하듯 말하자 순자 언니를 한번 찬찬히 보았을 뿐이다. 얘기를 다 듣고 나선 "그래, 바바라와 만나게만 해주면 되는 거야? 성사가 되면 중매비 낼 거야?" 쿰쿰하게 웃었다. 이삼 년 전만 해도 장부 계산도 제대로 못하는 촌티 나는 여편네였는데 이젠 벌써 노련한 마담뚜가 되어가고 있었다.

순자 언니의 출현은 나를 당혹하게 했으나. 클럽으로 다시 돌아오면서 이내 그 일을 잊어버렸다. 나는 화장실에 가서 입술연지를 다시 발랐다. 오랜만에 화장을 했더니 녹슨 그릇을 닦은 것처럼 제법 쓸 만했다. 청바지만 입고 다니다 가슴이 드러난 옷을 걸치니 다른 여자 같았다.

나는 한가운데 자리에 앉아 있다 곧 미군과 합석하게 되었다. 주근깨가 많은 금발 남자였다. 남자가 처음 내게 다가왔을 때 낯이 화끈했다. 오브튼인 줄 착각했던 거다. 전혀 닮지 않았지만 오브튼도 금발이었다.

주근깨 씨는 내가 하품할 정도로 말이 없었다. 못났지만 귀염성은 있는 얼굴인데 춤추는 사람들을 바라보며 손장단만 맞추었다. 내가 담배를 집어 들 때마다 황급히 성냥을 켜며 씨죽 웃어 보일 뿐이었다. 나사 빠진 사람 같았다.

계속 담배 연기를 내뿜으며 무심히 앞을 바라보는데 금발이 내 눈에 들어왔다. 갑자기 가슴이 뛰기 시작했다. 나는 즉흥적으로 잔을 들었다. 주근깨 씨에게 술을 따라달라고 했다. 주근깨 씨는 히죽 웃으며 내 잔에 맥주를 따랐다. 거품이 넘쳤고 나는 환호성을 내며 거품을 들이마셨다.

주근깨 씨의 잔에도 맥주가 채워지자 나는 잔을 들어 부딪쳤다. "부라보." 나는 고개를 젖히고 거의 교태에 가까운 몸짓을 했다.

순간 큰 손이 내 왼 손목을 덥석 잡았다. 억센 남자의 손이었다. 주근깨 씨는 놀라 눈을 동그랗게 뜨고 있었다. 나는 잡힌 손을 빼려고 흔들었고 오브튼을 노려보았다. 오브튼은 나를 아예 보지 않고 주근깨 씨 앞으로 얼굴을 디밀었다.

"친구, 너도 나처럼 금발이군. 이 여자는 금발을 좋아해. 약혼자가 금발이야. 할 말이 없다면 이제 내 여자를 모셔가야겠어."

내 여자라니. 나는 코웃음 쳤으나 오브튼에게 손목을 잡힌 채 끌려 나오고 말았다. 하기야 지겹기만 하다면 손목이 아니라 목을 잡아끌어도 못 살 것이다. 사실 나는 오브튼을 좋아하고 있었다. 제멋대로이지만 경쾌한 남자였다. 내 손목을 잡아채는 박력이 있었다. 바람둥이라고 욕을 해대지만 그런 면도 싫어하는 것만은 아니었다. 내가 처음 오브튼을 본 것은 오브튼이 다른 여자에게 넋을 빼고 있을 때였다. 무대 앞자리에 혼자 앉아 춤추는 미나를 아이처럼 정신을 빼앗기고 바라보는 모습이 이상하게 내 마음을 끌었다.

나는 그날 짓궂도록 오브튼 주위를 맴돌아 내 집으로 데려가는데 성공했다. 미나는 클럽 힐탑에서 제일 잘빠진 여자였다. 나는 오기를 부린 것이다. 오브튼이 몇 번인가 "미나를 기다린다." 해서 "미나가 니 마누라나 돼?" 빈정거렸다. 내 힛빠리를 귀찮아하던 오브튼이 폭소를 터뜨렸다. "너는 내 마누라나 돼?"

다시 살림에 들어가면서 오브튼은 전에 없이 정답게 굴었다. 퇴근 뒤에 곧장 집으로 왔고 통조림이며 과자를 떨어지지 않게 갖다 주었다. 바람을 피울 마음도 잠시 접어둔 듯 전처럼 친구 핑계를 대고 나가려는 일도 없었다.

야근 날엔 부대로 전화를 하라고 두 번씩 당부했다. 어린아이처럼 야단 떠는 것이 우스워 전화를 하면 "따라오는 놈 없어? 시비를 걸진 않아?" 책상을 치며 즐거워했나.

다시 살림을 한 지 일주일째 되는 날이다. 오브튼을 출근시키고 자리에 누웠는데 옆방의 애자 언니 목소리가 들렸다. "백이 자?" 내가 뭐라 말하기도 전에 문이 열렸다. 애자 언니는 들어서자마자 "미라 죽은 것 알아?" 했다. 나는 어리둥절했다.

"왜 진희한테 가끔 놀러 오던 애 있잖아. 배실배실 잘 웃고."

"키도 크지? 옷을 히피같이 헐렁하게 잘 입고. 귀엽던데 왜 갑자기 죽었어?"

"어제 새벽에 살해됐어. 한국 남자가 죽였어. 기둥서방이야. 연탄집게로 거길 찔렀대. 한국 놈들도 지독해."

애자 언니는 이마를 찌푸렸으나 나는 눈을 질끈 감았다. 자살이나 살인 같은 큰 사건은 이 바닥에서 종종 일어났다. 그래서 우리는 웬만한 일엔 무감각한 편인데 미라의 죽음은 너무 잔인해서 가슴이 아팠다. 미라는 내가 아는 아이였다. 내가 한동안 입을 다물고 있자 애자 언니도 무겁게 입을 뗐다.

"그 새끼 곧 잡힐 거야. 뛰어봤자 벼룩이지. 대영극장 기돈데 마약 상습, 집단 폭행으로 전과 이 범이래. 미라와 사귄 지 이 년째 된다는데 주변에서도 많이들 말렸나봐. 남자 관계는 말려도 안 돼. 기둥서방이 어떤 건지 알면서도 색시들이 헤어나질 못하잖아."

"외로우니까 그러겠지. 미군하곤 말도 잘 안 통하고."

애자 언니는 나를 흘긋 보았다. 내가 별난 말이나 한 듯. 제기랄, 겉으로 표를 내지 않아서 그렇지 난들 왜 외로움을 모르겠는가. 신세타령을 밥 먹듯 하는 애자 언니는 또 한바탕 진리를 늘어놓았다.

"우리가 외로운 걸 누가 알아줘. 씨팔, 전부 이용할 생각만 하는데. 덜렁이네 집에 중학 동창이라는 여중 선생이 자주 오는데 올 때마다 미제 물건 부탁한대. 내가 덜렁이라면 그년 머리채를 잡고 쫓아버리겠다. 하긴 어떤 색시들은 지네 집 식구한테도 뜯기더라. 불쌍하게는 생각 못 할망정 가랑이 찢어지게 번 돈을 학비로 가져가야 되겠어. 핏줄이고 뭐고 다 웬수야 웬수."

살인범이 잡혔다는 소식을 들은 것은 그로부터 사흘 뒤다. 미라와 꽤 친하게 지냈던 진희가 미라가 살던 집에 갔다 와서 우리에게 알려주었다. 극장 기도는 미라를 죽인 이유를 순순히 말했다는데 '찌꺼기를 주었기 때문' 이 그 이유였다.

"미군하고 실컷 놀다가 섹스도 찌꺼기로 주었다. 미군들 입던 옷이며 달러를 잘 주었지만 그것도 찌꺼기다, 그년은 양놈 찌꺼기만 내게 갖다 주었다, 이랬데."

"죄는 밉지만 자존심은 있네."

나는 시큰둥하게 말했지만 살인범의 말에 충격을 받았다. 애자 언니의 말도 옳았다. 나는 어릴 때 어머니에게서 미군정 시절 혓바닥이 빨개지도록 구호물자 캔디를 먹었다는 얘기를 들었다. 그래선지 어머니는 내가 입 안이 물드는 눈깔사탕을 먹으면 뱉어내게 했다. 그까짓 사탕 먹어 배부르냐? 하고 화를 냈다. 지금 생각하면 가

낮과 꿈 **263**

난에게 화를 낸 것이다.

다섯 식구가 이불 한 채로 밀고 당기며 자야 했던 어린 시절, 나도 구호물자 찌꺼기를 먹고 자랐다. 학교 다닐 때는 물론이거니와 학교에 들어가기 전에도 거의 매일 강냉이빵을 먹었다. 집에 먹을 것이 없었으므로 나는 점심시간이면 언니가 다니는 학교로 갔다. 소사실 옆 창고 같은 식당에 그 시간이면 노란 강냉이빵이 집채만큼씩 쩌 있었다. 나는 그 옆을 기웃거리며 마음 좋은 소사 마누라에게 강냉이빵을 얻어먹곤 했다.

이 바닥에서도 영어는 누구에게 꿀리지 않지만 나는 여학교 때부터 영어를 잘했다. 다른 과목엔 흥미가 없었으나 영어는 시키지 않아도 신이 나서 공부를 했다. 엉어를 잘한다는 것 하나로 사부심을 가졌다. 그것은 가난에 대한 일종의 보상 심리가 아니었을까. 동네에 있는 교회 옆을 지나가면 이따금 미국 선교사를 보는데 흰 얼굴에 성경을 들고 있는 그들의 모습은 평화 그 자체 같았다. 영어는 내게 평화와 부의 상징이었다.

내가 집을 나온 것은 미군 부대에 취직했다는 중학 동창을 우연히 만나고서다. 십 년 전 여고 이 학년 때였다. 그 몇 달 뒤 내가 처음으로 미군에게 달러를 받았을 때 나는 문득 어릴 때 먹은 강냉이빵을 떠올렸다. 어렴풋하게나마 원점으로 돌아온 것을 알았고 수치감을 가졌다.

이날 진희에게 순자 언니 얘기까지 듣게 된 것은 기이한 우연이다. 아니, 이 바닥이 그만큼 좁은 것이다. 미라 얘기를 하던 중 미라와 한집에 사는 여자들까지 화제에 올랐다. 여자들이 심리적 타격을 크게 받았다는 얘기였다.

"그 집에 미라까지 합쳐서 다섯 명이 살았는데 오늘 순자라는 여자가 이사 갔어. 미라 화장하는 날 가서 그렇게 서럽게 울었다는데 그 여자는 미라 방에서 자꾸 웃음소리가 들리는 것 같아 못 있겠대. 나이도 꽤 많아."

진희는 말하다 말고 "참, 순자라고 혹시 알아?" 내게 물었다.

"어떤 순자?" 흔해 빠진 이름이 순자거니와 수용소에서 만난 순자 언니도 나는 까마득히 잊고 있었다. 그만큼 무심한 데가 있었다. 그래, 진희가 레즈비언 얘기를 했을 땐 누구보다 더 놀랐다.

"오늘 그 집 가서 들은 얘긴데 순자라는 여자가 레즈비언과 사귄다나 봐. 착해 보이지만 어딘지 침침한 데가 있더라. 며칠 전까지 D.D.Y로 온 흑인 여자가 들락거리더니 앞으로 서로 의지해 살기로 했대. 언니, 생각나는 것 없어? 혹시 그 흑인 여자."

"바바라구나."

나는 낮게 소리쳤다. 한 집에 사는 터라 진희와 애자 언니는 바바라 사건을 알고 있었다. 진희가 말을 계속했다.

"순자는 그 집 여자들에게 바바라 얘기를 자세히 하진 않았나 봐. 보여주고 싶은 것만 자랑한대. 바바라가 일본 가기 전날 둘이 서울 갔다는데 백화점에서 물건을 한 아름 사 왔더래. 같은 여자여서 필요한 물건을 족집게처럼 집어내 사 줬다고 감탄해. 그뿐 아냐. 한 달 생활비 하라고 이백 불 주고 갔대." 진희는 말하다 고개를 갸웃했다. "그런데 어떻게 바바라가 순자한테 갔는지 모르겠어. 언니 혹시 봉 놓친 것 아냐?"

농담을 들은 것이지만 나는 고개를 흔들었다. "나는 봉 같은 것 안 믿어. 나비야 잡지."

그 순간부터 순자 언니의 일이 까닭 없이 마음에 걸리기 시작했다. 안 씨 마누라에게 말할 때만 해도 '그토록 원한다면' 하는 정도였다. 그 엉뚱한 생각이 뜻대로 이루어졌다니 어안이 벙벙했다. 너무나 돌발적으로 너무나 쉽게.

낮과 꿈

안 씨 마누라는 벌써 그 일을 알고 있는 것 같았다. 내가 순자 언니 소식을 아느냐, 묻자 "우리 클럽에 나오잖아." 대뜸 말했다.

"힐탑에요?" 나는 더 이상 놀란 표정을 하지 않았다. 안 씨 마누라 손엔 전에 보지 못했던 금가락지가 끼어져 있었다. 두 사람 사이에서 나는 벌써부터 빠져 있었다.

다음다음 날 나는 순자 언니가 나온 것을 직접 보았다. 궁금증 때문에 일부러 클럽에 나간 것은 아니다. 그날이 소방 부대 패거리 중의 하나인 헤리슨 생일이었다. 우리는 축하 파티를 힐탑에서 하기로 했다.

나는 여섯 시도 못 되어 집에서 나왔다. 선물 살 시간을 넉넉히 잡았지만 그 일은 생각보다 훨씬 쉽게 됐다. 첫걸음을 한 민예품 가게에서 나는 이내 긴 담뱃대를 골랐다. 한국을 기념할 좋은 선물 같았다.

오브튼과 약속한 시간은 일곱 시였다. 시간이 남았으나 다시 집에 돌아가기도 번거로웠다. 나는 일찌감치 클럽에 갔다. 여섯 시가 조금 넘은 시각이라 클럽엔 아직 미군이 없었다. 입구 쪽의 자리에서 여자들이 한 무리로 앉아 있었다. 대여섯 명이 둘러 앉아 얘기하고 있었는데 내가 뒤로 다가가자 한 여자의 목소리가 똑똑하게 들렸다.

"그나저나 제일 불쌍한 건 미라야. 미군한테도 정을 다 못 주고 한국 남자한테는 실컷 이용당하고 죽기까지 해. 죽어도 너무 끔찍하게 죽었어."

"씨팔, 죽는 마당에 이래 죽으나 저래 죽으나."

"이게 다 남의 일이 아녀. 이쪽도 아니고 저쪽도 못 되고. 우리가 백번 달러 벌어 바쳐도 양색시로만 남는 거야. 도마 위의 생선처럼 여기저기 치이면서. 살자니 고달프고 죽자니 억울하고."

어딜 가나 미라가 화제였다. 그것은 또 여자들의 신세타령으로 이어졌다. 순자 언니는 여자들을 바라보며 그 옆 탁자에 앉아 있었다. 까만 옷을 입고 줄담배를 피웠는데 엉킨 철사 같은 머리 양쪽에 흰 핀이 꽂혀 있었다. 상복 차림이었지만 이상하게도 그 모습이 생기를 발했다. 여자들 속에서 다시 목쉰 소리가 울렸다.

"색시들부터 정신차려야 돼. 좆자루 같은 한국놈이 뭐가 좋다고 돈 바쳐 마음 바쳐. 미군은 돌아서면 냉정하지만 지가 좋으면 결혼하자고 하잖아. 기본적으로 여자를 위해 주고. 어느 한국 남자가 우리 같은 색시들한테 결혼하자고 하겠어?"

"마음이 머리를 따라가야 말이지. 기둥서방 둔 색시들 보믄 답답하지만 이해도 간다. 딱 깨놓고 말해서 한국 남자 안 사귀고 싶은 색시 있겠나. 말 통하는 남자 친구도 있었으믄 좋겠제. 나는 한 달에 한 번 정도 만나서 여행이나 가고 대화할 남자 있었으면 싶으디라. 마음은 그렇다."

정순이 그 특유의 여유로 투박하게 말하자 모두 잠잠해졌다. 쉰 목소리가 한 말도 맞고 정순이 말도 솔직한 것이었다.

나는 자리에 앉으려 했다. 실내를 휘둘러보는데 입구로 막 한 남자가 걸어 들어왔다. 얼핏 보았으므로 나는 다시 한 번 남자를 쳐다보았다. 한국 남자였다.

키가 작고 별 특징 없는 얼굴을 가진 젊은 남자였다. 남자는 실내를 휘둘러보고 입구 쪽에 있는 가운데 자리에 앉았다. 아무런 망설임도 없었고 여자들이 앉은 쪽을 흘끗 보고도 태연했다. 모두의 시선이 남자에게 향했다.

"한국 남자 아냐?"

"저 남자 미쳤나봐. 여길 왜 왔어?"

이곳의 클럽엔 한국인의 출입이 금지돼 있었다. 아직 이른 시간이어서 기도가 잠시 자리를 비운 듯했다. 남자는 손짓으로 종업원을 불렀다. 종업원은 시큰둥한 표정으로 다가가 주문을 받았고, 잠시 후 맥주 한 병을 남자의 탁자 위에 내던지듯 올려놓고 갔다. 여자들의 시선을 받으면서도 남자는 아랑곳하지 않고 맥주를 잔에 따랐다.
여드름 자국이 많은 여자가 먼저 남자에게 다가갔다. 쉰 목소리를 가진 여자였다. 여자들은 키들거리며 그쪽을 지켜보았다. 여자는 남자 앞에 서서 허리에 한 손을 얹었다.
"이봐요. 여기가 어딘데 들어와?"
남자는 멀뚱히 여자를 바라보며 눈을 껌벅거렸다. 그다지 당황하는 것 같지도 않았다. 남자는 잔을 단숨에 비우고 맥주를 또 한 잔 따랐다. 이번엔 두 여자가 남자 곁으로 다가갔다. 정순이 먼저 이죽거렸다.
"엇쭈, 심장이 튼튼하신데. 혼자 마시지 말고 잔 좀 돌리시지."
"저기가 출입구야. 겐 앞."
"한국 남자가 여긴 뭣 하러 왔어? 밖에선 우릴 사람같이 보지도 않으면서."
높고 불안정한 목소리가 내 귀에 들려왔다. 나는 눈을 치떴다. 순자 언니가 어느새 남자 앞을 가로막고 서 있었다. 온통 검고 치렁치렁한 옷자락이며 머리카락이 마녀의 모습 같았다. "겐 앞." 순자 언니는 다시 소리치며 출입구를 가리켰다.
서너 명의 여자들이 또다시 남자 옆으로 몰려갔다. 여자들은 각자 한마디씩 내던지며 짓궂게 남자를 놀려댔다. 남자는 돌부처처럼 앉아 있다 술병을 다 비운 뒤 자리에서 일어났다.
남자는 바짝 앞에 선 순자 언니를 무표정하게 바라보고 입구로 걸어 나갔다. 남자의 등 뒤로 여자들의 웃음소리가 터졌다. 남자는 내 앞을 스쳐 가며 낮게 내뱉었다. "파킹 배치." 갈보라는 욕이다.

생각하건데 기지촌이란 한국과 미국 사이에 떠 있는 섬과도 같다. 뭍도 아니고 바다도 아닌 섬, 섬이 섬일 뿐이듯 이곳 여자들은 양갈보일 뿐이다. 미군들의 일시적인 '하니' 면서 조국에서도 외면 당하고 있으므로 그 이름으로만 불린다.

미군이 '의무가 아닌 권리'로써 주둔하므로 기지촌이란 섬은 순수한 한국이 아니다. 그러다가 철군이랑 정치 해일이 밀려오면 순식간에 불모지가 되는 섬. 내가 처음 발을 디뎠던 운천이 그랬다. 미군 철수 제1호 캠프 카이저가 떠나자 운천은 하루아침에 폐허가 되었다. 여기저기 휴업 표지가 나붙고 클럽엔 널빤지가 X자로 못질 됐다. 몇백 명의 여자들이 민들레 씨처럼 흩어져 갔다.

뿌리가 없는 섬이므로 여기 사는 여자들도 뿌리를 내리지 못한다. 여자들이 기둥서방을 두거나 미국행을 열망하는 것은 섬의 허망됨을 잘 알고 있기 때문이다. 극단적인 예지만 미라는 전자요, 순자 언니는 그 후자이다.

순자 언니에 대해 말하기 위해서 먼저 지난날을 더듬어 보아줄 필요가 있다. 어려서부터 남의 집에서 품팔이를 하여 살았고 커서는 식모살이를 하다 주인에게 강간당했던 여자였다. 흔한 얘기 같지만 순자 언니가 그 집에서 받은 대우는 인간 이하였다. 남자는 양기가 오를 때마다 도둑같이 방에 들어왔고 순자 언니는 그 집 식구들과 한 울타리에 살며 두 아이까지 낳았다. 주인마누라가 그것을 묵인한 것은 순자 언니를 묶어두고 노예처럼 부려먹기 위해서였다. 순자 언니는 대학생인 그 집 딸 속옷까지 빨아주면서 정미소 일도 도맡아 했다. 큰 아이는 정미소에서 놀다가 손가락이 네 개 잘렸다.

순자 언니가 헛되리만큼 미국행을 꿈꾼 것은 자신의 무지스런 삶 때문이었으리라. 그 꿈은 이 땅에 대한 애정에 반비례하여 무한

대로 부풀었다. 우둔한 맹목성은 급기야 죽음으로까지 치달았다.
그날 힐탑에서 마주친 것이 순자 언니와의 마지막이었다. 그로부터 십여 일 뒤 순자 언니의 죽음을 전해 들었으니까. 순자 언니는 힐탑 이 층 층계에서 굴러 떨어져 뇌 파열로 죽었다. 수술을 하기 위해 부모를 불렀으나 가난하고 무지한 부모는 슬그머니 사라졌다. 클럽 측에선 약간의 치료비를 내고 발뺌했다. 살아도 정상인이 못 된다지만 이리하여 순자 언니는 허망하게 세상을 뜬 것이다. 영원한 아메리카로.
순자 언니의 신상이 밝혀진 것은 죽은 다음이었다. 한집에 살았던 색시들도 순자 언니가 이혼한 여자인 줄로만 알고 있었다. 그 여자가 인간 이하의 수모를 당하며 살아왔던 것이 밝혀지자 그제야 모두 "그랬구나." 고개를 주억거렸다.
그 집 여자들이 순자 언니에 대해 알고 있었던 것은 두 가지 면이다. 온종일 꼼짝 않고 앉아 뜨개질하는 모습과 술에 취한 모습. 순자 언니는 한번 술을 들면 진탕 마셨다고 한다. "머리끝까지 마셨다."고 클럽의 한 여자는 표현했다. 미군들 자리를 여기저기 찾아다니며 술을 사달라는 시비도 잦았다는 거다. "미군들을 캐치하는 게 아니라 내쫓아, 가만 보면." 혼자 비틀거리다 계단에서 구른 것도 이런 상황에서였을 것이다.
순자 언니가 죽었다는 소문이 나돌면서 클럽엔 손님이 들지 않았다. 이것 외엔 순자 언니의 죽음을 실감할 만한 어떤 흔적도 보이지 않았다. 나는 순자 언니의 화장식 날 화장터까지 따라갔다. 뼛가루를 손수 강에 흘려보냈다. 주인의 얼굴을 떠올리기도 전에 뼛가루는 손가락 사이로 흔적 없이 새어나갔다.
그날 일본서 바바라의 편지가 날아왔다. 너의 고통을 사랑한다, 내가 너의 구원이 되었으면 한다, 우리의 만남을 축복으로 생각하고 우리의 계획을 꾸준히 추진해 나가기 바란다, 이런 내용이 사진과 함께 봉해져 있었다.

바바라는 순자 언니의 죽음과는 무관하게 고른 치아를 드러내고 웃고 있었다. 그 모습은 흑진주같이 아름다웠다. 기적과도 같은 진주를 가지려 하다니. 신이 이 진주를 보냈을지라도 순자 언니는 너무 성급했다. 아니 꿈을 믿었으므로 한순간이나마 행복했을지도 모른다.

또다시 모든 것이 예전처럼 돌아갔다. 안 씨 마누라는 "재수 없다."라는 말을 연거푸 했지만 손엔 여전히 금가락지가 끼어 있었다. 클럽은 다시 경기를 회복할 것이다. 시간이 지나면 모두가 잊기 마련이니.

순자 언니가 전에 살던 집에서 액땜을 했다고 안도의 숨을 쉬었다. 한집에서 두 여자가 죽었다면 흉가가 되었을 것이다. 순자 언니가 새로 이사한 집 대문에는 '방 있음'이란 광고문이 써 붙여졌다. 봄은 한결 무르익어 그 집 담 너머로는 진분홍 꽃이 하루마다 물감처럼 번져갔다.

오브튼이 본국으로 돌아갈 날도 멀지 않았다. 귀국 날짜를 나흘 앞둔 금요일, 오브튼은 부대에서 돌아오자 맡겨둔 카메라를 달라고 했다. 친구와 함께 사진을 찍으러 간다는 것이다.

나는 오브튼을 빤히 보다 "카메라를 내 친구에게 맡겨두었다." 했다. 물론 거짓말이었다. 굳이 그럴 마음은 아니었지만 순순히 내주고 싶지 않았다. 오브튼이 머리를 흔들었다.

"오, 배기 그러지 마. 난 지금 약속을 했어."

"밤에 카메라를 갖고 다니는 사람은 누드를 찍는 사람이다. 누드를 찍으려고 해?"

"도대체 왜 이러는 거야."

"그런 약속은 미리 말해 줘야 해. 내 친구는 오늘이 주말이라 놀러 갔어."

"보오솃."

오브튼의 얼굴이 갑자기 일그러졌다. 나는 태연하게 아스크 병을 들고 침대에 걸터앉았다. 오브튼이 내 쪽으로 성큼 다가왔다. 입술을 악다물고 있었고 눈초리마저 빳빳하게 섰다. 나는 오브튼을 흘겨보다 침대 머리맡에 바짝 다가앉았다. 오브튼이 내 앞으로 손을 내밀었다.

"카메라를 줘. 다시 부탁이야."

"없다고 분명히 말했어. 카메라는 전당포에 잡혔어. 카메라를 찾고 싶으면 돈을 내놔."

순간 오브튼의 몸이 내 앞으로 기울어지는 듯했다. 나는 들고 있던 아스크 병을 돌발적으로 오브튼 쪽으로 던졌다. 오브튼이 재빨리 몸을 옆으로 젖혔고 술병은 화장대 거울로 날아갔다. 날카롭고 요란한 소리가 울리면서 유리의 파편들이 오브튼의 등 뒤로 번쩍였다.

내가 피할 겨를도 없이 오브튼의 몸이 내 위로 덮쳤다. 오브튼은 침대 위에 풀어헤쳐진 내 머리를 한 손으로 누르고 한 손으론 내 목을 눌렀다. 머리를 움직일 수 없었으므로 나는 다리를 버둥거렸다. 이번엔 오브튼의 두 무릎이 내 둔부를 조였다.

나는 완전히 결박당한 꼴이었다. "개새끼." 내가 소리치자 오브튼의 손이 내 목을 세게 조였다. 눈앞으로 별똥이 떨어졌다. 숨이 막혀 창자가 쏟아질 듯했다. 내가 부들 떨자 오브튼의 손이 약간 늦추어졌다. 나는 그 순간 고개를 옆으로 젖혀 오브튼의 왼쪽 팔뚝을 필사적으로 깨물었다.

오브튼이 소리를 지르면서 내 옆으로 굴렀다. 나는 벌떡 일어나 오브튼의 몸을 타 넘고 침대 아래로 뛰어내렸다. 은빛 거울의 파편이 눈앞으로 흔들렸다. 방문을 박차고 나서려는데 무언가 다리 옆으로 스쳐 날아갔다. 유리 조각이 몇 발자국 앞에서 박살이 났다. 오브튼이 던진 것이었다. 나는 그것을 건너뛰어 대문 밖으로 달아났다.

파출소로 뛰어가는데 한쪽 무릎이 허전하게 느껴졌다. 잠시 멈춰 서서 다리를 내려다보니 오른쪽 청바지 무릎이 찢겨 있었다. 하마터면 다리를 베일 뻔했다.

파출소에 들어서자 나는 거울부터 보았다. 목엔 벌써 시커먼 멍이 들어 있었다. 검은 꽃잎이 찍혀 있는 것 같았다. 나는 S.P. 앞으로 가서 내 목을 가리켰다.

"이 목을 봐라. 나쁜 남자가 나를 죽이려고 목을 눌렀다. 그 아이를 고발하겠다."

헌병은 목을 들여다보곤 슬며시 웃었다.

"몸에 흉기를 댔으면 배상금을 받아낼 수 있지만 그 정도 흉터는 곧 나을 수 있다. 배상금을 받아낼 수 없다."

"감방에 넣을 수 없나?"

"당신이 만약 고발한다면 그는 본국으로 송환된다."

헌병이 자꾸 웃어서 나는 그냥 파출소를 나왔다. 파출소에서 정순이 집으로 직행했고 그 집 대문 앞에서 오브튼과 부딪쳤다. 살림하는 동안 나는 오브튼과 싸울 때마다 친구인 정순에게 피신 갔다. 그것을 알고 있는 오브튼이 미리 집 앞에서 기다린 듯했다. 나는 오브튼을 보자마자 소리쳤다.

"널 고발했어. 감방에 들어가게 될 거야. 당분간 푹 썩어봐."

"배기, 난 정말 널 좋아했어. 결코 비즈니스 걸로 생각하지 않았어. 그런데 넌 비즈니스 걸처럼 거짓말을 하고 카메라를 돌려주려 하지 않았어. 난 배신감을 느낀 거야. 이제 카메라를 돌려주지 않아도 돼."

오브튼은 거의 울상이었고 탈진했다는 듯 팔을 늘어뜨렸다. 나는 회심의 미소를 지었다. 요 며칠 공연히 투정을 부렸는데 이날 싸움을 벌인 것도 그것의 연장일 뿐이었다. 오브튼의 출국 날짜가 가까워져서 내가 더 유난을 떠는지도 모른다. 그것은 나만의 사랑의 방법이었다.

떠나기 전날이다. 오브튼은 내게 주소를 알려달라고 했다. 결혼하고 두 달 만에 한국에 와서 마누라가 있다는 실감이 안 난다, 지금이 바로 마누라 옆에서 떠나는 기분이다, 미국 가면 편지를 하겠다는 것이었다.

나는 키들 웃으며 화답했다. 편지는 필요 없다, 단돈 십 불이라도 주면 꿈에서고 네 이름을 부르겠다고. 주소는 물론 가르쳐주지 않았다.

다음 날 오브튼은 비행기를 타기 전 내게 전화했다. 돈을 주겠다고 오라고 했다. 나는 바람처럼 달려갔고 오브튼은 이백 불을 쥐어 주었다. "마마상 빚을 갚으라." 했다. 나는 그제야 오브튼에게 격렬한 입맞춤을 했다. 마마상 빚은 벌써 갚았지만 돈을 쓸 곳은 많았다.

거미의 집

어젠 온종일 숙모가 보이지 않더니 이날은 학교에서 돌아오자 숙모가 문을 열어주었다. 친정에 다녀왔나 보다. 숙모는 한 달에 두어 번은 집을 비운다. 삼촌이 며칠씩 집에 오지 않아서일까.

나는 그 이유를 자세히 알진 못한다. 내게 그것을 말해 줄 사람이 없다. 그렇다고 숙모에게 물을 수도 없다. 나들이를 나선 전날 숙모의 얼굴이 슬프게 보였다는 것만 기억할 뿐이다.

숙모는 보라색 꽃무늬가 구름처럼 피어 있는 옷을 입고 있다. 뜰에 서 있는 숙모의 모습이 꽃나무처럼 어우러져 있다.

숙모는 옷이 많다. 거의가 꽃무늬 옷이다. 그 옷이 바뀔 때마다 숙모의 모습도 바뀌는 것 같다. 남색 튤립 무늬 블라우스를 입으면 튤립 같고 찔레꽃이 있는 긴 치마를 입으면 찔레꽃 같다. 그것이 신기해서 한번은 숙모 옷엔 전부 꽃이 있어요, 하고 옷깃을 만져보았다. 숙모는 사내아이가 옷에 관심을 갖는 것이 재미있다는 듯 나를 바라보았다. 내가 관심을 두는 건 옷이 아니라 숙모라는 걸 모를까.

숙모가 이 집에 온 일을 이따금씩 생각하지만 그 일은 아직도 꿈만 같다. 눈발이 휘날리는 정월, 흰 얼굴이 더욱 창백해 보이는 가지색 두루마기를 입고 삼촌 뒤에 숨듯 서 있던 숙모의 모습은 잊히지 않는다. 크지도 작지도 않은 키였으나 가는 몸이 비단옷 속에서 휘청거리듯 옷 스치는 소리가 유난했고 고무신도 힘에 겨운 듯 끌다시피 현관으로 들어섰다. 마루에 서 있던 나는 숙모와 눈이 마주치자 방으로 도망쳤다. 여자가 없는 이 집에 숙모가 들어온다는 일이 내겐 가슴 벅차도록 설레는 것이었다.

숙모가 할아버지 방으로 들어간 지 십여 분쯤 되었을까, 할아버지가 나를 불렀다. 나는 발소리를 죽이고 할아버지 방으로 갔다. 가슴이 마구 뛰었고, 이것을 들키지 않기 위해 삼촌과 눈이 마주치지 않도록 애썼다.

"수영아, 숙모님께 인사드려라."

할아버지 말이 채 끝나기도 전에 숙모가 내 앞으로 주먹만 한 잿빛 돌을 내밀었다.

"수영이 선물이야. 돌하르방. 제주도의 수호신이래."

내가 수호신이란 말을 들은 것은 그때가 처음이다. 나는 기어 들어가는 소리로 수호신이 무엇이냐고 물었다.

"응, 사람을 지켜주는 신령 말이야."

숙모는 손짓까지 하며 웃었다.

숙모는 내 기대에 조금도 어긋나지 않았다. 지금도 나는 숙모 얼굴을 똑바로 보지 못하지만 숙모의 거동은 항상 눈으로 좇는다. 노란 저고리에 빨간 치마를 입고 마루를 오락가락하는 모습은 얼마나 눈부셨던가. 마른 풀 냄새가 나는 찻잔을 들고 할아버지 방으로 들어서는 모습을 훔쳐보며 나도 크면 저런 색시를 데리고 살 거란 생각을 했다. 돈을 벌어서 한복을 해주고 연탄불 정도는 문제없이 갈아주리라. 숙모에게 해주듯 말이다.

 숙모가 없었던 탓으로 어제는 집이 어질러져 있었다. 나는 어제 수수깡을 마루로 갖고 나와 군함과 사람을 만들고 그대로 내던져두었다. 오늘 아침에도 마루가 수수깡들로 어지럽혀 있었는데 어느새 말끔히 치워졌다.

 숙모는 발 딛기가 조심스러울 정도로 집을 깨끗이 치운다. 설거지는 그릇을 몇 번이나 씻고도 끓는 물에 튀겨낸다. 청소할 때도 머릿수건과 마스크까지 쓰고 먼지떨이로 집안 구석구석 털어낸다. 먼지 쌓인 궤 위에 올려져 있던 신라 토기가 그 때문에 깨질 뻔한 적도 있다.

 숙모가 그 뒤 다시 먼지떨이를 쓰지 않은 것은 할아버지가 원치 않았기 때문이다. 사람 사는 집이니 먼지도 있겠지, 라고 할아버지는 말했다. 삼촌이 쑥밭 드나들듯 하는 이 집을 먼지떨이로 청소한 사람은 여태 아무도 없었다. 먼지떨이는 우리 집 식구에게 낯선 물건일 수밖에 없다.

 "할아버지 학교 다녀왔습니다."

 책가방을 마루에 내던지고 큰 소리로 말했으나 대답이 없다. 나는 할아버지 방문을 열어젖혔다. 물감 접시들이 한쪽에 밀려 있고 화선지도 얌전히 개켜져 있다. 숙모의 목소리가 등 뒤에서 울린다.

 "할아버진 약속이 있어서 나가셨어. 저기 가서 약과 먹어라. 유자차도 끓여줄게. 여름에 뜨거운 차 먹으면 더 좋아."

 "어디서 난 거예요?"

 "집에서 가져온 거야."

 나는 쭈뼛거리며 탁자 위에 놓인 소반을 흘긋 바라보았다. 좀 전에 문을 열어줄 때도 나는 숙모에게 웃기만 했다. 하루 저녁을 보지 않았다는 것이 이렇게 서먹하게 만드는 걸까. 고소한 참기름 냄새에 침을 삼키는데 약과 하나를 숙모가 내 앞으로 내밀었다.
"어젠 수영이가 밥 했겠구나. 미안해."
"아녜요. 할아버지가 쌀 씻어놓아서 전기밥솥에 넣기만 했는데요 뭘."
"할아버지가 정말 그런 걸 잘하시나봐. 내가 쌀을 씻어놓으려 했는데 말리시잖아."
"전부터 그래왔는걸요."
"많이 해오셨나 보지?"
전화가 울렸다. 숙모가 일어서려다 말고 내게 눈짓한다. 전화를 받는 일은 숙모 일이 아니다. 내가 할아버지 방으로 들어가 전화를 받자 목쉰 남자 목소리가 다급하게 울린다.
"거기 장명환이 집이오?"
"네, 지금 안 계신데요."
"빌어먹을, 도대체 있으면서 안 바꿔주는지 알 수가 있나, 밤낮 없대니. 거 전화받는 사람은 누구야?"
"조카예요."
"어른 없어?"
"아무도 안 계시는데요."
숙모가 있지만 없다고 한다. 숙모는 이런 전화를 받으면 늘 쩔쩔맨다. 상대편은 혼자 궁리를 하다가 내가 아이임을 깨닫고 더 이상 화를 내지 않는다. 삼촌이 언제 들어오는지, 지금 어디 있는지 모르느냐 캐묻다가 뾰족한 대답이 나오지 않자 투덜대며 전화를 끊어버린다.
삼촌을 찾는 전화는 대부분 거칠다. 돈을 갚으라고 소리치기도 한다. 삼촌 전화는 할아버지밖에 상대할 사람이 없다. 할아버지는 그들의 말을 일일이 들어주고 삼촌 대신 만날 약속까지 하니까.

숙모는 내게 아무것도 묻지 않는다. 삼촌을 찾는 전화라는 것을 알면서. 이 집에 처음 왔을 때 숙모는 전화만 울리면 바람처럼 달려가 받았다. 기쁜 소식 대신 낯선 목소리들이 울려와도 숙모는 그것을 이해하려고 웃음을 잃지 않았다. 고개를 갸웃하면서도 꼭 상대편의 이름을 적어두었다. 그러나 지금은 관심이 없다.

삼촌은 정말 이해할 수 없는 사람이다. 삼촌은 우리 식구 어느 누구도 행복하게 해주지 않는다. 나는 벌써부터 그런 것에 길들여졌다. 할아버지는 삼촌을 고소하겠다는 사람들을 만나 돈을 갖다 주기도 하면서 삼촌에겐 큰소리 한번 치지 않는다. 삼촌 전화나 엿들을 뿐이다.

삼촌은 일주일에 한 번 정도 얼굴을 보일까 하지만 집에만 오면 자정이 지나서까지 전화기를 붙들고 있다. 마치 집에 전화를 걸려고 오는 것처럼. 삼촌이 전화를 할 때면 나는 할아버지 옆에서 얼마나 가슴을 죄었는지 모른다.

나는 잠결에 몇 번인가 할아버지가 삼촌 전화를 엿듣는 것을 보았다. 삼촌이 수화기를 놓는 딸각 소리까지 들었다. 그럴 때마다 나는 아, 수화기를 동시에 놓아야 할아버지가 들키지 않을 텐데, 하고 생각했다. 할아버지에게 그 말을 해주고 싶기도 했다. 내가 잠을 자고 있다고 할아버지가 생각하지만 않는다면 나는 그것을 말해 주었으리라.

이따금씩 불어오는 바람에 등꽃이 일렁인다. 산동네여선지 여름 같지 않게 서늘하다. 유자차를 입으로 불며 마시는데 숙모가 흐릿한 신음소리를 내며 이마를 짚는다.

"어지러워 감기가 드려나."

"여름에 감기가 들어요?"

나는 약과를 손에 든 채 자리에서 일어섰다.

"약 사 올까요."

잠자코 있던 숙모가 그래, 고개를 끄덕인다.

"더운데 미안해."

"아뇨. 나밖에 심부름할 사람이 없잖아요. 그래서 좋아요."

나는 구급차처럼 약방으로 달려갔다. 어찌나 빨리 달렸던지 헉헉거리며 약방에 들어섰다. 나는 숙모의 증세를 얘기했다. "어지럽고 감기가 들려는 것 같대요." 약방 아저씨는 안경 너머로 나를 흘긋 보고 내 이름을 다시 물었다.

"수영이요." 약방 아저씨는 약 겉봉지에다 수영이 엄마라고 적었다. "안녕히 계세요." 나는 어느 때보다 큰 소리로 인사하고 약방을 나섰다.

숙모는 정말 어지러운지 베개를 베고 누워 있다. 나는 문을 그대로 열어놓은 채 부엌으로 갔다. 냉장고 속에서 우유를 꺼냈다. 빈속에는 우유로 약을 먹는다는 것을 할아버지에게 배웠다.

내가 방으로 들어서자 숙모는 일어나 힘없이 웃는다. "고마워." 숙모는 내가 내미는 봉투에서 약을 꺼내려다 봉투를 살펴본다. 내 귓불이 갑자기 달아올랐다. 숙모는 웃을 듯 말 듯 입술을 옴츠리다 아무 말도 하지 않는다.

"수영아, 너 사진 있니?"

숙모는 무슨 생각을 했는지 사진을 보여달라고 한다. 나는 쾌히 응낙했다. 사진은 그리 많지 않다. 그것도 전부 최근에 찍은 것뿐이다. 지난봄 소풍 때 아이들이 찍어준 것과 사진사에게 찍은 독사진이 전부다.

앨범에 우리 집 식구로선 유일하게 삼촌 사진이 있다. 풀밭에 앉아 각기 다른 자세를 취한 세 장의 사진을 한 면에 다 붙여두었다. 언젠가 삼촌이 술에 취해 들어온 날 주머니에서 꺼내놓은 것이었다. 삼촌은 그것을 아예 잊었는지 찾지도 않았다.
"어릴 때 사진은 없니?"
"우리 집에 사진기가 없었나 봐요."
숙모는 절반도 채워지지 않은 앨범을 찬찬히 들여다보다 마지막 장을 넘겼다. "삼촌이 있구나." 숙모는 그것이 놀라운 일이나 되듯 눈을 크게 떴다.
"삼촌 좋으니?"
"그럼요. 괜찮아요."
"괜찮아?"
되물으니 뭐라고 해야 할지 모르겠다. 삼촌에 대한 내 감정은 한마디로 표현할 수 없는 것이다. 나는 숙모 눈길을 피하며 "삼촌은 내가 계집애 같아서 싫대요." 했다. 사실 삼촌은 저 자식은 계집애같이 눈치만 살펴서 싫단 밀이야, 했다.
"삼촌은 어째서 그렇게 생각할까? 수영이가 얼마나 예쁜데."
"나는 삼촌이 사 온 사과 한 쪽도 허락 없이는 손을 대지 않아요. 삼촌이 싫어하거든요. 그러면서도 삼촌은 내가 서슴없이 사과를 집어 가는 것이 사내애답다고 생각하는 모양이에요. 사과 하나 갖고 갈까요, 묻는다면 묻는다는 이유로 싫어할 거예요."
"그러면 이렇게도 저렇게도 할 수가 없잖아. 네가 불편하겠구나."
"예를 들면 그렇다는 거지 불편하게 느낄 정도는 아니에요. 삼촌이 밉지는 않아요. 인물도 잘생겼잖아요."
"그래." 숙모는 앨범을 덮어버리고 혼잣말을 하듯 벽을 바라본다.
"그때가 초등학교 오 학년 때니 지금 너만 할 때구나. 봄에 소풍을 갔는데 시골길에서 소를 보았지 뭐니. 나는 소를 보자 그 자리에 서서 꾸벅 절을 했단다. 선생님이 한 말이 생각났거든. 소는 우리를 위해 농사도 지어주고 죽을 땐 제 몸을 다 내어주고 가니 감사해야 한다고 하셨어. 그때 소에게 절하는 바람에 그 후로 나는 아이들에게 얼마나 놀림을 받았는지 몰라. 바보 같지?"

"아뇨."

숙모가 처음 이 집에 온 날 연탄집게를 손에 든 채 내 방문을 두드리던 일이 떠올라서 나는 후후 웃었다. 숙모는 그날 "불이 무서워." 하며 내게 도움을 청했던 거다.

"난 옛날이나 지금이나 바보야. 그래도 옛날이 제일 좋았던 것 같애. 어른이 되는 건 재미없어. 어른이 되면 자기 일을 자기가 감당해야 하거든. 어머니도 이젠 내 일을 도와줄 수가 없잖아."

"나도 내 일은 다 혼자 하는걸요."

"그러니?"

숙모는 물끄러미 나를 지켜보다 자리에 눕는다.

책상 앞에서 뜰을 바라보니 은빛 거미줄이 끊어질 듯 이어져 있다. 그늘이 지는 오전엔 보이지 않지만 햇빛이 쏟아지는 늦은 오후엔 거미줄이 은백색의 명주실처럼 허공에서 반짝인다. 베를 짜놓고 거미는 어디로 갔을까. 바람이 일어와 줄넘기를 한다면 이내 망가질 텐데 말이다.

나는 숙제장을 밀어놓고 창 앞으로 다가갔다. 거미줄의 시작과 끝은 어디일까. 무심히 그것을 생각하다 창으로 몸을 내밀었다. 드넓은 허공에서 거미줄의 마침표를 찾기는 힘들다. 테라스엔 벌써 햇빛이 물러났다. 그쪽까지 이어져 있는 듯한데 더 이상 거미줄이 보이지 않는다. 그늘에서 거미줄은 보호색을 띠고 숨어 있다.

나는 창에서 뜰로 뛰어내렸다. 잔디 위에서 한참 하늘을 올려다보니 담 가까이 목련나무에 거미줄이 걸쳐 있는 것이 보인다. 마침내 마침표를 찾았다. 나는 목련나무에서 내 방을 스쳐 테라스까지 맨발로 갔다. 또 하나의 정점을 찾기 위해서다. 그러나 거미줄은 그늘 속에 꼬리를 감추었다. 손을 마구 휘저었으나 거미줄이 걸리는 기색은 없다. 그러기에는 내 키가 작다.

내 방과 테라스의 중간 위치에 서서 나는 목련나무까지의 거리를 눈으로 재어본다. 사 미터는 넘을 것 같다. 거미는 어떻게 줄을 뿜으며 허공을 달렸을까. 더구나 사 미터가 넘는 거리를.

나는 서 있던 곳에서 거미줄을 올려다보며 성큼성큼 걸어갔다. 목련나무까지 열 발자국이다. 긴 거미줄이 허공에 늘어져 있는 것이 신기해서 나는 다시 목련나무를 올려다본다. 그러자 맨 꼭대기의 가지와 가지 사이에 거미 한 마리가 걸려 있는 것이 눈에 들어왔다.

자세히 보니 거미는 눈에 보이지 않는 사다리를 타듯 허공을 기어오르고 있다. 화살빛처럼 한 올의 줄이 순간 햇빛 속에 반짝 빛나다 사라졌다. 잠시 눈을 감고 다시 나무를 올려다보자 거미는 나는 듯 눈앞에서 자취를 감추었다. 바람에 실려간 깃일까.

서늘한 바람이 얼굴을 스친다. 저녁 무렵이면 산 쪽에서부터 바람이 불어온다. 아직 대낮같이 햇볕이 이마를 끈끈하게 하지는 않는다. 그늘을 품은 저녁볕이다.

홍시같이 붉은 해가 창을 물들이면 잠시 후 으스름 빛이 마루에 스며든다. 나는 하루 중 이 시각이 제일 좋다. 무엇보다 학교에서 돌아와 있을 때이고 숙모가 그릇을 달그락거리며 저녁을 준비하는 시간이다. 곧 땅거미가 지고 집집마다 대문이 닫히면 꽃망울이 터지듯 전등이 켜질 것이다.

이맘때면 공연히 엉덩이가 들썩거린다. 밖으로 쏘다니고 싶다. 갈 데도 없지만 대문 밖으로 나선다.

하나 둘, 세며 걷는데 "철호야, 철호야." 이름 부르는 소리가 들린다. 어떤 젊은 아줌마가 이름을 부르며 골목길을 헤매 다닌다. 철호가 어디 가서 들어오지 않았나 보다.

어두운 오렌지 빛 햇살이 골목에 스며든다. 산엔 벌써 땅거미가 내린다. 철호 엄마는 나를 스쳐 산 쪽으로 올라간다. 저녁을 해놓고 철호를 찾아다니는 건가 보다. 철호는 나만 한 아이일까. 작은 말썽꾸러기일 것 같다. 철호는 숨바꼭질하려고 숨어 있는지도 모른다.

그때가 몇 살이었는지 모르겠다. 엄마 얼굴만 기억난다. 까맣고 반짝거리던 툇마루도 생각난다. 펌프가 있었고 펌프대 앞 화단에 복숭아가 심겨 있던 것도.

낡고 어두운 한옥이었다. 엄마가 저녁을 지어놓고 나를 불렀다. 나는 손이 씻기 싫어서 대문 옆에 있는 감나무에 숨어 있었다. 엄마는 내 이름을 계속 불렀지만 나는 숨을 죽인 채 감나무 뒤에 붙어 있었다. 엄마를 놀래줄 생각이었다. 엄마가 다시 대문으로 들어서자 나는 꽉! 소리 지르며 엄마 등을 밀었다.

엄마는 몹시 놀랐나 보다. 엄마는 봉숭아 씨가 터지듯 화를 냈다. "왜 엄마를 놀리는 거야." 한 손으로 가슴을 누르고 새빨개진 얼굴로 화를 내던 엄마의 모습이 생생하게 떠오른다. 그것 외엔 생각나는 일이 없다. 엄마는 내가 놀려서 가버린 것일까.

내가 가게 옆으로 지나가는데 콩나물을 팔고 있던 가게 아줌마가 참, 하고 손짓한다. 아줌마는 대뜸 "새댁 집에 있어?" 묻는다. 내가 고개를 끄덕이자 아줌마가 혀를 찬다.

"젊은 사람이 무슨 정신이 그러누. 글쎄 점심나절에 와서 주스 네 병 달라더니 돈만 내고 갔어. 받아 오란 소리 안 하던?"

"그런 말 안 하던데요."

"저런." 가게 아줌마는 혀를 끌끌 차고 주스를 봉투에 담는다.

"그런데 새댁이 임신을 했나. 귤이 먹고 싶단 소릴 하더니."

나는 봉투를 안은 채 뛰었다. 더웠으나 발은 가벼웠다. 나는 바람처럼 식당으로 들어가서 주스 병을 숙모에게 내밀었다.

"아, 내가 돈을 냈대? 살 물건이 가게에 없어서 그냥 온 것 같은데 이 정신 좀 봐."

숙모는 자신도 어이가 없는지 입을 다물지 못한다. 나는 숙모 얼굴을 찬찬히 뜯어보았다. "이젠 좀 나았어요?" 숙모는 하얀 이를 드러내며 웃는다.

"여름이어서 그런가 봐. 몸이 뒤처지니 정신까지 빠뜨리고 다니는구나. 네가 약을 잘 지어다 주어서 이젠 거뜬해. 그건 심부름 값이야."

숙모는 내 손에 쥐인 돈을 가리킨다. 주스를 사고 나머지 돈 사백 원을 가게 아줌마가 돌려준 것이다. 나는 고개를 꾸벅하고 인사했다. "고맙습니다. 저금할래요." 숙모가 장난스럽게 눈을 반짝인다.

"저금해서 장난감 살 거지?"

"어떻게 알이요?"

"넌 장난감을 제일 좋아하잖아. 네 방에도 한가득이야. 수영인 이제 다 큰 사람인데 장난감을 그렇게 많이 사서 뭐 해."

"나중에 숙모가 아이 낳으면 물려주죠 뭐."

숙모의 얼굴이 붉어진다. 나는 모른 체하고 할아버지 방으로 들어갔다. 가게 아줌마가 한 말이 맞나 보다.

저녁상에는 밥그릇이 두 개 올려져 있다. 할아버지가 밖에 나가신 날은 숙모와 둘이서 저녁을 먹지만 이날따라 밥상이 허전해 보인다. "아가, 네 밥은 왜 차리지 않았냐." 할아버지가 한 발 물러서는 숙모를 올려다본다.

"네. 먼저 드세요. 속이 좀 안 좋아서요."

"많이 언짢냐? 안색이 안 좋은 것 같다. 들어가 쉬어라. 그릇은 수영이가 담가놓을 테니. 그리고 명환인 아직 안 들어왔지?"

"네……"

"그 애가 요즘 몹시 바쁜가 보더라. 공사를 하나 맡아서."

숙모가 조용히 밖으로 나간다. 할아버지는 마치 삼촌이 곧 들어올 것처럼 "아직 안 들어왔지?" 한다. 삼촌 얼굴을 못 본 것이 보름이 넘는데도.

공사를 맡든 안 맡든 삼촌은 항상 바쁘다. 삼촌의 직업이 건축가이지만 공사를 맡았다는 말조차 믿기지 않는다. 삼촌이 일을 한다면 왜 할아버지에게서 돈을 가져가는 것일까. 나와 눈이 마주치자 할아버지가 눈을 감는 시늉을 한다.

"수영아, 밥 먹기 전에 기도하자."

나는 눈을 감는 시늉을 한다. 교회에 나가지 않으면서 할아버지는 밥 먹을 때면 잊지 않고 기도하자고 하신다. 할아버지는 어떤 기도를 할까? 나는 주일학교에도 나가지만 기도할 것을 번번이 잊어버린다. 기도는 하나님께 마음으로 하는 거라는데 하나님은 하늘에 계셔서 내겐 너무 멀게 느껴진다.

"숙모가 아픈 것 같다고 해서 어제 감기약을 지어다 줬는데 아직 안 나았나 봐요."

할아버지가 눈을 뜨자마자 나는 숙모 얘기를 꺼냈다.

"이 여름에 감기가 걸려? 며늘애가 몸이 약해 보여."

"그것보다도 몸이 좀 이상한가 봐요."

할아버지가 나를 흘긋 본다. 나는 무표정하게 젓가락질을 했으나 할아버지는 내가 무언가 알고 있다는 것을 눈치 챘다. 잠시 후 할아버지는 생각났다는 듯 내 얘기를 물었다.

"수영인 학교 갔다 와서 숙제 다 했니? 어제 할아버지가 아홉 시도 못 돼서 들어왔는데 수영이는 자고 있더라."

"오늘요, 아주 신기한 걸 봤어요. 거미가 날아가요. 허공에서 사다리 타는 것처럼 오르내리기도 하구요. 거미는 먼지도 아니고 날

개도 없잖아요."

"하나님이 만드신 것은 다 신기하다. 뜰 앞에 포도나무를 봐. 대를 세워주면 가지를 뻗고 자라 잎으로 그늘을 만들고 탐스런 과일까지 주렁주렁 열리잖니. 밤에 뒤뜰로 가봐라. 낮엔 움츠리고 있던 박꽃이 소담하게 피어 달맞이를 하잖냐. 나뭇잎을 일렁이는 바람도, 새도 무엇 하나 신기하지 않은 것이 없다."

"그럼 사람이 제일 시시하네요."

할아버지가 넌지시 나를 본다. 나는 문득 오늘 담임선생님이 내게 한 말을 떠올렸다.

"오늘 무슨 일로 교무실 갔는데 선생님이 묻데요. 부모님이 언제 미국서 오시냐구요. 예전에 가정 조사란 보고 부모님이 안 계시냐고 물은 적이 있어요. 그때 미국에 있다고 했거든요. 선생님이 나한테 관심이 많나 봐요."

"그런가 보다. 고마워해야지."

"어떤 땐 귀찮아요."

할아버지는 내 얼굴을 보지 않고 식사한다. 내가 말을 너무 많이 한 것일까. 내가 못마땅할 땐 눈을 주지 않는다. 할아버지가 숟가락을 내려놓자 나는 밥상을 부엌에 갖다 놓았다. 그릇은 설거지통에 담가두고 반찬은 냉장고에 넣었다.

그릇 소리를 듣고 숙모가 방에서 나온다. 설거지를 할 모양이지만 숙모를 부르는 할아버지 목소리가 이내 울렸다.

숙모는 내게 고개를 갸웃하고 할아버지 방으로 갔다. 나는 마루로 나와 귀를 기울였다. 열렸던 방문이 살그머니 닫힌다. 할아버지는 숙모에게 무슨 말을 하는 것일까. 내게 들리지 않도록 방문을 닫고. 숙모는 잠시 후 밖으로 나섰다.

"아버님, 괜찮아요. 걱정하지 마세요."

거미의 집 **287**

숙모는 손으로 머리를 쓸어 넘기며 부엌으로 간다. 밝은 얼굴은 아니다. 생각에 잠겨서 방문 옆에 내가 서 있는 것도 보지 못했다. 숙모는 아이를 가진 것이 기쁘지 않은가?

곧 동생이 생긴다니 웃음이 벙싯 떠오른다. 마음 한구석이 허전하면서도 든든하다. 숙모가 아이를 낳으면 예전처럼 친정에 쉬이 가지 않을 것이다. 나도 아이와 함께 놀 수 있다.

나는 형제가 없어서 늘 장난감과 놀았다. 그래서 내 방엔 장난감이 많다. 코가 빨간 토끼에서부터 챙 달린 모자를 쓴 원숭이, 코끼리 등 그림책에서 볼 수 있는 동물은 모두 내 방에 있다. 또 몇 척의 군함과 병정들, 내가 나무로 깎아 만든 지하대장군도 방을 지킨다. 숙모가 준 수호신 돌하르방까지 끼어서.

이것들은 내가 울 땐 아무 힘이 되지 못하고 가만 지켜보기만 한다. 그러나 나는 소중히 아낀다. 말없이 내 뜻을 다 받아주는 것은 이것들뿐이다. 세상에서 '내 것'으로 가질 수 있는 내 수호신들.

할아버지는 요즘 밖에 자주 나가신다. 이날은 아침부터 서둘러 나가셨다. 옛날 가정교사였던 손 선생의 전화를 받고서다. 두 주일 전에도 손 선생의 전화를 내가 받았는데 이날 손 선생은 "오랜만이구나. 나 안 보고 싶어?" 했다.

손 선생은 숙모가 이 집에 오기 전 매일같이 집을 드나들었다. 처음엔 할아버지의 그림 모델로 왔으나 내 공부까지 가르치게 되었다. 머리 속이 하얗게 보일 정도로 숱이 적고 뻐드렁니여서 예쁘진 않지만 마음이 착해서 나도 따랐다. 삼촌이 지방 가고 없을 땐 자고 가기도 했고 아침에 김밥 도시락을 싸주었다. 정이 꽤 들었는데 오래가진 못했다.

어느 날 우연히 할아버지 방 창을 들여다보고서다. 그날 학교에서 돌아오니 대문이 잠겨 있지 않았다. 손 선생이 모델을 서는 것을 한 번도 본 적이 없기 때문에 나는 소리 내지 않고 할아버지 창 앞으로 다가갔다. 손 선생은 벌거벗은 채 사과를 먹고 있었다.

할아버지 방으로 햇살이 폭포수처럼 쏟아진다. 급히 나서선지 물감 접시들이 그대로 어질러진 채 놓여 있다. 햇빛 속에 알록달록한 물감 접시들이 피튜니아 꽃밭처럼 아름답다. 노을이 타는 듯한 주황색 단청, 초록색 단청을 한참 들여다보니 바다 속으로 빠져 드는 것 같다.

가지고 싶다는 생각을 하다가 그 자리에 내려놓는다. 할아버지는 그림 도구들을 가리키며 입버릇처럼 이건 다 네 거다, 말한다. 화가가 되라는 얘기지만 이 생각은 나 혼자 가슴속에 품어두고 싶다. 내게 마지막으로 남을 것인지도 모르니 아껴야 한다.

할아버지가 벗은 바지가 허물처럼 방 한구석에 놓여 있다. 나는 밖으로 귀를 기울이다가 바지를 가만 집어 들었다. 주머니에 손을 밀어 넣으니 작은 딱지 같은 것이 손에 잡힌다. 돈을 접어 두었다. 천 원짜리 두 장이다. 할아버지는 동전 지갑 속에 돈을 꼬깃꼬깃 넣어두지만 이젠 그것이 버릇이 됐나 보다.

아니, 내가 돈을 꺼내 가기 힘들도록 해놓은 건지도 모르겠다. 꼬깃하게 돈을 집어넣는 것은 그냥 막 넣어둔 것과는 다르다. 표시를 한 거다. 나는 천 원짜리 한 장만 딱지처럼 접어 도로 주머니 속에 넣었다.

아침엔 어제 하지 않은 숙제를 했다. 오전반이 하루만 갑자기 오후반으로 바뀌어 점심을 먹고 학교에 가도 된다. 오랜만에 아침을 집에서 보내니 집이 천국 같다.

숙제를 해놓고 슬그머니 밖으로 나섰다. 돈이 있으니 무엇이든 살 생각이다. 다른 때 생긴 돈은 저금통에 넣지만 이런 돈은 쓰고 싶다. 지금 저금하고 있는 돈으론 자전거를 살 생각인데 몰래 꺼낸 돈은 거기에 보태고 싶지 않다.

숙모 대신 장을 보아 올 자전거를 살 거니까. 집에서 시장까진 꽤 멀다. 버스를 타고 두 정류장을 가야 한다. "종이에 살 것 적어 주세요." 내가 시장바구니를 자전거 뒤에 싣고 나선다면 숙모는 무척 좋아할 거다.

나는 시장 입구에 있는 슈퍼마켓까지 단숨에 달려갔다. 오전이라 슈퍼마켓은 한산하다. 한 줄엔 그릇과 가정용품, 또 한 줄엔 과자 상자, 음식들이 층층이 쌓여 있다. 환한 불빛 아래 반듯하게 늘어서 있는 진열대를 바라보면 훔치고 싶은 충동이 문득 생긴다. 물감 접시들이 피튜니아 꽃처럼 널려 있는 할아버지 방에서 돈을 훔치고 싶듯이.

여름이어서 귤 같은 건 없다. 한참 이것저것 살피다가 황도 통조림 두 개를 샀다. 귤 대신 숙모에게 황도를 주자. 황도는 아플 때 먹은 적이 있다. 삼촌도 그때 내 방을 들여다보았다. 그 기억이 달콤하게 떠올라서 황도를 집어 들었다. 복숭아 같은 아이를 낳으면 좋겠다.

집으로 들어가려는데 낯선 사람이 대문 앞에 서성이고 있다. 후줄근한 한복을 입은 아줌마였다. 눈이 위로 찢어지고 양미간의 주름이 깊어서 무섭게 보이기도 했다. 나는 호기심으로 "누구 찾으세요?" 물었다. 아줌마가 나를 찬찬히 살펴보더니 목쉰 소리로 말했다.

"어른 좀 뵈어야겠다. 드릴 말이 있어."

나는 집으로 들어가 숙모를 큰 소리로 불렀다. 숙모가 안방에서 나오면서 "수영이 밖에 나갔어?" 묻는다. 나는 황도를 줄 생각도 않고 낯선 사람을 손으로 가리켰다. "누구신데?" 숙모가 마루에서 뜰을 내다보자 나를 따라 들어온 아줌마가 고개를 끄덕이며 말을 줄줄 읊는다.

"흰 개떼들이 달려들어요. 이 청명한 날에 마귀가 내 앞길을 가로막으니 이게 웬일이냐. 집터가 세. 벽돌을 쌓아도 한 장 한 장 빠져 무너지고 앉은 방석이 들썩인다. 산 사람이 못 견디니 객지로 떠돌아야 하고 집을 지키자니 급사할 운이네."

숙모는 기습을 당한 것처럼 얼이 빠져 서 있었다. 나까지 홀린 듯 머릿속으로 막냇삼촌 얼굴이 스쳐갔다. 지지난해 막냇삼촌은 밖에서 메밀국수를 먹고 들어와 갑자기 죽었다. 숙모의 목소리가 날카롭게 울렸다.

"남의 집에 와서 무슨 말씀이세요."

"흰 개떼들이 달려든다니까. 당신도 지금 온몸이 아프지. 등이 무거워서 아파, 아프구말구."

"터가 세서…… 그렇단 말이에요?"

"굿을 해서 달래야 돼."

"어떻게 굿 같은 걸……."

낯선 아줌마는 떠돌이 무당이 분명했다. 처음에 화를 냈던 숙모는 어느새 아이처럼 울상을 짓고 있었다. 무당은 숙모의 핼쑥한 얼굴을 바라보며 이죽거리듯 말했다.

"그냥 있으면 당신이 화를 당하리다. 굿을 할 형편이 못 되면 부적을 지녀요."

무당은 검은 가죽 가방 속에서 접은 종이를 꺼냈다. 손바닥만 한 화선지 한 장이었다. 종이엔 고대의 상형문자 같은 것이 붉게 찍혀 있었고 숙모는 망설이다 그것을 조심스럽게 집어 들었다.

"내가 가지고 다니는 부적을 드리리다. 당신 운이 내게 닿아서 나를 만났으니 내, 좋게 해드리지. 이걸 몸에 지녀요."

"지금 난……."

"우리 그런 거 필요 없어요. 할아버지한테 혼나요. 할아버지는 교회 나가요."

숙모 말을 가로막고 그제야 나는 마루로 올라섰다.

할아버지 말이 나오자 숙모가 주춤하는 기색을 보였다. 숙모는 잡았던 부적을 무당 앞으로 가만 내밀었다.

"미안해요. 집에 어른이 안 계세요. 제 마음대로 할 수가 없어요."

"예수쟁이나 우리나 신을 모시는 건 똑같아. 예수쟁이 집에 마귀가 득시글한 걸 보면 예수도 공밥 자시고 있구먼그래."

떠돌이 무당은 부스럼만 뿌려놓고 갔다. 내가 공연한 짓을 했나 보다. 인상이 무서운 사람을 집에 들어오게 했으니. 숙모는 황도를 받고도 아무 말 하지 않았다. 내가 학교 다녀오겠습니다, 인사할 때도 간신히 웃어 보였다. 그 가짜 무당이야말로 마귀다. 마귀 말이 숙모뿐 아니라 내 마음에도 걸려 있었다.

그날 미술 시간에 나는 귀신을 그렸다. 실기 시간이어서 우리는 교실 밖으로 나갔다. 학교 뒷산으로 올라가 마을 풍경을 그렸다. 나는 아이들이 없는 곳에 자리 잡았다. 바위가 지붕처럼 그늘을 만드는 장소였는데 아이들이 앉아 있는 모습이 다 내려다보였다. 나를 따라온 승호는 빨치산이 숨는 장소 같다고 좋아했다.

동산에서 내려다보니 마을의 집들이 조갑지들처럼 붙어 있다. 승호는 집 사이로 길을 내고 동네 사람들이 노는 것을 그린다. 푸른 하늘에 햇님이 빛나게 한다.

나는 하늘을 남색으로 칠한다. 엄마 눈썹 같은 그믐달을 그렸다. 어둠 속에 노랗게 타오르는 창들을 별처럼 점점이 찍었다. 지붕 위로 빨래처럼 희뿌옇게 떠오른 귀신도 그렸다. 승호는 연신 내 그림을 들여다봤다.

"야, 멋지다. 그런데 넌 왜 밤을 그리니? 지금 낮이잖아."

"난 밤이 좋아. 밤은 모든 걸 가려주잖아."

"이건 뭐야? 꼭 귀신 같애. 무섭지 않아?"

승호는 갈색 통자루 옷을 입은 귀신을 가리켰다. 나는 승호를 놀라게 하느라 빤히 쳐다보았다.

"난 귀신하고 친구야. 동화책에서 봤는데 신라 때 비형이는 밤마다 귀신하고 놀았어. 귀신들이 다리도 놓아줘. 귀신은 외로워서 귀신이 된 거니까 무서워하면 해치고 겁내지 않으면 사이좋게 놀 수 있어. 제사 지낼 때도 귀신 상을 따로 차리잖아."

하루 중 나는 아침이 제일 싫다. 달콤한 잠에서 깨어야 하고 학교에 가야 하기 때문이다. 잠을 잘 땐 숙제도 슬픈 일도 다 잊는다. 재미있는 꿈을 꾸기도 하고 또 나쁜 꿈을 꾸더라도 꿈이니까 괜찮다. 그러나 학교에 가는 일은 꿈처럼 사라지는 게 아니다. 꿈이 좋은 건 사라지기 때문인지도 모른다.

간밤의 꿈은 정말 이상하다. 장면이 선명하게 떠오른다. 시골길이었다. 숙모가 들판이 펼쳐진 길을 혼자 걸어가고 있었다. 유령처럼 가벼운 걸음으로.

얼마를 걸어가자 길 한옆으로 딸기밭이 나왔다. 밭에서 딸기를 따는 할아버지 모습도 보였다. 할아버지는 딸기가 한가득 든 소쿠리를 안고 숙모를 향해 웃었다. 숙모도 웃으며 할아버지가 서 있는 딸기밭으로 들어섰다.

할아버지는 숙모에게 주려고 딸기를 딴 모양이다. 숙모가 다가오자 소쿠리를 안겨주었다. 그런데 그것이 어째서 한복으로 변했을까. 숙모가 딸기를 받고 두 손을 허공으로 뻗치자 흰 한복이 깃발처럼 펼쳐졌다.

6월 22일, 용순이 누나 장 보러 가서 다시는 돌아오지 않는다.

엄마가 보고 싶다.

10월 18일, 순자 누나가 집에 갔다. 모두 거짓말쟁이.

벽으로 돌아눕자 낙서가 한눈에 들어온다. 삐뚤삐뚤 연필로 쓴 글씨가 내 글씨 같지 않게 낯설다. 손으로 문지르려 해도 흑연만 묻을 뿐 지워지지 않는다. 6월…… 10월, 아주 오래전 일 같은데 바로 작년 일이다. 용순이 누나, 엄마, 순자 누나, 그러고 보니 모두 여자다. 여자들은 왜 모두 가버리는 걸까.

눈이 작아서 단추 누나라고 불렀던 순자 누나는 시골집에서 온 편지를 받고 가버렸다. 순자 누나 집은 속초에 있다. 나는 순자 누나에게 오징어잡이 밤배 얘기 듣는 것을 좋아했다. 밤바다로 불꽃 등걸을 내걸고 나선다는 오징어잡이 배. 궁궐같이 눈부시다고 순자 누나는 몇 번이나 말했다.

나는 순자 누나에게 속초로 데려가 달라고 졸랐다. 순자 누나는 예쁘지 않지만 마음이 좋다. 삼촌이 나를 미워한다는 것을 알고 함께 데려간다고 손을 걸어주었다. 톰소여같이 나는 집에서 도망가고 싶었다. 삼촌의 번들거리는 얼굴…… 용순이 누나의 울음소리…… 용순이 누나가 가버린 뒤로도 부엌 앞을 지날 때면 그 소리가 들려오는 듯했다.

배우가 되고 싶다면서 소처럼 큰 눈에 반짝가루를 바르던 용순 누나. 한밤에 문득 잠을 깨면 발자국 소리가 들려오지나 않을까 귀를 기울이곤 했다. 삼촌이 용순 누나 방에서 마루로 걸어 나오는 발소리.

용순 누나는 수국 꽃이 피기 시작한 여름 아침, 장바구니를 들고 나가 다시는 돌아오지 않았다. 그 며칠 전에 수박이 먹고 싶다고 해서 내 돈으로 수박을 사 주었는데 가난한 용순 누나는 삼촌의 시계를 가지고 갔다.

내게 말했더라면 할아버지 시계까지 훔쳐서 주었을 텐데. 할아버지는 삼촌의 시계가 없어진 것을 알고도 아무 말을 하지 않았다.

할아버지도 용순 누나에게 잘못이 없다고 생각했는지 모른다. 그렇다면 할아버지도 나쁜 사람이다. 용순 누나에게 한 것처럼 할아버지는 엄마가 나갈 때도 잠자코 내버려둔 것이 아닐까.

"수영아, 일어나. 학교 가야지."

숙모의 목소리가 문틈으로 울려온다. 숙모의 옷 스치는 소리가 머리맡으로 가까워오고 "수영아." 부드러운 목소리가 다시 귓가에 울린다.

숙모는 가지 않을 거야. 갑자기 눈시울이 뜨거워진다. 나는 벽을 향해 누운 채 꼼짝하지 않았다. 숙모의 손이 흐트러진 내 머리카락을 쓰다듬는다. 잠자코 숨을 죽이다가 나는 이불을 뒤집어썼다.

눈물이 마구 흘러내린다. 어제 저금통을 깨서 부적을 살 걸 그랬다. "수영아, 왜 그래." 숙모의 목소리가 꿈속에서처럼 아득하게 들린다. 숙모가 살그머니 이불을 들친다. 나는 요에 얼굴을 묻고 찡찡한 콧소리로 중얼댄다.

"학교 가기 싫어서 그래요."

"그렇다고 울어? 사내애가 우습다."

나는 주먹으로 눈물을 닦았다. 창피했지만 아무 말도 하지 않았다. 숙모가 내 얼굴을 숙모와 마주 보도록 돌렸다. 눈썹 끝으로 숙모의 고른 이가 생옥수수같이 보인다.

"이따 학교 갔다 오면 내가 어디 데리고 갈게."

"어디요?"

"응, 우리 아버지가 오늘 미국에서 오신단다. 네가 학교서 돌아오면 공항에 함께 가. 할아버지께 내가 허락 맡아놓을게."

"난 두 시 지나야 오는데 괜찮아요?"

"응, 비행기가 다섯 시 도착이거든."

숙모와의 약속이 있어서 수업 시간은 조금도 지루하지 않게 지

나갔다. 미술 외에 좋아하는 과목이 자연인데 이날 자연 시간은 어느 때보다 재미있었다. 민들레 꽃 등을 예로 들어서 식물의 번식에 대해 가르쳐주었다. 한송이의 꽃이 피기까지의 신비한 과정을 설명하다가 선생님은 뜻밖에도 거미 이야기를 했다.

"곤충에서도 그래요. 새끼 거미는 적당한 때가 되면 민들레 씨처럼 뿔뿔이 흩어져요. 새끼 거미들은 높은 가지에 오르내리며 날줄을 짜내고 그것이 바람에 날릴 때 함께 묻어 떠나갑니다. 다른 이웃에게 폐를 끼치지 않고 자신이 살아갈 곳을 차지하기 위해서죠. 또 거미는 아무것도 배우지 않고도 스스로 줄을 쳐서 집을 짓고 삽니다. 거미줄을 자세히 한번 보세요. 얼마나 복잡한지. 거미는 곡예사이면서 건축하는 기술자예요."

생물 이야기는 재미있다. 지난번에 우연히 거미줄을 들여다보았는데 거미가 좋아진다. 개미처럼 모여 살지도 않고 용감하게 엄마 품을 떠나 혼자 집을 짓고 살다니.

아버지를 마중하러 숙모는 어느 때보다 곱게 차리고 나섰다. 팔이 비치는 흰 옷엔 보랏빛 헝겊꽃이 꽂혀 있다. 어린 기생같이 이마에서부터 양 갈래로 머리를 땋아 올렸고 흰옷으로 인해 얼굴은 투명하리만큼 맑아 보였다. "이쁜데요." 나는 찬탄의 눈으로 숙모를 바라보았다. 할아버지도 대문까지 나와서 고개를 끄덕였다.

"흰색이 아주 곱구나. 그렇지만 더러움을 쉬 타서 막 쓸 수가 없겠어. 너무 깨끗해서 불편하겠지?"

우리는 시내로 나가 공항버스를 탔다. 비행기 도착 시간 십 분 전에야 도착했다. 그 시간에 도착하는 비행기가 많은지 마중 나온 사람들로 대합실이 붐볐다.

숙모는 잠시 두리번거리다 한숨을 내쉬었다. 손수건으로 이마의 땀을 닦곤 "수영아, 네가 윤구 찾아볼래?" 했다. 아는 보호자처럼 숙모 손을 잡고 사람들 틈을 비집고 걸어 나갔다. 겨우 몇 발자국 옮겼는데 숙모 엄마가 우리를 먼저 발견하고 다가왔다. 윤구도 뒤에 따라오고 있었다.

"왜 이렇게 늦었니. 네 집에 전화했더니 세 시 조금 넘어 나갔다던데."

"집이 워낙 멀잖아요. 차를 두 번 갈아타구요."

"택시를 타지. 몸도 그런데."

"괜찮아요."

"쯧쯧, 장 서방 돈도 벌고 구실을 해야지 원."

숙모 엄마가 혀를 차다가 나를 보자 내 어깨를 끌어당겼다.

"수영이도 왔구나, 그래."

"안녕하세요."

나는 겸연쩍게 인사했다. 갸름한 얼굴이 숙모와 닮았지만 숙모 엄마가 웃거나 표정을 쓸 땐 다른 사람처럼 보인다. 숨어 있던 잔주름이 거미줄처럼 얼굴에 퍼지기 때문이다. 그럴 땐 할아버지보다 더 늙어 보인다. 멋쟁이 영감 뒷바라지 하느라 마음고생이 심했겠어. 결혼식 날 우리 쪽 친척이 그렇게 수군대는 것을 들은 기억이 난다.

윤구는 제 엄마 뒤에 숨어서 눈만 반짝거리며 나를 바라본다. 무척 수줍어하는 아이다. 숙모를 외딸로 키우다 뒤늦게 낳은 아들이라는데 몇 년간 불공까지 들였단다. 그래서 윤구는 나와 나이가 같다.

"누나와 나이 차가 많아서 데려온 자식 아니냐 그래요."

언젠가 숙모 엄마가 우리 집에 왔을 때 윤구 등을 토닥이며 그런 소리를 했다. 여태 세 번 보았지만 생쥐처럼 반짝이는 눈과 뾰족한 얼굴이 내겐 슬프게 보인다. 윤구도 혼자여서 외로운 것일까.

"숙희야, 수영이가 너랑 손잡고 오니까 네 아들 같더라."

"정말 그랬으면 좋겠다. 수영이가 지금 열둘이지? 앞으로 십이 년이 지나야 수영이만 한 아이가 생긴다니. 빨리 늙고 싶은데."

기가 막힌다는 표정을 내가 짓자 숙모 엄마도 같은 뜻의 말을 했다.

"남들이 부러워하는 한창때에 별소리 다한다."

비행기가 도착한 모양이다. 로스앤젤레스발 보잉 ○○○…… 실내 방송이 울리고 가방을 든 사람들이 출구로 나오는 사람들을 잘 보도록 목을 뺀 채 발돋움한다. 잠시 후 숙모가 환호성을 냈다. 나는 숙모에게 손을 잡힌 채 사람들을 헤치며 나갔다.

숙모 아버지는 하얀 모자를 쓰고 있다. 그것은 내게는 낯익은 것이어서 이내 눈에 띄었다. 숙모 아버지는 텔레비전에서 본 것처럼 나비넥타이를 매고 있다. 바지 주름이 칼날 같다. 까만 안경을 벗지 않는다면 아무도 그가 숙모만 한 딸을 둔 노신사인 줄 모를 거다.

숙모 아버지가 우리를 알아보고 손을 번쩍 들었다. 숙모가 윤구를 앞세우고 앞으로 다가간다.

"우리 윤구, 잘 있었니? 그리고 숙희도. 오랜만이니까 아빠랑 악수할까."

숙모 아버지가 손을 내밀었다. 숙모는 웃다 말고 고개를 흔들었다.

"싫어요. 다른 사람들과 악수한 손이잖아요."

숙모 아버지가 손을 내민 채 그대로 서서 고개를 갸웃거린다. 두 주일 전인가, 숙모 아버지의 사진이 신문에 나왔던 것이 생각난다. 재미 교포 위문 연예인 단장인 숙모 아버지가 가슴을 드러낸 미국 여배우와 악수하는 장면이었다. 숙모 엄마가 남편의 가방을 받아 들며 "원, 애두." 하고 혀를 찬다.

"숙희 때문에 일부러 하루 앞당겨 입국했는데 악수도 안 해줘? 위문단은 내일 입국이야. 저 애는 사람이 많은 데선 숨도 제대로 못 쉬니까."

숙모 아버지는 기분이 상한 듯하다. 아니 걱정스러운 표정이다. 나는 숙모 아버지와 눈이 마주쳐서 인사했다.

"아, 사돈댁 도련님까지 나와주셨네. 고마워요. 가만있자, 귀한 손님도 있고 우리 저녁이나 근사하게 먹을까."

우리는 공항 구내식당에서 저녁을 먹었다. 사람들이 숙모 아버지를 보느라 우리 쪽으로 고개를 돌렸다. 숙모 아버지는 유명한 가수다. 「상처의 부르스」 하면 민정구란 이름이 나올 정도로 그 노래로 날렸단다. 옛날 가수이긴 하지만 지금까지 인기가 있어서 상을 몇 번인가 받았다. 텔레비전의 흘러간 노래 프로에 사회를 맡고 있기도 한데 나는 일부러 그 시간에 텔레비전을 켜놓기도 했다.

숙모는 텔레비전 보기를 좋아하지 않는 것 같았다. 내가 민정구 씨의 노래를 크게 들리도록 해놓으면 숙모는 마루로 나와 스위치를 꺼버렸다.

숙모는 아버지가 벗어놓은 까만 안경을 꼈다. 까만 안경을 쓴 숙모의 모습은 악마의 나라에서 탈출한 발레리나처럼 보인다. 언젠가 만화에서 본 것같이. 안경은 숙모가 쓰기엔 크지만 조금도 흉하지 않다. 오히려 신비해 보인다. 사람들이 숙모까지 쳐다보는 걸 봐도 알 수 있다. 숙모는 사람들의 눈길을 피하느라 안경을 쓴 것 같은데.

숙모 아버지는 자리에 앉자마자 숙모에게 이것저것 묻는다.

"네 남편은 잘 있느냐." "요샌 일이 잘되느냐." "사돈어른께선 별일 없으시고."

숙모는 계속 "네."라고만 답한다. 짙은 유리알 때문에 숙모의 표정을 알 수 없다. 이따금 웃음을 짓지 않았더라면 나까지 답답함을 느꼈을 것이다. 숙모 어머니가 숙모 팔을 잡는다.

"얘, 내가 말해서 아빠도 알고 계신다. 세 달째잖아."

숙모 아버지가 고개를 끄덕인다.

"첫애니까 조심해야 한다. 어려운 일이 있으면 엄마한테 상담하고."

"아무것도 실감이 안 나요. 아직도 결혼한 것이 실감나지 않는걸요."

"아무래도 네 엄마가 널 잘못 키운 것 같다. 그 나이 되도록 공동탕 한번 보내지 않았으니."

"아뇨, 아빠. 제가 부족해서 그래요. 그걸 아니까 이러고 있는 거예요."

숙모는 웃음을 거두고 커피 잔을 만지작거린다. 숙모의 말은 무슨 뜻일까. 까만 유리알이 숙모의 표정을 가리웠으므로 나는 그것을 벗기고 싶은 충동을 느꼈다.

그날 밤 나는 숙제장을 펼쳐놓은 채 공항에 간 일을 얘기했다. 할아버지에게 하루 일을 보고하는 것은 오래된 습관이다. 내가 이해할 수 없는 점도 물어보아야 했다.

"정말 이상해요. 숙모 아버지가 악수를 하자고 손을 내미는데 숙모가 하지 않았어요. 다른 사람과 했다구요."

"그게 무슨 말이냐?"

"그러니까 다른 사람과 악수한 손이어서 숙모가 악수할 수 없다는 건가 봐요."

"음…… 그 아이 결벽증이 상당히 심하구나."

"결벽증이 뭔데요?"

할아버지는 벽을 바라보며 큰숨을 내쉬었다.

"너무 깨끗해서 가지는 증상, 그것도 병이지. 수영아, 이번 일요일 기도원 삼촌한테 가볼까? 봄에 가고 여태 못 갔지."

병이란 말이 작은삼촌을 떠올리게 한 것일까. 할아버지는 화선지를 펴놓은 채 멍하니 앉아 있다.

일요일엔 일찍 일어났다. 학교에 가지 않는 날은 오히려 일찍 눈이 떠진다. 거기다 이날은 할아버지와 나갈 일이 있어서 잠을 설쳤다. 기도원에 가기로 한 것이다.

나는 눈을 뜨자마자 창을 열어젖혔다. 날이 좋은지 보고 싶었다. 뜰엔 그늘이 깔려 있지만 하늘은 맑다. 나는 기분이 좋아 후후 소리 내어 웃었다.

숙모가 빨래가 담긴 대야를 들고 뜰로 나오고 있다. 빨래를 널려나 보다. 숙모가 향나무를 스쳐 가다 갑자기 주춤한다. "어머." 숙모는 한 손으로 허공을 내젓는다. 한 발 물러선 채 얼굴을 돌리고 있다.

무슨 일일까. 나는 창턱에 올라가 뜰로 뛰어내렸다. 황금 박쥐처럼 두 팔을 펼쳤건만 하마터면 엉덩방아를 찧을 뻔했다. 나는 맨발로 이슬을 밟으며 숙모에게 다가갔다.

"어머. 거미줄 봐. 빗자루로 거둬야겠네."

숙모가 두 그루의 향나무 사이에 걸쳐 있는 거미줄을 손으로 가리킨다. 거미망 위에서 거미가 광대같이 뒤뚱거리며 달아나고 있다. 거미의 무게로 이내 망가질 듯했지만 그물은 흔들거리기만 했다.

나는 그것을 한참 살펴보았다. 그물은 다각형이다. 십여 개의 방사선과 날줄이 쳐져 있어서 다각형 안에 수십 개의 칸이 있다. 거미는 무슨 방법으로 복잡한 구조의 그물을 이었을까. 배우지도 않고.

숙모가 대문 쪽에서 되돌아오고 있다. 숙모 손에 쥐어진 대빗자루가 눈에 띄었다. 나는 두 팔을 벌려 향나무 앞을 막았다.

"거미줄은 더러운 게 아니에요. 그냥 놔둬요."

숙모는 나와 몇 발자국의 거리를 두고 가만 서 있다. 어떻게 생각해야 할지 모르겠다는 표정이다. 나는 목소리를 낮추었다.

"거미가 불쌍하잖아요."

"응, 미안해. 난 그 생각을 못했어."

기도원이 있는 용문사에 도착한 것은 정오가 가까워서다. 일요일이어서 시외버스는 만원이었다. 함께 내린 사람들은 절반이 배낭을 멘 등산객들이었다. 등산객들은 절이 있는 공원 쪽으로 걸어갔고 할아버지는 버스 종점에 있는 가게로 들어갔다.

할아버지는 카스테라 다섯 개와 건빵, 삶은 달걀 열 개를 샀다. 또 비스킷 두 개를 들었다가 놓고는 알록달록한 사탕을 집는다. 꽃분홍색과 연두색이 눈이 아프도록 화려하다. 헛바닥에 그대로 묻어날 듯한 빛깔이었다. 나는 내가 잘 사 먹는 과자 회사 것을 가리켰다.

"할아버지, 땅콩사탕 사요. 그건 나쁜 사탕 같은데요."

"아니. 이게 빛깔이 곱잖냐. 삼촌은 어릴 때 이런 사탕 먹고 자랐어."

군인 초소를 지나 작은 계곡을 끼고 이십여 분 걸어 들어가자 평평한 산언덕이 한눈에 들어왔다. 쓰러질 듯한 초가가 중턱에 자리 잡고 있다. 누군가 나뭇단을 들고 광으로 가는 것이 보였다. 구름 한 점 없는 하늘 아래 그 풍경은 평화롭기만 했다.

"수영아, 삼촌 같지 않니?"

할아버지가 나뭇단을 들고 가는 사람을 가리켰다. 나는 큰 소리로 삼촌을 불렀다. 삼촌은 우리를 흘긋 보곤 그 자리에 우뚝 섰다. 내가 마당 입구로 들어서는데 기도원 원장이 밖으로 나서고 있었다. 원장은 우리를 보고 삼촌을 향해 손을 올려 들었다.

"젊은 양반, 아버님이 오셨어."

우리가 들어간 원장의 방은 흙이 곧 무너질듯 허름했다. 천장도 굴처럼 휘어지고 벽엔 찢긴 도배지 사이로 흙이 언뜻 보였다. 삼촌은 메주 냄새가 나는 가마니 옆에 짐승처럼 웅크리고 있다. 삼촌은 내게 웃음 짓지도 않았다. 할아버지에게도 꾸벅 인사하는 시늉만

하곤 벽만 바라보고 있었다.

"그래 그간 별고 없으시고."

"네, 편지는 잘 받았습니다. 명선인 여전합니까?"

"며칠 전부터 밤에 춥다고 해서 우리가 방에 불을 때어주었어요. 삼 년 전 똥오줌을 못 가리던 한 아가씨도 이제 제 방 불 정도는 때는데, 저 총각은 아직도 못해요. 종이를 보면 갈가리 찢고."

"그래도 일을 자꾸 시켜보세요. 여름엔 기력이 떨어지잖습니까. 수영아, 그 봉투 내려놓아라."

나는 그제야 두 팔에 안고 있던 봉투를 쏟았다. 할아버지가 원장과 삼촌 앞으로 빵을 하나씩 내밀었다. 삼촌은 빵을 받자마자 비닐 포장을 입으로 물어뜯었다. 그리고 허겁지겁 먹기 시작했다. 목이 메일까 걱정스러울 정도였다. "선아, 천천히 먹어라." 할아버지는 내게도 빵을 내밀었으나 나는 먹고 싶은 생각이 없었다.

삼촌의 흰 속옷이 허리께로 삐죽 나와 있다. 삼촌이 카스테라를 쥔 손에 새까맣게 손때가 끼어 있다. 아무리 가까이 보아도 삼촌 같지가 않다. 몇 년 전이었던가, 겨울날 찬방에서 그림처럼 앉아 있던 것이.

언제나 까만 옷을 입었고 말이 없었던 작은삼촌은 정말 영화에서 본 십칠 세기의 수도원을 거니는 사람 같았다. 범처럼 번쩍이는 눈으로 새벽마다 아카시아 숲길을 헤매다 들어오곤 했다. 오줌이 마려워 일찍 깨는 날은 젖은 머리로 대문을 들어서는 삼촌을 볼 수 있었다.

삼촌, 목욕하고 왔어요? 한번은 내가 정색을 하고 묻자 삼촌은 꿈꾸듯 웃었다. 산의 정기를 받은 거야. 나는 이 말의 뜻을 할아버지에게 물었다. 할아버지는 한참 뒤 입을 뗐다.

"골짜기 물로 머리를 감았단 말이겠지. 네 삼촌은 산신령이 되고 싶은가 보다."
 삼촌이 우리처럼 사탕을 먹으며 자랐다니 이상하다. 작은삼촌은 군에 들어가서 다시 집에 오지 못했다. 탈영을 했다고 헌병이 몇 번 집으로 찾아왔고 잡혀선 기도원에 들어갔다.
 삼촌은 왜 군대에서 도망하려 했을까. 지금은 왜 저런 모습으로 기도원에 있는 것일까. 그때는 아무도 삼촌이 이렇게 변할지 몰랐겠지. 나는 삼촌 나이에 어떤 어른이 돼 있을까. 지금 이외엔 아무것도 알 수 없다는 생각을 하니 무섭다.
 "우리 애가 성경은 보려고 합니까?"
 "성경도 마구 찢어서 종이공을 만들었던걸요. 성경은 안 보더라도 기도할 마음은 가지면 좋으련만 저 양반은 기도할 줄도 몰라요. 이 병은 하나님께 감사하는 마음만 생기면 쉽게 낫는데 말이에요."
 "저 아인 그것도 타협으로 생각하지요."
 "내가 옆에서 보기에도 안타까운데 부모 마음이야 오죽하겠습니까. 선생님도 기도를 열심히 올리세요."
 "해야죠. 다 내 업인걸요."
 할아버지는 산을 내려오면서 한마디도 하지 않았다. 바위에 걸터앉아 잠시 쉴 때도 흐르는 물을 바라보기만 했다. 아픈 삼촌을 보아서 기분이 우울한가 보다. 보통 땐 피우지 않는 담배까지 피웠다.
 마을로 나서자 여기저기 아이들이 뛰노는 소리가 들려왔다. 닭들이 푸드득거리고 개도 어슬렁댄다. 우람하게 솟은 산과 드넓은 들판 때문인지 마을 풍경이 한가하게만 보였다.
 우리가 지나가는 돌담집 앞에 평상이 놓여 있었다. 평상엔 갓 뽑은 듯한 열무가 쌓여 있고 한옆엔 옛날 놋화로가 놓여 있었다. 나는 평상 모서리에 잠시 앉았다. 평상에 앉아본 것이 얼마만인가. 밤에 누워 별을 헤어본 기억도 날 듯하다. "벌써 다리가 아프니?" 할아버지 말에 나는 고개를 흔들었다.

"아뇨. 옛날 같아서요."

"그래, 여기 화로도 있구나. 닦으려고 내놓은 건가?"

할아버지는 뒷짐을 진 채 놋화로를 물끄러미 바라보았다. 오랫동안 쓰지 않았는지 거무스레하게 빛이 변해 있고 긴 부젓가락도 구월의 햇살 아래 쓸쓸히 빛났다. 할아버지가 불쑥

"수영아. 이 부젓가락 생각 안 나니?" 했다.

나는 영문을 몰라서 잠자코 있었다. 할아버지가 눈을 가늘게 뜨고 혼잣말을 했다.

"정말 젓가락 같았지. 좋은 아이였는데."

내가 할아버지를 지켜보았으므로 눈이 마주쳤다. 할아버지 눈빛이 슬프게 보였다. 아니, 나를 슬프게 바라보았다는 표현이 정확하다. 누가요? 나는 물으려다 입을 다물었다. "내 업이다, 업." 하늘을 올려다보며 혼잣말을 하던 할아버지가 이내 걸음을 재촉했다.

나는 부젓가락을 가만 만져보고 할아버지 뒤를 따랐다. 젓가락…… 엄마…… 내 두 팔에 잡히는 엄마 허리……. 할아버지는 부젓가락을 보며 내 엄마를 생각한 것이 아닐까.

아침저녁으로 제법 선들한 것이 여름이 가려나 보다. 숙모는 내 타월 이불을 얇은 솜이불로 바꿔놓았다. 뜨락의 봉숭아도 지고 샐비어가 초가을 하늘 아래 붉게 타올랐다. 그사이, 삼촌은 한 번도 얼굴을 내밀지 않았다. 무슨 일이 있는 것일까. 이따금씩 할아버지에게 전화하는 듯하지만 집에 들르진 않는다.

어젯밤에도 삼촌에게서 전화가 왔다. 여보세요, 하고 내가 전화 받자마자 할아버지 바꿔, 퉁명스레 말했다. "거기 어디냐? 전화가 잘 안 들려. 그래, 일은 잘돼 가느냐?" 할아버지가 묻는 걸 보면 삼촌은 먼 곳에 있는 것 같다.

이번엔 정말 공사를 맡은 것일까. 그렇더라도 집에 들르지 못할 정도로 바쁘다니 하긴 전에도 두 달 만에 집에 온 적이 있다. 삼촌, 왜 한 번도 집에 안 들르세요? 나는 그때 삼촌 얼굴도 쳐다보지 못하고 물었는데 삼촌이 던지듯 책가방을 내밀었다. 손에 드는 새 가방이었다.

삼촌은 그것이 내게 필요한 것인 줄 어떻게 알았을까. 내가 메고 다니던 란도셀은 낡았고 그것을 메기엔 내 키가 너무 자랐던 것이다. 그날 나는 일기장에다 피는 아름다운 것이다, 라고 적었다. 그 일이 생각나자 삼촌이 보고 싶어진다.

숙모는 요즘 들어 얼굴이 더 야위었다. 숙모는 밥을 통 먹지 않는다. 저녁도 항상 할아버지와 내 것만 차려온다. 할아버지가 함께 먹자고 하면 생각이 없다고 할 뿐이다. 하루는 할아버지가 부엌에 가서 손수 숙모 밥을 들고 왔다. 숙모는 할 수 없이 우리와 함께 밥을 먹었으나 몇 순갈 뜨다가 갑자기 숟가락을 놓았다. 숙모는 입을 손으로 막은 채 밖으로 나갔다. 할아버지가 고개를 끄덕였다. 입덧이 심하구나, 하고.

그저께 할아버지는 밖에서 돌아오면서 벌꿀을 사 왔다. 숙모는 얼굴을 붉힌 채 그것을 받았다. 마음이 편하면 입덧도 덜하다던데. 할아버지는 숙모가 들으라고 혼잣말을 했다.

그 말대로라면 숙모의 마음이 불편한가 보다. 숙모는 오늘 내가 학교에서 돌아오자 함께 차를 마시자고 했다. 나는 거뜬하게 마셨으나 숙모는 차를 마시다 말고 부엌으로 뛰어갔다. 나는 그제야 심하구나, 하던 할아버지 말을 실감했다.

숙모는 부엌에서 나와 소리 없이 방으로 들어간다. 얼굴은 핏기가 없고 눈은 허공을 향해 열려 있다. 나는 잠시 후 숙모 방문을 두드렸다.

"수영이? 들어와."

힘없는 목소리가 들려왔다. 나는 고개를 들이밀다 방으로 들어섰다. 숙모는 방 한가운데 종이꽃같이 앉아 있었다.

"심부름시킬 것 있으면 시키세요. 아무것도 못 먹으니까 힘이 없죠."

"못 먹어서 힘이 없는 게 아냐. 힘이 없으니 안 먹히는 거야."

숙모는 나를 말끄러미 보다가 불쑥 기도원 삼촌 얘기를 꺼냈다.

"지난 일요일에 기도원 가서 아버지 뵀었니?"

"네."

"건강은 어떠신데? 너를 알아봐?"

"알아보지만 감정이 없어요."

"아버지는 언제부터 기도원에 계셨니?"

"삼 년 됐을 거예요."

"그동안 아버지 안 보고 싶었어?"

"보고 싶어도 할 수 없죠 뭐, 병 나으면 또 볼 텐데요."

"……엄마는 생각 안 나?"

"잘 모르겠어요."

"난 네가 우리 아이였으면 좋겠어. 우리 아이 같애. 넌 안 그래?"

갑자기 얼굴이 달아오른다. 숙모는 티 없이 웃고 있었으나 나는 달아나고 싶었다. 숙모의 눈길을 피하다 나는 간신히 웃는 시늉을 했다.

"숙모는 이제 곧 아이를 낳을 거잖아요."

나는 숙제를 핑계 대고 곧 일어났다. 손잡이를 트는 순간 어떤 생각이 칼날같이 스쳐갔다. 내가 입만 벙긋하면 이 집안은 콩가루가 된다.

9월 26일은 내 생일이다. 기대하지 않았지만 내 열두 번째 생일은 여태 보냈던 어느 생일보다 근사했다. 아니, 이런 생일은 처음이다. 나는 이날 아침 눈뜨자마자 장미 냄새를 맡았다. 코끝으로 스며든 향기가 너무 감미로워서 나는 꿈속일까 하고 생각했다.

분명 아침이었다. 햇살이 창호지로 쏟아지고 있었다. 발소리가 마루에서 들려왔다. 나는 일어나면서 눈을 치떴다. 문갑 위에 놓인 백자에 붉은 장미가 한 아름 꽂혀 있었다.

웬 장미일까? 입을 다물지 못하고 있다가 나는 오늘이 내 생일이라는 것을 떠올렸다. 혹시 숙모가? 나는 이불을 박차고 일어나 마루로 나갔다. 나는 다시 햐, 소리쳤다. 깨끗하게 청소한 마루 한가운데에도 한 아름의 붉은 장미가 항아리에 담겨 놓여 있었다.

나는 부엌으로 갔다. 부엌문을 열자 갈비찜 냄새가 풍겼다.

"잘 잤니? 오늘은 생일이니까 늦잠 자도록 내버려두려고 했는데 빨리 깼네."

"어떻게 내 생일을 알았죠?"

"숙모는 모르는 게 없단다."

"굉장히 기뻐요."

"요만한 걸루? 진짜 선물이 있는데? 뜰에 나가 보렴. 뭐가 있는지."

나는 뜰로 달려나갔다. 장미만으로도 충분히 행복하다. 여태 나는 다른 날보다 좀 더 풍성한 밥상과 할아버지가 주는 용돈으로 생일을 만족해했다. 그런데 또 선물이라니.

나는 테라스 앞에서 우뚝 섰다. 가슴이 쿵쿵 뛰었다. 날렵한 은빛 자전거가 목련나무 아래 세워져 있었다. 나는 자전거 옆으로 가지도 못하고 얼빠진 듯 서 있었다. 내가 사려고 마음먹고 있던 것을 생일 선물로 받다니. 내가 저금통을 털어 자전거를 샀다면 이토록 기쁘진 않으리라. 나는 부엌으로 달려가 큰 소리로 외쳤다.

"오늘 나는 세상에서 제일 행복해요."

"네가 좋아하는 걸 보니 나도 좋아." 숙모는 눈을 반짝이며 더욱 나를 놀라게 했다. "이따 학교 끝나면 친구들 데리고 와. 생일 파티를 해야지."

"정말요?"

"넌 여태 생일에 그렇게 하지 않았어?"

"숙모 같은 사람이 아무도 없었어요. 숙모가 와서 잠자던 사자가 깼어요."

숙모가 내 머리카락을 손가락으로 흩뜨렸다.

"그러다 내가 가면 어떡하니?"

나는 네 아이를 집에 초대했다. 나와 가장 친한 승호와 우일이, 또 반 아이들의 생일에 한 번도 초대받은 적이 없는 두 아이였다.

승호와 우일이도 놀랐지만 다른 두 아이는 믿기지 않는다는 듯 눈을 껌벅였다. 한 아이는 꼴찌를 맡아놓고 하는 사팔뜨기 희조였고 한 아이는 엄마가 술집을 한다는 정수였다. 몸이 여자 아이처럼 가는 정수는 더듬거리며 기쁨을 나타냈다.

"네가 진작 말했으면 생, 생일 선물을 준비했을 텐데."

대문은 반쯤 열려 있었다. 내가 문을 열고 들어서자 숙모 목소리가 들렸다.

"수영이니?"

숙모의 모습이 이내 우리들 앞에 나타났다. 숙모는 연분홍색 한복을 입고 꽃이 수놓인 앞치마를 걸치고 있었다. 앞치마만 걸치지 않았다면 선녀가 내려온 것이라 생각했을 거다.

아이들은 숙모의 아름다움에 놀란 듯했다. 전에 집에 놀러 온 적이 있는 승호도 숙모를 처음 보는 것처럼 멍하니 서 있었다. 나는 엄마라고 말하고 싶은 것을 꾹 참았다.

"얘들아, 숙모님께 인사해."

"안녕하세요."

"안녕하세요."

"그래 승호와 우일이가 왔구나. 두 친구는 처음 보구. 그런데 네 명밖에 안 돼? 난 많이 올 줄 알고 음식을 잔뜩 해놓았는데."

"염려 마세요. 우리가 다 먹어치울 거니까요."

내 방엔 벌써 음식상이 차려져 있었다. 유라시아의 궁전처럼 호화로운 케이크와 투명한 그릇에 담긴 색색 가지의 음식들은 우리를 황홀하게 했다. 뿐만 아니라 유리잔마다 포도주 빛 음료수가 담겨 있어서 우리는 어른이 된 것 같은 기분을 맛보았다.

숙모가 케이크에 꽂힌 초에 불을 당겼다. 내가 주인이 되어 케이크를 자르다니. 여태 제과점 진열장 앞을 지나면서 내가 받을 케이크가 있으리라곤 생각지도 않았다. 나는 마치 왕자나 된 듯 우쭐했다. 아이들에게 자전거는 맨 마지막에 보여주리라. 숙모가 나가자 나는 아이들을 둘러보며 말했다.

"우리 엄마가 여기 있다고 해도 이렇게 멋진 생일 파티는 하지 못했을 거야. 나중에 나는 숙모 같은 여자와 결혼하고 싶어."

그날 밤 나는 숙모가 온 뒤 처음으로 설거지를 도왔다. 숙모는 계속 말렸으나 나는 손에 쥔 그릇을 놓지 않았다. "공부보다는 설거지가 더 좋은걸요." 이 말에는 숙모도 웃고 말았다. 나는 숙모가 만족하도록 깨끗이 그릇들을 씻었다. 숙모는 재미있다는 듯 지켜보며 말을 시켰다.

"승호 아버지는 공사장에서 일하신다고 했지?"

"네. 한방에 여섯 식구가 살아요. 그래도 걔네 식구들은 재미있게 사는걸요. 승호 아버지는 술을 굉장히 좋아해요. 내가 가면 수영이가 왔으니 술을 마셔야겠다, 하시면서 소주를 사 오라고 시켜요."

"정말 재미있는 분이구나. 눈이 약간 이상한 애 있잖아, 그 애는 어머니가 안 계시니? 옷이 터졌던데 꿰매줄 사람이 없나 봐."
"엄마가 생선 장사를 하느라 그럴 시간이 없나 봐요."
"수영이 친구는 모두 착하고 가난한 애들이더라. 수영이가 착하니까."
"난 부잣집 애들은 싫어요. 공부 잘하는 애들도요. 그런 애들은 대개 잘난 척해서 정이 안 가거든요."
"수영인 어쩌면 그렇게 어른스럽지? 근데, 여자 친구는 없니? 네 명 중 한 명 정도는 여자여야 하잖아."
"여자에겐 관심을 안 가져요."
숙모는 눈을 크게 떴다.
"여자를 싫어해?"
나는 고개를 흔들었다. 숙모가 대답을 기다리는 눈으로 나를 바라보았으므로 말하지 않을 수 없었다.
"여자는 모두 바람 같거든요."
내 생일에 삼촌이 집에 온 것은 예기치 않았던 일이다. 정말 뜻밖이었다. 삼촌이 내 생일을 모르고 있었다 할지라도.
온종일 흥분으로 들떠 있었기 때문에 나는 그날 아홉 시가 겨우 넘은 시각에 잠이 들었다. 할아버지 방에서 책을 보고 있는데 괘종이 아홉 번 울렸고 나는 엎드린 채 잠이 들었다. 삼촌의 목소리에 어슴푸레 잠을 깼을 때도 꿈을 꾸고 있는 줄 알았다.
"그래, 갑자기 웬일이냐. 저녁은?"
"먹었습니다. 숙희는 자고 있습니까?"
"시계가 열두 시가 다 되어가잖냐. 오늘 잘 왔다. 수영이 생일이야."
"그래요? 알았더라면 선물이라도 사 왔을 텐데."
"며늘아이가 잘해 주었다. 음식을 장만해서 친구들을 부르게 하고 또 자전거까지 사 주었어. 좋은 여자다."

"……"

"그동안 왜 그렇게 안 들렀느냐. 일은 잘되고?"

"처음 시작하는 사업이라 힘들어요. 작은 자금으로 시작한데다 건축자재 값이 갑자기 올라서요. 워낙이 큰 공사라 모험이긴 해요."

"절대 무리하지 말랬는데. 요새 신문 보니까 입주자에게 돈만 받아놓고 도망가는 사기 건축업자들이 많다더라. 그런 건 아니겠지?"

"차도 팔았어요. 저…… 아버지가 좀 더 도와주셔야겠어요."

"그동안 네 밑으로 들어간 돈이 모두 얼만지 헤일 수도 없다. 그리기 싫은 산수화도 미인화도 팔려고 그랬고 또 이 집까지 은행에 담보로 넣어주었지. 내가 예순이 넘었는데 앞으로 살면 얼마를 더 살까 싶다. 마지막 여생은 내가 그리고 싶은 그림만 그리며 보내고 싶다. 더 이상 네게 내줄 게 없어. 애비 노릇 할 기력도 이젠 없구."

"못난 아들 두었으니 어쩝니까."

"네 나이가 서른넷 아니냐. 그만큼 떠돌이 생활 했으면 됐지 자중하거라. 아이 아버지가 곧 될 텐데."

"그게 무슨 말입니까?"

"며늘아이가 입덧을 심하게 하더라. 몸이 약해서 애를 먹는 것 같다. 나는 네 엄마가 아이를 가졌을 때 새벽마다 어물 시장에 갔다. 네 엄마가 해산물을 먹고 싶어 해서 싱싱한 걸 고르느라고. 마음고생이야 시켰지만 남편 도리는 다했다."

"아버지 같은 남편을 만난 건 어머니 팔자가 좋아서겠죠."

삼촌 말투엔 빈정거리는 데가 있었다. 할아버지는 무슨 잘못이나 인정하듯 목소리를 낮추었다.

"남의 집 귀한 여식 데려왔으면 예우를 해야지. 그게 인간의 도리 아니냐. 나 때문에 다른 사람이 불행해진다면 큰 죄를 짓는 거다."

"나는 이러고 싶어 이러는 줄 아십니까. 정이 안 가니 어쩝니까."

"그 아이가 어째서? 차가운 아이도 아니고 여자로서 무어 하나 나무랄 데가 없다. 화초처럼 귀하게 자란 사람에게 넉넉지 못한 이 집 살림을 꾸리게 하는 게 미안할 뿐이다."

"바로 그 화초 같다는 것이 전 싫습니다. 너무 고상해서요."

삼촌의 목소리가 높아졌다. 쉰 듯한 목소리에 쇳소리까지 울렸다. 꿈결에서인 듯 누워 있었으나 나는 완전히 잠을 깨고 말았다. 눈썹 끝으로 빛바랜 형광색이 쏟아져 들어오고 삼촌의 두툼한 손이 얼핏 내 얼굴을 스쳐갔다.

"이번 여름에 해수욕이라도 보낼걸. 사내자식 얼굴이 왜 이렇게 희지."

"그 앤 제 엄마를 빼낸 것처럼 닮았어. 너무 영리해서 걱정이다."

"흥, 니 닮은 것보다야 닛지."

"넌 여복은 많은 놈이야. 네 복을 네가 차지 마라."

"인연이 안 맞으면 별수 없죠."

삼촌은 벌떡 일어나 마루로 나갔다. 삼촌 방 문 닫히는 소리가 들리자 할아버지가 혼잣말로 중얼거렸다.

"철없는 것. 어릴 때부터 사고만 일으키더니 이날까지 부모 마음 고생을 시켜. 또 돈 말을 꺼냈으니 메워 넣어야 하게 생겼어. 일이나 저지르지 말아야 할 텐데. 부모란 이렇게 어리석은 거라니까……."

삼촌이 온 그날 밤도 다음 날도 적어도 외관상으로 별다른 일이 일어나지 않았다. 숙모는 언제나처럼 아침 일찍 일어나 집 안을 청소했고 활짝 웃는 얼굴로 내 도시락을 건네주었다.

나는 그런 숙모를 찬찬히 뜯어보았다. 나와 눈이 마주치자 숙모는 "왜?" 고개를 갸웃했다. "아니에요." 나는 얼버무렸으나 대문을 나서면서도 몇 번인가 숙모를 뒤돌아보았다. 그러다가 하마터면 전신주에 부딪칠 뻔했다. 숙모는 어이없다는 표정을 지었다.
"그러다 다치지. 학교에서 곧장 집으로 와야 해."
내가 집에 돌아왔을 때 삼촌은 나가고 없었다. 아침에는 삼촌이 자고 있었으므로 보지 못했다. 나는 현관으로 들어서며 신발장부터 보았다. 아침에 놓여 있었던 갈색 구두가 보이지 않았다.
"삼촌 나가셨어요?"
"응, 오늘 밤엔 수영이가 좋아하는 카스테라 사 오실 거야. 생일에 오려면 선물도 사 왔어야 되잖아."
내 물음에 숙모는 장난기 띤 얼굴로 말했다. 나는 엉거주춤 서서 고개를 가로저었다.
"아녜요. 삼촌은 내 생일도 모르고 오신 거예요."
숙모는 이어 내게 자전거를 타고 놀러 가라고 했다. 물론 그럴 생각이었다. 자전거를 타기 위해 허둥대며 집으로 돌아오지 않았던가.
가방을 던져두고 나는 뜰로 나갔다. 햇빛 아래서 날렵한 자전거가 거대한 은빛 제비처럼 번쩍이고 있었다. 나는 걸레를 갖고 와 조심스레 닦고 몇 발자국 떨어져 그것을 바라보았다. 그리고 숙모에게 소리쳤다.
"내가 자전거 타고 장 봐 올게요. 살 것을 적어 주시면 돼요."
"어떡하지. 장은 벌써 봐놨는데. 이삼일은 시장 안 가도 되도록 잔뜩 사 왔는데."
마루에서 뜰로 걸어 나오며 숙모가 덧붙여 말했다. "이제부터 장보기는 꼭 수영이 시킬게. 오늘은 첫날이니까 그냥 동네를 한 바퀴 돌고 오렴."
"그만두겠어요. 장 보러 갈 때 타겠어요."
"아니 왜? 자전거 타고 싶어 했잖아."
숙모는 의아해서 눈을 치떴다. 나는 다소 뽐내며 답했다.

"원래 그러려고 마음먹고 있었는걸요."

그날 밤 삼촌은 카스테라 상자를 들고 집에 왔다. 물론 내 몫이었다. 숙모가 시킨 일인지도 모른다.

"옛다." 삼촌은 나를 쳐다보지도 않고 상자를 내밀고 삼촌 방으로 가버렸다. 삼촌의 무뚝뚝한 말투와 불친절에 익숙해 있는 터여서 기분이 나쁘지는 않았다.

포장을 뜯자 윤나는 갈색의 카스테라가 담겨 있었다. 침이 꿀꺽 넘어갔으나 나는 참기로 했다. 할아버지가 목욕을 하고 오면 함께 먹을 생각이었다.

국어 숙제를 마치고 막 책을 넣는데 전화가 울렸다. 열 시가 넘어 웬 전화일까. 수화기를 들자 카랑한 여자의 목소리가 귀에 따갑게 울렸다.

"여보세요. 장명환 씨 댁이죠?"

"그런데요."

"좀 바꿔주세요."

"저, 누구신데요?"

"바꿔주면 돼요."

여자가 짜증스럽게 대꾸했다. 잠시 수화기를 들고 있다가 나는 방문을 열고 소리쳤다.

"삼촌, 전화예요."

이어 나는 재빨리 방문을 닫고 수화기를 들었다. 그제야 숙모가 삼촌 옆에 있으리라는 것이 생각났다. 그렇다고 다시 이 방에서 전화 받으세요, 할 수도 없다. "여보세요." 삼촌의 목소리가 들려서 나는 숨을 죽였다.

"여보, 나야."

"누구?"

거미의 집

"그저께까지 옆에 있어놓고 몰라? 정순이라니까."
"나 원. 웬일이야?"
"웬일은 무슨 웬일. 보고 싶으니까 그러지."
"이봐, 전화로 농담할 거야? 용건을 말해."
"빨리 돈 갖고 오라고, 그거지. 집엔 난리야. 오늘 남 씨가 집에 와서 하루 종일 기다리다 갔어. 내일도 안 오면 고소한대. 나도 빨리 병원 가야지. 하루라도 늦으면 위험한대. 지금 수술 못 하면 애 낳는 수밖에."
"미친 소리 작작해. 이봐, 하여튼 내가 이삼일 안으로 내려갈 테니 그때 다 처리하자구. 전화 끊어."
"흥, 옆에 그 가수 따님 있는 거 아냐? 안부 전해요."
"니미럴, 한밤에 무슨 수작이야. 끊어."
삼촌의 거친 숨결이 끊기자 나는 재빨리 수화기를 놓았다.
할아버지처럼 태연하게 할 수는 없었다. 가슴이 마구 뛰고 손에 땀이 묻어났다. 그때 삼촌이 밖으로 나서는 소리가 들렸다. 나는 화들짝 놀랐다. 삼촌이 내가 있는 할아버지 방문을 열어젖힌 것 같았다. 숨을 죽이고 있으려니 삼촌 발소리가 부엌 쪽으로 멀어져 갔다.
나는 안도의 숨을 쉬고 벽 모서리에 앉았다. 숙모는 아무것도 눈치 채지 못했을까? 적어도 여자의 전화인 것만은 알고 있겠지. "여보, 나야." 여자의 뻔뻔스러운 목소리가 자꾸만 맴돌아 나는 귀를 털었다. 삼촌이 싫다. 큰삼촌은 결코 내 아버지가 아니다.
다음 날은 토요일이어서 수업이 일찍 끝났다. 아이들이 야구를 하자고 했으나 나는 곧장 집으로 왔다. 자전거가 보고 싶었던 거다. 이날은 숙모 혼자 집을 지키고 있었다. 할아버지도 삼촌도 각기 나가고 없었다. 나는 뜰로 뛰어갔다. 자전거는 여전히 충실한 하인처럼 목련나무 아래서 나를 기다리고 있었다. 나는 또 걸레로 그것을 닦았다. 숙모가 주스 잔을 들고 내게로 걸어왔다.
"그렇게도 좋아?"
"내 다리, 날개, 내 자식 같아요."
"자식?" 숙모가 함빡 웃었다. "자식이 어떤 건지 수영이가 알아?"
"너무 좋아서 그렇게 말하는 거예요."
"수영아." 숙모가 잠시 사이를 두고 말했다. "내가 니네 학교 가서 담임선생님 만난 것 알아?"
"그건 몰랐는데요." 나는 아무렇지도 않게 대답했다.
"선생님이 수영이 칭찬하시더구나. 수영인 약한 아이들을 좋아한다고 말이야. 그건 나도 알아. 그런데 선생님께 부모님이 미국 계시다고 했니?"
"네."
"왜?"
나는 자전거 닦는 것을 멈추었다. 숙모는 내 대답을 기다리고 있었다.
"아버지가 기도원에 있다고 해봐요. 모두 나를 정신병자 아들이라고 이상하게 볼 것 아녜요."
"정말 그분이 네 아버지야?"
"……."
"난 말이야, 진실을 알고 싶은 거란다. 넌 영리하니까 내 말을 알아들을 거야. 난 이 집에서 꼭 바보가 된 것 같아. 모두 내게 무언가를 숨기고 있어. 사실을 알아야겠다는 건 사실 자체가 중요해서가 아니라 그 사실에 맞추어서 내가 살아가려 하기 때문이야. 무슨 말인지 알겠니?"
"조금은요."
나는 시무룩하게 대꾸했다.

"내게 모든 걸 얘기해 주면 안 되겠니? 난 네가 좋아. 네가 남 같지가 않아. 너랑 살고 싶어. 큰삼촌이 네가 자기 아들이라고 말하면 난 기꺼이 사실을 받아들일 거야. 너도 삼촌을 아버지라고 부르고 싶지?"

그때 문밖에서 차 소리가 들리고 이어 벨이 울렸다. 나는 새빨개진 얼굴을 숙모로부터 돌리고 대문으로 뛰어갔다. 대문이 흔들리고 삼촌의 목소리가 다급하게 울렸다.

"나야, 빨리 문 열어 빨리."

삼촌은 대문을 밀치고 들어왔다. 넥타이는 느슨하게 풀어져 있고 큰 눈이 번뜩였다. 삼촌은 숙모를 흘긋 보곤 곧장 마루로 들어갔다. 대문 밖엔 까만 세단이 대기하고 있었다. 대문을 그대로 열어둔 걸 봐도 다시 나가려는 것이 분명했다.

삼촌의 발소리가 쿵쿵 마루를 울리자 뜰에 서 있던 숙모가 얼굴을 일그러뜨렸다. 숙모는 한 손을 이마에 대고 서 있다가 테라스 앞으로 걸어갔다. 삼촌이 어느새 긴 액자를 들쳐 메어 나오고 있었다.

그것은 할아버지가 숙모에게 물려준 고화였다. 적벽가란 시가 씌어 있고 물안개에 잠긴 듯한 숲이 아득하고 적막하게 펼쳐져 있는 청전의 산수화였다. 할아버지가 늘 바라보며 좋아하던 그림이어서 나까지도 이따금씩 들여다보는 그림이었다. 숙모가 삼촌 앞을 가로막았다.

"도대체 왜 이러시는 거예요. 이건 아버님이 아껴 보시는 거예요. 함부로 손대지 마요."

"그래, 내 아버지 건데 어때."

삼촌은 숙모에게서 홱 비켜나서 대문 밖으로 액자를 들고 나갔다. 액자는 차 속으로 들어갔고 숙모는 어쩔 줄 몰라서 손만 움켜쥐고 있었다. 나도 무엇을 도와주어야 할지 몰랐다.

삼촌은 다시 방 안으로 들어갔다. 숙모는 정신이 없는 나머지 신을 신은 채 마루로 뒤따라 올라섰다. 이번에 삼촌은 더 큰 것을 메고 나왔다. 사철의 꽃이 그려진 여섯 폭짜리 병풍이었다. 그것은 할아버지가 숙모의 결혼 선물로 손수 그려 준 것이었다. 숙모는 삼촌의 팔을 잡아 흔들며 낮게 외쳤다.
 "미쳤어요? 그것도 팔겠단 말이에요? 당신 제정신이에요?"
 "미치긴 내가 왜 미쳐. 이까짓 물건이 무슨 보물이라고 넣어 둬. 고상한 사람은 그림 보고 사시나?"
 숙모의 얼굴이 무서울 정도로 창백해졌다. 숙모는 고개를 설레설레 내저었다.
 "당신은 내게 아무 말도 할 자격이 없어요. 거짓말쟁이. 수영이가 당신 아들이라는 걸 나는 벌써부터 알고 있었어요. 아버지 노릇도 못하면서 천박한 여자들과 한밤에 전화질이나 하죠. 파렴치하고 불결해요."
 "그래. 나는 천박한 여자를 좋아해. 너같이 고상한 여자는 싫어. 나더러 불결하다고? 흥 넌 깨끗한지 모르지만 네 아버지와 나와 다를 게 뭐야. 윤구는 어디서 데려온 자식이야?"
 삼촌은 병풍을 메어 든 채 한 손으로 숙모를 밀쳤다. 삼촌의 팔을 잡고 있었으나 숙모는 허수아비처럼 마루 끝에서 테라스로 굴러 쓰러졌다. 삼촌은 놀라서 흠칫 그 자리에 섰다. 그것도 순간이고 번들거리는 얼굴을 손으로 썻곤 대문으로 급히 사라졌다.
 모든 것이 너무나 순식간에 일어난 일이라 아무것도 실감 나지 않았다. 그러나 나는 할아버지에게 그 장면들을 설명하다가 한밤에 울음을 터뜨릴 뻔했다. 그제야 무서움이 되살아났다. "숙모는 나 때문에……." 내가 눈물을 쏟고 말을 잇지 못하자 할아버지는 일어나서 불을 껐다.

"자라. 네가 잘못한 건 하나도 없다."

나는 어둠 속에서 숨을 죽인 채 누웠다. 고아가 된 것처럼 외로웠다. 불현듯 기도원 삼촌 얼굴이 떠올랐다. 초가을 햇살 아래 짚단처럼 서 있던 삼촌. 기도원 삼촌이 정말 내 아버지인지 모른다.

집은 괴괴할 정도로 고요하다. 숙모의 엄마가 숙모를 데려갔고 삼촌은 집에 오지 않았다. 나는 내 방에 가고 싶지만 텅 빈 마루를 지나갈 용기가 없다. 오늘만 할아버지 방에서 자고 내일부턴 혼자 잘 것이다. "내 업이다, 업." 할아버지의 중얼거림이 한숨과 함께 들려왔다.

전에도 할아버지는 업이란 말을 했다. 혹시 무거운 짐이란 뜻이 아닐까. 내가 할아버지의 짐이라면 슬프다. 나는 거미줄처럼 줄을 타고 날아갈 곳도 없다. 자꾸만 흐르는 눈물을 이불깃으로 씻고 나는 이불을 뒤집어썼다.

숙모는 그로부터 일주일 뒤에 나타났다. 그동안 병원에 입원해 있었고 숙모가 퇴원하던 날 숙모 엄마가 할아버지에게 전화했다. 숙모는 유산을 했다. 할아버지는 그 소식을 전해 들으며 고개를 숙였다.

"면목 없습니다. 못난 자식 둔 애비를 용서하세요."

다음 날 내가 학교에서 돌아오자 타이탄에 낯익은 숙모 옷장과 짐이 실려 있었다. 나는 그것을 먼발치로 바라보다 대문 앞에 서 있는 숙모 엄마에게 꾸벅 인사했다. "그래, 수영이." 숙모 엄마는 말하다 말고 집 앞의 빈 터를 멍하니 바라보았다.

숙모 방은 텅 비어 있었다. 깨끗이 치워진 빈 방을 기웃거리다 나는 할아버지 방으로 갔다. 숙모가 할아버지와 마주 앉아 있다가 내게 얼굴을 돌렸다. "수영아." 숙모는 반가워 손짓했으나 나는 멋쩍어하며 할아버지 옆에 앉았다. 할아버지는 눈을 내려뜬 채 연두색 단청 물감을 접시에 담았다.
"아버님, 저는 무슨 일이든 잘 해내고 싶어 했어요. 제가 부족한 걸 알기 때문이에요. 그런데……."
"인생에 공약이 있을까. 그런 것 같기도 하고 그런 것 같지 않기도 하고……. 자기가 한 만큼 보상받아야 하겠지만 그렇게 되지만도 않아. 그러니 완벽하려고 하면 할수록 인생이 힘들지."
"전 아직 잘 모르겠어요. 사는 일이 때때로 벅차게 느껴져요. 아버님이 부러워요. 저도 그림을 그릴 줄 안다면……."
"그래, 사는 일이 고달파도 그림을 그릴 땐 행복해. 버러지같이 소리 없이 살면서 그림을 그리고, 그러다가 죽겠지. 그땐 어지러운 세상에서 이 나비처럼 혼만 가지고 저승으로 떠나겠지."
할아버지 앞에 그리다 만 화선지가 펼쳐져 있다. 쪽빛 단청 문살에 금박의 나비 한 마리가 내려앉아 있다. 찢긴 장호지 사이로는 알 수 없는 저편의 세상이 옷자락을 보여주는 듯하고.
할아버지는 화선지를 들여다보다 다시 붓을 들었다. 숙모가 재빠르고도 소리 없이 일어났다.
"아버님, 제발 나오지 마세요. 그대로 그림을 그리고 계세요. 아무 일 없는 것처럼요."
할아버지는 숙모를 물끄러미 바라보고 잠시 후 고개를 끄덕였다. 숙모는 급히 몸을 돌려 문밖으로 나갔다. 할아버지는 눈을 감은 채 내게 말했다.
"수영아, 나가서 숙모님께 마지막 인사드려라."
숙모는 대문 앞에 서서 뜰을 둘러보고 있었다. 뜰 한구석에 늘어서 있는 흰 국화가 봉오리를 맺은 채 바람에 일렁였다. 어느새 국화가 피었을까.
숙모는 손으로 눈 끝을 훔치다 나와 눈이 마주치자 고개를 끄덕였다.

"수영이 공부 잘해야 돼."

나는 숙모로부터 등을 돌리고 자전거를 끌어냈다. 그것을 밀면서 숙모 앞을 스쳐 갔다. 숙모의 눈에 맺힌 눈물이 반짝 빛나는 것을 보았다.

나는 대문 밖으로 나와서 자전거에 올라탔다. 짐을 실은 타이탄은 벌써 사라지고 숙모 엄마가 숙모를 기다리고 있었다. "안녕히 가세요." 숙모 엄마는 내 인사에도 넋 나간 듯 서 있었다.

페달을 밟으려는데 "수영아." 숙모의 울먹이는 소리가 등 뒤로 들려왔다. 나는 주춤하다 그대로 페달을 밟았다. 콧등으로 전류가 흐르는 듯했지만 아무 일도 없는 것처럼 콧등을 살짝 찡그렸다.

숙모의 목소리가 등 뒤로 희미하게 멀어져 간다. 나를 부르는 소리가 환청처럼 다시 귀에 울렸지만 나는 뒤돌아보지 않았다. 페달을 멈추고도 싶었으나 자전거는 골목길로 뱀처럼 미끄러져만 갔다.

폐구(閉口)

    시내에서 조그맣게 돌리던 공장을 사택이 있는 침산동으로 옮긴 것은 지난 사월이다. 집 앞의 신작로에서 구슬치기를 하거나 기껏 달성공원의 개천을 따라가며 뱀 장수들의 짓거리를 듣는 것이 놀이의 전부였던 내게 운동장처럼 넓은 공장 사택은 황홀하기까지 한 것이었다. 침산동은 시내에서 훨씬 벗어나서 수십 개의 굴뚝이 높이 솟은 공장 지대였다. 우리 공장은 그 공단 맨 끝에 자리 잡고 있었다. 공장 위로는 들판과 방천이 펼쳐져 있었는데 염색 공장에서 흘러나오는 색색 가지의 고운 물감이 방천을 물들이곤 했다.
    나는 들판을 헤매며 곤충들을 잡고 옷을 흠뻑 적시며 방천에서 뛰놀기도 했다. 무엇보다 좋았던 것은 내 놀이터가 드넓어서 나를 찾는 금순의 손아귀로부터 용케도 빠져나갈 수 있다는 것이다. 인교동에서 살 땐 어림도 없었다. 나는 숙제할 시간만 되면 어김없이 금순에게 목덜미를 잡혀 끌려왔다. 그뿐인가. 금순은 다 큰 사내아이의 엉덩이를 사정없이 때리며 바지를 까 내렸고 거인의 밥솥 같은 놋쇠 목욕탕에 나를 집어 던졌다. 우악스러운 금순의 손아귀에서 해방되다니.

그러나 내가 처음부터 공장 사택을 좋아했던 것은 아니다. 동네에서 막대기를 휘두르며 골목대장을 했던 나는 처음 이곳에 와서 어울릴 아이들이 없어 몹시 심심했다. 길 건너편엔 두 개의 선술집과 다 쓰러져 가는 점방만 있었다. 인가는 거의 방천 위쪽에 있었다. 아침이나 퇴근 시간엔 칠십여 명의 사람들이 길을 메우지만 직공들은 전부 어른들이었다. 거기다 절반이 비누를 포장하는 여자들이어서 장난을 걸 상대는 없었다.

내가 그나마 누나와 가까워진 것은 이런 낯선 풍경 때문이다. 중학생인 성은 나와 놀기엔 너무 크고 막내 여동생 우애는 집에 없었다. 침을 맞으러 여기저기 다녔으므로 보기 힘들었다.

누나는 나보다 두 살 위다. 우리는 침산동으로 이사 오기 전엔 함께 논 적이 없다. 놀이 방식이 틀렸다. 내가 밖에 나가서 옷을 시커멓게 굴리고 있을 동안 누나는 뜰 앞에 유리병을 늘어놓고 채송화 꽃잎을 색깔대로 따 넣곤 했다. 찍고 남은 비누 조각을 유리컵에 풀어 비눗방울을 뿜어 올리기도 했다.

이런 누나를 나는 전에 상대도 하지 않았다. 상대하지 않았을 뿐 아니라 밖에서 심통이 나서 들어올 땐 유리병을 걷어차기도 하고 누나가 만든 십자매 무덤을 발로 뭉개버렸다. 이런 내게 누나는 도톰한 입술을 꽁하니 다물고 노려보기만 했다. 어머니와 형에게 일러주지 않은 걸 보면 누나는 나를 미워하지 않은 것이 틀림없다. 내가 말썽을 부리면 금순이는 심성 사나운 성을 불러 내 머리를 쥐어박히게 했는데 말이다.

공장 안에서 살게 된 것을 누구보다 좋아한 사람은 누나였다. 숨이 차도록 달릴 수 있는 넓은 공장에는 분수대가 뿜어지며 메기와 금붕어가 사는 연못이 있었다. 복사꽃에서부터 수십 가지의 꽃들이 다섯 군데의 화단에서 다투어 피고 있었다. 화단엔 꽃뿐 아니라 앵두와 살구, 석류와 모과나무가 있어서 철마다 열매를 따는 즐거움도 가질 것이었다.

누나가 화단에서 노는 동안 나는 나무에 올라가곤 했다. 창고에 놓인 사다리를 타고 지붕 위에 올라가기도 했다. 지붕 위에선 하늘로 치솟은 굴뚝들이 선명하게 보였다. 내가 그것을 휘둘러보면 수많은 굴뚝 중에서도 우리 공장 굴뚝이 가장 높게 보였다. 나는 우쭐했다.

"아부지, 우리 굴뚝이 일등이다."

나는 어느 날 창고 옆으로 지나가는 아버지에게 손을 올려 들었다. 아버지도 내 말에 기분이 좋아서 웃었다. 내가 사다리를 타고 내려오자 다시 올라가지 말라고 돈을 주었다.

공장에는 내가 기어오를 나무나 창고뿐 아니라 전쟁놀이를 할 공터도 있었다. 양잿물 탱크가 있는 공장 뒤뜰이다. 잡초 속에 녹슨 기계가 뒹구는 이 공터를 우연히 발견하고 나는 몹시 좋아했다. 그것엔 내가 본 드라큘라 영화의 한 장면같이 어딘지 비밀스러운 데가 있었다. 한낮에도 괴괴할 정도로 고요했다. 양잿물이 깊이도 알 수 없이 차 있는 탱크에 빠지면 죽느냐고 누나에게 물었다. 누나는 무섭다는 듯 얼굴을 찌푸렸다. 그 후로 나는 탱크 속을 들여다보지 않았다. 누나가 나비를 잡거나 토끼풀로 시계를 만들 동안 잡초를 쓰러뜨리며 전쟁놀이를 했다.

공장을 헤매며 노는 우리들 모습이 사람들의 눈에 익어갈 때 우리들도 직공들과 낯이 익었다. 특히 누나는 학교서 돌아오면 직공들 틈에 끼여 비누 포장을 거들곤 했다. 포장부엔 흰 머리가 섞인 아주머니들부터 성과 동갑인 말득이에 이르기까지 삼십여 명의 여자가 있었다. 여자들은 누나가 공장 안에 들어가면 서로 옆에 앉히려고 누나 이름을 불러댔다. 누나는 이들의 환대에 어쩔 줄 몰라 했다.
부끄러움을 유난히 타는 누나는 제일 크게 소리 나는 곳으로 도망치듯 달려갔다. 그런 누나를 옆에 앉힌 사람은 왕의 마음을 빼앗기 위해 끝없이 얘기하는 세헤라자데처럼 옛날이야기를 해주었다. 누나를 따라 두어 번 포장실에 들어간 나도 여직공이 들려준 이야기를 들었다. 빨갛고 노란 달걀귀신이 뒷간에서 사람들의 바지를 잡아당긴다거나 죽은 엄마가 머리 풀고 나타나 원수를 갚아달라고 애원한다는 얘기 등이었다. 한번은 누나가 정말 귀신이 있느냐고 물었다. 그것은 내게도 궁금한 것이었다. 작은아버지의 딸 정숙이 누나와 말득이 엄마가 이렇게 주고받았다.
"있고말고. 사램이 포한이 지튼 저승에 못 가고 이승에 떠도는 기라. 나는 죽으믄 포목점 귀신 될 끼다. 너거 엄마겉이 본견 속치마가 입고 싶어서."
"야이야. 인조 치마라도 입으믄 다행이라 생각해라. 가난도 원수지만 부자는 부자대로 액이 있을 기다. 세상은 다 공평한 기라."
사내아이이여선지 나는 여직공들을 그다지 좋아하진 않았다. 한번은 누나를 찾으러 포장실에 갔다. 여직공들 틈에 끼여 있는 누나를 불러내려는데 재식이 성 엄마가 내게 손짓했다. 싱글벙글 웃고 있었는데 눈이 부은 것처럼 보였다. 다래끼였다. 재식이 성 엄마는 내가 가까이 다가가자 허리를 덥썩 잡았다.
"눈에 다래끼 났을 때는 머시마 꼬추를 눈 우에 얹으믄 대번 낫는단다. 너거들 다래끼 안 옮을라믄 이쪽에 온나."
재식이 성 엄마는 사방으로 손짓했다. 대여섯 명의 여자들이 킬킬거리며 내 옆으로 몰려왔다. 내 바지는 재식이 성 엄마 손에 어느새 벗겨졌다. 나는 갑자기 당한 일이라 얼이 빠져 서 있었다. 재식이 성 엄마가 내 고추 끝을 쥐어 눈두덩에 비볐다. 옆으로 몰려온 여직공들도 차례로 내 고추를 잡았다. 고추가 아팠으나 나는 소리도 못 지르고 뻣뻣하게 서 있었다. 여자들의 키들거리는 웃음소리가 구석구석 들려왔다.

나는 차츰 정신을 차렸다. 내가 놀림을 받고 있다는 것도 그제야 깨달았다. 수치심으로 얼굴이 화끈했다. 한 여자가 배급을 타려는 것처럼 내 고추를 잡으려는 순간 나는 그 손을 내리치고 바지를 걸어 올렸다. 머리가 멍해질 정도로 놀라서 울음조차 나오지 않았다. 나는 분해서 포장실을 나서며 소리 질렀다.

"재식이 성 고추는 달걀귀신이 띠 갔나."

"큰 고추는 쓸 데가 따로 있제. 준호겉이 작은 고추는 다리끼밖에 못 고친다."

그 후로 나는 다시 포장실에 가지 않았다. 여자들관 상내하지 않기로 했다. 어머니 친구들에게도 이런 일을 당한 적이 있었다. 어머니 친구들은 집에 오면 "미제 자지 좀 보자." 하며 내 바지에 손을 넣곤 했다. 우리 집 물건들이 온통 미제여서 "네 자지도 미제가?" 물은 적이 있는데 이 말이 퍼져서 나는 곤란을 당했던 것이다.

그 뒤 나는 될 수 있는 대로 공장 밖으로 나다녔다. 동네 아이들과도 자연히 낯이 익게 되었다. 이곳 아이들은 거의가 머리에 부스럼 딱지가 앉아 있었다. 아이들이 입던 러닝은 우리 집 행주보다 검고 너덜거렸다. 그래도 나는 아이들과 잘 어울렸다. 우리들의 놀이터는 방천이었으나 나는 아이들을 공장으로 자주 데려갔다. 자갈밭과 가꾸어진 화단과 기계 소리가 울리는 공장을 아이들은 무척 좋아했다. 아이들을 공장에 데리고 오는 정직한 이유도 있다. 내가 대장 노릇을 하려는 속셈에서다. 나보다 큰 아이들도 공장에선 나를 대장으로 인정해 주었다.

대장 노릇도 그다지 오래가지 못했다. 큰 아이 둘이 몰래 비누를 훔쳐 가려다 수위에게 들켜버렸다. 공장 안을 돌아다닐 때 나는 그 것을 조금도 눈치 채지 못했다. 내게 비누를 달라고 했더라면 나는 얼마든지 집어 주었을 것이다. 공장 구석구석 널려 있는 것이 비누 이니까. 아이들이 비누를 훔친 일은 제때에 어머니의 귀에 들어갔 다. 나는 걸뱅이 같은 동네 아이들과 다시는 놀지 말라고 훈계를 받 았다. 아이들과 노는 데 재미를 들인 내게 그 말이 귀에 들어올 리 없다. 나는 다시 공장 밖으로 나가 큰 아이들을 졸병으로 만들 궁리 를 했다.

공장에서 내쫓긴 우리들은 이내 새 놀이를 찾아냈다. 공장에서 공단 쪽으로 십여 분만 걸어가면 칠성극장이 있었다. 극장 간판엔 여러 얼굴들이 심심치 않게 바뀌어 걸렸다. 그것은 우리의 흥미를 돋우기에 충분했다. 권총을 든 카우보이나 불길 속에 뛰어오르는 흰말, 금발의 여자 앞에 무릎을 꺾고 앉은 카이저수염의 배우. 또 이민의 얼굴이 그려진 「구름은 흘러가도」와 「장마루촌의 이발사」 포스터도 우리는 외면하지 못했다.

우리들은 돈이 없었으므로 거지 떼같이 극장 앞에 서 있었다. 영 화가 끝날 때를 무조건 기다리는 것이다. 극장 문이 열릴 때 잽싸게 들어가 마지막 장면이라도 보기 위해서다. 몇 번 그 짓을 하다가 우 리는 기도에게 잡혀서 욕을 먹기도 했다. 그때 마침 우리 공장에서 비누를 찍는 삼수가 나를 발견하고 위기에서 구해 주었다.

"비누 공장 막내아들이다."

삼수의 말에 여드름투성이인 기도는 능글맞게 웃었다. "비누 만 가 온나. 영화 시작할 때 넣어주께." 아이들은 일제히 나를 쳐다보 았다. 내가 다시 대장이 될 수 있는 기회였다. 나는 집으로 달려갔 다. 어머니께 비누를 싸달라고 조를 생각이었다. 그것은 정말 바보

짓이었다. 나는 어머니에게 다시는 그러지 않기로 약속해야 했다. 나쁜 짓이라는 말엔 할 말이 없었다. 어머니는 이사를 잘못 왔다고까지 말했다. 맹자 어머니는 이사를 세 번 갔다. 맹자를 훌륭한 사람으로 만들기 위해서이다. 맹자 이야기를 도덕책에서 읽고 나는 찔끔했다. 사실 나는 침산동으로 오고부터 거의 공부를 하지 않았다. 차가 다니는 신작로가 아니라 뒹굴어도 끝이 없는 벌판이 내 놀이터였다. 거기다 나는 학교에 다니지 않는 직공들을 몹시 부러워했다. 공장에 다니면 숙제 같은 건 하지 않아도 된다. 나도 빈 벤또를 달그락 흔들며 퇴근 후 영화를 보러 간다면 얼마나 신날까. 직공이라면 내가 번 돈으로 영화를 볼 수 있다. 첫 장면부터 말이다.

어머니는 이사하는 대신 가정교사를 택한 것일까. 그간 우리 집엔 세 명의 가정교사가 갈렸다. 지난겨울엔 서울서 대학을 졸업한 선생이 왔다. 처음엔 라디오시나 듣던 서울 말씨에 호기심이 나서 가정교사 옆을 떠나지 않았지만 여태 있었던 가정교사 중 가장 나를 풀어주는 셈이어서 싫진 않았다. 이 점을 달가워하지 않았던 만큼 어머니는 가정교사를 불렀다.

"선생님. 우리 준호가 너무 공부 안 하는 것 같아예. 나쁜 아들하고 어불리 댕기고."

뜻밖에도 장 선생은 뾰족한 송곳니를 드러내며 웃었다.

"그래도 제 할 일은 다 하잖습니까. 공부도 못하진 않고."

"나는 우리 준호가 공부를 잘해서 선생님같이 법대에 들어갔으면 싶어예. 준호가 판사가 된다믄 내가 걸뱅이가 돼도 좋겠심더. 그런데 저래 놀기만 하이…… 영화를 안 보러 댕기나."

"공상이 많아서 그런 거죠. 이제 국민학교 삼 학년인데 어릴 땐 그렇게 자라야 됩니다. 교과서에서 인생을 배우는 건 아니거든요."

가정교사는 하하하, 큰 소리로 웃었다. 동굴에서 울리는 듯한 웃음소리였다. 우리 집에 처음 온 날도 내가 『청춘극장』을 읽고 있는 것을 보고 그렇게 큰 소리로 웃었다. 그 웃음소리가 서울 가정교사의 특징이었다. 나는 가정교사가 내 편을 들고 있다고 생각했다. 그것은 다른 가정교사들과 틀린 점이었다. 겁을 먹고 있던 나는 어리광을 피웠다. 어제 학교서 가정환경 조사한 얘기를 했다. 가정교사 있는 사람은 손을 들라고 했는데 나와 또 한 명만 손을 들었다. 나는 창피했다. 함께 손을 든 아이는 내가 싫어하는 기생오라비였다. 가르마를 탄 머리에 기름칠을 하고 보이같이 나비넥타이를 매고 다니는 아이였다.

"창피하기는. 남들은 없어서 못하는데. 선생님은 고시 공부도 해야 되는데 아들 셋이나 가르치기 힘들지예. 야들 아부지한테도 말했는데 앞으로는 종호 혼자만 맡으이소, 명애하고 준호 가르칠 선생은 따로 구하지예."

"그럴 필요 없을 것 같습니다. 외람된 말이지만 그럴 여유가 있다면 공장에 직공 한 사람을 더 쓰는 게 생산적이지 않을까요. 실업자가 삼십만 명이 넘는다는데 가정교사를 둘씩이나 두겠어요?"

가정교사는 웃고 있었으나 어머니는 어색한 표정을 지었다. 내게도 가정교사의 말이 이해되지 않았다. 어머니는 할 말을 잃고 있다 가정교사가 돌아가자 가만 고개를 저었다. "사람이 너무 똑똑해서……."

가정교사는 큰 키에 헐렁한 바지를 입고 다닌다. 큰 소리로 잘 웃는다. 금순이에게도 금순 씨라고 부른다. 우리에게 억지로 공부시키지도 않고 회초리를 든 일도 없다. 토요일엔 숙제를 마치면 일요일엔 『지킬 박사와 하이드 씨』 같은 책을 내게 빌려준다. 누나에겐 그림을 그리라고 한다. 이렇게 우리를 자유롭게 놔두지만 우리가 가정교사를 만만하게 생각한 건 결코 아니다. 오히려 다른 가정교사보다 어려웠다. 숙제를 하다 말고 동네 아이들 떠드는 소리에 슬쩍 나가지도 못했다. 이른 아침에 뛰어가 숙제를 해달라, 공책을 내미는 짓도 서울 가정교사에겐 할 수 없었다. 뚝심 센 금순이도 가정교사 앞에선 말을 더듬거렸다. 공부하다 말고 곧잘 안방으로 건너오는 성조차도 새 가정교사가 온 뒤론 꼼짝하지 않았다. 그것을 봐도 가정교사는 지붕처럼 우리 위에 군림하는 것이 틀림없다.

우리 집 식구 중에서 가정교사와 가장 친한 사람은 누나다. 누나는 가정교사가 부르기도 전에 가서 숙제를 했다. 그뿐 아니라 혼자 그린 그림을 보여주기도 했다. 누나는 그림 솜씨가 뛰어났다. 내 미술 점수를 항상 '수'로 올려놓는 것은 누나 솜씨였다. 가정교사도 누나의 그림을 벽에 붙여두곤 했다.

누나가 이번에 그린 것은 별이 드문드문 빛나는 밤의 숲이었다. 짙은 남빛 하늘과 나무의 초록이 동화처럼 아름나웠다. 크고 작은 나무들은 마치 초록색 달을 품은 듯 둥글게 잎을 피우고 있었다. 누나는 그것을 선생에게 가리켰다.

"선생임, 이기 뭔지 알아예?"

"뭘까?"

누나는 비밀을 가진 것이 즐거운 듯했다. 후후 웃으며 책을 읽는 것처럼 말했다. "꿈, 나무가 꿈을 꿉니다."

나무에게 꿈이 있다니. 누나는 정말 뚱딴지같은 소리를 잘한다. 그렇게 느낀 적이 한두 번이 아니다. 어느 날 누나는 성냥팔이 소녀가 왜 죽느냐고 가정교사에게 물었다. 안데르센의 동화는 나도 보았지만 나는 소녀가 왜 죽을까, 생각해 본 적이 없다. 그것이 과연 질문할 만한 것인가? 나는 그 이상한 질문에 가정교사가 어떻게 답하는가, 호기심이 생겼다. 가정교사는 누나를 물끄러미 바라보며 되물었다.

"성냥팔이 소녀가 죽는 것이 왜 이상하지? 사람은 누구나 한 번 죽는 거야."

"성냥팔이 소녀는 착한데?"

표현이 잘 안 되는지 누나는 더 이상 말하지 못했다. 가정교사는 안경을 추켜올리며 희미한 웃음을 띠었다.

"그래, 성냥팔이 소녀같이 착한 아이가 왜 죽느냔 말이지?"

누나가 고개를 끄덕였다. "그건 착하고 가난하니까 빨리 죽는 거야. 부자는 가진 것이 너무 많아서 쉽게 하늘나라로 갈 수가 없어. 죽는다는 것은 다시 볼 수 없다는 것이고 그것은 슬픈 것이지만 하늘나라로 가는 것은 좋은 것이야. 거기엔 가난도 추운 겨울도 없고 나쁜 사람도 들어갈 수 없는 아름다운 곳이거든."

가정교사는 이어 나자로라는 거지 이야기를 해주었다. 온몸에 헌데가 난 나자로는 어느 부잣집 대문간에 누워 부자의 상에서 떨어지는 부스러기로 배를 채우며 살았다, 부잣집 개가 나자로의 헌데를 핥기도 했는데 나자로는 얼마 뒤 죽었고 하느님 품에 안기게 된다, 반면 부자는 땅에 묻힌 뒤 지옥에 간다는 얘기였다. 가정교사는 두 사람을 비교하며 우리에게 되물었다.

"왜 하느님은 나자로만 품에 안았을까? 부자는 살았을 때 좋은 것을 다 누렸지만 나자로는 불행만 겪었기 때문이야. 부자가 된 것은 그만큼 욕심이 많았기 때문인데 욕심쟁이가 하늘나라로 갈 수 있을까?"

누나는 무언가를 물으려고 입술을 움직였으나 잠자코 있었다. 가정교사가 한 말뜻을 생각하는 것이 틀림없다. 나도 가정교사의 말을 잘 알지 못했다. 나는 왜 선생님은 판사가 되려 하느냐 물어보았다. 불쑥 튀어나온 말이었다. "왜냐구?" 선생님은 뾰족한 송곳니를 드러내며 큰 소리로 웃었다. "심판해야 할 미운 사람들이 많아서야."

외할머니가 우애를 데리고 침산동에 오신 것은 우리가 이사 온 지 한 달이 지나서다. 그날 내가 학교에서 돌아오니 닭고기 냄새가 집 안에 풍겼다. 나는 그것으로 우애가 집에 온 것을 알았다. 닭곰탕은 우애가 약처럼 먹는 음식이었다. 다리를 살찌우게 하기 위해서다.

"오빠야 왔다."

내가 방에 들어서자 우애가 제일 먼저 소리쳤다. "우리 손주 왔구나." 외할머니가 웃었다. 우애는 할머니 무릎 위에 앉아 있었다. 양 갈래로 머리를 땋아 공처럼 부푼 리본을 달고 있었고 까만 눈을 굴리며 손뼉을 쳤다. 내가 등에서 가방을 내리자 우애는 절름거리며 내 앞으로 다가왔다.

우애는 한쪽 다리가 짧고 가늘다. 두 살 때 소아마비에 걸렸다. 그때부터 용하다는 의사를 찾아 사방으로 치료받으러 다녔다. 고사리처럼 휘청거리는 우애의 다리엔 쑥뜸한 자국이 우두처럼 나 있다. 닭만 보아도 얼굴을 찡그릴 정도로 매일 닭 국물을 마신다. 그렇게 사 년이 지났는데도 걸을 때마다 우애의 어깨가 저울처럼 기울어진다. 별로 다리가 나아진 것 같지 않다. 우애를 바라보며 어머니가 가만 숨을 내쉬는 걸 봐도 알 수 있다. 꼬마 우애는 그것도 모르고 내 가방을 멘 채 까르륵 웃어댔다.

금순이는 공장 앞의 선술집에 가서 막걸리를 받아 왔다. 외할머니가 오신 날은 항상 그랬다. 할머니는 막걸리를 무척 좋아한다. 할머니는 그것을 때도 없이 숭늉처럼 마셨고 옆의 사람이 싫지 않을 정도로 술 냄새를 풍겼다. 이런 날은 금순이도 정지에서 막걸리를 홀짝 마셔댔다. 전에도 내게 그것을 들킨 적이 있는데 이날은 뱃심 좋게 말했다.

"너거 할매는 가마 타고 시집간 날도 주막집 앞에 내리서 막걸리 마셨단다. 나는 그래도 설탕 타서 안 묵나. 가마 타고 막걸리 마시지는 않을 끼다."

외할머니는 예쁜 딸을 둔 엄마답지 않게 뚱뚱하고 목소리가 남자처럼 걸걸하다. 어머니와 닮은 것이 있다면 큰 눈인데 그나마 한쪽 눈이 약간 짜부라졌다. 그러나 외할머니는 내가 본 어느 할머니보다 젊고 건강했다. 방천가에 나와 긴 담뱃대를 빠는 동네 할머니들은 대개 주름투성이에 말린 생선 껍질처럼 살갗이 비틀했다. 거기 비하면 외할머니는 기름이 끓듯 피둥했고 얼굴빛이 좋았다. 항상 막걸리를 마시기 때문인지도 모른다.

이런 할머니지만 내가 신기하게 생각하는 것은 하나 있다. 할머니가 거울을 세워놓고 참빗으로 머리를 빗을 때다. 나는 외할머니처럼 머리가 긴 사람을 본 적이 없다. 외할머니 머리는 엉덩이까지 닿는다. 할머니는 긴 머리에 기름을 이겨 바르고 앞으로 넘겨 땋았다. 그 땋은 머리를 틀어 백금 비녀로 찌르는데 마치 새색시처럼 열중해서 거울을 들여다보았다. 내가 넋을 빼고 바라보자 할머니가 내게로 몸을 돌렸다.

"옛날에는 내보고 전부 기생겉이 이뻤다캤다. 그래서 창극단 여배우가 될라꼬 창도 몰래 안 배웠나. 이래 사나 저래 사나 한세상인데 내 하고 싶은 대로 하고 살걸. 시집은 말라꼬 갔는지 몰라."

기생같이 예뻤던 시절이 할머니에게 있었다니. 그건 믿기지 않지만 할머니가 춘향과 이도령의 상봉 장면을 창으로 하는 것을 들은 적이 있었다. 국악단이 들어오면 첫날부터 구경 가는 것을 보아도 그렇다.

우리 집에 온 사흘째 날이다. 외할머니는 임춘앵 국악단이 들어왔다는 소식을 금순에게 전해 들었다. 성질 급한 할머니는 일요일 아침 우리를 데리고 시민극장에 갔다. 내겐 연극 구경이 처음이었다. 그런 만큼 호기심을 잔뜩 가지고 있었다. 우애는 침을 맞으러 여기저기 다니면서 연극을 많이 본 것 같았다. 임춘앵이란 이름을 이미 알고 있었다. 뿐 아니라 다리가 나으면 임춘앵 국악단에 들어가고 싶다고 말해 누나와 나를 놀라게 했다.

첫날이어서 자리가 꽉 차 있었다. 할머니는 우리를 끌고 이 층 앞자리로 갔다. 겨우 두 자리를 찾을 수 있었지만 그것도 서로 떨어져 있었다. 할 수 없이 누나와 나는 한자리에 앉고 할머니는 우애를 업고 뒷자리로 갔다. 우리가 앉은 자리는 입구에서 곧장 밑으로 내려가는 구석 자리였다. 기분 좋게도 맨 앞자리였다. 나란히 놓인 두 좌석 중 하나를 차지한 셈이다.

극장 실내엔 퀴퀴한 냄새가 났다. 어린아이긴 하지만 두 사람이 앉기엔 의자도 너무 좁았다. 나는 두어 번 엉덩이를 들썩이다가 집으로 가겠다고 심술을 부렸다. 내게 자리를 많이 주려고 엉덩이만 겨우 걸치고 있던 누나가 슬며시 일어났다.

"호야, 니 혼자 앉을래? 집에 간다카지 말고."

내가 대꾸하기도 전에 옆자리의 남자가 누나에게 손을 내밀었다.

"아가야, 아저씨한테 오너라." 불빛이 어두워서 자세히 보진 못했지만 아버지 같은 어른이었다. 그는 우리의 행동을 모두 보고 말하는 것 같았다. 누나는 내게 도움을 청하듯 나를 바라보았다. 일부러라도 심술을 부릴 수밖에 없었다. 나는 엉덩이를 의자에 쑥 묻고 완전히 의자를 차지해 버렸다. 남자가 나긋한 목소리로 다시 말했다. "아가야, 아저씨 앞에 와서 앉아라."

연극은 구성진 창과 화려한 비단옷으로 이끌어졌다. 이따금 고기비늘 같은 철갑옷을 입은 사내가 칼을 쥐고 나타나기도 했지만 머리에 너울을 쓴 공주가 자주 나왔다. 여자들은 계속 창을 했다.

그 통에 나는 몇 번 하품을 하고 말았다. 내가 상상했던 연극이란 실제로 무대 위의 마을이 불타고 흰말이 뛰어나와야 하는 그런 것이었다. 얼마나 시간이 지났을까. 내 옆에 앉은 남자의 목소리가 나지막하게 들려왔다.

"아가야, 저기 뭔지 아나?"

나는 남자를 흘끗 보았다. 내게 묻는 줄 알았다. 남자는 나를 보고 있지 않았다. 어둠 속에서 무대를 가리키는 남자의 손가락이 그제야 눈에 들어왔다. 무대 위엔 공주와 왕자가 탑돌이를 하며 창을 하고 있었다. 남자는 누나 얼굴을 들여다보며 히죽 웃었다.

"저기 연애라는 기다. 니도 이담에 크믄 알 끼다."

갑자기 숨이 막히는 듯 답답했다. 어둠 속에서 남자의 눈빛이 번들거리는 것처럼 보였고 누나는 꼼짝 않고 무대를 바라보고 있었다. 누나의 얼굴이 돌처럼 굳어 있었다. 고개를 돌리자 무대는 수십 개의 조명으로 하얗게 타올랐다. 그것은 너무나 눈부셔서 촛불이 끓어 넘치는 것 같았다. 내가 앉은 자리의 깜깜한 어둠과 무대의 흰빛. 그것은 크레용보다 더 선명해서 내 머릿속에 인두처럼 찍혔다.

누나는 그날 밤 경기를 일으켰다. 밥은 입에도 대지 않았다. 핼쑥한 얼굴로 일찍 잠자리에 들었지만 십 분도 채 못 되어 얼굴빛이 까맣게 질렸다. 어머니는 안절부절못했지만 할머니가 옆에 있어서 다행이었다. 할머니는 바늘로 손가락 피를 따고 누나의 몸을 주물렀다. 의사가 오고 한바탕 법석을 치른 뒤에야 누나는 다시 잠에 빠졌다.

우리는 모두 안방에 앉아 누나를 지켜보았다. 나도 그 틈에 있었는데 언제인지 모르게 잠이 들었다. 꿈결에서처럼 흐드득 울음소리가 들려왔고 눈썹 끝으로 보랏빛이 아른거렸다. 어머니가 수국 무늬 손수건으로 얼굴을 가리고 있었다.

"우애는 그 노래만 나오믄 저 어미 보고 싶다고 운데이. 가는 봄 오는 봄, 그 영화 보고 나서 나도 울었다. 니 생각이 나서. 문정숙이가 니캉 우예 그리 닮았겠노."

"나도 그 영화 보고 울었소. 괜히 지 설움이 복받쳐서……."

"우애야. 엄마 앞에서 니 노래 한번 불러봐라. 엄마 생각나믄 그 노래 안 불렀나."

우애는 할머니의 무릎 위에 앉아 초롱한 눈을 굴렸다. 할머니는 치마를 걷어 콧물을 닦았다. 그리고 재촉하듯 우애의 등을 토닥거렸다. 우애는 침을 한 번 삼키고 카나리아처럼 입을 벌렸다. 박자 하나 틀리지 않고 가수같이 가락도 멋지게 뽑았다. 많이 불러본 솜씨가 분명했다. 여섯 살의 계집아이가 부르기엔 너무 구슬픈 노래였지만 우애는 내 기분이 이상해질 정도로 어른 흉내를 냈다. 벽을 멍하니 바라보던 어머니가 또다시 손수건으로 얼굴을 가렸다. 엄마 입에서 서울 이모 이름이 나왔다.

"어무이, 서울 계실 때 야 아부지 기매 집에 한 번도 안 왔던교?"

"부끄러버서 지가 우예 내 앞에 얼굴을 내밀 기고. 서울서 말이다."

"서방은 기생년한테 미쳐서 저래 있지. 아 하나는 다리가 저렇고 이년이 무신 죄가 많아서 이러노. 돈 많아도 소용없소. 어떤 때는 공장에서 비누 찍는 소리가 밑 없는 절구에 방아 찧는 것같이 들리요. 돈도 비누 거품이제. 콩나물죽을 묵어도 마음이 팬해야지."

"니가 내 앞에서 그래야 되겠나. 우리 우애 다리 다 낫는 거 보고 내 죽을 낀데."

"어무이 앞이끼네 이라지. 게얀심더. 자식이 넷인데 내가 우짜겠어예."

큰 눈에 눈물이 그렁그렁할 때 보면 어머니는 정말 문정숙과 닮았다. 비누 포장하는 여직공들이 어머니가 지나갈 때 그런 소리를 했다. 서글서글하면서 어딘지 슬퍼 보이는 표정이나 이마로 흩어진 앞머리와 어깨 위로 파도처럼 솟구친 머리 모양까지 같다. 틀린 점이 있다면 입가에 점이 없고 눈 아래 조그만 점이 나 있다는 정도다. 금순이는 그것을 눈물점이라고 했다. 그 점을 빼지 않으면 어머니가 만날 울어야 된단다. 눈물 사마귀는 눈물을 먹어야 크기 때문에 사람을 울린다는 것이다. 어머니가 손수건이 젖도록 자꾸 우는 걸 보면 금순이 말이 거짓말은 아닌 모양이다. 어머니는 할머니 무릎 위에서 잠들려는 우애를 내 옆에 나란히 뉘었다.

"명애가 예민해서 큰일이네. 명애가 너무 말을 안 한다꼬 담임도 걱정하던데. 우애 다리 저는 것도 가슴에 맺히는데 명애까지 이래 약해서 우짜노."

"명애 뺐을 때 어마이 심사가 안 좋아서 아가 저래 약하다."

"그때 둘째 머시마 인호가 병 걸리서 안 죽었소. 그때는 아들 죽었다꼬 집에 며칠 안 들어오디만 명애 낳고 나서는 딸이라꼬 또 횡집 나갔제. 인자 생각하믄 그것도 다 핑게라. 그때 사업한다꼬 한창 기생집 들락거릴 때라요. 나는 그때 죽은 인호 생각나고 심사가 안 좋아서 스라나 없이는 잠도 못 잤소. 전번에는 하도 부아가 나서 퍼부었지. 아들 다 서울 딜꼬 가라꼬. 이 서방은 뭐라 캤는 줄 아요. 너거 아부지도 첩 얻었는데 나는 와 못 그라노 캅디더."

"도둑놈 겉은 사나들. 니는 어마이같이 살아서는 안 되는데. 이 서방 때매 큰일이다. 전생 업장이 남자보다 일곱 배가 많아서 여자로 태어난다 카든디 그기 맞는 말이다. 이 업을 우예 닦을꼬. 관세음보살 관세음보살……."

그날 밤 일은 꼭 꿈만 같다. 파리한 형광등 아래 얼룩져 보이는 자개농과 불란서 인형. 아버지 계시지 않는 방에서 외할머니와 앉아 있는 어머니. 또 누나는 입술을 약간 벌린 채 죽은 것처럼 잠에 빠져 있었다. 다시는 누나에게 심통을 부리지 않겠다. 나는 완전히 잠을 깼으나 일어나지 않았다. 어쩐지 그래서는 안 될 것 같았다. 어머니의 비밀을 엿들은 기분이었고 꿈을 꾸고 있는 것 같기도 했다. 어머니의 보랏빛 수국 손수건과 우애가 부른 가는 봄 오는 봄, 기생, 첩, 그런 말들이 낯설면서도 무섭게 울려왔다.

그러고 보니 우리는 아버지 얼굴을 매일 보지 못한다. 한 달에 서너 번씩 출장을 가기 때문이다. 아버지의 출장은 공장 사택으로 오기 전부터 보아와서 우리는 그것을 한 번도 이상하게 생각한 적이 없다. 흰 모자를 쓰고 가방을 든 아버지 모습은 우리 눈에 익숙해진 것이었다. 또 아버지의 출장이 우리에게 불편을 준 점도 없다. 우리가 학교에서 돌아오면 언제나 어머니가 맞아주었다. 아버지가 집에 있는 날도 거의 공장 사무실에 근무해서 저녁에나 볼 수 있을 뿐이었디.

그렇다고 우리가 아버지에게 무관심하다는 것은 아니다. 아버지가 서울서 돌아오는 날 우리가 개선장군을 맞듯 아버지를 맞아들이는 것을 봐도 알 수 있다. 물론 우리는 과자나 장난감 같은 선물을 기다렸다. 기분대로 쥐어 줄 용돈도. 그러나 이 정도로 아버지를 좋아하는 것은 아니다. 아버지가 공장에서 독일 기술자와 얘기할 때, 여러 학부형들을 둘러보며 사친회 사회를 볼 때, 우리는 아버지를 얼마나 자랑스럽게 여겼는지 모른다.

아버지가 돌아오신 것은 누나가 경기를 일으킨 다음 날이다. 이 날 오후 나는 아버지 책상에 앉아 숙제를 하고 있었다. 내 앉은뱅이 책상보다 침대처럼 넓은 사무실 책상이 좋았다. 신문을 보던 전무 아저씨도 퇴근하고 사무실엔 아무도 없었다. 한참 자연 숙제를 하고 있는데 햇빛이 책장 위로 펼쳐졌다. 눈이 부셨다. 이내 발소리를 들었고 낯익은 흰 모자를 보았다. 책상에서 마주 보이는 출입구로 아버지가 햇빛을 몰고 들어서고 있었다.
"준호 뭐 하노." 아버지는 활짝 웃으며 모자를 벗었다. 숱 많은 머리와 짙은 눈썹이 드러났다. "아부지." 나는 회전의자에서 뛰어 내려 아버지 앞으로 달려갔다. 나는 가방부터 받아 들었다. 가방엔 선물이 들었을 테니까. 그러나 선물이 무엇이냐고 묻지 않았다. 이 날은 선물 말이 입 밖에 나오지 않았다. 나는 사택과 통하는 문을 열고 응접실을 거쳐 안방으로 들어갔다.
"엄마, 아부지 오싰다." 나는 크게 소리쳤다. 안방엔 아무도 없었다. 할머니는 우애를 데리고 친척집에 가셨고 집은 텅 빈 것처럼 조용했다. 아버지가 나를 뒤따라 방으로 들어왔다. 나는 마루로 나서서 다시 소리쳤다.
아버지가 마루로 나서자 식당방 문이 열렸다. 어머니는 여태 정지에 있었나 보다. 미닫이문이 스르르 열리면서 어머니가 그림자처럼 나타났다. 어머니는 하늘색 머릿수건을 풀며 눈을 내리뜬 채 말했다.
"오늘 오싰소?"
"날이 벌써 이래 덥노."
"인자 초여름인데. 목욕 하실라요."
어머니는 조금도 웃지 않았다. 먼 친척에게 말하듯 하고 아버지 옆을 스쳐 안방으로 들어갔다. 다른 때보다 쌀쌀하게 느껴졌지만 나는 이상하게 생각지 않았다. 어머니는 아버지가 출장 갔다 오실 땐 항상 그랬다. 아버지는 어른이다. 우리에게 하듯 어른에게 입을 맞추며 야단스럽게 맞을 수도 없지 않은가.
어머니는 말도 거의 하지 않았지만 나는 그것이 아버지를 반기지 않는 것이라곤 생각지 않았다. 어머니는 기쁠 때 오히려 표정을 감춘다. 지난겨울 내가 처음으로 수를 네 개 받아왔을 때도 그랬다.

나는 어머니가 나를 천장에 닿도록 번쩍 안아 올려 안거나 숨겨놓은 양과자를 통째로 줄 줄 알았다. 이런 기대와는 달리 어머니는 "더 잘해야지." 한마디만 했다. 나는 그때 어머니가 계모라고 생각했다. 그 의심이 풀린 것은 밤이 되어서다. 저녁상에는 내가 좋아하는 탕수육과 잡채가 놓여 있었다. 나는 그날 밤 레일 위를 달리는 기차도 선물로 받았다. 나는 잠자리에 들면서 생각했다. 어머니는 내가 거드름을 피울까 봐 일부러 좋아하는 표시를 하지 않은 것이라고. 그렇다면 아버지에게도 마찬가지가 아닐까. 아버지가 출장 갔다 돌아오신 날이면 밥상이 무너지게 반찬이 많다. 그걸 봐도 내 생각이 틀리진 않는다.

아버지는 쌈을 좋아한다. "내가 농촌서 자라서." 하며 미나리나 상추, 찐 호박잎을 한입에 가득 넣는 아버지의 모습은 식구들에게 낯익은 것이었다. 오늘 저녁상에는 배추가 올려져 있다. "드시이소." 아버지는 외할머니에게 말하고 배추부터 손에 들었다. 배춧잎 위로 밥과 된장이 수북이 얹혔고 아버지는 그것을 허겁지겁 입에 넣었다. 몹시 배가 고팠나 보다. 저녁상엔 할머니까지 여섯 명이 둘러앉았다. 성은 가정교사와 먹기 때문에 빠졌지만 이렇게 많이 모여 앉은 것도 오랜만이다. 직공들이 다 퇴근해서 공장엔 기계 소리도 들리지 않았다. 고요한 여름 저녁에 우리의 숟가락 소리와 아버지가 배추쌈을 삼키는 소리만 우물우물 들렸다. 누나는 저녁을 거의 먹지 않았다. 달걀을 푼 노란 죽 그릇을 숟가락으로 휘젓기만 했다.

"명애야. 와 안 묵노. 오늘 온종일 물만 마시고."

어머니의 말에 아버지는 그제야 누나의 죽 그릇을 보았다. "와 아프나? 명애 죽 묵네." 한마디도 않던 외할머니가 숟가락을 내려놓았다. "어젯밤에 경끼 일으켜서 혼을 쑥 뺐네. 내가 있어서 다행

이제. 얼라 때부터 경끼 잘했지만 그것도 곡 저거 아부지 없을 때만 그라네. 자네도 없는데 한밤중에 그라믄 인자 우짤끼고. 명애 어마 이가 뭐 할 줄을 알아야지."

음, 흠. 아버지의 헛기침 소리가 들렸다. 아버지는 젓가락으로 이 반찬, 저 반찬을 집었다 놓았다. 때마침 금순이가 숭늉을 들고 들어왔다. 아버지는 뺏다시피 그릇을 받아 숭늉을 들이켰다. 한 그릇을 다 비우자 아버지는 누나 등을 두드렸다. "명애야, 내일 아부지캉 병원 가보자."

저녁을 먹은 후, 아버지는 우리에게 선물을 나눠 주었다. 성은 승마 모자를, 나는 비행기를, 누나는 나비 모양의 색색 가지 머리핀을 받았다. 아버지는 우애가 온 것을 놀랐으므로 우애 선물은 없었다. "우애는 내일 아버지캉 나가서 이쁜 옷 사자." 아버지가 머리를 쓰다듬어 주었지만 우애는 시무룩했다. 누나는 제 머리핀을 우애에게 모두 주었다. 우애 얼굴이 금세 환해졌다. 우애는 그중 흰 나비 핀 한 쌍을 누나에게 빼 주었다. 누나가 흰색을 좋아하기 때문이다.

아버지가 서울서 돌아오신 날은 집이 좀 떠들썩하다. 우리는 선물을 받고 들떠서 모두 마당으로 나갔다. 우애와 누나는 그네에 마주 앉아 손뼉 치기를 했다. 아버지가 다가가 그네를 옆으로 흔들었고 우애는 까르르 웃으며 한 발을 굴러댔다.

성과 나는 아버지의 구령에 맞춰 보건체조를 했다. 우리는 무궁화나무 옆에 나란히 서서 손발을 맞추었다. 발을 올렸다 내렸다 하면 자갈이 튀겨져 나갔다. 숨은 가쁘면서도 그것이 재미나서 신이 닳도록 땅을 세차게 내디뎠다. 하나 둘 셋 넷, 아버지의 목소리가 우렁차게 뜰 안으로 울려 퍼지고 초여름 햇살이 무궁화나무를 비켜 가고 있었다.

성이 가정교사에게 불려 간 뒤 아버지는 나와 누나를 데리고 공장을 산책했다. 매미 소리가 불규칙적으로 들려올 뿐 공장엔 사람의 그림자도 보이지 않았다. 화단엔 장미와 작약이 다투어 피어 있고 화단 선을 따라 심긴 석양꽃이 황금빛으로 타올랐다. 하늘 한쪽이 장밋빛으로 물들었다. 내가 하늘을 올려다보느라 발돋움을 하자 아버지는 나를 목에 태워주었다. 나는 목말을 타고 장군처럼 소리쳤다. 아— 아— 직공들이 썰물처럼 빠져 나간 공장에 내 목소리가 메아리쳤다. 붉은 노을이 공장의 판자 울타리 너머 들판 쪽으로부터 파도치듯 밀려왔다. 나비 한 마리가 화단에서 우리 쪽으로 날아왔다. "나비가 아직 있다." 누나는 나비를 향해 뛰어갔다. 나비는 손에 닿일 듯하다 다시 위로 날아갔고 누나는 우리를 향해 돌아섰다.

"아부지, 와 자꾸 서울 가노. 인자 가지 마예."

우리가 다가가자 누나는 아비지 손을 잡았다. 아버지를 올려다보며 누나는 쥔 손을 흔들었다. 대답을 재촉하듯. 나는 아버지 목 위에서 엉덩이를 들썩했다. 나도 누나를 따라 소리쳤다. "아부지, 서울 가지 마라. 비행기 안 사 줘도 된다." 아버지가 나를 등에서 내려 팔에 안았다. 그리고 한 손으로 누나를 번쩍 올려 안았다. "아부지 돈 많이 벌어야지 맛있는 거 사 주지. 차도 태야주고, 쪼끔만 기다리라."

공장의 자갈밭을 헤치며 짚차가 들어선 것은 그로부터 사흘 뒤다. 두꺼비처럼 두 눈이 튀어나오고 은빛이 섞인 파란 짚차였다. 군인 짚차에 비하면 물고기처럼 날씬했다. 차엔 '자 303' 이란 번호판이 달려 있었다. 동네 아이들이 와서 차를 에워싸고 구경했다. 고작 버스만 보아온 아이들이 그것을 신기하게 생각하는 것도 당연하다. 나도 그랬으니까.

어머니는 그날 누나와 함께 차를 타고 외출했다. 보통 때도 "우리 똘똘이."라 부르며 흙이 묻은 내 얼굴에 마구 입을 맞추는 어머니인데 그날은 내가 눈에 보이지도 않는 모양이다. 나는 헤드라이트를 만져보고 창 위에 올라앉기도 했다. 그런 내게도 어머니는 함께 타자는 소리를 하지 않았다. 그저 짚차를 바라보며 소녀처럼 미소 짓고 있었다. 오히려 옆에 앉은 누나가 더 의젓했다. 어머니가 즐거움을 그렇게 드러내는 것을 그전에는 본 적이 없다. 다음 날 우애가 떠났지만 어머니는 울지 않았다. 우애가 잠시 집에 왔다가 침을 맞으러 다시 떠나고 나면 어머니의 눈이 붉어지는데 말이다.

   차가 생긴 후 어머니는 이틀에 한 번꼴로 외출을 했다. 그때마다 어머니는 누나를 데리고 나갔고 무언가를 한 아름 들고 왔다. 군침을 흘리며 내가 뒤따라가 보면 꾸러미 속엔 거의가 누나의 옷이 들어 있었다. 눌러도 공처럼 튀어 오르는 페티코트와 보라색 헝겊꽃이 달린 원피스, 리본 등이 펼쳐졌다. 뿐 아니라 누나의 모습도 변해 있었다. 하루는 누나의 머리가 볶은 오징어처럼 말려 있었다. 누나의 가는 목에 진주 목걸이가 늘어져 있기도 하고 반짝이가 달린 중국 구두를 신고 들어온 날도 있었다. "엄마가 이런 재미나 있으니 살지." 투덜거리는 내게 어머니는 이렇게 말했지만 누나는 그것들을 다시 꺼내 쓰지 않았다.

   차가 생겼으므로 우리는 짚차를 타고 학교에 갔다. 무척 편리했다. 지각도 하지 않았고 만원 버스에서처럼 발을 밟힐 염려도 없었다. 우리처럼 자가용을 타고 학교에 오는 아이들은 거의 없었다. 가끔 '관' 자가 쓰인 차를 타고 학교에 오는 아이들이 있을 뿐이다. 아이들은 우리가 차에서 내리면 모두 쳐다봤다. 기분이 나쁘진 않았다.

   성도 나처럼 자가용을 좋아했다. 학교를 마칠 때도 짚차를 타고 돌아왔으니까. 그러나 누나는 별로 그런 것 같지 않았다. 짚차를 타기 시작한 나흘째 날부터 누나는 학교 정문까지 가지 않고 입구에 서 내렸다. 나는 누나가 문방구에 들르는 줄 알았다. 누나는 다음 날도 그다음 날도 계속 입구에서 내렸다. 차를 돌리려면 어차피 교문 쪽으로 들어가야 하는데도 그랬다. 하루는 나도 누나와 함께 내렸다. 나는 옆으로 바짝 붙어 물었다. "와 만날 교문 앞에서 안 내리노?" 누나는 우물 같은 눈으로 나를 바라보았다. "누가 쳐다보는 기 싫어서."

내가 누나를 이상하게 생각한 점은 그것만이 아니다. 누나는 학교 갈 때마다 교복을 껴입는다. 어머니는 아침마다 옷을 바꿔 입혔지만 누나는 차에 오르면 새 옷 위에 교복을 껴입었다. 어머니 몰래 들고 나온 교복이었다. 원피스 위에 다시 세라복을 껴입는 것은 어린 내 눈에도 우스꽝스러웠다. 무더워지기 시작한 여름날에 말이다. 성도 나와 같은 생각을 했나 보다. 하루는 성이 "명애는 학질 걸렸나?" 하고 인상을 썼다. 누나는 눈을 내리뜬 채 말했다.

"새 옷 입는 거 창피하다."

"그기 뭐가 창피하노."

"내만 좋은 옷 입었는데?"

짚차가 공장에 들어선 뒤 아버지는 또 한 번 출장을 다녀왔다. 누나와 나는 이번엔 차를 타고 아버지를 마중 나갔다. 어머니가 우리를 내보냈다. 우리는 개찰구로 들어서는 아버지를 쉽게 찾았다. 낯익은 모자 때문이다. 나는 뛰어가서 가방을 받을 자세로 서 있었다. 아버지는 두 손으로 우리의 어깨를 감쌌고 우리는 아버지 양쪽에 서서 대합실을 나섰다. 손을 잡고 걸어가다가 나는 뒤를 돌아보았다. 아버지 가방이 보이지 않았던 거다. "아부지, 가방은?" "아, 그거." 내 말에 아버지가 뒤를 돌아보았다. 바로 우리 뒤에 붙어 오던 한 사람이 내게 웃어 보였다.

"야가 준호 아입니꺼? 저쪽에는 명애고."

검고 긴 얼굴이 그제야 눈에 들어왔다. 길쭉한 코와 코 아래 검은 잔디처럼 덮인 애기수염. 거기다 이마를 덮은 머리카락은 가늘고 젖은 듯 보였다. 손을 잡아도 축축할 것 같은……. 낯선 사람은 양손에 짐을 들고 있었다. 한 손엔 아버지 가방이, 한 손엔 유리 상자 같은 큰 소쿠리가 들려 있었다. 나는 그 사람에게 아버지 가방을 달라고 했다. 아버지가 출장에서 돌아올 때마다 가방을 받아 드는 건 나였다. 앞서 가던 아버지가 내게 손짓을 했다.

"호야, 니는 무거버서 못 든다. 놔둬라. 정택이가 들 끼다."

그날 아버지가 데려온 사람이 정택이다. 아버지는 차에 오르자 운전사 아저씨에게 정택이를 인사시켰다. 정택이는 아버지 고향에서 데려왔고 이제부턴 여기서 아버지 일을 도와줄 것이니 잘 봐주라는 얘기였다. 아버지는 내게 정택이를 성이라 부르라고 했다. 나보다 어른이니까 그렇게 부르는 것이 당연하다. 그러나 나는 정택이의 애기수염을 보면 웃음이 자꾸 나왔다. 정택이가 바로 내 옆자리에 앉았기 때문에 나는 검은 솜털을 뽑고 싶은 충동까지 느꼈다.

차에서 내릴 때다. 정택이가 든 소쿠리 뚜껑이 자갈밭에 굴렀다. 소쿠리 안에 물건이 잔뜩 들어서 뚜껑이 벗겨진 것 같았다. 정택이는 맨 위에 놓인 망태기를 꺼내고 뚜껑을 다시 닫았다. 그물로 엮은 것이었다. 내가 들여다보자 정택이는 낚시 도구라고 일러주었다. 정택이는 그것을 들어 올려 내게 더 잘 보이도록 해주었다.

"잡은 고기를 이 안에 넣는 기다."

"그래도 미꾸라지는 빠져 나가겠다."

차 안에서 한마디도 않던 누나가 망태기 앞으로 다가섰다. 그것을 들여다보며 이마를 약간 찡그렸다. 누나는 혼잣말을 했다.

"물도 못 담그는데 고기들 죽겠다."

"잡히믄 끝이다. 명애도 망태기에 잡아갈까?"

정택이가 망태기를 누나 앞으로 올려 들었다. 그물 사이로 햇빛이 반짝였고 정택이는 히죽 웃었다. 그 자리에 꼼짝 않고 서서 누나는 정택이를 올려다보았다. 무서운 것이라도 본 듯 누나의 얼굴에 핏기가 가셨다. 누나는 뒷걸음질 쳤다. 그리고 하얗게 질린 얼굴로 집을 향해 뛰어갔다.

그날부터 정택이는 우리 집 식구가 되었다. 쌀가마를 재어 둔 골방 앞에 정택이의 신발이 놓였고 형과 가정교사의 밥상엔 정택의 밥그릇이 함께 올려졌다. 정택이는 아버지의 낚시 도구나 엽총을 소제하고 집안일도 많이 했다. 무거운 물건을 금순이 대신 들어준다든가, 어머니 심부름으로 양키시장의 포목점에 돈을 갖다 주곤 했다. 또 목욕탕에 장작을 때느라 산에 가서 나무를 해 왔다. 정택이는 그 나무들을 도끼로 쪼개 광에 쌓아 놓았는데 나무를 쪼개는 솜씨는 나를 감탄케 했다. 정택이는 한 번도 나무를 헛 찍은 일이 없다. 도끼를 내리칠 때마다 나무는 석류처럼 벌어졌던 것이다. 정택이를 공연히 미워하는 금순이도 이것만은 신통하게 생각했다. 금순이가 우러러보는 가정교사도 도장에 나가는 성도 결코 정택이처럼 도끼질을 하진 못했다.

정택이는 중학교 이 학년생인 성보다 나이가 두 살 위다. 우리는 정택이를 성이라고 부르지 않았다. 누나도 오빠라 부르지 않았다. 정택이가 있는 자리엔 좀체 가려고도 하지 않는 누나였다. 엄마 심부름으로 정택이를 불러야 할 땐 "엄마가 찾으시는데." 하곤 뛰어가 버렸다. 우리가 정택이를 성이나 오빠로 부르지 않는 특별한 이유는 없다. 그렇게 불러지지가 않았다.

정택이는 우리가 이름을 부르는 것을 싫어하진 않았다. 아니 당연한 듯 받아들였다. 정택이가 우리에게 친구처럼 대해 주는 걸 봐도 알 수 있다. 정택이는 내게 비눗갑으로 알록달록한 딱지를 만들어 주었다. 누나에겐 메추리 알처럼 둥근 공깃돌을 주워다 주었다. 이것은 물론 내가 전해 주었다. 누나는 쳐다만 볼 뿐 공깃돌을 만지지도 않았다. 나는 정택이에게 누나가 좋아했다고 거짓말을 했다. 정택이는 나와 잘 놀아주었고 누나와도 친하고 싶어 했기 때문이다.

하루는 아버지가 정택이를 데리고 사냥을 갔다. 아버지가 방천 다리 위로 엽총을 메고 나타난 것은 해가 질 무렵이었다. 정택이는 큰 새 한 마리를 어깨에 올려 메고 아버지 뒤에 따라왔다. 주둥이가 갈고리처럼 생긴 매였다. 눈 아래로 피가 흐르고 있었으나 완전히 죽지는 않았다. 이따금 날개를 퍼득이려 했고 그러면 정택이는 더욱 날개를 움켜쥐었다. 나는 방천에서 놀다가 정택이 옆에 바짝 붙었다. 아이들이 "독수리다." 외치며 우리 뒤를 따라붙었다. 검은 세로무늬가 있는 새 가슴을 쓰다듬으며 나는 뽐냈다. 그때 정택이가 허리를 굽히고 내게 소곤거렸다.

"독수리한테 누구 물리게 하꼬."

생각지도 않던 일이어서 나는 놀랐다. 한편 재밌기도 했다. 나와 눈이 마주치자 정택이가 희미하게 웃었다. 나는 마술에 걸린 것처럼 아이들을 휘둘러보았다. 일고여덟은 되는 아이들 중에 두 명의 계집아이가 있었다. 그중에서도 영미가 눈에 들어왔다. 영미는 방천 위쪽에 사는 기생 딸이었다. 영미는 정택이 옆으로 따라붙어 피가 흐르는 새를 신기한 듯 들여다보고 있었다.

정택이는 영미 앞으로 매를 디밀었다. 내가 눈짓할 사이도 없었다. 내가 매의 날개 한쪽을 잡고 있어서 내 손까지 끌려갔다. 영미는 소리를 지르며 뒤로 물러났다. 아버지가 뒤돌아섰다. 모두가 우리를 바라보았다. 나는 그제야 새 날개에서 손을 뗐다.

영미의 콧등에서 피가 흐르고 있었다. 매의 발톱에 긁혔다. "와

이래 됐노. 보자." 아버지는 놀란 눈으로 영미 얼굴을 들여다봤다. 영미가 갑자기 얼굴을 가리며 돌아섰다. "엄마한테 일러줄 끼다." 영미는 울음 섞인 소리를 지르고 다리 끝으로 뛰어갔다.

그날 우리 집에는 무궁화 열차가 왔다. 왜 그런지 모르지만 동네 사람들은 영미 엄마를 무궁화 열차라 불렀다. 영미는 방에 들어서자 나를 손가락으로 가리켰다. "준호가 그랬다." 영미 엄마는 나를 쳐다보지도 않고 방바닥에 주저앉았다. 뽀얗게 분을 발랐는데도 이마엔 긴 주름이 무궁화 열차처럼 달렸다.

"사장님이나 사모님이나 다 자식 키와봐서 알겠지만 야가 무남독녀 아입니꺼. 내한테 이 가시나밖에 없는데 만날 놀림받고 이래 상채기까지 내오이 내 쏙이 안 뒤집히겠심니꺼. 치료비가 문제 아입니더. 가시나 얼굴에 평생 숭이 지믄 우짤껍니꺼."

영미 엄마는 방바닥까지 치며 말했다. 어머니는 계속 미안하다는 말만 했다. 과일을 권하면서도 고개를 못 들었다. 나는 어머니의 명령대로 무릎을 꿇고 앉았지만 억울했다. 내가 그러지 않았다고 말하려 했으나 말이 쉽게 나오지 않았다. 정택이가…… 정택이의 이름도 입 밖으로 나오려다 쑥 들어갔다. 어머니는 영미 엄마 앞으로 봉투를 내밀었다. "정말 미안합니더. 다시는 그런 짓 못 하게 하겠심더." "이래 크게 숭이 졌는데 언제 없어지나 하여튼 보입시다." 영미 엄마는 잠시 후 봉투를 받아 넣고 일어섰다.

일이 그것으로 끝난 것은 아니다. 무궁화 열차가 가고 나자 어머니와 아버지가 말다툼을 했다. 어머니는 문 옆에 서 있는 나를 보지 못했나 보다. 나는 그러지 않겠다 말하려고 서 있었다.

"사냥철도 아인데 독수리는 와 잡아 옵니꺼."

"빌 껄 다 간섭한다."

"독수리 때문에 난리를 떨어서 하는 말이지. 하여튼 무궁화 열차

하고 인연이 많십니다."
"그기 무슨 소리고."
"내 말 모르겠어예? 서울 갈 때 무궁화 열차 타고 안 가예. 그쪽은 또 무슨 열찬고."
고개를 내밀고 바라보는데 아버지와 눈이 마주쳤다. 나는 숨듯이 농 옆으로 비켜섰다. 아버지가 목소리를 낮추었다. "시끄럽다. 아 듣는 데서."
나는 이따금 정택이와 어울렸지만 성은 정택이를 몹시 싫어했다. 학교에서 돌아올 때 정택이와 마주치면 모자를 벗어 던졌다. 내가 옆에 있을 때 성은 이죽거렸다. "저 새끼 보믄 재수 없어서." 성은 신발까지 벗어 던졌다. 그것을 정택이에게 가져오라 했다. 또 가방을 던졌다. 정택이는 이것을 잘 받아야 했다.
가방 속의 책과 잡동사니들이 자갈밭에 쏟아지면 그것을 주워 담아야 하기 때문이다.
정택이는 이런 일들을 낯빛 한번 변하지 않고도 잘 해냈다. 오히려 재미있어했다. 정택이는 성이 내던진 신발을 축구 선수처럼 다시 맞받아 찼다. 그것은 대개 성을 지나치거나 성보다 정택이에게 가까이 떨어졌다. 그러면 정택이는 "내가 골인 못했다." 하고 신발을 성 발 앞에 갖다 놓았다.
정택이는 신발을 성에게 골인시키지 못했다. 가방도 잘 받지 못해 쏟았다. 그러나 고무총 솜씨는 도끼질처럼 정확했다. 정택이는 자갈밭에 흩어진 책과 공책을 담고 고무총을 맨 나중에 집어 들었다. 이어 자갈을 골라 집어 들었다. 정택이는 그것을 고무총에 끼우고 사방을 휘둘러보았다.
정택이는 성을 향해 웃었다. 성 옆에 서 있던 나는 한 발 물러섰다. 정택이가 성을 쏘려는 줄 알았다. 정택이는 우리를 향해 새총을 들었다가 나침반처럼 방향을 돌렸다. 돌멩이가 모과나무를 향해 날아갔다. 화단으로 나는 달려갔다. 나무 아래 갓 열매를 맺은 파란 모과가 떨어져 있었다. 나는 감탄하면서 그것을 심판처럼 들어 올렸다.

그 이틀 뒤다. 토요일이어서 모두 빨리 집에 돌아왔다. 어머니는 그날도 누나를 데리고 나갔다. 나는 성과 함께 점심을 먹을 수밖에 없었다. 가정교사와 정택이까지 네 명이 함께 앉았다. 밥을 한 숟가락 뜨자 성이 금순이에게 소리를 질렀다. "숭늉 가온나." 정지에선 아무 대답이 없었다. 또 한 숟가락을 뜨고 성이 다시 소리쳤다. 아마도 금순이는 광에 갔나 보다. 여전히 대답이 들려오지 않았다. 성은 밥상을 들어엎을 듯 험악하게 얼굴을 일그러뜨렸다. 가정교사가 성을 똑바로 쳐다보았다.

"물 정도는 제 손으로 떠 먹어. 금순 씨가 네 종은 아니잖아."
"이 가시나가 정말."

성은 가정교사 말을 들은 체하지 않았다. 금순이가 옆에 있기나 한 듯 이를 가는 시늉을 더했을 뿐이다. 그것만으로도 직성이 풀리지 않았다. 성은 얼핏 정택이를 보았다. 정택이는 숟가락을 입으로 가져가고 있었다. 성은 명령하듯 말했다.

"니가 가서 숭늉 떠 온나. 금순이 가시나 있으믄 한 대 쥐박아 뿌라."

"정택인 그냥 밥 먹어. 제 일은 제가 해야 돼. 누가 몸종 노릇을 한단 말이야."

가정교사와 성의 눈이 부딪쳤다. 제 마음대로 안 될 땐 문짝이라도 부수는 성이었다. 나는 가슴이 조마했다. 드디어 시작하나 보다, 생각했다. 우리 집에 가정교사가 잘 바뀌는 이유는 순전히 성 때문이었다.

폐구(閉口) 351

정택이는 밥을 씹으면서 두 사람을 번갈아 보았다. 선생은 침착하나 확신에 찬 눈으로 정택이를 보고 있었다. 성의 이마엔 핏줄이 섰다. 정택이는 일어나지 않을 것이다. 나는 그렇게 생각했다. 정택이의 입가에는 희미한 웃음이 스쳐갔다.

정택이는 밥을 삼키고 자리에서 일어났다. 정택이의 발걸음이 다시 식당방으로 향했을 때 나는 뭐가 뭔지 알 수가 없었다. 정택이가 성을 무서워한다고는 생각지 않았다. 정택이는 아무도 무서워하지 않는다. 눈 하나 깜짝하지 않고 영미에게 매를 들이대던 정택이가 아닌가. 성은 정택이가 들고 온 숭늉을 기분 좋게 마셨다. 그러곤 누룽지가 고여 있는 사발을 정택이 앞에 내밀었다. "수고했다. 누룽지는 니 묵어라."

그날 성이 말을 타고 공장에 나타난 것은 전에 없던 일이다. 성은 지난가을부터 승마를 시작했다. 나도 그것을 듣기만 해서 말을 탄 성의 모습은 처음 보는 셈이었다. 다른 때의 성과는 틀리게 보였다. 성은 키가 크고 어른처럼 어깨가 벌어졌다. 그런 체격에 짧은 머리를 승마 모자로 가려서 중학생으로 보이지 않았다. 흰 얼굴과 아버지를 빼다 박은 듯 닮은 움푹한 눈 때문에 서양 영화에 나오는 기사 같았다. 윤나고 단단한 흑갈색 말은 그런 주인을 태운 것에 만족한 듯 보였다. 엉덩이를 추켜올리며 으젓하게 나아갔던 거다. 말이 발굽을 옮길 때마다 계집아이의 머리칼같이 탐스러운 말 꼬리가 보기 좋게 나풀거렸다.

동네 아이들은 방천에서부터 말의 꽁무니를 따라 공장 안으로 들어왔다. 가죽 장화를 신고 말고삐를 쥐고 있는 성의 모습을 넋을 잃고 바라보았다. 나도 놀랄 정도였다. 그러자 말을 타고 싶다는 생각이 들었다. 나도 중학생이 되면 말을 탈 수 있겠지. 마음이 급해졌다. 나는 아버지에게 약속을 받고 싶었다. 성은 이 약속을 받아내기 위해 사흘째 학교에 가지 않았다. 어머니 애를 태우느라 밥 한 끼도 먹지 않았다. 나는 그러지 않겠다. 중학생이 되려면 아직 시간이 많으니까.

나는 단숨에 사무실로 달려갔다. 아버지는 공장장과 마주 앉아 이야기를 하고 있었다. 손을 입에 댄 채 고개를 끄덕이는 걸 보면 중요한 얘기 같았다. "아부지." 옆으로 다가선 내게 아버지는 앉으라고 손짓만 했다.

"일손이 모자라믄 임시 직공을 좀 뽑아야 되겠네."

"예. 정식으로 사람 늘일 형편은 못 됩니더. 군납한 비누는 원가 계산도 안 되고."

"이왕 벌리논 일, 사채를 쓰더라도 해봐야지. 작은 공장은 뺵 없어 은행신용 길도 맥히고 요새 임금 밀린 회사가 수두룩하다 카는데 우리 공징은 그린 데 대믄 용이라. 밀양 모직 사건도 아직 안 끝났지요?"

"이 정권이 다 썩었는데 국회의원이 사장으로 앉아 있으이 뭐가 지대로 되겠심니꺼."

"세상이 희한해서 김형덕이 일도 남의 일 안 같구나. 골치 아픈데 서울이나 가야겠다. 공장 좀 키와노이 기자들 와서 손 내밀고, 국회의원은 정치자금 대라고 손 내밀고."

어른들의 이야기가 재미없어서 나는 자리에서 일어섰다. 창으로 분수대가 있는 둥근 화단이 보였다. 성이 아직 말 위에 앉아 있고 사람들이 성 주위에 모여 있었다. 나는 창 앞으로 다가가며 소리쳤다.

"성아 말 타는 거 봐라. 근사하다."

"종호는 와 공부 안 하고 말 타고 공장 돌아댕기노."

"나도 중학생 되믄 성같이 말 태와도."

내가 아버지를 돌아보며 말하는데 갑자기 말 울음소리가 들렸다. 나는 창밖으로 고개를 디밀었다. 순간 성의 몸이 허공으로 치솟았고 사람들의 외침이 들렸다. 말이 공장 입구를 향해 뛰기 시작했다. 말발굽에 자갈 흩어지는 소리가 가까이 들려왔다. "아부지, 성 봐라." 나는 말도 하지 못하고 사무실 밖으로 뛰어나갔다. 말이 태풍같이 눈앞을 스쳐 갔다. 말은 공장 밖으로 사라졌고 몇 사람이 뒤를 쫓아가고 있었다.

성은 자갈밭에 엎드려 있었다. 삼수와 또 한 사람이 성을 일으키려 하고 있었다. 성이 한쪽 다리를 부여잡은 채 몸을 옆으로 돌렸다. 자갈밭에 긁힌 얼굴엔 핏자국이 여기저기 스며 있었다. 입술로는 붉은 피가 흐르고 있었다. 여직공이 손수건을 꺼내 피를 닦아주었다. 아버지가 공장장과 함께 뛰어왔다.

"우짜다가 이래 됐노, 참."

"말 타고 화단을 도는데 갑작시리 말이 뛰어오릅디더. 말이 뭐에 놀랬는지."

"차 불러라. 운전사보고 빨리 병원 가자 캐라."

아버지는 성을 안아 일으켜 삼수 등에 업히게 했다. 그때 수위 아저씨가 뛰어왔다.

"이것 보이소. 말 궁디에 이기 백히 있네예. 동네 사람들이 말 고삐는 잡아놨는데."

쇠못이었다. 피가 묻어 있었고 자세히 보니 끝이 뾰족하게 갈려 있었다. "누가 장난했나?" 공장장의 말을 받아 아버지가 낮게 소리쳤다. "사람 직이는 장난도 있나." 아버지는 눈을 부라리며 우리를 에워싸고 있는 동네 아이들을 훑어보았다. 아이들은 주춤해서 물러났다. 앞서 가던 삼수가 소리쳤다.

"사장님예. 차는 사모님이 타고 나갔답니더."

"하필 이런 때 차 타고 나가노. 준호야, 정택이 어데 있노?"

나는 고개를 흔들었다. 정신이 멍해서 아무 생각도 나지 않았다.
"니는 집에 있어라. 아부지 병원 가서 연락하께." 아이들도 아버지를 뒤따라 우르르 몰려갔다. 나는 자갈밭에 혼자 서서 아버지의 뒷모습을 지켜보았다. 사방이 고요해졌다. 문득 나무 흔들리는 소리가 귀에 스쳤다. 바람인가? 갑자기 무서운 생각이 들었다. 나는 어깨를 움츠리며 나무 위를 쳐다보았다. 화단 맨 가에 심어진 느티나무는 한쪽만 약하게 흔들리더니 바람이 스쳐간 듯 다시 움직이지 않았다. 집에 있는 가정교사와 금순이가 생각났다. 집에 가야지, 하고 나는 뒤돌아섰다. 순간 무언가가 나무 사이로 움직인 것 같은 생각이 들었다. 나무가 다시 흔들렸다. 새인가? 아니 새처럼 작지도 가볍지도 않았다. 나는 사택을 향해 걷기 시작했다. 뒤돌아보고 싶었지만 목이 굳는 것처럼 움직여지지 않았다. 뛸 수조차 없었다.

성은 식구들이 놀란 것만큼 심하게 다치진 않았다. 어긋난 뼈가 제자리에 돌아올 때까지만 깁스를 하는 정도였다. 보름 정도면 나을 것이라 했다. 성은 그동안 목발을 짚고 다녔다. 이틀간은 자리에 누워 발작적으로 소리를 질렀다. 쇠못을 던진 놈을 죽이겠다고 했다. 말에서 떨어진 것을 몹시 분하게 생각했다. 사람들이 보아서 더욱 그럴 것이다.

"말 타기를 배울 때 낙마법을 배우잖아. 의사도, 출두하는 암행어사도 실패할 때의 상황을 미리 생각해 놓는 거야. 그런데 넌 말에서 떨어지리란 생각을 한 번도 안 해봤어?"

가정교사는 우리 집에서 유일하게 성을 윽박질렀다. 뿐 아니라 다시는 승마를 시키지 않도록 아버지에게 약속을 받았다. "중학생의 취미로는 너무 사칩니다." 아버지는 언짢은 기색을 했다. "아가 철이 없어서 그렇지, 승마야 스포츠 아인가." 나는 웃을 뻔했다. '스포츠'에 너무 힘을 주어서 아버지가 말할 때 침이 튀어나왔다.

"아이들을 그렇게 키우는 건 좋지 않다고 생각합니다. 울타리 안에서만 키우면 시야가 좁아져요. 물질만 풍족하면 정신이 부패하기 쉽고." 아버지는 가정교사를 뚫어질 듯 바라보았으나 더 이상 말은 하지 않았다.

성에게 승마를 금지시킨 사람은 어머니다. 어머니는 성이 목발을 짚고 학교 간 날 눈물까지 글썽였다. 키가 커서 목발을 짚은 성의 뒷모습은 상이군인 같았다. 어머니는 우애 생각을 했는지도 모른다. 나도 그랬으니까. 잠시 다리를 못 쓰지만 성은 그것도 못 견디어한다. 다리가 영영 낫지 않는다면 우애는 얼마나 불편할까.

어머니의 기분이 좋지 않아선지 누나도 통 말이 없었다. 학교에서 돌아오면 밖에 나가려 하지 않았다. 동네 아이들이 공깃돌을 들고 오면 누나는 초콜릿이나 젤리를 주며 다음에 놀자고 약속했다. 집 안에서도 가정교사와 함께 공부하는 시간 외엔 누나를 잘 볼 수 없었다. 누나는 제 방에서 책만 보고 있었다. 나도 지난해엔 『삼국지』에서부터 『마인』, 『마농 레스꼬』 등을 읽었다. 아버지 서재에 책이 많았다. 나는 뜻도 모르고 읽었지만 누나는 그런 것 같지 않았다. 『삼국지』를 읽고선 누나는 나를 방통이라고 불렀다. 성냥팔이 소녀가 왜 죽는가? 묻는 걸 봐도 알 수 있었다.

하루는 누나가 『지킬 박사와 하이드 씨』를 읽고 있었다. 가정교사에게 다시 빌려온 것이었다. 나는 하이드 씨처럼 변신할 수 있으면 좋겠다고 말했다. 누나는 책장을 덮으며 고개를 흔들었다. "무섭다. 보지 말걸."

성이 다리를 다친 지 일주일 뒤다. 학교에서 돌아와서 누나는 내게 공장 뒤뜰로 가지 않겠느냐고 물었다. 나는 몹시 좋아했다. 그동안 통 가보지 않았고 전쟁놀이가 하고 싶었다. 잡초는 그동안 우리 키를 가릴 만큼 자라 있었다. 잡초밭에 들어가 위를 올려다보면 하늘이 호수처럼 파랗게 고여 있었다. 누나는 가끔 탄성을 내며 뱀딸기 같은 열매를 땄다. 나는 전쟁놀이에 쓸 칼을 구하러 잡초밭을 헤쳐 나갔다. 군데군데 놓여 있는 녹슨 기계들이 마치 적군처럼 나타났다. 나는 숨을 죽인 채 그것들을 들여다보았다. 혹시 폭발 장치가 돼 있지 않는가 하고. 그런 일은 없었다. 나는 허름한 나사 하나를 포획물로 주머니에 넣었다.

뒤뜰엔 기계 소리도 들려오지 않았다. 이따금씩 직공들이 공 치는 소리가 희미하게 들려올 뿐 외딴 들판 같았다. 잡초밭을 헤쳐 나가자 양잿물 탱크가 눈앞에 나타났다. 그것은 마치 땅에 가라앉은 감옥처럼 보였다. 원통 주위로 뱀풀이 무성했다. 나는 작대기를 하늘로 치켜들고 탱크 위로 올라갔다. 탱크가 언덕처럼 높지 않아서 사방이 한눈에 내려다보이진 않았다. 공장 건물의 뒤편과 엉성한 탱자 울타리 시이로 방친이 언뜻 보일 뿐 누나의 모습도 보이지 않았다.

나는 입에 두 손을 모았다. 누나에게 신호를 보내려고 나팔을 불려고 했다. 탱자 울타리 쪽에서 몸을 돌리려는 순간 무언가 내 눈에 걸려들었다. 자세히 보니 사람의 머리였다. 두 사람이었다. 탱크 아래로 몇 발자국만 걸어가면 방공호처럼 큰 구덩이가 파여 있었다. 잡초가 그 구덩이를 가리고 있었는데 잡초 사이로 사람이 보였던 것이다.

나는 탱크 밑으로 내려갔다. 호기심에 발소리를 죽였다. 사람이 있는 곳에 잡초가 흔들렸다. 그때 흐흐 웃는 소리가 낮게 들렸다. 누나가 탱크 위에 서 있었다. 나를 놀래주려고 얼굴을 가리고 있었다. 나는 누나에게 오라는 손짓을 했다. 조용히 하란 뜻으로 손가락을 입에 댔다. 누나는 신발을 손에 든 채로 내 쪽으로 살금 걸어왔다. 우리가 함께 나아가려는데 여자의 목소리가 들려왔다.

"점심시간에 이래 빠져나올라믄 얼마나 애묵는지 아요. 어떤 때는 딴 직공들이 눈치 챌까 시퍼 집에 가는 척 안 하요. 그래, 사택 뒤를 삥 돌아서 또랑 따라 가다가 이쪽 탱자 울타리 뚫고 오는 기라. 누가 벌써 개구녕을 뚫어놨네."

"만날 밤에 만나는 거보다는 이기 덜 눈에 띤가 아이가."

"그라요. 봉이 아배한테도 야근한다꼬 우예 만날 거짓말할 끼요. 집이 바로 공장 앞인데."

"먼젓번에 빼내 준 비누는 팔았나?"

"야, 큰돈 되는 거는 아이지만 가시나들 고무신은 사 주요. 봉이 아배가 몇 년째 저래 누버 있으이 우짜요. 이년 팔자가 더러버서."

"시끄럽다. 내 앞에서 팔자 소리 하지 마라."

낮은 목소리였으나 또렷하게 들렸다. 나는 누나를 쳐다보았다. "봉이 엄마다." 봉이는 바로 공장 앞의 판잣집에 사는 계집아이였다. 내가 소곤거리자 누나가 내 손을 끌었다. 이번엔 누나가 조용히 하라는 뜻으로 손가락을 입에 댔다. 우리는 기다시피 한 발 한 발 옮겼다. 탱크로 올라가 다시 잡초밭으로 들어서자 누나는 그제야 신발을 신었다. 입삐뚤이 공장장의 얼굴이 떠올랐다. 아버지와 마주 앉아 어물거리며 얘기하던 공장장의 목소리를 나는 기억해 냈다. "공장장 아이가?" 누나는 나를 쳐다보지도 않고 앞장섰다.

"모르겠다."

"봉이 엄마는 와 저런 데 있노."

"할 말이 있는갑지."

"우리는 왜 도망가노."

누나가 돌아서며 얼굴을 살짝 찌푸렸다. "도망가기는. 우리 집에 가는 거지." 누나는 내 눈을 똑바로 들여다보았다. "엄마한테 양잿물 탱크 있는데 간 얘기하믄 안 된다. 아무한테도. 알았제?" 나는 들고 있던 작대기를 집어 던졌다. "누부야 니는 순 비밀쟁이다."
 나는 그날로 약속을 어겨버렸다. 일부러 그런 것은 아니다. 봉이를 보았기 때문이다. 정택이를 따라 산으로 가던 도중이었다. 누나와 집으로 들어오는데 나무를 하러 가던 정택이가 따라오라고 했다. "선생님한테 일러준다." 누나는 협박하듯 쏘아보았지만 나는 뒤도 돌아보지 않았다. 토요일에 아이들이 뛰노는 소리를 담 너머로 들으며 공부를 해야 한다니. 교과서에서 배울 것이 무엇이냐. 가정교사도 이런 뜻의 말을 어머니에게 하지 않았는가.
 우리는 방천 쪽으로 올라가지 않고 공장 건너편의 들판으로 갔다. 한쪽으론 보리밭과 콩밭이 이어져 있고 또 한쪽은 공터였다. 밭에는 마을 사람이 김을 매고 계집아이 둘이 쑥갓밭에서 노란 꽃을 따고 있었다. 공터엔 아이들이 한 무리로 모여 있었다. 한 아이가 때죽나무 아래서 허리를 굽히고 서 있고 몇 아이들이 차례로 달려가 말타기를 했다. 그 옆에 계집아이 하나가 서 있었다. 얼굴에 허연 버짐이 피어 있고 다리가 수수깡처럼 길고 깡마른 봉이였다. 봉이는 바보같이 웃음을 흘리며 사내아이들의 말타기를 구경하고 있었다. 막대기가 있었으면 나는 봉이의 치마를 들쳤을 것이다. 머리에 서캐가 하얗게 깔려 있고 깨 같은 이를 어깨에 뚝뚝 흘리고 다니는 봉이는 우리들의 놀림감이었다. 내가 옆으로 지나가자 봉이가 뻐드렁니를 드러내고 웃었다.
 "호야, 명애 언니 어데 갔노? 아까 찾아갔는데 없더라."
 "너거 엄마나 찾아라."
 나는 거드름을 피우며 봉이를 지나쳤다. 옆에 가던 정택이가 내 팔을 쳤다.
 "그기 무슨 말이고?"
 "봉이 엄마가 공장장캉 공장 뒷밭에 있는 거 봤다."

"언제?"

정택이가 내 옆으로 다가섰다. "아까." 무심코 말하고 나서 아차, 했다. 누나와의 약속이 생각났다. 나는 후회하는 빛으로 정택이를 올려다봤다. "아무한테도 말하믄 안 된다. 누부야가 그랬다." 정택이는 눈이 생쥐처럼 반짝였다. "명애가 말하지 말라 카더나? 맞다. 그런 거는 말 안 하는 기다."

산 어귀로 들어서자 더워지기 시작했다. 머리 위에서 방울 같은 새 울음소리가 들렸다. 괜히 따라왔다는 생각이 들었다. 집에 가고 싶었다. 배도 고팠고 목이 말랐다. 나는 혼자 돌아가겠다고 했다. 가정교사에게 꾸중 듣는다고 핑계를 댔다. 정택이가 바지 주머니에서 무언가를 꺼냈다. 정택이는 고무총을 내 앞으로 들었다. "새 잡아 주께."

정택이는 지게를 풀숲에 내려놓고 나무 위를 쳐다보았다. 상수리나무 잎 사이로 작고 어두운 빛깔의 새 한 마리가 얼핏 보였다. 정택이는 바위 옆에서 돌을 주웠다. 그것을 고무총에 끼우고 한 눈으로 새를 노려봤다. 정택이는 그림자처럼 조용히 줄을 당겼다. 또르또르, 방울새가 울다 말고 날개를 푸드득 떨었다.

새 가슴이 뛰고 있었다. 참새처럼 작은 새였다. 나는 황홀한 눈으로 정택이를 바라보았다. 정택이는 팔 베개를 하고 풀숲에 드러누웠다. "저런 거는 문제도 아이다. 꿩 잡아 주까? 쇠못만 있으믄 된다."

바람이 부는지 나뭇잎이 흔들렸다. 콧등으로 솟았던 땀이 가셨다. 나는 고무총을 만지작거렸다. 침을 꿀꺽 삼키며 나는 불쑥 물었다. "이거 우리 성 꺼 아이가?" "맞다." 정택이는 누운 채 애기수염이 덮인 윗입술을 세워 휘파람을 불었다. "그 새하고 고무총 종호 갖다 줘라."

정택이가 성의 방을 드나든 것은 그날 이후부터다. 내가 죽은 새와 고무총을 갖다 주었을 때 성은 떨리는 손으로 그것을 받았다. 그리고 나를 무섭게 노려봤다. 내가 악당이기나 하듯. 내가 방에서 나오자 성은 후딱 불을 껐다. 마루에서 내려서는데 누가 성을 부르는 소리가 들렸다. 나는 귀를 기울였다. 성의 방 뒷문이 열리는 소리가 났다. "자나?" 묻는 것은 정택이의 목소리였다.

성은 그로부터 일주일 뒤 깁스를 풀었다. 얼굴의 상처도 거의 나았다. 그러나 움푹 꺼진 눈은 더욱 그늘지고 얼굴은 창백해 보였다. 뿐 아니라 말수가 적어졌다. 식구들에게 트집 잡고 고함치는 일도 없어졌다. 정택이에게 가방을 들게 하지도 않았다. 오히려 뒤바뀌어진 듯했다. 한번은 성이 저녁을 먹은 후 나가자고 말했다. 정택이는 "가서 공부해라." 한마디만 했다. 성은 로봇처럼 공부방으로 갔다.

성이 온순해졌다는 것은 아니다. 말이 없어진 만큼 폭발가스를 가슴에 채우고 있는 것처럼 보였다. 내가 성과 함께 공부할 때다. 낮에 숙제를 하지 않고 도망간 내게 선생님은 자습을 시켰다. 모르는 문제가 나오면 묻도록 했고 성을 가르치는 데 정신을 쏟았다. 내가 산수 문제를 풀고 있을 때다. 선생이 성에게 병균에 대해 설명했다.

"대장균이란 강한 것이어서 종이 이천 장의 두께 정도가 아니면 뚫고 살아나지. 대변을 본 후 비누로 손을 씻어야 하는 것은 그 때문이야."

"손 씻을 거 없이 종이 이천 장 쓰지."

나는 숙제를 하다 말고 성을 바라보았다. 성은 음울하게 눈을 밑으로 뜨고 있었다. 공부하기 싫은 것이 틀림없다. 내가 듣기에도 성의 말은 순 억지였다. 가정교사도 양미간을 찌푸리고 성을 쏘아보았다.

"비눗집 아들이 그런 소릴 하면 어떡해. 비누 팔아서 승마도 하고 호강하면서 말이야."

성이 고개를 쳐들었다. 나는 슬그머니 연필을 놓았다. 무얼 삼키기라도 하듯 성의 목젖이 계속 솟았고 방 안엔 침 삼키는 소리밖에 들리지 않았다. "씨발." 하고 성은 벌떡 일어나 문을 열어젖히고 나가버렸다. 가정교사가 코웃음 쳤다. "형편없는 새끼 부르주아군." 나는 부르주아가 무엇이냐고 물었다. 모르는 것은 지나쳐버리지 못했다.

"부르주아가 뭐냐고? 형편없이 배가 부른 인간들이지. 너도 배우지, 나누기 말이야. 나누기를 제대로 못하는 인간들이란 말이야. 배 속을 청소하지 않으니 기생충이 생길 수밖에. 정택이 그 자식은 뭐야."

그날 가정교사가 한 말은 내가 이해하기엔 어렵다. 뜻이 깊은 말이라고 짐작할 뿐이다. 나누기와 기생충, 또 정택이는⋯⋯. 가정교사의 입에서 정택이에 대한 말이 나온 것은 처음이다. 나는 어리둥절했다. 가정교사와 정택이는 식사 시간 외엔 마주치는 때가 거의 없다. 뿐더러 말도 잘 하지 않는다. 그러면서 가정교사는 정택이를 관찰하고 있었던 것일까? 나는 그날 처음으로 가정교사가 무서운 사람이라고 생각했다.

그즈음 나는 성과 함께 공부하는 날이 많았다. 학교에서 온종일 웅변 연습을 하고 저녁에야 집에 오기 때문이다. 육이오 날 기념행사로 반공 웅변대회가 열릴 예정이었다. 삼 학년에선 나와 영식이가 예선에서 뽑혔다. 나는 작년에도 웅변대회에서 이등을 했다. 처음 나오는 영식이보다는 자신이 있었지만 목이 아플 정도로 연습을 했다. 담임선생이 일등을 해야 한다고 거듭 말했다. 어머니와 금순이는 매일 번갈아가며 김밥 도시락을 가져왔다. 이런 것이 재미가 나서 웅변 연습이 싫지 않았다. 웅변 연습을 시작한 지 닷새째 되는 날이다. 나는 그날도 가정교사 옆에서 자습을 했다. 가정교사는 내게 고개 한 번 돌리지 않고 성에게 역사를 가르쳤다. 동학란을 일으킨 녹두장군 전봉준과 을미사변 후 의병을 일으킨 신돌석 장군에 대한 얘기가 이어졌다. 하루에 사오백 리를 달리는 장사였고 일본군도 무서워했다는 태백산 호랑이 신돌석 장군의 얘기는 내 졸음을 깨울 정도로 재미있었다. "천민이었기에 신돌석 장군의 항쟁은 더욱 빛나는 거야. 그런데 종호." 가정교사가 갑자기 성에게 되물었다.

"동학란이 왜 일어났다구?"

성은 책상만 처다보고 있었다. 처음부터 그런 자세를 취하고 있었다. 다른 생각을 하고 있는 것이다. 잠시 후 성은 내뱉듯 말했다. "흥, 책에 다 있는데 뭐." 가정교사가 안경을 치켜올렸다.

"그래? 그럼 책에 안 나와 있는 걸 얘기해 주지. 신돌석 장군은 열다섯 살에, 네 나이 때 동지를 구하러 사방으로 다녔어. 넌 너무 호강해서 너저분한 생각만 하는 거야. 김구 선생은 열일곱 살 때 거울을 보고 깨달았어. 자기 관상이 나쁜 것을 알고 마음 좋은 사람이 되기로 맹세했지. 얼굴 좋음이 몸 좋음만 못하고 몸 좋음이 마음 좋음만 못하다는 글이 있거든. 너도 거울을 좀 봐. 부끄러움을 알아야 사람이지."

그때였다. 담 밖에서 웅성거리는 소리가 들려왔다. 여러 사람이 떼를 지어 가는 발소리와 엄마를 부르는 아이들의 목소리가 들렸다. "호야, 준호 있나?" 누가 담 밖에서 내 이름을 불렀다. "누고?" 나는 벌떡 일어나 뒷문을 열고 소리쳤다. "퍼뜩 나온나. 삼한 방직에서 스트라이크 일이킨다. 구경하러 가자, 퍼뜩."

짱구 정수 목소리였다. "나가께." 나는 소리치고 가정교사를 향해 말했다. "선생님, 숙제는." 내 말이 끝나기도 전에 가정교사가 일어섰다. "데모를 한대? 나랑 함께 가보자."

나는 가정교사 손을 잡고 네거리로 뛰어나갔다. 방천 쪽에서 사람들이 밀려오고 있었고 우리 앞으로도 떼를 지어 몰려가고 있었다. 멀리서 한 무리의 사람들이 외치는 소리가 들렸다. 방직공장 쪽이었다. 하늘 한쪽이 훤했다. 나는 몸이 달아서 빨리 앞으로 나서려 했고 가정교사 손을 몇 번이나 끌어당겼다.

어느 정도 나아가자 길이 꽉 막혔다. 거리는 구경꾼으로 메워져 비집고 들어갈 틈도 없었다. 나는 어른들 틈에 끼여 숨도 못 쉴 지경이었다. 아무것도 볼 수 없었다. 발끝으로 키를 올리려 애썼다. 방직공장 쪽을 바라보며 석고처럼 서 있던 가정교사가 잠시 후 나를 올려 안았다. "자, 봐라. 배고픈 사람들은 저렇게 싸울 수밖에 없는 거다."

멀리서 횃불이 보였다. 머리에 흰 띠를 두른 사람들과 플래카드가 어둠 속에서 밀려왔다. 말을 탄 순경이 방직공장 사람들과 군중들 사이를 막고 서 있는 것도 보였다. 순경 한 사람이 군중들을 향해 소리쳤다.

"모든 것은 법에 의해 결정됩니다. 군중들은 빨리 해산하기 바랍니다. 질서를 위해 돌아가 주시기 바랍니다."

"내 아들이 뼈 빠지게 일했는데 와 임금을 안 주노. 사장 박근열이 밟아 직이라."

사람들 속에서 한 여자가 손을 쳐들며 소리쳤다. 몇 사람이 따라 소리치고 거리는 다시 소란해졌다. 군중들이 움직일 듯하자 순경이 공포를 쏘았고 방직공장 옆길로 기마대가 달려 나왔다. 사람들이 아우성을 내며 뒤돌아섰다. 가정교사가 나를 급히 땅에 내려놓았다. 우리는 사람들에게 떠밀리다시피 앞으로 나아갔다. 꼭 전쟁 후퇴 같았다. 나는 가정교사의 손을 꼭 쥐었다. 말발굽 소리가 바로 등 뒤에서 울리는 듯했고 뛰어가는 사람들의 발소리에 귀가 멀 것 같았다.

어느 순간엔가 가정교사가 내 손을 놓았다. 칼날로 끊는 것처럼 짧은 순간이었다. 가정교사가 보이지 않았다. 내가 엉거주춤 서 있는데 사람들이 나를 밀치며 뛰어갔다. 나는 돌부리에 걸려 넘어졌다. 손바닥으로 박하가 퍼지는 듯했고 온몸이 얼얼했다. 기마대에 잡힌다, 이 생각이 머리로 스치자 눈앞이 캄캄했다.

"일나거라, 뛰라." 누군가 내 옆으로 스치며 소리쳤다. 또 여자의 목소리도 들렸다. "아가 와 혼자 자빠져 있노. 너거 엄마는 어데 갔노." 아무도 일으켜주지 않았다. 세상에 나 혼자 내버려진 것 같았다. 나는 무릎을 싸안고 일어났다. 피가 흥건했다. 땅에 갈린 손바닥에 피가 배어 있었다. 나는 다리를 절룩이며 집 쪽으로 뛰었다.

웅변대회를 앞두고 내 기분은 그다지 좋지 않았다. 무릎 위에 삼 센디 정도 찢어졌고 또 한 다리엔 살점이 떨어져 나갔다. 여름이라 상처가 쉬 아물지 않았다. 어머니는 얼굴에 상처가 나지 않아 다행이라고 했지만 내겐 그렇지도 않았다. 다리에 약을 바를 때면 쓰라렸고 그때마다 가정교사가 내 손을 놓던 순간이 떠올라 움찔했다. 나는 이것을 아무에게도 말하지 않았다. 누나처럼 나도 비밀을 갖게 된 것인지 모른다.

웅변대회 날 하늘이 몹시 흐렸다. 비가 쏟아질 듯 사방이 컴컴했고 어머니는 내게 우산을 주었다. "장마가 질라나. 우리 도련님이 오늘 웅변대회에 나가는데." 어머니는 내게 입을 맞추며 학교엔 오후에 가겠다고 했다. 나는 방을 한번 둘러보았다. 아버지는 어제 갑자기 서울로 가셨다. 회사 일이겠지만 나는 섭섭했다. 어머니와 아버지가 나란히 앉아서 내 웅변을 듣는다면 한결 기분이 좋을 것이다. "엄마 혼자?" 나는 머뭇거리며 다시 물었다. "와. 명애하고 선생님하고 같이 가야지. 너거 성은 학교 늦게 끝나서 못 온다." 가정교사까지 오길 바라진 않았지만 아무 말도 하지 않았다.

웅변대회가 열릴 오후 시각부터 비가 쏟아지기 시작했다. 뿐 아니라 갑자기 정전이었다. 강당엔 수십 개의 촛불이 켜졌다. 삼 학년생부터 육 학년생까지 모여 있었는데 모두 환호성을 질렀다. 반공 영화를 돌릴 계획으로 까만 커튼까지 내려져 있었으므로 촛불이 더욱 근사하게 보였던 거다.

어머니는 오랜만에 한복을 입으셨다. 하늘색 목수 저고리에 은은하게 반짝이는 구슬백을 든 모습은 배우처럼 고왔다. 촛불 아래서 어머니의 구슬백이 더욱 반짝거렸다. 아이들이 모두 어머니를 바라보았고 나는 학부형석으로 앞장서 갔다. "꼭 연극 보러 온 것 같다." 누나도 즐거운 듯 소곤거렸다. 내 자리로 돌아가려는데 가정교사가 물었다. "어때? 안 떨리나?" 내 대신 어머니가 답했다. "선생임이 원고 써줬는데 일등 할 낍니다."

단상에 올라설 때도 자신이 넘쳤다. 머릿속에 글자가 새겨질 정도로 외우고 연습했다. 출전자 중 제일 아래 학년이어선지 내가 강단으로 오르자 박수 소리가 요란했다. 단상엔 몇 개의 촛불이 타오르고 있었다. 나는 원고지를 펴놓고 꾸벅 인사했다. 고개를 드는 순간 나는 자석에 끌린 듯 단상의 촛불을 바라보았다. 시야는 온통 흰색이었다. 촛불도, 종이도, 생각마저 하얗게 타오르는 듯했다.

흰빛이 나를 삼킬 듯했다. 나는 흰빛에 지지 않으려고 눈을 부릅떴다. 강당 아래를 내려다보았다. 어둠 속에 한 무리의 군중이 눈에 들어왔다. 강단 아래 심사석에 켜놓은 촛불이 흔들흔들 춤추며 다가왔다. 횃불이었다. 방직공장 사람들이 어둠 속에서 횃불을 들고 내게 몰려오고 있었다. 나는 입을 뗐으나 벙어리가 된 듯 소리가 들려오지 않았다. 물속에서 허우적거리듯 소리가 나오지 않는 것이다. 눈이 하얗게 뒤집어지는 것 같았다. 입에 거품을 물고 넘어질 것 같은 기분이 들었다. 그런 일이 일어나지 않은 것은 다행이다. 나는 어느새 강단까지 걸어 내려왔다. 어머니가 걱정스런 얼굴로 강단 끝에 와 서 있었고 나는 어머니 품에 풀썩 안겼다.

그날 오후 내내 나는 안방에 누워 있었다. 열이 나서 약을 먹고 잠들었으나 선잠이었다. 밖에는 비가 오고 있었다. 비바람이 창을 두들겼고 낙수통으로 빗물이 세차게 쏟아져 내렸다. 나는 진땀을 흘리며 깨고 다시 잠들고 했다. 꿈인지 뭔지 모를 상태에서 깨어나고 싶지 않았다. 눈을 뜨기가 두려웠다. 저녁이었나 보다, 어머니가 밥을 먹자고 깨웠는데 이건 꿈이다, 생각하며 눈을 감고 있었다.

다시 잠들었다. 어렴풋이 말소리가 들려왔다. 어머니가 내 이마의 땀을 닦아주고 있었다. "많이 아픕니꺼?" 누군가의 목소리도 울려왔다.

"웅변대회에서 일등 한다꼬 며칠을 연습했는데 너무 긴장한 거 같아예. 단 위에 올라가서 아가 갑자기 사색이 안 됩니꺼. 집에 올 때까지 한마디도 안 하디만 열이 나서 눕힐라카이 울음보를 터뜨리예."

"아한테 뭐, 너무 시키지 마이소. 가만 놔둬도 똑똑해서 잘 클긴데. 눈 큰 거는 엄마 닮았는데 입매 야무진 거는 저거 아부지 뺐다."

"웅변은 지가 좋아서 한 거라예. 저거 아부지가 옛날에 웅변 잘했다카이 그 재주 물려받은 거 같아예."

"형님이 팔방미인입니다. 농사꾼 아들이 손 딱 털고 맨손으로 사업 일으킨 거 보이소. 사램이 판단이 빨라야 되는데 나는 손바닥만 한 땅뙈기 붙들고 있다가 지금 이 꼴이 안 됐심니꺼. 쌔가 빠지게 농사지도 쌀값은 자꾸 떨어지고 비료 값만 오르는데 우짭니꺼. 작년에는 미국서 쌀 수입해서 이백만 석이 남아돌았다 안 캅니꺼. 그래 놓고 농림부 장관만 갈아치우믄 무슨 소용이고. 내사 늙었으이

할 수 없지만 농사 못 짓고 도회지 올라와서 실업자 된 사람이 수도 없어예."

"우리 공장도 힘듭니더. 야 저거 아부지가 오기로 끌고가는데 군납 비누 때문에 원가계산이 안 맞아예. 그래서 비누 질이 떨어졌는지 머리 빠진다는 말이 들립니더. 얼마 전에 기자가 와서 그라데예. 걱정입니더."

"그거 돈 쫌 받아 갈라꼬 하는 소리겠지."

작은아버지였으므로 나는 일어나려 했다. 완전히 잠을 깼고 목이 몹시 말랐다. 눈두덩도 아팠다. 그때 어머니가 일어나 자개농을 열었다. 두툼하게 보자기에 싼 것을 꺼내 작은아버지 앞에 갖다 놓았다.

"야들 아부지한테 적은 옷이 많아서 내가 챙기놨어예. 전부 마카오 기집니더. 몇 번 입지도 안 했어예. 갖고 가이소."

"올 때마다 만날 이거. 사실 오늘 내가 온 거는……."

"와예. 무슨 일이 있어예?"

"저…… 정택이 누부가 서울집에서 일해 주고 있는 거 아십니꺼?"

정택이 이름이 나와서 나는 눈을 번쩍 떴다. 어머니의 목소리도 높아졌다.

"몰랐어예. 하나는 서울 딜꼬 가고 하나는 우리 집에 딜꼬 왔단 말이지예?"

"정택이 친척이 서울 갔다가 오늘 우리 집에 왔어예. 같은 고향 사람이라 친한데 그 사람이 캅니더. 개성집이 아들 봤답니더. 야들 아부지, 갑작시리 서울 올라갔지예?"

"맞아예. 개성 여자가…… 아들을 낳아예?"

작은아버지가 돌아가신 뒤, 어머니는 꼼짝 않고 앉아 있었다. 옷 스치는 소리가 이따금 들릴 뿐 바위처럼 움직이지 않았다. 어머니

등을 지켜보다가 나는 자리에서 일어났다. 까닭도 알 수 없이 가슴 한쪽이 빠져나간 듯 허전했다. 어머니가 그제야 내 쪽으로 얼굴을 돌렸다.

"인자 깼나?" 어머니의 눈시울이 붉었다. 가만히 울었나 보다. 어머니의 손에 손수건이 쥐어져 있었다. "어데 가노. 배고프제?" 나는 물을 마시러 간다고 했다. "그래, 물 좀 가 온나. 나도 목이 탄다." 방문을 열자 어둠 속에서 빗소리가 더 세차게 들렸다.

금순이 방 시계가 아홉 시 이십 분을 가리키고 있었다. 저녁잠이 많은 금순이가 그날은 눈을 말똥 뜨고 앉아 있었다. 온 방에 옷을 널어놓은 채 두 다리를 팔자로 뻗고 있었다. 가방이 바로 앞에 놓여 있었다. 전에도 금순이가 가방을 싸는 것을 본 적이 있다. 성이 말싸움을 하다가 금순이 얼굴에 고무신을 던진 날이었다. 금순이는 담 너머 들릴 정도로 서럽게 울었다. 할머니가 밤새 달래지 않았더라면 그때 집에 가버렸을 것이다. 모두들 황소고집이라고 부르는 금순이니까.

"어데 가나?"

나는 문 앞에 버티고 섰다. 금순이는 나를 훑어보고 가방을 옆으로 밀었다. "그냥 잠이 안 와서." 금순이는 장난스럽게 입술을 오무렸다. 나는 안심하고 그제야 물 주전자를 찾았다. "물 주전자, 종호 방에 있는데." 금순이가 갑자기 내 팔을 잡아끌었다. "니 물 주전자 가지러 내캉 종호 방 안 가볼래. 지금 종호는 정택이 방에 있을 끼다."

무슨 꿍꿍이속인가. 나는 금순이 얼굴을 살폈다. 금순이가 목소리를 낮추었다. "어제 밥 묵을 때 너거 성이 정택이한테 아부지 사냥총 빌리달라 카더라. 가정교사 직인단다."

나는 입을 벌린 채 서 있었다. 나를 죽인다는 소리도 한 적이 있지만 총으로 쏘려 하다니. "거짓말이다." 나는 되려 금순이에게 소리쳤다. "빙신아. 조용히 해라." 금순이는 나를 윽박지르며 자리에서 일어났다. "정택이가 새벽에 종호 방에서 나오더라. 암만캐도 총 갖다 줬지 싶으다. 독사 겉은 새끼. 종호 방에 총 있는지 보자. 큰일 난다."

금순이는 벽장 속에서 야전용 전지를 꺼냈다. 나는 몸이 후들 떨렸다. 무서운 만큼 호기심이 나를 끌었다. 우리는 정지를 통해 뒷마당으로 나갔다. 뒷마당 모퉁이에 있는 정택이 방에 불이 켜져 있었다. 성 방엔 불이 꺼져 있었다. 금순이가 속삭였다. "그것 봐라. 종호는 지금 정택이 방에 있다. 진딧물하고 개미맨쿠로 붙어 댕긴다."

정지 옆의 헛간과 나란히 붙은 방이 성의 방이다. 방 앞의 섬돌에 성의 신발이 놓여 있었다. 방에 불은 꺼져 있었지만 우리는 발소리를 죽였다. 빗소리가 차츰 흐려졌다. 우리는 가만 한 발씩 올려놓고 신을 벗었다. 금순이는 방문 앞에서 전지를 켰다. 그리고 대담하게 방문을 밀어붙였다. 나는 뒤로 나자빠질 뻔했다. 성은 무릎을 꿇은 채 전짓불 속에서 얼굴을 찌푸리고 있었다. 금순이는 얼결에 전지를 아래로 비추었다. 성은 사타구니 사이로 무언가를 손에 잡고 있었다. 음지의 버섯처럼 검붉고 긴 물건이었다. 나는 그것을 똑바로 쳐다보고서도 무엇인지 이내 깨닫지 못했다. 억, 금순이는 토할 것처럼 입을 막더니 전지를 집어 던지고 맨발로 뛰쳐나갔다.

그날 너무나 많은 일이 한꺼번에 터졌다. 금순이 말이 맞았다. 성은 아버지 엽총을 가지고 있었다. 성은 총을 들고 금순이를 뒤쫓아 나왔다. 금순이는 비명을 지르며 정지 문에 얼굴을 박았다. 어머니와 가정교사가 뛰쳐나왔다. 누나는 맨발로 나와 벌써부터 훌쩍거리기 시작했다. "총을 내놔." 가정교사가 금순이를 가로막고 성을 향해 손을 내밀었다. 성은 짐승처럼 눈을 번뜩이고 입술 끝을 올리며 희미하게 웃었다. 이상한 웃음, 내 이빨이 부딪쳤다. 그건 바로 피 흘리는 매를 올려 들고 정택이가 짓던 웃음이었다.
"잘됐다. 철가면부터 직이자."
성은 음산하게 내뱉었다. 가정교사는 빗속에서 무표정하게 서 있었다. 안경을 쓰지 않은 눈이 다른 때보다 작아 보였다. 헐렁한 바지도 허수아비 옷 같았다. 성이 방아쇠를 만졌다. 어둠 속에서 그것은 조롱하듯 빛났고 총구는 어둠의 눈처럼 반들거렸다. "종호야, 니 미쳤나, 니 지정신이가!" 어머니가 팔을 허우적거리며 성 앞으로 뛰어갔다. 머리가 풀어 헤쳐져서 어머니는 물에 빠진 사람 같았다. 성은 움찔하며 옆으로 비켜섰다. 순간 귀청 떨어져 나가는 총소리가 울렸다. 화약 냄새가 속을 뒤집었다. 나는 말처럼 뛰어오르며 울음소리를 마구 질렀다. 가정교사가 한쪽 팔을 부여잡은 채 비틀거렸다.

이런 일들이 꿈이 아니라면, 꿈이 아니어서 영원히 날이 새지 않는다면 우리는 어떻게 되었을까. 다음 날 아침 거짓말처럼 날이 맑았다. 파란 하늘엔 한가하게 구름이 떠 있고 사택의 자갈밭은 비에 말갛게 씻겨 반짝였다. 새벽녘에 돌아와서 어머니는 잠시 내 옆에 누웠다. 긴 숨만 내쉬었고 이따금씩 어깨를 움칠했다. 어머니는 아침에 다시 경찰서와 병원을 다녀왔다. 그리고 가벼운 차림으로 금순이와 함께 떠났다. 금순이는 고향에 내려간다. 어머니는 우애가 침을 맞고 있는 무등산에 간다. 할머니를 모셔 오기 위해서다. 나는 어느 때보다 할머니가 보고 싶었다. 벌겋게 술이 오른 할머니 얼굴과 임춘앵 국악 단원이 되겠다던 우애가 보고 싶었다. 숨 넘어갈 듯한 우애의 웃음소리가 듣고 싶었다. "내일 전부 같이 오는 거제." 내가 손을 내밀자 어머니가 나를 번쩍 올려 안았다. 어머니는 핏발이 선 눈으로 내 눈을 들여다보았다. "엄마가 없을 때는 인자 니가 집 지키라. 무슨 일 생기믄 말하고." 집에 아무도 없다. 집을 지킬 남자가 나밖에 없다고 생각하자 눈물이 솟으려 했다. 나는 엄마 품에서 뛰어내렸다. "내일 올 때 까자 사 오믄 된다."

누나는 두 시가 지나 학교에서 돌아왔다. 학교에도 가지 않고 혼자 집에 있었기 때문에 나는 누나가 몹시 반가웠다. 누나는 억지로 웃고 빈 방문을 열어보았다. "엄마, 내일 오신다. 할매하고 우애하고 같이." 누나는 고개를 끄덕이며 마루 끝에 가만 앉았다. 여름 햇살이 화단에 투명한 양철 지붕처럼 내려앉았다. 화단 한구석에서 달리아가 막 봉오리를 맺고 있었다. 화단을 바라보던 누나가 두 손으로 머리를 싸안았다.

"호야, 쇠모자 쓴 거겉이 머리가 아프다."

"약 사 오까."

누나는 머리를 내저었다. "엄마 경대에 약 있더라. 스리나 있잖아."

누나는 어제 내가 그랬던 것처럼 온종일 잠을 잤다. 머리맡에 빵과 파인애플을 갖다 놓았으나 해가 지도록 그대로 놓여 있었다. 누나는 밤이 깊어서도 깨어나지 않았다. 나는 할 수 없이 안방으로 가서 자리를 깔았다. 집은 외딴곳처럼 고요했다. 작은아버지가 금순이 방에서 자고 있었으나 기척도 없었다. 앞마당에서 풀벌레소리가 들려왔다. 문득 낯선 곳에 와 있는 느낌이 들었다. 어머니 얼굴조차 아득했고 밤의 어둠이 수렁처럼 나를 잡아끄는 것 같았다.

괘종이 한 번 울렸다. 어둠 속에서 울려오는 소리에 나는 분명히 꿈을 꾸었다. 금순이가 막대기로 뱀을 쫓는 꿈이었다. 금순이는 튼튼한 팔을 걷어붙이고 휘이휘이 소리를 냈다. 마당 한구석에 똬리를 틀고 있던 뱀이 한 줄기 빛처럼 화단 속으로 사라졌다.

문득 밖에서 발소리가 들리는 듯했다. 바람 소리일까. 귀를 기울이는데 머리카락이 곤두서는 것 같았다. 바스락 소리가 다시 들렸다. 나는 귀를 틀어막았다. 가슴이 터질 듯 방망이질을 했고 머릿속으로 아라비아숫자를 외었다. 언뜻 창에 눈이 갔다. 방문의 손수건만 한 창으로 희미한 빛이 새어 들고 있었다. 나는 가만 일어섰다. 엄마가 없을 땐 내가 집을 지켜야 한다. 나는 발소리를 죽이고 문으로 한 발 한 발 다가갔다. 문 밖에서 자갈 소리가 다시 들렸다. 나는 발돋움을 하고 창을 들여다보았다.

시커먼 그림자가 뜰에 서 있었다. 나는 귀신이라고 생각했다. 여직공들이 얘기해 주던 귀신이 저런 것일 거라고 귀신이 자갈밭을 스쳐 섬돌 앞에 섰다. 섬돌을 밟고 마루로 한 발을 올려놓았다. 또 한 발을. 이제 창으로 검은 물체가 또렷이 보였다. 나는 손으로 입을 틀어막았다.

정택이가 그림자를 끌고 누나 방 앞에 섰다. 나는 침을 꿀꺽 삼켰다. 정택이는 오늘 온종일 보이지 않았다. 어디 있었을까. 방문을 열고 정택이를 부르자. 마음은 급했으나 벙어리처럼 입이 떼어지지 않았다. 동상이라도 된 듯 다리도 움직여지지 않았다.

그림자가 뱀 꼬리처럼 방문 틈으로 미끄러져 사라졌다. 풀벌레 울음소리가 그쳤다. 아무 기척도 흔적도 없다. 꿈을 꾸고 있는지도 모른다. 꿈일 거야. 꿈이다. 후들거리는 다리로 뒤돌아서는데 창밖에서 나뭇잎 흔들리는 소리가 들려왔다. 바람이 부나? 우수수 잎 흔들리는 소리가 밀물이 밀려오는 소리 같았다.

한밤의 나팔수

"아이구 이것아, 이게 무슨 지랄이냐 지랄이. 내 심장 약한 건 어떻게 알아서 내 명에 못 죽게 이 난리를 피워 글쎄. 죽으려면 제 집에서나 죽을 것이지 네년이 나하고 무슨 원수가 졌다고…… 아이구 여보, 좀 일어나 봐요."

주인집 여자의 악 쓰는 소리가 내 마루방을 울리자 나는 악몽에서 깨어난 것처럼 벌떡 일어났다. 깊이 잠들었던 것이 분명한데 들려온 소리가 너무나 생생했다. 전혀 낯선 곳에 내던져 있는 것 같다. 눈을 한참 치떴으나 캄캄하기만 했다. 무더운 공기로 숨통이 막힐 지경이었고 땀으로 온몸이 끈끈했다. 머리를 세차게 흔들자 별똥 같은 것이 눈앞으로 스쳤다. 재깍거리는 시계 소리가 어둠 속에서 들려왔다.

한 시 이십 분, 더 빨리 깨어났어야 했다. 열두 시에 일어나 공부할 생각이었다. 괘종까지 울리도록 맞춰놓고 일찍부터 잠자리에 들었던 것이다. 이제야 깬 걸 보면 저놈의 구호물자가 또 얼렁뚱땅 넘어간 것이 분명하다. 주인 여자의 목청이 앙칼지게 높아 잠을 깬 것도 사실이지만 예민한 내 신경에 저것이라도 울어댔다면 나는 분명 열두 시에 일어날 수 있었을 것이다.

야광 시계예요. 밤엔 별처럼 빛을 낸다구요. 주머닛돈을 몽땅 털어 발작적으로 남대문시장에 달려갔을 때 싸구려 포마드 향내를 풍기던 녀석은 이렇게 말했다. 야광은 둘째치고, 산 지 일주일 만에 시계는 늑장을 부렸다. 별처럼 나긋한 목소리하며 놈은 호모가 아닐지. 내 방에서 빛이 들어올 때라곤 옆방과 맞붙은 시험지만 한 창문뿐이다. 해가 뜨는지 달이 지는지조차 모를 이 어두운 방 안에서 사람같이 살아보려고 시계를 사들였는데 그것마저 제대로 안 된다.

내일부터 학기말시험이 시작된다. 첫날 첫 시간에 책도 없는 윤리학을 치러야 한다. 한심스러운 생각이 든다. 시험 따위엔 관심도 없었지만 이번은 사정이 좀 다르다. 만약 이번 시험으로 장학금이라는 것을 탈 수 없다면 다음 학기엔 휴학계를 내야 한다. 주변머리 없는 나는 영영 학교를 못 다니게 될지도 모르겠다. 여태 집에서 부쳐온 돈도 주인집 애들을 가르치며 방값을 메울 수 없었더라면 벌써 거리로 나서야 할 정도였다. 이젠 그것마저 끊기게 된 것이다. 새끼를 꼬며 살아가는 형이 드디어 부담스런 의무에서 벗어나겠다고 선고를 한 것이다. 더 이상 아우를 돌볼 형편이 못 된다는 것이다. 하긴 어머니가 돌아가신 후 삼 년이나 먹여준 것도 고마울 노릇이다. 궁상맞은 그 살림에 말이다.

형은 처음부터 이런 눈치를 보였다. 첫 입학금을 마련해 줄 때도 배지 밑천을 뽑아야 한다고 말했다. 형은 서울의 대학생이면 어느 집 대문을 두드려도 아르바이트거리가 나오는 것으로 생각했다. 네가 부지런만 떤다면 등록금을 벌고도 떡을 친다. 학기 때마다 끙끙대는 내게 형은 이렇게 비난했다.

사실 그 말이 옳은지도 모르겠다. 서울 와서 공부보다는 살기에 급급했지만 그렇다고 떡을 칠 만큼 부지런을 떤 것 같진 않다. 가정교사는 두 달도 못 가서 번번이 때려치웠고 배가 고플 때는 그대로 잠만 잤다.

공부도 그랬다. 나처럼 한때 수재라 불렸던 인간이 서울에는 돌멩이만큼이나 많았고 나는 이 틈에서 낙제를 면하는 것으로 만족했다. 애초부터 무슨 포부를 지니고 온 것은 아니지만 이곳도 별 뾰족한 수가 없다는 게 내 결론이다. 역사는 파괴에 의해 이루어진다고 배우지만 끊임없이 터지는 최루탄과 함성으로 내 눈이 멀 지경이다. 나는 선혈을 뿌리며 정의의 젊음을 확인하기보다 내 어두운 방에서 나팔이나 불며 막막한 미래와 싸웠다. 누이의 편지를 받으며 지냈던 일 년 반 동안 내가 익혀온 것들이란 고작 이런 따위다.

나는 더 이상 형의 신세를 질 마음이 없다. 그렇다고 누이에게 네 몸을 팔아달라 할 것인가. 신학기마다 허덕이며 낸 세 번의 등록금을 생각한다면 나는 그동안 넝마라도 주울 궁리를 해야 했다.

시계 소리가 정적 속에서 용수철처럼 튀었다. 정신을 가다듬어야겠다. 또 여자의 소프라노가 울렸다. 경애가 야단을 맞는 모양이다. 시간이나 알고 저러는지.

불을 켜기 위해 일어서자 아랫도리가 저렸다. 책상을 더듬어 플래시를 찾았다.

"아이구, 학생이우?"

나는 얼떨결에 플래시를 계단 아래로 비추었다. 전짓불에 여자의 찡그린 얼굴이 시든 꽃처럼 보였다. 스테이지에 선 늙은 여가수 같다.

"아이 눈부셔. 남자가 이만한 데서 플래시를 켜우. 학생, 이러고 있을 게 아니라 빨리 좀 내려와 봐요."

이만한 데서라니, 목구멍까지 나온 소리를 그냥 삼켰다. 말을 할 것이 아니라 여자를 일주일쯤 이 층에 하숙시켜야 한다. 좁고 가파른 이 난간을 한참 내려다보면 심연의 아가리 같다. 전등도 없는 밤에 어쩌다 발을 헛디디면 끝없는 어둠 속으로 굴러 떨어질 것 같다. 정말 플래시라도 없으면 그 자리서 오줌을 쌀 판이다. 간혹 철없는 경애가 불쑥 나타나선 내 심장을 뛰게 했는데 그때마다 그 애는 방에 맥주병을 갖다 놓으라고 조언했다.

"학생 나 좀 봐요. 글쎄 그 경애란 년이 쥐약을 먹었지 뭐야. 오늘 아침 해독시켰는데 지금 또 토하고 난리야, 난리. 어떡하우, 한밤에 여자가 나설 수도 없구. 학생이 병원 좀 갔다 와요."

아직도 잠이 덜 깬 모양이다. 나는 여자가 하는 말을 도무지 알아들을 수 없었다.

"누가 어쨌다구요?"

"아유, 경애가 쥐약을 먹었다니까 그래, 야단 좀 쳤다구 저년이 글쎄."

여자는 신경질적으로 바락 소리 질렀다. 쥐약, 경애가 쥐약을 먹다니. 그저께 내가 바로 통금 전에 문을 두드렸을 때 그 애는 기다렸다는 듯 달려와 열어주었다. 어제는 내 방 밑에서 늦도록 "목포의 눈물"을 흥얼거렸다. 정말 믿기지 않았다. 경애 방이 있는 현관 쪽에서 신음 소리가 났다.

문간방에 들어서자 닝닝한 냄새가 끼쳐왔다. 머리 위로는 빨랫감들이 만국기처럼 늘어서 있었다. 경애는 방바닥을 기며 입으로 코로 물을 쏟아내고 있었다. 마치 버림받은 동물같이. 주인 여자는 등을 쳐주면서도 연신 이를 갈아댔고 나는 입을 다물지 못했다. 극약을 먹었다면 경애는 지금쯤 병원에 누워 있어야 하지 않을까.

"병원에 입원시키지 그랬습니까."

나는 떨리는 소리로 말했다.

"아유, 의사가 괜찮다는데 내가 뭐래요."

주인이 좋다는데 내가 무어랄 것인가. 나는 경애 방을 나왔다. 재생의원이에요. 재생의원, 여자가 등 뒤로 소리쳤다.

대문을 나서자 담벼락에다 오줌부터 갈겼다. 일어나긴 했지만 여자의 악 쓰는 소리에 잠을 깬 것이 새삼 불쾌했다. 주인 남자는 남자가 아닌가 보다. 내가 자고 있었더라도 여자는 분명 나를 깨웠을 것이다. 경애의 허연 망막이 자꾸 눈앞에 어른댔다. 다리가 후들거렸다. 빨 것 있으면 내놓으세요. 항상 흰 모자를 쓰고 튼튼한 팔을 걷어붙이던 경애다. 그 애가 눈을 허옇게 뒤집고 몸을 틀고 있다. 지금도 구호물자 시계는 눈이 반짝이며 달려가고 있는데……. 시험…… 그냥 주저앉고 싶었다.

가두의 이 층 미장원에 불이 켜져 있었다. 전신주 등 밑으로 하루살이들이 아우성을 치며 날아다녔다. 나는 그제야 아무도 없는 통금 거리를 걷고 있음을 깨닫곤 움찔했다. 거리의 정적이 기괴하기까지 했다.

소독 냄새가 후덥지근한 여름밤 공기와 뒤섞여 끼쳐왔다. 나는 개처럼 쿵쿵대며 뛰듯 걸었다. 갑자기 그 이 층 창이 왈칵 열리고 양배추처럼 동그란 얼굴이 나를 내려다봤다. 왜 그러슈, 나는 제 풀에 놀라 소리를 질렀다. 공연히 눈시울이 뜨거워졌다.

병원에 이르자 나는 죽기 살기로 문을 두드렸다. 빨리 경애를 살려내고 내 마루방으로 가고 싶었다.

"환잡니다. 아주 위급합니다."

서두르지 않으면 모든 게 뒤틀린다. 문득 이런 생각이 들었다. 발로 병원 문을 찼다. 안에서 불이 켜졌다.

"위에 윤 씨네 집입니다. 쥐약 먹고 혼수상탠데 빨리 좀 가셔야겠습니다."

간호원이 문을 열자 나는 돌격하듯 들어섰다.

"아침에 해독시킨 애 말이죠? 계속 설탕물 먹이랬는데……."

막 잠을 깬 듯 간호원은 찡그릴 수 있는 데까지 얼굴을 찡그리고 있었다. 나는 경애가 그 꼴 난 설탕물을 혼을 빼듯 쏟아냈던 것을 절절이 설명했다.

"선생님, 윗집 윤 씨 댁 식모애 있죠. 오늘 아침 해독시킨 애 말이에요. 상태가 몹시 좋지 않다는데요."

간호원은 의사 방문을 노크하며 조심스럽게 말했다. 종잇장처럼 얄상한 얼굴을 가진 간호원은 쥐어박고 싶을 정도로 늑장을 부렸다.

"링거나 맞혀. 그까짓 쥐도 안 죽을 치사량 먹고 사람이 죽긴 왜 죽어."

하루 삼 분의 일을 잠으로 할당하면서도 도대체 웃으며 잠을 깨는 인간이 없다. 단잠을 깼다 치더라도 너무 퉁명스런 말투였다.

"여보슈, 환자가 혼수상태라지 않습니까."

간호원은 그제야 왕진 가방을 챙겨 들었다.

"그 집과 어떻게 되세요."

병원을 나서자 기다렸다는 듯 물었다.

"자취생입니다."

"아, 애들 공부도 가르치고……."

나에 대해 잘 안다는 말투였다. 갑자기 간호원이 히죽였다. 제기럴.

"경애가 왜 죽으려 했는지 아세요?"

여자는 내 옆으로 바짝 다가섰다.

"그 애가 쥐약을 먹었다는 것도 조금 전에 알았는데 그 이유까지 제가 어떻게 압니까."

나는 시큰둥하게 내뱉었다. 어쩐지 여자가 경박하게 느껴졌다.
"그만한 나이 땐 그럴 수도 있겠죠?"
나는 여자 앞으로 황급히 걸어갔다.
간호원은 링거만 꽂아주고 갔다. 잘 살아야지 이게 뭐야, 그녀는 경애에게 이렇게 속삭이기도 했다. 그 달관한 듯한 표정이 도무지 의심쩍다.
"정말 괜찮겠습니까?"
"옆에서 잘 보살피면요."
그녀는 아까처럼 히죽 웃었다. 나는 그녀의 유머를 이해할 수 없었다.
주인 여자가 간호원을 배웅하러 나가자 나는 방바닥에 주저앉았다. 맥이 풀렸다. 빨랫감들이 경애의 얼굴 위로 이상한 그림자를 드리우고 있었다. 투명한 링거 병, 꽃무늬가 있는 사기 요강, 거뭇한 형광등 밑에서 방 안의 모든 것이 그림자처럼 정지돼 있었다. 저 애가 쥐약을 먹었단다.
지난 크리스마스였다. 다른 자취생들은 모두 하향하고 나는 그날 내내 나팔만 불고 있었다. 이 층엔 볼 일이 없는 경애가 주인집에서 먹다 남긴 케이크를 들고 내 방에 왔다. 별달리 친했던 것도 아니지만 나는 스스럼없이 반겼고 그 애는 늦도록까지 신상 얘기를 했다. 어머니는 어릴 때 도망갔고 아버지는 신장염으로 일 년이나 시립 병원에 누워 있다는 것이다. 병원에서 이젠 퇴원을 재촉한다고 했다. 그 애의 한숨을 들으며 그저 앉아 있기가 송구스러워 나는 책상 위에 굴러다니는 성경을 주었다. 그때 그 애는 공연히 코끝이 찡해서 선생님 하나님이 정말 있어요? 하곤 슬쩍 눈물을 훔쳤다. 하나님이란 믿는 사람에게만 보이는 거야. 나는 어물쩍 대답했지만 다시는 그 애가 하나님에 대해 묻지 않기를 바랐다.

의식이 들었는지 경애가 희미하게 눈을 뜨고 나를 올려다봤다.

"선생님, 나 정말 죽고 싶어요."

나는 고개만 끄덕였다. 쓰레기 같은 방에 누워 간신히 숨을 쉬는 그 애다. 나는 간호원처럼 잘 살아야지, 하고 속삭일 수 없었다.

"선생님은 천당 갈 거예요."

경애는 겨우 알아들을 정도로 말했다. 저 애도 하나님을 믿지 않는 게 분명한데 천당을 말한다. 꼭 유언이라도 듣는 기분이다.

"아유 저 독한 년, 쥐약 먹은 것이 이번 두 번째라구요, 글쎄. 나를 골탕 먹이려구 작정을 했어, 작정을. 곱슬머리 독종이라더니 꼴에 성질만 살았지 쯧쯧. 고것만 먹고 죽나?"

주인 여자는 현관에 들어서면서부터 소리를 내질렀다. 나는 경애가 왜 두 번이나 쥐약을 먹었는지 묻고 싶었지만 그만두기로 했다. 이 층 마루방을 울리는 저 소프라노로 처음엔 집을 옮길 생각도 했다.

어두운 층계를 디디며 나는 막연히 저항을 느꼈다. 그리고 내 방에 와서 누구도 말리지 못할 진지함으로 책을 읽었다. 천장이 털썩이도록 큰 소리로. 경애는 살아야 하고 나는 장학금을 받아야 했다.

시험은 그다지 잘 본 것 같지 않았다. 오늘 시험을 망치면 내일에 희망을 걸었으나 내일이 되면 또 마찬가지였다. 마음은 조급했고 책을 펼치면 활자들이 제멋대로 튀어 다녔다.

경애는 계속 링거를 꽂고 있었다. 나는 두세 번인가 병세를 물었는데 오늘 주인 여자는 "학생이 제일 걱정해 주는군." 하며 빈정댔다. 귀하신 몸 손수 설거지를 해야 한다는 것이 심히 못마땅하신 거다.

어제 누이에게서 편지가 왔다. 식모살이라도 할 테니 제발 서울로 데려가 달라는 것이다. 형은 여전히 새끼를 꼬고 형수는 애 셋을 놓고 또 배가 불러 있다는 것이다. 숨이 막힌다는 것이다. 기생충처럼 살기 싫다는 것이다. 곧 장가갈 아들을 둔 홀아비가 줄기차게 중매쟁이를 보낸다는 것이다. 검푸른 바다가 언젠가는 누이를 삼켜버리고 말리라는 것이다. 휘갈겨 쓴 글씨를 보더라도 누이는 거의 발작적인 상태에 있다.

내 누이는 이제 스물넷이다. 아직도 아름다운 나이다. 누이는 여느 바닷가 여자들처럼 가무스름한 피부를 가지고 있으나 눈이 매우 영롱했다. 그 눈 때문인지 누이는 언제나 순결한 소녀처럼 빛났고 섬의 어느 여자들과도 뒤섞일 수 없었다. 이 섬에 신전이 있었다면 누이는 필시 여신이 되었을 것이다. 나는 변성기가 되어서도 이것을 굳게 믿었다. 삼신할미도 누이가 전생에 선녀였으며 죄를 지어 세상에 내려왔다고 하지 않았던가.

누이는 여고를 졸업한 다음 해 어떤 뱃사람에게 시집을 갔는데 그다음 날 집으로 돌아왔다. 누이는 말없이 울기만 했고 얼마 뒤 어머니는 자리에 누우셨다. 소문으로는 누이가 재수 없는 여자라는 것이다. 나는 그때 어려서 그것이 무슨 말인지 몰랐다. 이십 년을 억척스레 과부로 살아온 어머니는 그해 돌아가셨다. 그 뒤로 나는 누이의 웃는 얼굴을 한 번도 보지 못했다.

내가 서울 가기를 바랐던 것은 나보다 누이였다. 서울 간 동장 아들이 가정교사를 하며 대학을 다닌다, 이렇게 형을 구슬렸던 것도 누이였다. 이런 섬 구석에 묻혀 있으면 새끼나 꼬아야 한다는 것이다. 오징어 내장이나 긁어야 한다는 것이다. 그 말도 맞았다. 그러나 무엇보다 나는 누이의 웃음을 찾아주고 싶었다.

죽도를 떠나올 때 돈을 벌면 곧 너를 부르겠다고 말했다. 누이가 편지를 보내면 답장도 그렇게 썼다. 차라리 아무 말도 않는 것이 나을 뻔했다. 너무 무성의한 답변이었다. 간절한 누이의 편지들에 비한다면 어쩌면 밥줄이 될지도 모른다는 남모를 희망을 품고서 나팔을 열심히 불어댔지만 그것은 말할 성질조차 못 되었다. 청계천에서 핏대를 올리며 사들인 몇 권의 대학 교재와 손전등과 구호물자 시계를 재산목록으로 갖고서 꽃게의 입김이 서린 나팔을 침침한 카바레에서나 불며 너를 먹여 살리겠다고 할 것인가.

내일 마지막 시험이다. 비교적 점수를 후하게 주는 전공과목이니만큼 아주 절망적인 것은 아니었다. 어쩌면 내일 세 과목만 잘 치른다면 장학금을 받을 수 있을지 모르겠다. 내일 시험만 잘 치른다면 내 어두운 방에서 시든 의욕들이 다시 가슴을 뒤흔들지도 모르겠다. 이 집 저 집 기웃거리며 아르바이트를 구하고 내 누이에게 편지를 쓰자. 나는 누이를 위해 서울로 왔던 것이다.

나는 다음 날 시험을 보지 못했다. 서양사 답안지에 내 누이처럼 '나를 구원해 주십사.' 써넣는 대신 적십자병원의 카드에 '무지한 고용주'라고 적게 되었다.

"아니 이렇게 되도록 내버려두는 법이 어디 있습니까. 이런 경우 위를 세척시켜야 한다는 건 상식입니다."

눈부시게 흰 가운을 입은 젊은 인턴은 몇 번인가 나를 훑어봤다. 링거만 꽂고 있었던 그 닷새간 독이 퍼질 대로 퍼졌다는 것이다. 간호원들의 따가운 시선에 온몸이 달아올랐으나 나는 조금도 변명하고 싶지 않았다. 지금쯤 시험지와 씨름하며 나의 역사를 이루어야 했지만 나는 이 애와 아무 상관없습니다, 라고 말할 용기가 없었다.

이날 아침 경애가 혼수상태가 되자 주인 여자는 내 몫이라도 주듯 당당하게 내 방문을 두드렸다. 나는 다른 자취생들이 급히 집을 나서는 것을 보며 지독하게 무거운 그 아이를 안고 몇 번 비틀댔다. 주인 남자는 코빼기도 보이지 않았다. 나는 오늘 시험이 있습니다. 중대한 시험이…… 내가 이 말을 입 안에서 웅얼거리고 있을 때 주인 여자가 돈 몇 푼을 내 주머니에 밀어 넣었다. 입원시키라는 것이다. 적십자병원에 가라고 친절히 지정해 주었다. 여자는 오늘 시삼촌 회갑 잔치에 가야 한다고 했다. 얼떨결에 나는 경애를 십자가처럼 짊어지고 여기 오게 됐다.

어쨌든 다 좋다. 방세는 능력 없는 가정교사 노릇으로 떼우는 가난뱅이에게 주인 여자가 어렵지 않게 경애를 일임한 것도 좋았고 경애가 셔츠 몇 장을 빨아주었을 자취생들이 경애의 무거운 근수를 외면하고 집을 나서는 것도 좋았다. 주인 남자가 안방에 앉아 먼 곳의 살인 사건 뉴스에 혀를 차고 있어도 좋았고 내가 받을 장학금을 보다 비극적인 인간을 위해 양보해도 좋았다. 경애만 죽지 않는다면 이런 것들이야 그 흔한 일상의 한몫어치로 얼마든지 묵과될 수 있는 것이니 말이다.

그러나 경애를 시트에 누이고 의사와 간호원들이 고기 떼처럼 몰려와 그 애를 에워쌌을 때 나는 벌써 확인했다. 환자들의 괴로운 신음 소리가 넘치는 병동에서도 죽음이라는 것이 전혀 실감 나지 않았으나 나는 어쩐지 그 애가 죽고 말리라는 생각을 떨칠 수 없었다.

아침부터 하늘이 흐리더니 비가 내리기 시작했다. 시험지가 눈앞을 어른거렸으나 학교 갈 마음은 전연 없었다. 장학금은커녕 낙제를 할 판이다. 될 대로 돼라. 연락을 받고 경호가 달려왔.

혈관을 찾던 간호원이 경애가 식당 종업원인가 물었다. 손이 더덕같이 거칠었다. 견습인 듯한 나이팅게일이 경애의 머리를 열심히 들여다봤다. 얼굴만 검었더라면 영락없이 튀기다. 그녀가 옆 간호원에게 말했다. 나는 그 애가 왜 항상 흰 모자를 썼는가 그제야 알았다. 주인 여자 말이 생각났다. 곱슬머리 지독하다니……. 나는 은근히 희망을 품고서 경애의 병세를 물어봤다.

"중환자실에선 하루 서너 명이 죽어 나갑니다."

간호원들의 표정이 가볍다고 해서, 아니 시트 위에서 화투판을 벌인다 하더라도 그들을 탓할 수 없지.

　오후 네 시 주인 여자가 병원에 들렀다. 여자는 사태가 심상치 않음을 눈치 채고 순식간에 표정을 바꾸었다. 경애의 뺨을 어루만지며 얼마간 울기도 했다. 경애의 체온이 자꾸 떨어지자 차가운 다리를 비벼댔다. 지나가는 의사를 붙들고 살려달라 애원하기도 했다. 최선을 다한 거죠, 의사들은 무표정하게 말했을 뿐이다.

　여자가 조용히 있었더라면 보기에도 좋을 뻔했다. 능란한 연기가 눈에 몹시 거슬렸다. 간호원들도 의아한 듯이 쳐다봤다. 겁을 먹고 있는 거다. 형사상, 도덕상. 여자는 병동을 나서면서도 눈물을 찍어냈다. 젊은 여자의 쌍심지 돋은 눈에.

　"아이구, 철없는 것. 짝사랑 때문에 쥐약을 먹어, 먹긴."

　경애가 짝사랑을 하다니, 이건 처음 듣는 얘기다. 누구를? 순간 지난 밤에 본 새생의원 간호원이 생각났다. 그 히죽한 웃음이. 설마 하면서도 헛웃음이 나왔다. 여자는 이제 경애의 죽음을 코믹하게 장식하려 한다.

　경애의 마지막 심호흡을 듣고 병원 문을 나섰을 때 여름날답지 않게 스산한 비가 내렸다. 못 치른 시험과 허리가 휘어질 듯한 공복과 거짓말 같은 경애의 죽음으로 나는 몹시 피로했다. 주인 여자의 말을 빌리면 돌팔이 의사의 무지로, 적십자병원 측의 말을 빌리면 고용주의 무관심으로 경애는 어처구니없이 죽었다. 그 애의 불끈한 성질 탓으로 또는 가난한 가정교사에 대한 연모로 쥐약을 먹었다 치더라도 그 애가 자살했다는 생각이 들지 않았다. 체온이 계속 떨어질 때도 링거 병의 부피는 좀처럼 줄지 않았다. 그것은 인색하게도 이슬방울처럼 경애의 혈관 속으로 흘렀을 뿐이다. 그것을 수도 꼭지처럼 틀어 제꼈다면 경애는 살아났을지도 모르겠다. 그 인색함이 경애를 죽인 것이다. 아침에 경애를 외면하던 해방촌 사람들. 나도 그 일 년 동안 서너 번밖에 더 웃어보지 않았다.

이렇게 살 바에야 차라리 죽는 게 나아요. 얼마나 살기 싫었으면 두 번씩이나 쥐약을 먹겠어요. 체온계가 34도 8부를 가리켰을 때 경호는 경애의 싸늘한 이마를 짚으며 제법 어른스럽게 말했다. 저 애를 위해서도 경애가 없는 편이 낫겠다. 동생의 뼈 빠진 월급 팔천 원을 인계받아 대학 검정고시 공부한다는 경호인데 그 애의 비굴하리만큼 순한 눈매를 보면 맥이 풀리고 만다.

"이젠 어떻게 할 거지?"

나는 자신에게 묻는 것처럼 말했다.

"어떻게 해서든 대학은 가고 싶어요. 낮엔 공장 다니면서 공부해야겠어요. 법대를 갈까 해요. 나는 아무래도 법대가······."

인터뷰하는 신인 여배우 같다. 되는 대로 살죠. 차라리 이렇게 말했으면 좋았을걸, 아니면 입술이나 깨물며 침묵을 지키든지.

하늘 한끝이 불그레한 군청 빛을 띠고 있었다. 비가 계속 올 기세였다. 줄기차게 퍼부어라. 경호의 가슴이 미어지도록, 그 흐린 눈빛이 좀 더 악의로 빛나도록, 퍼부어라. 해방촌의 지붕을 뚫고 어두운 계단을 침몰시키도록. 도시의 아스팔트를 균열시키도록.

주머니에 얼마큼의 돈이 남아 있었다. 비를 맞고 꾸부정하게 걸어오는 경호에게 나는 그것을 내밀었다. 경호를 혼자 내버려두어야 한다. 경애가 어떻게 죽었는가를 생각해 봐야 하는 것이다. 경호의 얼굴 위로 빗물이 흘러내렸다. 울고 있는지도 모르겠다. 암, 울겠지.

벨을 누르자 머리를 짧게 단발한 계집아이가 문을 열어주었다.

"누구세요?"

"너는 누구냐?"

내가 현관으로 들어서자 주인 여자가 달려 나왔다. 어색하게도 슬픈 표정이었다.

"병원에서 오는 길이우? 경애는……."

"경애는 죽었습니다."

말하면서도 도무지 실감이 나지 않았다. 금방이라도 경애가 방문을 열고 뛰어나올 것 같았다.

"네? 죽어요? 경애가 죽어……."

여자도 한 인간이 그렇게 쉽게 죽으리라곤 생각지 않았던 게 분명하다. 경애는 지금 시체실에서 그 고단한 육체마저 날리기 위해 썩은 냄새를 피우고 있다. 여자의 두 눈이 허옇게 뒤집어졌다. 여자가 심장이 약한 건 사실인가 보다. 여자는 잠시 비틀하다 내 앞에서 쓰러졌다. 졸도. 나는 너무나 피곤해서 그저 지켜만 보고 있었다.

아이들이 안에서 뛰어나왔다. 내가 가르치는 꼬마는 아빠를 부르며 뛰어 들어갔다. 주인 남자가 이미 멋처럼 배인 무표정으로 내 앞에 나다녔다. 왜 이리 소란이야, 그렇게 말하는 것 같았다.

"아주머니가 졸도하셨습니다."

나는 약간 위압을 느끼며 간단명료하게 말했다. 경애의 죽음부터 알려야 하겠지만 그러지 않아도 좋을 것 같았다. 주인 남자는 아무 말 없이 쓰러진 여자를 번쩍 올려 안고 안으로 들어갔다.

그날 밤 나는 누이에게 편지를 썼다.

'나는 다음 학기를 포기할까 한다. 나는 어쩌면 아주 학교를 포기할지도 모른다. 누이야, 꽃게를 찾아라.'

꽃게. 꽃게에 대해 어떻게 말을 할까.

꽃게는 언제 어디서 우리 죽도로 굴러 왔는지 아무도 모른다. 그리고 지금은 어디로 갔는지 아무도 모른다. 그는 오징어 내장을 긁어내는 것 외엔 별 일거리가 없는 이곳 죽도에 어느 날 나팔을 불며 불쑥 나타났다. 그리고 내 누이가 시집가던 날 내게 나팔을 건네주고 가버렸다.

우리는 그의 신상에 대해 전혀 아는 바가 없다. 어떤 이의 말을 들으면 그는 전에 서커스단에 있었다고 한다. 그것은 그가 메고 다니는 나팔과 우스꽝스러운 곱사등에서 추측된 것이 틀림없다.

우리는 그의 성도 모른다. 그가 꽃게라 불리게 된 것은 아마도 그의 게 껍질 같은 등과 웃을 때면 시뻘겋게 드러나는 잇몸과 하늘을 향해 열린 듯한 그 나팔 때문이었으리라. 우리는 그가 무엇을 먹고 어디서 잠자리를 마련하는지조차 모른다. 어떤 사람은 그가 비늘을 입가로 날리며 날고기를 뜯는다고 했지만 우리는 그가 그 잇몸처럼 붉은 머루를 양손에 들고 있는 것을 한 번 봤을 뿐이다. 또 어느 날 우리는 학교로 가는 길목의 대나무 숲에서 그가 불쑥 걸어 나오는 것을 봤을 뿐이다. 사람들은 될 수 있는 한 그와 마주치지 않기를 바랐고 그도 그것을 원하는 듯 보였다. 그러나 우리는 밤마다 이상한 소리를 들으며 그를 꿈에서까지 만났다. 그것은 언제나 그의 등을 가리고 햇빛에 번쩍이던 나팔의 소리가 분명했는데 내 기억으로는 천사의 하강을 알리는 소리이거나 아니면 바다의 심연에서나 들려옴 직한 소리였다. 사람들은 밤에만 들려오는 이 나팔소리에 대해서도 끝까지 입을 다물었는데 암암리에 맺어진 묵계인 듯싶다.

노을이 막 지는 일몰 때 나는 그가 얼굴을 가렸던 오동 잎사귀를 들고 가볍게 걸어가는 것을 본 적이 있다. 그 흉물스런 모습에도 불구하고 나는 이상하게 감동을 받았다. 그 뒤 누이 옆에서 그를 가까이 봤을 때도 그 감동은 사라지지 않았다.

나는 누이가 여고를 졸업할 때까지 철부지처럼 늘 함께 따라다녔다. 막 성장하는 딸을 가진 어머니의 노파심 때문이다. 누이는 언제나 어깨에 비늘을 묻히고 다녔지만 그 어깨에 멘 용어처럼 눈부셨다. 해풍이 누이의 머리를 날릴 때면 머리카락 사이로 햇빛이 찰랑였다. 누이는 해도 좋아했으나 별도 좋아했다. 투명하고 싸한 별빛이 좋다고 했다. 누이는 낮 동안 어머니와 함께 새끼를 꼬았으나 밤이면 나와 함께 곧잘 방파제로 나갔다.

누이의 입김처럼 부드러운 바람이 가슴을 일렁였던 봄날 밤, 나는 처음으로 꽃게를 가까이 볼 수 있었다. 검은 물결만 넘실대는 어둠 속에서도 그의 눈이 파랗게 빛나는 것을 보았다. 누이가 나팔 소리를 따라 마을을 등진 이 방파제까지 온 것이다. 그 소리가 아름답다는 것이다. 누이는 그의 앞으로 다가가 서슴없이 그렇게 말했다. 꽃게는 시뻘건 잇몸을 드러내고 웃었으나 누이는 조금도 무서워하지 않았다. 나는 누가 꽃게와 말하는 것을 처음 봤다. 나는 꽃게의 눈이 누이처럼 영롱한 것을 그때 알았다. 나는 그 뒤 몇 번인가 누이를 따라 이곳에 왔다.

그와 때 맞추어 소문이 나돌기 시작했다. 누이가 꽃게와 함께 걷는 것을 본 사람이 있다고 했다. 또 누구는 꽃게와 누이가 손을 잡고 가더라고 말했다. 길고 짧은 두 그림자가 석양 속으로 사라지더라는 것이다. 어느 날 누이는 한 손으로 얼굴을 가리고 들어왔는데 손가락 사이로 피가 흘렀다. 종아리에도 군데군데 멍이 들어 있었다. 아이들이 돌팔매질을 한 것이다.

어머니는 누이의 탐스런 머리 다발을 자르고 누이를 감금시켰다. 다음 해 봄, 그 머리가 버들처럼 늘어지자 누이는 섬을 드나드는 한 어부에게 시집갔다. 누이가 시집가던 날 밤 나팔 소리가 유난히 높이 울렸다. 너무나 팽팽해서 찢어질 듯한 소리였다.

내가 방파제로 달려갔을 때 그는 어둠 속에서 짐승처럼 웅크리고 있었다. 그의 눈은 별처럼 차갑게 빛났으며 나팔은 밤바다를 향해 열려 있었다. 그의 옆으로 다가가자 그는 시뻘건 잇몸을 드러내고 내게 얼굴을 돌렸다. 웃는 것인지 우는 것인지 분명히 알 수 없다. 단지 내가 본 것은 하나의 붉은 꽃이었다. 그것은 어둠 속에서 찰나에 타올랐으며 그는 마치 꽃을 먹고 있는 듯 보였다. 그는 내게 나팔을 건네주고 내 가슴을 스쳐 지나갔다. 등 뒤로 시커먼 그림자를 달고 밤의 갯벌 속으로 사라졌다. 나는 죽도에서 다시는 그를 보지 못했다. 그는 꼭 꿈에서만 만난 사람 같다. 누이가 그의 나팔 소리를 들으면 웃음을 되찾을지 모르겠다.

경애의 죽음은 잘 마무리된 것 같았다. 경찰에서 몇 번 왔다 가고 재생의원에선 적당히 사인 서류를 작성했다. 경애의 장례식은 치렀고 그 뒤 초대받은 경호는 등심을 배가 터지도록 먹었다. 수인 남자는 여전히 무표정한 얼굴로 경애에게 든 총비용액을 공표했다. 세목별로 정확하게 용도를 밝힌 결과로는 이십만 원의 돈이 공중에 떴다는 것이다. 주인 여자는 내 앞으로 쓴 경애의 유서를 보이며 아니 선생은 조금두 눈치 못 챘수 하곤 슬쩍 눈을 흘겼다. 유서 속에서는 분명 당신에 대한 독설이 번득이고 있었으나 여자는 그것을 묵살한다. 경애는 내가 없었더라면 담배 가게 할아버지 앞으로 유서를 썼을 것이다. 못 다한 말을 해야 하는 것이다.
"자살은 왜 해, 생각 잘못한 거라구. 자동차에 치이면 위자료 나와요. 지 아버지 병 고치구 경호 대학도 보낸다구." 주인 내외는 마주 앉아 제법 농담까지 하게 됐다. 새로 들어온 경애의 후계자 옥분이는 때때로 낮잠까지 즐기며 제 팔자에 만족했다. 돈 아끼려다 사람 죽인 거예요. 우린 처음부터 종합병원에 입원시키랬죠. 어제 미장원에서 갓 나오는 여자와 마주쳤을 때 간호원은 대뜸 이렇게 말했다. 누가 죽였든 이제 무슨 상관이람. 경애는 벌써 제물이 되었고 옥분이는 그 후광을 입어 고무장갑도 낀다.

나는 오늘 그 집을 나온다. 주인 여자는 나를 선생으로 승격시켰지만 배설 작업이 불편하기 때문이다. 한밤에 층계를 내려갈 때면 경애가 불쑥 나타날 것 같아 그 자리서 오줌을 쌀 판이다. 새로 달린 육십 와트의 전등 아래 왕자처럼 의젓하게 걸어 다닐 수도 있지만.

역사는 파괴에 의해 이루어진다. 그리고 파괴는 어디서든 끊임없이 벌어지고 있다.

나는 진보를 위한 파괴도 외면했던 방관자지만 누이의 웃음만은 찾아주고 싶다. 나는 이제 나팔을 등에 달고 꽃게를 찾을 것이다. 역사여! 나를 내버려 달라.

근(根)

나른해지는 봄날이다. 노란 개나리가 얼핏 아지랑이처럼 가물거리며 시야에 번지자 그 틈으로 빛이 눈부시게 새어 들었다.

전보요.

그때 어디선가 꿈결처럼 아득하게 들리더니 다시 한낮의 정적 속으로 꼬리를 감추었다. 나는 몽롱한 의식을 즐기고 있었고 깨어나지 않기를 바랐다. 철문이 요란하게 삐걱거렸다. 그리고 우체부임 직한 목소리가 한낮의 정적을 깨뜨리고 팽팽하게 울려왔다.

김창기 씨 안 계시오. 전보요 전보. 발밑에 누워 있던 발발이가 슬며시 일어나 뒷간 쪽으로 기어갔다.

나는 방해자를 짜증스럽게 생각하며 떨어진 운동화짝을 끌고 걸어 나갔다. 몸이 비틀거렸다.

사람이 안 사는 줄 알았구랴.

눈을 비비고 있는 나에게 우체부는 퉁명스럽게 노란 용지를 내밀었다.

나에게 전보라! 나는 눈곱을 털며 김창기의 전보인가 확인했다.

보면 알 게 아뇨.

그는 이제 째려보며 말했다. 이 좋은 날씨에…….

'ㅇㅏㄷㅗㅇㅎㅗㅣㄱㅗㅏㄴㄱㅡㅡㅂㅇㅕㄴㄹㅏㄱㅇㅛㅁㅏㅇ'

노란 종이의 모음과 자음이 햇살 속에서 번쩍이며 사방으로 부딪혀 나갔다. 나는 계속 들여다봤으나 그것들은 계속 흩어져 나갔고 그래서 계속하기를 포기하고 방으로 가져왔다.

누구 왔수?

안채의 문이 열리고 할머니가 기웃거리며 물었다.

주인집은 언제나 할머니가 지키고 있다. 할머니의 딸은 간호원으로 병원에 나갔고 그녀의 남편은 열 평짜리 순두붓집의 계산대에 앉기 위해 일찍부터 나가는 것이다.

결혼한 지 삼 년이 넘었다는데 아직 아이가 없다. 선에 여사가 모처럼 집에 있던 날 어디서 난 건지 아이만 한 인형을 앉혀 놓고 빗질하고 있는 걸 본 적이 있었다. 그때 여자는 변명 비슷하게 내년쯤 낳을 계획이에요, 얼굴을 붉혔던 것이다.

저 여자도 아내처럼 병원에 가자고 남편에게 졸랐을까. 나는 병원 자체도 싫었지만 거기서 무슨 해답이 나올 수 있을까.

사실 그것은 나 자신도 모르는 일이었다.

내가 병신이 아닌 다음에야 남들이 가지는 그 성욕이라는 것, 없을 리 없다. 그러나 아내와 같이 자면서도 그 어둠 속에서 무언가 내게로 불쑥 튀어나오곤 하는 영상을 떨쳐버릴 수 없었고, 그것에 시달리다 보면 그만 온몸이 나사 풀리듯 풀려버리는 것이다. 더구나 아내가 아이를 가졌으면 할 때부턴 시도조차 할 수 없었다. 아빠가 되기 위해…….

원 사람도 쯧쯧. 할머니의 꼬장꼬장한 목청이 얼룩진 도배지를 뚫고 내 방을 울렸다. 몇 개 안 남은 이빨이 부딪칠 때마다 안쓰럽게 느껴진다.
ㅇ ㅏ ㄷ ㅗ ㅇ ㅎ ㅗ ㅣ ㄱ ㅘ ㄴ ㄱ ㅡ ㅂ ㅕ ㄴ ㄹ ㅏ ㄱ ㅛ ㅁ ㅏ ㅇ
나는 서서히 어둠에 눈을 익히며 나열된 모음과 자음을 조립공처럼 끼워 맞추어갔다. 아동—회—관—급—연락, 아동회관급연락요망, 나는 꽤나 어렵게 완성된 낱말들을 예술 작품을 음미하듯 몇 번인가 되풀이해 보고 있었다. 아동회관…….
뚫린 문구멍 사이로 빛이 새어 들어왔다. 방바닥과 삼십 도 가량의 경사를 이루며 빛 속에서 먼지 같은 작은 입자들이 난무하고 있었다. 그 입자들이 현미경으로나 들여다봐야 있음 직한 그런 미생물들의 모양으로 엉켜졌다 풀어졌다 환각을 일으켰다. 이 습기 찬 방 안에서 살아 있는 거라곤 그 빛의 움직임뿐이었다.
비행기며 기선들이 여기저기서 제멋대로 굴러다닌다. 곰은 이제 아무리 태엽을 돌려도 북을 치지 않을 것이다. 그것들은 이미 내가 사랑하고 쓰다듬던 생물들이 아니었다. 발발이와 함께 아내가 남기고 간 유일한 나의 폐물들이었다.
내가 아동회관을 그만둔 지 벌써 일 년, 정확히 말해 일 년 삼 개월 동안 별다른 일을 했던 기억은 없다. 취직을 해야겠다고 생각한 적도 없었고, 그렇다고 새로운 인생의 설계를 꾸며 지대한 꿈을 펼쳐볼 야망의 기회를 기다렸던 것도 아니다. 그동안 시골에서 부쳐 온 쌀가루나 그 절절한 호소가 담긴 편지들은 전혀 나를 감동시키지 못했다. 빈둥거리면서도 오히려 이런 게 귀찮게 여겨졌다.
기술자의 실직이란 상상도 할 수 없었던 촌부의 가슴은 그 일 년 동안 꽤나 실망에 지쳤을 거다. 갈라진 논바닥에 밤새워 눈물을 대면서도 못난 농사꾼은 시킬 수 없다던 어머니는 얼마만 한 꿈을 가지고 나를 서울로 유학시켰을까. 그 작은 마을에서, 겨우 사 학급을 가진 학년에서 그래 일등을 해왔다고 신동이라고 믿다니, 그건 어쩌면 남들이 손가락질하는 그 인생에 발버둥 치는 촌부의 욕망이 아니었을까. 가마니를 짜서 돈깨나 벌었다는 아버지가 술장사하던 장터 아낙네와 사라지고 그래서 두 눈 뻔히 뜨고 생과부가 돼버린 어머니에겐 또 언제나 침을 흘리는 언청이 큰형이 붙어 있었다.

창덕 어멈 팔자두!

동네 우물가에선 아낙네들이 그녀가 지나가면 숙덕였고 그런 날 밤 어머니는 땅이 꺼져라 한숨을 내쉬다 문득 옆에 있는 나를 숨이 막히도록 꽉 껴안았다. 어머니의 메마른 가슴통에 묻혀 그때 나는 무언가 아득해지는 것을 느꼈다. 불쌍한 내 딸년 찾아내라고 장모가 매일처럼 넘나들 그 사립문에 서서 어머니는 지금쯤 또 팔자타령을 하고 있을지 모른다. 그 팔자가 그 팔자지, 에이그 농사나 짓게 할걸.

정말 그게 더 나았을 거다. 나올 때마다 단발머리 소녀들이 괴성을 지르곤 하던 남 머시기라는 가수가 부르는 것처럼 봄이면 씨앗 뿌리고 여름이면 꽃이 피고 가을이면 풍년 되고 겨울이면 행복하지 않았을까.

모내기 때면 오금을 펼 수 없으리만큼 허리가 아파오던 기억과 비 온 다음 날 불어난 방천으로 몰려가 소쿠리로 송사리 떼를 쫓던 일, 햇볕 쨍쨍 내리쬐는 그 파란 들판에서 돌아올 때면 강아지풀에 가득 꿰어진 메뚜기들, 이런 것들이 문득 칠판을 두들기는 둔탁한 소리에 밀려나면 딱딱한 나무 의자에 앉아 나는 모든 곳으로부터 소원돼 있었다.

하숙비 값도 못하는 놈. 반 평균이 떨어질 때마다 담임은 나를 이렇게 불렀다. 그러다 그 둔중한 막대기가 엉덩이를 부숴버릴 듯 내리칠 때면 나는 차라리 고꾸라지길 바라며 이를 악물었다. 그때마다 왠지 형의 모습이 떠올랐는데 그것은 지금도 나를 예리한 아픔으로 짓누른다.

　형은 나보다 세 살 위였다. 내가 고등학교에 가기 전만 해도 형과 나는 꽤 친했던 걸로 생각된다. 학교에서 돌아올 때쯤이면 형은 동네 입구의 느티나무 밑에서 그 주변의 돌멩이를 주워 모으고 있었고 그러다 내가 가까이 오면 너풀거리는 저고리 앞섶에 주워 모은 돌멩이를 보이며 히죽이 웃곤 했다. 지금도 생각나지만 그것은 웃는다기보다는 실룩인다는 표현이 어울리는 희극적인 모습이었고, 언청이인 입 주위가 실룩일 때마다 얼굴 전체는 묘하게 일그러졌는데 그 때문에 울고 있어도 웃는 것처럼 보이기도 했다.
　언제나처럼 그랬지만 형은 항상 혼자서 놀고 있었다. 어쩌다 아이들과 있을 땐 광대처럼 삥 둘러싸여 시키는 대로 나쁜 욕을 앵무새처럼 흉내 내기도 하고 등에 아이들을 얹히고 흙밭을 기어 다니기도 했다. 아이들은 내가 가면 항상 달아났다. 그리고 형을 향해 돌멩이를 던지며 도망치는 것이다. 형은 어디서건 돌멩이를 줍곤 하는데 나는 그제야 그걸 알았다. 형이 아무리 돌멩이를 주워도 지구의 돌멩이는 수없이 많았고 돌멩이가 있는 이상 아이들은 언제나 형에게 던지는 것이다.
　나는 형과 함께 가끔 동산에 갔다. 형에겐 하나의 장기가 있었는데 그것은 나무타기였다. 원숭이처럼 재빠르게 기어 올라선 이 나무 저 나무 건너뛰는가 하면 나무 꼭대기에 올라가 가지가 부서져라 흔들어대는 것이었다. 그때마다 나는 조바심으로 진땀이 났다.
　대보름처럼 달이 유난히 밝았던 날 밤 우리는 동산에 올랐다. 산에는 온통 아카시아 향기가 차 있었고 그 습습한 향내에 코를 킁킁대며 우리는 무서움도 잊고 장승처럼 버티고 있는 수많은 거목을 헤쳐 갔다.

정말 잊을 수 없는 밤이었다. 아카시아나무가 있는 언덕까지 올라갔을 때 앞의 텅 빈 공간은 달빛으로 가득 차 있었다. 사방은 간혹 나뭇잎을 스치는 바람 소리뿐 죽은 듯이 고요했다. 그 어둑한 하늘을 달이 여신처럼 지배하며 우뚝 솟아 있었고 아카시아 꽃초롱은 하얗게 타오르고 있었다. 교교한 정적에 휩싸여 우리는 숨소리조차 죽였다.

그것은 아름다웠으나 경이에 찬 것이었다. 나는 그 속에서 눈물겹도록 행복했으나 그것은 잡히지 않는 세계였다. 그 완벽함에 대해 느꼈던 절망 비슷한 것, 나는 어쩔 수 없는 애늙은이였던 모양이다.

그때 나는 형의 괴성을 들었다. 그리고 형이 갑자기 나무를 타고 거목의 마들가리에 올라서는 것을 보았다. 아카시아가 너울너울 춤췄다. 양팔로 가지를 잡고 형이 미친 듯이 흔들어대면 아카시아도 현란하게 너울거렸다. 형은 뿌리라도 뽑겠다는 듯이 격정적으로 흔들어댔고 꽃잎이 흰나비 떼로 풀풀 날렸다.

아무리 올려다보아도 형의 모습은 보이지 않고 너울거리며 춤추는 아카시아 사이로 괴상한 웃음소리만 흩어졌다. 서편의 하늘은 아득했다.

언제까지 그럴 것인가. 오한이라도 난 듯 나는 온몸이 오싹했다. 그리고 허공을 향해 소리쳤다.

내려와, 내려오란 말이야!

메아리는 그것을 되받아 울렸다. 하얀 꽃잎은 달빛 아래서 여전히 너울거리며 춤추었고 형은 신들린 사람처럼 나무만 흔들어댈 기세였다.

나는 순간 돌멩이들을 주워 모았다. 그리고 힘껏 아카시아나무를 향해 던졌다. 몇 개나 던졌을까. 나는 다만 형이 내려오기를 바랐던 것이며 어디에 명중했는지 알 수 없지만 형은 나무 위로부터 떨어져 몇 번인가 뒹굴었다. 다행히 외부의 상처는 없었으나 형은 심하게 절뚝였다.

그날 밤 산을 내려오면서 형은 한마디도 하지 않았다. 신음 소리를 내면서도 내가 잡아끌어 등에 업히면 심한 발버둥으로 벗어났다. 그것은 강요할 성질이 아니었다. 그 발버둥은 거부할 수 없는 무엇이 있었으며 나는 초라하게도 포기했다. 둘이 걸어가며 지켰던 침묵은 숨 막히는 무엇을 지니고 있었다. 나는 단지…….

급연락이요, 급연락이요.

그것이 뚜렷하게 나의 시야에 파고들자 나는 후줄근한 작업복 바지를 다시 한 번 고쳐 입고 밖으로 나왔다.

'아동회관' ——내가 공고를 졸업하고 어머니가 바라던 기술이라는 것을 가지고 들어간 곳이 이곳이다. 나는 애당초 기술자가 될 생각은 없었다. 그녀의 생각대로 농사꾼이 되기엔 안쓰럽다 치더라도 또 기술자가 될 만큼 실리적인 머리도 못 되었다. 처음 토목이나 화공을 배울 때는 차라리 수레를 끌고 싶다고 생각했으니까.

이론 시간이면 그렇게 쑤시던 뒷골이 그래도 공작 시간이면 좀 나았다. 그러다 각자 전공을 선택하면서 나는 전기기계나 만지게 되었고 모형을 만들고 뜯고 할 때면 전혀 시간을 의식하지 않았다. 그것으로 나는 새로운 취미를 갖게 됐는데 장난감 모형을 만들고 나무토막을 끼워 맞춰 집을 짓거나 하는 그런 종류였다.

장난감을 사 모았건 것은 그때부터였다. 이것 때문에 어머니의 꼬깃한 손때가 묻은 내 생활비를 쪼개 쓰기도 했지만 주변머리 없는 내가 큰아버지 몰래 새벽에 신문 배달하기도 했다. 내가 학교 앞 그 완구점을 기웃거릴 때마다 학생 나중에 아주 재미있게 살겠어, 하며 주인은 내 나이 또래의 여점원을 보며 싱긋 웃기도 했다.

제기랄, 아내가 도망간 건 무엇 때문이람.

이따위 재주나 가진 나를 호모라는 소리까지 들어가며 양 선생은 월등 귀여워했고 내가 학교를 졸업할 무렵 이곳에 추천까지 해 주었다.

내가 처음 그곳에 가던 날은 첫눈이 오는 날이었다. 내 소심증 탓인지 큰아버지의 자전거포와 학교 사이의 왕십리 밖으로는 별로 탈선해 본 일이 없었던 나는 그날 처음으로 남산에 올랐다. 부대끼는 시가를 벗어나 숲을 낀 까만 아스팔트를 걸어갔을 때, 양 선생은 희끗희끗 내리는 눈발 속에 무언가 우뚝 솟아 있는 것을 손으로 가리켰다.

바로 저기야.

백이 넘는 수를 세고 계단을 올라가며 왠지 가슴이 설레었던 기억이 난다. 짙은 잿빛 하늘 밑에서 홀로 우뚝 솟아 있는 그것은 신비에 싸인 성 같았다. 눈보라 속에서 텅 빈 야외 음악당을 내려다보며 이것이 내가 들어가야 할 성임을 확인했던 것이다. 그래 잘해 보세요. 이력서를 훑어가며 금테 안경 너머로 힐끗 보는 관장 앞에서 나는 주례 앞에 선 새신랑처럼 설레는 몸짓을 했다. 그리고 아동회관, 김창기, 과학부 근무, 5급 14호봉, 이런 발령장을 주말여행 승차권처럼 받아 들었다.

처음 얼마간은 하루 세끼를 다 먹어도 션찮을 그 봉급의 반이 만능 우주선의 배 속으로 들어갔다. 두 개의 동전이 딸가닥 떨어지면, 레이더가 지느러미처럼 물결치고 날개는 하늘거리며 움직인다. 투명한 엔진관들이 떡방아처럼 올랐다 내렸다 하면 세 개의 돛은 바람개비처럼 윤활하게 돌아간다. 그 은백색의 만능 우주선이 소리 없는 합창을 시작하는 것이다. 파형 관측기에 앉아 건반을 누르면 음들은 구슬프게 울린다. 오실로스코프의 파란 빛은 낡은 필름처럼 그래프를 그리며 음의 파형을 긋고, 내가 진하게 건반을 눌러대면 그것은 나의 마음의 파형으로 그래프를 그리는 것이다. 아, 파리의 겹눈, 현미경으로 들여다보면 그 찬란한 색채는 얼마나 나를 매혹시키는지. 이런 것들과 함께 숨 쉬며 어쩌면 나는 꿈으로 성을 지켰는지도 모른다.

회관의 둥근 지붕이 멀리서 관장의 대머리처럼 나타났다.

그래 그동안 뭐하고 지냈어. 양 선생의 말을 들으니 직장을 갖고 있지 않았다고. 그 좋은 재주를 왜 썩혀, 돈두 벌어야 할 게 아닌가.

과학부장이 진심으로 염려하는 눈빛으로 내 등을 두드렸다.

쉬고 싶어서요.

정말이다. 양 선생은 이 감원 상태에서 내가 빠진 것을 알고 구로동 완구상사로 가라고 설득했다. 그곳은 우리들의 동료들이 많고 능력에 대한 자부심도 가질 수 있고 보다 인간적이라 했다. 내가 그저 쉬겠다고만 했을 때 선생은 평소 말이 없고 소심한 제자가 첫발 디딘 사회에서 타격을 받았다고 생각했다. 그리고 그들 모두를 위해 무책임이라 했고 이것을 비인간적이라 생각한 것이다.

무엇이 인간적인 것일까, 세상이 책임을 지면 어디까지 질 것인가. 핏덩이가 응아 하고 첫울음을 터뜨릴 때 이미 혼자만의 걸음을 내딛는 것이다.

선생의 사회 분석은 나를 귀찮게 했다. 때로는 자신을 생각해 볼 기회도 만들어야 하지 않을까.

하긴 그동안을 더 보람 있게 보낸지도 모르지, 하여튼 축하하네.

차가워 보이는 그의 입가에 자비스러운 미소가 스며들었다. 나는 그것을 보며 의아했다.

이번 전국기능대회에 말이야, 거기 출전하지 않았나. 발표는 아직 며칠 있어야 되지만 어제 심사가 끝났다더군. 나와 절친한 선배님이 심사를 했는데 전에 이곳에도 몇 번 들렀지. 그날 대회장에서 돌아본 심사 위원 중에, 아마 기억날 거야. 자네가 특상이라더군.

심사를 했다는 선배님은커녕 내가 대회에 출전한 것도 잊고 있었다. 그날 대회장에서 나는 빨리 자리를 뜨고 싶어 부지런을 떨었던 것 같다. 심사 위원은 그걸 기술로 본 모양이지만 내가 금메달을 타다니.

그때 과학공작부가 없어지는 바람에 어쩔 수 없었지만 나는 정말 안타까웠네, 실질적인 면을 고려해서 보다 많은 아동들의 참여를 위해 몇몇 과가 없어지긴 했지만 무엇이건 교육이란 시대에 요청되어야 돼.

그는 별로 태우지도 않은 담배를 연거푸 재만 털어내고 있었다. 창을 가린 블라인드 커튼 사이로 빛이 새어 들고 있었고 그 빛 속에서 하얀 연기가 스멀거리며 사라져갔다.

나는 그런 것은 잘 모른다. 그러나 공작부가 없어졌다고는 하지만 그건 외면적인 것이었고, 2급 기능사 자격증을 갖고 있는 동창 놈은 그대로 남은 걸 보면 이것이야말로 실질적인 면으로 감원이 아닌가 생각된다. 자격증, 사실 이따위 것에 나는 관심조차 없었다. 별 필요도 없었지만 굳이 시험을 보면서까지 따야 할 의욕을 나는 갖지 못했다. 무슨 대회란 것도 나는 여태까지 나가본 적이 없었다. 이번에 내가 나갔던 건 순전히 다혈질적인 양 선생의 극성 때문이었고 나는 마다할 뚜렷한 이유를 찾지 못하고 출전했던 것뿐이다. 나는 그날에야 내가 꼭 이 대회에 출전해야 한다는 양 선생의 의도를 알았고, 우연히도 내가 우승권에 듦으로써 그의 의도는 잘 맞아들었다.

이것 봐, 넌 썩 재주가 많은 놈이야, 보란 듯이 출전해서 그런 상장 하나쯤은 타야 돼. 자기의 실력을 평가받는다는 것은 어쨌든 중요한 일이야.
　양 선생은 무엇에건 끈질긴 면이 있다. 그의 뱃심이 조금이라도 뒤틀릴 때는 말이다.
　그런데 내가 관장님에게 다시 간청했어, 지금은 사정이 그리 나쁜 것도 아니고, 자네를 다시 불렀으면 하고 말이야. 그는 잠시 머뭇거렸다.
　자네, 지금이라도 결정지을 수 있지? 기능대회 특상은 우리 과학부의 경사가 될 걸세.
　ㄱㅡㅂㅇㅕㄴㄹㅏㄱ…… 그 자음과 모음들이 빛 속에서 또르르 소리 내며 튀어나왔다. 나는 미생물처럼 떠다니는 그것들을 현미경 속에서처럼 뚜렷이 볼 수 있었다.
　지난 일을 언짢게 생각진 않겠지, 세상엔 그보다 더 지독한 일들이 얼마든지 있으니까.
　그는 나를 물끄러미 지켜보았다. 정말 이따위 일들이란 세상을 살아간다고 생각하는 사람들에겐 발에 차이는 돌부리쯤으로 생각해야 되는 것이다. 나 역시 그들 중의 하나였으며 자신에 배반당하는 일에 비하면 그것은 생각할 건덕지도 없는 일이었다.
　별일 없으면 내일부터 나오지.
　나의 뒤통수로 부장은 확인하듯 힘주어 말했다.
　입구로 내려오자 아이들이 한구석에 놓인 로봇 앞에 모여 서 있었다. 로봇은 스위치를 누르면 다리를 구부리고 팔을 올리고 목을 앞으로 옆으로 돌리며 유연하게 움직였다. 인간들은 로봇을 조정할 때 쾌감을 느끼는 것 같다. 아이들까지도 말이다.
　남산의 공기는 시내보다 맑았다. 그러나 봄날엔 산보객들이 흥청이고 신혼부부들은 사진사를 향해 미소 짓고 있었다. 나는 봄이 싫다.

이 흐느적거리는 봄기운이 싫고 되바라진 애들같이 샛노란 개나리가 싫다. 저걸 보면 무언가 일을 저지를 것 같은 그런 느낌이 든다. 아내가 도망한 것도 개나리가 활짝 피었던 그날이다.

나는 결혼 초나 지금이나 아내에 대한 별다른 감정을 가져본 적이 없다. 시골 여자치고 얼굴깨나 반반하여 짝사랑하는 놈도 많았지만 기술자 사위 잡으려는 장모와 빨리 손자나 보고 그야말로 낙을 펼치려는 어머니의 꿈으로 나와 재빨리 혼사가 이루어진 것이다. 사실 우리들의 결혼은 너무나 빨랐다. 찢어지게 가난하게 자랐던 아내는 기술이라면 매일 고기라도 먹는 줄로 생각하고 있었고 나는 수많은 부부들을 갸우뚱하며 쳐다보면서 아내의 존재를 회의했다. 그 촌아낙이 병원이란 건 또 어떻게 알았을까, 사실 우리들의 결혼은 애초부터 잘못된 것이었다.

금호동의 개천을 흐르는 산언덕으로 올라가자 어느 아낙내가 요강을 들고 나와 쏟고 있었다. 그 옆을 붙어 다니며 아이가 칭얼댔다. 이 개천이나 한강이나 더럽긴 매일반이다. 회관의 전망대에서 내려다보면 한강대교는 그림처럼 걸려 있고 세상은 또 그렇게 침묵하고 있지 않았던가. 나는 좀 더 가파른 길을 올랐다. 이 길은 다른 길보다 더욱 험했고 겨우 한 사람만이 걸어 나갈 수 있을 정도인데 어쩌다 누구와 마주치기라도 한다면 영락없이 몸을 옆으로 젖히고 담벽에 붙어 갈 수밖에 없다.

아, 글쎄 연탄장수 같은 시커먼 손목으로 내 목덜미를 잡는데 난 차라리 이이에게 목을 죄어 캭 죽어버렸으면 했단 말이에요.

어느 날 밤 들어와서는 샀바느질감을 내 얼굴에 홱 던지며 아내가 말했던 거다. 하루에도 수십 번 오르락거려야 하는 이 길이 지겹기도 했겠지. 스물다섯이라는 기막힌 젊음에 방구석에 틀어박혀 길다면 긴 세월을 장난감이나 뜯어 만지고 있을 남편을 아내는 증오

했을 것이다. 아이고 내 팔자야 하며 그 팔자가 싫어 도망갔지만 그녀의 도망 역시 팔자가 아닐까.

내 앞으로 개 한 마리가 달려오고 있었다. 그 뒤로 또 한 마리가 뒤쫓아 오고 있었다. 앞서 온 개가 거꾸러지더니 뒤쫓던 개와 엎치락뒤치락했다. 하늘은 구름 한 점 없이 청명했고 봄이 완연해지자 해도 점차 길어지고 있었다.

나는 놈들을 발길로 걷어찼다. 깨갱! 한 놈이 무서운 속도로 나에게 덤빌 자세를 취하더니 다시 저만큼 달아나고 또 한 놈은 계속 쫓아갔다.

붉은 벽돌색 담이 눈앞에 보이자 몸이 솜처럼 퍼졌다. 거의 판자촌인 이 동네에서 몇 개 안 되는 벽돌집들은 호화 주택에 속한다. 이 집도 그중의 하나로 비가 오면 벽에 물이 배어나기도 하지만 철문까지 단 겉모양은 멀끔했다. 다른 집처럼 부엌 한옆에 연탄 몇 개 들여놓지 않아도 될 광이 있었고 또 물이 안 나올 땐 공동 우물까지 가지 않아도 펌프로 물을 올려 쓸 수 있었다. 게다가 마당 한구석엔 개나리까지 심어 구색을 갖추었다.

조금 위에서는 한창 공사 중이었다. 앞으로 계속 이런 집만 지을 것이고 그러다 저 판자촌이 뜯기게 되면 개천이 포장되고 그때 땅값은 저절로 오를 것이라고 주인집 여자가 말하던 것이 생각났다. 아마도 여자는 전세값을 올려 받고 싶은 눈치다. 그들이 나간 뒤 혼자 밥을 먹는 할머니의 밥상을 보면 언제나 김치와 간혹 가다 단무지만 놓여 있다. 주사 한 대 놓는 데 오백 원 드리리다, 성한 사람이 만약 이런 조건을 내건다면 여자는 아무 엉덩이나 까 내리고 주사기를 박을 것 같다.

오늘은 웬일이우, 바깥엘 다 나가고.

화투짝이나 만지다 나왔을 할머니를 보자 나는 슬며시 화가 났다.

네 번이나 두들겼습니다.

늙으면 다 그렇게 귀찮아진다우.

그 꼬장꼬장한 목소리, 사는 게 전혀 귀찮은 사람 같지 않다. 딸의 어머니와 어머니의 딸이라…….

그날 저녁 주인 남자는 몹시 기분이 좋은 것 같았다. 그들의 열 평짜리 순두붓집이 번창하여 이젠 새벽 손님도 끌어들일 작정으로 해장국을 개시했고 그 첫날부터 눈부시게 성과가 좋았다고 나에게까지 와서 말했다.

이거 몇 번은 더 우려낼 수 있지만 발발이 주려고…….

그는 약간 쑥스러워하며 신문지에 싼 것을 내밀었다. 흐물닥한 게 약간 붙은 걸 보니 손님들이 먹다 만 갈비였다. 발발이는 아마 이런 건 처음 먹는 것 같았다. 열심히 씹고 또 씹었다. 하긴 나도 고기 본 지 오래됐으니까. 나는 그것을 보며 과학 전시실에 진열된 신생대의 화석을 생각했다.

이놈이 뼈다귀라도 먹으면 짖을지 모르죠. 이 집에 온 후 한 번도 짖는 소리를 못 들었어요.

게걸스럽게 먹는 발발이를 보며 주인은 마치 그것이 나의 탓이기나 한 것처럼 말했다. 나도 여태까지 발발이가 짖는 것을 들은 적이 없다. 장수건 거지건 누가 들어와도 짖는 법이 없었고 애들에게 시달려서인지 밖에도 통 나가지 않았다.

이 집에 오기 전에도 그랬을 거다. 주인에게 쫓겨났는지 밤낮 동네를 어슬렁거리며 쓰레기통이나 기웃거리던 놈을 내가 집에 데려왔을 때 아니 저걸 개라고 데리고 와요, 하며 아내는 바락 신경질을 냈다. 그 후 아내는 양지쪽에 앉아 눈만 껌벅거리는 발발이에게 새로운 재미를 붙였는데 아이고 이것아 밥값이나 좀 해라, 하고 발로 톡톡 치는 일이었다. 그리고 발발이는 아내에게서 빌빌이라고 불리워졌고 그때마다 나는 저것이 아내에게 달려들어 피가 뚝뚝 흐르게 팔뚝이라도 깨물어버렸으면 하고 생각했다. 왜 그랬을까. 그러나 몇 번 낑낑거리며 뒷간 쪽으로 슬며시 기어가는 발발이는 나의 기대를 여지없이 깨뜨렸다.

오늘 밤은 도둑 잘 지키겠구나.

언제 들어왔는지 주인 여자가 도둑 같은 소리를 하고 방으로 들어갔다. 그래 짖어라. 몇 개의 뼈다귀를 먹어준 인간을 위해 힘껏 짖어라. 불면에 시달리게 밤새도록 짖어라.

그날 밤 나는 거짓말처럼 발발이가 짖는 소리를 들었다. 빌빌거리던 못난 똥개로서는 상상도 할 수 없는 울부짖음을 듣고 그와 동시에 나는 이상한 전율에 몸을 떨었다. 그리고 어둠 속에서도 노랗게 타오르는 개나리를 보고 나는 기어이 일을 저지르고 말았다.

내가 서울로 가고부터 형은 나에게서 멀어져갔다. 그뿐 아니라 피하기까지 하는 것이었다. 방학 때 한 번씩 내려오면 어머니가 붙어 앉아 있는 내 방을 침 칠한 구멍으로 들여다보다 나와 눈이 마주치면 덤벙거리며 일어나서 어디론가 숨어버렸다.

어쩌다 형과 마주 볼 기회가 있었는데 그건 어머니가 차려준 밥상을 나를 때라든가 따뜻한 물을 데워놓고 잠자는 나를 흔들어 깨울 때였다. 내가 밥을 먹을 때 형은 항상 내 옆에 앉아 있었다. 그러곤 보리가 드문드문 섞인 하얀 쌀밥을 들여다보기도 하고 버섯국이나 노란 밀가루로 부친 고추전을 들여다보기도 했다. 내가 같이 먹자고 숟가락을 내밀면 절레절레 고개만 흔들었는데 어느 날 아침 부엌에 앉아 깡보리 누룽지를 먹고 있는 형을 본 후 나는 혼자서 밥상을 받지 않았다.

시원한 여름 냇가를 두고 굳이 싫다는 더운물로 어머니가 나를 씻기고 있을 때 형은 맨드라미가 붉게 핀 장독대에 앉아 나를 지켜보곤 했다. 어머니가 물방울을 찰랑대며 나의 그곳을 씻을 때 나는 지켜보는 형에게 수치심을 느꼈다.

나는 방학 이외에도 가끔 시골에 내려왔다. 농번기 때가 그랬고 추수 때가 그랬다. 항상 이쪽으로만 마음이 쏠리고 있던 나는 특히 우리들의 행사 때만 되면 참을 수 없을 만큼 향수를 앓았다. 한번씩 내가 발작적으로 책상을 비우고 시골에 내려오면 양념 넣을 융통성도 없다는 물찌개 담임이 자꾸만 내 목덜미를 잡아채는 것 같은 착각을 일으켰고 그러면 그럴수록 나의 상경은 더욱 늦어졌다.

추수가 다 끝났을 때다. 밤새 달래던 어머니에게 내일은 꼭 가마고 약속해 놓고 씨름 대회가 있다는 바람에 나는 다시 한 번 손을 걸었다. 이것만 보게 해준다면 다시는 안 내려올 것이며 방학 때도 공장의 견습으로 어쩌면 내려오지 않을 것이라고 거짓말을 둘러대면서 말이다. 이 씨름 대회는 언제부터인가 끊겼던 것이나 이번 풍년 덕에 다시 열리게 된 것이며 변변치는 못하나마 양돼지가 상품으로 걸려 있는 이 대회를 마을 사람 모두가 기다리고 있었다.

씨름판은 조금도 우리들의 기대에 어긋나지 않았다. 동네에서 제일 힘이 세다는 만득이가 몇 번 맞잡고 뒹굴고 넘어뜨리면 상대방은 모래밭에 힘없이 픽픽 쓰러졌다. 상대가 만득이인지라 도전해 오는 사람도 별로 없었고 만족스럽게 추수를 끝낸 마을 사람들은 관조의 미덕으로 별 이의를 가지지 않았다.

이제 없습니까? 최만득 군에게 일등이 돌아갑니다.

사회자가 늠름한 만득의 한 팔을 올려 들고 사방으로 둘러보았다. 여기저기서 박수 소리가 요란했다. 이제 만득이가 당당히 일등을 한 것이다. 사회자가 만득의 두 손을 번쩍 들었다.

최만득 군이…….

그때 문득 나는 내 맞은편 쪽에서 땡볕에 앉아 구경하고 있던 형과 눈이 마주쳤다.

무엇이 번쩍하고 빛났던 걸로 기억한다. 그리고 형이 사람들을 헤치고 앞으로 걸어 나오는 것을 보았다.

저 병신이, 왜 저래, 미쳤구나. 여기저기서 웅얼거리고 키득거리며 형을 향해 온 시선이 집중되었다.

다리를 떡하니 벌리고 양팔을 힘주어 허리에 얹은 만득의 얼굴에는 순간 야비한 웃음이 떠올랐다.

형 이겨야 돼! 어떻게 된 건지 모르겠다. 나는 그만 크게 소리 지르고 말았다. 사람들은 또 한번 놀랐다. 그리고 계속 연출되는 이 희극에 폭소를 터뜨리고 있었다. 옆에서 어머니는 사색이 다 되었다.

저놈이야 그렇지만 너까지 왜.

어머니는 말도 제대로 못하고 내 손을 끌고 씨름장 밖으로 나가려 했다. 그러나 나는 그걸 지켜봐야 했다. 형이 나를 보고 있는 것이다. 내가 없는 마당에서 형의 싸움은 무의미한 것이다.

형은 전에 돌맹이를 주워 모았던 너풀거리는 저고리 깃을 불끈 묶었다. 그리고 만득이를 향해 사나운 짐승처럼 덤벼들었다.

어디서 그 힘이 나왔을까, 누군들 그런 형을 상상이나 해보았겠는가. 나는 그 옛날 아카시아나무에서 떨어진 형을 기억한다. 왠지 떨치고 싶었던 그날 밤 하산의 침묵으로 나는 벌써부터 형을 두려워하고 있었다. 깡보리 누룽지를 씹으며, 어머니의 손안에 힘없이 늘어져 있는 나의 그것을 지켜보며 형은 무언의 힘을 쌓았던 것이다.

다시 맞붙는 만득이를 향한 형의 눈빛은 그 늦가을의 태양처럼 타 들어가고 있었다. 그것은 결코 만득이에게 향하는 것이 아니었으며 나에게, 구경꾼 모두에게, 그리고 세상 전부에게 향하는 노기였다. 이 괴이한 장면을 지켜보며 마을 사람들은 완전히 넋이 빠져 있었다. 사방은 죽은 듯이 고요했고 아이들도 찍소리 없었다. 으르렁거리는 형의 괴성과 성난 사자를 피할 길 없는 초라한 만득이의 신음 소리만 맑은 가을 하늘 아래 울리고 있었다.

저것은 결코 씨름이 아니다. 저것은……

나는 눈을 감았다. 아무것도 보이지 않았으며, 이대로 봉사가, 귀머거리가 되었으면. 그러나 나는 무언가 퍽 하고 저만큼 떨어지는 소리를 들었고 흥분한 마을 사람들이 돼지를 몰고 씨름장을 돌고 있는 것을 보았다. "비정이에게 몰렸구나." 패거리들이 와자지껄 떠드는 소리가 들려왔다.

그러나 형의 모습은 보이지 않았다. 비가 유난히 온 그날 밤 애타게 기다린 어머니 앞에서도 형은 나타나지 않았다. 그리고 맑게 개인 다음 날, 추수가 끝난 누런 논바닥에서 형은 빗물에 말갛게 씻긴 상처를 지니고 잠자는 것처럼 누워 있었다.

그날 밤 산에서 돌아오는 길에 만득이 패에 당한 모양이었다. 그 어둠 속에서 어떻게 알고 기어갔는지 형은 우리의 논바닥 경계선까지 와서 쓰러져 있었다. 그리고 형의 관 앞에 그 돼지 머리가 놓였고 나는 그것을 그만 둘러엎고야 말았다.

밖의 불이 켜지고 드르륵 안채의 마루 문이 요란스럽게 열렸다.

이게 무슨 소리야. 웃옷을 걸치고 나오던 남자가 나를 보고 조심스럽게 물었다.

아니 어떻게 된 겁니까?

비수에 찔린 발발이가 숨을 헐떡이며 신음하고 있었고 붉은 피가 목 언저리에서부터 찐득하게 풀어져 내려 개나리밭을 물들이고 있었다.

아니…….

주인 남자는 의협심이 강한 사내처럼 헐떡이는 발발이 앞으로 다가가 목에 꽂힌 비수를 뽑으러 했다.

놔두십시오.

나는 비장하게 소리쳤다. 남자는 순간 공포에 찬 눈으로 나를 바라보았다.

아마도 도둑이 들어온 모양입니다. 짖으니깐…….

그때 부스스한 머리를 한 여자가 밖으로 나오며 신경질적으로 소리쳤다.

정말이지 이런 동네에선 못 살겠어요 형편없이 무식한 것들이 또 도둑질까지 하려고. 참 내일이라도 당장 이살 가든지 해야지 이거 어디 살겠어요.

여자는 단잠을 깨뜨린 발발이를 못마땅하게 쏘아보고 있었다. 옆집에서 인기척이 났다. 그리고 건넛집도 불을 켰다. 모두 대문 앞으로 몰려올 기세였다. 그들은 다 무고한 사람들이다.

자, 들어가 주무십시오. 현관 불을 끄세요. 내일 아침 처리하고 제가 떠나겠습니다.

나는 범인답지 않게 태연하게 말했다. 그리고 현관 불이 꺼지고 불구경을 즐기려던 사람들이 미련을 남기고 잠자리로 들어가자 나는 동체가 뜯긴 쥐 꼬리를 쓰레기통으로 밀어 넣었다. 발발이는 도둑을 지키다 죽어간 것이다. 그 갈비를 먹은 대가를 충분히 치렀다고 영웅처럼 사람들 입에 오르내려야 한다.

쥐약 먹은 쥐를 갈비에 붙은 고기나 되는 줄 알고 처먹다니.

나는 경멸의 눈으로 비수를 지켜보았다.

그날 밤 늦게부터 비가 오기 시작했다. 형이 돌아오지 않았던 그 늦가을의 비처럼 스산한 비가 내리고 있었다. 피투성이가 된 형의 상처를 씻어 내리듯 비는 발발이의 목에 꽂힌 비수의 상처를 씻어

내릴 것이다.
 빗물은 하수도를 흘러 금호동의 개천을 흘러 태평양으로 넘실대며 흘러갈 것이다. 그리고 내일 아침 다시 해가 떠오를 때 나는 너의 울음을 지워버리고 인간들이 핥다 만 갈비뼈를 힘껏 모아 너와 함께 묻어줄 것이다.
 그 개나리처럼 노란 전보용지가 어둠 속에서 굴러다녔다. 그 자음과 모음들이 낄낄거리며 허공으로 떠다녔다.

작품 해설

회색지대의 진실
——「숲속의 방」 작품론

이남호

1 현실의 다양성과 인식의 단순성

　오늘날 우리의 삶은 빠르게 변화한다. 그리고 다층적이다. 그러나 이러한 삶을 파악하는 인식 논리는 고착되어 있고 단순하다. 이럴 경우, 우리의 삶은 그 실질 내용과 인식 내용에 현저한 괴리가 생기게 되고 허위의식이 삶의 전면을 장악하게 된다. 즉 삶의 실질적 느낌을 수용하지 못하는 인식 논리 아래서, 우리들은 주체적 삶을 상실하고 추상화된 이데올로기를 투사하여 삶의 실질적 원형이라 여긴다. 이러한 문제점은 현대 산업사회의 일반적 징후라고 흔히 지적되어 왔지만, 이것이 1980년대 한국 사회라는 시공(時空的) 배경을 가질 때 보다 심각하고 복잡해진다. 1980년대 한국 사회는 산업 성숙에 따른 의사(擬似) 서구적 성격을 지님과 동시에 역사적 정치적 파행성과 논리적 폐쇄성, 억압성을 지니고 있기 때문이다. 쉽게 말해서 변화된 삶에 대한 새로운 인식에 빗장이 걸려 있는 실정이다. 현재 우리 사회를 지배하고 있는 인식 논리는 화석화(化石化)된 관제 이데올로기와 이에 대립하는 도식적 민중 이데올로기이며, 또 한편으로는 유치한 성실주의와 그와는 대립적인 이기적 기회주의뿐이다. 이러한 인식 논리 아래서는 자신이 발 담고 있는 구체적 현실을 바로 볼 수 없으며 참된 삶의 방향성을 추구할 수 없다.

현실과 그 인식의 관계가 이러할 때, 고착된 인식의 지평을 열어주는 전위병(前衛兵)의 역할은 예술, 그중에서도 특히 문학이 담당한다. 문학은 이데올로기의 색안경을 벗고 구체적이고 실존적인 현실을 직접 다루기 때문이다. 다시 말해 문학은 기존의 인식틀을 벗어나 현실의 실질 내용을 보여줌으로써 그 사회적 기능을 수행한다.

1980년 이후, 우리 소설은 침체되었다고 하는 지적이 많았는데, 여기에는 소설이 위와 같은 기능을 수행하지 못했다는 안타까움이 들어 있을 것이다. 기존의 인식 논리로써는 포착되지 않지만 분명한 느낌으로 존재하는 현실을, 우선 소설이 구체적으로 형상화해 주어야 할 것임에도 불구하고 지금까지 그러하지 못했다. 분명한 느낌으로 존재하고 있는 새로운 1980년대적 현실의 모습을 구체적으로 보여주는 것——이것이 사회에 대한 1980년대 소설의 부채(負債)이다.

이것을 해결하기 위해서 소설이 우선적으로 주목해야 할 대상은 젊은 세대의 새로운 생활양식이다. 새 세대의 출현은 새로운 생활양식으로 표면화되고, 사회의 변화는 새 세대의 출현에서 비롯된다. 젊은 세대들은 기존의 질서를 거부하고 스스로의 문화 공간을 창조하는데 그 성격은 전위적이고 반항적이다. 젊은이들은 원래 반항적 기질을 가지나, 이것의 의미는 심리학적 차원을 넘어선다. 특히 현대사회에 있어서 젊은이들의 반항적 태도는 단순한 '이유 없는 반항'의 차원을 넘어서서 보다 중요한 사회적 의미를 가진다. 젊은이들은 특유의 순수한 감수성으로 기성 사회의 치부를 예리하게 지각하고 비판한다. 젊은이들의 삶의 양식 속에서 기성 사회의 치부가 특징적으로 반영되어 있다. 그러므로 새 세대의 생활양식을 제대로 파악하는 일은 사회의 숨은 진실을 드러내는 지름길이 된다. 소설이 새로운 현실의 참모습을 수용하기 위해서 우선적으로 젊은이들의 생활양식에 주목해야 하는 이유가 바로 이것이다.

그러면 우리 사회에서 1980년대적 젊음의 삶이 가지고 있는 질감은 어떠한 것인가? 1980년대적 젊음은 분명히 새로운 삶의 양식을 지니고 있다. 새 세대의 새로운 풍속이 존재하고 있음은 누구도 부인할 수 없는 사실이지만, 이것은 아직 어떠한 유형으로도 개념화되어 있지 않다. 느낌은 있으되 인식은 없다는 말이다. 간혹 천박한 청소년 영화나 대중가요가 새로운 젊음을 표방하기도 하고, 또 그 반대 지점에서 시대적 어둠에 대한 지사적 투신(投身)이 젊음의 새로운 모습으로 등장하기도 하였지만 그것들이 1980년대의 젊은 풍속을 대변할 수는 없었다. 오히려 스스로조차 자신의 성격을 파악하지 못하고 현실의 가장자리에서 부유하는 모습이 1980년대 젊음의 특징이라면 특징이다. 이것은 1980년대 젊은 풍속의 성격에서 비롯된 현상이기도 하고 또 기성 사회의 다중적 혼돈과 관련된 현상이기도 하다. 어쨌든 1980년대의 젊은 풍속은 아직껏 우리의 인식 영역 밖에 떠 있으며, 인식 영역 안으로의 편입을 기다리고 있다. 현실의 다양성과 인식의 단순성 사회에 놓여 있는 틈새를 좁히기 위해서는 우선적으로 이 문제가 해결되어야 한다.

이와 같은 시대적 요청을, 비록 총체적이라 할 수는 없지만 상당한 수준으로 충족시켜 준다는 점에서 강석경의 「숲속의 방」은 특별한 주목을 끈다. 이 소설은 소양이라는 한 여대생의 방황을 통하여 우리 시대의 젊은 풍속을 성공적으로 보여주며 나아가 우리 시대가 처한 정신적 위험 수위를 새로운 시각으로 노출시킨 작품이다.

2 소양의 좌표

「숲속의 방」은 소양이라는 '심판하고 단죄하는 성향이 강한' 여대생이 학교, 가정, 사회 그 어느 곳에서도 삶의 진실을 찾지 못하고 끝내 자살에 이른다는 내용이다. 피상적으로 볼 때 소양은 지극히 안정된 환경을 누리고 있다. 기성세대가 상상할 수 있는 안락한 삶의 조건을 소양은 모두 갖추고 있다. 그러나 소양은 참혹한 방황과 고통 속에서 자살하고 말았다. 소양이 왜 그럴 수밖에 없었는가를 보여주는 것이 이 소설의 일차적 의도이다. 이 과정에서 1980년대의 젊은 풍속이 구체적으로 드러나며 기존 인식의 허구가 날카롭게 노출된다. 이것을 바탕으로, 기존의 가치관이나 단순한 민중 논리로써는 포착되지 않는 현실이 우리의 보다 진실된 삶임을 보여주는 것이 이 소설의 궁극적 의도이다. 이를 위하여 작가는 유형화된 개성적 인물을 소양의 주위에 배치시키고 있다. 작가는 이 인물들의 특징적 삶을 통하여 소양이 처한 현실, 즉 우리들 삶의 실질 내용을 보여준다. 이 소설은 사건 중심이 아니라 인물 중심이다. 그러므로 이 소설의 해석은 우선 소양을 둘러싼 인물들의 해석에서 출발하는 것이 당연하다.

1) 소양의 수직적 좌표

소양의 집에는 3대가 함께 살고 있다. 할머니, 부모, 자식들은 이

사회를 구성하고 있는 3세대를 각기 특징적으로 대변한다.

우선 할머니는 식민지 체험을 가지고 있는 우리 시대의 가장 윗세대이다. 이 세대는 우리 현대사의 참혹한 노정을 살아오면서 자기 세계를 완전히 상실하고, 외세로 인한 변화에 철저하게 아부하는 것이 생존 조건이었다. 이러한 삶의 현재적 변화태(變化態)가 할머니의 생활이라 할 수 있다. 할머니는 한마디로 '퇴물 유한 계층'이다. 할머니는 쓸모없는 재력을 가지고 있으며, 교회에 아주 열성이고 또 주책없는 몸치장을 한다. 연보라색 블라우스를 입기도 하고 오이 마사지를 하기도 한다. 소양은 이러한 할머니와 그녀의 교회 친구들을 다음과 같이 규정한다.

> 퇴물 유한 계급. 자기도취로 인한 생의 고독에서 도피하려 한다. 그 나이에 코르셋은 무어며 분홍색 레이스 양산은 뭐냐. 하긴 진실에 직면해도 그 나이에 자살은 못하겠지.

한 사회 혹은 한 가정의 최고 어른으로서 정신적 지주가 되어야 할 세대가 퇴물 유한 계급으로 존재할 따름이다. 그래서 할머니는 자신의 개인적 건강과 사치만이 관심거리이고 가족의 문제로부터는 완전히 제외되어 있는 인물이다. 할머니 세대는 이미 살아 있는 세대가 아니다.

가정과 사회의 헤게모니를 쥐고 있는 것은 아버지 세대이다. 젊은 세대와 갈등을 일으키는 기성세대를 대표한다. 아버지는 전쟁 체험 세대이며 고생과 그 물질적 보상을 경험한 보수적 현실주의자이다. 이 세대의 가장 큰 특징은 경험 제일주의이다. 모든 논리의 최종적인 기반은 전쟁 체험과 고생 경험이다. 그러니까 현실 인식은 매우 편협한데, 이들이 이해하지 못하는 행위는 모두 호강에 겨운 철부지 짓이다. 따라서 안락한 물질적 환경에서 공부할 수 있는 자식들이 고통을 지니고 있음은 전혀 이해할 수 없다. 아버지는 소양이가 휴학하고 그 등록금을 유용하자, "사내애 뒷바라지했어. 불장난하다 일이 생겼어."라고 질책한다. 또 데모하는 것들은 사형시켜야 한다고 극언하기도 한다. 이러한 아버지와 소양이 격한 대립을 보이는 것은 당연하다.

아버지와 동일 세대이면서 어머니는 또 다른 성격을 보여준다. 어머니는 아버지 세대의 물질적 바탕과 보호 안에서만 존재할 수 있는 인물로서, 개인적 지성주의가 그 특징이다. 이때 지성은 자신의 자존심을 위해서만 존재하는 것이며, 현실이 제거된 추상적 지성이다. 좀 비약해서 생각하자면, 어머니의 이러한 지성은 해방 후 비주체적으로 수용된 죽은 지성주의를 암시한다고도 볼 수 있다. 이외에 어머니는 잔정이 없고, 수줍음을 타고, 이기적이고, 유아직 성향을 지닌 인물이다.(이러한 어머니상은 우리 소설사에서 찾아보기 힘든 것으로 그 성격 창조가 특히 뛰어나다.) 이처럼 현실의 중추를 이루는 부모 세대는 더 이상 권위를 지니지 못하고 오히려 다음 세대에게 치부를 보여줄 따름이다. 이것은 기성 질서나 가치가 전혀 현실적 구속력을 지니지 못함을 뜻한다.

그래서 제3세대인 소양에게, 윗세대들은 아무런 정신적 유산을 물려주지 못하고 오히려 거부의 대상이 된다. 소양이 방 안에서 검은 우산을 쓰고 누워 있는 장면은 이런 점에서 암시적이다. 즉 소양의 하늘에는 우러러야 할 정신적 성좌(星座)가 전혀 없고 오히려 우산을 쓰고 가려야만 할 산성비가 내리는 것이다. 할머니 세대와 아버지 세대가 그어놓은 수직선의 연장 선상에 제3세대로서 소양이 안주할 좌표는 보이지 않는다.

2) 소양의 수평적 좌표

소양의 수평적 환경은 친구들의 생활양식을 통해 구체화된다. 특히 명주와 경옥의 대칭적 삶을 연결하는 선이 수평축이 된다. 소설 속에서 소양이 진지한 대화를 나누었던 사람은 명주와 경옥뿐이다. 이 둘은 모두 나름대로의 현명한 삶을 살고 있으나 그 삶의 방향은 정반대이다.

명주의 삶은 사회적 정의를 실현하는 데 바쳐진 젊음이다. 소위 운동권 학생의 입장을 대변한다. 그녀는 사회의 불평등에 대하여 철저한 의식을 가지고 있으며 그래서 공장에 취직하여 현장 체험을 갖기도 한 여대생이다. 소양은 명주의 입장에 기본적으로 동조하나, 명주가 선택한 삶의 양식은 인정하지 않는다. 그래서 소양은 명주에게 다음과 같이 반박한다.

> 그것(민중운동 — 인용자)이 그토록 너에게 절실하냐. 겉멋 든 엘리트 의식이다. 자기 자신도 잘 모르면서 어떻게 남을 깨우치고 민중운동을 나서느냐. 또 운동하는 건 좋은데 다른 고통, 갈등도 포용하고 인정해야 한다. 너희들만 의식 있는 인간이고 절실하다고 생각하는 건 오만이고 너희들이 대항하려는 체제만큼 비인간적(……)

소양에게 있어서 민중운동이란 오만한 엘리트주의이며 또 다른 진실이 있음을 외면하는 비인간적 이데올로기이다. 그래서 소양은 한때 데모에 가담했으나, 데모를 하면서도 갈등을 느꼈고 데모를 그만두고 나서도 갈등을 느꼈다. 민중이 삶의 중요한 부분이긴 하지만, 소양에게는 그보다 더 절실한 문제가 많았던 것이다. 그래서 명주가 공장에 취직하여 현장 체험을 하는 반대급부로 소양이 술집에 취직하여 현장 체험을 하려 했는지도 모른다. 명주에게는 공장이 유일한 현장이었지만 소양에게는 술집까지도 현장이었던 것이다.

한편 경옥의 입장에서 볼 때, 명주의 삶은 모든 인간적 진실을 민중 논리로 환원시켜 버리는 위선에 가깝다. 그래서 경옥은 차라리 이기적 삶의 양식을 택한다. 경옥은 경양식집에서 아르바이트하며 용돈을 벌고, 종로에 돌아다니며 남자를 쉽게 만나고 디스코장에서 밤샘을 하기도 한다. 어설픈 윤리 의식을 거부하고 자기 편한 대로 삶을 유쾌하게 소비하려는, 소위 '종로통 아이들'의 생활양식을 대변한다. 소양은 명주의 삶에서 진실을 찾지 못하고 경옥의 삶에 가까이 가지만 그것은 방황의 고통과 절망을 확인시켜 줄 따름이다. 절망이 심화됨에 따라 소양의 외적인 삶은 경옥의 삶과 유사한 모습이 되지만 그 내적인 삶은 근본적으로 다르다. 종로에서의 소비적 행위들은 경옥에게 있어서 유쾌한 배설이 되지만 소양에게는 참혹한 자학일 따름이다.

그래서 소양은 "종로도 내겐 한정된 수족관처럼 권태롭다. 아이들은 그곳에다 묵은 울분과 비린내 나는 감각의 찌꺼기를 열심히 토한다. 나는 그러는 척할 뿐이다."라고 스스로 말한다.

이와 같이 소양은 두 개의 대칭적 삶을 연결하는 수평 선상에서 방황한다. 그러나 그 어느 지점에서도 소양이 찾는 진실은 없다. 명주의 삶과 경옥의 삶만이 인식의 수평 선상에 존재하는 현실 속에서 제3의 삶을 찾는 소양의 설 자리는 없다.

머리는 명주, 재형에게 두면서 발은 경옥, 희중 쪽에 두려 하고 있다. 이성을 존중하되 감각이 편해서인가? 이런 나의 다양성을 전엔 인간의 폭이라 자부했지만 이젠 이것이 나를 비틀거리게 한다.

현실은 이분법적 인식의 논리에 갇혀 있다. 흑과 백만이 진실이라고 주장되고 그 가운데의 다양성은 회색주의자로 비난받는다. 양극단만이 존재하는 상황에서 소양의 다양성은 설 자리가 없다. 소양의 남자 친구인 재형과 희중도 각각 극단의 인물이다. 이 소설 속에서 소양의 남자관계는 여자 친구 관계와 동일한 의미를 갖는다. 소양의 방황에 사랑과 성의 문제는 거의 무시되고 있다. 남자관계(주로 희중과의 관계)는, 소양이 남성(즉 섹스)에게서도 아무런 위안을 얻지 못한다는 점, 즉 소양의 외로움의 확인이자 강조일 따름이다.

이러한 방황의 끝에서 소양은 "아무도 그리운 사람이 없어."라고 절망한다. 인물이 현실의 각 측면을 특징적으로 반영한다는 점을 상기할 때, 위의 말은 결국 우리 시대에 소양이 안주할 공간이 전혀 없다는 뜻이 된다. 여기서 소양의 죽음은 이해된다.

3 소양의 문화 공간

소양의 좌표가 그녀의 방황적 삶의 뼈대라면 소양의 문화 공간은 그것을 둘러싸고 있는 살이다. 소양의 방황을 보다 구체적으로 알기 위해서는 그녀의 독특한 문화 공간이 지닌 의미를 밝혀야 한다. 소양은 두 개의 독특하고 반항적인 문화 공간을 체험한다. 하나는 자폐적 미학의 공간이고 또 하나는 개방적 배설의 공간이다. 소양은 전자의 공간에서 후자의 공간으로 전진하지만, 어느 곳에서도 자신이 안주할 공간을 얻지 못한다.

1) 자폐적 미학의 공간

소양이 진실에 눈뜨기 시작했을 때 최초의 부정 대상이 가정임은 쉽게 짐작할 수 있다. 겉보기에 아무 문제가 없는 가정이지만 소양의 눈에는 "속물기와 동물기"가 가득한 곳이다. 소양은 "내 방의 땅 이외에는 복도 마루도 밟고 싶지 않아."라고 말한다. 그래서 소양은 자기 방에다 특이한 미학적 장식을 하고 자기만의 공간으로 만든다.

소양의 방은 말린 꽃들과 가지각색의 양초들로 채워졌다. 여고생 때면 한창 그럴 나이지만 소양의 유미적 취미는 기갈난 사람의 그것처럼 한정을 몰랐다.
한번은 밤에 내가 좋아하는 음유시인 레너드 코헨의 노래가 들려와서 소양의 방에 들어간 적이 있다. 방엔 십여 개의 촛불이 작은 혼들처럼 피어 있고 천장에 말린 꽃 그림자가 성에처럼 깔려 있었다.
굴 같은 방으로 한 발 걸어 들어가자 벽 가까이서 촛불을 등지고 누워 있는 소양의 모습이 눈에 들어왔다. 머리맡엔 박쥐 같은 것이 웅크리고 있었는데 자세히 보니 그것은 까만 우산이었다. 방 안에서 까만 우산을 쓰고 누워 있는 모습은 괴이하기까지 했으나 촛불 때문인지 신비하게도 보였다.

이러한 미학적 공간의 추구는 단순한 취미가 아니다. 그것은 가정을 부정하고 가정에서 멀리 도피하려는 극렬한 몸부림이다. 가정이라는 현실적 공간에서 혐오감을 느낀 소양은 자기만의 환상적 공간을 추구한다. 이럴 경우, 이 공간은 현실의 반작용으로써 생성되기 때문에 될 수 있으면 현실로부터 멀어지려는 성격을 띤다. 그래서 소양이 만든 공간은 극히 이국적이다. 이것은 우리의 전통이나 현실적 삶의 바탕과는 완전히 단절된 아름다움이다.

그러니 이러한 공간은 환상적 감각과 도취가 있을 뿐, 현실이 없기 때문에 진실 또한 있을 수 없다. 즉 진실을 찾는 자에게 만족을 줄 수 있는 공간이 아니다. 이에 소양은 자폐적 미학의 공간을 벗어나 보다 큰 현실에 뛰어든다. 대학에서의 서클 활동, 학생운동 등을 통하여 삶의 진실을 발견하고자 하나 모두 실패한다. 그래서 학교도 휴학하고 데모도 그만두고 새롭게 찾아 나선 공간이 종로통이다.

2) 개방적 배설의 공간

이 공간은 소양만의 공간이 아니고 1980년대의 젊음에게 개방되어 있는 공간이다. 이것은 미양이 만난 몇몇 대학생과 희중의 삶을 통해 구체화된다. 이들의 성격은 한마디로 철저한 현실주의라고 할 수 있다. 이들은 기존의 권위나 가치가 지닌 허구성을 잘 알고 있다. 이들에게 대학은 더 이상 진리 탐구의 상아탑이 아니며, 교수는 평생이 보장된 직업인일 뿐이다. 그래서 이들은 먹고살기 위해 대학을 다니고 있음을 스스로 자각한다. 또 사랑의 순수와 가치도 부정되고 하루치기 섹스가 있을 뿐이다. 이들에게는 기존의 모든 권위와 가치는 부정되고, 행위의 유일한 준거틀은 현실적 필요성뿐이다. 그래서 이들은 현실을 부정하면서도 동시에 영악한 이기주의자로 현실에 편승한다. 그러니까 편하게 먹고살기 위해서 자신의 삶을 스스로 조종하며, 여기서 생기는 스트레스를 모아서 푸는 곳이 바로 종로통이다. 즉 종로통은 개방적 배설의 공간이다.

종로에 왜 젊은 애들이 많은지 아세요? 배출구가 필요하니까요. 여긴 기존이라는 게 없어요. 혼돈이지만 또한 숨통이에요. 젊음의 자위행위예요.

종로에서 만난 한 남학생의 말이다. 기성 현실에 어쩔 수 없이 순응하는 젊음이 그 반대급부로 모여서 배설하는 공간이 바로 종로라는 말이다.
　이들의 행위 양식은 헬무트 쉘스키(Helmuth Schelsky)가 개념화한 '회의적 세대(Sceptical generation)'적 특징을 지닌다. 회의적 세대란 쉘스키가 독일의 전후 젊은이들의 행위를 분석하여 추출한 개념으로, 기존 사회가 강요하는 삶에 대한 적대감을 느끼면서도 현실적 필요성 때문에 그것을 스스로 추구하고 또 한편으로는 사적인 세계에 몰입해 버리는 세대를 가리킨다. 나시 밀해 회의적 세대는 현실적 적응의 필요성이 그에 대한 적대감을 억누르며, 여기서 생기는 갈등을 사생활주의로 도피함으로써 해소한다. 이들에게는 현실주의적 적응과 그에 따른 갈등의 배설이 있을 뿐, 정치적 관심이나 모험성은 전혀 없다.
　이러한 회의적 세대의 성격은 종로통 아이들의 성격과 유사하다. 이들은 부정적 현실에 약삭빠르게 순응하며, 이러한 과정에서 손상당한 젊음을 종로라는 배설의 공간에서 보상받는다. '썸싱'이라는 다방의 풍속이나 디스코장, 생맥주 집 등의 풍속은 그러니까 무분별한 퇴폐가 아니라 꿈을 상실한 젊음들의 왜곡된 휴식 공간이다.
　소양도 종로통 아이들과 같이 개방적 배설의 공간을 적극적으로 체험한다. 그러나 이 공간도 소양의 방이 되지는 못한다. 오히려 이 공간은 명주의 삶이나 자폐적 미학의 공간보다도 더욱더 소양에게 어울리지 않는다. 그런데도 소양이 이 공간을 적극적으로 체험하는 이유는, 기성 질서로부터 손상당한 젊음들이 모여서 서성이는 곳이기 때문이다. 종로통 아이들과 소양은 적어도 피상적 동질성을 공유하고 있다.

종로통 아이들과 소양의 근본적인 차이점은, 이 공간에서 전자의 행위는 도피와 배설인데 반해서 후자의 행위는 저항이라는 점이다. 가령 소양이 담배를 피우다가 다방에서 쫓겨났을 때, 소양과 희중의 태도는 이 점을 단적으로 보여준다. 희중은 소양의 행위를 인정하면서도 소양의 편에 서서 싸우지는 않는다. 그 이유는 현실과의 불리한 싸움을 원치 않기 때문이다. 희중은 배설을 위하여 종로에 나왔고 소양은 자아를 찾기 위해 종로에 나왔기 때문에 이러한 상반된 행위가 나타난다. 소양은 피상적으로 배설의 공간에 참여하지만, 그곳에서 더욱더 절망할 뿐이다.

이런 점에서 소양은 '회의적 세대'의 성격을 갖지 않는다. 결국 종로에서의 소양의 자학적 행위들은 배설이 아니라 저항이다.

3) 소양의 저항

헬무트 쉘스키는 회의적 세대의 다음 세대는 또 다른 특징을 지닐 것이라 예상하고 그 세대를 '분리주의적 세대(Secessionist generation)'라고 명명하였다. 쉘스키에 의하면 분리주의적 세대는 보다 감정적이고 폭발적인 저항의 성격을 내보이며 사회의 기성 질서에 정면으로 도전한다. 이들은 사회의 요구에 순응하는 사적인 세계로 철수하지 않고 안일한 만족과 순응을 향한 현실의 편향에 대항한다. 이러한 쉘스키의 개념은 우리와는 다른 현실에서 추출된 것이고 또한 이미 철 지난 것이기도 하지만, 1980년대 한국의 젊음을 이해하는 데 타산지석의 가치는 여전히 있다. 특히 소양의 행위를 이해하는 데는 적절한 논리틀이 될 수 있다.

종로통 아이들이 회의적 세대의 특징을 가진다면 소양은 분리주의적 세대의 특징을 가진다. 종로에서 소양은 매우 과격한 행위를 한다. 술집에 나가기도 하고, 디스코장에서 밤샘을 하고, 몸을 함부로 던지고, 길거리에 드러눕기도 하고, 다방 계단에서 담배를 피우기도 하고, 돈을 받고 중년 남자에게 몸을 던지려 하기도 한다. 이러한 행위들은 방황의 끝에서 절망을 확인하는 자학으로써, 배설이 아니라 저항이다. 기존 현실의 허위성을 철저하게 거부하고 자신의 진실된 공간을 찾아 헤매던 소양이의 마지막 몸부림이다.

안톤 지더벨트(Anton Zijderveld)는 『추상적 사회』라는 책에서, 쉘스키가 말한 '분리주의적 세대'의 저항 양식을 세 가지 이념적 저항 형태로 나누어 고찰한 바 있다. 그 세 가지 형태는 신비적 직관주의(Gnosticism), 무정부주의(Anarchism), 행동주의(Activism)이다. 신비적 직관주의는 현실의 합리성, 일상성, 기능성 등을 거부하고 내면적인 신비와 엑스터시에 몰두한다. 이들은 사회적으로나 정치적으로는 전혀 무관심하고, 대신 모든 물질적 조건으로부터의 자유를 추구한다. 이와 반대되는 형태가 행동주의이다. 행동주의는 기존의 권위와 권력에 집단적 행동으로 저항한다. 이들은 정치적 목표를 위하여 자신의 삶을 포기하기까지 한다. 무정부주의는 직관적 신비주의와 행동주의의 중간에 위치한다. 무정부주의는 경직된 사회의 성스러운 모든 것을 거부하는 특이한 형태의 반문화(anti-culture)를 형성한다. 이것은 체제, 가치, 규범뿐만 아니라 그 사회적 구조와 삶의 문화적 형식에 대한 무정부주의적 부정이다. 그래서 행동주의자들의 저항이 정치, 사회적인 것이라면 무정부주의자들의 저항은 문화적 형태를 띤다.

소양의 행위를 이러한 구분으로 나누어본다면, 두 개의 문화 공간을 전전하면서 보여준 소양의 비극적 행위는 무정부주의적 성격을 띠고 있음을 알 수 있다. 앞서 소양의 좌표에서 확인되었듯이, 수직적 공간과 수평적 공간 그 어느 곳에서도 자신의 삶을 발견하지 못한 소양의 이상주의적 저항이 무정부주의적 성격을 띨 수밖에 없음은 쉽게 짐작된다. 소양은 기성세대의 치부를 분명히 인식하였고, 대학을 거부하였으며 민중운동을 거부하였다. 그런가 하면 자폐적 미학의 공간과 개방적 배설의 공간에서도 자신의 방을 찾을 수 없었다. 소양은 개방적 배설의 공간에서 극단적인 자학으로 현실의 불모성을 다시 한 번 확인한 뒤, 죽음이라는 최후의 저항을 스스로 선택하였다.

방바닥은 피로 온통 붉게 물들었다. 검은 옷을 입은 소양이 방바닥에 창백한 얼굴로 누워 있었다. 얼마 전 내가 사다 준 검은 옷은 피로 온통 젖어 검붉었고 두 손은 펴져 있었다. 입도 약간 벌려 있었으나 피로 얼룩진 장판 위에 누워 있는 소양의 그 모습은 붉은 지도 위에 잠들어 있는 혁명가 같았다.

소양은 혁명이 필요한 현실에 대항하여 혼자 혁명하다가 스스로 피를 뿌리고 죽었다. 아니, 진실을 허락하지 않는 허위적 현실이 한 무정부주의적 저항인을 죽였다. 소양이 흘린 붉은 피는 닫힌 현실의 빗장을 향해 쏜 저항의 화살이었다.

4 또 한 사람의 주인공

이 소설에서 다층적 현실의 다양성을 두루 접하고 있는 인물은 소양과 '나' 두 사람뿐이다. 나머지 인물들은 현실의 어느 한 극단을 선택하여 특징적으로 반영한다. 그러므로 나머지 인물들은 현실을 보여주는 사람들이고 소양과 '나'는 그 현실을 보는 사람이다. 앞에서 이 소설의 초점은 현실의 참모습을 드러내주는 데 있다고 언급한 바 있다. 여기서 소양의 소설 구성상 역할은, 참혹한 방황을 통하여 드러난 현실의 허위성을 고발하는 것이다. 다시 말해, 소양이라는 주인공은 다층적 현실의 허위성을 두루 노출시키기 위하여 작가가 조종하는 허수아비이다. 다른 주요 인물들은 모두 현실감이 넘치는데 주인공인 소양이만 다소 비현실적인 느낌을 주는 것은 바로 이러한 까닭이다. 이런 점에서 소양이를 1980년대 젊음의 전형적 성격이라고 보기는 어렵다. 그리고 소양의 친구들은 모두 1980년대 젊음의 특징적 일면만을 대변하기 때문에 보편적 성격을 띠지 않는다. 그렇다면 1980년대 젊음의 보편적 다수를 대변할 수 있는 인물은 누구인가? 그는 소양의 언니이자 이 소설의 화자인 '나', 즉 미양이다. 미양은 이 소설의 또 한 사람의 주인공이다. 미양을 주인공으로 생각할 때, 소양은 미양의 현실 체험을 대신해 주는 도구적 인물이다. 즉 소양은 세계의 진실을 들여다볼 수 있는 미양의 창(窓)이다.

　미양의 삶이 가진 특징은 세 자매의 관계 속에서 잘 드러난다. 미양과 혜양과 소양은 현실적으로 동일한 위상에 놓여 있다. 그러나 소양의 삶은 현실에 극단적인 반항을 선택하고 혜양은 기존 질서 안에서 극히 이기적이고 순응적인 선택을 한다. 미양의 삶은 소양과 혜양의 중간에서 서성인다. 미양은 소양의 삶과 유사한 체험을 약간 하였지만 그것은 어디까지나 한때의 젊은 기분이고, 실질적으로 혜양과 유사한 삶을 살아간다. 이것은 미양의 남자관계 속에서도 노출된다. 서예실에서 만난 남자와의 체험, 그리고 애인이었던 의대생과의 자발적 동침 등등의 과거는 다분히 소양의 삶에 관련된다. 그러나 미양이 최종적으로 선택한 남자는 그야말로 문제성이 전혀 없는 무사 안일한 인물이다. 최 대리의 삶에 소양의 고민이 개입될 여지는 전혀 없다. 그는 기존 질서 밖의 진실에 대해서는 무감각한 기능인이다. 이러한 남자관계 속에서 미양이 선택한 삶이 무엇인가가 분명하게 드러난다. 미양은 젊음의 혼돈을 미약한 형태로나마 체험하였고 또 그 체험을 한때의 낭만으로 돌릴 줄 아는 인물, 즉 꿈과 현실을 구분해서 처리하는 평범한 인간이다.

미양이가 소양의 삶을 이해하기 위하여 벌이는 일련의 노력들은 모두 미양 자신의 현실과의 정직한 만남이라는 의미를 갖는다. 극히 안락한 한 남자에게 자신의 삶을 맡김으로써 기성 질서에 안주하기 직전에, 다시 한 번 젊음과 진실의 문제를 들여다보다가, 결혼 전날 밤에는 종로 거리를 밤새워 배회하는데 이것은 이미 소양의 문제가 아니라 미양의 문제이다. 이날 밤, 미양은 소양의 충격적인 행위를 목격하고 나서, 종로를 배회하다 디스코장에 간다. 거기서 한 순진한 남자 아이를 만난다. 그 남자 아이는 연약하고 목적의식도 없으며 "세상을 유리 저편에서 바라보며 살아가는 동화 속의 소년"이다. 이 남자 아이의 삶은, 소설 속에서 밝혀진 대로, "다치지 않은 나(미양)의 모습이었고 잃어버린 나의 한 부분"이다. 그러므로 결혼 전날 밤의 배회는, 소양의 삶이 노출시켜 준 허위적 현실을 직시하여 자신의 과거를 되돌아보는 행위이다. 그러나 이것은 잃어버린 과거의 순수에 대한 일시적 회고에 불과하다. 잠시 과거를 되돌아보고, 그 다음 날 아무런 이상 없이 가장 세속적인 절차인 결혼식을 치른 후, 평범한 행복 속으로 달아나고 만다.

이와 같이 미양은 소양의 고통과 외로움을 이해하지만 스스로 출혈할 수 있는 저항성을 갖지 못하고 스스로 기성 질서의 틀 속에 편입되어 버리는 이중적 인물이다. 절실한 자기 해체의 용기가 없어 대리 젊음과 대리 모험만이 가능한 인물이기 때문이다. 그래서 미양은 "너의 순수는 유력한가, 무력한가."라고 외쳐보지만 결국 무력한 것으로 판정 내리고 마는 것이다. 여기서 우리는 비정하지도 못하고 냉철하지도 못한 평범한 현실주의의 모습을 만나게 된다. 극단적 저항주의자도 되지 못하고 비정한 현실주의자도 되지 못하여 서성이다가 결국 평범한 현실주의자로 귀결되는 어설픈 중간주의적 성격은 우리의 평범한 삶과 가장 닮았다. 즉 잔인한 현실 속에서 순수와 꿈을 포기하고 무력하게 안일로 귀착하는 모습은, 불만스럽지만 1980년대 젊음의 보편적 다수의 얼굴이다. 민중운동도 할 수 없고, 히피도 될 수 없고, 소양이처럼 피 흘릴 용기도 없는 평범한 다수에게 주어진 길은 현실 순응뿐이다. 현실 순응의 영역에 자신의 삶을 던질 때, 그는 이미 젊음이 아니다. 그러므로 1980년대적 현실의 지도 위에는 정직한 젊음이 위치할 좌표가 없다.

5 제3의 삶과 회색지대의 진실

이 소설은 이분법적 인식 논리에 갇혀서 보이지 않는 현실을 제3의 시각으로 노출시킨 작품이라고 정리될 수 있다. 현실의 실질 내용과 인식 내용 사이의 괴리를 제3의 시각으로 해소시켜 준다. 그리하여 그동안 무시되었던 제3의 삶이 가진 진실을 보여준다.

이를 위하여 작가는 많은 삼각형 고리를 고안하여 입체적으로 연결하였다. 삼각형 고리의 두 꼭짓점에 대칭적인 극단을 위치시키고 나머지 꼭짓점에 그 중간자를 위치시켜서 현실을 다중적으로 보여주었다. 소양과 명주와 경옥의 삼각형이 그러하고, 미양과 최 대리와 또 한 남자의 삼각형이 그러하며, 미양과 소양과 혜양의 삼각형이 그러하다. 이외에도 이 소설 속에는 크고 작은 삼각형 고리로 추출될 수 있는 논리들이 많다.

삼각형 고리의 설정은 양극단이 아닌 제3의 삶을 뚜렷하게 부각시켜 준다. 지금까지 현실의 실질 내용과 인식 내용이 달랐던 가장 중요한 이유는 그 인식 논리가 이분법적이었기 때문이다. 이분법적 인식 논리가 지배하는 상황에서 현실은 흑의 영역과 백의 영역으로 나누어질 뿐이고 그 중간은 회색주의자로 설 땅이 없다. 그러나 현실의 실재 영역은 거의가 회색지대이다. 이분법적 인식 논리 아래서 회색주의자는 가장 비겁한 삶이 되지만, 진실은 양극단에 있는 것이 아니라 그들이 인정하지 않으려 하는 회색지대에 있다. 소양의 처절한 방황과 절망은, 그 어느 극단도 진실로 인정할 수 없는 다양성 때문이었다. 이 다양성이란 달리 말해서 회색주의이다. 따라서 소양의 처절한 방황은 회색지대에 진실이 있음을 밝히려는 노력이었고, 그 참혹한 죽음은 회색지대를 용납하지 않는 현실에 대한 저항이었다. 소양은 진실이 제3의 삶 속에 있음을 보여주었고, 제3의 삶을 용인하지 않는 허위적 현실을 고발하였다.

한편 초점을 바꾸어본다면 소양의 삶도 역시 하나의 극단이다. 그래서 미양이라는 또 한 사람의 숨은 주인공이 요구되었다. 소양의 반항과 혜양의 순응을 양극단으로 볼 때, 미양은 또 다른 회색주의자이다. 여기서도 역시 삶의 진짜 모습은 회색지대에 있다. 현실의 보편적 다수의 얼굴은 혜양이나 소양이가 아니라 미양인 것이다. 이러한 미양의 역할은 회색지대의 진실을 보다 입체적으로 보여준다.

이상과 같이, 이 소설은 철저하게 제3의 삶을 부각시켜서, 진실은 회색지대에 있음을 보여준다. 또 그럼으로 해서 현실 인식의 지평을 넓혀 우리가 처한 삶의 바른 모습을 보게 한다. 이 소설이 구성상의 결점에도 불구하고 1980년대적 젊음이 처한 상황을 성공적으로 보여줄 수 있었던 까닭은, 성격 창조의 뛰어남도 지적될 수 있지만 그보다는 위와 같은 새로운 시각의 제시 때문일 것이다. 진실은 회색지대에 있음을 확인시켜 준 이 소설은 1980년대 소설의 중요한 수확이면서 동시에 1980년대 현실 인식의 훌륭한 증폭제이다.

(고려대학교 국어과 교수, 문학평론가)

작가 연보

1951년 경북 대구에서 태어남.
1974년 이화여자대학교 미대 조소과 졸업. 「근(根)」, 「오픈게임」
        으로 《문학사상》 제1회 신인상 수상.
1983년 『밤과 요람』 출간.
1985년 「숲속의 방」으로 제10회 '오늘의 작가상', 제6회 '녹원문
        학상' 수상.
1986년 『숲속의 방』 출간. 산문집 『일하는 예술가들』 출간.
1989년 『가까운 골짜기』 출간.
1990년 여행기 『인도기행』 출간.
1996년 『세상의 별은 다 라사에 뜬다』 출간.
2000년 산문집 『능으로 가는 길』 출간.
2001년 「나는 너무 멀리 왔을까」로 제8회 '21세기 문학상' 수상.
2004년 여행기 『강석경의 경주산책』 출간. 『미불(米佛)』 출간.

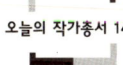

오늘의 작가총서 14

숲속의 방

1판 1쇄 펴냄 1986년 3월 15일
1판 30쇄 펴냄 1995년 10월 25일
2판 1쇄 펴냄 1997년 5월 10일
2판 6쇄 펴냄 2004년 7월 10일
3판 1쇄 펴냄 2005년 9월 26일
3판 7쇄 펴냄 2020년 10월 23일

지은이 · 강석경
발행인 · 박근섭, 박상준
펴낸곳 · (주) 민음사

출판등록 1966. 5. 19. 제16-490호
서울특별시 강남구 도산대로1길 62(신사동) 강남출판문화센터 5층 (우편번호 06027)
대표전화 02-515-2000 팩시밀리 02-515-2007
www.minumsa.com

© 강석경, 1986, 1997, 2005. Printed in Seoul, Korea

ISBN 978-89-374-2014-6 04810
ISBN 978-89-374-2000-9 (세트)

* 잘못 만들어진 책은 구입처에서 교환해 드립니다.